浩瀚大河北上
流淌文明守望

松花江传
SONGHUAJIANG ZHUAN

松花江流经古今，带走了多少吟诵。一代又一代的河畔徜徉，一代又一代的酹酒滔滔，江何言哉？天何言哉？唯有清风明月，一任逝者如斯。

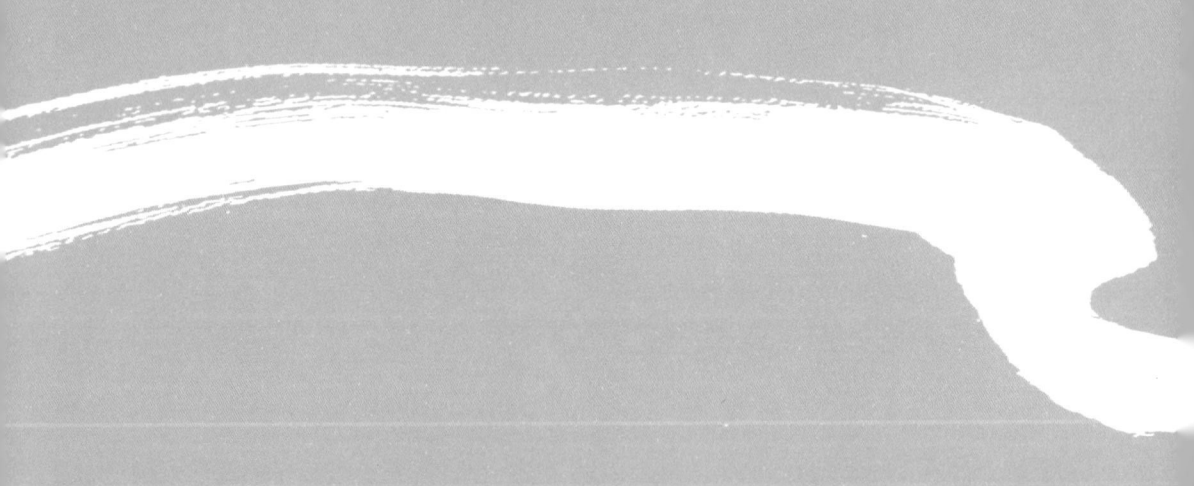

松花江传

李北川 著

[上]

吉林人民出版社

松花江，水清夜來勿遽生浪卷疊錦繡縠明彩帆畫鷁隨風輕簫韶小奏中流鳴蒼巖翠壁兩岸橫浮雲耀日何晶、粟沛直上蛟龍驚連檣接艦毛江城貔貅健甲皆銳精雄旋興旎朱纓承來問借非觀兵松花江、水清浩、瀚、衝波行雲霧萬里開澄泓

康熙松花江放船歌 戊寅新春 意庵敬錄

前 言

河水一直在流，
但河流
依旧在这里。
夜以继日的事物，
是如何
让流动固定不走，
又能滚滚向前。

离开河流的河水，
我们还是叫河水。
在没有自来水的年代，
人们每天
都下河挑水。
我们挑回河流的活泼，
却挑不回
它的涛声和旋流。
……

松花江传（上）

这是毛子的诗——《论河流》。

人类文明发端于江河，标记于江河。然而，一域一脉之文明，则如同江河中的"一瓢饮"。对这"一瓢饮"的品尝，或可有"河流的活泼"，却难有其源远流长、恣肆汪洋的"涛声和旋流"。

松花江流经古今，带走了多少吟诵。一代又一代的河畔徜徉，一代又一代的酹酒滔滔，江何言哉？天何言哉？唯有清风明月，一任逝者如斯。

《管子·乘马》有言："凡立国都，非于大山之下，必于广川之上。"诗词歌赋、文采华章何尝不是如此？泽畔行吟，登临长啸，有山川便有思古幽情，有长河便有曲水流觞。所以就有了流不尽的松花江水，唱不完的松花江上。

松花江是中国七大河之一，有南北两源，北源发源于大兴安岭支脉伊勒呼里山的嫩江，南源发源于长白山天池。水文上有"以远为源"之说，但松花江不拘泥于此说，从水文上明确了南源为正源，嫩江为支流。

南源遍布于长白山区，有头道江、二道江以及从一到五排列的五道白河。水文上又明确源于长白山天池瀑布的二道白河为松花江正源。以此计程，松花江长度为1956公里[①]。

若以北源嫩江源头计算，松花江长度为2309公里。

松花江干流从长白山天池而下流向西北，至吉林省松原市嫩江注入，此段松花江，如今名为西流松花江。嫩江注入后，向东至汇入黑龙江的河口，称东流松花江。

松花江干流流经吉林、黑龙江两省。两岸河网发育，有近一百个支流。流域面积55.72万平方千米，涵盖黑龙江、吉林、辽宁、内蒙古；年径

---

① 1公里=1千米。

前 言

流量762亿立方米。

长白山是东北亚标志性山脉，松花江发源于此，向西北再向东北，流脉所向，如同东北大地上的主动脉，汇同诸多支流溪水，仿佛毛细血管密布于广袤的黑土沃野。

以江河命名的文明只是借地理方位标注其空间的自然属性。以松花江为文化意象，概述其流域文化的前世今生，借松花江冲出长白山峦之后一路哺育两岸的形象意蕴，壮其雄浑开阔，吞雨雾而纳百川；赞其川流不息，奉生灵而养天机。

江河文明在有了文字记载之后成为历史文化的一部分，而此前极其漫长的演化过程虽不清晰，却是跨入文明门槛的序曲。松花江流域的考古发掘显示，这里新石器时代的文明程度远远超出我们的想象。其遗址分布之广，不同时期文明的序列与承续关系之脉络，足以与黄河流域、长江流域文明相比肩。

白山松水早期模糊的历史是在与中原文明的接触中逐渐清晰起来的。黄河流域的文字照亮了东北荒寒的大地，并以此融为中华民族的统续，在多源并起的中华文化中占有重要的一席。

中国学者曾有"商之兴也，自东北来；商之亡也，向东北去"的论断。春秋以前，松花江流域的部族便与中原王朝建立了联系。"肃慎、燕、亳，吾北土也。""大荒之中，有山名曰不咸，有肃慎氏之国。"不咸即今长白山，肃慎即早年居于长白山的原住民。

在长白山之侧的松辽平原与更北方的草原上，有濊貊人与东胡人建立的早期义明，他们的存在同样记录在中华典籍中。公元5世纪，肃慎族系的勿吉吞并了濊貊族系的夫余国。公元10世纪，契丹尽有肃慎族系的渤海之地。濊貊族系的夫余国、肃慎族系的渤海国、东胡族系的辽国，松花江畔

松花江传（上）

三大古族系在此演绎了第一回合主角轮唱。

与此并行的，是东北各族系及地方政权纷纷与中原王朝建立了隶属关系，以纳贡和接受册封的方式成为中华一统的组成部分。

东北文化与中原文化的交流融合在中国文明缔造史上有着特殊地位和作用。中国统一多民族国家形成过程中的征战、同化、归并、参合、互化、认同等交互方式，一样不少地在这里反复上演，尤以"五胡入华"，到辽、金、元、清的一幕幕"重头戏"，支撑了中华大家庭多元一体的大舞台。

近代以来，伴随着"数千年未有之大变局"，东北受到沙俄与日本的交相侵袭。松花江见证了殖民与移民，牺牲与抵抗，矢志光复故国山河的岁月。

被外力强推的近代工业化与城市化为东北大地改换了行头，随之而来的八方移民焐热了寒天冻土，置换了土著生民的气质。直到一唱雄鸡天下白，松花江北上的河道，恰位于中国版图雄鸡形象的鸡首，在新中国大建设之初，高高昂起，一鸣惊人。

21世纪以来，振兴东北的号角一再响起，松花江期待着从历史的深处，冲向充满希望的远方。

江畔何人初见月？江月何年初照人？

回望松花江的昨天，是为了重温历史的记忆，为了从历史的镜鉴中学会把握今天与未来的智慧。

我见青山多妩媚，料青山见我应如是。今天的松花江，当无愧于远古渊源，无愧于两岸青山。

目录

第一章	大河上下	001
第二章	逝者如斯	025
第三章	故国山河	063
第四章	龙兴之地	111
第五章	泱泱一脉	157
第六章	千回百转	209
第七章	在水一方	259
第八章	流金淌银	307
第九章	松花江上	355
第十章	泽被百代	457
第十一章	风正扬帆	517
第十二章	通江达海	567
第十三章	王者归来	611
第十四章	水天一色	665
第十五章	相忘江湖	725

第十六章　冰雪激情 …………………………… 825

参考文献 ………………………………………… 848
后　记 …………………………………………… 851

第一章

大河上下

松辽盆地,亘古荒原。一朝点化,日月新天!

20世纪50年代,在松花江湿地发现大庆油田。

20世纪70年代,在松花江中游发现猛犸象化石。

21世纪初,松花江源头的长白山火山灰被取用,作为中国探月工程地面实验模拟月壤的主要成分。

江流日月,沧海桑田。远古的猛犸象与现代的工业油流,舞动潮汐的月光与仰望星空的山岳,都是光阴的浮影。

松花江水载着光阴浮影,远来,远去……

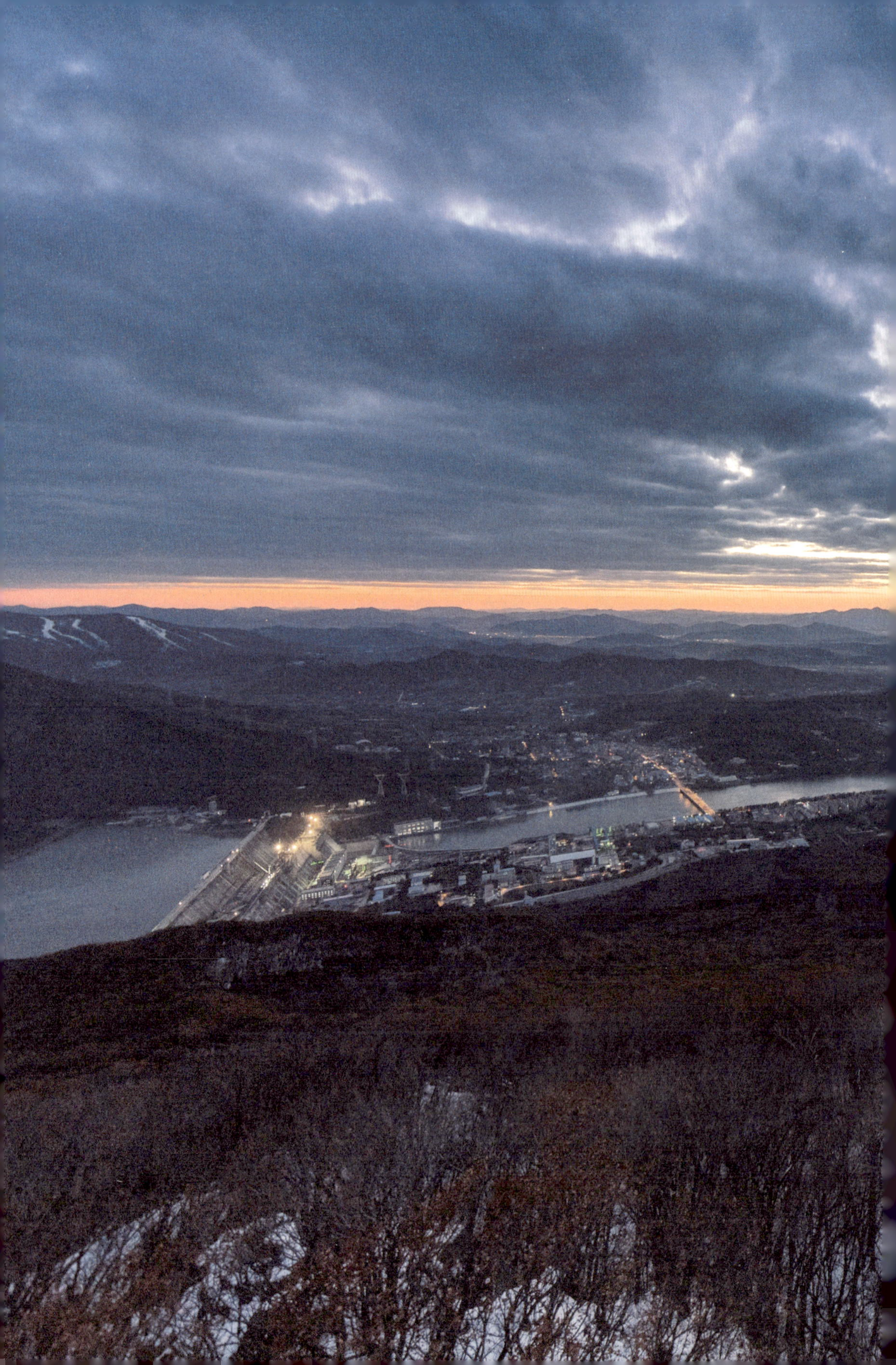

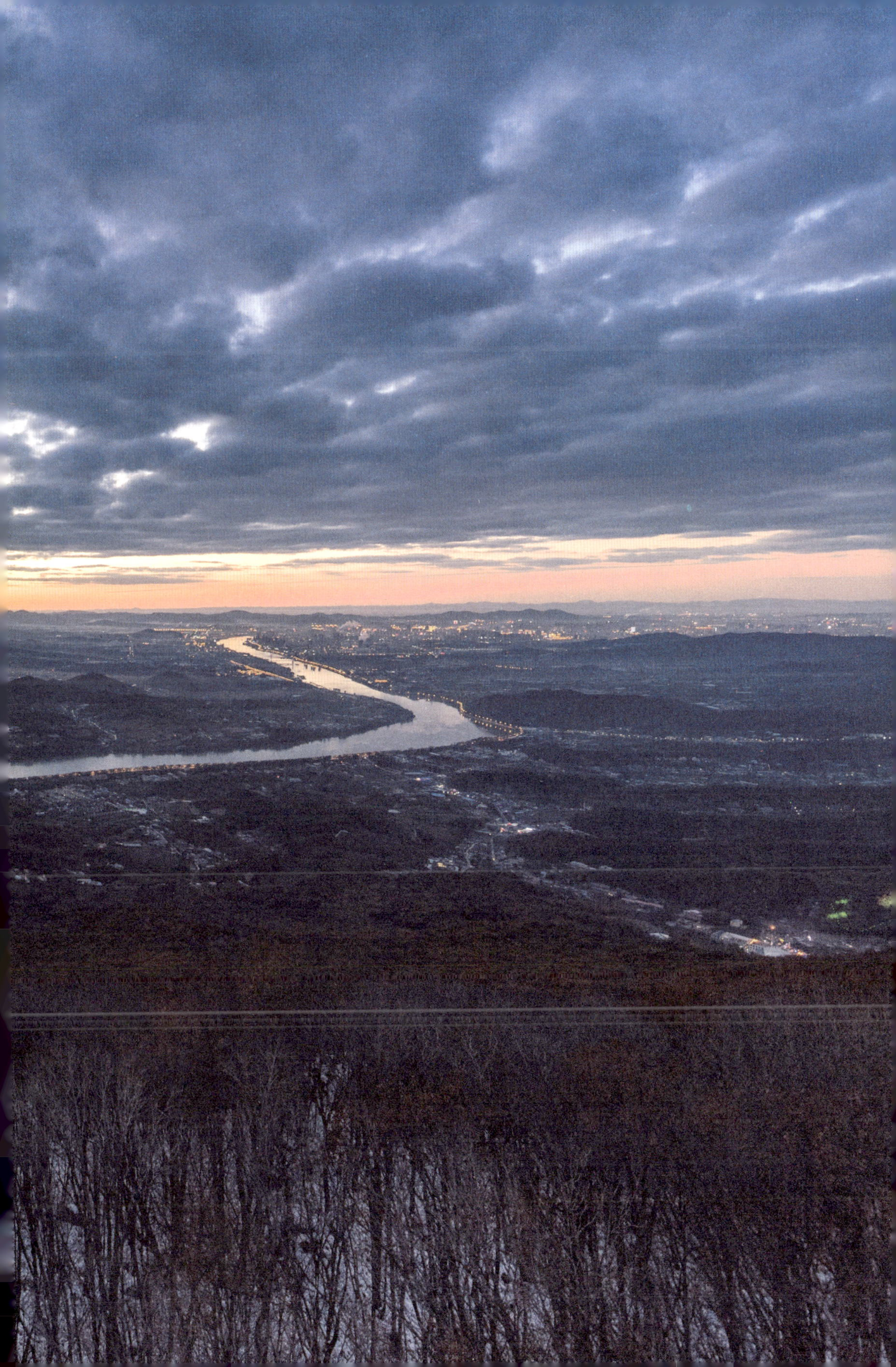

松花江传（上）

‖ 荒原一片篝火红

一道残阳铺水中，半江瑟瑟半江红。

一只船划入江中，江水柔软可人。顺流拥着，一任悠悠。

残阳落日，时间比秒针走得快。

来不及数，半江的红就成了一江的墨。

这里是松花江冲出群山后，为下游开阔的平原堆起的第一湾大码头——吉林市。

之所以傍晚解缆起航，是因为没有确定下一个锚地。

而且，不是一只船，是两只船。

并到了一起，搭起了顶棚，有点儿像江南的乌篷船。

这是1955年，朝鲜战争在两年前结束了，新中国第一个五年计划也在两年前开始了。

顺江而下，走走停停。船上五六个人，常常要跳上岸来，在土崖边上敲敲打打，用锤砸，用锹挖，用尺量，像是在找东西。

船上的人不像官家，也不像渔家。白天在岸上翻找，晚上，船篷里透出烛光。

他们偶尔抓鱼，也会到岸边捡野鸟蛋。早晚间，船上常飘出袅袅炊烟——

船行有日，出舒兰、九台，下德惠、榆树。入秋了，漫山遍野的大豆高粱。

两岸的乡民疑惑，这是些什么人？毕竟，声势浩大的"肃反"运动刚刚开始动员，暗藏的敌特反革命是人人要警惕的。船上的这伙人，吃在船上，睡在船上，时不时下到岸边探寻土崖沟壑。没带介绍信，也不与政府交接，只是自己在江上漂着。

第一章　大河上下

江风渔火，日升月落。从夏到秋，再到初冬。迤逦江上几个月，没人知道这条船的秘密。

直到四年后的1959年，在新中国成立10周年前夕，东北松花江畔一个小镇的名字——大庆，一夜间响遍全国。

又过了六十年，2019年，在中华人民共和国成立70周年前夕，新华社播发了习近平总书记致大庆油田发现60周年的贺信。信中写道："60年前，党中央做出石油勘探战略东移的重大决策，广大石油、地质工作者历尽艰辛发现大庆油田，翻开了中国石油开发史上具有历史转折意义的一页。"

"历尽艰辛"，必有故事。

各大媒体竞相追溯，在岁月的长河中，发现了这只由两条小船并成的篷船——是它在江上划开的水线，成为新中国在东北松辽平原寻找石油的第一波涟漪；是它篷船上的烛火，点亮了石油人向东望去的双眼。

如果没有这条小船悠悠漂过的几个月，没有王铁人"宁肯少活20年，拼命也要拿下大油田！"的豪迈，中国"贫油国"的帽子不知还要戴多少年。

然而，就是这条开启了巨大发现之旅的小船，当初却差点儿与历史擦肩而过。

自第二次工业革命以来，石油被称为工业之命脉、经济之命脉、民生之命脉，甚至是一国之命脉。新中国成立时，国产石油严重短缺，航空燃油全部依赖进口。昂扬向上，意气风发，在朝鲜半岛将不可一世的美国人都打得收敛气焰的新中国，却在石油能源上憋屈气短，腰杆不硬。

1953年，毛泽东主席和周恩来总理问时任地质部部长的李四光：中国真的"贫油"吗？

1954年12月，国务院成立了以李四光为主任，谢家荣、黄汲清为技术

松花江传（上）

负责人的石油普查委员会。这三个人，都坚信中国有丰富的石油蕴藏。

关键是藏在哪儿？

中国幅员辽阔，面积相当于整个欧洲，石油到底埋藏在什么地方呢？我们应该到哪儿去找石油呢？

欧洲有句俗语叫"草垛里寻针"。现在不是不知道针在哪儿，而是不知道草垛在哪儿。

要想在草垛里找到针，先得知道草垛在哪儿。

1955年初，第一次石油普查工作会议召开。作为石油普查委员会技术负责人的黄汲清拿出1：300万的《中国含油远景分区图》，并做了《我国含油远景分区的初步意见》的报告。黄汲清用醒目的橘黄色把松辽、华北、四川、鄂尔多斯四大盆地标为重点远景区。

大庆油田钻井第二大队大队长王进喜（左二）和工人们一起钻井

第一章　大河上下

远景区毕竟是远景。近景呢？眼下呢？最优先的目标呢？

会议闭幕后，谢家荣和黄汲清一起，将松辽平原放在了首次全国性石油普查的重中之重的位置，并坚持当年部署，当年启动。谢家荣亲自起草了《关于松辽平原石油地质踏勘的工作方法》。

对松辽平原进行石油地质踏勘，是大庆油田发现链上最重要的环节。这是后来人在梳理这段历史的时候，才从各种纷纭的生油理论与找油主张中得出的判断。因为找油的第一步是确定方位，方位确定后就是踏勘立项。而在新中国成立之初，人力、物力、财力都极其紧张，一下子要在四大盆地铺开找油，谈何容易。

果然，令人意想不到的事情发生了。地质部组织了五个石油普查大队，而黄汲清与谢家荣极力主张并寄予厚望的松辽平原竟没有被列入项目计划。没有计划就等于没有任务，没有任务就等于松辽盆地不是首次全国石油踏勘的优先选项。

这一步迈不出去，中国的石油工业之路很可能在无数个路口、无数条路径、无数个路标中迷失方向。当初在"贫油论"的阴影下陷入发展瓶颈，如今好像路多了，却还是迷路了。

黄汲清急了，依照他的理论推断，松辽盆地是最值得查找的地方。如果此次踏勘漏掉了松辽盆地，那可能是一个重大的战略性失误。他以技术负责人的身份，立即找到地质部普查委员会，指定起草一个踏勘任务书，要求踏勘人员乘小船沿松花江两岸寻找出露的岩层，尽量测量地层剖面，对铁路两侧及平原边缘的沟谷要多下力气，找基岩露头和油气显示。

松花江上那条漂了三个月的小船的主人，就这样被黄汲清推进了这一波澜壮阔的新中国石油工业的历史长河中。

韩景行，时任地质部松辽普辽普查大队大队长。1949年就读于东北大

松花江传（上）

学，这是由中国共产党在东北创建的第一所综合性大学，也就是今天东北师范大学的前身。韩景行在东北大学的学历表上盖上了一个红色印章后，转年便就读于北京大学地质系。

1955年盛夏，正在野外工作的韩景行接到了迅即前往松辽平原开展石油踏勘的电报。这位地质学专业的毕业生，还没有接触过实际的石油踏勘工作。他不知道自己面临的是怎样的一项工作，更不知道这项工作对共和国、对刚刚起步的石油工业、对他自己的一生意味着什么。

后来韩景行回忆："7月份正值各队野外工作高潮，人员和设备工具都很缺乏，几乎只有地质工作'三件宝'（铁锤、罗盘、放大镜），连个照相机都没有。"

就是在这样的条件下，韩景行带着五位年轻地质师，从吉林市哈达湾租了两条渔船，沿着松花江顺流而下，充满干劲儿地开始了松辽盆地最早的石油地质普查工作。

为什么要沿着松花江找油？曾任大庆钻探工程公司高级工程师的作家宫柯说："松辽平原几乎都被厚厚的黑土掩盖，只有被大江大河切割冲刷过的地方才能比较容易地看到岩石露头，通过岩石露头，才能推断地下是否具备形成油矿的地质条件和环境。"

露头是地矿学专业术语，特指地层、岩体、矿体、地下水、天然气等出露于地表的部分，是地质观察和研究的重要对象，也是重要的找矿标志之

地质部松辽普查大队大队长韩景行

第一章　大河上下

一。通过露头来找矿，是最初始、最直接也最耗时费力的传统方法。

韩景行一行沿着松花江漂流，随后又弃船登岸，沿着沈哈铁路两侧的松辽盆地边缘，徒步野外踏勘，一直坚持到北风呼啸的12月才结束工作。

干地质的人都具有探索精神和坚韧不拔的品质。松花江上深秋瑟瑟的江风、松辽盆地初冬卷起的白毛大雪，让韩景行一行六位平均年龄不到三十岁的年轻队员着实领教了一番大东北的风凛冽刺骨。荒原上的风不是刮过来的，更不是抚过来的，是抽、是砸、是撕过来的。能吹走的东西都吹走了，唯有那千辛万苦找到的一块块有露头迹象的石头，他们捂了又捂，嗅了又嗅，包裹得严严实实，就指望着这些无言的石头做证据、出数字、供研判了。

在沟壑纵横之地，韩景行的松辽普查大队发现多处可能属于白垩纪或第三纪的紫红色砂泥岩，以及黑色、灰色、绿色等泥页岩的踪迹。尤其值得关注的是，在灰色和绿色泥页岩中，有一种浓烈的油味，以及类似"芝麻饼"的介形虫页岩与鱼子状泥灰岩薄层，它们对光的反应显著，据此推测，这些岩石层可能是潜在的生油层。最后，韩景行的报告得出了大胆的结论：松辽盆地应该而且可以找油，建议进一步开展油气普查和物探工作。

如果对韩景行的报告做通俗化的解说，那就是在松花江两岸的沟壑崖畔中，闻到了油的腥气，看到了油的荧光，甚至捻出了泥土中的油腻。

接下来会怎样？韩景行没敢想。他还不知道，这条小木船上的收获，燃起了石油人对松辽盆地最早的信心。

这个信心，在北京中南海获得了肯定和鼓励。时任中共中央书记处总书记的邓小平听取地质专家们的汇报之后，对石油勘探作指示说："在第二个五年计划期间，东北地区能够找出油来就很好。把钱花在什么地方，是一个重要的问题。总的来说，第一个问题是选择突击方向，不要十个指

松花江传（上）

头一般齐，全国如此之大，二十个、三十个地方总是有的，应该选择重要的地区先突击。选择突击方向是石油勘探的第一个问题，不然的话，可能会浪费一些时间。"

邓小平的指示，加速了我国石油勘探战略重点东移的进程。

石油部于1958年4月成立松辽石油勘探大队，一个月后勘探大队升格为勘探处，再一个月后勘探处升格为勘探局。短短三个月，松辽盆地的勘探机构连升三级，可见石油工业决策者对松辽盆地勘探工作的重视程度。

松辽盆地，亘古荒原。一朝点化，日月新天！

地质部和石油部调派了全国各地的数十支地质调查队、地球物理勘探队、大地测量队和专题研究队。他们踏荒草湿地，涉湖泊大淖，在上百条河流汇聚的松辽盆地上，开始了拉网式的野外普查。一片荒芜的松辽盆地突然热闹起来，数十部地质浅钻机在松花江南北开动。

韩景行和他那五位年轻的伙伴，早已投身在这沸腾的荒原里。

1958年4月17日，位于松花江南岸的吉林省前郭尔罗斯蒙古族自治县达里巴村附近一口南17孔浅钻井，首次取到了含油砂岩。黄褐色的砂岩散发着强烈的油气味，现场的地质人员甚至用不着化验分析，就立即断定这是石油生成后运移过程中浸润过的油砂。

作家宫柯用了一个生动的比喻："如果说韩景行地质师三年前嗅到的油气味是从很远距离飘来的饭香，那么南17孔采集的油砂就是那口蒸饭大锅散落在灶台上的米粒。"这意味着，人们虽然没有见到石油，但已经可以证实松辽盆地确确实实生成过石油。

消息传得很快，喜悦传得更快。从长春到北京，一路的兴奋，一路的激动。毕竟，三年多的努力，地质部与石油部上千人的全国性野外作业，在一个接一个令人失望的结果之后，松辽平原终于传来了虽然只是初步判

第一章　大河上下

断但非常确定的好消息，这怎能不让北京的决策者与奋战在一线的石油人信心倍增！

　　1958年6月26日，新华社在《人民日报》的第三版发表了一篇只有寥寥数百字的新闻——《松辽平原有石油》。新闻内容语气平静，低调陈述，仿佛是平平常常向家人报了个平安一样。然而，参与者和关注者都看出来了，标题上这波澜不惊的七个字背后，是强抑的、快要按捺不住的巨大喜悦与振奋。

　　韩景行和他的地质大队这时候在哪儿？是在松花江中游的松辽平原，还是走向了下游的三江平原？

　　大概率的情景是，韩景行他们是在风中的野外，是在更荒芜、更苍凉的远方。在那个年代，他们很难及时看到报纸。确定"松辽平原有石油"对他们来说不是一条消息，而是心中坚定的信念！

　　1989年，发现大庆油田30周年之际，大庆人铸造了一座极富象征意义的纪念碑，上面镌刻着二十三位地质科学家的名字，他们的排名是：李四光、黄汲清、谢家荣、韩景行……

　　中华民国时期，前三位曾在1948年当选为中央研究院院士[①]，1955年当选为中国科学院学部委员（后称院士）。韩景行排名第四，其身后最简要也是分量最重的一句定论是：大庆油田的发现者！

　　韩景行启航的码头是松花江上游的吉林市。在历史上，这里是濊貊族人在中国东北大地上最早建立的古扶余国的所在地。两千多年过去了，韩景行从这里登船的一小步，成了迈向松花江流域一个崭新的城市——大庆的一大步。

[①] 中央研究院院士：中华民国时期设立的科学技术方面的最高学术称号，为终身荣誉。

松花江传（上）

是松花江水"挽"起了古国与新城，"挽"起了古往今来。

一叶小舟，一蓑烟雨，一代人的青春，就像这不舍昼夜的大江，流进岁月，流向苍茫。

三十年过去了，六十年过去了，一代人、两代人过去了。大庆由荒原变成了一座石油城，陪着她的，是化为星辰的贡献者的辉光，和一直在她身边流淌着的松花江。

‖ 没入松花江底的猛犸象

1973年，年产量已达千万吨的大庆组建了环境保护办公室，并着手设立环境保护监测站。而这时的公众意识中，尚未有明晰的生态与环境保护的概念。这一年的8月，第一次全国环境保护会议在北京召开。就在这次会议上，包括松花江在内的六大江河大面积水质恶化等问题震惊全国。在国务院的要求下，松花江流域的大庆率先启动了生态与环境保护工作。

就在这一年，位于大庆头台采油区东侧的三站镇发生了一件让人们议论纷纷的奇事。

当年颇为响亮的一个口号是"工业学大庆，农业学大寨，全国学人民解放军"。三站镇位于松花江北岸，改土造田、以沙治碱是农业学大寨的实际行动。

三站镇宏城大队的社员们集体出动，在中学房后的沙坑内挖沙子，再以车拉人挑的方式将沙子运到盐碱地上。在当时，这样的生产安排，都是"人海战术"的"大会战"，有标语，有彩旗，有大喇叭鼓动宣传，热闹的景象如同过节。

第一章　大河上下

"工业学大庆，农业学大寨"游行队伍

三站镇正在读初中的张津友被这番景象吸引着，却不承想真看到了一个大热闹。他在事后回忆，当挖掘工作达到地下三米之深时，工人们遇到了坚硬的物质，如岩石等。这导致农民们握柄的虎口均遭震裂，甚至铁锹也因撞击而变形。

毕竟人多，锹挖不动就用镐刨。大寨能劈开虎头山造梯田，这沙子中的几块石头就能挡住三站人学大寨、改天换地的热情吗？

石头挖出来了，还不是一块，是一块接着一块。只是石头不像石头，形状不像，有粗有细，有长有短，颜色不像，有点黑亮，有点斑黄。

有人说，这是骨头吧？

瞎说，啥骨头能有这么大？除非是大象。

大象？祖祖辈辈没听说过。咱这大东北要是有大象，冻也冻死它。

张津友看得真切，虽然他说不清这是不是大象的骨头，但很明显，这不是石头，是骨头，是已经硬得跟石头似的骨头。

松花江传（上）

人群中突然冒出来一句："化石！这是动物化石！"

动物化石？啥意思？

啥意思？就是动物死在这儿了，埋在这儿了，年头久了，骨头就化成了石头。就是化石！

那你说这是啥动物？啥动物有这么大的骨头？

龙骨，一定是龙！咱这是松花江，松花江和黑龙江连着，鱼和龙都是顶水游，一定是黑龙江中的龙，顶水上来了！

没错，这回大家都信了。江中有龙，而且，只有龙骨才可能这么大。

龙骨能治病，治百病。有人小声嘀咕。

无人回应。只见大家一个个跳进沙坑，脚快手快地连刨带捡。不一会儿，人把坑填满了。

据张津友所述，当时的情形是群众纷纷相信并争相追逐所谓的真龙骨。甚至该大队的吕氏父子也加入了这场哄抢热潮，他们携带着所谓的"龙骨"匆忙赶至三站码头，意图乘坐船只前往哈尔滨以换取金钱。幸运的是，公社的干部及时抵达，阻止了他们的行动。这一事件很快被公社领导高度重视，随即向上级县政府呈报。接到报告后，省级与县级的考古领域专家迅速出动，对现场进行了初步的勘探与分析。他们得出结论，所发现的遗骸并非传说中的"龙骨"，而是属于远古时期一种大象的化石。专家们进一步指出，将此物当作药物服用不但无法起到治疗作用，反而可能对健康造成损害。

是象骨不是龙骨，不能治病，但却非常珍贵。专家对公社和大队的干部说，要把每一块骨头化石都收上来。

在历经数日的紧张工作之后，研究人员成功搜集并妥善标记了约五六十件化石标本，并将之存放于三站中学的实验室内。考古团队随后围绕一块面

第一章　大河上下

积达50平方米的区域布设了绳索,并继续深入挖掘。当挖掘深度达到4米时,出土了一对呈弯曲状的巨大门齿,每颗牙的长度超过了1.4米。随后,考古团队持之以恒深入挖掘,陆续发现了庞大的头骨、脊椎骨、肩胛骨、肢骨以及足骨等多件化石。依据化石的分布情况,考古学者判断,这头古象的头部朝向西北方向,尾部则朝东南,化石散布范围在40平方米内,且保持了70%以上的完整性。此次挖掘工作持续了大约半个月,最终完成,并将化石用卡车运送至省级博物馆进行后续研究。

接下来的事情,张津友就不知道了。许多年过去了,张津友带着妻子和已经上学的两个孩子去了黑龙江省博物馆。他要让孩子们看看化石标本,讲一讲自己当年像他们这么大的时候,在学校后院沙坑边上看到的热闹情景。

"一进入自然馆展厅,那具用钢材做支架组装完好的巨型猛犸象化石便映入眼帘。那仰天昂起的头颅、威武高大的身躯,如同一头栩栩如生的大象跨越岁月时空向我们奔来。解说员用娓娓动听的话语,向我们介绍远古时期的真实猛犸象。原来高大的猛犸象长有长长的鼻子和獠牙,浑身披着长长的绒毛,故称毛象,是第四纪更新世的一种巨大哺乳动物,生活于北半球,食取植物,常成群活动,

黑龙江省博物馆自然馆展厅的松花江猛犸象化石骨架。1973年3月,黑龙江省肇源县三站镇松花江中游北岸的一级阶地上,发现了一具完整的猛犸象化石,这是中国发现的第一具完整猛犸象化石

松花江畔（上）

约灭绝于一万年前。我国关于猛犸象的最早记载见于一千八百多年前的《神异经》，明朝李时珍的《本草纲目》以及清康熙皇帝的《几暇格物编》中都有详细记述。博物馆中一位资深学者介绍说，通过观察猛犸象化石出土地的沙层，专家确认三站当时是古松花江底。结合周围环境，专家推测这头象是在初冬松花江刚结冰时不慎落江淹死的。完整猛犸象化石出土在我国尚属第一次，为研究我省更新世晚期以来，松嫩平原一带的古地理、古气候变化提供了实物资料。最后评价说：'这具猛犸象化石自身价值无可估量，是难得的镇馆之宝，被国际学术界认定为盖世无双的珍品。'"

这时的张津友已是镇政府的干部，他早已多次看过报道并查找了相关资料。作为三站镇人，他很骄傲，很自信。作为三站镇出土猛犸象化石的亲历者、见证者，他经常向人们讲述当年化石出土时的情景，以及猛犸象作为寒地古生物的来龙去脉。将绘声绘色的回忆文章发表在《黑龙江日报》上的张津友，顺理成章地成了三站镇猛犸象出土过程与前世今生的"新闻发言人"。

当年考古专家赶来后，共发掘出土化石三百余件。经中国社会科学院考古研究所实验室用碳-14年代测定法测定，出土化石属于距今约两万一千两百年的一头猛犸象。根据这头古象的骨骼特征，也为了纪念它的出土地——古松花江底，专家们将其定名为"松花江猛犸象"。

专家将运回到博物馆的骨化石修复后，制作成一个身高3.33米、体长5.45米、门齿长2.05米的古代猛犸象的化石骨架。虽然缺失了一条右腿，但仍是国内发现的第一具完整猛犸象化石骨架。

专家为了进一步向公众宣讲猛犸象等古生物化石的科普知识，特别编写了通俗易懂的相关资料：

猛犸象生活在欧、亚和北美洲的寒冷地区，它在地球上曾繁盛一时，

第一章 大河上下

直至距今约一万年前绝灭。一般的大象身上无毛，以利散热，而猛犸象身上却披着长长的毛发。猛犸象最先由苏联西伯利亚北部冻土带的鞑靼族人发现，"猛犸"即鞑靼语"巨大"之意。松花江边上出土的这具骨骼化石，白齿已经磨蚀相当一部分，说明它至少活了六十多岁，是一头老象。

关于这具猛犸象的死因，众说纷纭。根据它出土时的埋藏环境，专家推测，两万年前初冬的傍晚，当时古松花江刚刚结了一层薄冰，这头古象吃了干草后口渴，拖着沉重的步子，移动灵巧的长鼻，缓步来到松花江岸边喝水。江边结冰了，它向冰上走去，"咔嚓"一声，古象失足落水。它一阵哀号挣扎，最终葬身冰窟。经过江沙埋没，皮肉烂了，而骨架却完整地保存下来，就是我们今天看到的那雄伟、健壮的姿态。

猛犸象盆骨 　　　　　　猛犸象下颌骨

猛犸象门齿

专家颇富想象力的推想浪漫而细腻，对于一两万年前的古生物行为做出描述，细节丰富且惟妙惟肖未尝不是一个便于公众接受的好办法。

松花江传（上）

三站镇所在的肇源县位于松辽平原的腹地，自中生代以来，这里一直是一个地势低洼的向心盆地。嫩江、松花江和东辽河、西辽河在此汇聚，四方辐辏，贮成大湖。到了晚更新世，松辽分水岭逐渐抬升，辽河改向南流，而源自小兴安岭的乌裕尔河和双阳河进入盆地后便"老老实实"不再溢出。久而久之，这片区域内的原始湿地环境就形成了。

漫长的地质年代与特殊的气候环境，使松辽平原积累了丰厚的古生物遗产。时隔不久，在距肇源第一具猛犸象化石出土地点不足一百米范围内又发掘出一具保存完好的披毛犀化石骨架。更为引人注目的是，中国首次发现的王氏水牛完整骨架也出土在它的附近。

松花江畔，松辽平原，在久远到以亿万年计的地质年代，曾经水草旺盛、植被丰茂，生活着大量的低等级生物和大型动物群体。伴随着地壳变动与气候变化，或者多种意外因素，低等级生物经分解聚集而生成石油，大型动物则集中灭绝而深埋成为化石。

原本共处同一方蓝天下，同一片荒原上的生命共同体，低等级生物沉积渗聚而成石油，大型哺乳动物殒命而成化石，同在"九泉"不见天日上万年，却在弹指一挥间，奇迹般地被喧闹的大地唤醒又相遇在松花江畔。这是自然演化的异数，还是冥冥之中的缘分？抑或是沧海桑田后新世界主人的撮合？

也许这就是松辽平原的奇迹。曾经的混沌鸿蒙，曾经的生命繁华，经历了上万年的寂灭与洪荒，在今天，在人类前所未有的脚步声中，生命再度荣华，大地复现繁盛。

人类在与自然的对话中，学会了尊重，学会了敬畏，学会了感恩。而每一次学习所得，都来自对自然更深入的探知、更深入的发现。

松花江上的奇迹就是人类与自然合作后创造出来的。在大庆油田被发

现半个多世纪之后，白山松水以自然禀赋，成就了与人类共创奇迹的又一次完美合作。

‖ 火山与月球的缱绻

在距今十二万年至一万年之间，地壳变动抬升了松辽分水岭。原本与松花江相通，汇流于大小兴安岭与长白山簇拥的广阔平原上的辽河，改道南流，与松花江、嫩江分道扬镳。由此，广义的松辽平原在松花江与嫩江汇流的区间，又被称为松嫩平原。

也就在距今十二万年到一万年间，松花江北源的长白山经过了两次大规模的火山喷发后，完成了长白山火山锥体形态的塑造。又经过几次小规模的喷发后，长白山形成了锥体上的火山口，以及拥着火山口的主峰。

火山口积水成湖，便有了长白山天池。天池水向北冲开，便成了松花江之源。

在茫茫林海覆盖的长白山区域，十千米长的河流有两百多条。溪流跌宕，日夜奔腾，冲刷出千沟万壑。由此伴生的大小峡谷，壁立千仞，层层叠石，演绎着开天辟地的故事。

21世纪初年，一伙人走进了大山，钻进了峡谷。

他们专找灰渣一样的碎屑。

当地人不解。这些破碎颗粒状的石砾，说土不是土，说石不是石，当土用不能长庄稼，当石用不能盖房子。难不成新科技点石成金，这灰渣碎屑摇身一变，成了身价百倍的矿石了？

那还了得！

松花江传（上）

苍苍茫茫的长白山区，最多的不是岩石，不是河流，甚至不是林木藤草，而是这种遍布整个山区、深达上百米的灰渣碎屑。植被长在它上面，菌菇伏在它上面，山泉流在它上面，蛰伏蠕动的、屈伸爬行的、蹑足奔窜的水生、陆生、肉食、草食类动物生活在它上面——你只要走进长白山，这一脚不管踩到什么，下面一定是这灰渣碎屑。

地壳漂移顶撞只是为长白山打了个底儿。真正使长白山成为锥形山体而隆起于太平洋东岸、昂首屹立成东北亚最高的山脉的，是距今六十万年到三十万年之间的数次火山大喷发。中国古代史上，也记载有多次火山喷发。

积蓄于地壳深处的岩浆，带着旷古埋压的炽热情感，一朝喷薄而出，升腾直达天庭。何其壮观，何其伟岸！

大喷发时绚丽的火焰只是美学上的崇高，而历史典籍对其的记录中却充满了恐怖。

"雷，俄而有怪气。中黑边赤。"

"白气如练竟天，俄变为赤裼。"

"雨土四方，昏漾竟日。"

明万历年间，史料载："有放炮之声，仰见则烟气张天，大如数搂之石，随烟折出，飞过大山后，不知去处。"[1]

清康熙年间，史料载："午时，天地忽然晦暝，寸或赤黄，有同烟焰腥臭满室，若在烘炉中，人不堪重热。四更后消止，而至朝视之，则遍野雨灰，恰似焚蛤壳者。"[2]

史料记载中的"雨土四方""遍野雨灰"，指的就是火山爆发时从地壳深处喷出的熔岩碎屑，在巨大的势能与热能共同作用下，冲向云霄，又

---

[1] 转引自丁兴旺编著：《白头山天池》，地质出版社，1982年，第105页。
[2] 转引自丁兴旺编著：《白头山天池》，地质出版社，1982年，第106页。

第一章　大河上下

洒落大地。在整个长白山体，布满了这种大大小小的石质砾块。它们兴冲冲地由大地深处破壳而出，在阳光下享受雨露滋润。

在几代人的记忆中，没人待见过它们。唯独这一次，竟有人专找它们。

又过了几年，真来了重型装载车，将这没人理会的灰渣碎屑拉走了十几车。而后，又没了消息。

时间一长，人们的好奇心就淡了。

2009年3月1日，新华社发布新闻，中国首颗深空探测卫星"嫦娥一号"成功落在月球的丰富海区域。说是"成功落在"，实际上是在引力作用下，以自由落体的方式撞击月球。尽管"嫦娥一号"卫星在轨运行一年中传回了大量科学探测数据，获取了全月球影像图，圆满完成工程目标和科学目标，但其结束的方式被科学家们心情复杂地称为"即使悲壮也值得"。

对于长白山来说，这条消息仿佛遥远的夜空，虽星光灿烂，却遥不可及，没觉得和自己有什么关系。

2013年12月15日，"嫦娥三号"着陆器与巡视器分离，"玉兔号"月球车顺利驶抵月球表面，为中国在月球上留下了第一个足迹。"玉兔号"月球车在崎岖复杂的月面驱驰自如、进退有据。直到这时，人们才从专家的口中得知，为了让"玉兔号"月球车能在月宫上如履平地，科研人员已经做了多年的准备。其中一项浩大的工程，就是模拟建造一个真切的月球土壤环境，让"玉兔号"月球车先行熟悉月表的"路况"。

这个模拟的月球土壤材料，上哪儿去找？

人们对月球上的土壤知之甚少，却对月球的产生有过多种猜想。一说是地球当年转得飞快，把一部分物质甩了出去，这些物质聚成了月球；另有一说是地球与月球本是同根生的"哥儿俩"，在天体形成的过程中，地球长得快、长得大，成了"带头大哥"；第三种猜想被人们普遍接受，那就是地球

松花江传（上）

受到其他天体的猛烈撞击，飞溅后的物质被地球引力紧紧抱着不肯舍去，久之团团吸附而成月球。

不管根据哪种说法，地球与月球都是同根同源的"骨肉至亲"。那么月球上的土壤，就应该在地球上有同位同构的近似物质。

当然，这种物质应该是原生而古老的。

火山灰行不行？原生而古老。不知道这是突发奇想，还是有高人指点。总之，负责模拟实验的专家把目光投向了中国大陆最活跃并且仍具爆发可能的休眠火山——长白山。

长白山天池周边的火山灰

这就是前文所述几年前人们进入长白山寻找火山灰屑的缘起，也是随后那些重型装载车的最终去向。

消息是由中国科学院院士叶培建透露的。他是"嫦娥三号"探测器系统首席科学家，后来又担任"嫦娥五号"总设计师。他说："为了模仿月面，我们专门去过吉林省多次，从长白山买回很多火山灰，配上其他材料，模仿月壤。"为什么一定要选择长白山？他说："模仿月壤不容易，要把很多种材质组合在一起，还要有科学的配比。经过调研，我们发现只有长白山火山灰的成分跟月壤成分最相近。"

第一章　大河上下

"天工人其代之！"又一次的天意民愿，又一次的天人协力。长白山随处可见的火山碎屑，松花江将其冲刷成浮石沟谷的石砾碴粉，竟与三十八多万千米外那皎洁的月光有着冥冥之中的缘分。

一切都是为了"玉兔号"月球车能在"广寒宫"里安全可靠地行驶并完成地面科研人员下达的指令。

参与"玉兔号"月球车主要研制工作的中国航天科技集团有限公司第八研究院在航天城建了一个很大的"月球场"，为让"玉兔号"在地球上就能适应月球的"路况"，科研人员在这个人造的月球场上建立了月面综合环境模拟实验室。这个十分神秘的实验室，面积大概有一千多平方米，主体区域表面坑坑洼洼。假定的月球表面覆盖着一个松散层，由岩石碎块、角砾状岩块、砂和尘土组成，称为月壤。由于月壤松软，"玉兔号"月球车行驶时很容易打滑，月壤细粒也会大量扬起，形成月尘，可能引起机械结构卡死、密封机构失效、光学系统灵敏度下降等故障。因此，在研发月球车时，必须把月壤作为重要因素来考虑。

被誉为"嫦娥之父"的中国科学院院士、中国月球探测工程首席科学家欧阳自远说："依据月壤分布特点及月球探测工程研制需要，模拟月壤重点研制了低钛月海玄武岩月壤、高地斜长岩质月壤的科学模拟样品及前者的工程模拟样品，并对其源岩地质特征、物质组成及其物理、化学特征进行了测试和研究。"

这样的月壤模拟，需要在实验室铺上二十厘米的厚度，总质量大约一百一十吨，而这些基础材质全部是从长白山运来的火山灰。在这些火山灰模拟的月壤之上又设计出很多坑、石头，再配合使用模拟月球重力器，让"玉兔号"月球车在非常近似月球的表面行驶。

火山灰成了月壤，绵厚松软，细密绸缪，就像长白山天池与月光的絮

松花江传（上）

语，缠缠绵绵。

能够模拟月壤的长白山火山灰，是不是还可以模拟火星之壤、外太空之壤？长白山如果有梦，也许会梦得很远很远。

《2011年中国的航天》白皮书向世界宣示，按照"绕、落、回"三步走的发展思路，在实现月球的软着陆和完成巡视探测的第二步任务后，将启动实施以月面采样返回为目标的月球探测第三步任务。

2020年1月，中国航天向外公布一条重磅消息，中国首个对月球进行采样的返回探测器——"嫦娥五号"预计10月底将发射。11月24日4时30分，"长征五号"遥五运载火箭在中国文昌航天发射场点火升空。叶培建介绍，"嫦娥五号"是我国全新的探测器，在月壤着陆后，用两个机械手进行月面采样和钻孔取样，并将样品放入容器封装。

"'嫦娥五号'的主要目标是拿到东西。"叶培建说，"中国人有了自己的月球表面样品。"对于叶培建院士说的这句话，有心的人定会感慨认同。2011年3月1日，改扩建竣工的中国国家博物馆，以大型革命历史陈列展《复兴之路》作为开馆之展。在一个展台上，时任美国总统的尼克松于1972年2月访华赠送给毛泽东主席的礼品十分引人注目——月球表面碎片和美国国旗。尼克松访华是20世纪国际外交史上最重大的事件之一，而他送给毛泽东主席的礼物，竟然是美国登月飞行带回来的月球表面碎片和一面美国国旗，其中的意味怎能不让人一叹！

登月本是人类的梦想。嫦娥、吴刚、玉兔、桂花酒，梦幻出如此美好浪漫故事的中国人，将不只在诗词歌赋中吟咏月光。

江流日月，大河上下，是古今沧桑，是天地翻覆。

松花江水载着光阴浮影，远来，远去——

子在川上曰：逝者如斯夫。

第二章
逝者如斯

考古学家张忠培先生认为，梁思永不仅是我国现代田野考古学的奠基人之一，而且是中国考古学者进入中国东北地区进行考古的第一人。李济先生提出："到长城以北去找中国古代史的资料，那里有我们更老的老家。"

杨公骥先生主持的吉林市西团山考古发掘，自20世纪以来多次对黑龙江右岸的嘉荫恐龙化石进行发掘，用生命留在大地上的一道道划痕，演说着这片古老神奇的土地那色彩斑斓的前世今生。

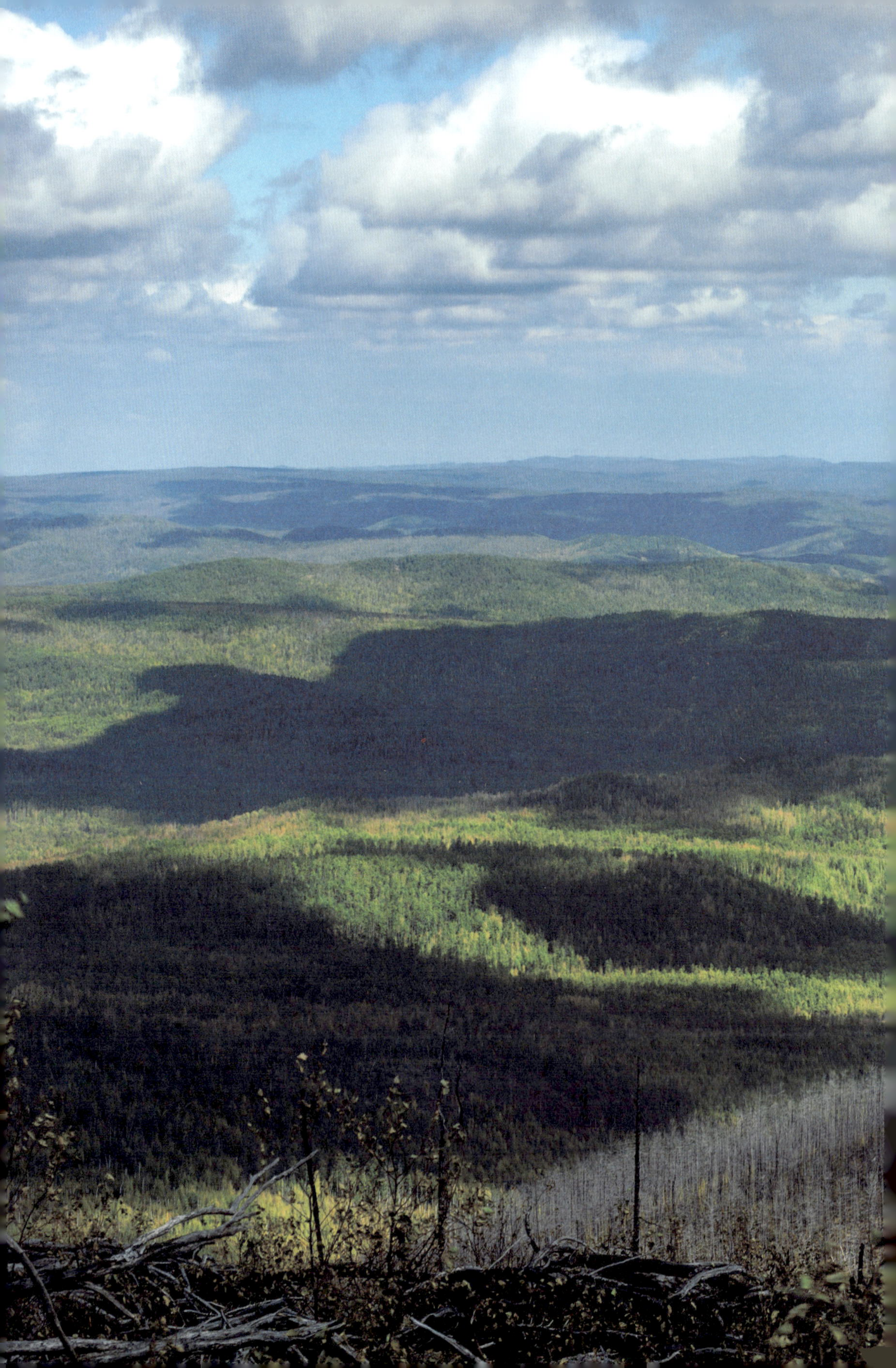

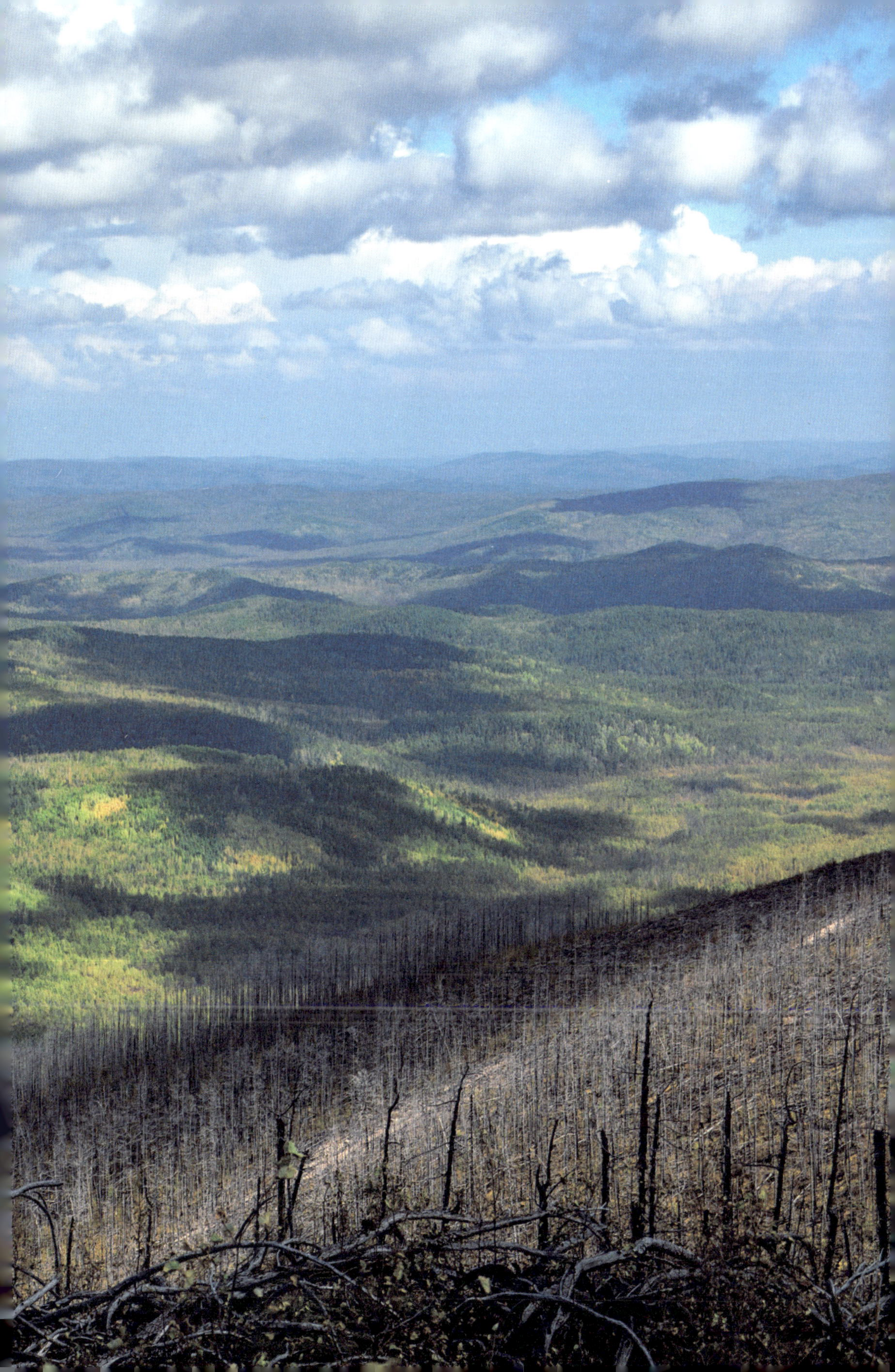

松花江传（上）

‖ 在历史长河的岸边

2017年，暑假来临，吉林大学考古学院2015级即将升入大三的学生们迎来了一次完全陌生的田野实习——发掘梨树长山遗址。领队老师方启是一位"70后"，这是方启第六次带队本科生实习。作为领队，他希望每一批实习学生经历一百天的封闭训练之后，快速成长为一个考古人。"快速成长为一个考古人"，只是一种自我激励。方启知道，哪怕是跨入考古专业的门槛，也很难短时间内实现考古的愿望。

一百天的封闭训练，仅仅是一种体验式的教学，让年轻的学子们从人类学、人种学、古生物学、古气候学、地质学、地理学、民族学、民俗学的课堂中抽身出来。穿上野外工作服，拿上手铲、探针、毛刷、喷壶，在遗址坑中爬上爬下，让坑灰在稚嫩的脸上装饰出沧桑感，而后质疑一块石器曾经的主人。

方启知道，这一切都是必要和充满职业情感的。他很幸运，能够带着学生们走到野外的发掘现场，进行另一种形式的教学，这与在教室里讲完课便与学生们"一拍两散"完全不同。三个多月的时间，野外的作业与手把手的指导，日出而作、日落而息的辛苦操劳，让整个实习教学充满了青春的气息与同甘共苦后的亲密。

考古专业给人的印象是截然不同的两面，一面是枯燥单调，一面是浪漫神奇。枯燥单调之处是一个遗址坑可以让你一辈子爬不上来，直到最后的研究成果把自己变成了遗址的一部分。浪漫神奇之处是你可以思接千载，触摸千载；你可以穿越时空与古人晤面，也可以剥开岁月，重组时光，让化石复活。

吉林大学考古学院是国内高等教育考古专业的"重镇"。1972年，著

第二章　逝者如斯

名考古学家张忠培先生在吉林大学创立考古学专业。1987年，考古专业从历史系分离出来，成为考古学系。当年亲受张忠培先生培养的学生，如今大都在各地挑起考古学界的大梁。

论辈分，张忠培是方启的老师的老师，或者，不止。学界讲究辈分，因为，这也意味着学宗与道统。

中国的考古学专业并不古老。

张忠培20世纪50年代初在北京大学读考古专业时，他的老师是考古学家苏秉琦先生、宿白先生。他们是中国第一个大学考古专业——北京大学考古专业的创办者。而苏秉琦和宿白，又曾先后受教并追随中国现代考古专业的开拓者李济、梁思永两位先生。也就是说，到了张忠培这一辈，中国的考古道统，至多是第三代。张忠培在创办吉林大学考古专业时，秉承的学统是格局宏阔、奠基于第一次由国人主导的河南安阳小屯和后冈殷墟遗址考古的中国现代考古

梁思永，他是第一位受过正规现代考古学训练的中国人，图为留学时期的梁思永

科学。故而，张忠培一心要把吉林大学考古专业办成吉林长春的"北京大学考古专业"。因为在他看来，自己亲聆謦咳的两位导师——梁思永和苏秉琦的考古成就，分别代表着中国考古学形成期和成熟期两个里程碑。中国的现代考古学的重要一脉，就是由开创者的一代——梁思永，和稳定成熟的一代——苏秉琦，将现代考古学道路直接铺到张忠培脚下，张忠培在两位前辈的基础上，创建吉林考古专业。所以，张忠培在东北创设的考古

松花江伯（上）

专业以及一辈又一辈的学子，都可以骄傲地敬李济、梁思永、苏秉琦为正源先师。

2016年9月22日故宫召开梁思永纪念座谈会上，张忠培曾在发言中这样评价梁思永："梁思永先生是中国考古学的一位'巨星'，是中国考古学最重要的一位奠基人，更是新中国考古事业最重要的奠基人之一。""梁思永先生将民国时期中央研究院历史语言研究所确立的中国考古学治学道统传承于中国科学院考古研究所，也就是传承于中华人民共和国的整个考古学事业。"[1]

从20世纪中叶的中央研究院到新中国考古研究所，梁思永是衔接者、传承者、一以贯之的代表性学者。

张忠培所说的治学道统，是指梁思永在1930年归国后工作所在的中央研究院历史语言研究所实行的一种历史研究与考古治学的理念，"一分材料出一分货，十分材料出十分货，没有材料便不出货""我们不是读书人，我们只是上穷碧落下黄泉，动手动脚找东西"。

张忠培对此的理解，就是考古工作者要"以物论史，透物见人，代死人说话，将死人说活"[2]；考古学文化的研究对象为考古学遗存，一处遗址、一处墓地、一个村落、一处作坊与一座灰坑、一座墓葬、一座房子以及一个剖面等，都是一个个单位；考古学研究就要"回复原单位"——提出问题和课题需要依靠材料，解决问题和课题仍然需要依靠材料。

如今这已成为历史学和考古学专业的常识性理念："物之所言比言之所言更有力。"

正因为如此，张忠培的老师宿白才"看考古资料就跟吸鸦片一样，他

---

[1] 张忠培著：《中国考古学：走出自己的路》，故宫出版社，2018年，第281页。
[2] 张忠培著：《中国考古学：走出自己的路》，故宫出版社，2018年，第382页。

第二章　逝者如斯

有瘾"。而宿白的老师梁思永，则可以在满是水的遗址坑中一站就是一天。

这样的道统基因，并非仅仅是以"学脉"方式传承。它源自梁思永先生，他从美国哈佛大学毕业归国后，成为我国第一位接受过西方近代考古学正式训练的学者。初试身手之际，他在中国东北地区进行了第一次考古工作，并留下了一份珍贵的遗产。

梁思永1930年夏季在哈佛大学获得硕士学位后回国，加入中央研究院历史语言研究所考古组。也就在这一年，"东北考古计划"启动。

20世纪初，内蒙古卓索图盟的盟长贡桑诺尔布王爷为了开始近代化的实践，创办了崇正学堂。当时的满蒙之地，是日本人文化渗透和情报刺探的重点区域。一个日本人以教师的身份被贡桑诺尔布王爷请到了崇正学堂，而他的实际身份是一位人类学家与考古学家，其与日本军方的关系不得而知。当时在盛行国家主义的日本，确实派出许多各种身份的"日本浪人"在满蒙一带窜行游走，随后便有各种第一手的信息资料以探险或游记的名目汇集到日本国内，以至于日本对这一区域山川形态、道路交通、乡镇村屯、族群宗法、行政事权、地理气候、物种特产、风情习俗的了解，远超过对此地拥有主权的中华民国政府。21世纪初，一位中国学者验证了此事。他的家乡在燕山脚下，他去日本查找资料，无意中发现了一张20世纪30年代的包括他的家乡在内的区域地图，细看之下，他不禁目瞪口呆。在这张地图上，他家乡的一条外人很少知道的进出山村的小道竟赫然标画在地图上。这位中国学者感慨地记述此事，从内心生发出对日本全面侵华预谋之久，以及其知识阶层专事之精、作业之细的慨叹。

松花江传（上）

赤峰西北遗址，沙堆前布满遗物

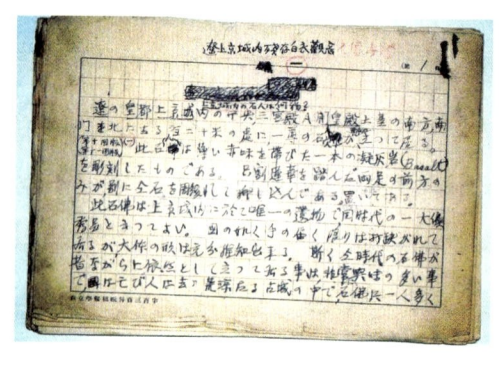

鸟居龙藏论文手稿

这位以教师的名义留居下来的日本人，趁着寒暑假期，以游山玩水的名义四处"闲逛"。西到张家口，东到呼伦贝尔大草原。每到一地，他似乎都有自己的目标与收获。在林西县和英金河畔调查时，他发现经洪水冲击的断崖附近有不少陶器、石器。最令他吃惊的要数一处用无数石块环绕起来的古墓，经过仔细勘别，他认为这是一处新石器时期的文化遗存。至于这些遗存形成于什么年代、坟墓中埋藏着什么秘密，他只能天马行空地猜想。

这位日本人叫鸟居龙藏，一个颇有意味的名字。在后来的考古发掘中，这处古墓所在的区域出土了大批文物，而这些文物正是以"鸟"与"龙"为突出特色的新石器时代的文化遗存。也许只是巧合，但也正是缘

第二章 逝者如斯

于鸟居龙藏这样的日本人。

鸟居龙藏的考察发现,引起了国际考古学界的注意。法国人桑志华、德日进两人先后对赤峰地区进行了考察,发现了红山主峰南部的新石器时期文化遗址。随后,瑞典人安特生也踏足过红山文化区。

鸟居龙藏对内蒙古南部林西县和赤峰红山地区进行考古调查,在这里的考察也给他带来了不小的收获,六十多处新石器时代遗址和环绕着石头的古墓,揭开了世界了解红山文化的序幕

中国政府的文化机构对此也做出了反应。时任中央研究院院长的蔡元培得悉鸟居龙藏不是孤立的事件,日本人的考古队正在辽东半岛和松花江以南地区实施野外作业考察。蔡元培意识到,日本人在企图拿一些似是而非的东西作为他们大搞文化和军事侵略的依据,而中央研究院历史语言研究所正负有以现代考古学的方式方法挖掘整理陆续发现的古代遗存的责任。时任中央研究院历史语言研究所所长的傅斯年对东北地区的考古发掘尤其敏感,他在其后撰写的《东北史纲》中指出:"中国之有东北问题数十年矣。欧战以前,日俄角逐,而我为鱼肉。俄国革命以后,在北京成立《中俄协定》,俄事变一面目,而日人之侵暴愈张……日本人近以'满蒙在历史上非支那领土'一种妄说鼓吹当世。此等'指鹿为马'之言,本不值一辩,然日人竟以此为其向东北侵略之一理由,则亦不得不辩。"[①]

正是为了这"不得不辩",蔡元培与傅斯年决定抢在日本人全面发动侵华战争之前,派刚刚学成归国的梁思永前往东北实地调查、发掘,以地

[①] 欧阳哲生主编:《傅斯年全集》卷2,湖南教育出版社,2003年,第374页。

033

松花江传（上）

下出土的实物材料来书写历史，借此塞住日本人邪妄的嘴巴，戳穿其为占领中国而疯狂叫嚣的"满蒙非支那领土"的谎言。

就在梁思永整装待发之际，通辽一带暴发严重鼠疫，阻断了从北线进入热河的路口。在进退两难之际，从东北传来另一个信息：有人在黑龙江省嫩江边上的昂昂溪附近发现了新石器时代遗址。这是地质学家丁文江从来华考察的法国传教士、古生物学家德日进处得到的线索，说中东铁路俄籍雇员卢卡什金在昂昂溪附近发现一处新石器时代遗址。梁思永马上同傅斯年、李济两位先生商量，决定亲自到昂昂溪走一趟。出行计划确定后，研究所请丁文江先生出面，邀请卢卡什金做向导，并允诺在工作完毕之后送他相当的酬金。卢卡什金只可以帮助挖掘，而挖掘所得的各类标本，全部归历史语言研究所所有。

五福遗址。1930年9月28日，梁思永在得知昂昂溪地区发现了细石器后，和助手王文林携带仪器用具来到了这里。这是出现在松嫩平原上的第一支考古队。他们考察的遗址在昂昂溪西6.5千米、五福车站南1.5千米处，今称五福遗址

位于松花江最大的支流嫩江边上的昂昂溪，这时已成为日本关东军预谋侵占东北重点经营的地区。在九一八事变前夕，这里的日侨由原来的几

第二章　逝者如斯

十人一下跃升到六百多人。在此期间，各类秘密特务机关就有四五个，涵盖了从物资掠夺到文化侵略的多重活动，特别是大同号商社。此外，昂荣馆也扮演着重要的角色。昂荣馆专门负责接待军方和特高科官员，同时进行情报的搜集工作。这些伪装成商人或文化学者的日本人，实际已成为日本关东军的先遣部队。他们如鹰如犬、如嗅如噬地叮咬在松辽平原、松嫩平原、三江平原、大小兴安岭及长白山区。

面对日本人文化情报搜集的强势侵入与咄咄逼人，1930年9月19日，具有强烈民族意识与深厚敏锐考古专业学养的梁思永由北平出发，一路颠沛，于28日到达昂昂溪镇。随即由卢卡什金做向导，向发现有遗址的沙岗进发。第一天，梁思永主要巡视了第一、二、三、四号沙岗。在第三沙岗的西北坡上，梁思永先生见到了此行所发掘的唯一墓葬。第二天，工作组对第三沙岗发现的墓葬进行了发掘，清理出了一具被扰乱的男子骨架，出土了一批珍贵的骨器、石器和陶器标本。10月1日，梁思永先生和助手王文林继续在第三沙岗挖掘探坑和测绘发掘图。10月2日，梁思永先生对昂昂溪镇东和镇南分布的几座沙岗进行了巡视和调查。由于地势偏僻，梁思永与助手每次在乡村驻地与遗址之间往返时，都必须脱掉鞋袜，将裤脚卷到大腿根部，光脚蹚着冰凉的积水而过。10月3日，由于天气突变，发掘工作被迫停止。

发掘的墓葬在第三沙岗的黑沙层里。墓葬上方的黑沙层未曾扰动过，并且不带其他文化遗存。墓葬在黑沙层的底部，离底层黄沙只有20厘米，没有墓穴或墓圈的痕迹。墓葬内的中年男子骨架头部向北，躯干向上。殉葬器物的排列在埋葬时有扰动过的痕迹；在头左（北）约15厘米处，有完整的、带划纹的圆身平底陶罐1件，里面没有任何物件；在脚端有磨石锛1件、骨器12件、角器1件；此外，还有带流陶罐碎片、鸟骨和曾经锯过的鹿腿骨。

松花江传（上）

通过此次发掘和调查，梁思永先生共获得各类标本300件，同卢卡什金发掘出土和采集的标本合在一起约1000件。其中石器最多，陶片及装饰品次之，骨器较少。完整陶器仅有2件，完整骨器10件。较为完整的墓葬标本为梁思永先生发掘的中年男子骨骸。

在这次发掘中，梁思永发现，黑沙层叠压在黄沙层之上，文化遗物全都出在黑沙层里。这次发掘至关重要的意义在于，这是中国考古学史上第一次采用科学发掘方法对细石器文化遗存进行发掘，对于了解北方细石器的埋藏及特征具有重要意义。

经过将热河与东北三省发掘材料进行对比研究，梁思永根据出土的打制石器及印纹陶的特点，把西辽河以北之热河，同松花江以北之东北三省划为一区，广义的辽河流域划为一区，进行了条理清晰的文化区系划分。随着对黑龙江、热河二地史前文化材料的鉴别、比较和认识，梁思永初步得出了"昂昂溪的新石器文化不过是蒙古热河的新石器文化的东支而已"的结论。

1932年，梁思永先生将昂昂溪发掘和调查的资料撰写成《昂昂溪史前遗址》一文，发表在《国立中央研究院历史语言研究所集刊》第4期第一分册上。报告近7万字，插图和写生达36版。此次科学考古发掘和研究报告，为嫩江流域古文化研究奠定了理论基础和科学依据。

昂昂溪遗址发掘所得的材料，是中国已发现的数百处细石器文化遗址中唯一的墓葬材料。在考古学上，把梁思永先生发掘的、以墓葬为代表的新石器时代文化称为"昂昂溪文化"，并将邻近地区发现的、与其相同的原始文化及遗存归入其中。昂昂溪新石器时代遗址的发现和发掘，成为松花江流域新石器时代考古的标杆和基石。

2010年，在纪念梁思永先生发掘昂昂溪遗址80周年大会上，张忠培先生

第二章　逝者如斯

满怀敬意地发表了演讲："梁思永先生发掘昂昂溪遗址已经80周年了。……梁先生只活了50年。他的生命很短,如同一颗巨大流星,虽瞬间即逝,生出的光却耀眼夺目,永远停驻在中国考古学史中,也照亮了中国考古学前进的正确方向。""在梁思永先生发掘昂昂溪遗址之前,黑龙江省未见考古发掘,只见过考古调查。故思永先生的昂昂溪遗址的考古发掘,开创了黑龙江省现代考古工作的先河。""梁先生发掘昂昂溪遗址的重要意义:一是其发掘、整理和发表报告的科学水平,高于中国考古学奠基时期的其他几项考古工作;二是于史前时期来说,这次工作是继认识仰韶、齐家、马厂诸文化遗存之后,而在确认龙山文化之前,识别出的一种新的文化遗存,而且,从经济形态上来看,这一以昂昂溪遗存为代表的考古学文化遗存,又区别于前所发现的种植农业型和亦农亦牧型的考古学文化遗存,是经营渔猎—采集的另类经济型的考古学文化遗存。在考古学文献中,这类遗存长期被称为'细石器文化'。"[1]

现代考古学与传统金石学的重要区别之一,是注重田野发掘,有人称之为"锄头考古学"。中国考古工作者自1930年以后,在发掘技术尤其在地层学方面取得了突破性进展,而这个突破是与梁思永的开创性工作分不开的。在张忠培看来,梁思永不仅是我国现代田野考古学的奠基人之一,而且是中国考古学者进入中国东北地区进行考古的第一人。

昂昂溪考古因为天气原因停止后,梁思永马上取道通辽,南下热河。

1930年10月下旬,梁思永到达赤峰北面的林西。他下决心在这里做一次较大规模的发掘,弄清楚这一带的历史遗存在地上地下的分布问题。在对英金河北岸和红山嘴一带的新石器及较晚时代的遗址进行调查后,他收

---

[1] 张忠培著:《中国考古学:走出自己的路》,故宫出版社,2018年,第269—271页。

松花江传（上）

获了石器和陶片等一批文物，对该区域古文化进行了初步分析研究。

梁思永原本要全面深入地对这一地区展开考古发掘，却由于日本发动侵华战争而被迫中断。

1934年秋天，梁思永的热河考古报告《热河查不干庙林西双井赤峰等处所采集之新石器时代石器与陶片》发表。这篇考古报告是由中国考古学者书写的第一篇专论热河新石器时代文物的文字。在报告里，梁思永无限伤感地写道："在不到4年的时间里，东北4省接连被日本军占领了，我国的考古工作者，不应忘记我们没有完成的工作。"[1]

梁思永在中国东北的考古发掘，以大量出土文物证明，东北三省自古以来就是中国的一部分，无可辩驳。他的考古发现成为傅斯年对日论战的一把利刃。1932年11月，傅斯年撰写的《东北史纲》第一卷在北平出版。他以大量的事实列出四项理由否定了日本妄倡邪说者的鬼话。《东北史纲》的第一条就是"近年来考古学者人类学者在中国北部及东北之努力，已证明史前时代中国北部与中国东北在人种上及文化上是一事"，从

昂昂溪新石器时代文化遗址，全国重点文物保护单位，因位于黑龙江省齐齐哈尔市昂昂溪区而得名。昂昂溪在蒙古语和达斡尔语中为狩猎场之意。1930年，著名考古学家梁思永先生在五福遗址进行了我国近代史上第一次考古发掘，从此确立了昂昂溪文化这一中国北方草原渔猎文化的考古学标杆。这里被考古学界誉为北方文化的基石，昂昂溪之名遂著称于世

---

[1] CCTV《走近科学》编辑部编：《CCTV纸上纪录片：解密中国》，巴蜀书社，2015年，第17页。

第二章　逝者如斯

而扩展为"人种的、历史的、地理的,皆足说明东北在远古即是中国之一体"。傅斯年利用"民族学、语言学的眼光和旧籍的史地知识,来证明东北原本是我们中国的郡县,我们的文化种族和这一块地方有着不可分离的关系",发出了"东北在历史上永远与日本找不出关系也。史学家如不能明白以黑,指鹿为马,则亦不能谓东北在历史上不是中国矣"的感叹。

《东北史纲》第一卷"古代之东北"从渤海岸及其联属内地上文化之黎明、燕秦汉与东北、两汉魏晋之东北郡县、两汉魏晋之东北属部、汉晋间东北之大事几方面考据了东北历来属于中国之领土的历史脉络,史料翔实,论证充分。

梁思永在东北的考古学成就,受到同为中国现代考古学奠基人的李济的支持和赞赏。同时,李济以人类学家的视野,对历史学、考古学与文化学提出了更开阔的目标:"治中国古代史的学者,同研究中国现代政治的学者一样,大概都已感觉到,中国人应该多多注意北方;忽略了政治的北方,结果是现在的灾难。忽略了历史的北方;我们的民族及文化的原始,仍沉没在'漆黑一团'的混沌境界。二(两)千年来中国的史学家,上了秦始皇的一个大当,以为中国的文化及民族都是长城以南的事情;这是一件大大的错误,我们应该觉悟了!我们更老的老家——民族的兼文化的——除了中国本土以外,并在满洲、内蒙古、外蒙古以及西伯利亚一带;这些都是中华民族的列祖列宗栖息坐卧的地方;到了秦始皇筑长城,才把这些地方永远断送给'他族'了。因此,现代人读到'相土烈烈,海外有截'一类的古史,反觉得新鲜,是出乎意料以外的事了。"[1]特别是"我们以研究中国古史学为职业的人们,应该有一句新的口号,即打

---

[1] 李济著:《李济文集·卷五》,上海人民出版社,2006年,第133—134页。

松花江传（上）

倒以长城自封的中国文化观；用我们的眼睛，用我们的腿，到长城以北去找中国古代史的资料。那里有我们更老的老家。"①

对于李济、梁思永所做的考古贡献，我国台湾地区文化学者李敖曾做出这样的评价："在中国考古学家由早到黑发掘古物的时候，没有人会想到这种'无聊的'乌龟壳研究会有什么用，但是这三四十年来的古史研究，竟使我们发现我们民族的脐带究竟在什么地方，使我们民族的心胸遥远地跑到长城以北、玉门关以外，这对民族自信心的鼓舞，总比空头口号家的'大哉中华'来得实际有效吧？"②

梁思永先生是中国考古学界的一位巨星，是中国考古接力赛的"第一棒火炬手"。他在嫩江边上的考古发掘，正如张忠培所说："昂昂溪这处存在了几千年的遗址，是在1930年这个适当的年代，又经过中国考古学巨星梁思永先生照射之后，才反射出它本身具有的光泽，露出它本来存在的价值。"③

第一号"采取古物执照"是由中华民国内政部和教育部于1935年4月9日合发的。执照的申请人是中央研究院首任院长蔡元培，发掘的领队是梁思永

从某种意义上说，是梁思永这一代考古学家，以及其后的

---

①李光谟、李宁编：《李济学术随笔》，上海人民出版社，2019年，第168—169页。
②岳南著：《南渡北归》，湖南文艺出版社，2011年，第39页。
③张忠培著：《中国考古学：走出自己的路》，故宫出版社，2018年，第269页。

第二章　逝者如斯

苏秉琦、张忠培等一代又一代的考古人，以自己的家国情怀与专业精神，描绘出了松辽、松嫩、三江，以及东北大地上远古的文化谱系。

‖ 3000年前的松花江人

自19世纪后半叶到20世纪初叶，中国东北的考古调查中频频出现日本人、俄国人的影子。

20世纪30年代，日本考古学者三上次男、左竹仲匕曾在松花江上游的吉林市江段进行考古发掘。其间，虽有中国学者李文信、佟柱臣参与考古调查，但此处以吉林市西团山为核心区域的诸多新石器遗址，毕竟被日本考古研究者先过了一手，并被其揽为率先的"学术发现"。而且，这绝非单纯的科学意义上的考古发现，而是赤裸裸的明目张胆的文化侵略和掠夺。

西团山考古发掘意义重大，直接关系到如何认定东北地区几大原始族系的存续位置与相互关系，以及其在历史变迁中与中原政权的交互影响与统属过程。而这样的话语权，只有通过深入的考古发掘和对材料的勘验论证才能赢得。

1948年，中共在东北创建的第一所综合性大学——东北大学，由佳木斯迁到刚刚解放的吉林市。时年27岁的杨公骥是延安成长起来的青年学者。他在东北大学中文系担任文学教研室主任，讲授中国古典文学史；在历史系担任中国史教研室主任，讲授中国古代史。在吉林市期间，一个学生掏出几块奇形的石头，递给杨公骥说："杨老师，你看这几块石头怎么这个形状？"杨公骥一看，心里为之一震。这哪里是奇形的石头，这不是史前人类磨制的石器吗！杨公骥在长沙读中学时就对考古学很有兴趣，读了不少考古学书籍，这

松花江传（上）

些石头在他的眼里已不再是什么"奇形"的石头，而是文物，因为石头上人工磨制的痕迹非常清晰。他问学生："这是从哪里捡来的？"那个学生说，他们下了课从西山绕过去，再向西走不远有个小山，在那里玩时捡到的。

杨公骥工作照

"走！带我去看看！"

杨公骥兴冲冲地随几名学生来到那座小山，这里就是后来被称为"西团山新石器时代文化遗址"的西团山。西团山在吉林市城西船营区欢喜乡吉兴村，是一座由花岗岩构成的高出地面约五十米的圆形小山，山的东、南两面分别与松花江及其支流温德河毗邻。

杨公骥在西团山上上下下巡视了一番，又捡到几件石器。在一条壕沟里，还见到零星的石器、陶器的碎片，另有石棺星星点点地露出来。杨公骥那时还不知道，这个西团山遗址已经在东北沦陷时期被日本人挖掘过，只是听说国民党军队在这里挖过战壕。但在杨公骥的眼中，仅仅是暴露于地表的文物就相当丰富。

第二章　逝者如斯

杨公骥决定对西团山墓地遗址进行发掘研究，学校领导对此表示支持。杨公骥找到吉林市的领导，请求人力和资金的支持。领导说："现在战事紧张，实在没有人力，要不然这样吧，我给你调一些服刑的犯人，不过你们得负责看押，不能叫他们逃跑了。"杨公骥哪有能力来看押犯人，最后还是下决心干脆自己动手发掘。市里特批了发掘专款，这一笔钱，对他起了很大的支援作用。

杨公骥所领导的中国史教研室条件很差，没有科研设备，人手又不够，他只能组织当时历史系的助教李洵、薛虹及王承礼、李启昆、吴枫等十名学生组成考古队，在课余从事初步发掘。每天下课后，这些人就在杨公骥家里会齐，扛着镐头、锄头出发到西团山去发掘。

那一时期，杨公骥一头钻进了发掘西团山的考古研究工作中，状态几近痴迷。他的新婚妻子葛立回忆说，那些天，杨公骥有时会在睡梦中突然喊出："仰韶文化！仰韶文化啊！"

杨公骥主持的对吉林市西团山古遗址进行的发掘，是由中共在东北解放区组织的首次大规模的正式的科学考古。后来根据发掘材料，杨公骥撰写了《吉林市西团山考古发掘报告》，这可谓当时史学领域的一个重要收获。

东北大学在新中国成立后改称为东北师范大学，杨公骥教授也在1981年被国务院学位委员会聘任为首批博士研究生导师。他在回忆西团山考古发掘时写道："1948年秋，主持发掘吉林市西团山新石器时代遗址，并发表《报告书》，除公布西团山人的'头骨示数'和出土物的品属外，还将西团山发掘出的与古代黄河流域形制相近的陶鼎、陶鬲制成图版予以公布。"郭沫若读后称赞："这是一篇很有价值的学术性的文字。"旧时人习惯视关外为化外，日寇更有意特殊化，把各种出土古物隐匿歪曲，我们现在应该尽力根据地底事实打破这些观点，应该强调关内关外在史前就是

松花江传（上）

一家。之后中国考古学界根据西团山出土物的特征，将它视为与仰韶文化或龙山文化一样的一种具有代表性的文化，因而定名为"西团山文化"。

与1930年梁思永对嫩江边上的昂昂溪考古调查一样，杨公骥先生对松花江上游考古调查的记述，同样具有强烈的时代感和民族认同感。直至20世纪60年代，由于历史遗留问题和意识形态上的争论，中国东北在考古发掘和出土文物上的学术研究，仍然与相关邻国存在对这一地区文化与国家历史合法性及统属关系的争论。从这个角度说，考古发掘及其学术研究，已经是文化战线上一支重要的力量。新中国成立前，东北大学对西团山的考古调查，显示出由延安培育出来的文化教育工作者已经具备开阔的学术视野和实践能力；同时，也顺应时势政局的变化，以严谨的科学精神和正规的专业资质担负起国家赋予的民族重托与学术责任。

西团山遗址后来又经过多次清理挖掘，其中包括国家文物局、吉林省博物馆、吉林大学等组织的专项考古活动。陆续参与的考古学者有裴文中、贾兰坡、李文信、佟柱臣、单庆麟、刘凤鸣、董学增等。这些考古工作者，正是新中国成立之初挑起东北考古大梁的一代学人。

在西团山遗址中共发掘石棺墓十九座，出土的遗物有石斧、石锛、石刀、陶壶、陶钵、陶碗、陶三足器等。

西团山文化的分布范围，大体相当于长白山地与松辽平原的交汇地带。根据文化遗存的差异和碳-14测定，西团山文化的年代相当于西周初期到秦汉之际。

西团山遗址出土的生产工具和有关动植物标本表明，这一时期的居民已经穿上了自己制作的简便衣服，衣料有植物类的草叶、树叶、树皮和动物类的兽皮、兽毛、鸟羽，也有部分麻织品和毛织品。装饰品有不同的使用目的，有的是为美观，有的是作为狩猎纪念物，有的是表示身份，有的

第二章　逝者如斯

是作为图腾信仰等。

西团山文化的经济形态以农业为主，兼营畜牧（主要是养猪）、渔猎和采集。小米和黄米是人们的主食，人们还可以吃到比较丰富的副食，包括畜产品。夏日里捕捞鱼、虾、蚌、蛤等水产品，严冬江河封冻，就猎取野猪、鹿以及飞鸟等走兽飞禽，同时也采摘榛子和核桃等坚果。获取这些食物之后，人们将其装在陶制的炊具中进行蒸煮或直接烧烤。

这一时期由各家族组成的部落推举酋长和军事首领，一同参加生产、劳动或战争，部落酋长或军事首领可能利用职权多分一点儿劳动果实或战利品。

西团山文化是东北大地上一种独具特色的原始文化遗存，处在农业由"刀耕火种"进入"锄耕"的阶段，其社会性质由父系氏族社会向阶级社会过渡。

西团山文化与同一时期的中原商周、春秋以及战国的文化相比，还没有进入文明的门槛。但作为中国境内的一种古代文化，西团山文化不是孤立存在的，如西团山文化陶器群中普遍存在的鼎、鬲、甑是中国中原古代文化特有的器物类型，由此可见西团山文化同中原文化的密切联系。

西团山出土遗物：桥耳陶壶　　　　西团山出土遗物：陶网坠

松花江传（上）

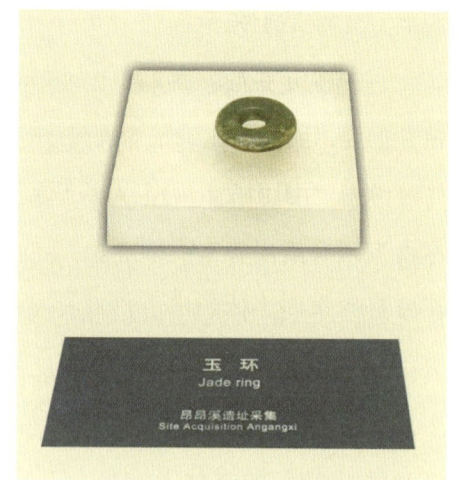

西团山出土遗物：石镞　　　　　　西团山出土遗物：玉环

辽阔富饶的东北大地，是生息于此的东北亚各族的历史依托，亦是各族群对峙与交融的演兵场。东北民族间的消长共融的过程，是东北史的基本内容，也是中华历史的重要组成部分。曾有多个民族在此整装，成为中国历史的参与者，并以鲜活的血脉融入中华，成为中华民族不可或缺的血脉族源。中国史学界将早期生活在东北的原住民，除汉族以外世代生息于燕山之北，广大的长白山、大小兴安岭内外、东蒙古草原及松辽、松嫩、三江平原，直到黑龙江流域的各部落族群划分为三大族系：东胡—乌桓—鲜卑—室韦—奚—契丹—蒙古族系；濊貊—夫余—高句丽—沃沮—百济族系；肃慎—挹娄—勿吉—靺鞨—女真—满族族系。而西团山文化的族属，则是考古专家在多次争鸣之后仍未能最终一致认定的课题。其代表性的观点之一是濊貊族系，作为西团山文化的历史主人，开创了东北特色的青铜文明，并以千年的积淀，孕育了东北第一个文明古国——夫余国。从考古因素分析，夫余文化和西团山文化的承袭关系不容置疑。而另一种观点则认为：将西团山文化确定为夫余族所创造的文化，就西团山文化的自身面

第二章　逝者如斯

貌而言无疑是十分牵强的，并不符合历史的实际。"可以肯定：'西团山文化'的历史主人，是文献上的肃慎。"①"将西团山文化的主人确定为肃慎和挹娄，明显要比确定为夫余合理得多。"②

关于西团山文化的主人是濊貊族系还是肃慎族系的争论，有待于新的考古发现来给出答案。但无论结论如何，西团山文化与中原文化的交互关系及最终走向一体的历史进程是不容置疑的。这一点，桦甸寿山仙人洞古人类生活遗址、蛟河新乡砖场旧石器时代的人类狩猎遗址、吉林市哈达湾东北七家子新石器时代居住址等处的考古发现同样给出了确凿的证据。

方启带领的吉林大学这一期野外考古实习，正是在这广袤的古肃慎人、古濊貊人的生息之地上展开的。

中国传统考古学起始于宋代，以器物学为主，主要是对出土文物进行搜集、整理、编撰、研究。现代考古学则是用科学的方法，对遗址、墓葬进行发掘和研究。方启这一代考古学人，距中国第一代现代考古学者只有不足一百年的历程。作为中国第一个专业学习考古并将世界现代考古学体系引入国内者的梁思永，当年并未意识到这一学科对于国家、对于一个民族的文脉所具有的深远意义。1927年，梁思永与哥哥梁思成一起赴美国留学，梁思永的专业是考古学，梁思成的专业是建筑史学。这一年的2月，梁思成给父亲梁启超写信，就父亲为自己和弟弟所选定的专业于国家民族进步，提出了到底是"有用"还是"无用"的询问。对此，梁启超斩钉截铁地回答道："这个问题很容易解答，试问唐开元天宝间李白、杜甫与姚崇、宋璟比较，其贡献于国家者孰多？为中国文化史及全人类文化史起见，姚、宋之有无，算不得什么事，若没有了李、杜，试问历史减色多少

---

① 黄学增著：《西团山文化研究》，吉林市博物馆，吉林市史学会，1984年，第117页。
② 孙炜冉主编：《高句丽与东北民族研究》，吉林大学出版社，2020年，第159页。

呢？"又说："思成所当自策励者，惧不能为我国美术界作李、杜耳。如其能之，则开元、天宝间时局之小小安危，算什么呢？"①

梁思永（左）和梁思成在河南安阳发掘现场合影（1935年摄）

后来的事实证明，梁思成与梁思永兄弟的确没有做成近代的李、杜，但他们回国后所做的开创性工作以及由此对后世延绵不绝的影响，使他们兄弟俩成为近现代建筑史学和田野考古学星河中最灿烂的明星，其贡献被誉为开创者与奠基者的丰碑。

吉林大学的考古专业是张忠培先生开启的，他对师承关系有一番自我体会后的概括："传承某项技艺的，是师傅；教会学生某个领域的研究方法的，是老师；教导学生做人和做学问道理的，是导师。"

---

①梁启超著，谢玺璋评析：《名人家书典藏系列·梁启超家书》，长江文艺出版社，2021年，第68页。

第二章　逝者如斯

方启现今是吉林大学考古学院的副院长。他希望自己能像张忠培先生教导的那样，由师傅成老师，由老师成导师。

方启在上大学的时候，就听老师们以自嘲的语气评论过考古专业："远看像讨饭的，近看像捡破烂的，手里还经常拿着盆盆罐罐……"这么多年过去了，方启自己也成了老师。在参加了一个个考古发掘项目之后，在目睹了中国的考古事业赢得国际考古学界的尊重，中国的文物发掘与保护工作的成果获得世界文化遗产保护上的一顶顶桂冠之后，他真切地体会到野外考古时的艰难困苦，正是考古人进入历史殿堂的洗礼；从考古坑中寻找出来的如同破烂一样的盆盆罐罐，正是远古先民对未来世界的深情叙述。正因为是一个考古人，自己才有了站在历史与未来之间的责任与荣耀，才有了用自己的双手去掀开历史、去望穿千古、去启示后人的情怀。

‖ 生命留在大地上的划痕

文明多发源于江河侧畔，于是大江大河常常被用以指代一个区域的文明，如两河流域、黄河流域、尼罗河流域，等等；或者被用来标明一个文化区系，如江淮、湖湘、汉江、松辽，等等。江河地理与人类社会被联结成一个文化或文明的共同体。相对于地球四十五亿年的历史而言，人类文明只是一个晚来者，甚至被人类奉为母亲的江河湖海，也只是全新世以来相对稳定在当今位置并随后作用于人类的关系之中。而在这之前，在遥远的地质年代，地球曾经多次孕育生命，又多次将人地清零。

这一切，都深埋在地下。直到某一天、某一次意外，它们漫不经心地出来晒着阳光，给人类出了一道又一道千古之谜。

松花江传（上）

松花江冲出长白山后，一路北上，在松嫩平原上，与源出大兴安岭的嫩江挽起手来，又一路东行，在一个叫同江的地方，扑进了黑龙江的怀里。

黑龙江的名字就带着霸气。由于河流汇聚的区域是人烟稀少的旷古荒原，其拥有茂密的森林、无际的草原、沉郁的沼泽，土壤表层富含黑色的腐殖质，加之江水浩瀚，如碧如黛，宛如一条黑色长龙蜿蜒于林莽荒原之间，由此被称为黑龙江。

春天的黑龙江总是这样静静地流淌，桃花水刚刚过去，雨季还没有到，此时的黑龙江不像是传说中的一条翻滚咆哮的黑龙，倒像是无言的岁月。

岸边上铿铿锵锵的敲击声震碎了江上的宁静，仿佛是要唤醒沉睡着的黑龙。这是一支古生物考古挖掘队，他们用手中的钎子和锤子，叩击着深埋在地层中的远古历史。

嘉荫县位于黑龙江的中游，这里江面宽阔，右岸陡峭。在江水的不断冲刷下，深埋在岸边的各种动物化石，向人们讲述着远古的故事。

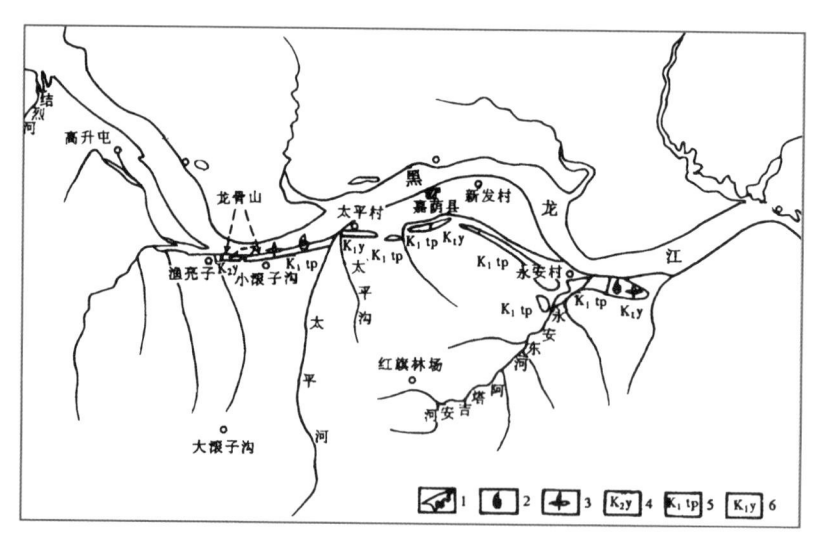

1—恐龙化石产地；2—介形类、叶肢介、腹足类化石；3—植物化石；4—渔亮子组；5—太平林场组；6—永安屯组

嘉荫县恐龙化石产地示意图

第二章　逝者如斯

考古队就是寻找这些故事的人。缘于执着，他们在这里发现了大规模的恐龙化石群。考古队负责挖掘的技术人员李金山说，这里曾出土过中国大陆第一具恐龙化石骨架，而他们正在作业的这个陡崖，人们称之为恐龙山。山中埋葬的恐龙非常之多，被专家形容为恐龙的集体墓葬群。李金山对前来采访的媒体说："我们这儿恐龙化石叠加了很多，你从下往上看，现在总共有四层，每个层段都有化石。我们现在挖掘的是最底层的恐龙化石。再往上还有，山尖上都有。"

中国大陆很多地方都出土过恐龙化石，嘉荫恐龙不同寻常之处在于，一是恐龙化石埋藏得非常集中，化石种类和数量非常多，埋藏分布得非常广，发现并陆续出土的时间前后有一百多年。不断出土的大量恐龙化石让专家们觉得不可思议，引发了无数的远古猜想；二是这里的恐龙化石最初是被黑龙江水冲刷出来的。

最早发现这些恐龙化石的，应该是江边的那些打鱼人。

李金山说："就是到了2010年以后，这些打鱼人还时不时地捡到化石。他们常年在江上，比我们专业的考古人更了解这个江段，更知道哪里会有化石埋藏。"

晨雾中的黑龙江收起了往日的喧闹，弥漫的云雾在江面上翻滚着，缠绕着。早起的渔民仿佛习惯了，任凭那一团团的迷雾笼罩天地。他们知道，大雾锁不住黑龙江，也锁不住他们这些打鱼的人。

渔船的马达声在迷雾中执着地颤抖着，一叶扁舟在浓雾中穿行闪烁。沉沉的大雾，无声的江水，一代又一代的渔民，黑龙江的岁月就这样流淌着。

"白发渔樵江渚上，惯看秋月春风。"渔民们太熟悉这条大江了，而这条大江也太熟悉这些渔民了，他们可能是鲜卑人、靺鞨人或者契丹人的后代，也可能是中原移民的子孙。

松花江龙（上）

"古人不见今时月，今月曾经照古人。"就是这条黑龙江，就是这江边的渔民，一百多年前的某一天，或许还是一个傍晚，或许还是这片斜阳，渔歌唱晚，落霞满天，渔民们收起了渔网，满载着一天的辛劳和收获回到了岸边。他们捡来了一块块大石头，压住船头，拴住缆绳。这一块块的大石头都是顺手捡来的，用完了，便顺手扔在了岸边。

1902年，也就是科学尚不昌明的清朝末年，渔民们不认识这些大石头，但已经感觉到它们似乎有些特别，像是某种动物的骨头。只不过，这骨头太大了，已经超出了他们的想象力。他们想到当地流行的一种传说：黑龙江原本是一条黑色的巨龙，由天而降，化作了这条绵延千里的大江。那么这些被江水冲刷出来的大骨头，会不会是这条巨龙的骨头呢？

也就在这一年，对岸的一位俄国军官把这些骨头运走了，并在随后的几年里，用这些骨头拼接出一个巨大的化石骨架，它确实是一条龙，只不过不是黑龙，而是恐龙。

这具恐龙化石骨架至今仍陈列在俄罗斯圣彼得堡的地质博物馆，被人们称为在中国大陆发现并在俄罗斯组

1916年和1917年的夏天，俄国地质委员会委派技师斯梯帕诺夫（Stepanov）率队前往嘉荫龙骨山一带开展发掘，所获化石被运送到圣彼得堡进行修复和研究。在恐龙学家里亚宾宁（Riabinin）指导下，斯梯帕诺夫于1925年成功拼装完成一具恐龙化石。1930年，里亚宾宁将其命名为黑龙江满洲龙，将它归于鸭嘴龙类。这一化石标本目前保存在圣彼得堡地质博物馆内

第二章 逝者如斯

装的第一具完整的恐龙化石标本。

20世纪以来,新中国成立之前,中国一直处于战乱与灾荒交替肆虐的状态。没有人认识和注意被偷走的化石,也没有人在意这江边不断被冲刷出来又被水堆到岸边的石头,人们随手捡、随手扔。这些石头可以当垫石,可以压船板。太多了,不停地冲出来。有人说它可以辟邪,但由于随处可见,也就没人稀罕了。

直到20世纪70年代,黑龙江省的地质工作者在进行区域地质调查时,在龙骨山一带又找到了恐龙化石,经鉴定为鸭嘴龙化石。与恐龙化石同时出土的,还有大量的腹足类、介形类、叶肢介、鱼类,以及丰富的被子植物化石。这些化石表明,龙骨山的地层时代为晚白垩纪,大约在六千五百万年以前。

20世纪70年代后期,黑龙江省组织了一支恐龙发掘队进入嘉荫。这次发掘成绩斐然,发现了10个含恐龙化石层位,出土了大量的恐龙化石骨骼。发掘队用这些骨骼组装了3架恐龙化石骨架,其中最大的一架长11.24米,高6.48米,为满洲龙化石。此后,来自不同研究机构和博物馆的专家,断断续续展开了对嘉荫恐龙化石的发掘和科考项目。

嘉荫恐龙化石的相继发现,吸引了国内以及美、英、俄、德、日等国家的古生物学家,他们齐集在黑龙江边上的嘉荫小城。独特的地层剖面、高密度的化石富集,使古生物学家产生了浓厚的兴趣。他们认为,嘉荫的地层剖面和埋藏的化石,可能为解开地质史和生物进化链条中的不解之谜提供证据。

恐龙的发现和研究,大体说也不过有近二百年的历史。恐龙学作为现代地质学的组成部分,直到今天仍有着许多奥秘。其中一个最大的疑问就是:为什么当时统治地球的恐龙,在六千五百万年以前就全部灭绝了?

岸边的挖掘现场,随时随地都可能有新的发现。人们不知道这座恐龙

松花江传（上）

山到底埋藏了多少种类、多少具恐龙或者其他生物化石。不知道接下来的挖掘，还会给今天或明天的恐龙研究带来怎样的谜面。一个又一个的未知数，让后来的专家们兴奋异常。专家们希望通过化石来解读远古的地球，希望尽可能多地获取远古的信息。嘉荫的恐龙化石让他们如获至宝，因为这里的恐龙化石表明，这些恐龙是在六千五百万年前的时候突然灭绝的，而这个时间段，正是全球恐龙集体性，或者几乎是一致性灭绝的日子。也就是说，嘉荫的恐龙是地球上最后一批恐龙。

从地球演变史上看，六千五百万年是一个重要的坎儿，这之前是以恐龙为主要生物的侏罗纪和白垩纪。六千五百万年后，地球上的恐龙整体消失了，地球从此进入了第三纪。从这时候开始，哺乳动物在地球上繁盛起来，一直到有了人类以来的今天。再说得明确一点，六千五百万年是一扇大门，门外边是以恐龙为霸主的世界，门里边是以人为代表的生命世界。嘉荫恐龙就死在这道门槛边上，人们希望透过这些化石来解开恐龙在地球上突然消失之谜，进而了解恐龙当家主政的时代是怎样一种生存法则与地球面貌。

中国是名副其实的"恐龙大国"，现在世界上已发现的近900种恐龙中，中国有119种，各大类中都有代表。而且，从早侏罗纪的"禄丰龙"、中侏罗纪的"蜀龙"、晚侏罗纪的"马门溪龙"到晚白垩纪的"鸭嘴龙"，中国发现的多个恐龙生物群基本勾勒出了恐龙演化的完整过程。在这完整的恐龙框架中，嘉荫恐龙的位置最为关键。它们生活在恐龙时代的最后一个王国，是恐龙这个当年的霸主最后向地球挥手告别的群体。找到了它们的化石，就为解开恐龙消失之谜提供了大量可参考的依据。

种类丰富，数量巨大，埋藏位点指示性强，使中国的恐龙研究具有得天独厚的资源优势。

董枝明，中国科学院古脊椎动物与古人类研究所研究员，吉林大学兼

第二章 逝者如斯

职教授。作为研究恐龙化石半个世纪的著名古生物专家，他几乎走遍了国内所有恐龙化石挖掘地。他所参与挖掘与研究的恐龙化石，有许多是地球上首次出土的第一手标本，他也由此成为世界上给恐龙命名最多的人。迄今，他已为35种恐龙起了名字，以至于有些国家专门请他为当地恐龙命名。

学者董枝明曾经比喻道，为恐龙赋予名字的过程，与父母为新生儿取名的心灵愉悦不相上下。有一年，来自美国的著名导演斯皮尔伯格通过电话联系到他，说他拍了一部描写恐龙的电影叫作《侏罗纪公园》，并请求他协助为影片中的六只恐龙起名字。董枝明在其中一只恐龙角色上特别寄予了厚望，将它命名为"明星龙"。这只恐龙不仅是群龙中的佼佼者，更在电影中担纲主角，它的出现极大地推动了全球观众对恐龙家族的认识和兴趣，激发了人们对恐龙的热爱。

杨钟健和董枝明（左）在研究永川龙

2018年7月9日的一条新闻在中国学术界引起反响：该年美国《时代》杂志出版了一期名为"伟大的科学家——改变世界的天才和远见者们"的特辑，列出了古往今来最伟大的101名科学家，包括伽利略、牛顿、居里夫人、

松花江传（上）

爱因斯坦和霍金等，而81岁的董枝明先生作为唯一的亚洲科学家名列其中。

这101名科学家之伟大的限定条件是"改变世界""天才和远见者"，他们从"古往今来"中选出。符合这一条件而入选的亚洲人，只有董枝明一人。而董枝明成就之伟大，来自他在恐龙研究中的权威地位。其中就包括他多次亲临黑龙江畔的嘉荫，并对这一地区出土的恐龙化石做出了更具"天才和远见"的推断——"恐龙化石可作为洲际间陆相地层对比的标志，它们的分布可作为大陆漂移的证据，它们在地球上的突然消失也成了科学界一个难解之谜。"

1981年，董枝明现场考察　　　　董枝明进行化石挖掘

随着恐龙化石发掘现场不断传来的各种信息，包括董枝明在内的世界各地的古生物专家加大了到访嘉荫的频率。专家们各怀预期，各有课题，都希望能够在黑龙江畔的恐龙山上印证自己的猜想，以此标注出自己在学术领域的足迹。当然，最集中的期望，是通过层层不断地挖掘，解开当年恐龙突然灭绝之谜。

在关于恐龙灭绝的各种猜想中，小行星撞击地球说一度成为主流

第二章 逝者如斯

观点。有专家认为，恐龙在这个地球上生活了一亿六千万年，突然在六千五百万年前的时候集体消失。如此大规模的生物灭绝，一定是有超出想象的大灾害发生。而有如此大能量的自然变化，只有小行星撞击地球可能引发。专家指出，小天体撞击可以导致地球的气候、环境、生态发生巨大的变化。气候剧变，海啸洪水，如此剧烈的自然灾害、如此大面积的环境改变、如此突如其来的不可抗力，使恐龙这样的大型生物遭遇了灭顶之灾。

中国探月工程首席专家欧阳自远对天体撞击课题做过深入研究。他坚持认为，恐龙灭绝的主要原因是小天体撞击地球。欧阳自远提出，在我们的太阳系里面有很多很小的天体，这些小天体运行的速度是每秒45千米，比我们的火箭快多了。假如这个小天体撞上了地球，就相当于高速地把我们的大气层压缩，好像是原子弹爆炸和氢弹爆炸一样，强大的冲击波撞击地面，横扫了整个地球。而留下的证据是，地球在自己的表面上形成了一个地层。在这个地层之下，你可以找到恐龙化石，而在这个地层之上，就再也没有恐龙的遗迹了。这就意味着，时间被凝固在这里，地层上下，阴阳两隔。而这个地层，被科学家们命名为K-Pg界线。

K-Pg界线是古生物学中的一种专有名词，K就是白垩纪的意思，也就是恐龙生活并消失的那个时代；Pg就是第三纪，是哺乳动物开始在地球上繁盛起来的时代。这是两个时代的分界线，人们称为K-Pg。

2019年8月18日，黑龙江嘉荫白垩纪生物群及K-Pg界线国际学术研讨会暨第二届嘉荫化石论坛在"中国第一龙乡"黑龙江省伊春市嘉荫县开幕，来自美、英、德、法、俄、中等16国的180余名专家及代表齐聚嘉荫。美国科学院院士迪尔切说："我们的目光都集中在中国的这一地区。如果得出一致的结论，那么它将成为世界公认的标准。"

说到这个所谓的公认标准，就不能不提到一个叫孙革的人。

松花江传（上）

孙革，吉林大学古生物学与地层学研究中心主任。1998年，孙革首次发现迄今世界上最早的被子植物"辽宁古果"和"中华古果"，被国内外学术界称为"地球上的第一朵花"。这一发现，有力地推动了全球被子植物起源与早期演化的研究。作为古生物学专家，孙革一直关注着嘉荫恐龙化石的发掘与研究，而且直接率队开展了寻找嘉荫K-Pg界线的工作。

孙革认为，地球上的恐龙化石就像是一本书，如果能将之连起来读，就可以读懂那个时候地球上发生的悲欢离合。可这个用化石写成的史书，在嘉荫缺了一页，这一页就是K-Pg界线。孙革说："我们要把这一页找到，这样才算是一本完整的、不缺页的史书。"孙革和他的团队经过了多年的努力，在几百米厚的地层中多次打钻取样。样品送进了化验室，人们期待着，期待着把那丢失的一页找回来。化验结果出来了，确证了K-Pg界线的存在。

黑龙江嘉荫地区K-Pg界线地层剖面

2019年8月24日，来自世界16个国家的科学家共同宣布，在嘉荫县发现了中国首个具有国际对比标准的陆相白垩纪——古近纪地层界线，亦即K-Pg界线。

第二章　逝者如斯

K-Pg界线虽然得到了国际上的确认,但越来越多的发现让另外一些专家对小天体撞击地球导致恐龙瞬间灭绝提出了疑问。因为在我国的其他地方,古生物专家发现了与恐龙生活在同一时代的大量鱼类、昆虫等化石。董枝明指出:"如果是灾难性的,是没有选择的,对生物的杀伤力是一样的,那么为什么当时有一些生物仍然活下来,有一些生物就灭绝了?举一个例子,在恐龙这个时代,鳄鱼也有,乌龟也有,甚至我们人类的祖先哺乳动物也开始出现了,为什么这些动物能逃过这场劫难,没有死?"

有专家提出了另一种猜想——全球气候异常。只不过,这不同于来自外太空的小天体撞击导致的气候异常,而是地球自身在运转过程中一个逐渐改变、逐渐恶化的气候异常。

气候变化导致生物灭绝,这在逻辑上是可以理解的。因为地球自诞生后,气候也一直在变迁中。这种变迁,以四次大的冰川气候为间隔,温暖与寒冷交替出现。而每一次冰川活动,其影响都是巨大的,可以说是"飞起玉龙三百万,搅得周天寒彻""大河上下,顿失滔滔"。第四纪冰期时,天地都被冻住了,全球有1/3以上的大陆被冰雪覆盖,冰川面积达5200万平方千米,冰厚有1000米左右,海平面下降130米。专家的研究成果表明,第四纪冰川后期,大型陆生哺乳动物发生过大规模灭绝。在北美,大型哺乳动物有70%都灭绝了。

另有专家提出了自己的猜想,认为:大面积的、大规模的火山爆发可能直接导致物种灭绝。

地球上的火山太多了,而且有地质资料显示,恐龙生活的时代是地球火山活动比较频繁的时期。大规模的火山爆发将炽热的岩浆和大量的有毒气体喷向地表和天空,几百万吨的火山灰坠下。方圆数千公里内的森林,成千上万的各类生物在弥漫灰尘的大火中挣扎,恐龙自然是在劫难逃,归于毁灭。

松花江传（上）

专家们的推断似乎得到了证实，因为就在距嘉荫不足百公里的地方，人们发现了大面积的火山遗址。当地地面上大大小小的石块是火山喷发时从地壳深处涌流出来的，由此可以想见火山喷发时的威力。只不过有专家指出，这些火山遗迹距今不足三百年，证据是火山石堆积的地方形成了原始林，而这些松树的树龄不足三百年。恐龙灭绝是六千五百万年前的事情，而专家们没有在这个时间段的地层中发现火山喷发的遗迹。

就在小天体撞击说、气候异常说、火山爆发说都找不到有力而充分的证据，也得不到专家们一致肯定的时候，有专家提出了一个新的假说——恐龙灭绝，非死于外部原因。

根据嘉荫的地质资料，专家们推断，在远古时期，由于缺少天敌和生存条件优越，恐龙的种群数量无限制地膨胀，恐龙的个体身材也无限制地增大，由此带来了一系列的问题。恐龙在其生活的地质年代，曾是地球上唯一的霸主。人们有理由猜想，一个唯我独尊的霸主，一个庞大到无以复加的种群，一个缺少天敌的主宰者，完全可能由于无所顾忌地膨胀而给自己带来麻烦。种群越来越大，个体的形体越来越大，食量越来越大，对环境的影响势必越来越大，对自身体质的影响也势必越来越大。其直接的后果很可能是：一、环境承载不了恐龙；二、恐龙自身适应不了环境。

这一猜想的直接旁证是，在六千五百万年前的时候，恐龙灭绝了。而与恐龙同时代的许多小物种，比如龟、鱼等动物，再如银杏、云杉等植物都生存了下来。然而，有专家对此提出了不同意见，因为不是所有的恐龙都形体硕大，还有许多形体很小的恐龙，为什么它们也一起消失了呢？

在人们的印象中，恐龙是庞大的，吼声震天，走起路来，大地都颤抖。可是，并非所有的恐龙都那么大呀，有些小恐龙只有今天的牛马一般大小。所以，恐龙因为自身形体的膨胀而导致死亡，并不能解释恐龙的整体消亡。

第二章　逝者如斯

人类很自然地愿意用自身的感受来比附其他物种的生活。

21世纪初，埃博拉病毒暴发，将非洲某些村落的人消灭殆尽。一种病毒竟然可以在人群聚居区迅速传播，并且以毁灭性的致死率危及整个区域人种的生命。这引发了一些专家的猜想，是不是有一种超级病毒，它可以在一个物种间传播，也可能将好几个物种灭绝？

这种猜想，实际上在许多年前已经出现在对寒地猛犸象灭绝原因的推测上。有专家认为，猛犸象受到一种来自其他物种的病毒侵袭，而它们的免疫系统对这种新的病毒没有抵抗能力。也就是说，某一种超级病毒可能生存于某一物种却对其自身并不造成伤害，而当这一病毒侵袭其他物种时，对其他物种来说却可能是致命的。恐龙很可能受到来自其他物种携带的病毒的攻击，且该病毒不可遏止地在恐龙种群中大范围传播开来。这种病毒也许只攻击恐龙这一物种，而恐龙恰恰缺少对这一病毒的免疫能力和自愈能力。最终的结果是在一定时期内，这种病毒袭击了整个种群，尽数灭绝了所有恐龙。而这也可以合理地解释为什么单单恐龙灭绝，而其他许多生物却活了下来。

病毒是最小的生物个体。作为一种独特的生命样态，病毒既是地球自然界的一部分，也与人类等生物相伴而生。如果每一种生命都必须服从特定的生存定律，那么病毒也一样，或是寄生，或是借宿。它可能与其他生命体相携相伴，也可能在特定条件下不能自控地繁衍强大，最终挤压毁灭了对方，也使自己失去了生命的依托。如果恐龙灭绝于病毒这一猜想成立，可否说病毒向当时地球的主宰者恐龙发起了最后的总攻，而其目的只有一个，显示病毒比恐龙更加强大、更加适合生存？

恐龙灭绝的原因是复杂的，是诸多因素共同作用的结果。那么对于今天的人们来说，是不是应当有所警觉呢？今天的地球，经科学家确认并命名的动植物物种有多少？约一百七十万种，人类只是其中之一。然而，牛

松花江传（上）

津大学生物学家理查德·道金斯说过这样一段话："站直了，你是两只脚的人，鲨鱼比你游得好，猎豹比你跑得快，燕子比你飞得高，猴子比你会爬树，大象比你更强壮，松树比你更长寿。但你是人，你是它们当中最聪明的。"这话说得既明白又实在。人类在这个地球上，就是一个名副其实的主宰者，名副其实的当家人。当家不闹事，当家就得当好家。然而，也许人类正是由于太聪明了，才使自己的欲望永无止境。

人类作为今天地球上的主人，总在不停地开发，无节制地索取，从地上到地下，从水上到水下，从天上到外太空，人类的发展进入了一个无限可能的时代。人类被自己的"无所不能"鼓动着，向一个没有止境的方向飞速地奔去。于是，人类遇到了各种从没见过的疾病。世界上每天都发生着看得见的污染和看不见的污染；地球越来越热，越来越像一个大火球；昨天还大旱，今天就大涝。这一切似乎都在重复着当年恐龙可能遇到的环境难题。我们也许最终不能破解恐龙灭绝之谜，但探寻本身，也许比答案更重要。

"江山不管兴亡事，一任斜阳伴客愁。"恐龙的消亡距今已有六千五百万年了。恐龙是当年的霸主，人类是今天的霸主。遥想恐龙当年，其兴也勃焉，其亡也忽焉。而今天的人类似乎也已经成了无所不能、无所顾忌的主宰。这不能不让人想起《阿房宫赋》的最后一句话：秦人不暇自哀，而后人哀之；后人哀之而不鉴之，亦使后人而复哀后人也。

人类毕竟是地球上的智能物种，行为能力的自觉性决定了人类可以反思，可以自我约束，可以自我调整。恐龙的灭绝，或许是自然的选择，或许是恐龙的悲剧，但有一点是肯定的，那就是，恐龙把自己的化石留给了今人，作为昔日霸主对今天人类的告诫。从这个意义上说，探寻恐龙灭绝之谜，就是探寻人类的未来。

第三章

故国山河

契丹故事，四时游猎，春水秋山，冬夏捺钵。

捺钵原本是理政方式，兼有游猎行乐。

时移世易，21世纪前后，辽金时期的捺钵之地查干湖将古老的渔猎文化演绎成现代的民俗节庆。

古老的渔猎成了非物质文化遗产，浩瀚的水泊成了生态旅游的胜地。

荒凉了千百年的湿地成了鱼米之乡，引松工程发挥了决定性的作用。

"东陲无文"这一千百年来的偏见，自金毓黻先生的《东北通史》一出而被打破。

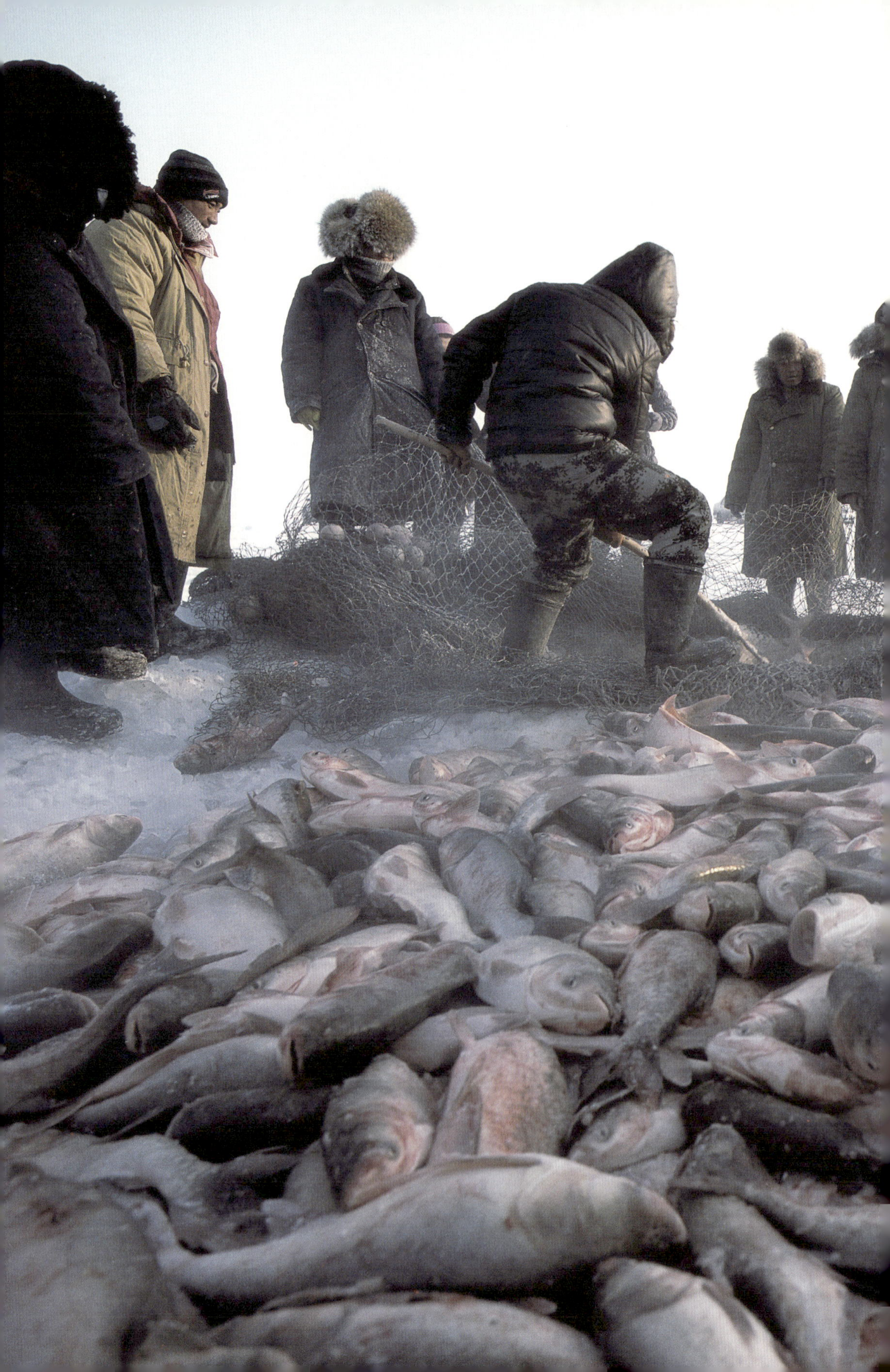

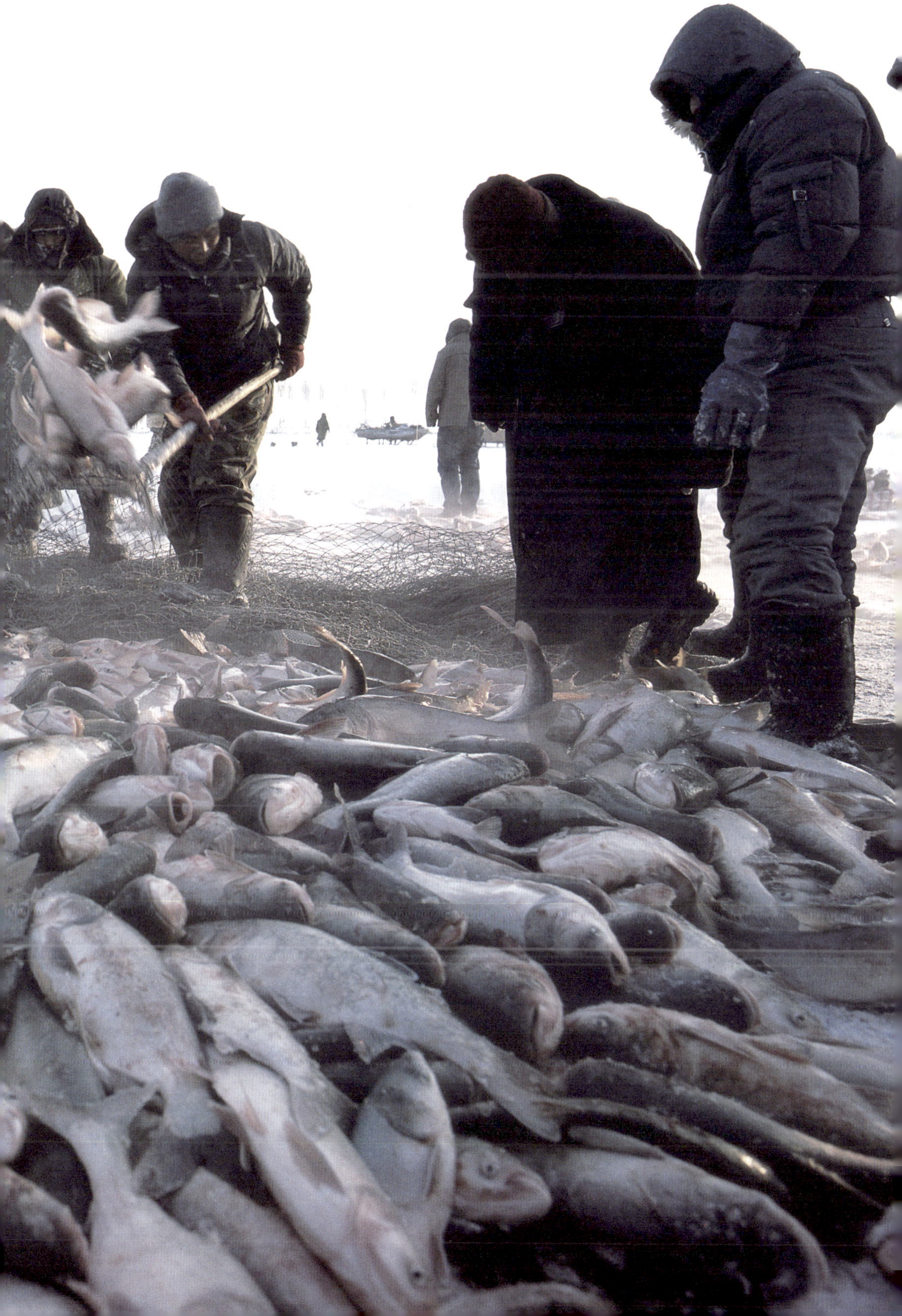

松花江传（上）

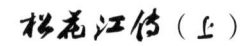

‖ 马踏冰河入梦来

马蹄踏在冰面上，格外清脆。

马踏冰河，金属的敲击声，在瑟瑟中透着寒光。

真正的寒冷不钻空子，就是铺天盖地，就是势大力沉。

要说冷，得是入夜后，还得是下半夜，而后是荒原，而后是荒原的冰面，而后是奔跑的马车，而后是迎风催马，而后，那才叫冷！

夜被冻成了冰，那空中的星光点点，映在冰上，如鬼火幢幢。

查干湖又到了一年一度的冬捕季，渔工们为了这一季，准备了一年；又为了这一年，准备了这一天。

这是开网的第一天，因为需要，这一天变成了一个节——"查干湖冬捕节"。后来又变了，叫"查干湖冰雪渔猎文化旅游节"。

重头戏就是今天，渔工们不敢大意。

铁锛子凿冰，十多米一个，一个大网要凿一百多个冰洞。因为电视台要来人录像，所以必须用人工凿；因为这是渔猎文化，是上千年传下来的，所以得用古书上记载的模样——古法凿冰。

渔工们都熟悉这些程序：凿冰、穿杆、走钩，用马拉动"大绞盘"。

"大绞盘"就像磨盘，一圈一圈地转，绞动着网纲。

马喘着，热气喷出来，瞬间便化成了满脸的霜。电视台的摄像师转着圈儿地拍，那马头、马脸、马髭须上的霜，是他们要用镜头画面表达的千古洪荒。

渔工们愿意配合拍摄，因为电视上播出来，是很露脸的事儿。但渔工们不能配合得太久，因为笑容会冻在脸上。

渔工们飞快地挤上马车，蜷在一起。

第三章 故国山河

拖拉机带动着钻头,像钻井一样,几秒钟就一个冰洞。马也该歇歇了,用拖拉机绞绦盘。

如果不是开幕式,不是电视台来人录像,马车根本就不用上冰面,人也用不着拿铁锛子。渔工们可以坐在拖拉机拖曳的爬犁上,或者挤进驾驶室里,从怀里掏出酒壶,再点上一支烟。

不能让拖拉机的突突声,把荒原的古老搅得稀碎。

这已不是单纯的冬捕,是冰雪、渔猎、文化、旅游——节!每个字词都不是随便加上去的。电视台要录播,随后还有直播,面向全国的观众。

松原查干湖是目前中国北方唯一保持用传统方式进行冬捕作业的地方

渔工们被分成了两拨儿,一拨儿人值守在一线操作,另一拨儿人要换上统一定制的雪白的羊皮袄、威风凛凛的大狗皮帽子,准备在开幕式上配合表演,顺带着配合好奇欢喜的游人照相。

这时的渔工,是一道风景,是开幕式导演可以调动的道具。

开幕式有一套程序,一个环节接着一个环节,所有的环节都围绕着一场大戏——祭湖·醒网。

松花江传（上）

每年12月下旬至次年春节前夕，冰封湖水、祭湖、醒网、凿冰、撒网、马拉绞盘牵出一网万斤活鱼的一幕幕查干湖冬捕的"冰封鱼腾"景观令人叹为观止

第三章 故国山河

这是一种古老而魅惑的跳神仪式，源自对史料和传说的还原。

礼祀湖水，唤醒网具。祭告天父、地母、湖神，祈愿保佑万物生灵永续繁衍，拜谢天地湖神赐予的恩泽。

古老的仪式是可以充分展示今人的想象力的。场面要盛大，色彩要斑斓，音乐要蛊惑，动作要拙朴。

震天的锣鼓，轰鸣的法号，身着紫红色的蒙古族袍、长髯凛凛的部落首领，环绕着的是手托洁白哈达的少女、高大魁梧的渔把头；还有身着传统查玛服，头戴鹿、牛、蝴蝶、骷髅等面具，手舞刀、叉、剑等道具，打着旗幡罗伞的舞者——法号响起，身穿祭祀服饰、戴着面具、手持法器的表演者，跳起颇具萨满教特色的查玛舞。手持哈达的蒙古族少女为渔工们献上奶干和奶酒。

渔把头手托酒碗，单膝跪，朗声喊："大网醒好了，开始祭湖了！"

随后，渔把头手里拿着"抄捞子"，在祭台前已经凿好的冰洞里搅几下，使劲往上一提，从湖里捞出一条活蹦乱跳的胖头鱼来。这叫"开湖头鱼"。

鱼是挑选出来的，放在冰洞里，等待着"神"的启示和众人的惊呼。

哈达系在敖包的松柏枝上，奶酒洒向天空，祭品倒入冰洞，随后所有人围着冰雪敖包转三圈。

渔把头一声高喊，渔工们一饮而尽。欢呼声伴着锣鼓声，"进湖、收红网、鸣喜炮、出发了"！

程式是排练过的，又经过了许多年，已经固化了。不怕繁复，不怕奇异，不怕诡谲，不怕莫名。越神，越玄，越不可解，越可思接千载。

人们以敬畏自然的信念，穿越历史。

历史有据可查！

松花江传（上）

一千多年来，在我国北方，包括东北的山林和草原上，居住着契丹、女真、蒙古等少数民族，他们以狩猎、游牧生活为主，并根据季节气候的四季变化，逐水草而迁徙。《辽史·营卫志》记载："长城以南，多雨多暑，其人耕稼以食，桑麻以衣，宫室以居，城郭以治。大漠之间，多寒多风，畜牧畋渔以食，皮毛以衣，转徙随时，车马为家。此天时地利所以限南北也。辽国尽有大漠，浸包长城之境，因宜为治。秋冬违寒，春夏避暑，随水草，就畋猎，岁以为常。四时各有行在之所，谓之'捺钵'。"

捺钵，是契丹语，即皇帝巡幸之地，又叫行宫、行在。一年有春捺钵、夏捺钵、秋捺钵和冬捺钵，每年四时，周而复始。

到了女真人主政北方时，"将循契丹故事，四时游猎，春水秋山，冬夏剌钵"。"剌钵"即捺钵，而且有了春水、秋山的概括。

"四时游猎，春水秋山"，既有诗意，又有远方。草原上的部族自由而奔放，如同悠扬的牧歌，随风飘荡，而史书上也记载了这种与天地共享的快乐。

《辽史·营卫志》记载："皇帝正月上旬起牙帐，约六十日方至。天鹅未至，卓帐冰上，凿冰取鱼，冰泮，乃纵鹰鹘捕鹅雁。晨出暮归，从事弋猎。鸭子河泺东西二十里，南北三十里，在长春州东北三十五里，四面皆沙埚，多榆柳杏林。""皇帝每至，侍御皆服墨绿色衣，各备连锤一柄，鹰食一器，刺鹅锥一枚，于泺周围相去各五七步排立。皇帝冠巾，衣时服，系玉束带，于上风望之，有鹅之处举旗，探骑驰报，远泊鸣鼓。鹅惊腾起，左右围骑皆举帜麾之。五坊擎进海东青鹘，拜授皇帝放之。鹘擒鹅坠，势力不加，排立近者，举锥刺鹅，取脑以饲鹘。救鹘人例赏银绢。皇帝得头鹅，荐庙，群臣各献酒果，举乐。更相酬酢，致贺语，皆插鹅毛于首以为乐。赐从人酒，遍散其毛。弋猎网钩，春尽乃还。"

第三章　故国山河

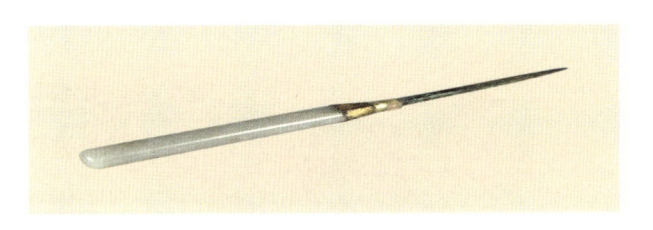

辽代玉柄包鎏金饰刺鹅锥

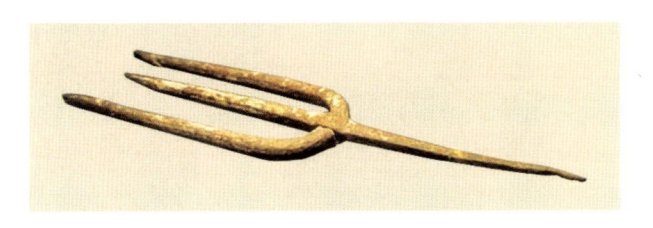

捺钵时有叉鱼、钓鱼的活动。图为鱼叉

"四面皆沙堁，多榆柳杏林"，如此荒凉之境，自是天鹅迁徙、鸿雁往还必经之地。辽皇穿着规制的冠服，举目观望。有侍御探骑，有举旗鸣鼓，惊起的天鹅在四处旗帜的围堵下早已迷失了方向。专人奉上海东青鹘，辽皇扬臂，纵鹘擒鹅。

鹘，也叫海东青，是一种善捕水禽的小型凶猛鹰隼，由鹰坊专门饲养训练，专供皇帝放纵，有"羽中虎也"之喻。这种体小机敏、疾飞如电、专击鹅雁并食其脑汁的猛禽，深受游牧民族喜爱。辽代在强盛时期，每年都迫使女真人进贡海东青。《契丹国志》载："女真东北与五国为邻，五国之东邻大海，出名鹰，自海东来者，谓之'海东青'，小而俊健，能擒鹅鹜，爪白者尤为异，辽人酷爱之，岁岁求之女真，女真至五国，战斗而后得，女真不胜其扰。"辽皇年年捺钵，对鹘的需求量自然很大。受契丹人辖制的女真人被迫捕鹘驯鹘，岁岁进贡。女真人后来造反叛辽，其中一个重要原因，可能就是"不胜其扰"，逼上"梁山"。

松花江传（上）

鹘为游猎民族最爱养的宠物，又称海东青

纵鹘猎鹅只是一乐，另有"弋猎网钩，春尽乃还"。

史载，春捺钵时，"岁正月方冻，至四月而泮……先使人于河上下十里间以毛网截鱼，令不得散逸，又从而驱之集冰帐。其床前预开冰窍四，名为冰眼，中眼透水，旁三眼环之不透，第斫减令薄而已。薄者所以候鱼，而透者将以施钩也。鱼虽水中之物，若久闭于冰，遇可出水之处，亦必伸首吐气，故透水一眼，必可以致鱼，而薄不透水者将以伺视也。鱼之将至，伺者以告北主，即遂于斫透眼中，用绳钩掷之，无不中者。即中遂纵绳令去，鱼倦即曳绳出之，谓之得头鱼。头鱼既得，遂相与出冰帐于别帐作乐上寿。"[1]

《契丹国志·渔猎时候》载："每岁正月上旬，出行射猎，凡六十日。然后并挞鲁河凿冰钓鱼。冰泮，即纵鹰鹘以捕鹅雁。"

---

[1] 傅乐焕著：《辽史丛考》，中华书局，1984年，第53页。

第三章　故国山河

可见春捺钵的渔猎，是有渔有猎，猎的是鹅，渔的是鱼。而且，湖冰开化之前，先凿冰钓鱼。这是第一轮游乐项目，待冰消水融，则开始纵鹘猎鹅。

辽皇第一轮所获，谓之头鱼；第二轮所获，谓之头鹅。设席开宴，赏赐群臣，君臣纵酒行乐，是为头鱼宴、头鹅宴。

查干湖的开湖头鱼，就是从这儿借来的"彩头"。

备猎图，再现了春季捺钵的情景。仆从拿着各种器物，其中一人臂上架着海东青。备猎图高370厘米，宽360厘米，绘于克力代乡喇嘛沟辽墓墓室西南壁

查干湖能从千年前借来这一"彩头"，是因为辽金春水捺钵就在查干湖这一带。当然，这一带很大，大到今天的辽、吉、黑、内蒙古东四盟都可算在内，因为春捺钵并非固定一地。

有史家论证，捺钵地率无常所，春水、秋山非指一水、一山，而且季节与地域之间并非存在固定的联系。在四时捺钵中，规模、仪式和场面也有不同，以春捺钵最为集中，时间最长，路途最远。史料中在描述春捺钵时经常提到的"鸭子河""鸭子河泺""鱼儿泺"，即以吉林、

073

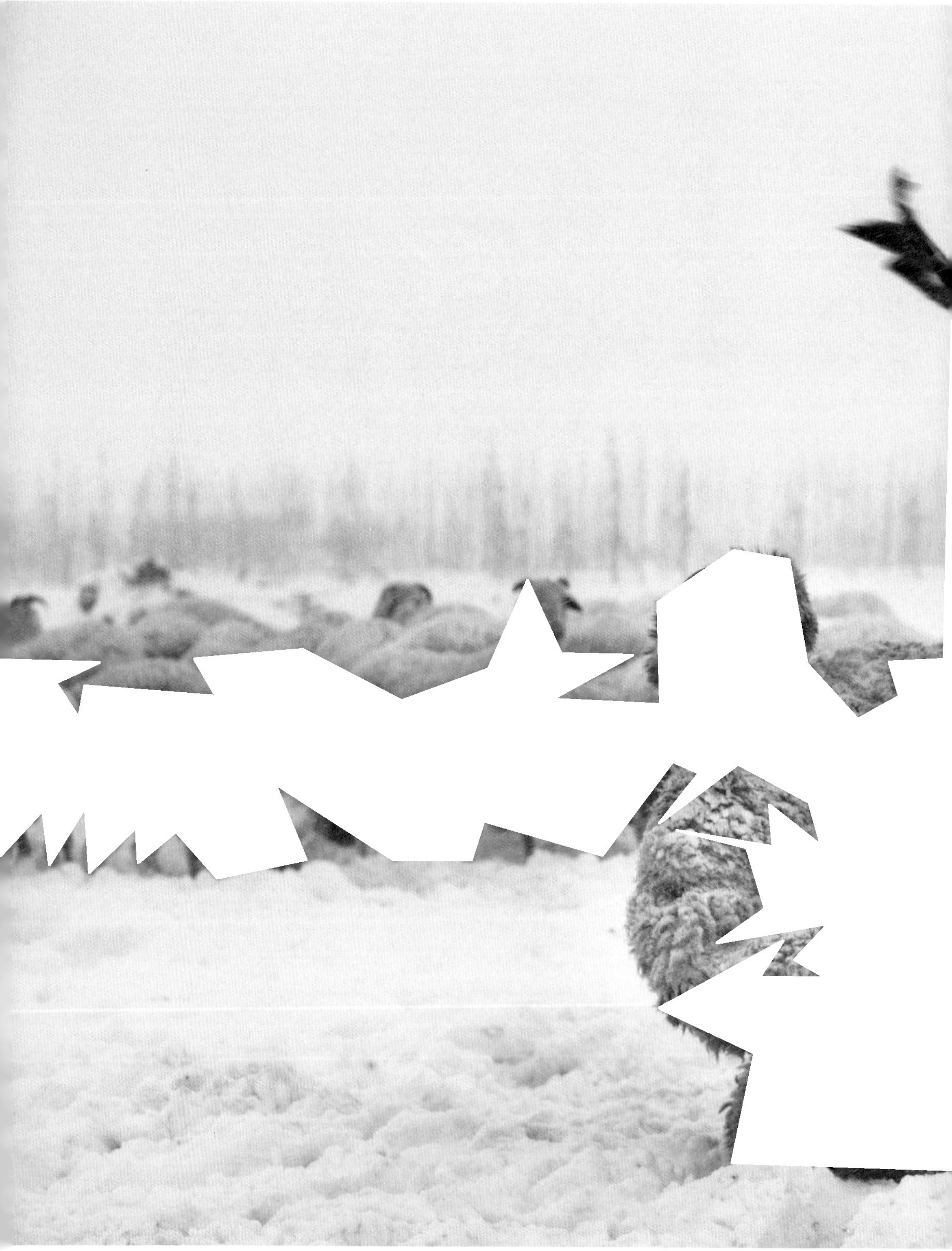

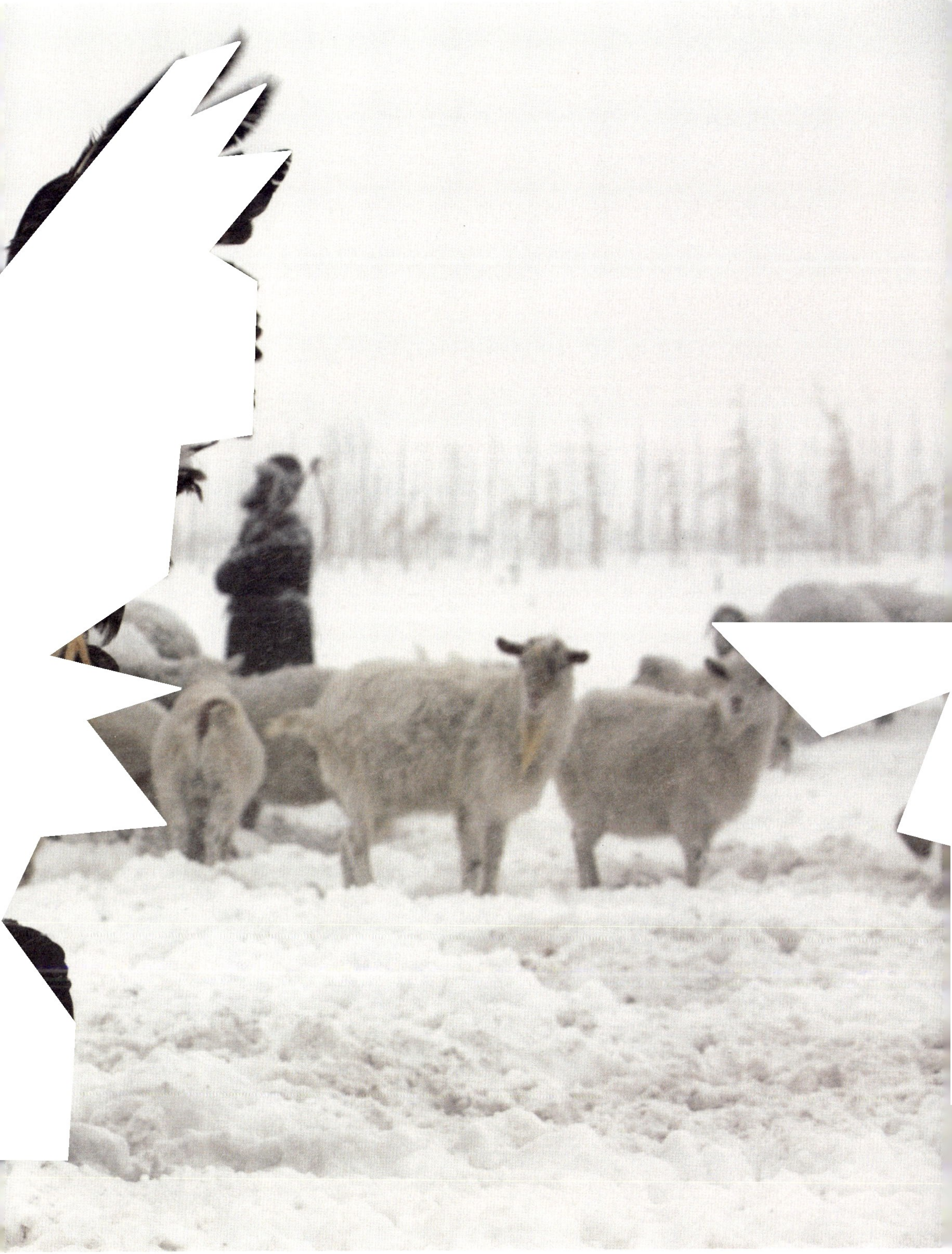

松花江传（上）

黑龙江两省交界三岔河为中心的松花江、嫩江、洮儿河、茂兴泡、查干泡（今查干湖）和月亮泡一带水域。这一广大江河湖泡水网地带，辽代属长春州、宁江州治下。长春州，即今吉林省松原市前郭尔罗斯蒙古族自治县八郎镇北上台子村"塔虎城遗址"；宁江州，即今松原市宁江区伯都乡伯都村"伯都讷古城遗址"。

近年田野考古，在查干湖沿边地带的吉林省乾安县赞字乡洁字村，让字镇藏字村、地字村，均发现疑似辽代"春捺钵毡帐土台基"遗址群。土台基总数超过一千个，最集中的一处有土台基五百多个，延续长度四千米。在遗址群附近，采集到大量北宋铜钱和辽代陶器、瓷器残片，其中灰陶的轮齿纹陶片具有典型的辽代特征。专家据此推测，这里曾是一处春捺钵辽皇毡帐遗址。据《辽史·营卫志》记："皇帝牙帐以枪为硬寨，用毛绳连系。每枪下黑毡伞一，以庇卫士风雪。枪外小毡帐一层，每帐五人，各执兵仗为禁围。南有省方殿，殿北约二里曰寿宁殿，皆木柱竹榱，以毡为盖，彩绘韬柱，锦为壁衣，加绯绣额。又以黄布绣龙为地障，窗、槅皆以毡为之，傅以黄油绢。基高尺余，两厢廊庑亦以毡盖，无门户。省方殿北有鹿皮帐，帐次北有八方公用殿。寿宁殿北有长春帐，卫以硬寨。宫用契丹兵四千人，每日轮番千人祗直。禁围外卓枪为寨，夜则拔枪移卓御寝

《辽史·营卫志》书影

第三章　故国山河

帐。周围拒马，外设铺，传铃宿卫。"

能想象吗？辽皇春捺钵，由辽都上京临潢府（今内蒙古赤峰市巴林左旗）一路向东，随行数千人，行程上千里。正月里出发，晓行夜宿，且行且驻，一走就是六十多天。到了捺钵之地，这几千人马自然要安营扎寨，而且这是辽皇的"行在"，禁围护卫、皇家威仪、彩绘韬柱、锦为壁衣、加绯绣额、黄布绣龙，一个都不能少。

正是据此史料推断，查干湖沿边地带发现的土台子，当是契丹人春捺钵时留下的印记。

契丹人为什么以四时捺钵的方式在广袤的北方游来荡去？大金灭辽之后，先事金、后投宋的史官宇文懋昭断言，辽朝"承平日久，无以为事，四时游猎，荒无定所"。这番定论似是揭示辽皇是因荒嬉无道、骄奢纵情、恣肆无度，而走向败亡的。

这不是宇文懋昭的一家之言，而是很长一段时期，草原游牧与中原农耕两种不同习俗之间的相互蔑视与诋毁。在中原定居，以五谷丰登为安居乐业标准的农家眼中，那些草原上居无定所的部族是一群心性飘移的野蛮人；而在草原上纵情蓝天白云的牧民眼中，那些老守田园、只会土里刨食的中原农人甚至不如草原上的牛羊或者他们胯下的一匹马。

这就形成了一种规律性的判定。似乎自辽代以后，金代、元代、清代等朝代来自东北草原山林的民族，其生活方式和文化习俗成为其最终退出历史的原因，而四时捺钵就成了原罪。

直到20世纪40年代，一位29岁的年轻学者发表了一篇文章，推翻了这一积成定论且影响甚远的臆断。

傅乐焕，1937年北京大学毕业后，进入中央研究院历史语言研究所工作。彼时，曾力主梁思永去东北嫩江流域昂昂溪考古发掘并撰有《东北史

松花江传（上）

傅斯年（1896—1950），字孟真，山东省聊城人，我国近现代著名的史学家、教育家和社会活动家

纲》的傅斯年正担任历史语言研究所所长。

傅斯年是傅乐焕的叔叔，这位被称为"学阀"的学界大鳄以其霸道的风格不仅掌控着历史语言研究所的命脉，甚至掌控着所内年轻学者的学术生涯。他提出，进所的年轻人三年之内，不许发表文章。在他看来，读了四年的大学什么都不算。进了历史语言研究所，必须老老实实地从最基础的功课做起，然后再看看自己是不是这块料。

有这样一位学术上造诣深厚、学风上刻板专横的叔叔，傅乐焕岂不战战兢兢？然而，也正是在这样的学风督导下，进所五年后的1942年，傅乐焕在《历史语言研究所集刊》上发表了《辽代四时捺钵考》一文，以辽帝春山、秋水等行迹为主线，对相关地名、辽代的典章制度、风俗习惯及疆域和地理状况进行了全面考察研究。

傅乐焕遍考文献资料，描述出以契丹贵族为核心建立的辽政权，虽有五京的建置，皇帝与朝臣却并不常居京城。同部民的"随阳迁徙，岁无宁居"一样，他们每年四季都巡幸于不同地区，政治中心也随着他们的行踪而转移。四时捺钵期间，"与北、南大臣会议国事"，傅乐焕称之为"大政会议"。这类大政会议是辽朝的最高决策机构，许多重大问题都是在这类"大政会议"上解决的。

跟随皇帝至四时捺钵的是一个庞大的行宫部落集团，它包括与皇帝关

第三章　故国山河

系最密切的官员，以及宣徽院、枢密院、中书省、枢密都、御史台、大理寺等官员。春捺钵活动期间，捺钵周围千里之内的属国、属部首领要到捺钵之地朝见辽帝，以示臣服。所以，春捺钵活动也包括了安抚、控制、考察各属国、属部的政治内容。

傅乐焕得出结论："所谓捺钵者，初视之似仅为辽帝弋猎网钩，避暑消寒，暂时游幸之所，宜无足重视。然而夷考其实，此乃契丹民族生活之本色，有辽一代之大法，其君臣之日常活动在此，其国政之中心机构在此。"[1]

到了金代的春水秋山，在辽代的政务治理之外，更增加了由皇帝督导，群臣和士兵参与，进而演化成祭礼仪式的内容。其主要目的在于操练军队，训练战士的胆魄和骑射能力，以提高军队的战斗力。

由猎鹅钩鱼到酬酢宴饮，由君臣聚欢到震慑四方，由操练骑射到祭礼仪轨，由凝聚血性到政务治理，辽金时期的捺钵并非一种杂乱无章的自由行为，而是一项以四季营地为中心有序展开，与国家行为密切相关的政治活动。皇帝的毡帐迁徙到哪里，整个国家的政治、经济乃至文化中心也随之集中在哪里。"其约束轻，易行也。君臣简易，一国之政犹一身也。"

中原人以定居习俗很难理解草原人的心性。国有国都，国有首善。有了国都首善，才有了民心所向，北斗拱望。一个飘来荡去的政权如何获得瞩望？一个冬去春来、夏秋无踪的皇帝如何朝堂柄国？如果按照农耕文化来解读，草原上的政权治理模式就如风一样无来处，也无归处。

然而，辽金几百年的北方政权，确实将草原文明的刚健勇武与开阔胸襟融入中华文明的血统之中。

"此乃契丹民族生活之本色"，傅乐焕的结论何其准确贴切。草原部

---

[1] 李旭光著：《查干湖畔的辽帝春捺钵》，吉林人民出版社，2011年，第242页。

松花江传（上）

族在跃马长城之际，眼望着井然有序的中原城镇、田畴成列、五谷满仓、华彩衣饰、亭台楼阁，一方面希望攫取这一切，另一方面又不愿意迷失自我。他们更喜欢天边的草原和草原上蜿蜒的河流，喜欢纵马奔驰和发际间掠过的长风，喜欢马奶酒的酣畅和牧歌的忧伤。

"生活之本色"，是一个民族积久而传的立身之本，也是一个民族应对天地自然而形成的独特语言。草原上一代又一代打马走过的民族，于争杀中媾和，于劫掠中濡染，于吞并包容中重塑着自我。当他们以草原的名义面对中原时，同样展示出强大的浸润与渗透能力。

辽国在越过长城而得到大片农业疆土后，经济情况与生产生活逐渐发生了变化。契丹统治者因俗而治，"以国制治契丹，以汉制待汉人"，既坚守民族旧习，又不吝向中原学习。辽朝第八位皇帝耶律弘基说："吾修文物，彬彬不异于中华。"

以往的学者，多注意汉文化面对他者时强大的同化与改造能力。伴随着越来越开阔的视野与自省，今之学者，反倒更加强调汉文化向他者的学习与吸纳能力。

历史上草原文明的影响力受到了空前高的评价。

以往研究东北史有一种不成文的观点，认为东北与中原政权的融合是两者之间交互作用的结果，而越来越多的研究发现，与东北相邻的地区除了西南方的中原之外，在西面北面还有一个广大的草原世界，这是一片横亘欧亚大陆腹地的草原地带。因此，不能只看到东北与中原的交互往来，还应该看到草原作为东北与中原共同的邻者，早已深深地介入与后两者组成互相不可或缺的三角关系。从文化上来说，在东北和华北合为一体的漫长进程中，两者共同的邻居北方草原民族是直接参与者。

自公元10世纪始，契丹兴起于燕山与西辽河，女真继起于松花江下

第三章　故国山河

游阿什河流域，蒙古肇始于黑龙江上游的大兴安岭。他们先后统一北方草原，又强势进入黄淮甚至长江流域，经过数百年的拉锯争战与媾和交融，中华大地上最终形成了"多元一体"统一的多民族国家。

辽金的捺钵与春水秋山，其绵远深厚的历史蕴藏不能也不应该被淹没。

‖ 敢叫山河重安排

查干湖，位于科尔沁草原的东端，松嫩平原的腹地。发源于长白山的松花江自南而上，发源于大兴安岭的嫩江自北而下，在这宽阔的平原上携手相拥，仿佛两只温润柔和的手捧起了查干湖。而查干湖的源头，却是源自大兴安岭余脉的另一条河流——霍林河。

霍林河水自大兴安岭顺流而下，一路上形成了大大小小的沼泽漫滩。在进入科尔沁草原后，地势低平，水流缓慢，泥沙淤阻，断断续续。从大兴安岭台地冲下来的霍林河在草原上失去了下切力，漫漶四溢，河道消失。河成了无尾河，湖成了浅水湖。没有了固定河道的霍林河，连同碎片般的浅水湿地，被人们称为泡子。

查干湖原来就叫查干泡。

查干泡位于霍林河最末端，在霍林河上游，有无数个潴留汪水的小泡子。这就意味着，霍林河一路走，一路洒水。非到有足够雨量的年份，没有多少水可以流到最后的查干泡。

这还不算，因为霍林河本来就是季节性河流。雨季河水充沛，浪花一路欢歌。雨季一过，本来就没有明显河道的霍林河就成了一汪又一汪、一段又一段的小泡子。

松花江传（上）

好在每隔几年或十几年就会有洪水年份。一次大洪水就能将这科尔沁草原和松嫩平原变得水泊连天，汪洋一片，一涝泡三年。草原上的年降水量只有200多毫米，而年蒸发量却在1000多毫米。但一次大洪水，加上间隔的小洪涝，让查干泡及其周边的小泡，涝几年、旱几年地循环着。

史料记载，旱的年份远远多于涝的年份。

由于地下水位过高，顶托住地表的浅水泡泽在过量地蒸发之后，萎缩的泡子露出泡底，形成白花花的盐碱滩涂。围绕着科尔沁草原和松嫩平原，有二三百处这样的泡子，百姓们统称其为"碱水泡子"。

查干泡面积大，盐渍碱化现象也突出，涝时湖水如海，旱时一片盐白。由于盐碱化程度高，连湖水都呈浑白色，所以就有了查干泡的名字。查干，蒙古语为白色的意思。查干泡，就是白色的湖泡。

在千百年的历史中，查干泡就是这么一袭白衣地留在了人们的传说中。而这样的情形是自然天成的，并无外力的干扰，就像地壳隆起有了高山峡谷，大陆漂移分开了陆地海洋一样，是大自然的手笔。

后来有文人将查干的意思理解成洁白，又从洁白引申出圣洁，查干泡被美化成圣水湖。这与自然无关，而是人类的浪漫。

人类浪漫的不仅是精神层面上的文采飞扬，也包括改天换地的随心所欲。新中国成立后的农业开发，特别是兴修水利工程，一度让查干泡的水源霍林河失去自然的品性。

20世纪六七十年代，在霍林河冲出草原的河段上，先后兴建了罕嘎力、兴隆、胜利等水库。层层建库，拦蓄河水，致使流入最末端的查干泡的水量逐年减少，直至最后中断水源。霍林河断流始于1962年前后，到1972年，面积400余平方千米的查干泡，已缩至50平方千米。

霍林河断流的结果是，即便在大洪水的年份，霍林河水也流不进查干

第三章 故国山河

泡了。长年断流，使原本可通行的所谓河道布满了村屯农田和公路铁路。时间一久，没人知道这里是霍林河曾经流过的地方。

断了霍林河水，查干泡像患了贫血症，本来能容纳6亿立方米左右湖水的查干泡，仅有浅浅的万余立方米水，湖底大部分裸露出来。萎缩的查干泡，湖水浑浊如浆，pH值由原来的8.5急剧上升到12.8。

失水后的查干泡，就像失血后的肌体，惨白且了无生机。

有的是碱土席卷，随风漫天。肆虐的盐碱，使查干泡周边生态环境遭到严重破坏，八郎镇、长山镇、查干湖镇46660多公顷耕地、34700多公顷草原遭遇严重碱害。湖区周围降雨量明显减少，殃及周边乡镇，导致当地十年九旱。查干泡成了鱼苇绝迹、盐碱泛滥的害湖。

查干渔场的一位渔把头说："那些年查干泡干了，成了旱河。我七八岁时，就在泡子边划拉碱面子，熬碱卖钱。泡子底长满了碱蓬子。夏天，割碱蓬子喂猪。秋天，碱蓬子结满了红色的籽，红彤彤一片，像枫叶红了一样。碱蓬子籽烀猪食，秆儿做烧柴。"

辽金时期春捺钵，只记载了这里"四面皆沙堝，多榆柳杏林"，从未有过"旱河""碱泡"的记录。那时这一带的泡泽，叫"鸭子河""鸭子河泺""鱼儿泺""大水泊"。从名字就可以看出，这里荒凉，只有雁鸭鱼虾和獐狍野兔，没有村屯，没有农田，没有道路，更没有什么水利设施，甚至，没有什么人！

自然的盐碱化自古有之。只是，草原更辽阔，那集中在几处潦涝滩涂上的白色盐碱，只能算作绿色草原上的点缀。大面积的盐碱化，是在草原变成了农田、河流被截断成水库之后。

还有，过多的牛羊，以及不再轮休的草场，也是盐碱化的帮凶。

这里原本是欧亚大陆草原的最东端，直到清末民初，蒙荒放垦，这里

松花江传（上）

变成了半农半牧区。再后来，灌区农业与油田工业成了这里的主角。查干泡被岁月改变了容颜、改变了味道。

既然是人改变了这一切，那就让人来想办法。

1976年2月5日，正月初六，吉林省白城地区前郭县委常委会议室气氛庄严而凝重。县委书记主持召开常委会，议题只有一个——查干湖的治理问题。

这是已经摆上案头的大事。查干湖的极度萎缩以及对周边旱情的影响，已经到了非解决不可的地步。前郭县所属的地委负责同志曾多次提到："查干泡干了！养鱼、养苇都没有水。过去花了几十万元用电抽水，也没有灌满查干泡。你们要干大的，想新的，要有改天换地的精神。"

国务院领导来考察调研时作过指示："豁出老命也要把干旱解决。"怎么豁出老命？干涸了这么多年，这么大的湖面，如何能用"豁出老命"的精神来满水复活？

那时收音机里经常播放一首歌："劈开太行山，漳河穿山来，林县人民多壮志，誓把山河重安排。"

这是一首歌唱"红旗渠"的歌曲。

红旗渠修在河南与山西交界处的林县，林县在历史上严重干旱缺水。1959年，林县县委决定，劈开太行山，在山腰上凿出一条水渠，将山那边的漳河水引到林县来。林县县委发出了"重新安排林县河山"的号召。

红旗渠工程于1960年2月动工，至1969年7月支渠配套工程全面完成，历时近十年。红旗渠工程共削平了1250座山头，架设151座渡槽，开凿211个隧洞，修建各种建筑物12408座，挖砌土石达2225万立方米，红旗渠总干渠全长70.6千米。

漳河水来了，红旗渠被称为"人工天河"。1974年，我国参加联合国

第三章 故国山河

大会时,放映的第一部电影就是纪录片《红旗渠》。

林县人民能干的,前郭人民也能干。此番豪情,在当时是很容易被调动起来的。

前郭县委首先明确的是治理查干泡的目标,或者说,为什么治理查干泡。

大家最终统一了认识,迫在眉睫的目标是"三个五"——开垦灌溉5000公顷农田,发展新庙泡、查干泡5000公顷苇田,改善500公顷碱化旱田。简单地说,就是开垦农田,恢复苇田,改良旱田。再简单地说,就是以粮为纲,一切为了农业生产。

查干泡缺的就是水,只要引来了水,"三个五"就迎刃而解。

最方便的水源就是松花江。松花江与查干泡之间的水位落差大。根据水利部门的水文资料记录,在前郭境内,历年松花江水位最低不低于海拔132米,最高可达136米以上,而查干泡底高程为126.5米,最大落差是9.5米。松花江过境的水量,从5月到10月,平常年份,每天流量都在每秒600立方米,完全可以满足向查干泡补水的需求。

高水位的松花江一直从低洼处的查干泡边上流过,只需开一道渠,建一座闸,便可引水自流入湖。

松花江流淌了千百年,水有的是!

在历史上,也曾有过相似的痕迹。

1925年,日本驻吉林省的教育顾问峰旗良充在"《国策上看吉林的开发》"中,把目光盯在了松花江与嫩江汇合处的前郭县。在他看来,这里水资源丰富,是发展水稻生产的绝佳之地。长白山与大兴安岭林区的腐殖土被松花江与嫩江源源不断地输送到这里,经年积久,使这里的土地膏腴肥沃。新开地块10~15年不用上肥,且气候条件适宜,面积适宜,配以适宜的灌区设施,可以建设成大规模经营的水稻产区。

松花江行（上）

1932年，已经在中国东北实行殖民统治的日本政府制定了"《满州移民纲要》"，利用武力和伪政权，强行收买土地，安置日本移民。1943年，日伪在前郭县强行收买熟地8万多公顷，强迫数以万计的中国农民在3个月内从自己的家园和土地上迁出。同年秋，日本侵略者从舒兰、双辽、怀德、农安、扶余、德惠、九台、瞻榆、大赉、安广、开通、榆树、伊通和前郭旗14个县旗，征集劳工、"勤劳俸仕队"8万人，开始在前郭旗地区开发灌区。到1945年8月日本投降时，已建成引排渠149条，共开发水田1.8万公顷。

日本人在引排渠设计中，就计划要把水田的泄水排向查干湖。也就是说，前郭灌区中的水可以顺地势走明渠排入查干湖，而灌区的水引自松花江。

东北光复中断了日本人的灌区工程，前郭的大地上留下一个未完的灌区引水和泄水工程。由于泄水工程不能与引水工程相配套，灌区的地表水和地下水位不能合理调节，因此形成大片沼泽。这既影响了秋天及时翻地晒田，春季又不能及时泡田、插秧。土壤的盐碱化加剧，大片的水田被改成旱田，有的甚至被弃耕。

昔年的水渠犹存，启发了今人的思路。前郭县决策者决心在松花江与查干泡之间修一道渠，将长白山天池涌流不竭的活水导向查干泡。如果说河南林县的红旗渠是一道"人工天河"，那前郭的这道渠就是"草原运河"。

说干就干，经过勘察测算，查干泡制定了工程总体规划。设计引松花江水入泡干渠总长53.85千米，工程竣工后的第二年可实现灌满查干泡，使之达到总蓄水5.98亿立方米的库容。整个工程概算为964.05万元。

据新闻报道，2019年12月28日，查干湖第十八届冰雪渔猎文化旅游节冬捕"头鱼"被一家企业以2966666元的价格拍下，创下历史新高。

第三章　故国山河

一条头鱼，近300万元。四十多年前的"引松入泡"工程，最初的概算是900多万元，三条鱼钱！

当然，账不是这么算的。然而，历史也不能随意翻篇儿。

工程展开之后，全县73000多名农村劳动力，6300多名县、公社、各单位职工和干部，2200多名学生，计8万多人投入工程。工程共搭建工棚2200多个，出动畜力车6821台套，牲畜29800头。全县90%以上男女劳动力都上工地，车、马、帐篷、粮、菜、铁锹、扁担、土筐……都需要在有限时间内备齐。由于上工地的人多，很快，全县所有商店及供销社的铁锹、扁担、绳子、土筐、麻袋都被抢购一空，就连邻县供销社的工具也被扫荡一空，有的单位不得不转向省外去购买。

誓师大会之后，"引松"工地上，红旗迎风招展，喇叭鼓动人心。铁锹挖土，扁担上肩，马车、牛车装满了泥土，长鞭一甩，人欢马嘶。松花江边，查干泡畔，澎湃着一条人的河流。

1984年8月23日，前郭县委、县政府举行了"引松工程"通水典礼。曾经在"引松"工地上奋战的人们无不心潮澎湃，热泪盈眶

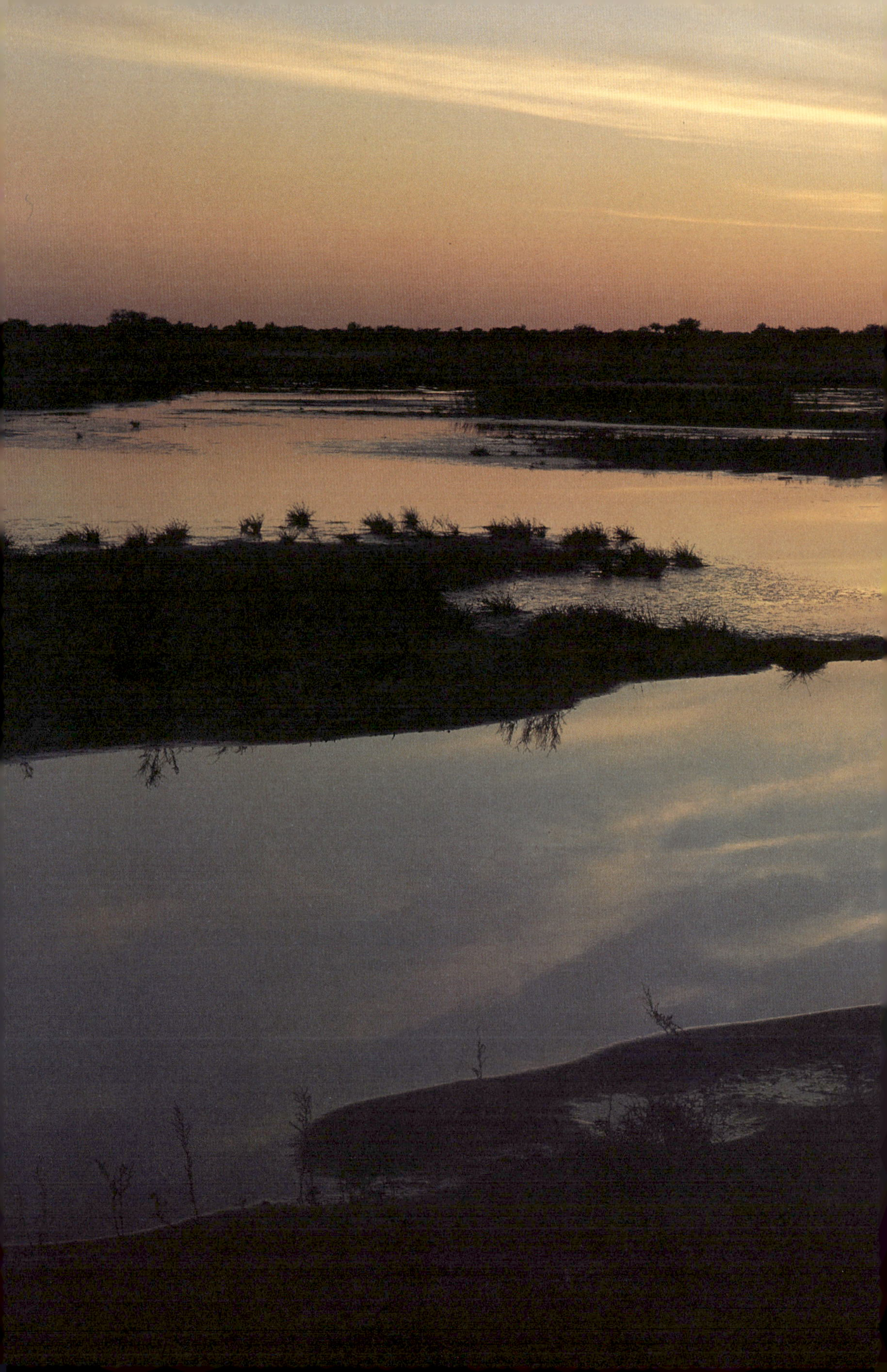

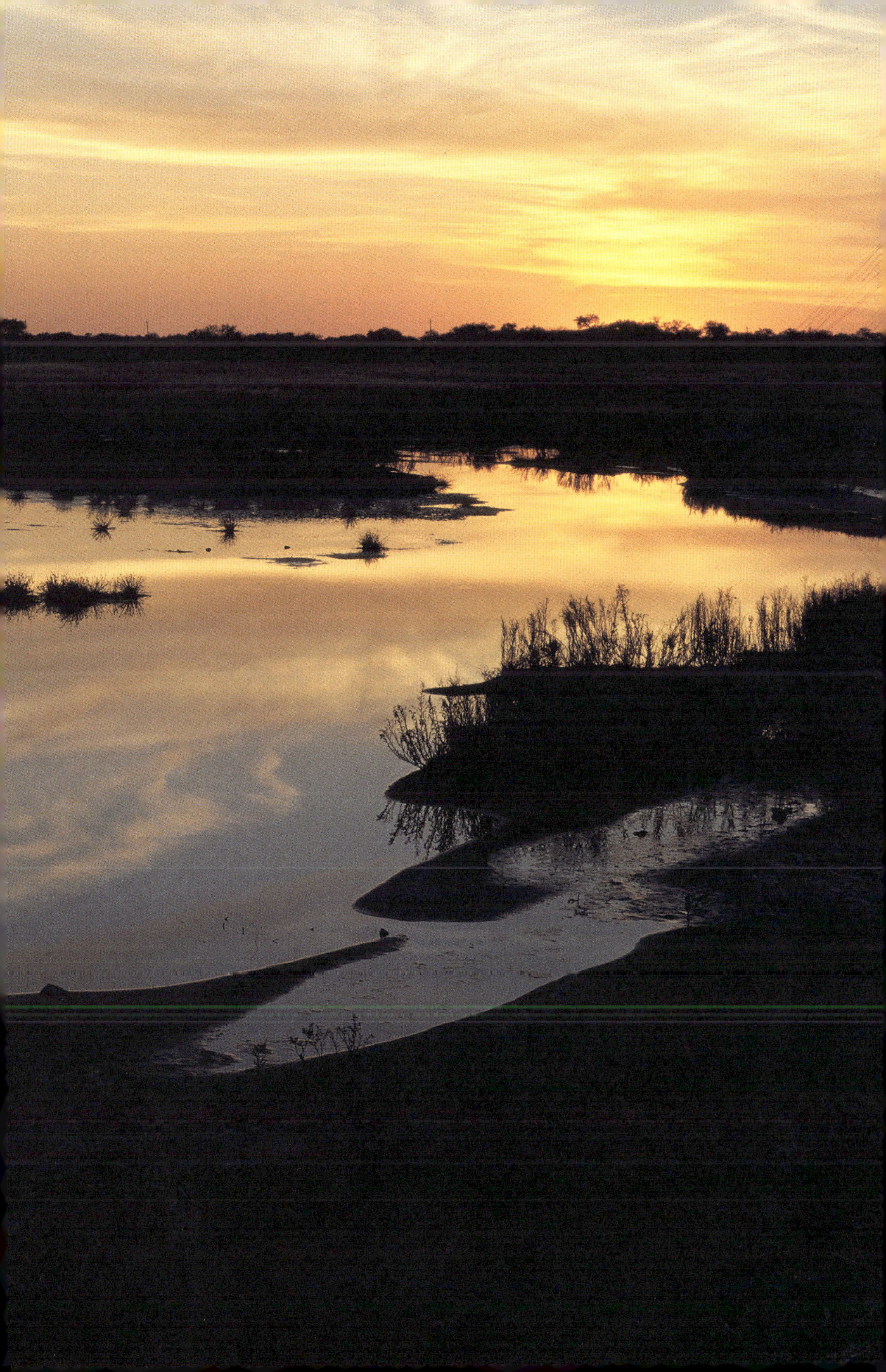

松花江传（上）

工地上人山人海。没地方住，有村屯的就住村屯了，没村屯的就地挖，挖个土坑，搭上席子就进去睡。起早贪黑地干，有的地方为了完成任务，几乎是昼夜不停。工地上都拉着灯，架着广播喇叭。

这是活生生的历史，活生生的一代人。他们的价值，不能用钱算。

从1976年9月到1977年12月末，一年多的时间，工地上灯火不熄。

转过年就是1978年，针对"引松工程"的舆论环境出现了变化。当时就有人说"引松工程"是"劳民伤财"，经济上赔本不合算。

1976年，前郭县的决策者关注民生，审时度势，从大力改善农村生态环境，将土地优势变成经济优势，让农民群众过上好日子这个大局出发，果断做出了"引松入泡"的战略决策。9月6日，8万大军聚集到前郭西部地区，与自然抗争，开凿"草原运河"

工程停了。直到1984年1月，在经过对原设计方案修改完善后，工程再次被启动。其间，完成剩余的土壤作业，涉及土方量为119万立方米，以承包方式选用江苏泰兴的一家公司组织机械施工，1984年6月工程竣工。

第三章　故国山河

在拐脖店召开兴建"引松工程"誓师动员大会，以改天换地、为民造福的雄心壮志，开展一场改变查干泡命运的工程

开闸通水后，松花江水直接注入查干湖。到1985年底，查干湖已完成蓄水4.5亿立方米。1986年查干湖达到设计高程的130米，总蓄水5.89亿立方米，湖岸线达128千米，水深平均2.5米，最深6米。随着湖水的增加，特别是江水的引入，查干湖水质明显改善，水质级别由5级达到3级。渔业生产、湿地保护、周边的环境都得到改善，湖区及周边降雨增多。随着查干湖水域的相对稳定，地下水位得到调节。20世纪80年代末，查干湖渔场开始大水面人工放养淡水鱼，经过封湖涵养，鱼的产量实现了飞跃。

在后来的新闻报道中，很少提到当年的"三个五"。原本是为了保证农业生产而修筑的"引松入泡"工程，后来围绕着水质改善而被宣传为生态工程，再后来又扩展了旅游项目，并注入了古老的渔猎冬捕非物质文化遗产的内容。

2000年，吉林省电视台拍摄了一部生态题材的纪录片，其中记录了查干湖第一渔场的冬捕。出鱼的时候，接受采访的作业组长说："这一网最少15万斤。全部运回场部，要一直干到明天日出。"这一天是2000

松花江传（上）

年12月31日，他说的明天，是人类进入21世纪的第一天。

就像一位作家说的，历史就像东北农家做饭时用的盖帘子，正面看是道，翻过来也是道。

随着"引松工程"誓师动员大会一声令下，前郭人民"八万大军引松水"的序幕被正式拉开

当年以粮为纲，全力保农业生产。为了抗旱和开垦农田而修筑的"引松入湖"工程，如今，已是冬捕时铺满冰面的胖头鱼，是惊起雁鸭的游人撑起的竹排，是梵音缭绕的妙音寺，是精心打造的渔猎文化博物馆。40多年前那场声势浩大的"引松入湖"工程，只留在那一代人的记忆中。或许，那已布满了绿苔的总干渠，会向后人讲述当年的故事。

红旗渠至今仍值得人们骄傲，因为当年的初衷与目标，历经半个多世纪一直未变。而查干湖却不同，它早已不是辽帝捺钵的大水泊，也不是人们为保粮食丰收而寄予厚望的水源地。它不断地变换着自己的行头，应季应景地顺时趋时发展着。

第三章　故国山河

在几乎没有大型机械的情况下，8万多名干部群众硬是靠手抬肩挑，剖开了川头山，挑走了黏泥土……将工程一寸寸向前推进。万众一心，移江借水，历时八载，艰苦奋斗，终于在1984年挖通了长达53.85千米的人工运河

变与不变，都如同江水流入湖中一样，流入了岁月。

辽帝的春捺钵不专属于查干湖。松嫩平原上大大小小的泡泽水域，都采用这种看似很古老的方式凿冰捕鱼。比如，洮儿河上游的察尔森水库、洮儿河下游的月亮湖，以及镜泊湖、五大连池、大庆杜尔伯特、密山青山湖，都开展了带有祭湖醒网、查玛跳神仪式的冬捕，既是渔业生产，也是旅游文化。其招牌式的叙述，都从辽朝的四时捺钵说起。

同样的故事，同样的演绎，形成了同质化的文化产品。当然，都能从史书中找到根据。因为一千多年前的春捺钵，不仅地点不固定，而且连地名都缺少准确的可据考证的资料。

所不同的是，查干湖周边发现了疑似春捺钵安营扎寨的遗址，这似乎给查干湖的冬捕以更多的自信。

史书可以春秋笔法，古迹却不容置疑。

松花江传（上）

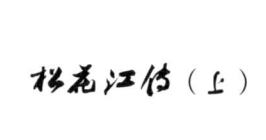

‖ 书生报国笔如刀

1928年初，从东北起家，当时已入主北京，自称"中华民国陆海军大元帅"的张作霖，已经成为北洋政府实质上的统治者。先前得到日本支持，又答应日本许多条件的张作霖，这时在国内民众的一片反日浪潮中，正绞尽脑汁设法抵赖当初对日本的许诺。此时的日本田中内阁，也加紧了对中国东北的战争准备。

在这样的背景下，在中东铁路南满段的起点长春，有了一次颇具雅兴的饭局，参加聚餐的有中国人，也有日本人。相似的学养与史学兴趣，使酒桌上的话题时不时地围着长春和东北的前世今生打转儿。东北烧酒的作用很快显现出来，那位名叫泉廉治的日本学者谈兴越来越浓，语风也越来越恣肆。他从自己撰写的《清朝未入关史事》谈起，得意地讲到自己如何搜集资料，又如何见前人所未见，找到了别人只是听闻，而自己却实地踏勘过的遗址。他说到了一处古墓，自信他是在中国人之前最先发掘并开始研究的日本人。这种酒精作用下信口开河的狂妄，让在座的一位中国学者既克制又很自信地提醒道："您读过《柳边纪略》和《双阳县乡土志》吗？"只这一句问话，就让泉廉治顿时酒醒了大半。他意识到自己遇到了对手，也知道自己刚才是口出狂言，便露了怯。但话收不回来了，脸已经丢了。泉廉治一时谈锋萎顿，酒兴落寞。而那位中国学者也一样毫无兴致。毕竟，他看到的只是史书所载，而眼前的这位日本人是真的见到了古墓和墓中出土的物品。

这位中国学者叫金毓黻，那座古墓叫完颜娄室墓。

金毓黻是辽宁人，1913年考入北京大学，毕业后回到张作霖治下的东北地方政府任职。这期间，他听到了一句传言，说清末遗老郑孝胥曾来沈

第三章　故国山河

阳（当时称为奉天）小河沿消遣游玩，兴之所至，写了一首七言古诗，其中两句说："北俗虽豪缺风雅，麇集屠沽作都会。"此诗以尖刻甚至侮辱性的语言嘲讽东北人没有文化。闻听后深受刺激的金毓黻，认为郑孝胥诗作"鄙视辽人之意溢于言表"，是"拘于方隅之见"，故步自封，孤陋寡闻。金毓黻从此立志研究东北文化。

当然只是立志，而他的身份，不过是政府中的一个职员。他能做的，是在公务之余把自己的精力投入史料文献的搜集中。

中年时的金毓黻

1925年5月12日，38岁的金毓黻被委任为吉长道尹公署总务科长兼长春电灯厂厂长。就这样，他和长春有了一段缘分。

和泉廉治在长春聚餐后，金毓黻上了心。他了解到，日本人早在1912年就发掘了位于长春远郊的完颜娄室墓，随后把盗得的32件文物运往旅顺陈列。

有史料记载，完颜娄室神道碑早在光绪年间就已经不见踪迹了，不过碑文保存下来了。《柳边纪略》大体记录了完颜娄室神道碑的碑文，全部碑文4000余字，是研究辽与金、宋与金战争历史极宝贵的资料。

有关完颜娄室墓，前人只是在文献中留下了记载，而墓室却被日本人打开，其中的文物也被日本人拿走了。更让人气闷的是，直至长春的那次聚餐，还没有一位中国学者实地考察过完颜娄室墓。

金毓黻咽不下这口气，想要亲自去完颜娄室墓看一看。历史上的完颜

松花江传（上）

娄室可不是一般人。

公元1114年，女真首领完颜阿骨打决意起兵反辽。完颜娄室是阿骨打麾下一员骁勇的战将。完颜娄室第一次立下赫赫战功的地方，就在黄龙府，契丹称之为东寨。

黄龙府不但是辽朝聚敛财税的府库，而且是辽朝辖制渤海、女真、室韦诸部的军事重镇。当年，这里市井繁华、车水马龙，俨然是北方一大都会。由于黄龙府经济、战略地位十分重要，辽朝在这里驻有重兵。女真人要争得战略上的主动，必须攻占此地。为此，阿骨打亲自主持军事会议，研究攻取方略。完颜娄室根据自己对辽作战的经验，分析了黄龙府辽军的守备状况，而后指出："黄龙乃辽之银府，辽之所以把它作为驻扎众兵马的边塞重地，就是因为此地城池坚固，守备森严，攻守皆可。如果不扫除其附近城堡，断绝它的外援，然后再打，恐怕是无法拔除它的。陛下可否按我这'困点打援清外围'的办法试试呢？"完颜阿骨打自起兵以来，作战靠的是女真人勇武霸蛮的狂飙突进、野性疯狂的平推横扫的打法。完颜娄室的战术显然超越了女真用兵的传统套路，而这种打法的提出和实施，以及因其取得的胜利，使完颜娄室在对辽作战的统兵将领中脱颖而出。后世研究者也将完颜娄室称为金初军事集团由大勇向大智过渡的一个代表性军事将领。

完颜娄室统兵打下的黄龙府，也正是金毓黻曾经考证过的一个课题。抗金英雄岳飞的诗文中有"直捣黄龙"之句，而对于黄龙府究竟在何处，史学家历来存在争议。以研考东北史为己任的金毓黻当然对此更为关注。他认真地梳理文献，从文献和史料形成的年代、背景及承接关系等多方面论证，最后取《金史·地理志》之说，得出"辽金之黄龙府城即今之农安县治，农安为隆安之音小变（俗话称龙湾），亦即渤海之扶余城,这时其地为龙州"的结论,驳正了《盛京通志》等史书上将金代黄龙府定在开原的说法。

历史上的黄龙府即长春附近的农安,此说经金毓黻论证后,已成定论。后世有学者扩展了这一考证的意义,指出辽金时期的黄龙府既是东北各民族贸易往来的大"市场",也曾是契丹人战争征伐后,关押俘虏的"集中营"。契丹人威服四方,将大漠东西、长城内外的草原和山林中各部族尽收其下。几代人过后,战俘营散了,留居在黄龙府的除了契丹人、渤海人、女真人和汉人外,还有铁骊、兀惹、突厥和党项等少数民族。诸国风俗不同,民族语言各异,自说自话,彼此却都听不明白。于是,大凡聚会或交易,只能以汉语作为通用语言。由此有学者说,东北的汉话之所以近似于标准普通话,是因为在辽金时期,各民族均以东北汉话为媒介。各民族都能听懂的,必须是标准的发音。或可姑妄言之,当今的普通话形成,黄龙府应有过贡献。

打下黄龙府,只是完颜娄室建立卓著战功的开始。其后,他战宁州,入中原,大小战役,战无不胜。直至生擒辽帝,成为大金开国的"战神"。

1130年,完颜娄室病死于军旅之中,被追封为"莘王",改谥"金源郡王"。完颜娄室死后,为表彰其功绩,金太宗命人在安葬地竖碑,其地名也随之改为"石碑岭"。金毓黻想去的地方,就是石碑岭。

1928年5月27日,金毓黻邀约长春县县长等一干友人,找到了史料上记载的石碑岭。

完颜娄室墓坐落在石碑岭南坡。整个墓地已凌乱。完颜娄室之骨骸无存,墓碑被毁。金毓黻找到一位当地的居民询问,得知日本人发掘时,有玉带扣、玉石牌、头盔、金碗、妇人头饰等。

石碑岭上,金毓黻盘桓了许久,归来后心情仍久久不能平静。他在日

松花江传（上）

记中详细记下了当日的情形。

石碑岭·完颜娄室家族墓

"城北五区小河台北之石碑岭上，有一古墓，中藏有石棺二具，一出土外，已残破，一埋土中。民国元年为日本人发掘，得金龟、宝剑、玉佩之属。立祠于其地，木（墓）主题曰'女真仪同三司左副元帅完颜公之神位'，旧有石碑，已无存，只胜（剩）碑座半埋土中。"

辽金时期，阿骨打麾下的大将完颜娄室在戎马生涯中，凭着过人的胆略和武艺屡建奇功。这位常胜将军去世后被安葬在今天长春的石碑岭，在这片向阳的开阔坡地上，还能见到散落在地的两座残破的龟趺

第三章 故国山河

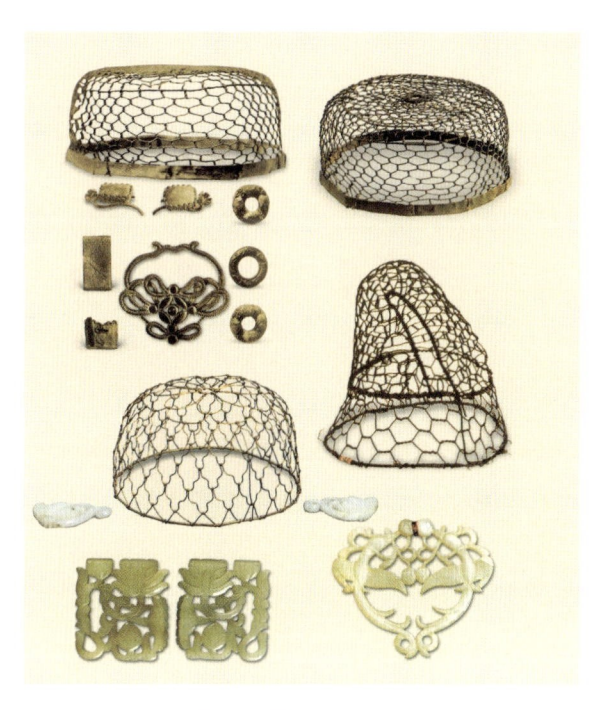

完颜娄室墓出土冠饰

任长春电灯厂厂长之际，金毓黻结合自己正在编辑的《辽东文献征略》，有意识地搜集散落在东北的辽金庙碑，并于考据金石中受益匪浅。1926年初，他在日记中记道："近年余得辽金庙碑、墓志六、七通，皆可证史事，又可补史之阙佚，以其出自东北一带尤为可贵。以意度之：今热河地方必多辽人刻石，吉林地方必多金人刻石，特无人发抉，故罕见耳。"[1]

其时的中国，军阀割据，民生凋敝。中央政府走马灯似的你方唱罢我登场，无人理会文化教育事业。金毓黻不忍见大批珍贵的文物史料渐渐流失毁弃，便在心中自励宏愿："昔人以征献为难，吾生惟漫游是好，不恤操觚之妄，拟待裹粮以行；船唇驴背，启验陈编，山巅水涯，别求胜赏。

---

[1] 金毓黻著：《静晤室日记》（第三册），辽沈书社，1993年，第1564—1565页。

松花江传（上）

方之霞客，宁人无多让焉，斯则余之愿也。"①

自此，以徐霞客自喻的金毓黻利用从政的有利条件，四处考察，足迹遍布东北各地，搜求到大量有关东北史的第一手资料。同时，他博稽古书典籍，梳理东北文献资料，通过搜罗、校勘、研究资料文献与实地考察，为其写后来的几部东北史著作打下了坚实的基础。

当时的长春县知事张书翰深知金毓黻精于东北历史研究又热爱长春，便借金毓黻任职长春之机，将自己久修不成的《长春县志》的编撰工作委托于他。金毓黻知难而上，欣然接受。他在日记中写道："阴雨数日，皆霾霖小雨……今日撰县志页数稍多，大抵此事不难于落笔，而难于检书。书卷不多则失之陋，考览不详则失之疏，往往下笔数行而检书多至数十种，盖不如此则不能极此道之能事。原撰书人考览不详，书卷亦不多，仅据省志钞撮，而又不知去取之宜，所以无可观采。"当时的金毓黻公务繁忙，正在筹建的长春县图书馆让他整编图书目录，奉天方面请他参加《东三省丛编》编纂……诸多事项常使他应接不暇。可是，他还是拿出大量精力和时间投入《长春县志》的总纂工作之中。经过夜以继日的辛勤劳作，《长春县志》终于完成。《长春县志》被公认为东北旧志中的佳作。

在长春工作期间，他于1926年10月13日的日记中写道："长春之地本为古扶余国，在昔扶余太子朱蒙为国人所不容，逃往东南，过奄利大水，鱼鳖成桥始为安渡，不为追骑所获。此水疑即今之松花江，江水浅处固可褰裳而涉也，后朱蒙竟为高句丽之始祖。故长春实为一朝发祥之地，居此地者得山川之劲气，尝卓荦不居人后，而能有所树立，此徵之历史而可知者，吾人安可自待太薄乎？②

---

① 金毓黻著：《静晤室日记》（第三册），辽沈书社，1993年，第2147页。
② 金毓黻著：《静晤室日记》（第三册），辽沈书社，1993年，第1762页。

第三章　故国山河

"居此地者得山川之劲气！"金毓黻在长春的演讲，以史料文献为明证，朗声赞颂历史上的长春"实为一朝发祥之地"，激励长春人不可"自待太薄"。

1928年末，《长春县志》经金毓黻手脱稿。他将自己这几年来对长春的研究成果都写进了书里，特别是否定了长春即辽长春州的说法，将长春的历史沿革叙述得条理清晰，史迹确凿。他还怀着强烈的民族义愤，将日本人在长春盗买土地、盗掘完颜娄室墓、强占大屯石山和开办华实公司从事非法活动等许多丑恶行径如实记载在志，为后世留下铁证。

作为一个有着家乡情怀和史学家责任感的青年学者，金毓黻当时所能做的，也只有用一支笔来表达对日本人掠夺东北文化的愤懑。因为接下来的东北，陷入了更令人不堪的灾难之中。

九一八事变后，日本对中国东北的文化掠夺越发肆无忌惮。1933年5月，由日本人主导的"东亚考古学会"启动了对渤海上京龙泉府遗址的掠夺性发掘。此时因故滞留沈阳而不得脱身的金毓黻以史学家的身份参加了这次发掘。金毓黻当然知道，日本人对古渤海国如此有兴趣，完全是为了替伪满洲国寻求历史上的所谓"法统"依据，进而割断其与中华民族的联系，并为下一步实行吞并东北做学理准备。作为现场参与者，金毓黻以中国学者的民族自觉和学术良知，真实记录了这次发掘。

渤海国是中国古代东北一个以靺鞨族为主体的政权，其存续年代与中国的唐朝中晚期大体同期，范围相当于今天中国东北地区及朝鲜半岛东北部和俄罗斯远东地区的一部分。该政权建立之初，唐朝册封其首领为"渤海郡王"并加授忽汗州都督；其后，唐朝诏令将渤海升格为国。渤海政权是由多民族组成的，包括靺鞨人和高句丽人。渤海国由中原唐朝册封，并按唐制建立政治、经济制度。全盛时辖境有五京、十五府、六十二州，其

松花江传(上)

文化深受唐朝影响，繁荣之时，享有"海东盛国"的美誉。

渤海国国都多次迁移，"东亚考古学会"此次要发掘的，就是位于今黑龙江宁安的上京龙泉府。

靺鞨是东北肃慎族系的一脉，而满族人的族源也在肃慎之属。故而靺鞨人建立的"海东盛国"，或可被满族人视为先民的光荣。

而这份光荣，确曾在史籍中灿烂夺目。

渤海建国之后，曾经游牧射猎、弯弓驰骋、具有尚武精神的靺鞨人，逐渐放弃了原有的传统，开始重视农业，学习农作物种植和畜禽养殖方面的先进技术。他们利用得天独厚的自然条件，在牡丹江流域火山灰堆积的肥沃土地上率先种植水稻。在镜泊湖的碧波里，渤海人改良了野生的鲫鱼，使这种高山湖泊盛产的鲫鱼体大肉嫩、味道鲜美，被称为镜泊湖鲫，国宴上常用它招待四方宾朋。他们在山林里学会了饲养柞蚕，于是有了自己生产的丝绸。在鲜花盛开的原野上，渤海人养蜂取蜜，用甜香的蜂浆招待过往的使臣商贾。在大海上，渤海人不仅能够驾舟东渡日本从事贸易，而且还能捕捞鲸鱼。在建筑上，渤海人临摹了唐朝全部经典，王宫、民居、庙宇无一不再现了中原的风采。在艺术上，渤海人虽然没留下自己创造的文字，却把汉族的诗词歌赋、水墨丹青作得不比唐朝士大夫们逊色。一个刚刚告别野蛮时代的东北民族，在短短两百多年的时间里取得如此进步，怎能不受历史的青睐？

以大唐为模本的渤海，如饥似渴地学习汉文化。百年无战事，周边多友邻，和平涵养了无限生机。渤海出产的名马岁岁不绝地输入山东半岛，唐朝的丝绸经渤海国东渡日本为和服增光添彩，名山古刹有了汉字书写的楹联牌匾。盛唐的文化，渗透到了渤海国的骨髓中，白山黑水绽放出绚丽的中原之花。晚唐时期，许多到中原学习的渤海人汉文化达到了相当高的水平，有的学子还参加了科举并金榜题名，荣归故里。当

第三章　故国山河

时的大文学家刘禹锡曾写诗赞誉："渤海归人将集去，梨园弟子请词来。"晚唐的大诗人温庭筠在名为《送渤海王子归本国》的诗中写得更为真切："疆理虽重海，车书本一家。盛勋归旧国，佳句在中华。"

渤海国　莲花纹瓦当砖残块（吉林省博物院提供）

无论上京龙泉府的残垣断瓦，还是文献中的诗词章句，都无声地述说着渤海国与大唐在文化上的血脉相连。在当时的亚洲，唐朝的文明居于领先地位，渤海国紧随其后，把其他部落联盟、地方国政权远远甩在后边。

日本人正是想借用渤海国曾经的强盛，以及其与满族人的族源关系、与日本国的贸易联系，将中国东北捆绑在他们预设的文化圈子中。

日本政府声称，发掘渤海上京城"对于阐明满洲国的历史具有极大的意义"。而主持发掘的原田淑人也说："渤海国纯粹是满洲民族建立的国家，然而历史事迹不明之处甚多，所以想用三年时间调查满洲各地的渤海都城遗迹。"其目的是"阐明满洲国历史"，寻找"日渤亲善"的历史物证，进而证明"日满亲善"已有悠久的"历史根基"。

发掘渤海上京城取得了重大成果。无论遗址还是遗物都是第一手的，文物资料装满23箱，由日本关东军押护送往日本。一番处心积虑地策划布

松花江传（上）

置后，文物资料在上野皇室博物馆公开展出一个月，参观者摩肩接踵。当时的日本媒体也大肆宣传，发掘者发表谈话，喧嚣一时。有的报刊以醒目的标题进行报道，《大和新闻》发表题为《以灿烂的文化鹤立鸡群的渤海国——日渤亲善由来已久》的介绍文章。主持发掘的原田淑人对媒体发表谈话："我们两国相互交往长达二百余年，在此期间，渤海国人归化我国者颇多，我国人归化渤海者亦不少。因此，日满两国人的血从一千二百年前的往昔就联系在一起。"[1]他的意思是说，用不着笨拙矫情地说什么"日满亲善"，日本与满洲在历史上就亲如一家。这番言辞，戴着学者的面具，为日本军国主义的侵略行径歪曲历史强词夺理。

日本学者兴高采烈地起哄，日本当局和军方亦大为兴奋。他们借此大造舆论，为其扶持建立的伪满傀儡政权标榜了其所谓的法统地位。

日本"东亚考古学会"大获其利，发掘者载誉荣归，几乎成为英雄。日本的渤海热逐步升温，对渤海遗址的掠夺性发掘进一步加强。一时间，渤海成为当时日本社会的热门话题之一。渤海学成为日本东洋学界的重要学科之一。

1934年5月20日到6月19日，日本"东亚考古学会"对渤海上京城进行第二次发掘。金毓黻没有参加这次发掘。而就是这次发掘中，传出了一个戏剧性的故事。

第二次发掘出土了一件特别的物件——"和同开珎"。"和同开珎"是日本古代钱币，存世极少。根据现场发掘者的说法，"和同开珎"是在调查结束前的最后一天被发现的。后来，主持发掘的原田淑人回忆道："在发现'和同开珎'的前一天晚上，我曾开玩笑地说过：'要是能够发

---

[1] 张碧波，张军著：《渤海国外交史研究》，黑龙江人民出版社，2011年，第316页。

第三章 故国山河

现一枚和同钱我们就结束发掘。'"没有想到第二天果然发现了！这是一场"令人意外的邂逅"，还是一次"人为的刻意安排"？一时各种消息纷飞。甚至，当地流传起了这样的细节："当发掘到了一定的阶段后，一个日本人乘人不备时，把那枚'和同开珎'偷偷地扔到深坑里，以达到其不可告人的目的。"那么，"和同开珎"的出现意味着什么？人们怀疑是否真的出土了"和同开珎"的原因又是什么？参与发掘的日本人说："在得知确是'和同开珎'之际，我们欢声雷动。我国自古就与满洲国相往来，此枚钱币不可辩驳地诉说着事实，于今尚有余韵袅袅。"可见，"和同开珎"的出现与日本和伪满是否"自古相系"有关。

史料有载，古代日本与渤海国相互之间存有贸易亦是事实。在渤海遗址中发现日本的钱币"和同开珎"本属正常，而日本学人将其"上升"至日满"情感联系之纽带"则不免令人无语。

金毓黻没有参加这次发掘，在其后的日记与著述中，也不曾提到"和同开珎"的事情。也许在他看来，渤海古遗址中有"和同开珎"本就没什么可大惊小怪的，如果借此做文章，显然有些小儿科。所以，无论此事是真是假，金毓黻都不屑于提及。

1936年4月，金毓黻借研究东方学术与东北文献之名访学日本。其实早在九一八事变之后，金毓黻在拒绝一系列伪职的同时，就感到自己已"渐臻危境，不能再居沈阳"，于是他一边与日伪虚与委蛇，一边策划出走。在日本摆脱监视后，金毓黻终于乘船抵达上海。在上海由蔡元培介绍，他到南京见了傅斯年及中央大学校长罗家伦、教育部次长段锡朋。之后，金毓黻受聘为行政院参议、教育部特约编辑、中央大学教授。

在中央大学期间，金毓黻每年均开设宋辽金元史课。他还将宋辽金史讲义撰成《宋辽金史纲要》上、中、下三编。金毓黻认为，宋辽金史与东

松花江传（上）

北史关系密切，特别是辽金二史与东北史有关者"几居其半"。因而，在全民族抗战期间，他边研究东北史，边开拓宋辽金史的研究领域。其有关宋辽金史研究应"三史兼治"的观点，为后学者所认可。

1941年秋，由于东北大学校长臧启芬坚邀，金毓黻赴迁到四川三台的东北大学任教，任东北史地经济研究室主任。在东北大学期间，他完成了《东北通史》上卷的撰写出版。

有学者指出，金毓黻研究中国东北史，是受到了日本学者的刺激。

金毓黻在《东北通史》引言中详细地阐述了其研究旨趣："今日有一奇异之现象，即研究东北史之重心，不在吾国，而在日本……其搜材之富，立说之繁、著书之多，亦足令人惊叹。试检其国谈东洋史之专籍，十册之中，必有一册属于东北，论东方学术之杂志，十篇之中，必有一篇属于东北……世界各国学者，凡欲研究东洋史、东方学术，或进而研究吾国东北史，必取日本之著作为基本材料，断然无疑。以乙国人，叙甲国事，其观察之不密，判断之不公，本不待论。重以牵强附会，别有用意，入主出奴，积非成是，世界学者读之，应作如何感想。是其影响之巨，贻患之深，岂待今日而后见。"[1]因此，对金毓黻来说，发愤研究东北史，在这一领域里急起直追已经是刻不容缓了。

在金毓黻出版《东北通史》之前，傅斯年已经撰写并出版了《东北史纲》。在谈到撰写《东北史纲》的缘起时，傅斯年说："自辽事起后，多日不能安眠，深悔择此职业，无以报国。"可见九一八事变的爆发是傅斯年编写《东北史纲》的直接原因。在《东北史纲》卷首引语中，傅斯年强调自己编写的目的："然吾等皆有兴于史学之人，亦但求尽其所能而已。"傅斯年

---

[1] 周文玖著：《民国时期中外史学交流》，河南人民出版社，2019年，第26页。

第三章　故国山河

希望通过自己的努力为深处灾难中的祖国尽一份力量,史学的致用思想传达出傅斯年狂热的爱国情感。同样,金毓黻所著的《东北通史》,亦出于对祖国对家乡的热爱。东北沦陷之后,金毓黻不得不飘零异乡,对家乡的感情更添惆怅。他在日记中写道:研究东北文献之重要何在乎?愚以为不外下列二项:一曰爱乡。诗曰:"惟桑与梓,必恭敬止。"恭敬桑梓之义,盖根于人心之自然,非出于矫饰勉强也。凡故乡之田园庐舍为吾人生长于斯,歌哭于斯之地,览其一山、一石、一草、一木,皆为耳所常濡,目所常染,于是油然发其爱敬之心,一旦与之违别,则有依依不忍去之感。古人作诗之善于形容者曰,"昔我往矣,杨柳依依。"非杨柳之能依依于人,实人之依依于杨柳也。①

"书生报国无他物,唯有手中笔如刀。"

金毓黻早年写给私塾同学朱玉殿的书法作品

抗战期间,傅斯年的《东北史纲》与金毓黻的《东北通史》成为文化教育界以学抗敌的旗帜,这两部著作有力地回击了日人的侵略谬论。日本为了侵略中国,不惜歪曲历史来为其侵略行为制造舆论。其最典型的言论便是"满蒙非支那领土"。针对此妄言,傅斯年在书中专设一文,考证

---

① 金毓黻著:《静晤室日记》(第三册),辽沈书社,1993年,第1761页。

松花江传（上）

"满洲"和"东北"的概念所指。傅斯年说："此等'指鹿为马'之言，本不值一辩，然日人竟以此为其向东北侵略之理由，则不得不辩！"

金毓黻很早就对"满洲"的提法非常敏感和反感。日本人多用其称谓中国的东北，有中国人写东北之书也用"满洲"的提法。金毓黻在日记中写道："《满洲三省志》宜改称《东三省志》或《奉吉黑三省志》，满洲之称为日人所命，盖以此比于朝鲜，认为中国藩属，以肆吞并之地步。若在我国，三省久有定名，时王之制，不宜妄改。即从古称，宜曰辽东，何为以部落之名加诸行省，贻笑方家，授隙外人。"这些观点都被他收进日后所著的《东北通史》中，成为他研究东北史的一个基本的观点。

《东北通史》视野开阔，史论深邃。金毓黻认为一部东北史就是汉族和各少数民族在东北活动的历史。"无东北民族，则无所谓东北史，故述东北史，必以民族居首焉。"基于此观念，全书以民族源流、形成与发展为主线，将东北史划分为六个时期，即汉族开发东北时代，东胡、夫余互竞时代，汉族复兴时代，契丹、女真、蒙古迭相增长时代，汉族与女真、蒙古争衡时代，东北诸民族逐渐同化融合时代，系统地勾勒出东北古代历史发展的轮廓。这是金毓黻积二十余年辛苦、执着追求的力作，凝结了他爱国忧乡的深厚情感和抵制日本扭曲东北历史、肆意侵略中国的民族自尊心，表达了他以学术救国的平生夙愿。

金毓黻先生的学术成就是多方面的。据不完全统计，他生前已出版的著作有16种、资料9部、论文100余篇；未出版的著作、资料16部，论文18篇。这些学术成就足以使之成为著名的历史学家、文学家、金石学家、文献学家、考古学家和东北史研究的主要开拓者和奠基人。他一生留给后人总计1400余万字的著述，可谓体大思精、包罗宏富，堪称一座硕大的学术丰碑。于右任称誉他为"辽东文人之冠"。

第三章　故国山河

1985年,为了纪念金毓黻先生的百年诞辰,由吉林省社科院名誉院长佟冬任主编,整理并出版了《金毓黻文集》。文集分为三编,第一编为日记、书信编,约600万字;第二编为著作编,约300万字;第三编为文献编,约500万字。全部文集共1400万字,堪称宏大的东北文史资料与史识的集成。

傅斯年、金毓黻、傅乐焕一代学人,在东北史的学术研究上,筚路蓝缕,爬梳剔抉。他们急民族所急,应时代所需,担起了维护民族大义、凝聚中华民心的史家责任。在中国东北史学与文化建设中,他们是不该被忘记的一代学术大家。

辽金时期的春水秋山与四时捺钵,是被时尚的旅游文化还魂于当下的。人们希望借助古老的渔猎部落,满足现代人的猎奇心。其中必定多了许多假的东西,也丢了许多真的东西。但愿人们能记起傅斯年、金毓黻、傅乐焕,记起文化传承中的大义担当。

不要把好的东西弄假了,更不要把真的东西弄丢了。20世纪60年代,建筑学家梁思成先生惊闻一座辽代的寺庙遭到强拆,凄然一叹:"我也是辽代的一根木头。"

历史是不可以随便丢弃的,哪怕是一根木头。

第四章

龙兴之地

读《长白山江冈志略》，汪玢玲如临其境，如遇知己。她仿佛穿过半个世纪的时光，见到了刚刚下山，征尘未洗便与她相坐晤谈的刘建封。

刘建封拍摄《长白山灵迹全影》，绘制长白山江冈全图，撰写《长白山江冈志略》，被誉为踏查长白山第一人。

汪玢玲是东北民俗学大家，20世纪50年代带领学生进入长白山考察，其后发表多篇有关长白山历史人文与生态自然方面的论说。

"泰山之龙，发脉长白。"这是康熙当年发布的论说。

康熙说："朕细考形势，深究地络，遣人航海测量，知泰山实发龙于长白山也。"

康熙此说，主要是为了阐明一个观点，那就是满汉本是一家，泰山长白山本是一条龙。

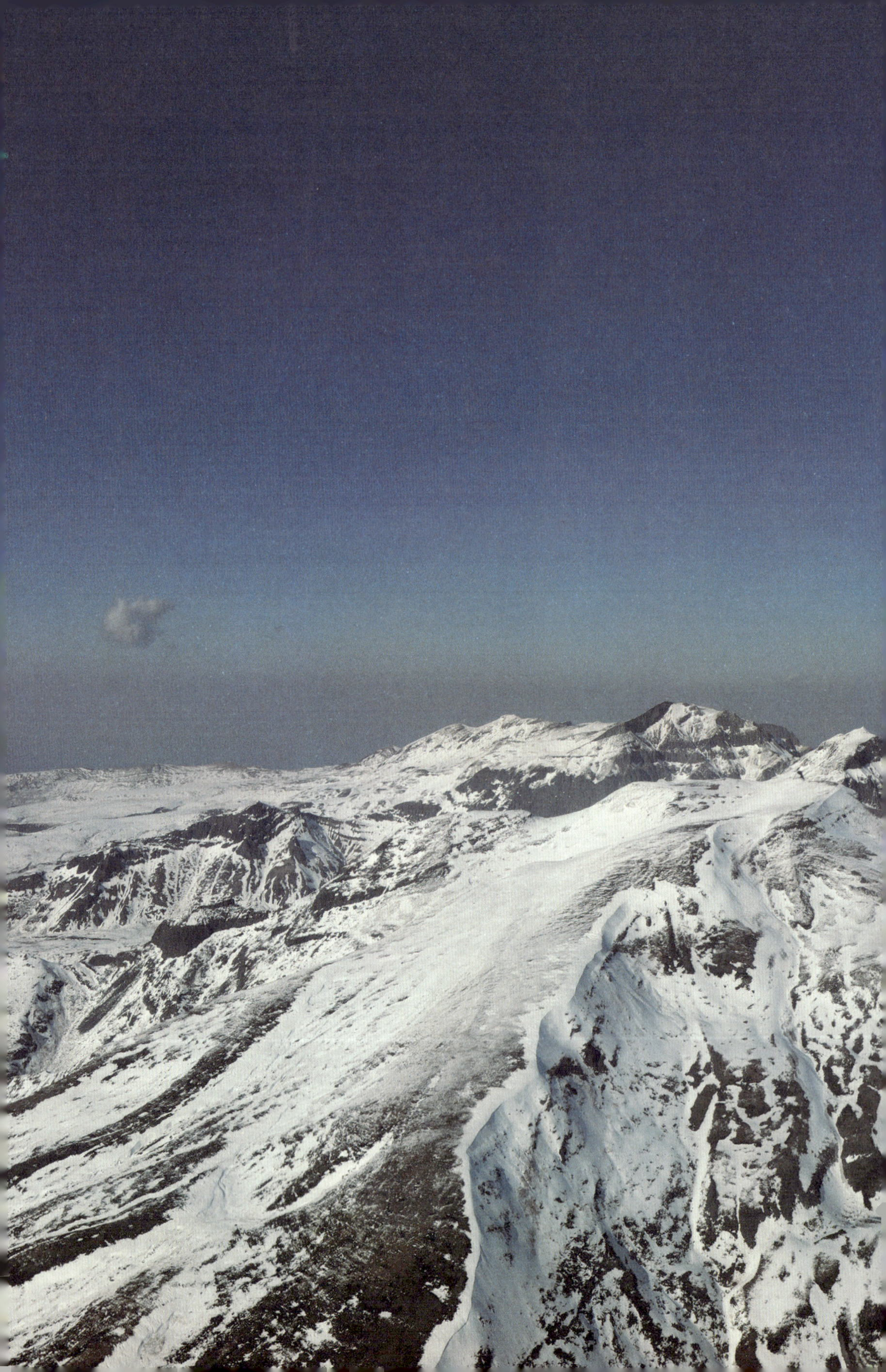

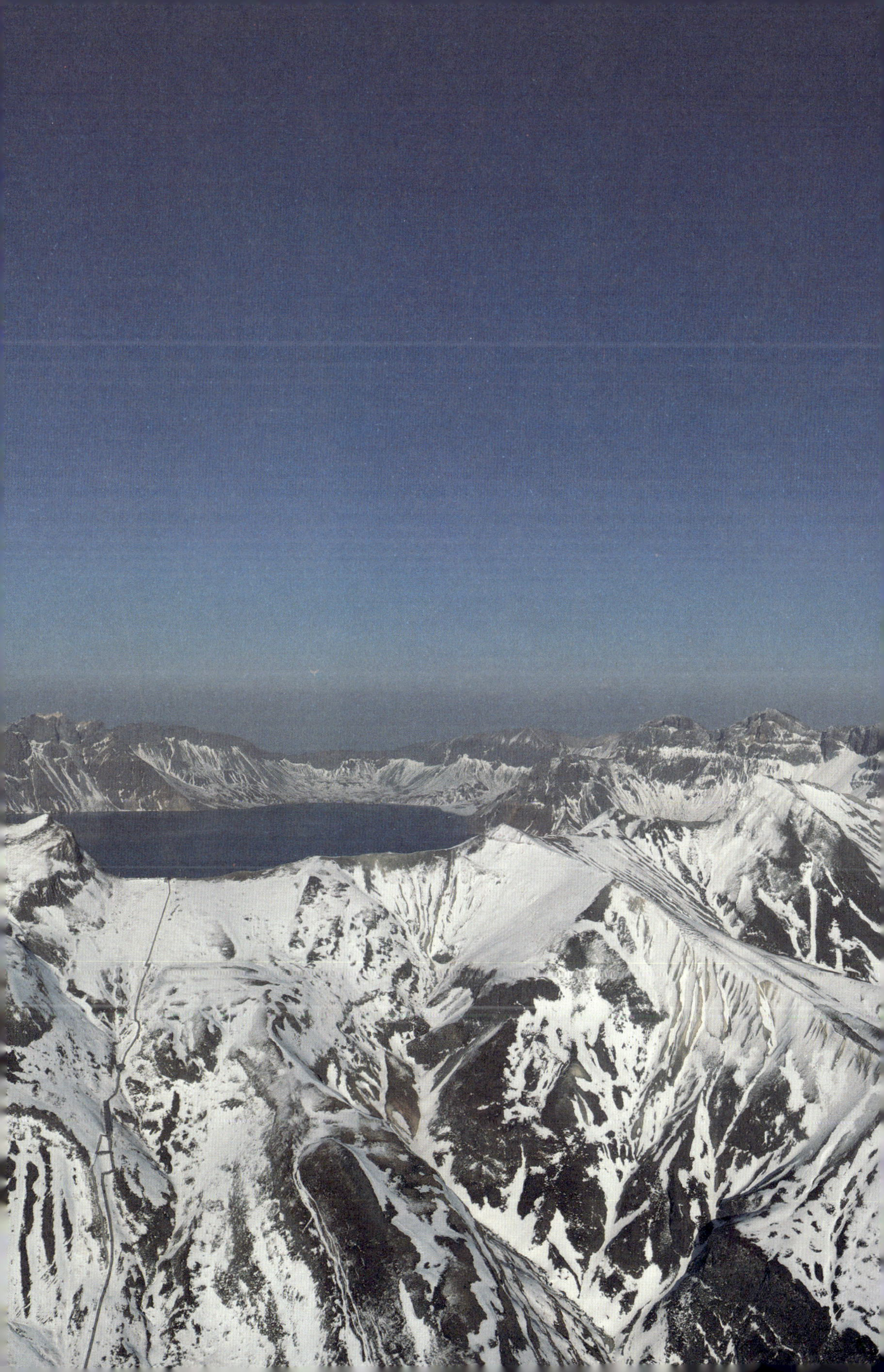

松花江传（上）

‖ 辽东第一佳山水

1983年，东北师范大学新建的图书馆里，光线柔和，熙怡静谧。找书的、阅读的、记笔记的，只有窸窸窣窣、窃窃私语。教师可以凭证到专设的区域来查找资料。而这些资料，多半是孤本、珍本、善本之属。

目录卡片整齐地排列在柜匣里，要仔细小心地一张一张地翻看。

她的手停住了，兴奋地又默读了一遍书名及作者。没错，找到了！东北师范大学的图书馆，曾接收了原国立东北大学、原国立长白师范学院、原国立长春大学、原伪满洲建国大学等一批大学的图书资料。在新中国成立后，东北高校中东北师范大学图书馆的藏书号称第一。

她相信一定能在校图书馆找到这本书，因为她就是从原国立东北大学毕业的。

她叫汪玢玲，她要找的这本书名叫《长白山江冈志略》。

三年后，这本书再版了。汪玢玲受邀审稿，并为之作序。

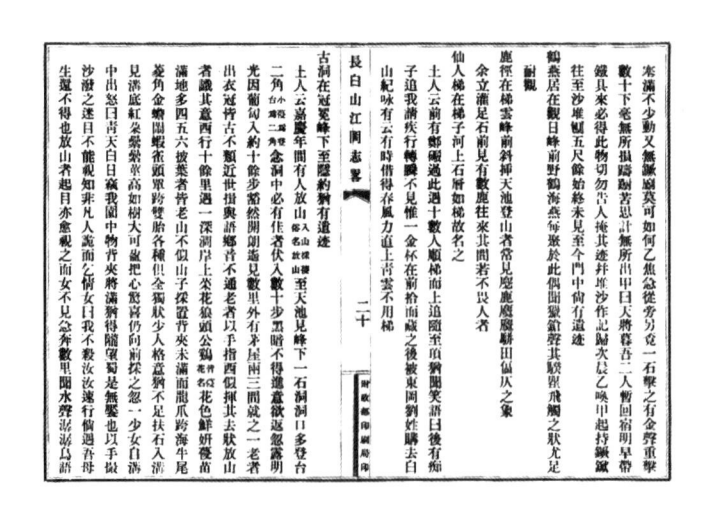

《长白山江冈志略》（民国铅印本）

第四章 龙兴之地

汪玢玲在《序》中写道："三年前我由东北师大图书馆借得《长白山江冈志略》残本一卷，如获至宝。当即推荐给师大出版社重印此书，以飨读者。继之，得悉此书已入《长白丛书》出版计划，由师大早年毕业、现执教于通化师院中文系的孙文采同志点校注释，于是释然等待；并因此书的入选而对吉林史学界的开阔眼光深怀敬意。不久文采同志来访，证实了此为'确息'之后，我的第一句话就是：'能将此书再版，真是功德无量的事！'文采受到鼓舞，奋力工作。如今点注完毕，嘱为之序。余欣然领命。"[①]

汪玢玲之所以要找这本书并推荐再版，这本书又之所以要找汪玢玲审稿作序，还得从30多年前说起。抗日战争时期，汪玢玲从东北辗转流亡到四川省三台县涪江之滨，在杜甫读书的草堂寺办学的东北大学，师从文学史家陆侃如、冯沅君，哲学史家赵纪彬。而当时的东北大学，还有金毓黻、高亨、杨荣国、姚雪垠等一批国内著名的文史学者。汪玢玲一边读书学习，一边伴随着时代风云，参加一拨又一拨的抗战救国学生运动。

新中国成立后，汪玢玲考入北京师范大学民间文学研究生班，成为著名民俗学家钟敬文先生的第一批研究生。毕业后，她回到了家乡东北，任教于东北师范大学中文系。

钟敬文是中国民俗学科的重要奠基者，以其终身研究从教和推动民俗学事业，就其在资料挖掘整理与翻译训诂上取得的成就而论，堪称中国"民俗学之父"。他提出中国传统文化有三大源流，第一是上层文化，属于主政者的文化；第二是中层文化，属于市民文化；第三是下层文化，属于底层民间文化。钟敬文认为，中下层文化是多元一体的中华民族亟待今

[①] 刘建封撰，孙文采注，张福有笺注：《长白山江岗志略》，吉林文史出版社，2021年，序第1页。

松花江传（上）

人发掘整理并弘扬传承的文化。

作为钟敬文门下第一批民间文学与民俗学专业的弟子，汪玢玲当属于追随先生着力开创而披荆斩棘的一代了。从毕业后回到东北开始，她就把专业研究方向和范围，向东北这片既古老又荒塞的土地倾斜。

钟敬文（1903年3月20日—2002年1月10日），原名钟谭宗。他毕生致力于教育事业和民间文学、民俗学的研究和创作工作，贡献卓著。他是中国民俗学家、民间文学大师、现代散文作家

首先引起她注意的，就是东北的民间故事，特别是流传在长白山区的民间传说、歌谣、童话、神话。20世纪50年代后期，她带领实习大学生参加了吉林省组织的民间文学工作队，进入长白山腹地，搜集整理流传于莽莽林海中的民间口头文学。而在此前，她已经注意到地方史志与文人笔记中涉及民俗学方面的记载与文本。

她要到图书馆查找《长白山江冈志略》，就是想将之作为一个课题内容，研究方志类文献史料在民俗学与民间文学中的价值。她相信《长白山江冈志略》是可以让她有所收获的。因为在她研究的文献资料中，她无数次看到过这本书。

第四章 龙兴之地

《长白山江冈志略》的作者叫刘建封。1865年生于山东安丘,清末贡生,奉天候补知县。光绪三十四年(1908),东三省总督徐世昌派刘建封任勘界委员,到吉林省延边地区实地踏查,勘查奉天(今辽宁)、吉林两省界线兼查长白山三江,即松花江、鸭绿江、图们江之源。刘建封用了四个多月的时间,查清了长白山区域的山山水水和三江之源,并拍摄了《长白山灵迹全影》,绘制了《长白山江冈全图》,其后,又撰写了《长白山设治兼勘分奉吉界线书》和《长白山江冈志略》。

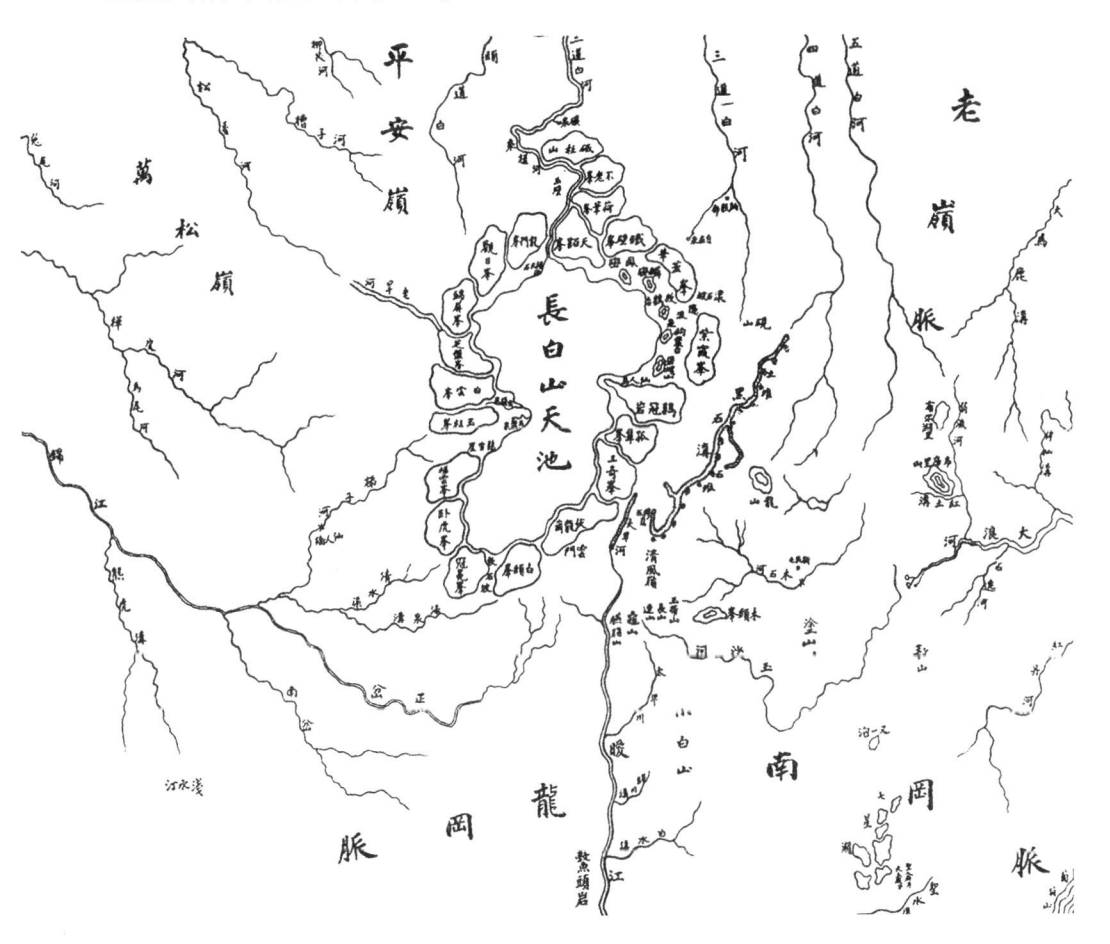

天池附近形势一览图(刘建封绘制)

松花江伯（上）

第四章　龙兴之地

《长白山灵迹全影》是有史以来第一部长白山影册，共42幅照片，左图右文。刘建封于清光绪三十四年（1908），阴历五月廿八启程，六月廿八登上长白山巅。八月十五，各路勘察人员陆续回到临江，开始整理资料，绘制图表，编写报告

在汪玢玲看来，"能在清末荒僻的东北著有此书，可谓志书中之别体和珍本。更何况它是在政府有组织踏查的'田野作业'基础上的综合记录，具有一定的科学性和史料价值"。

刘建封是清政府指派的勘界委员，时值庚子国难与日俄战争之后，人为刀俎，我为鱼肉。1908年的中国东北已成为日俄垂涎欲滴的肥肉。此时中国勘界，是要理清曾经的失漏，辩驳日俄趁隙混淆是非的妄议，断其窥伺觊觎之心。

官派只是名分，至于如何踏查，全在官员的心志与能力。在刘建封之前，清廷已派过了几拨人马，他们头上的顶戴花翎都高于刘建封。

入主中原的清王朝将长白山视为"龙兴之地"。早在康熙十六年

119

松花江传（上）

（1677），康熙皇帝即命大臣武木纳一行四人前往长白山拜谒，嘱其"详视明白，以便行祀礼"。康熙皇帝之所以要其"详视明白"，实在是因为长白山之所在如同神话般，既神圣凛然，又神秘莫测。都说长白山是清祖肇基之地，是护佑大清的神灵之山。可是满朝文武无人登临目睹，例行的祀礼都是遥拜。这对于已然熏染了中原礼仪的清廷权贵来说，未免悻悻然。

领了康熙御旨的武木纳直奔清太祖努尔哈赤兴兵起家的那片林海，在崇山峻岭中绕了几个圈子，以眺望的目光和懵懵懂懂的想象，归报康熙皇帝一番长白山天池景象："山顶有池，五峰围绕，临水而立，碧水澄清，波纹荡漾，池畔无草木。"说得倒挺像那么回事，起码与传说无异。至于武木纳是否亲临亲见，旁人既不能证实，也不能证伪。

自武木纳首次奉旨拜谒，至光绪三十三年（1907），清政府曾13次派人探测勘查长白山。但多半是在群山林海之中，不辨方向，不识路径，不知气象，不得要领。他们一次次地无功而返，一次次的语焉不详，让长白山更加如在云雾中，更加玄幻迷离。

长白山的神秘灵异吸引了英、德、俄、日等外国"探险者"。光绪年间，他们"露宿多日，每因雨雾雪雹，终未得至其山巅"。这些人"均未敢亲临天池"，自然也就"终未能测量天山高低耳"了。

刘建封此次勘界，就是在一拨又一拨半途而废的踏查者之后领命上山的。而且，清政府明确要求他要查明三江之源。而此前进山的人，无论是在林海中迷路的，还是远远地望见了长白山主峰的，都传言三江之源就在主峰之上。这就意味着，刘建封要完成使命，就必须登上这飘在云端的长白山顶峰。

第四章　龙兴之地

刘建封（左一）带队勘探长白山

在刘建封看来，此次虽说是受徐世昌之命，却事关国家民族之疆土门户。"长白山原系我朝发祥之地。图们、鸭绿又系中韩国界。朝廷所注意，督帅所留心，国民所关切者""如不调查详确，恐负此行"。[1]

以民族大义、家国责任为职守的刘建封于1908年，阴历五月廿八，带着测绘员5人、队兵16人的勘查队伍出发了。他们从临江束装就知道，此行跋山涉水，风餐露宿，苦难而艰辛。最危险的一次是渡木石河："余寻三源，到河上坠马崖上，腹背受伤，危而复苏，露宿河边。四次饮山羊血，虎骨胶就痊。"

身为一介贡生、候补知县的刘建封，一非武职，二无经验。在国子监读书备考，制策应对才是他的职守本事，哪办得了跋山涉水、荒野求生这等差事？

---

[1] 刘建封撰，孙文采注，张福有笺注：《长白山江岗志略》，吉林文史出版社，2021年，缘起第1—2页。

松花江传（上）

刘建封终于理解了此前官员踏查无果、抱憾而归的不得已。"长白山多雾，九阴一晴，登山者每有百不一见之憾。又兼地木难巉，不能露宿。其露宿处，距山较远，往返终日，人皆难之。故因有二百余里，既无遗迹，又无名称，其为人迹所罕至，抑何足怪？"留此记录的同时，并有诗云："十日登山九日雨，踏残靰鞡两三双。"

刘建封

山势高耸与气象纷纭，荒无路径与食宿无着，让刘建封在长白山浩茫无垠的山体上，越向上蠕动越艰难倍增。

1908年，阴历六月廿八，时值大暑后的第三天，刘建封终于踏上了长白山的主峰，"初时云雾迷蒙，水声轰鸣，少顷，天光晴朗，始露白山真面目"。刘建封稍事休息，即"带兵两名，寻西坡口下临池畔，见水天一色，积寻冻冱。峰头十六，宛在目前"。刘建封第一次登临天池岸边，初饮天池水，续尝玉浆泉，写下"诸君若到天池上，须把银壶灌玉浆"的诗句。当然，这只是艰难危苦后又如愿以偿的浪漫。在回叙这段经历时，最难忘的还是令人惊心动魄的过程。"手攀石，足试石，探之不转而后下，否则不敢蹬。上坡时，仆王桂在前，腰中系带，垂其两端，手足匍匐而进。余一手握带，一手扶石，后有队兵苏得胜用手扶持，而始得前。兵仆各受石伤数处，计下时休息十九次，上时休息五十二次。自沈阳至长白山东之红旗河，往返数千里，其艰险未有如此之甚者。"[①]从刘建封的描述

[①] 刘建封撰，孙文采注，张福有笺注：《长白山江岗志略》，吉林文史出版社，2021年，缘起第18—19页。

第四章　龙兴之地

看,他是在仆人和队兵前拉后推的帮助下,手脚并用爬上顶峰的。

刘建封一行"足迹所到,目力所及之地,相形命名,随时笔记,以此乐而忘疲。虽事后回想,不无可惧,然佳山水皆自危险处得来。不入其中,难得其趣,则又幸矣"。

"目力所及之地,相形命名。"刘建封此行,绝非古时文人骚客游历山水,题诗留名。在这人迹罕至的大山之中,特别是在天池之顶上,就是当地人也不曾留下俗称俗谓。所见之山峰巨石、泉瀑溪流,皆无名无分。刘建封自知身为朝廷命官,理当以官方名义一一授名,以宣示主权。他为环长白山天池的十六座山峰一一命名,记录在册。这是长白山自火山喷发而形成火山口湖以来,第一次正式获得来自人类文明的"册封",标志着独自耸立在天地之间的长白山主峰及天池从此进入中华文化的典籍。这是刘建封朝廷命官的责任担当,也是他的贡献。"辽东第一佳山水,留到于今我命名。"长白山环天池诸山峰的名字沿用至今,意义非凡。

随后的三年中,刘建封三次登临长白山。攀岩拓路,驱虎击熊,一路摄影绘图,随时详尽笔录,改变了以往"凭空结想,足不跻长白山之巅,目不览江河之派,大抵如盲者论日,聋者之说钟"的情形,留下了"访查详切,指正确凿"的《长白山江冈志略》等著作和报告。

"访查详切,指正确凿"正是汪玢玲所特别看重的。她在《长白山江冈志略》再版当年发表的论文《方志与民俗》中写道:"以地方官写地方志,可称恪(克)尽职守。刘建封亲自率领一些成员实地丈量山势水文,曾坠崖下,危而复苏,养息之后继续踏遍天池周围的一山(长白山)和三江(图们江、鸭绿江、松花江)之源以及天池周围的十六奇峰,及大量野生动植物和传说,很有点效古《山海经》和《博物志》的内容,以自然形

松花江传（上）

胜及风物志怪取胜。"[1]

民俗学最注重田野调查与民间访问，如果不深入最基层的族群社区、乡土烟火的村落，就无法搜集到真实生动、活泼古朴的民间材料。

读《长白山江冈志略》，汪玢玲如临其境，如遇知己。她仿佛穿过半个世纪的时光，见到了刚刚下山、征尘未洗便与她相坐晤谈的刘建封。

她赞赏刘建封勘查现场的实证精神，以亲眼所见一一辨析，实有清代考据学家的治学风格。比如，武木纳说"其山巅为圆形"，刘建封则根据自己的观察，指出"查'山巅圆形'，是就南坡口半面观之。山东北、西南长形"。意思是说，从南面看山巅是圆形的，从东北往西南看，山巅是长形的。武木纳说"其上五峰，环峙如城"。刘建封推测，武木纳"是立南坡口上，只见五峰而未临天池之故。山大小十六峰"。武木纳说"山之四围，百泉奔注，即三江之源"。刘建封则指出："是含混之词，未经详细踏勘也。若此者亦无足怪也。何者？登白山而不知白山之高，临天池而不知天池之深，人皆以为妄；非妄也，未之见也。盖当日调查长白者，实因山中雾气过重，而不得见耳。即偶见之，亦不过窥其一斑而未得窥全豹云。"

实际上，武木纳所认定的天池是"山顶有池，五峰围绕，临水而立，碧水澄清，波纹荡漾，池畔无草木"。今天看来，这很可能是长白山周边的某个湖泊湿地。因为如其所讲的情形，在长白山连绵的峰峦中，有多处大小不等的火山口湖类似。也就是说，武木纳所登临见到的，并非真正的长白山火山锥顶和天池。自康熙朝开始封禁东北后，长白山区渺无人烟。重峦叠嶂，沟谷纵横，涧流如织，林海苍茫。如果无当地人作向导，很少

---

[1] 汪玢玲，张徐：《方志与民俗》，载《民俗研究》，1989年第1期年，第21页。

第四章 龙兴之地

不迷失在山环水绕的丛林中。武木纳能碰到一个类似的火山口湖已经是幸运的了。

刘建封既指出了武木纳错在何处，又分析了其所以有误的原因，而且给予武木纳充分理解。与此相比，刘建封则直斥外人的凭空妄断："按，俄人威尼古氏之说：'松花、鸭绿、图们三江之源，实近长白山至高之峰顶。'此无稽之谈，原不足据。按，日本报告书云：'三江源在特别高峻尖峰。其峰顶为平坦高原。'此言尤属荒谬。"

这也许是汪玢玲将刘建封引为先贤知己的第二个原因。那就是刘建封"这样有作为的官吏，爱国知识分子""一山一水之描绘，无不充满中华儿女的爱国激情。如《长白山江冈志略》开篇所说：'长白为王气所钟，襟三江，领三冈，奇峰十六，名胜百二，崔巍磅礴，蜿蜒于亚细亚东北海隅，为一绝大名山，于乎盛矣。'这片自古称肃慎、濊貊（粟末）、靺鞨、完颜，直至清代发祥的圣地，物产丰饶，气象雄厚，'又岂西地长安，南朝金陵所可比隆者哉？虽然有可虑者，东北沿海各州为俄割据矣，库页滨海全岛被日先占矣'。"[1]

江玢玲是日本侵占中国东北后从家乡流亡到内地的。此时的东北大学已被迫迁到四川省三台县。当时的校方明确提出，这时的东北大学具有特殊性，不是一般的大学，而是为抗日造就干部的学校，也可以说是一所抗日大学。曾在学校任教的著名史学家金毓黻也表露过同样的心声，在他看来，东北土地虽已沦陷，而东北精神依然存在，未来之东北人物应由东北大学造成，凡研东北问题之学者亦应出身于东北大学。所谓抗战建国，所谓复土还乡，皆为完成东北大学使命之条件，能出此点努力，始终不懈，

---

[1] 刘建封撰，孙文采注，张福有笺注：《长白山江岗志略》，吉林文史出版社，2021年，重刊新序第2页。

松花江传（上）

而后可由东北局部之精神以造成中国整个之精神，此即东北大学精神。

那时汪玠玲一批在校学子，唱的校歌词句悲壮刚烈——

痛国难之未已，恒怒火之中烧。

东夷兮狡诈，北虏兮矫骁，

灼灼兮其目，霍霍兮其刀，

苟捍卫之不力，宁宰割之能逃？

惟卧薪而尝胆，庶雪耻于一朝。

汪玠玲毕业前夕，抗战胜利，东北光复。

此情此景，汪玠玲终生不忘。读刘建封著作时，其民族情怀、家国志向令汪玠玲油然感佩。

刘建封在长白山盘桓考察期间，多次拾到俄国人和日本人丢弃的物资设备，如实记录之外，怎不令人惕厉忧惧。

为此，在刘建封的考察中，但凡涉及主权问题，他都详加论证，务必厘清。而这一点，特别为汪玠玲所注意。比如刘建封关于天女佛库伦吞朱果生圣子的传说比史传更为详尽："布尔湖里俗名元池，因长白山东为第一名池故也。面积二里余，四周多松，参天蔽日，水清浅，终年不干，相传有天女降池畔，吞朱果生圣子，后为三姓贝勒，实我朝发祥之始。按朱果（草本），每茎不蔓不枝，高三寸许，无花而果，先青后朱，形同桑葚，味清香而甘酸，远胜桑椹，一名仙果。池左颇多，他处未有。"[1]土人云："每年三月三日，早起至池边，见歌台舞榭，浮于池上。其管弦之音，俨然'阳春白雪'古调传来，惟始终不见一人出入。迨日出时，仅有云雾团团，环绕水面。静听之，池中余音袅袅，杂入水声，约半钟许，声

---

[1] 刘建封撰，孙文采注，张福有笺注：《长白山江岗志略》，吉林文史出版社，2021年，重刊新序第2页。

第四章　龙兴之地

始寂。故又以仙湖名之。"①

在汪玢玲看来，刘建封绘声绘色地描摹这一神话传说，显然是为表明此地乃清朝诞生之所，山川有志，于史有载。为了进一步说明，他还刻意说过湖边特有的"朱果"。他写道："独于物产，尤有确据。盖所产朱果，他处不生。此相传日久，又为余所亲见亲尝之物，实有把握者也。"

明言自己"亲见亲尝"，而"实有把握者也"，就是以身为证，不容含混。之所以如此较真，就因为刘建封此次踏查长白山，与康熙朝武木纳等人的最大不同就在于，前者是为了皇家权贵的祭拜祀礼，而刘建封是为了实地查测山水，勘定分界，以确保祖宗之地寸土不失。20世纪初年，日本吞并朝鲜之后，又趁清政权国力羸弱之机，制造种种借口，企图将图们江以北的中国领土变为"第二朝鲜"或"朝鲜的延长"。为此，日本蓄意捏造了所谓的"间岛问题"，将从未有过异议的中朝两国图们江界河，肆意妄指为发源于哈尔巴岭南麓，后汇流入布尔哈通河的土门子河，把图们江北与土门子河间的今延吉、和龙和安图东北部的土地，诡称是朝鲜的"间岛"地方。如其得逞，清朝认定的先祖发祥之地布尔湖里，就将被割予他人。面对敌有蓄谋之诡而我无应对之策的危局，身负重任的清朝官员，"人虽至愚，亦决不敢以肇基重地，拱手献之外人，而甘为千古不肖之臣子"。刘建封受徐世昌保全国土之托，深知责任重大。他在《长白山江冈志略》中写道："我国政府亦因界未勘定，而不肯于行政上设想，以致荒芜至今，毫无布置。不知布尔湖里等处，所关甚重，无论如何决不肯让人一步。就目前而论，图们北之六道沟，设有边防局，鸭绿北之十九道沟，设有长白府治，均足为对待外人之堤防。而长白山东南一带，以始祖

---

① 刘建封撰，孙文采注，张福有笺注：《长白山江岗志略》，吉林文史出版社，2021年，第41页。

松花江传（上）

所自出之根本重地而竟弃若瓯脱，吾知愿入忠臣孝子传者，必不若是。现在强邻压境，著著争先。而国防经济，在所难缓，乌得不设官，殖民早为筹办，以绝外人觊觎之心。"①

刘建封生于1865年，汪玢玲生于1924年，相隔近一个甲子。刘建封1908年踏查长白山，汪玢玲1959年带学生实习于长白山，相隔半个多世纪。相隔的是离乱人生和沧桑巨变，隔不断的是不息不灭的爱国之心、报国之志。

"我见青山多妩媚，料青山见我应如是。"汪玢玲之所以将刘建封引为先贤，还在于她没想到一个政府官员在政务考察之余，在完成了对长白山历史沿革的研究，对江山气势、奇峰圣水的释名之后，竟以一颗赤子之心、学者之识，搜罗记录了大量的特异景象、奇人怪物、山珍特产、古迹民俗、民间传说等，使《长白山江冈志略》成为一部全景记载长白山风光、风物、风情的志书和有着深远文化价值的地域性民俗学、民间文学的笔记体典籍，这正是让汪玢玲感到激动不已的。

汪玢玲甚至愿意相信，刘建封写作此书，定是冥冥之中，想到了她在半个世纪后的奉读。

我们从汪玢玲有关专著和论文中可以看到，她多次引用《长白山江冈志略》中的记录，特别是刘建封采录的当地土人讲述的故事。比如关于天池怪兽的描写："土人云：'池水平日不见涨落，每至七日一潮，意其与海水相呼吸，故又名海眼。'又云：'十数年前（约当1890年前后——引者），有猎者四人至钓鳌台，见芝盘峰下自池中有物出水，金黄色，首大如盆，方顶有角，长项多须，低头摇动如吸水状。众惧，登坡至半，忽闻

---

① 刘建封撰，孙文采注，张福有笺注：《长白山江岗志略》，吉林文史出版社，2021年，第75页。

第四章 龙兴之地

轰隆一声,回头不见。均以为龙,故又名龙潭。'"[1]

这是对天池怪兽最早的记录。关于天池之水与海相通的传说,也是刘建封记录下来的。中央电视台在拍摄长白山天池怪兽的纪录片时,以此为据,在对怪兽的各种猜想中,将民间传言怪兽来自大海的故事作为民俗文化,聊备一格。

实际上,长白山天池怪兽已成为旅游炒作的噱头,多位专家都曾指出,从生态学的角度研判,不可能有大型生物生活在天池水中。但刘建封在《长白山江冈志略》中明确记载了:"又云,每至夏日,麋鹿往来池中饮水、洗角。或云,池边多碱,鹿善食碱,来寻至此,故汩石坡、梯云峰两处多鹿踪。近山居之猎户,偶于夏日,或聚集五六人、十数人……持枪伏于坡口,俟其出而击之,俗称为杜坡口。"[2]

可见,天池之上是有大型兽类的。及至新中国成立初期,仍有猎人见到天池岸边坡上有熊饮水觅食。至于水中怪兽,或别有一解。但汪玢玲注意的是,刘建封非常善于将当地土人的见闻,描述为细节逼真、形象生动、有情节、有情感的故事。这就是民间文化得以源远流长的魅力所在。

汪玢玲感兴趣的故事在《长白山江冈志略》中随处可见,比如熊虎争斗。"熊虎沟,西距浅水汀十二里。源出龙岗北,下流十六里,入锦江。土人云,此沟系熊虎相斗之处。每见斗时,数日不分胜负。虎饿,他往索食,饱返复斗。熊则不知也。斗方酣,虎去。熊即就近拔树,恐树碍斗,终日不息。虎至再斗,无暇时。数日后,熊疲败,被虎噬者十之九。沟内

---

[1] 刘建封撰,孙文采注,张福有笺注:《长白山江岗志略》,吉林文史出版社,2021年,重刊新序第4页。

[2] 刘建封撰,孙文采注,张福有笺注:《长白山江岗志略》,吉林文史出版社,2021年,第2页。

松花江传（上）

斗场数处，故名之。"[1]

这样的民间传说，经刘建封的文笔润饰，情景逼肖，形象鲜活，虎的自由随意与熊的颟顸鲁莽跃然纸上。

刘建封采自山中土人的讲述，并非完全无凭无据、荒诞虚幻的怪力乱神之说。许多故事在怪异之中，包含真实的发生背景。

《长白山江冈志略》中记载了这样一种类似山中野人的族群："甑山，在图们江南岸，东北距红岩洞十三里。土人云，猎者入山，每见有巨人。高丈余，遍体皆毛，面目不能辨。一遇即问：'始皇尚在否？'猎者趋避，巨人力追至前，两手阻拦，再四询诘。猎者如答曰：'始皇已死。'巨人踊跃而喜，以手握之，似延客入座状。如答曰：'始皇尚在。'巨人即狂奔而逃，呜呜有声，似恐有人尾追状。红岩洞左右，亦多人皆以为避秦修长城之苛政者。"[2]

"高丈余，遍体皆毛"似有些夸张，但说"皆以为避秦修长城之苛政者"则显然是借用史上传说，来形容各种逃避世乱兵燹的山里人。在长白山的深山老林中，这样的人显然不少。比如20世纪50年代，长白山之张广才岭到老爷岭一带山中，就曾生活着一种叫"巴拉人"的山里人。

他们很少出山，影影绰绰，言语不多，躲躲闪闪，偶尔下山用山货换些油盐火柴等物，也不与官府打交道，人们摸不清他们的根底儿。他们或独居在深山，或三五户比邻为居。至今蛟河、敦化、额穆、东宁一带仍保留其痕迹。长白山区许多叫巴拉或半拉的地名，似都与其有关，如巴拉窝集、巴拉顶子、半拉撮罗子、半拉山等地名。

---

[1] 刘建封撰，孙文采注，张福有笺注：《长白山江岗志略》，吉林文史出版社，2021年，第50页。

[2] 刘建封撰，孙文采注，张福有笺注：《长白山江岗志略》，吉林文史出版社，2021年，第43页。

第四章　龙兴之地

有民俗学家经田野调查后认定，巴拉人特指不在旗的满族人。努尔哈赤统一女真部落后，编制八旗作为最基本的户籍管理方式，构成今满族的主体。但是，也有少数女真人未被征服，他们逃入张广才岭隐居下来，既不愿意参与八旗征战，也不愿意从龙入关。这些人在清代被称为"巴柱人"或"巴懒尼雅玛"，叫来叫去，叫成了巴拉人或半拉人。也许外人以为，他们是山民，是满人，又不入籍，算是不完全的半个人，东北土话就叫"半拉人"。

有专家考，满语有"Balam"一词，译音巴拉人，译成汉语是"行为狂放之人""言行轻狂之人""不受拘管的狂野之人"。他们已不完全是逃避清初的战争，也包括了近二百年来，逃避官府缉拿、仇人追杀、繁重徭役而陆续躲进深山的人。

刘建封的故事中的巨人问"始皇尚在否？"显然是代指努尔哈赤或官府苛政。刘建封另一个记录中更加细致地讲述了这类人的存在。"土人云，明季铁背山后佟姓，在老城市上，遇一老者。须发皆黄，身短小，声如洪钟，与语善。"[1]佟姓人应老者之邀，"老者解绳持篙，嘱佟稳坐，移舟水中。浮波上下，顺流而西，约十余里。遥望茅舍数椽。傍舟登岸，寻曲径前往，二里余，见稚子候于柴门。老者曰：'此敝庐，聊蔽风雨。'延之坐，晋以茗，味甘洌；酌以酒，气温香。又令其子弟辈出见。居数日，佟思归"。[2]

这段描写，直如陶渊明之《桃花源记》。其后，佟姓因荒年再寻老者借钱。"老者曰：'此乃琅环洞府，来者多明哲避乱之人。数年后必大乱，携眷来可也。'佟曰：'吾乡饥馑，愿借助济之，否则欲入桃源不得也。'老

---

[1] 刘建封撰，孙文采注，张福有笺注：《长白山江岗志略》，吉林文史出版社，2021年，第94—95页。

[2] 刘建封撰，孙文采注，张福有笺注：《长白山江岗志略》，吉林文史出版社，2021年，第94—95页。

松花江传（上）

者曰：'易易耳。'命仆取马数匹，装以金屑，送之返。佟至里，将金屑散布族人。夜间偕眷入柜石中不出。后四年，马耳墩岭一带，都成战场。"[1]

这段故事摆明了是讲述这些山里人的来历，而且将他们的生活美化如世外桃源。刘建封采录了一系列这类人的故事，描述了他们的生活习性与风俗，如"土人云，曾前山迤东，鹿窖不少，野刀亦有之。盖刀用丝线挂于树根，可以砍野兽"。鹿窖是猎鹿挖的陷阱，猎人们会在陷阱边上放置一把刀，既留待自用，也可任由需要者使用。再如山里会有许多临时居住的窝棚，都是猎人或采药挖参的人搭建的。他们只在需要的时候住在窝棚里，不需要的时候，"所有器具寄放室内。夏日回时，一无所失"。刘建封在《白山纪咏》中有云："户不闭兮遗不拾，山居犹有古风存。"又云："二百余年传五姓，一人两屋即成村。"

汪玢玲在研究长白山民俗时，显然也注意到山里人这种古朴善良的民风。她在论文《长白冬话乌拉草》中写道："在长白山里，乌拉草还可以当路条用。放山人走进别人的地窨（垵）子走时留下一把乌拉草告诉主人说明友谊。靰鞡和乌拉草的民俗传承，一直延续到今日，民间乐道而不衰。"[2]

汪玢玲不仅注意到刘建封对长白山土人风习的赞赏，还注意到他留下的诗句中有"十日登山九日雨，踏残靰鞡两三双"。诗中的"靰鞡"，即乌拉鞋。汪玢玲搜集了大量的传闻与实物资料，包括乌拉草的植物特性、山民们制鞋的工艺，以及关于乌拉草的各种民间故事，钩稽爬梳，条分缕析，将这一东北山里乡间曾广为穿着的特制鞋子及其所蕴含的文化价值整理提炼出来。

---

[1] 刘建封撰，孙文采注，张福有笺注：《长白山江岗志略》，吉林文史出版社，2021年，第95页。

[2] 汪玢玲：《长白冬话乌拉草》，载《学问》，2003年第1期年，第13页。

第四章　龙兴之地

　　乌拉草亦称靰鞡草，属于莎草科多年生草本植物。它草叶很细，温软柔韧，将其充塞入鞋中，是可以御寒履冰的暖草。汪玢玲在论文中提过，东北冬季气温常在零下四十摄氏度以下，寒风凛冽，雪深没膝，一年之中有半年以上的冰冻期。而古时东北又不产棉花（清代以后才种植少量棉花），民间生活十分艰苦。因此，防寒乃北方人民存活的首要问题。古人狩猎衣皮食肉，而无棉絮，亦无鞋子，只好以兽皮裹足，出猎、行军、耕耘，多有不便。于是发明了极为简单粗糙的靴，内实毛草以暖足，它的存在历史一定很久远，样式也极为古老。

　　乌拉草的一个很重要的作用就是——保暖，因其晒干后经过捶打具有比较优异的保温特性，故在以前的东北农村，其基本上是家家户户必备的御寒之物，处理过后垫入鞋子中，可以减少寒气从脚部的入侵。说得直白一点，就是不那么冻脚了

　　为什么乌拉草被称为"宝"？汪玢玲请教山里的老农，老农爽然答曰："穷有穷的宝，富有富的宝。人参值钱，我们吃不起；靰鞡草白拿，给我们活命暖脚！"

　　汪玢玲还搜集到一首诗："参以寿富人，贫者不获餐。貂以荣贵人，贱者不敢冠。惟此草一束，贫贱得御寒。"

　　汪玢玲还讲述了清代流传乌拉草是由人的发丝变的传奇：一个山东"闯关东"的孩子来东北找父亲没找着，被长白山下母子俩收养在家里，认作自己的亲儿子和亲弟弟。老母死后，兄弟俩进山挖参。遇大雪封山，

133

松花江传（上）

两人如冻僵在炕子里，势难共活。兄趁弟熟睡之机，将自己的开花棉袄盖在他身上，并剪下自己的头发（清代男子亦留长辫）絮在他鞋里，使弟活命，而自己却活活冻死。弟念兄德，将此束发埋在坟前，后长出乌拉草，为广大穷苦劳动人民暖脚。

捶打乌拉草

汪玢玲转述后评述道，这个故事"反映出清代历史背景条件下，山东流民和东北土著居民那种生死相托、舍己为人的高尚品质和阶级情义是永放光彩的"。

汪玢玲认为《长白山江冈志略》一书"内容十分丰富。举凡历史沿革，江山气势，名峰胜水释名，特异自然现象，奇人异兽传说，花木洞石志怪，历史古迹逸闻，山珍特产资源（如人参、貂皮、鹿、虎、沙金、东珠）无不包罗在集。初步统计，地名以千计，附丽传说百五十篇，大都与山川地貌紧密相连，与人文气候呼吸相应，附会有趣，具有一定生产、生

第四章　龙兴之地

活上的根据和科学价值"。[①]

刘建封对长白山的记录，不避细小末节，只要他认为有意思或有道理，就会记上一笔。比如"草扒暗藏草中，如落人身，其首深入肌肤，始终不出，受伤处，三年后犹觉痛痒。惟初落人身时用指弹之，其首自出。再将患处毒水摄出，见血而止，即不为害"。

文中的"草扒"即山林中的蜱虫。在刘建封的记述中，被蜱虫叮咬尚只是"痛痒"。而今天进入长白山林中之人，一定要打预防针。因为这种蜱虫可以携带森林脑炎病毒，被其叮咬之后，一旦染病，死亡率极高。

刘建封虽不知道蜱虫可能携带的毒性，但他却是第一个记录了其叮咬方式与处置方式的人。

再如"惟牛肝木烟（松树所结，状如牛肝，不似树蘑），可以治之。东山居民，多戴头圈（柳条、桦皮为者居多），将牛肝木插在圈上焚之，以避诸虫"。这种避虫避蚊方式，至今仍有山民在用。

‖ "泰山之龙　发脉长白"

1908年时，刘建封虽然已参加同盟会的活动，并与孙中山、黄兴、宋教仁、章太炎等有所交往，但他毕竟是朝廷官员，所以不能不依循清朝的道统文脉。他在书中写下了这样一段："我世祖以为，泰山之龙，发脉长白，实因地脉相通，海水不能间隔也。彼地理家传于江、放于海之说，不为尤因。就地之过峡、界水论之，渤海为泰山之一大过峡。信然。"

[①] 刘建封撰，孙文采注，张福有笺注：《长白山江岗志略》，吉林文史出版社，2021年，重刊新序第3页。

松花江传（上）

这段话的由头，来自清朝初年一个众说纷纭的话题。

中华民族号称龙的传人，那么在中华大地上，就应该有一条龙脉。问题是来自东北的满洲人如何自认，又如何确认与龙的关系？

刘建封在《长白山江冈志略》中说，康熙认为"泰山之龙，发脉长白"。刘建封受当时自己的身份和知识所囿，采信了康熙的说法。因为长白山是中国东北最高的山脉，也是清朝满洲人心目中的圣山。在历史上，满洲八旗从长白山下起兵，几番征战入主中原后，长白山更得到了法定的至高无上的待遇。长白山区被说成是"龙兴之地"，满洲人进北京叫"从龙入关"。一句话，清朝皇帝如果是真龙天子的话，这条龙是从长白山腾空而起的。满洲的龙能成为中华各民族都认同的正统之龙吗？长白山能成为让中原百姓都接受的"圣山"吗？

在中国的历史上，君权天授是历代统治者坚信也坚守着的一个信条。为了强调政权的合法性，统治者都宣称自己的权力来源于上天，是"奉天承运"，是真龙天子。为此，除了要祭祀天地，还要确定一条龙脉。有了这条龙脉，并且把它守护好、祭拜好，就仿佛获得了统治权的合法性和永续性。

那什么是龙脉呢？在中国的传统文化中，"龙脉"是龙的象征，龙的所在。从意象上来说，是指山川形势、气象脉络。简单地说，龙脉和山脉有关。或者说，山脉的位置和走势、起伏和气象，是龙脉的象形载体。但一条山脉是不是龙脉，那可不是随便定的，得有依据，有说法。这种说法，叫堪舆。

堪舆是中华文明史上一个融天文、地理、气象、水文等学科于一体的神秘学科。《史记》将堪舆家与五行家并列，有仰观天象、俯察山川水利之意。《淮南子》中写道："堪，天道也；舆，地道也。"堪即天，舆即

第四章　龙兴之地

地,堪舆学即天地之学。龙脉是堪舆学上的重要概念,"地脉之行止起伏曰龙"。在中国古代,"龙脉"之说不仅作为建筑城池的依据,甚至认为天下盛衰兴亡、人物凶吉穷达,皆由"龙脉"而定。

堪舆是专业术语,说白了,就是风水,堪舆家也就是风水先生。但仰观天文,俯察地理,这可不是谁都能干的。风水先生有大有小,有权威的,也有民间的。一家一户有风水,一个家族一个地区也有风水,可要是给一个国家确定龙脉,那就不是一般的风水先生能干的了。更何况中华文明几千年,早就有自己的龙脉之说,泱泱大国,率土之滨,龙脉在哪儿呢?

中国传统的地理学有这样一个概念,即"天下之山脉起于昆仑"。昆仑山位于我国西北部,号称"亚洲脊柱",被堪舆家尊为"山祖",意思是昆仑为中国山脉之祖、龙脉的总发源地。《山海经》将昆仑山称为神山,中国的龙脉由此发源,又分出北、中、南三大行龙。黄河以北的山系为北龙,大致包括天山、阿尔泰山、祁连山、阴山、太行山、大兴安岭等山川;黄河与长江之间的山系为中龙,大致包括秦岭、大巴山、大别山、泰山等;长江以南的山系为南龙,大致包括岷山、衡山、南岭、武夷山等。这三条"龙"实际控制着整个中国的"风水格局"。

这就是中华文化几千年形成的概念,九州方圆,龙腾天下,而且不是一条龙脉,而是三条。天下山川起昆仑。昆仑山是中华大地上的群山之祖,意思是说所有的山都有一个出处、一个来头,那就是昆仑山。昆仑山在中华大地上延展出三条巨龙——北龙、中龙、南龙。这三条龙之中,以中龙最盛,也就是长江和黄河之间的、起于昆仑终于泰山的这条龙脉。古人说,古今王气,泰山最盛,一脉千古,王气不绝。在古人心目中,泰山是中华国土上最大最盛的一条龙脉,是护佑中原王朝的圣山。有了这一观

松花江传（上）

念，祭拜泰山就成了历代皇帝必行的国之大典。

在中国传统文化中，泰山是一座具有浓厚政治色彩的神圣之山。泰山之"泰"字就是大吉祥的意思，主春、主生、主震。且不说先秦时期就有七十二代君主封禅泰山之说，从千古一帝的秦始皇开始至明朝，许多帝王也都曾到泰山封禅祭祀或遣官致祭，以示"君权天授"，以祈"国泰民安"。汉武帝所铸的宝鼎《铭》曰："登于泰山，万寿无疆。四海宁谧，神鼎传芳。"

泰山本是中华三条龙脉中的一条，但由于地处中原的黄河流域，便获得了中原政权的青睐，成为正统的中华龙脉。满洲人是从中国东北来到中原的，老家是长白山下。而在中原人的观念中，长白山不在龙脉之上。这就引发了一个文化难题：不在龙脉之上的长白山却飞起了一条巨龙！清朝已然是中华大地上合法正统的政权，以儒家文化为正宗的中原文化能否接受非儒家文化的进入？传统的汉文化地区能否认同满洲人政权？这道难题，不仅摆在中原文化人的眼前，更悬在了清朝统治者的头上。不解开这道难题，清政权就会给人一种名不正、言不顺的感觉。长白山这条龙，怎么才能成为中华之龙呢？

满洲曾被史家称为后女真，因为在长白山区域，甚至更东北方向的广大区域，在清王朝兴起之五百年前，也有一个称为女真族的部落联盟，并且也曾从东北出发逐鹿中原，建立了金王朝。但那时的金国只统治着中国的北方，在淮河以南，仍有着汉族政权宋朝。也就是说，同样是女真族，但金国的女真人因为没有统治整个的中华国土，所以不存在长白山之龙与中原之龙相争的问题。而满洲人的脚步没有停留在淮河岸边，而是一举统一了中华全境，强大的军政实力也将本民族的文化推向了整个中华大地。对此，中原固有的传统文化势必形成反弹。

第四章 龙兴之地

资料显示，清兵入关的时候，整个满洲人口大约三十万人。若略放地估算一下，努尔哈赤统一了整个东北的各部落族群，加在一起，充其量不过一百万人。而这时关内以汉族为主的人口，将近一个亿。几十万部族带来的文化，要强势地进入近一个亿人口的文化体内，谈何容易？就拿泰山来说，清兵以武力进入中原，泰山自然也在金戈铁马的横扫之下。当时的文人就写下了这样的诗句："泰山肤寸几流血，封坛青瓦插羽旗。"中原民族的圣山之上插满了清朝的军旗，泰山在流血，中原汉族文人学子的心灵能不受到强烈的震撼？！而这种文化上的强烈反弹，自然引起了清王朝上层统治者的高度重视。几十万人口形成的文化，怎样才能让近一个亿的以汉族为主的百姓接受呢？

当满洲铁骑从山海关口涌入辽阔中原之后，满洲统治者面临着如何重新面对汉文化的严峻抉择。红学家周汝昌先生在研究《红楼梦》时说过这样一段话："世居中国东北辽半岛的满族，是个了不起的民族。他们本来文化是落后的，但自从建立了大清帝国之后，突飞猛起，大踏步追赶上来。他们的首领，很知道文化的重要——不深通汉族的几千年的传统文化，而想来统治这个古老而伟大的国家，那是不可想象的事，失败就必然是他们武力攻打天下以后的悲剧结果。"[1]

马上得来天下，未必能在马上治得了天下。泰山信仰是汉族传统文化的一个重要方面，入主中原的清朝统治者深知这一点。清入关后即位的顺治皇帝，在其亲政的当年，发布了一项关于泰山的诏旨，宣布恢复自明亡以来中断的泰山祀典。也就是说，清朝统治者先认泰山为中华的正统圣山。这一举措，深得汉族臣工的拥戴。

---

[1] 周汝昌著：《曹雪芹新传》，外文出版社，1992年，第9页。

松花江传（上）

到了康熙主政的时候，比顺治更进了一步。康熙更睿智地认识到：不向汉族学习，不尊崇汉文化，满洲人要想统治全中华，完全是不可能的。所以，他一方面在政治上宣称"朕于满洲、蒙古、汉军、汉人视同一体"；一方面加强对汉族文化的认同，极力尊崇儒家思想，使满洲在政治与文化上都逐渐与汉族接近。

康熙南巡，在一个时期曾是影视剧喜欢的热门题材。由于戏说的成分多，因此康熙下江南成了微服私访加桃花运的肥皂剧。而实际上，康熙南巡是满洲上层统治者同汉族地主阶级的一次政治对话，通过对汉族文人学子的了解，增加满汉的相互合作。康熙穿行在山东、江南这一汉文化的中心地带时，处处表现出他对中原文明的认同与崇尚。他做了三件很有象征意义的事情：第一件事，祭祀明孝陵，给明代的开国皇帝朱元璋立了一块碑；第二件事，拜谒孔庙孔林，还赐了一块"万世师表"的匾额；第三件事，就是祭祀泰山。不容易！从长白山腾起的"真龙天子"，要拜一拜泰山这条中原大地上的龙脉。

清 康熙 "万世师表"匾

康熙二十三年（1684），"皇帝躬祀东岳泰山之神曰：朕惟五岳视三公，而泰岳为之长"，并在祭文中说道：泰山"惟神屹峙东方，育成庶

第四章　龙兴之地

类。天齐巨镇，功开万物之先；日观崇标，尊为百灵之府"。[1]康熙宣扬泰山具有孕育万物和国之镇山的五岳独尊地位，并在岱顶和岱庙的祭祀中向泰山神"行二跪六叩头礼"。

康熙去给朱元璋上坟，去给孔子送匾，去登泰山祭祀，说他是统治需要也好，说他是宏才大略也好，总之效果很好，非常难得。说效果很好，是因为中原百姓和汉族臣民都口服心服了。说非常难得，是因为对满洲人来说，对拥有绝对统治权的大清皇族来说，自己的心中本有一座圣山——长白山。而且，从女真到满洲，长白山的神圣地位，都是不可替代的。

小白山望祭殿　小白山望祭殿位于吉林市，是清朝皇帝遥祭长白山之地，建于雍正十一年（1733）

---

[1] 朱孝纯辑录，郑澎点校：《泰山图志》，山东人民出版社，2019年，第45页。

松花江传（上）

《满洲实录》记载了长白山东侧布尔湖里"天降仙女""朱果发祥"的故事，《大清一统志》认定，长白山是"皇清亿万年发祥重地"。

实际上，对长白山的崇拜并不是从清朝开始的。在满族的先人女真族建立金政权的时候，长白山就已经获得了女真人的崇拜。

金代的统治者认为"长白山在兴王之地，礼合尊崇议封爵，建庙宇"。因此，金大定十二年，也就是1172年，正式封长白山为"兴国灵应王"，又于1193年再次册封其为"开天弘圣帝"。

泰山成为中原的圣山并非哪一朝哪一代定的，而是历经千百年，代代相传形成的概念。长白山也是一样。从肃慎、挹娄，到勿吉、靺鞨，再到女真、满洲，这一脉，始终生活在长白山区域。到了努尔哈赤这一代，从长白山下起兵，最终夺取天下，清王朝对长白山的崇敬之心自然就更加浓烈。康熙说"长白山系本朝祖宗发祥之地"，并在《大清会典》中定下了规矩："照岳镇例，封为长白之神，每年春秋二祭。"康熙还在1682年东巡吉林时，亲自望祭长白山。

一边是大中华认定的五岳之尊泰山，一边是清朝国龙兴发祥的长白山，两者之间，满洲统治阶层必须做出抉择，而不是说你今天在泰山上叩头了，明天再上长白山去叩头就可以了。因为龙脉所在、国之大体，必得有个说法才行。

关东的满洲和中原的汉族毕竟是两支源流不同的民族，在文化上也存在很大的差异性。虽然两族在历史上有过融合与交流，但也难免发生文化习俗上的碰撞和冲突。汉族泰山信仰与满洲长白山信仰的不同是历史形成的，也是满洲统治者绕不过去的一道难题。在康熙朝编纂的《古今图书集成·山川典》上，长白山位列第一，取得法定第一神山的显赫地位；而在旧刻《五岳图》石碑上，长白山被列为泰山的副岳。

第四章　龙兴之地

在中国历代封建王朝中，清代是钦定编纂大型图书最多的。其中，《古今图书集成》是一部重要的类书

　　副岳，就是支脉的意思。在传统的汉文化中，长白山是泰山的附属山脉，而且有人把这一概念刻在了石碑上。这在以前没人说什么，可到了清朝，就有人站了出来，明确质疑说："长白山是本朝的祖山，怎么就成了泰山的支脉了呢？"这种质疑很能代表当时满洲上层统治者的一种心态，同时也反映出在长白山崇拜与"泰山独尊"的观念之间，存在相当大的冲突。

　　如何摆正泰山与长白山之间的关系，既关系到国家典礼的位置顺序，也关系到文化心态上的尊卑高低。如何在不触动各方敏感的文化心态的前提下，协调两种信仰，统一各种认识，并能取得满汉双方心理上的认可，直接考验着满洲上层统治者的政治智慧。

　　是泰山独尊还是长白山独尊已经不是两座山的问题了，它关系到清王朝统治的合法性。而且，一旦和龙脉联系到一起，那就更了不得了。因为龙脉关系到国运，关系到国家兴衰，这就不能含糊了。在清军入主中原的进程中，就曾遇到过被人断了龙脉的重大事件。

　　被认为女真后裔的努尔哈赤在统一了建州各部后，于明万历四十四年

松花江传（上）

（1616）在东北建国，国号"金"，历史上称为"后金"。努尔哈赤取用这个国号的用意很明显，就是复兴当年女真人建立的金国。当时后金定都辽阳，一派生机，对明王朝已构成了严重威胁。

努尔哈赤建立的后金政权强盛起来后直接威胁着定都北京的明王朝，当时的皇帝是明熹宗朱由校。面对咄咄逼人的努尔哈赤，这位明皇帝一时没了章法。这时候，有人给他出了个馊主意。

明熹宗朱由校是一位缺少治国理政能力的昏君，他身边的人告诉他，努尔哈赤这股武装力量，就是五百多年前与大宋朝对立的金国的后人。当年的金国灭亡了，但女真的龙运未绝。努尔哈赤之所以如此强大，完全是因为他身上有金国的龙气。如今若要遏止努尔哈赤的气势，就必须找到女真人的龙脉。找到了他的龙脉，就可以用破风水、断龙脉、泄王气的办法，从根儿上断了努尔哈赤的气势。

朱由校完全相信了这一说法。可女真人的龙脉在哪呢？他身边的人说，就是北京西边的金国帝王陵墓。也就是说，那是努尔哈赤家的祖坟，也是他家的龙脉所在。明熹宗这下子明白了，挖了努尔哈赤家的祖坟就断了他家的龙脉，断了他家的龙脉，他就是条死龙。于是，这位明末皇帝朱由校先后两次派人去挖坟掘陵搞破坏。从地上到地下，从里面到外面，辉煌一时的金国帝王陵全给毁了，不留一座。在砸毁全部地面建筑后，又掘开各陵地宫，而后用乱石填埋塞死。为了彻底绝断女真王气，经堪舆师指点，在金太祖睿陵所在的"龙头"上动土，硬"砍"掉一块，龙头下所谓的"咽喉"部位也被掘挖一个大洞，让女真这条"龙"成为死龙。这就是有名的"天启掘陵"，这件事让康熙耿耿于怀。

清康熙二年（1663），康熙曾御制碑文，记述了明熹宗朱由校毁坏金国帝王陵是为了挖龙脉的事件，碑文中写道"谓我朝发祥渤海，气脉相

第四章 龙兴之地

关"，而后又让人重新修复了皇陵，并隆重祭奠。

实际上，有后世学者著书讨论了金朝与清朝在东北地区文化发展上的不连续性，认为尽管它们都是发源于长白山区域，都属于女真人建立的政权，但它们彼此之间的联系非常少，以至满洲人大多不清楚金代的情况。仿佛在经过了元与明两朝的间隔后，女真人的族群记忆被割断了。以至于皇太极在统兵面对中原政权时，不愿意被称为金代女真的后人。既不想享其辉煌时的光泽，也不想沾其覆亡时的晦气，更不要说金国败亡时，在中原生活了几代的女真人大都没有回到祖居的长白山，而是就地同化消失在中原的汉民之中。

康熙重新修复金国的帝王陵，既是默认金国与清朝有前后承接关系，同时也表明他对龙脉之说的认同。既然大家都讲究龙脉，那就不能不解决泰山和长白山谁是大清国的正统、谁是独享尊崇的圣山这个问题。显然，对于这个问题，康熙是绞尽了脑汁，而且还真想出了一个绝招。

据史料《圣祖实录》记载，康熙四十八年（1709）十一月二十四日，康熙帝在行宫畅春园，同阁臣李光地等人议毕政事之后，忽然问道："汝等知山东碣石等山脉，从何处来乎？"李光地奏曰："大约从陕西、河南来。"康熙："不然，山东等山，从关东长白山来。凡山东泰岱诸山来脉，俱从长白山来，来龙甚远，不知里数。"

康熙这一番话，把李光地等大臣搞蒙了。在他们心中，泰山发源于昆仑山，是经过陕西、河南一路来到山东的，康熙怎么就整出这么一套说辞？李光地等大臣们一时不明就里，但也没去细问。原以为康熙也就是这么一说，突发奇想而已，自己不必往心里去。可谁承想，事后不久，康熙自己写出一篇文章来，专门论证这泰山之龙是从长白山来的。这文章的题目就叫《泰山山脉自长白山来》。

松花江传（上）

康熙的这篇文章后来被俗称为《泰山龙脉论》。该文起笔写道："古今论九州山脉，但言华山为虎，泰山为龙。地理家亦仅云泰山特起东方，张左右翼为障。总未根究泰山之龙，于何处发脉。朕细考形势，深究地络，遣人航海测量，知泰山实发龙于长白山也。"

康熙的文章一开始就认同了中原的传统概念，即泰山是龙。也就是说，康熙以一国之尊，先行同意了泰山是中华龙脉的观念。可同意是同意，接下来，康熙就打了个马虎眼，说你们都讲泰山是龙，但"总未根究泰山之龙，于何处发脉"。就是说，这条龙是哪来的，没人考证过。实际上，康熙既然知道泰山之龙，就应该了解"天下山川起昆仑"的概念，可他故意说没人追究过这件事儿。既然没有定型的说法，那康熙就有发表意见的空间了。康熙在把观点拿出来之前，先说了一句"朕细考形势，深究地络，遣人航海测量"。如此一来，足证康熙不是随便说说的，他不仅细考形势，深究地络，还派人到海上去测量了。这意思是说：我有证据，我懂天文地理。关于康熙的科学知识，后世有专家搜集资料证明，康熙真懂天文地理，说他是"中国历史上最热爱科学的帝王"。

康熙非常喜欢西方的自然科学，从天文地理到物理、化学甚至高等数学、西洋音乐，他都学过而且钻研得很深。他会使用西方的手摇计算器，会使用对数表，会开平方根，还专门跟西方的传教士学习了欧几里得几何基础。

康熙够神的，平三藩，收台湾，一边治理国家，一边还学习高等数学。他在紫禁城内，经常用西洋仪器测量太阳子午线的高度，而后推算宫殿某一点的高度。为了学习人体解剖学，他亲自解剖了一只冬眠的熊；为了提高水稻产量，他在中南海的丰泽园里搞了杂交水稻试验；为了防治天花病毒，他还在宫中试验种痘，据说效果非常好。这就是康熙，他对科学

第四章　龙兴之地

的痴迷可以说走到了当时所有中国人的前面。在当时大部分中国人甚至不知道地球是圆的的时候，康熙已经在学习大地测量和地质学了。[1]

康熙在位时，组织了一项浩大的工程，即通过实地勘测绘制了著名的《皇舆全览图》。他大胆起用外国传教士，运用当时最先进的经纬图法、三角测量法、梯形投影术。《皇舆全览图》的最终形成，代表了当时世界地理学的最高成就。英国科技史专家李约瑟博士赞叹道："它不仅是亚洲所有地图中最好的一幅，而且比当时所有欧洲地图更好、更精确。"就是这样一位深通西洋地理学原理的皇帝，他来论证泰山龙脉是从哪里来的，岂不是在政治权威之上，又加了一个科学权威。而在论文中，康熙也似乎说得头头是道。

康熙在该文中写道："长白，绵亘乌拉之南。山之四围，百泉奔注，为松花、鸭绿、土门三大江之源……蜿蜒而南，磅礴起顿，峦岭重叠，至金州旅顺口之铁山，而龙脊时伏时现……海中伏龙，于是乎陆起西南，行八百余里，结而为泰山。穹崇盘屈，为五岳首。此论虽古人所未及，而形理有确然可据者。"[2]

康熙说，长白山脉向西南穿过渤海，到了山东半岛后"结而为泰山"。写到这儿，康熙可能是想到了李光地的那句话，说泰山是从陕西过来的。这得驳一驳，而且得驳得让李光地这些大臣服气。于是，康熙继续写道："长白山之龙，放海而为泰山也固宜。且以泰山体位证之：面西南而背东北，若云自函谷而尽泰山，岂有龙从西来，而面反西向乎？是又理之明白易晓者也。"[3]

---

[1] 王龙著：《天朝向左，世界向右》，华文出版社，2010年，第14—15页。
[2] 朱孝纯辑录，郑澎点校：《泰山图志》，山东人民出版社，2019年，第6—7页。
[3] 朱孝纯辑录，郑澎点校：《泰山图志》，山东人民出版社，2019年，第7页。

松花江传（上）

　　康熙聪明，他在这里用了一个通俗易懂的逻辑。他说泰山是面朝西北的，如果说这条龙是从西边来的，哪有从西来龙头还朝向西边的，那多别扭。只有从东边，也就是说，这条龙从东边的长白山来，它的脸才朝向西边。就这样，康熙全面"论证"了泰山这条龙是从长白山来的。只不过有一点他没明确说，那就是在满人的心目中，长白山是龙首，而在康熙的论述中，这龙首到了泰山了。既然龙首在泰山，长白山岂不成了龙尾？但康熙肯定不是这个意思，他主要是为了阐明一个观点，那就是满汉本是一家，泰山、长白山本是一条龙。

　　近代美国汉学家盖洛在《中国五岳》中写道：康熙帝在泰山顶上，"灵感降临，巧妙地写出一篇祭文，不仅提到了自己的神圣出身，而且在清政权与东岳泰山之间建立起一种自然的紧密联系"。长白山、泰山"龙脉"相连，这篇貌似堪舆学或地质学地理学的文章，若从历史学的角度解读，它应该是一篇安邦定国的政治论文，是一篇充满智慧、倡导民族和谐的"统战"论文。

　　清圣祖康熙皇帝是中国历史上为数不多的"有作为"的帝王之一，他的《泰山龙脉论》与其说是为了论证龙脉风水，不如说是为了表达一个愿望，那就是各民族的文化融合与和谐。在1960年全国人大二届二次会议上，毛泽东主席把出身满洲正红旗的作家老舍先生叫了过来，对他说，康熙皇帝有两大贡献，一是形成了今天我们国家的这块版图，二是贡献了统一战线政策。龙脉之说在今天也许只是堪舆学中的概念，有人信，有人不信，但康熙对清朝龙脉的论证却告诉我们今人一个道理，那就是：中华民族的文化，是集中了各民族人民共同智慧的多元一体的结晶。[1]

---

[1] 薛泽石主编：《听毛泽东讲史》，中央文献出版社，2023年，第432—435页。

第四章　龙兴之地

东珠与打牲乌拉

汪玢玲在读《长白山江冈志略》时注意到，刘建封多次提到一个人——乌拉总管穆克登。他曾奉康熙的诏命勘界长白山，且既有所贡献，又有所疏忽。史料载，穆克登自康熙三十六年（1697）至康熙五十八年（1719）这22年间，任打牲乌拉总管。且在康熙三十九年（1700），因捕珠超额千颗以上，被康熙晋升一级，赏一品顶戴。

这就让汪玢玲很感兴趣了。因为她搜集了东北民间有关东珠的许多传说，也注意到打牲乌拉这一清朝政府设在东北的特殊衙门。

打牲乌拉碑（局部）　碑为青石材质，刻于康熙四十八年（1709），是目前所见乌拉街镇最早的刻字碑。上刻"红旗拔什库那密达"等文字，红旗拔什库那密达系打鱼楼罗关氏之祖

汪玢玲特意去寻访了位于吉林市边上的打牲乌拉旧址。其所在地远依长白山，近绕松花江，恰位于京城出关后经奉天过吉林，到黑龙江将军衙门所在地卜奎（今齐齐哈尔）这条老官道的枢纽位置上。

清军入关后，乌拉地区周边山川河流皆被皇室封禁，严禁私自采捕渔猎。顺治十四年（1657），清廷内务府在乌拉街设立了打牲总管衙门，这是一个与当地将军衙门和副都统衙门无涉的朝贡衙门，专司督管东北农副业特产进京朝贡。顺治十八年（1661），打牲乌拉总管品级提高，从六品升为四品；康熙三十七年（1698）又定为三品，直接隶属内务府。

松花江传（上）

据史料记载，当时清廷所需，除丝绸来自江浙，搪瓷来自景德镇，地方风物差不多均出自乌拉街打牲衙门，可算清廷"第二后勤部"。

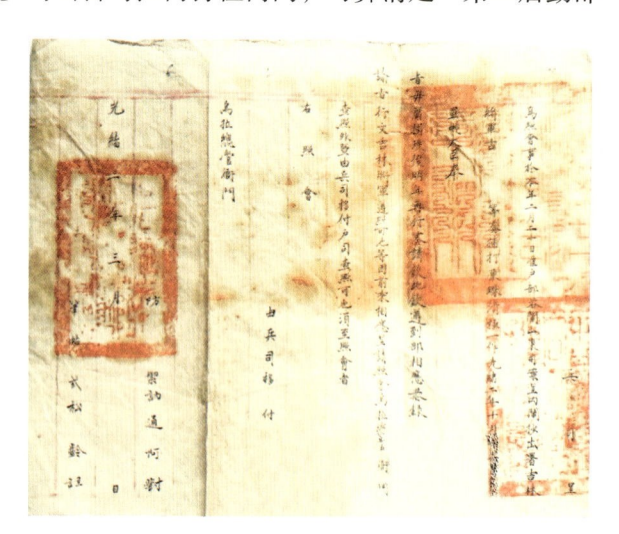

光绪三年（1877）兵司为捕打东珠事给打牲乌拉总管衙门的照会

打牲乌拉的贡品种类之多，说起来令人咋舌。除东珠、鳇鱼、海东青、松子等主要贡物外，另有貂、虎、鹿、野猪、熊等渔猎产品，有鹰、雕、鹳、鹊、鸽子等飞禽，有人参、百合、山药及乌拉草等野生植物，有小米、稗子米、铃铛麦等农作物，有鳖、细鳞鱼、鳟鱼、鲑鱼、翅头白鱼、蝶鲈鱼及"三花五罗"等。所谓"三花五罗"，即鳌花、鳊花、鲫花和哲罗、法罗、雅罗、铜罗、胡罗八种淡水鱼的统称。吉林的一些土特产品也被列为贡品，诸如蛟河烟。《吉林外记》中记载："烟惟吉林省最佳——独汤头沟有地四五垧，所生烟叶只有一掌，与别处所产不同，味浓而厚，清香入鼻，人多争买。"这里产的黄烟也称"关东烟"，一直被列为向皇室献纳的贡品。又如伊通寒葱顶子的寒葱，每采必以山下灯杆河水冲洗，快马七天，送至京城，即或暑日也不腐不枯。

在诸多贡品中，汪玢玲特别留意了东珠。因为在《长白山江冈志略》

第四章 龙兴之地

中，刘建封有两处段落细致地描述了清初八旗兵丁在长白山下江中巧得蚌珠的故事。

传单 光绪三十四年（1908），东三省总督徐世昌、吉林巡抚陈昭常差打牲乌拉委骁骑校毓庆前往盛京致祭陵寝，选送鱼两千四百七十五尾，一路护送者随员两名，担夫五十名，沿途有开原、铁岭等众多钤印的关防

其一：富儿河，源出富儿岭西南，流入二道松花江，相传天命朝（1616—1626）四旗兵队月夜过河，见水中火光点点，密如星布，众疑为怪。趋而过，及岸，回视光明如故，急归营所。有白旗一兵，名富尔汗者，告本旗牛录曰："此河产珠，今夜光必珠光也，何妨入河取之？"牛录率本队返，入河中，按火光探采，果得蛤蚌，视之皆珠。尽力索取，所获无算，大者如鹅卵，及晓不见。后以珠易银，充作兵饷。知者以为蛤珠献采，实为天助。

其二：土人云前有武炮，蓬莱人，在暖江源，结一桦皮小厦。经年余，一日，纵猎南阜，忽见旱河水势浩大，波浪滔天，心疑之。遵岸而上，行九里余，闻水中鼓声聒耳，鼓隆惊人，狂奔而返。约六里，水忽不见，惟河底一蛤，大如箕，不敢前。用枪击之，蛤不动。入河取之，负而

松花江传（上）

归。得一明珠，长可径寸，系腰中，尘不能近身。携过烟台，遇崂山一道人，以千金购之。武炮得金，回籍不返。至今木厦遗址犹存。

汪玢玲在论文《打牲乌拉贡珠与东珠故事》中评述道："清初还能见到大如鹅卵、长可径寸的明珠或大如簸箕的千年老蚌，可谓旷古奇观；关东之富庶、人烟之稀少，可见一斑。东珠开始就和清代的'龙兴'联系在一起。到了皇太极时代，东珠已被列为贡品。有打牲乌拉总署衙门的设置，采珠生产已由民间个体劳动转变为官方控制的特种捕捞机构。当时在乌拉总管衙门的管辖下，设珠轩九十四处，造船四百多只。"

打牲乌拉渔猎活动涉及东北地区广大的山河资源，需跨省府界区作业，故在捕打之前，要由吉林将军和乌拉总管联合发给凭证，方可从事采捕。清代统领东北兵事的将军、掌管八旗行政事务的副都统等军事行政长官，或吉林将军所辖的吉林协领，有时也兼任打牲乌拉总管，以这种地方军政合一的机构，去完成朝贡任务。划出的"贡山""贡江"，地域相当广阔，涉及东北地区北部的绝大部分河流及沿江山岭和平川。"南至松花江上游、长白山阴（今吉林省通化、白山、延边地区）；北至三姓（今黑龙江省依兰县）、黑龙江、瑷珲；东至宁古塔（今黑龙江省宁安县）、珲春、牡丹江流域。上下数千里，流派数百支。"领内有二十二处采贡山场和64处采珠河口，采捕范围最远可达乌苏里江下游，包括库页岛。

清代吴镇域的《养古斋丛录》中说："东珠出混同江及乌拉、宁古塔河中，匀圆莹清，大者可半寸，王公以饰冠顶。采珠者为打牲乌拉包衣食粮人。合数人为一起，谓之珠轩。以四月乘舟往，至八月归，各以所获纳之官，如供赋然。旧时，三十三珠轩，岁征珠五百二十八粒，或阙或溢，以数计赏罚。"[1]

---

[1] 朱秉钺著：《珍珠史话》，紫禁城出版社，1994年，第54页。

第四章 龙兴之地

四月往，八月归。采珠人付出辛苦与危险，只为了皇室衣冠的华美富丽。清代一顶皇后朝冠要"饰珍珠三百有二"颗（《清史稿》），康熙皇帝三女儿荣宪公主墓出土的公主袍是用十万颗小米粒大的珍珠穿缀出八条团龙而成的"珍珠团龙袍"。

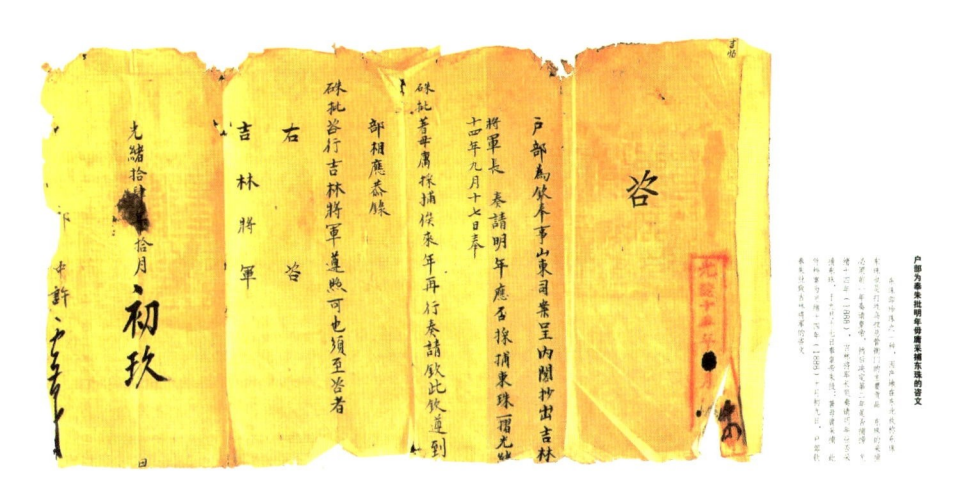

户部为奉朱批明年毋庸采捕东珠的咨文。东珠即珍珠的一种，因产地在东北，故称东珠。东珠也是打牲乌拉总管衙门的主要贡品。东珠的采捕必须提前一年奏请皇帝，然后决定第二年是否捕捞。光绪十四年（1888），吉林将军长顺奏请明年应否采捕东珠，于九月十七日奉皇帝朱批：着毋庸采捕。此件档案为光绪十四年十月初九日，户部钦奉朱批致吉林将军的咨文

年复一年的采捕，使东珠产量越来越低，品相越来越差。及至清朝覆亡，打牲乌拉朝贡终止，而此时东北江河中的东珠，已再难见到。

早在《晋书·东夷传》中就记载着：扶余国"美珠，珠大如酸枣。其国殷富"。

又有《北盟录》记载：宋朝年间，"竞尚北珠。北珠者皆北中来榷场相贸易。美者大如弹子，而小者若梧桐子，皆出辽东海汊中，每八月望，月色如昼，则珠必大熟。乃以十月方采取珠蚌。而北方沍寒，九十月坚冰

153

厚已盈尺，凿冰没水而捕之"。[1]

如此华润光洁、美妙晶莹的东珠，只在有清一朝，生生地采没了。

与东珠一起失落成传说的，还有打牲乌拉总管衙门。

‖ 刘建封与汪玢玲

《长白山江冈志略》约10万字。其写作风格迥异于刘建封踏查后撰写的《长白山三江源流考》《白山穆石辩》《中韩国界说》《间岛辩》等官方报告。刘建封自述道：于各篇报告之余，"独于白山之上，天池之旁，三冈之重峦叠嶂，三江之支派分流，以及草木鸟兽、沙石生鱼之类，略而不载"以为遗憾，于是再作《志略》一书。可见，这是作者勘查报告的副产品。恰恰是这一副产品，以其采录真切、记述丰富、见闻奇异、情境鲜活而价值恒久，传世深远。在汪玢玲看来，"也许正因为是作者志趣所在，不受官样文章限制，故此书行文舒缓而有奇气，不受约束，不拘格套。笔势因山转移，文思遇水回荡，虽取材不尚宏富，而载备详略，亦见文采"。可见，刘建封打开了长白山这本书，而汪玢玲通过这本书，读懂了刘建封和他笔下瑰丽万端、异彩纷呈、气韵生动的林海风情。"从地

刘建封晚年照

---

[1] 王振夫主编：《乌拉国与打牲乌拉衙门纪略》，吉林人民出版社，2012年，第118页。

第四章　龙兴之地

理上看,既见其真,从构思上看,又见其幻。"这是汪玢玲与刘建封文气相投、一笔一墨、入眼入心、"相看两不厌"的文友快意。

宣统元年(1909),清政府在长白山区设置安图县治。由于刘建封是"谙练边情、勤奋耐苦之员",清廷以其补"边绝要缺",为安图县第一任知事。上任伊始,他为开发安图提出《筹办边防善后十策》,即占江权、驻工兵、厘韩籍、捷交通、崇府体、励边吏、辟荒徼、通银币、储饷需、扩学警。时任东三省总督批示,"具见才识胜人""仰即照所议次第,认真筹办"。刘建封从辽宁海龙府凤凰厅移民近百户,放荒四万余公顷,发展农业生产。

安图任上,时值清王朝气数已尽,共和革命风潮迭起。刘建封曾参加同盟会,因此在他身边自然聚集了一批仁人志士。1911年9月,安图县有家戏园开张,向他求联。他饱蘸笔墨,慨然疾书:"鼓动起四百兆同胞,才算一台大戏;妆扮出五千年故事,真成万古奇观。"从这副充满激情的楹联可知,刘建封虽所处之地偏僻,却也不落时代潮头之后。

辛亥革命后,他为自己改名为"大同",为三个孙子分别取名为"平民""平权""平等",以示自己矢志革命、创建大同世界的政治抱负。"中华民国"成立后,刘建封参加了"二次革命",反对袁世凯称帝。此后数十年,他为自己信守的"大同"理想奔走南北,屡遭凶险。1936年"西安事变"爆发后,刘建封在自己主办的《渤海日报》上发表文章,支持张学良、杨虎城两位将军"联共抗日"的爱国义举。1938年,日军诱他担任伪职,他严词拒绝,当场撕毁日方文契。日军恼羞成怒,竟派特务暗杀他,子弹射中他的头部,"创甚剧而卒未死",昏睡七日后方才脱险。

新中国成立后,中央人民政府副主席李济深专程赴天津造访辛亥老人刘

松花江传（上）

建封，共庆中国获得新生。已是耄耋之年的刘建封目睹自己追求一生的"大同"理想终成现实，满怀欣然之情，以诗志贺："人人盼共和，徒嗔莫奈何。今日新成立，我先击壤歌。"

1952年7月1日，刘建封在济南病逝，享年八十八岁。

汪玢玲被称为"中国新时期民俗学复兴的先驱"。她有关中国虎文化、萨满、鬼文化与蒲松龄、孟姜女、人参传说、长白山神等一系列民间文学与民俗学方面的研究，以开创性与学术价值受到学界高度评价。她倾心著述而收获的研究成果，至今仍被视为东北民俗学研究的经典之作。

身化苍鹰击东海，笔驰骏马跃高坪。当刘建封为长白山天池十六峰命名时，可曾想到后人已把他的名字刻在了长白山上？又可曾想到衷情长白山代有其人，在半个世纪后，有汪玢玲以民俗学家的慧眼，选择了《长白山江冈志略》而与之倾心晤谈？

"因山而传书，因书而志人"，汪玢玲与刘建封相视会心，相知相惜。长白山有缘，留下多少佳话。

汪玢玲

第五章

泱泱一脉

　　明清两朝，几次大规模的移民潮彰显着中原汉民超强的生存能力——填四川，下南洋，走西口，闯关东。

　　填四川的"填"字，填塞、填充、填坑，仿佛是被埋过去的。下南洋的"下"字，感情上就很无奈，毕竟人往高处走。走西口的"走"字，有逃离的意思，方向是大漠，感觉是苍凉。

　　唯有闯关东的"闯"字，带劲！

　　持续不断的移民到来，改变了东北大地的气质，使其由荒寒渐趋于繁茂。一座座耸立在大地上的集镇，一片片五谷丰登的田野，一个个操着中原口音的士农工商，一曲曲带有鲜明中原韵味的民间说唱，都在向人们证明着，东北移民，不管是逃来的还是闯来的，是他们，助力实现了东北的内地化。

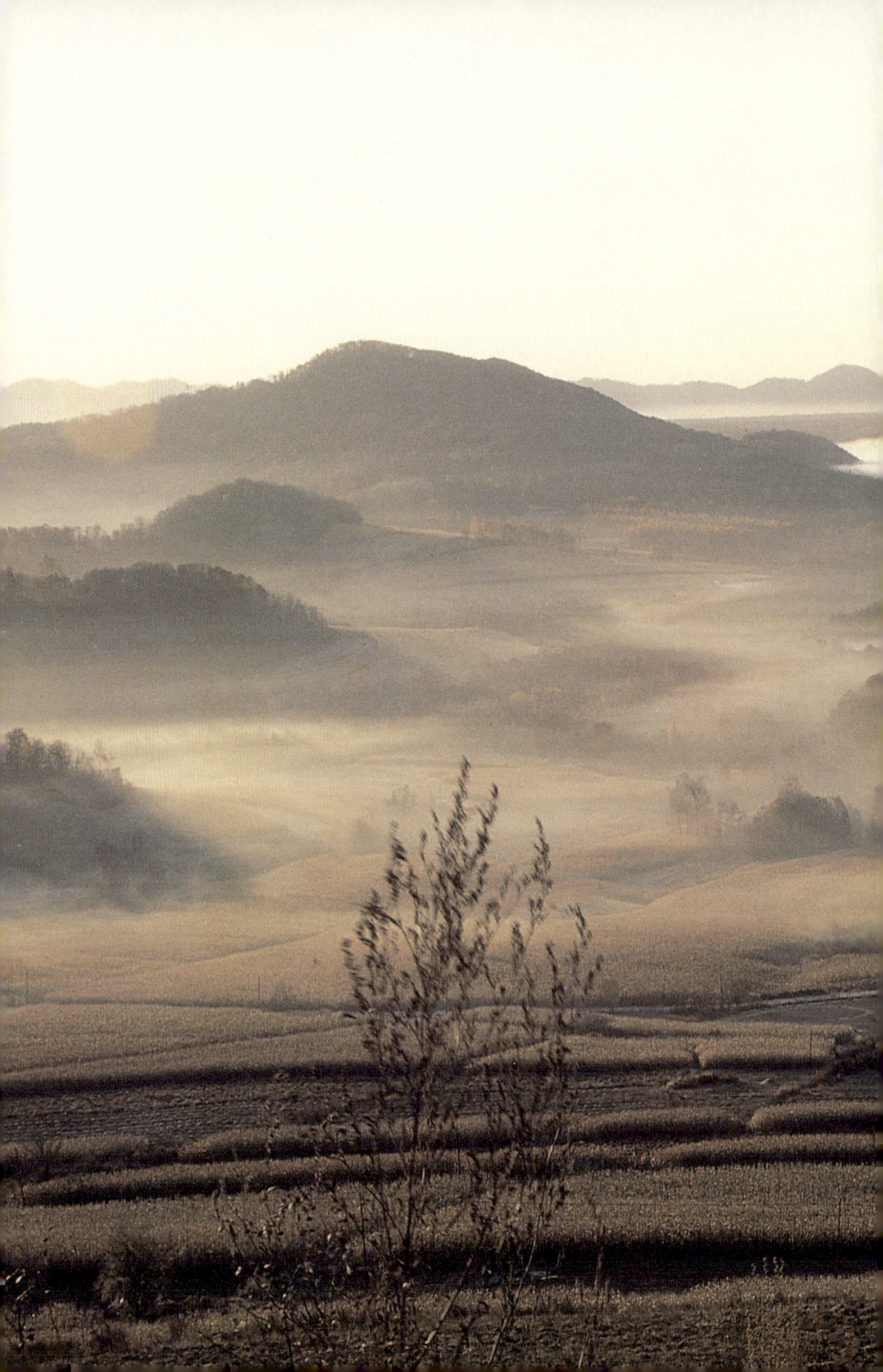

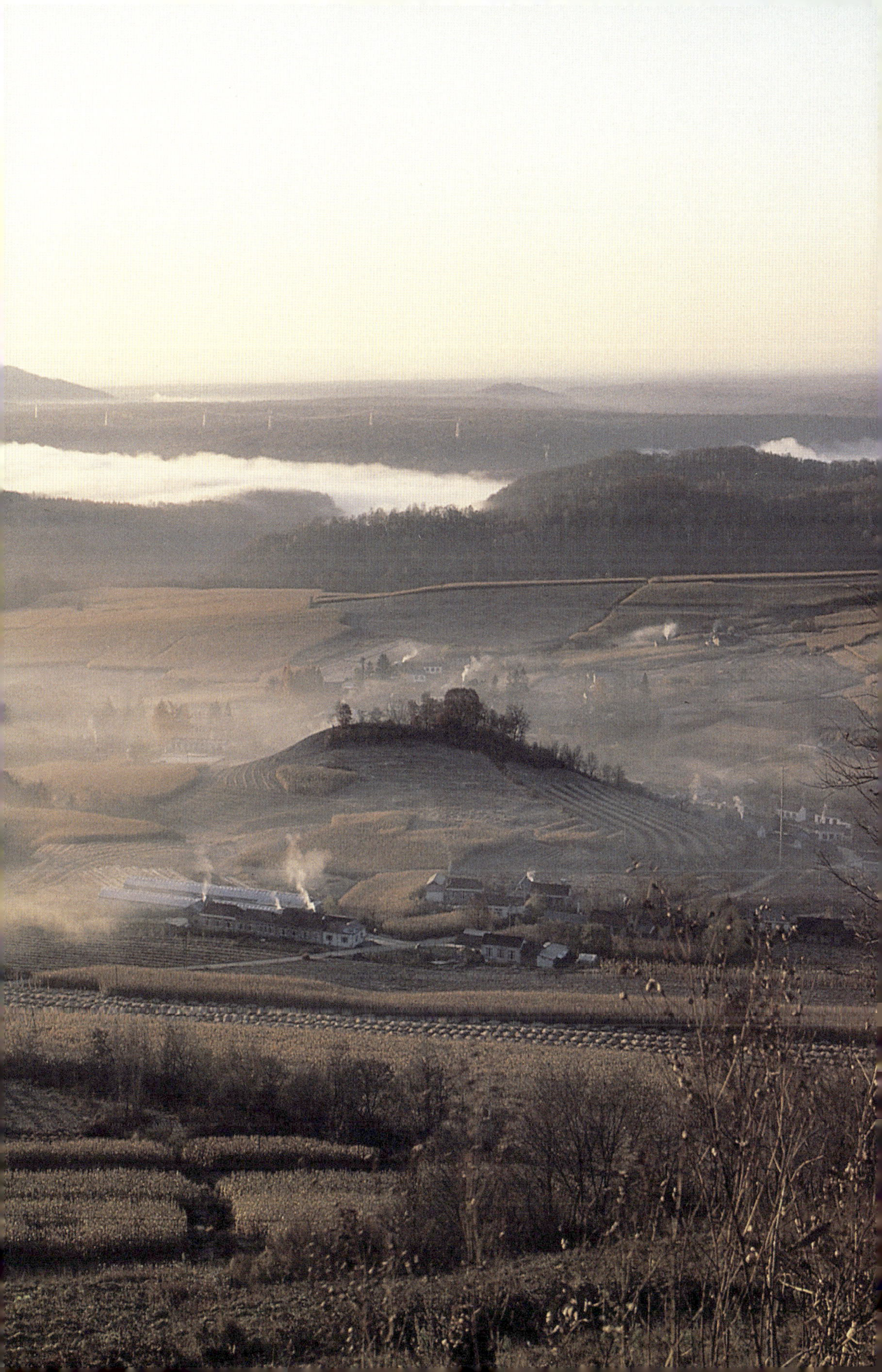

松花江传（上）

‖ "闯关东"唤醒了黑土地

1986年5月，长春。

洁净明亮的会议室里一次带有国际学术交流色彩的恳谈会正在进行，在开始介绍各位学者时，翻译因为过于紧张而结结巴巴。直到有人提醒，中方学者的名字用中文读音就可以，对方听得懂。

对方学者是日本人，他们手中已有恳谈会的资料，参会中方学者的名字，有些是他们早就熟悉的。

吉林省现代文学研究会邀请日本大阪外国语大学中国文学系主任相浦杲教授来长春访学。恳谈会是此次访学的一项内容，也是相浦杲教授自己提出来的。他想直接与中方学者对话，不仅想要了解近年来中国现当代文学研究的状况，更想直接对比中日学者在现代文学关注方向上的差异。他是研究中国现代文学的，他很在意中国学者在此领域的倾向性。

恳谈会上大家可以自由发言。在概括性的介绍之后，由相浦杲提出自己感兴趣的话题，而后中方学者作答。有关鲁迅、郭沫若、茅盾、巴金、老舍、曹禺、冰心、丁玲的话题，似乎都在中规中矩、已成定势的范围内讨论着。毕竟，新时期最先启动的现代文学作家研究，就是关于这几位扛大旗开流派的代表性人物的。

话题泛泛，交流泛泛。改革开放后刚刚恢复些许元气的学术研究，手脚还没完全放开，眼神还有些空泛。相浦杲多少有些怅然，提的问题也只是行礼如仪。

"能不能介绍一下萧红研究的情况？"

萧红？学术厅内一时嘈嘈切切。

即便是年轻的学者，也知道萧红这位东北籍的女作家。可在1986年的

第五章　泱泱一脉

时候，人们的眼睛还在努力适应着陡然打开窗户后的强烈光线，处于显学位置上的几大著名作家几乎掠走了所有目光。在当时的学术思潮中，萧红处在边缘性的角落里。

相浦杲的问题差点儿掉在地上。幸好有略知一二的学者支应了几句，算是打了个圆场。

场面圆下来了，也冷下来了。在相浦杲意绪索然之际，会议室侧边的一个角落，一位年长的学者咳了一声，这是要讲话的意思。

"1937年的时候，萧红从日本回来，和萧军一起到了武汉，就住在我家里。"

仿佛一声炸雷，沉闷的空气中传导着一波波的气浪。

现场越发嘈杂，很多年轻的学者似在打听老者是谁。

相浦杲顿时兴奋异常，他没想到，在人们还没有完全想起萧红的时候，这里竟有一个熟识萧红的人。

"后来端木蕻良来了，也住在我那儿。"

时光倒流了！历史重现了！相浦杲把身体倾向这位年长的学者，倾得如同匍匐。他惊喜过望，萧红生命中最重要的两个男人——萧军与端木蕻良，竟然在苍老平静的叙述中浮现在众人的眼前。

这位学者名叫蒋锡金，时任东北师范大学中文系教授。当年在武汉，他以诗人的身份，与萧军、萧红、端木蕻良这三位东北籍作家一同参加了中华全国文艺界抗敌协会。在萧红最困难的时候，他帮她找了住所，又为一文不名的萧红从杂志社预支了稿费。当时萧红问："这钱拿什么还？""你写稿子还。""我要写不出来呢？""那就只好我写稿子还。"

相浦杲如获至宝，他觉得自己太幸运了，竟然遇见了当年于萧红有如

161

松花江传(上)

此知遇之恩的人。他想研究萧红,想把萧红创作中更多的个性与际遇介绍给日本读者和学界。可在当时的中国学术界,有关萧红的资料少之又少,研究萧红的人更是寥寥无几。虽然萧红的几部作品已经再版,但是萧红的身世,萧红留下的"我这一生最大的不幸和痛苦,都是因为我是一个女人"这句悲愤的自述,究竟深藏着怎样的哀怨与愤懑?这些都是相浦杲想要了解的。

萧红与萧军

在此之前,人们对萧红的了解,还停留在萧红几篇自述式的散文和那部《呼兰河传》所描述的家乡与家庭上。

此后,人们对萧红的关注偶有微澜,徐徐展开。直到2011年,萧红100周年诞辰的时候,萧红纪念馆在她的家乡哈尔滨市呼兰区落成。这时的网上又热闹地翻腾起萧红的话题。恍如萧红当年逝去时留下的谶语:"也许,每个人都是隐姓埋名的人,他们的真面目都不知道。我想,我写的那些

第五章　泱泱一脉

东西，以后还会不会有人看，但是我知道，我的绯闻，将会永远流传。"

而此时，当年恳谈会上饶有兴致追忆萧红的蒋锡金先生和相浦杲先生，都已作古。

萧红的个性与创作风格是极为特异的，性格中的敏感与执拗，成了作品中的细腻与任性；性格中的大胆与解放，成了作品中的恣肆与纯真。她时而胆小怯懦，时而率性真实，时而伤感怀旧，时而自由挥洒。

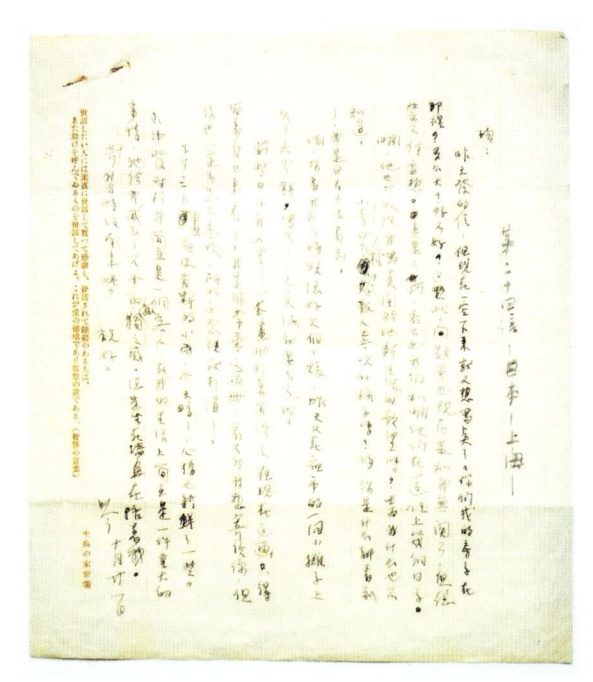

萧红信札原封函　　萧红信札《1936年10月21日致萧军》，这是萧红在日本东京写给萧军的第二十四封信

她何以形成这般个性？是什么样的水土孕育了她既天性自由，又敏感脆弱的性格？

有人说她是满族人，身上有东北最早的原住民不受拘束的血性与狂野。

有人说她祖籍山东，身上的执拗与倔强就来自黄河岸边齐鲁人的滞重。

松花江传（上）

萧红在她的作品中，多次提到了她的家乡、家庭、父亲与祖父。她的文字中充满感情，充满对呼兰河的爱。给人的印象，这松花江边，这广袤的三江平原，就是她的家乡——"家乡多么好呀，土地是宽阔的，粮食是充足的，有顶黄的金子，有顶亮的煤，鸽子在门楼上飞，鸡在柳树下啼着，马群越着原野而来，黄豆像潮水似的在铁道上翻涌……"[1]

萧红的这段文字，写于东北沦陷后她流亡关内的时候，一经刊发便直抵人心。文字中的情感涌流如溢，色彩明亮绚丽，形象鲜活如画，节奏律动铿锵。朗声诵读，就是一首诗；谱上旋律，就是一首歌。用这样的文字描述自己的家乡，更让人毫不疑其为呼兰河的儿女。

2010年，作家曹革成出版了《我的婶婶萧红》一书，开篇第一章就是：山东移民的后代。书中说，萧红的祖上是从山东逃荒到东北的移民，祖籍山东省东昌府莘县长兴社杨皮营村。先祖张岱于清代乾隆年间携妻章氏"担着担子逃荒到东北"，到萧红时已传了六代。

这是说萧红不是东北土生土长的居民，也非满族。

对于萧红研究来说，这为理解萧红创作个性提供了更多的资料。萧红祖上由山东至东北的迁徙过程，特别是挖掘出来的记载清晰的族谱，则是历史上一次大的移民过程——闯关东——的个体样本。

闯关东是一次历时二百多年，关涉数千万人口，改变了东北山川地貌的浩浩荡荡的历史进程。

萧红祖上的故事只是这洪流中的一滴水，却几乎线路清晰、律动合拍地演绎了一段历史进程。

萧红本姓张，其父张廷举、祖父张维祯是影响其少年心性的两个人。

---

[1] 萧红著：《小城三月》，吉林大学出版社，2017年，第311页。

第五章　泱泱一脉

挑着"八股绳"闯关东的人们

清末闯关东的群众

乘火车闯关东的人们

张家的族谱，就是萧红的父亲张廷举这一辈撰写的。其中，关于张氏关东始祖的记载只有寥寥数语，始祖名张岱，原籍山东东昌，乾隆年间移来东北。

族谱中的"移来"，在民间有个通行的说法：闯关东。

"闯关东"是一种约定俗成的说法，指的是清朝，尤其是清中后期至新中国成立初期关内汉人向东北的移民运动。"闯"，似乎表明了整个过程带有越轨犯禁的非法色彩，而且关东蛮荒恶劣的自然条件也为移民添加了冒险的性格。尽管全部移民过程远非如此简单一致，但"闯关东"一词

165

松花江传（上）

还是沿用了下来。

中原与东北之间的移民由来已久。而且，既有入关，也有出关。对比来看，出关的民户远远多于入关。

辽代是汉族大规模向东北移民的开始。辽兴之初，耶律阿保机和耶律德光就在战争中迫使大批汉人向东北迁徙，有的是整州整县被强迫迁来。当时俘获的大批汉人，到东北后仍然以原籍的州县名称建制。到了金代，女真政权把吉林、黑龙江一带作为内地，经常向这里移民。1127年，金破开封后，将北宋徽、钦二帝及后妃、公主、宗室、大臣以及技艺工匠北迁，当时还虏徙了内侍、伶官、医工、妓女、工匠、役卒、百工技艺等数千人。强制迁徙到东北的汉人数量比辽代增加了许多倍，约达二百万人。有学者估计，当时迁入上京会宁府（今哈尔滨阿城区）一地的人口当在二十万人左右。

明末，长白山下的建州女真崛起，在与明朝的争战中，努尔哈赤与皇太极实施了掠民实辽的策略。二十多年间，总计北掳人口九十五万左右。

契丹、女真、满洲三个北方民族都曾以掳掠和强制的方式，将战争所得之人口与财物移往东北。其后清朝入主中原的一系列施政方略，正式开启了中国历史上规模空前的移民过程——闯关东。

是什么样的历史动因开启了清初的东北移民？

1644年，清朝政权迁都北京。不只皇室，几乎全部臣民都从东北南部的辽沈地区迁往京畿地区，从龙入关。此次随迁总人口据推算在九十万以上。而明末辽东建州女真与海西女真加在一起，连后编入八旗的东北各少数民族都算上，人口也就一百万左右。

这就是所谓的"罄国入关""尽族西迁"。

其结果是满洲起家的龙兴之地，土旷人稀，生计凋敝。时任奉天府

第五章 泱泱一脉

尹张尚贤给清廷的《根本形势疏》中说：盛京形势，"黄沙满目，一望荒凉""城堡虽多，皆成荒土""惟有流徙诸人，不能耕种，又无生聚，只身者逃去大半，略有家口者仅老死此地""荒城废堡，败瓦颓垣，沃野千里，有土无人，全无可恃"。

地是荒地，城是死城。已在中原坐上了龙庭大位的满洲亲贵，无论如何也不忍看到自己的老家榛莽蓬蒿，一片荒凉。

就是在这种形势下，顺治八年（1651），清廷下令："令民愿出关垦地者，山海道造册报部，分地居住。"一般认为，顺治八年是"闯关东"的起点，很多"闯关东"者的族谱把他们"闯关东"的年份定为这一年。顺治十年（1653），朝廷议定招民开垦方案："今将辽东为省，先以辽阳城为府，设知府一员、知县二员，招募人民前去收养开垦。若招民一百名者，文授知县，武授守备。百名以下六十名以上者，文授州同、州判，武授千总。五十名以下者，文授县丞、主簿，武授百总。""招民数多者，每百名加一级。所招民每名口给月粮一斗，每地一垧给种六升，每百名给牛二十只。""以官职之授与及口粮种籽耕牛之资助，为之奖励。"

在优厚的招垦条件下，"燕鲁穷氓闻风踵至"。史料载，浙江义乌人陈达德是第一个招募百姓到辽东垦荒之人。顺治十一年（1654），他招徕民户

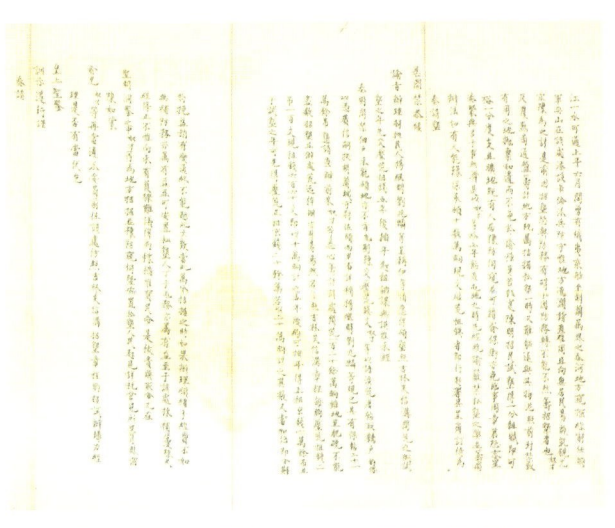

署理黑龙江将军特普钦奏请招民试垦闲荒折

松花江传（上）

辽东招民开垦条例

一百四十家，被授予辽阳知县之职。同年六月，顺治帝又颁布了一道命令，允许个体百姓自行赴辽东垦荒。从这时起，官府政策性的移民与个体自行移民辽东，二者并行。

如此开启的移民，虽然不是用行政手段来组织实施的，但政府的招募和鼓励为移民打上了官方特许的印记。这时到关东，无须"闯"，还有赏。

可惜，这段"官情民愿"的关东移民蜜月期很快戛然而止。经过十余年的垦殖，辽东地区得到一定程度的开发，关外生产的粮食已经能够满足当地驻军的需要。为防止关外民人过多侵害满人利益，康熙七年（1668），清廷宣布《辽东招民开垦条例》作废，禁止汉人移民关外。

康熙时期的封禁并不严格，也不是限制整个东三省，重点只在采参山场、捕珠河流、围场及牧场。

清中期《京师至吉林围场路线图》（中国国家图书馆藏）

而且，凡办理手续的、有牌照的人就可以进入。

直到乾隆五年（1740），清政府颁布对奉天地区的封禁令："盛京为满洲根本之地，所关甚重，今彼处聚集民人甚多，悉将地亩占种。盛京地方粮米充足，并非专恃民人耕种而食也，与其徒令伊等占种，孰若令旗人耕种乎！即旗人不行耕种，将地亩空闲，以备操兵围猎，亦无不可。"①

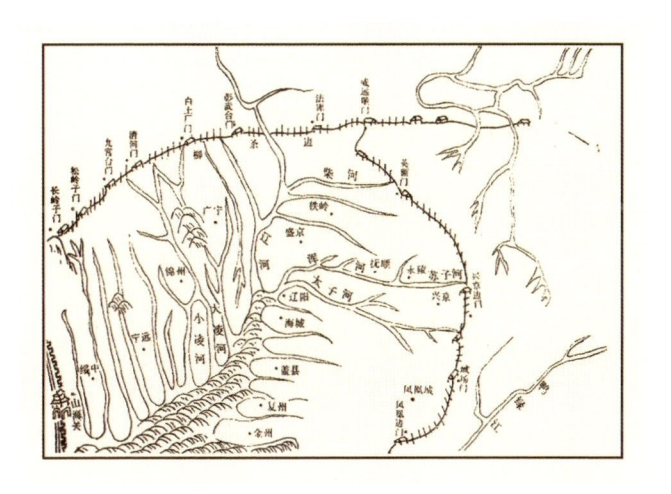

柳条边，指清政府17世纪后半期，于东北兴建的堤防壕沟，因是在用土堆成的宽、高各三尺的土堤上植柳条，故谓之柳条边，又名条子边，或称盛京边墙。图为柳条边走向示意图

乾隆六年（1741），清政府进而颁布了对吉林地区的封禁令："吉林等处系满洲根本，若聚集流民，于地方实无裨益。"②

乾隆四十一年（1776），上谕："盛京、吉林为本朝龙兴之地，若听流民杂处，殊与满洲风俗攸关。""永行禁止流民，毋许入境。"自康熙经乾隆到咸丰，东北进入长达近二百年的封禁时期。

由鼓励到封禁，清政府之所以翻手覆手，全在于东北乃其肇基之地，事关国之根本。其一，保护清廷对人参、东珠、黄金等资源的垄断；其二，维护旗人生计，清政府力图在辽、吉地方保留一大批上等好地，留作

---

① 衣兴国，刁书仁著：《近三百年东北土地开发史》，吉林文史出版社，1994年，第48页。
② 胡迪编著：《清代东北打牲史料编年》，长春出版社，2021年，第38页。

松花江传（上）

清代道路通行凭证——路引

"京旗官兵随缺地亩之用，或以备退革兵丁恒产之用"；其三，防止满汉杂处互居，破坏满洲风俗，使满人失去固有的尚武精神和骑射本习，以致动摇根本；其四，防止汉、蒙民族结合，威胁清朝统治。其中，第四点是深层而不便明言的。

清政府在封禁东北的同时，实行京旗实边之策，将大批入关旗人遣回东北，以谋生计，并保持满洲人"国语旗射"的旧俗，稳固其"龙兴之地"。

清代柳条边作为东北行政区的分界线和清朝对东北实行封禁政策的产物，在客观上划定了东北地区三个经济区（农耕区、狩猎采集区、游牧区），成为东北地区农牧林交错带的界标。图为柳条边遗址

乾隆朝国势稳定、物阜民丰，居京的八旗子弟世袭优待，坐享其成，成为游荡在京城的"数十万不士、不农、不工、不商、非兵、非民之徒"。世代递嬗，多有旗人游手好闲，坐吃山空，沦为贫民。满洲亲贵为谋旗人生计，将其派往东北屯垦。乾隆九年（1744），也就是满洲入主中原一百年时，首批京旗闲散户籍约一千户，携带家眷迁往东北，归入阿勒楚喀八旗。

第五章 泱泱一脉

此后四年，又从北京移往拉林河流域旗人两千户。从乾隆朝到道光朝约一百年间，移往东北松花江、拉林河流域垦殖的旗人共计五千一百八十五户。

旗人移民，是清廷有组织进行的，虽人数不多，但亦属东北移民的一部分。其特殊点在于，清政府是想以此对冲汉民涌入东北，既解旗人在京之困，也令其回故乡看家护院，消解东北汉民越来越多的威胁。

乾隆的封禁是全面性的，不仅封土封人，甚至隔离族群，严禁汉习。如不准汉人在旗地垦荒，不准租佃旗地，不许满汉通婚，不准旗人抱养汉人子嗣，不准旗人学习汉人习俗，限制满洲子弟学习汉语、改用汉姓。

全面封禁也就一百多年。这期间由于多种原因而不得不移往东北的中原流民，只能突破封禁潜行出关。为躲山海关和海禁，移民多是翻过燕山，进入辽河、嫩江、松花江流域。这一时期的移民既要翻山越岭，又要躲避官府查验，是冒着坐牢杀头的风险而强行越界犯禁的。"闯关东"的提法由此而起，也应特指这一时期。

即便是必须"闯"才能出关的时期，也不能一概而论。封禁主要针对私自前往东北垦荒、挖参、捕珠、淘金的中原流民，而对于"向例在奉天贸易及孤身佣工者，由山海关官员给予照票，始行放出"。

也就是说，在东北有正当事由的汉人，或者因朝廷需要而公派的汉人，是可以获准出关的。这就等于开了一个门缝。借此门缝而变通移民之人越来越多，以至于这关隘之门时常如同虚设。

而且，山海关只封住了辽西走廊，又怎能封得住被逼急了的中原百姓？

封禁政策本来就是因时而异、时禁时弛的。封禁时煞有介事，格杀勿论；弛禁时若无其事，睁一只眼闭一只眼。绝对的封禁从来没有过，而是禁者自禁，流者自流。或者，你禁你的，我流我的。犯禁被抓有杀头的危险，山路草径有蹑行的自由。封关与闯关，各行其是。

松花江传（上）

乾隆朝至咸丰朝，封禁一百二十年间，东北人口由五十万左右增长至约三百五十万。

闯关东之有美名，就在于闯过来了。而且，闯进东北的中原流民，都成了种子。他们往家里捎信，给家里捎钱，接济来投奔的亲属。这一代闯关东的人，成为清末大规模移民的探路者。

闯关东的荣誉称号，是这一百多年的几代人以命搏来的。

萧红的关东始祖张岱就是这一时期的闯关东者。

世事难预料。心心念念防着中原汉人，防着草原民族的清王朝，却被俄国人抄了后路。沙俄在1858年和1860年，割去了中国东北一百多万平方千米的土地，此时的清朝仿佛才醒过神儿来。1860年，清政府采纳移民实边的建议，"始以筹边移民为急务"。由此变封禁为放垦，变汉民禁入为招徕移民。

其原因很清楚。第一，禁不住了。封禁以后较封禁以前，移民更多了，闯关东已然逼迫清廷接受这个事实。第二，东北的采集业已资源耗尽，人参、东珠越采越少，贡品收不上来了。第三，东北地广人稀，旗人庄主和地方官吏缺少劳动力，私下竞相接纳闯入者。第四，由于地多人少，东北经济式微。近代东北的衙门兵丁完全靠清廷户部供养，财政压力日增，难以为继。第五，也是最迫切的，东北边疆危机，急需充实旷野，以御俄人。

清代以来，移民数量是逐渐增多的。特别是清中期的时禁时弛，使移民形态零散而隐蔽，没有形成洪水般的涌流。从1860年正式废除封禁到清末，才形成了蔚为大观的移民浪潮，成为"人类有史以来最大的人口移动之一"。

严格来讲，从1644年清军入关，到1860年东北开禁，这二百多年，中

第五章　泱泱一脉

原汉人从未停止过移民东北的步伐。对比来讲，真正形成"势若河决，滔滔不可复止矣"的大潮，是从晚清开始的。浪头之高，汹涌之猛，使此前所谓以命相搏的"闯关东"只有先行者的意义了。1860年东北开禁后的两千多万移民借用了闯关东的名分，也撑起并传扬了它向死求生、义无反顾的精神。

吉林旗人家庭（1904年摄）　此人家汉姓何，教育世家。右二为何锟，1924年曾在毓文中学任教

《我的婶婶萧红》一书中说，萧红祖籍山东省东昌府莘县长兴社杨皮营村，其祖上是"担着担子逃荒到东北"的。另有萧红研究者专程去莘县寻访萧红祖居之地。当地人说，确有关于一户张氏人家"逃难到东北"的传说。而且，许多年前，还有一位居住在哈尔滨的张姓男士来村里寻根。至于这和萧红所属的张家有没有关系就无法证实了。

书里说是"逃荒"，村里人说是"逃难"。逃荒是荒年饥馑，逃难是家遭变故，意思差不多，都是不得已的逃离。

松花江传（上）

这就涉及闯关东的另一个话题，为什么要远离故土，千里跋涉去奔向一个陌生的他乡？

有史以来，家乡、故土与祖茔，都是中国农民最需要的依附。满炕的孩子与满院的鸡鸭鹅狗，是中国农民最真实的依恋。若非迫不得已，他们不会将自己连根拔除，去往他乡。

"国人家族观念之深，恋爱乡里之切，则苟有衣食足以糊口之者，亦绝不欲远游。"

被动性，是中国旧时农民近乎天生的特征。因为他们的性格基础色调是忍耐，是安土重迁。非万般无奈，绝不自找麻烦。

更何况，去关外这一路上哪是好走的？有山海阻隔，有官府堵截，有土匪横行，有豺狼虎豹。

山东移民，多半是走海路。一条木帆船，海上巨浪滔天。走出这一步，就是生死未卜。

民谣云：

> 渤海风掀恶浪摧，
> 三更雨打断船桅。
> 乡人尽做波中鬼，
> 不敢回头任泪垂。

路途如此凶险，还前赴后继地上路，为的是哪般？

专家们结合史料给出了各种解读。大家最有共识的，就是推拉理论。大规模的移民，必是一推一拉的结果。

先说推。

其一，人口猛增。

康熙年间，在历时十载的平三藩与收台湾之后，人口开始快速稳步增

长。其政策包括"滋生人丁，永不加赋"，其后雍正的"摊丁入亩"，一切赋税皆由地出，丁随地起，丁地合一。康雍乾三朝的"开明专制"促使社会安定，经济发展，生齿日繁。

为政之要，首在足食。康雍乾嘉四朝在不断垦殖荒地的同时，农业生产技术上也出现了精耕细作，两熟、三熟或套种等技术，大大提高了粮食的产量。同时，引入花生、甘薯、玉米、马铃薯等作物，丰富了粮食品种。特别是高产的甘薯，"东西南北，无地不宜""一亩种数十石，胜谷二十倍"。甘薯填饱了人们的肚子，从基本面上提供了人口迅速膨胀的条件。清初顺治年间，全国人口约六千五百万，至咸丰元年（1851），人口已达四亿三千万。二百年间，全国人口连续突破两亿、三亿、四亿大关。

"人浮于地数倍""人多则穷，地不足养""世乱之由：人多"。清代学者就已经认识到人口迅猛增长带来的危险。

其二，灾祸连年。

旱灾最重，蝗灾、水灾次之。据邓拓统计，从道光三年（1823）至宣统三年（1911）的近九十年中，直鲁豫三省受灾次数达七千四百多县次，直鲁两省达六十七万多个村庄次。

光绪二年（1876）到光绪五年（1879），晋直鲁豫陕五省旱灾持续三年，饥饿而死者约一千万。

水灾、旱灾、风灾、蝗灾，灾祸连年。黄泛与旱魃轮着班地肆虐，风灾与蝗灾穿插着出现。

如果说人口激增是移民东北的基础因素，那么天灾荒年则是最直接的推手。有学者搜集数据后得出结论，晚清到北洋时期，因自然灾祸而移民的人占总数的百分之七十六点八，也就是说有四分之三的移民是为躲避天灾而逃难东北的。

松花江传（上）

其三，战乱频仍。

世道之乱是从倒霉的嘉庆帝开始的。嘉庆元年（1796）的白莲教起义；嘉庆十八年（1813）的直隶、山东、河南的天理教起义；咸丰元年至同治三年（1851—1864）的太平天国起义；开始于咸丰三年（1853）的捻军起义。

第二次鸦片战争，太平天国北伐，八国联军侵华，义和团运动，都曾横扫华北诸省。直到北洋政府时期，军阀混战，地方割据，民不聊生，颠沛流离。

以上是三大根本性推力。加之越来越沉重的徭役赋税、越来越猖獗的绿林寇匪，这些叠加在一起，中原百姓还能在家乡安生过日子吗？不走还有活路吗？

再者。

乾隆三十六年（1771），直鲁豫三省平均人口密度高达每平方千米一百二十九人，而东三省每平方千米仅不到一人。

到了1912年，直鲁豫平均人口密度为每平方千米一百六十三人，东三省为每平方千米四十人。

中原，人满为患。东北，千里无人！

这且不算，东北的黑土地肥沃得捏一把就能冒油花，插双筷子都能发芽。"土膏肥沃""不施粪溉，不加耕耨，可足终岁之用""一夫力作，数口仰食有余""壮健单夫，治二三垧地，供八口家食，绰有余裕"。

地域纵深辽阔，资源得天独厚。大兴安岭、小兴安岭、长白山林海，呼伦贝尔、科尔沁、大沁塔拉草原，松辽、松嫩、三江平原。

不仅天应其时，地有其利，更兼人和随之。

清政府的移民实边政策与文武臣工达成共识，上下一致设法吸引中原

第五章　泱泱一脉

农民移往东北。

20世纪初，清政府决定开放蒙地，还设立押荒局、垦务总局，督导开垦事务。各地也先后设立了垦务局、办务局和垦务公司等招徕华北农民。光绪三十四年（1908），黑龙江省分别在汉口、上海、天津、烟台、长春等地设立边垦招待处，对应招者减免车船费，不增押租。对招垦有力人员进行奖励，能够招徕十人以上者，到达开垦地后为百户长，能招徕百人的为屯长，能招徕三百人的以土地四方照半价卖出。

铺好路，搭好桥，只要是去东北，一路顺风顺水。

更有传言满天飞，据说"有乞丐腰缠数百吊，数年作苦致数千金者"，还说"但使人能力作，无不致富者"。

大森林，大草原，大平原，大江河。井水甜，河水清，黑土肥沃。鹿茸貂皮，采参淘金，山有坚果榛蘑，水有鲑鱼东珠。好像只要肯弯腰，遍地是黄金。这番景象，怎不向往？只需几个月的时间，只需一直迎着北方的地平线往前走，就有你喜欢的旷野、大片的荒田。撸起袖子，甩开膀子，一头扎进黑土里，你就会看到新生活。小麦金黄，高粱火红。

如此利好的国策、美好的传说，和能让人笑醒了的美梦，令关内成千上万的农民如脱缰之马，向着东北一路狂奔。

移民东北的人口规模越来越大，清末民初，掀起了第一个浪潮。

移民的形成，是推拉的结果，这已成为描述闯关东这一历史现象的基本理论。然而，对于到底是推力大，还是拉力大，人们却有着不同的理解。

明清两朝，几次大规模的移民潮彰显着中原汉民超强的生存能力——填四川，下南洋，走西口，闯关东。

填四川的"填"字，是填塞、填充、填坑，仿佛是被埋过去的。下南

松花江传（上）

洋的"下"字，感情上就很无奈，毕竟人往高处走。走西口的"走"字，有逃离的意思，方向是大漠，感觉是苍凉。

唯有闯关东的"闯"字，带劲！

用闯关东来概括如此长的历史进程、如此大规模的人口迁徙、如此沉重的族群性格。那在以移民及其后代为主体的东北人的性格中，闯的成分和品性到底有多少？

那要看是推力大，还是拉力大。

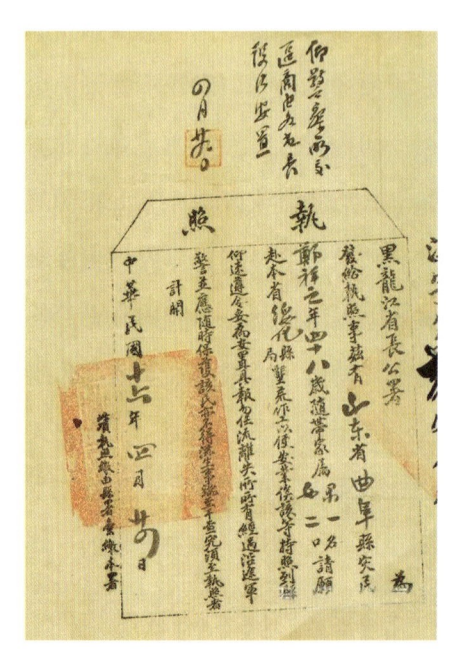

有人"主推"。大部分时间，移民是被动的，是被战乱、饥荒、瘟疫和苛政驱赶着背井离乡的，他们大多是一贫如洗的贫民和灾民。所以，到东北的，以农民为主。在称呼上，他们是流民、饥民、灾民、贱民、难民！

民谣为证：富走南，穷进京，逼死梁山下关东。

20世纪30年代就已研究东北移民的学者何廉指出："冀鲁豫人民之赴关外者，其动机由于东三省情形之利诱而去者少，由于原籍环境之压迫而去者多。"这就明确表达了移民的动因是故土的迁离。

然而，还有部分学者认为东北的吸引力是移民的主要动因。他们认为东北富饶广袤，有金子和像金子一样贵重的人参。中原移民到东北是为了发大财，敢于冒大险。所以，移民是勇敢者的团队，是一拨又一拨被财富

安置灾民执照

第五章　泱泱一脉

和美好生活吸引的冒险家。

后世东北移民的传人，更愿意接受这种观点。他们以北美西部片为想象的蓝本，相信其先祖是为了寻找新大陆，"闯关东"被赋予了骑士远征的色彩。

他们喜欢"闯关东"这个词，认为山海关那扇大门是被中原移民撞开的，挤破的，砸碎的！

一个"闯"字，意味着越轨犯禁，意味着毅然决然，意味着义无反顾。

他们演示的，"是一个勇敢者的游戏，一种群体性的壮举。他们无疑是勇于开拓新生活的观念上、行动上的强者"。

"闯关东"词性刚烈积极，寓意激昂奋发。历史上就是这么说的，东北人当然喜欢。

21世纪，东北有过三次振兴过程，几乎每次都举出先辈"闯关东"的事迹。这让东北人热血冲顶，相信自己是开拓者的后人，没有理由不绝地反击，复现昔日的风采。最终的结果虽未见分晓，但理论的逻辑起点是振奋人心的！

几番振兴，闯劲儿不足，大多停留在媒体概念化的挖掘中、学者的论证中。闯劲儿好像成了一个幻影，不知道怎么来的，也不知道怎么没的。

有领导认为是承平日久，躺在计划经济的温床上太久了，闯劲被惯成了懒劲；有学者说是东北的资源太丰厚了，要啥有啥，顺手就拿，用不着闯了；有专家说，闯关东的"闯"字本身就是个美丽的传说，都是被逼来的，哪有几个闯来的？如今振兴，用"闯"字来标榜，本身就是伪命题。

东北移民，前后三百年，有封禁时的闯，有招垦时的请，政策翻来覆去，态度时倨时恭。但移民的主体没有变，百分之九十是中原农民，而且是最底层的失地破产的农民。他们老实淳朴，天性憨直，吃得了大苦，遭

松花江传（上）

得起大罪。对他们来说，无论是推是拉，从熟悉的家乡热土，奔向荒凉苦寒的东北，不是件容易事。所以，无论他们是被逼逃难来的，还是抱着发财梦想来的，都改变不了一个事实，那就是他们身上最鲜明的性格特质：坚毅与顽强、勤苦与倔强、履险而逞力、刚直而不让。

1914年，黑龙江省制定的《黑龙江省清丈规则》《黑龙江省放荒规则》《黑龙江省招垦规则》

中原的厚重，被大东北的苦寒塑造得越发重情重义，蛮霸凛然。

推拉理论只解决了移民的历史动因，而将近三百年的移民过程，却是形态参差多样的。

最初的迁徙并非单向的。因为逃荒逃难迁徙的，一旦家乡情形好转，许多人还是愿意回到故土的。所以，最初的移民有一部分是折返而回的。另有一部分是春夏到东北种地，秋天收了庄稼，手里有了钱粮就回老家过年，如同候鸟迁徙，暑来寒往。

不这样也不行，直到咸、同年间，东北都不允许中原汉族妇女越过山海关。光绪四年（1878），经吉林将军铭安奏请，清政府取消了禁止汉族妇女逾越长城的法令，开始允许汉族妇女向关外移民。这大大方便了汉族移民携其家眷迁往东北，并永久居住。先前的禁止妇女进入东北的法令始于康熙二十八年（1689），这期间，都只允许男丁闯关东垦殖。女眷不

第五章　泱泱一脉

在，家便难安。人在关东，根在中原。所以，很长时期都没有形成稳定的村屯集市。

移民过程的另一种形态，是波状递进的。也就是说，前后期移民接踵而至，是一拨赶着一拨，不断向更远方散开的。

史料描出了移民的脚印：顺、康、雍三朝，移民主要集聚在奉天，这里距中原最近，先到先得；乾、嘉、道时期，移民多集中在吉林，这里有比奉天更广阔、更便于垦殖的土地；咸、同以后，移民开始涌入黑龙江地区，这时到黑龙江的不仅有中原百姓，还有在辽吉两省扎下根的移民，因分家而扩散至此。

将军火票　光绪三年（1877），吉林将军铭安飞递至山海关副都统衙门的公文。火票四周以火焰为图案，寓意十万火急，沿途驿站应给予方便。视公文重要与否，火票上有"日行五百里""日行八百里加急"等按语

大体上说，先到的移民就近落在了辽宁。辽宁人多了，就向北挤，到了吉林。吉林人也多了，就再向北推，到了黑龙江。

移民百分之九十以上是农民，所以，得奔着土地和河流。

于是，几大河流及其形成的冲积平原成为移民的首选之地。最早是辽河平原，渐次向松嫩平原，最后是三江平原。

萧红的关东始祖张岱，走的就是这个线路。族谱中记载："公于乾隆年间，率夫人由东昌本籍经朝阳凤凰山移来吉林省榆树县青山堡半截河了屯，遂就家焉。"

张氏后人传说：张岱到关东后，落脚于辽宁朝阳凤凰山，为了活命，

松花江传（上）

给当地旗户当雇工，耕地、牧马。张岱在外出牧马时寻得一个机会，骑上主人马匹，逃至吉林省榆树县青山堡半截河子屯。不久，他幸运报领到一块撂荒地。吉林榆树因此成为关东张氏家族繁衍、迁延的基点。

张岱的第二代便已分迁到阿城、宾县；第三代，扩散到五常、呼兰。张氏迁来关东的一族，就是先辽宁，又吉林，最后散布在黑龙江。

其路径也比较典型常规。

山东移民浮海，河北、河南、山西的移民走辽西走廊和坝上草原。一进入东北，就归了官道。

乾、嘉、道年间，奉天至吉林的路原本叫"贡道""御道"，后来走的人多了，人们就叫它"老官道"。从奉天到吉林，再向北，到阿城、呼兰，再到齐齐哈尔，老官道把东北串了起来。

萧红的曾祖落户在呼兰，而呼兰是清政府在1860年实施放垦开禁最早的地区。清政府应黑龙江将军特普钦的奏请，开放了哈尔滨以北的呼兰河平原。"开垦之初，山林木石，听民伐用，樵采渔猎，一概不禁，以广招徕。"

呼兰河流域从此山川一变。在当时即有人著书感叹："呼兰河流域，松花江沿岸，今所称为谷仓者也，在当时，惟有灌木丛生，狐兔出没，荒凉寥落，长与终古而已。汉人一至，乃披荆斩棘，以血肉筋力与鸟兽争，与气候争，与洪水争，与土人争，乃至与饥饿疾病争，遂有1906年以后之天地。"[①]

中原移民彻底改变了东北。

有一点是肯定的，即东北是满族以及其他少数民族聚居之地。直到乾

---

① 中东铁路商业部编：《黑龙江》，商务印书馆，1931年，译者弁言年，第2页。

第五章 泱泱一脉

隆年间，这里通行的还是满语。持续不断的移民到来，改变了东北大地的气质，使其由荒寒渐趋于繁茂。一座座耸立在大地上的集镇，一片片五谷丰登的田野，一个个操着中原口音的士农工商，一曲曲带有鲜明中原韵味的民间说唱，都在向人们证明着，东北移民，不管是逃来的还是闯来的，都助力实现了东北的内地化。

移民中种田的农民占绝大多数，给东北带来最大改变的也是农业耕作。农耕文化是中原诸多文化元素中最成熟的一种文化，而这也恰恰是东北渔猎与游牧生活中最缺少的一种文化。农业技术是移民带给东北最实用、最广泛的改变。东北在清初仍处于原始农业状态，刀耕火种，计一亩所得，不及民田一半。移民带来了轮作法，带来了锄头、镰刀、铁镐、铁耙、铁犁、磨盘，带来了小麦、大麦、荞麦，等等。所有这些，使部分原住民的生产和居住方式发生了改变，由过去的渔猎采集经济形态转为半农、半牧、半定居或定居的社会经济形态。

明代，东北没有玉米，玉米在清前期才逐渐引种到奉天、吉林，直至道光年间，仍被视为鲜品，由官府沤粉充贡。清末以来，东北地区的移民逐渐增多，"移民熟悉玉米种植技术，而且吃惯了玉米食品，故多种之"。玉米种植面积迅速扩大，遂成为东北地区五大粮食作物之一。而玉米的传播路线，也是由南向北，即从东北南部的奉天渐进于北部吉黑地区，与移民路线进程是一致的。20世纪80年代，专家和媒体将东北尊为世界三大黄金玉米带之一，东北平原遂成粮食主产区和国家商品粮基地。溯其源头，就是闯关东这些移民在黑土地上撒下的玉米种子。

松花江传（上）

搓苞米的场院（1922年摄）

从中原来的农民，比东北的原住民对土地更有感情，他们像关照亲人一样照顾自己的土地，轮作让它休息，施肥让它丰腴，灌溉让它滋润，深耕让它舒坦。日里绕田三匝，夜里梦见百回。他们知道什么叫种地，知道土地生来就是让人侍候的，对待土地就像对待自己的孩子，怕它饿了，怕它凉着，变着法地侍弄它、抚摸它。他们相信，把土地侍候好了，就会有回报。

1911年，吉黑两省粮食产量已达一百零一亿斤，人均产粮一千七百多斤。

其中引人注目的是大豆，据估计，1900年，东北大豆年产量还只有六十万吨；到了1910年，已增加到一千九百九十九万吨。到了20世纪二三十年代初，东北完全垄断了世界的大豆和豆油出口。1909年东北输往欧洲的大豆比1908年增长了十倍。清末，中国大豆的出口量已居世界首位，其中东北大豆的出口占全国总数的百分之九十以上。

1860年全面开禁的同时也伴随着英、日、俄等列强的殖民入侵。移民与资金同时大量涌入，极大地刺激了城镇的兴起和近代工商业与手工业的发展。随着"奉吉居民由南北徙,松花江流域顿臻繁庶",一向荒凉的黑龙江"村屯林立,庐舍栉比""地价腾贵,几跃十倍,领地者络绎于途"。

新兴的城镇又刺激了需求,粮油加工、烧酒制造、制糖、制蜜、制碱、纺织、造船,各业迅速发展起来。近代面粉、油、酱、碱、纸、布、烛、火柴、香胰、箱篮、毛革及其他日用物品,均有生产制造。

运大豆的牛车

吉林盛产大豆,而且品质优良,吉林大豆早在清末就被日本奸商盯上。1903—1913年,日本从东北进口大豆近十三万吨;1927年,日本从东北进口大豆四十万吨。当时吉林年产大豆近六十万吨,出口量占全国大豆出口量的一半。图为被掠夺等待运输的大豆(1936年摄)

松花江传（上）

特别是与农业生产相关的农产品加工业，更是勃然而起，工坊遍地。依托不断攀高的大豆产量，其榨油业居近代民族工业之首。1910年，东北有油坊一千八百二十四家。哈尔滨面粉业的产能已与上海比肩，与上海并称我国两大面粉业中心。整个东北北部烧酒产量达到三亿多斤，年需粮食十万吨至十二万吨。

1860年，牛庄开埠，营口逐渐成为东北贸易中心。其后，大连、安东（今丹东）、沈阳、长春、哈尔滨、珲春相继开放。中东、京奉等铁路相继通车，"商务乃蒸蒸日上"。1904年至1911年，奉天有商会六十三个，吉林有三十个，黑龙江有二十三个，东北共有商会一百一十六个。

萧红第一代关东始祖迁来东北后，先以占荒垦殖务农为本，因劳力充足、勤苦肯干，借着肥沃的黑土地很快富庶起来。其第二代、第三代，则向周边城镇扩散。百年之间，通过粮食销售、开办烧锅做酒、开油坊、开杂货铺等，张氏家族在阿城、宾县、绥化、呼兰等地广置田地、房屋，地产和商号则散布黑吉两省，成为富甲一方的商人大地主。

光绪三十四年（1908），皇帝发"振兴工艺、习有专长、多一生路"的谕旨，吉林于1909年正式开办旗务工厂。工厂设革工、金工、织工、染工、油工、木工六科，招满洲官兵子弟一百六十人为艺徒。艺徒除学技艺外，还要学习算术、习字、修身等基础知识。1914年，旗务工厂以所生产的折叠床、皮箱等八件产品赠予巴拿马万国赛会，并以布、鞋、手杖、墨盒等六十五种产品参加赛会。图为旗务工厂

在民族工商业兴起之前，因官荒放垦而形成的揽荒占地和土地兼并，

第五章　泱泱一脉

使整个东北兴起了大规模经营田亩的私人地主经济。1908年，奉天一省之中，占田三千亩以上的大地主有九十三人。而吉林与黑龙江两省则多是占田千垧以上，甚至三千垧以上的超大地主。

移民给东北带来的改变是深刻且全方位的。

清因文字或政治获罪的人犯大多被发遣到东北，他们被称为"流人"，是移民中的一个特殊群体。

这个特殊的群体多半是有功名且享俸禄的朝廷官员或颇有文名的民间绅士。他们或是因宫廷内斗失败，或是受文字狱牵连，或是科场弊案的参与者，或者是受株连，被流放到荒凉的东北地区。

流民中有许多人出身于江南殷富之家。清初方拱乾在《绝域纪略》中描写了一个被流放到东北的江南女子冬季到井边打水的情形："春余即汲，霜雪井溜如山，赤脚单衣悲号于肩担者，不可计，皆中华富贵家裔也。"

康熙时期的诗人丁介曾写过这样两句诗："南国佳人多塞北，中原名士半辽阳。"据学者统计，清代的东北流人，总数在一百五十万以上。普通平民百姓很少会被流放，因而其间"名士"和"佳人"的比例肯定不低。

被流放的名士成为中原文化的传播者。东北各级官员及满洲贵族之家，纷纷延请流人为师，流人"讲学授徒，说礼乐，敦诗书"，使东北"文化渐开"。

另有部分流放者把东北作为自己进行文化考察的对象，将自身亲历与所见记录下来，其中原正统与江南才子的视角使这些记录别有一种史料与文化比对的价值。例如，方拱乾所著《宁古塔志》、吴桭臣所著《宁古塔纪略》、张缙彦所著《宁古塔山水记》、杨宾所著《柳边纪略》、英和所著《龙沙物产咏》《龙江纪事》等便是最好的例子，这些著作具有极高的历史学、地理学、风俗学、物产学等多方面的学术价值，是前所未有又不

松花江传（上）

顺治十七年（1660），前明兵部尚书张缙彦因"文字狱"流徙宁古塔。张缙彦撰写成黑龙江第一部山水记与地名学专著《宁古塔山水记》，以及黑龙江地区第一部散文集《域外集》。图为《宁古塔山水记》书影

可替代的史料。

流人及其文化，成为东北移民文化中极为特殊而影响深远的元素。

清朝政府当初封禁东北，就担心汉人习俗会影响满人的心性。当移民渐次进入东北后，遂使"通国语者寥寥，满洲多能汉语"。诚如《吉林新志》所云："乾嘉而后，汉人移居渐多，虽乡曲之满人，亦习汉语，今则操满语者已阒无其人矣。"清中期，东北持续了一段满汉习俗共存的状态，也就是由满化向汉化过渡的时期。嘉庆、道光之后，许多东北满人已经不会说满语了，就连一些满族家谱也因族人识满语者甚少而不得不改用汉文书写，名字亦都汉化了。

一位美国学者到东北旅行，随后写下了自己的感受："从辽河口岸直达黑龙江，至多能看见从前游牧人民的一点行将消失的残遗物迹而已，他们昔日跨峙塞北的雄威，已经荡然无存了。现在满人几与汉人完全融合，他们的言语也渐归消亡，转用汉语了。综上可见，东北满族语言文字的废弃经历了一个由南向北的过程，盛京最早，吉林次之，黑龙江最晚。这个过程与移民的进程是一致的。"[①]

人变了，信仰也跟着变了。

东北原住民崇奉萨满教。"萨满"一词原为通古斯语，意思是"激动

---

① （美）Walter Young：《美报之华人满洲移民运动观》，《东方杂志》，第25卷24号，1928年，第52页。

第五章　泱泱一脉

不安和疯狂乱舞的人",汉译为"巫师"。作为古老的传统信仰,萨满教没有系统的教义、教规,相信万物有灵和灵魂不灭,崇拜自然神、图腾及祖先。

满族聚居区盛行萨满跳神,歌颂丰收要跳,赞扬祖宗要跳。萨满跳神除了给人们以精神安慰外,还能给人们提供娱乐活动。久而久之,跳神便由一种祈神祛病的宗教仪式逐渐演变成了民间的娱乐活动,"富贵家或月一跳,或季一跳,至岁终则无有弗跳者"。

萨满祭祀（1920年摄）　满人崇拜万物有灵,笃信祖先的魂魄是永远不死的。把祖先的影像绘制在布帛上,安放在西墙上方,视为安放于九天神楼之中

萨满跳神（1921年摄）　跳神是祭祖时的主要活动,主祭者头戴"神盔",身系腰铃,手执太平鼓,唱"神调"

汉民来了后,满人逐渐接受了中原流行的佛教、道教,也供奉释迦牟

松花江传（上）

尼、观世音菩萨、伏魔大帝关羽、玉皇大帝，民间也引进了狐仙、黄仙、灶神的供奉。据《黑龙江外记》记载，清朝后期，齐齐哈尔有城隍庙、土地祠、马神庙、观音庵、万寿寺、三官庙、龙王庙、大悲庵、药王庙、鬼王庙、普恩寺、河神庙等。为防虫灾有了虫王庙，进山狩猎采参伐木就祭山神，为防马瘟有了马神庙。

汉民改变了东北，东北也在改变着汉民。

进入东北的移民汉妇，在满汉杂居中，因受到满人风习的影响而出现满化。"缠足之风，渐渐而绝，然缠足已废，而头发、衣服亦渐拟满洲矣。"

学着满族妇女的大脚天足，东北汉族女性的双脚也免了缠足之苦。

闯关东有着代代相传的效应，亲靠亲，邻靠邻，投奔熟人成了地区性选择出路的基本方式。这本应形成与中原一致的宗族式的聚居，但有学者在史料中发现，东北城乡少有传代的大家族。

这不能不说是时局使然。

移民大规模涌入东北，也就是近二三百年的事情。相较于黄河流域、长江流域、珠江流域，这里显然辟治未久，乡社未臻。而这二三百年，特别是19世纪末20世纪初，正遇"数千年未有之大变局"。王纲解纽，礼教崩塌，殖民侵入，工业化城市化强势占位，导致了农村经济衰弱，宗族纽带断裂。

缺少稳定的培育时间，又有不可抗拒的外力摧折，东北家庭遂难以聚族而居，门户强大。

体现宗族宗法的重要标志：族产、祠堂、族谱、族长、祠产、祭田、宗族组织、宗族活动。这些宗法制度的标配，在东北十分稀少。

有祭祖，墓祭为主。无族长，长者为尊。

第五章　泱泱一脉

东北县志，于此时有落笔。

光绪三十三年（1907）《农安乡土志·氏族》："本境设置七十余年，相传不过三四代耳，所谓大姓并无可称者。"

《柳河县乡土志·氏族》光绪三十三年（1907）修："新设县治，并无大姓氏族居住。"

《通化县乡土志·氏族》宣统元年（1909）："设治未久，并无大族，俟后再志。"

《东丰县乡土志·氏族》宣统二年（1910）本："本境初辟，居民多系垦荒小户，迁徙无常，查无大姓氏族居住。"

无大家族，无大姓氏，无名门望族。中华传统文化中最为核心的宗法礼教，在东北的土地上未获得充分发展，便被时局挤压拆解。

萧红之张氏一族迁来东北后，第二代已经开始发家富裕，同时也分家分户。至第三代同宗九兄弟，更是由以务农为本，转而经营烧酒、商业、牧业，进一步加剧了宗族的裂解。虽自第四代起，关东张氏家族以"维廷秀福荫，麟凤玉芝华。道成文宪立，德树万世佳"二十宗谱字为班次，排辈分，起名字，但聚族而居的形式和族产、族规、祖茔等都未明确。及至萧红一代，虽撰写了族谱，但其后的战乱激荡，最终导致这个产业隆盛的大地主家庭没有成为大家族。再往后，这一支起于山东东昌，在东北开枝散叶的张氏家族，与东北的许多姓氏一样，有根有蔓有传说，但也只剩下传说而已。

如今问起东北人，祖籍是哪里的？他们多半是犹疑片刻，而后不确定地说，好像是山东吧。

三百年移民从整体来讲，当得起一种群体性的壮举。当初被称为"化外"的东北，在文人笔下留下了这样的记载：

松花江传（上）

"四时之气多风，四月犹霏雪霰。夏日偶暍，或南风作，必雨，不雨则江涨，……惟雷至四月始闻。伏天多雨雹，大者如碗，七月已霜，八月则无不雪。"[1]

"四时皆寒。五月始脱裘。六月昼热十数日，与京师略同，夜仍不能却重衾。七月则衣棉矣。立冬后，朔气砭肌骨，立户外呼吸，顷，须眉俱冰。出必勤以掌温耳、鼻，少懈则鼻准死，耳轮作裂竹声。痛如割。"[2]

"冬则冰雪载道，其深丈余，其寒令人不能受。夏则有哈汤之险，数百里俱是泥淖，其深不测。"[3]

"天晴而雪，入衣袖成团。朔风寒悚毛骨，行人间有冻毙者。"[4]

"中间千数百里无居民，昼则孑行，夜则露处，豺虎四嗥，霜雪盈野。"[5]

清末民初山东闯关东者形象

闯关东时期老百姓在路上搭起来的窝棚，供他们临时居住

虽然历史上踏上闯关东路途的大多是当地为生活所迫的农民，但正是他们背井离乡，在东北这个地旷人稀、满目荒凉的世界里，忍受着艰苦的自然环境的考验、难耐的孤独寂寞，披荆斩棘，风餐露宿，在千古荒原和林海雪原中开拓垦殖，艰苦

---

[1] 西清著：《黑龙江外记》，黑龙江人民出版社，1984年，第3页。
[2] 刘德增著：《山东移民史》，山东人民出版社，2011年，第442页。
[3] 杨宾等撰，杨立新等整理：《吉林纪略》，吉林文史出版社，1993年，第256页。
[4] 荣孟源，章伯锋主编：《近代稗海》，四川人民出版社，1985年，第134页。
[5] 任国绪主编，林崇山编：《宦海伏波大事记》，黑龙江人民出版社，1994年，第982页。

第五章 泱泱一脉

创业，把东北从一个半游牧半渔猎的地区开发成一个农业兴盛，又快速进入近代工业的地区。

移民的进入彻底改变了黑土地上的一切，不光是农耕技术、工商产业、城镇格局、路网交通、文化教育、娱乐曲艺、村屯乡约等。更重要的是，形成了一个特殊的区域文化概念。有人称之为黑土地文化，有人称之为东北人性格。无论怎么概括，移民都是基础元素。

清末山东、河北一带农民坐火车闯关东时的情景

在清末民初"日俄窥边""边患胁迫"这一特定情境下，中原民众的大规模进入，实际上确保了东北在族群与精神层面上，始终是泱泱中华的一部分。

日本人稻叶岩吉在其撰写的《东北开发史》中写道："中国之开发满洲，则纯任自然，循序渐进，是以其最后之胜利，殆可于其最初之举步时决之。考其行动，既无赫濯之武功，亦无明显之经略，然于其结果观之，觉其往来于旷野之锹锄戛土声，直能将哥萨克马队之剑光刀影，俱为压倒。其所舍之窝棚（农舍）也，商店也，发展吞并之力，即形以英国当年之印度公司，亦无稍逊色。则其开拓力之伟大，有不得不令人警叹者。盖以卑弱之姿势，挫折强悍之敌人者，为中国人自上古及今数千年来所历练，已成为一种民族特性。"

日本学者对移民的描述，于叹服中盛赞其伟大！

松花江传（上）

‖ 吉林牛家与喜连成

光绪年间，吉林将军长顺某年给皇帝上了一道折子，说该年三月二十五日，吉林着了一把大火，烧了官民房屋两千五百余间。火连烧了三天也未止，将军长顺率领大小百官一起到城隍庙祈祷，没想到"神灵默佑，火势顿熄，转危为安"。

将军长顺最后在折子上说，想请皇上御笔赐写一个匾，悬挂在城隍庙上，以答谢神灵。光绪皇帝真就给写了。因为朝廷上下都知道吉林大火反复无常，烧得猛，烧得邪，烧得官民上下都发蒙。而且，这火烧得由来已久，烧出了名堂，烧出了一句东北老话儿："狗咬奉天，火烧船厂，风刮卜奎。"

1903年的吉林船厂

当年顺治进京，八旗子弟拖家带口一股脑儿地入了关里，在北京坐了江山。为了看守好自己的老家，清政府在东北设了奉天、吉林、黑龙江三个将军，用军管的方式把龙兴之地当成了家族的后花园。这三个将军的官府所在地，分别设在了沈阳、吉林、齐齐哈尔。

沈阳当时叫奉天。吉林在松花江边上，从明代起，航运和造船业就很

第五章　泱泱一脉

发达，所以当年吉林也叫船厂。至于齐齐哈尔，黑龙江将军衙门迁到此处时，它叫卜奎。"狗咬奉天，火烧船厂，风刮卜奎"分别说的是三个将军府所在地的三件事——狗咬、火烧、风刮。

狗咬奉天，意思是奉天的狗多，一天到晚地叫。进了奉天城，狗叫到天明。风刮卜奎，意思是卜奎（齐齐哈尔）风大，当地人说："进了卜奎府，先吃二两土。早上没吃够，晚上给你补。"

奉天狗多，就叫"狗咬奉天"；卜奎风大，就叫"风刮卜奎"。那么"火烧船厂"是怎么个来由呢？总着火？烧出名来了？

吉林市就坐落在松花江边上，这里的造船业非常兴盛。有造船的就有买船的，有买船的就有航运的、水上打鱼的、江上放排的、岸上做买卖的，人越聚越多，船厂的名气也就越来越大。直到康熙十五年（1676），吉林将军府迁到了这里，船厂便一跃成为整个吉林地区的政治经济文化中心。随之而来的，是财富，是人气，是繁华热闹。再有的，就是谁也没想到的大火。

船厂把人气招来了，也把火招来了。而且，这火来得蹊跷。第一，乾隆一朝就着了五把大火：乾隆七年（1742），烧毁衙署、官民房屋数百间；乾隆二十四年（1759），烧毁民房七百间；乾隆二十八年（1763），烧毁民房二百四十间；乾隆五十五年（1790），烧毁民房数间并烧毁永吉州文庙；乾隆五十六年（1791），烧毁民房七百间。这乾隆盛世，可真够"火"的。第二，自从吉林将军府迁到了船厂，这火就没断过，从康熙朝一直烧到了宣统朝，小的火灾烧几户，大的火灾烧全城。可从史料上看，人们发现船厂大火专爱烧衙门。

当年的船厂就相当于今天的省城，当年的将军府，那就是当地最大的官衙。据史料记载，这将军府在康熙三十年（1691）着了一把大火，乾

松花江传（上）

隆五十七年（1792）又着了一把大火，其后光绪十六年（1890）、宣统三年（1911）又各着了一次大火。好像这火灾就跟将军府摽上了，隔三岔五地就烧上一把，而且这火烧得邪性。第一把大火后，将军府从街南迁到街北，挪地方重建，看来是想躲着点。没承想，是福不是祸，是祸躲不过，第二把火又烧了将军府。康熙年间烧了院套，乾隆年间烧了大堂，到了光绪年间呢，烧了个精光。

船厂的大火接二连三，将军府的官衙也跟着遭殃。火烧大了，终于让北京的皇上也跟着着急了。乾隆皇帝为此专门下了一道圣旨："此失火之事虽不能予加防范，使之必无，而救火诸器具备办妥协，万一遇有火警，亦不难于扑灭。"

皇帝都下旨了，这事儿就不小了。将军衙门直犯嘀咕，怎么别的地方不着火，就船厂烧个没完没了呢？将军府里一个姓王的官员仿佛能掐会算，一番神神道道之后说："船厂命里犯火，是火命，命里该着。"

火烧船厂（1911年牛子厚摄） 1911年5月8日，迎恩门江畔一家饭店发生火灾，大火烧了两天一夜，把吉林城烧毁三分之二

第五章　泱泱一脉

王姓官员用风水先生的理论说服了吉林将军，他还提出，要想克住吉林大火，就得在北方玄武之处修建一个坎卦避火图。因为北玄武属水，玄武之上立一个坎卦，必能以水克火。于是，吉林城北的玄天岭上就高高耸立着一面由青砖砌筑的相当考究的"坎卦图石"砖墙，墙体的中间镶嵌着几块汉白玉的大白石条，为《易经》中八经卦的坎卦符号。这就是昔日盛誉关东的吉林八景之一的"坎卦孤悬"。

万般无奈之下，吉林将军采纳了王姓官员的主意。只可惜，坎卦孤悬，大火照烧。直到清末，吉林将军府兵备处有一个官员叫沈兆禔，他写了这样一首诗：

桦皮屋瓦板门垣，薪积如山易燎原。

欲解忧攸多凿井，消防合与卫生诠。

沈兆禔的诗道出了"火烧船厂"的原因。为什么总着火？其实就是由于可燃物多。房子是木头的，院墙是木头的，柴火是木头的，车船也是木头的。吉林市地处长白山余脉，周边都是森林。木头有的是，要什么样的都有，高大笔直的、坚硬如铁的、点火就着的、不腐不烂的，总之，到处是木头。都见过用木头铺地板，用木头建桥，可谁见过用木头铺大街的？当年的吉林城就是，用木头铺路，铺大街小巷。逛街的时候，木板铺地，走在上面别提多舒服了。这么多木头，一旦着起火来，不火烧连营才怪。

火烧船厂还烧出了一件新鲜事儿。史料记载，在雍正年间，有一个叫石熊氏的老妇人开了家收养孤儿的功德院，总做善事。有一年大火，连烧不灭，可就是到了这功德院门口，火熄了。这是史料上白纸黑字写着的。到了近代，又发生了一件类似的事：吉林巨商牛子厚经常舍粥济贫做善事，在船厂一带很有善缘。宣统三年（1911）吉林大火，直烧了两天一夜，城里三分之二的房子都烧毁了。这时受过牛家施舍的几百个要饭乞丐

松花江传（上）

一起跪地呼叫："苍天大老爷开眼啊，请火神爷不要烧牛家，牛家可是个大善人啊！"在一片呼喊声中，大火烧到牛家门前，风向突然变了，牛家一点没烧着。

当年牛家之富，商号房产遍布街巷，在吉林市有"牛半城"之称。火烧船厂，不烧牛家。这一传奇，更增加了其为富一方、德行昭彰的美名。

吉林牛家在其第四代传人牛子厚手中取得了巨大的商业成功，由此被学者视为中原移民开拓东北的成功代表。

牛家祖籍山西省闻喜县。据说因家境贫寒，逃荒四散时，牛家人砸碎家中仅有的一口铁锅，各执碎碴一片，作为日后重逢的凭证。后人又把吉林牛家称"砸锅牛家"。

牛家于乾隆年间初到吉林时以务农为业，后进入山区采参淘金。虽历经辛苦，却累积了厚实的家底。到了牛子厚这一代，牛家转向商业贸易，并在烟草、绸缎、布匹、中草药经销中获利丰厚。到了民国初年，牛子厚的经商网络已从吉林向辽宁、河北扩展，并在北京与东北之间形成了一个"山西帮"。从此，牛家在吉林商界名声越来越大，与当时富甲一方的山西亢家、沈阳郎家、河北刘家并称为中国北方四大家。

吉林市位于东部长白山区到中部松嫩平原的过渡地带。松花江在此穿城而过，吉林左挽肥沃富饶的平原粮仓，右拷物华天宝的长白林海，是财富和梦想的聚集地。明代在这里设厂造船，清代又将宁古塔将军衙署迁到这里，吉林由此成为"扼关东要冲"的东北重镇。

由于吉林山环水绕，物产丰饶，所以吉林周边百业聚集。采金、挖参、伐木、垦殖、养鹿、打鱼，商贾货栈，一应俱全。

由于靠近官道，因此有确切的记录说："1923年12月，正是秋粮上市外销的季节。吉林市周边的下九台和桦皮厂两个镇，每日运粮的车辆多达

第五章 泱泱一脉

伐木造船

1903年的船厂圆木加工作坊

松花江传（上）

松花江上的大型木排

水师营旧址，位于吉林温德河口与松花江交汇处，昔日吉林水师营曾造船于此。右上角为小白山，左侧为松花江转弯处（1926年摄）

第五章　泱泱一脉

一千辆。"

可见这里是产粮区，也是粮食贸易的集散地。

在牛子厚执掌牛家时，东北近代工业已渐萌芽，并在殖民资本的推动下畸形疯长。

在吉林，制陶业有东关的"大窑"，缫丝业有西关的兴顺号，制革业有"臭皮胡同"，酿酒业有迎恩街的烧锅，榨油业有众多油坊，印刷业有河南街的书局，随后又有了船营区机器局，东关的"火电""火磨"，西关的洋火公司，新开门外的发电厂。

"当中国（内地）人习惯于每天扛着锄头下地干农活的时候，满洲人已经习惯每天去工厂上班，然后领取工资了。"这是张学良的日本顾问在1927年的日记中写下的一段话。

相伴随的是，"商务乃蒸蒸日上"。

史料记载，1906年，吉林市"有粮米铺三百五十余家，药铺十余家，杂货商百余家，饭店五十余家，肉屋三十余家，烟馆七十余家，旅店百余家"。[①]

商铺林立，又有了路灯。总着大火的吉林市，还组建了全国第一家官办消防局。十二台消防车，一水儿都是进口的。

牛子厚就是在这样的时代背景下，建立起了自己的商业帝国。其家族企业经营范围除油盐烟麻等杂货外，还有高级百货，如绫罗绸缎、狐貉貂裘、山珍海味等，还有金银买卖、器皿首饰的打制加工，木匠铺、点心铺、鞭炮铺等，以至发展到金融业，开当铺、钱庄。此外，牛家还开养猪场、养鸡场，还在自家设场打鱼。凡居民生活所需、官绅享乐所用的物

[①] 复旦大学历史地理研究中心主编：《港口—腹地和中国现代化进程》，齐鲁书社，2005年，第333页。

松花江传（上）

牛子厚，本名牛秉坤，字子厚

品，牛家几乎无所不涉。除在吉林城开设众多企业外，牛家还在吉林附近的集镇，如乌拉街、桦皮厂、岔路口、大绥河等地开有油坊和烧锅等。哈尔滨、长春、四平、沈阳、大连、营口、锦州、秦皇岛、山海关、唐山、天津、太原、济南等地都有牛家的生意，牛家还把分支机构开到北京等地。当时有传说，牛家人从东北去北京，一路上不用喝别人家的水。还传说，清政府一次就向牛家借款七十万两白银。

当年从山西逃荒来东北的"砸锅牛家"，只经历了四代人，便在这黑土地上勃然崛起，威风八面。

2004年7月20日，吉林市委礼堂内，在一曲《梨园百年颂》开场过后，梅葆玖、叶少兰、李维康、耿其昌、康万生等著名京剧表演艺术家悉数登场，悲壮的《大雪飘》、高亢的《锁五龙》、雄浑的《罗成叫关》，让前来观看演出的票友们大呼过瘾。

京剧界有句老话："北京学艺，天津唱红，上海赚钱。"有好事者加了一句"吉林寻根"。因为在一代京剧名伶及其后人之中，流传有吉林是京剧第二故乡之说。此番北京各大京剧院团的名角齐聚吉林市，为的就是牛子厚在1904年创办喜连成京剧科班，至此整整一百年。《梨园百年颂》这场大戏在吉林上演，既是寻京剧科班的根脉，也是对百年前牛子厚兴学义举的感恩。

第五章　泱泱一脉

参加演出的梅葆玖先生多次说过:"感谢喜连成、富连成培养了众多京剧名角,做出很多贡献。""喜连成社和富连成社是京剧界的'清华'和'北大'。""试问全国各地哪位京剧艺术工作者没有受到过它(喜连成)的影响?现在又有多少从事京剧教学的教师没有经历过它的传授?"

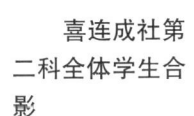

富连成社。1901年由吉林巨商牛子厚在北京开办,原名喜连升(喜连成)科班。1912年更名为富连成,至1948年倒闭,培养学员近八百人,是中国著名的京剧科班。门额系蔡元培所书

喜连成社第二科全体学生合影

20世纪初,已经富甲一方的牛子厚因为母亲爱看戏,就常在家中举办堂会。每次从北京请戏班,路途遥遥,非常不便,牛子厚由此萌生了在吉

松花江传（上）

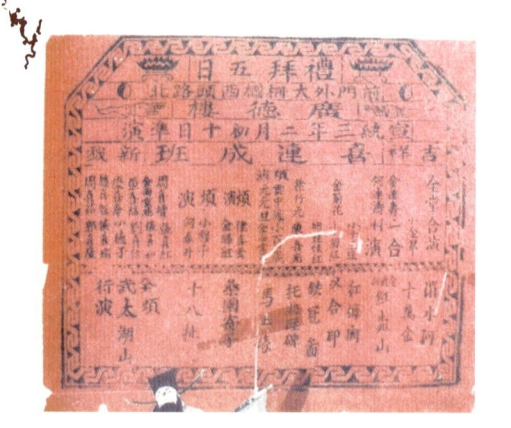

1911年喜连成戏单　据《道咸以来梨园系年录》一书记载："公历1901年（光绪二十七年），喜连成科班成立，财东是吉林牛子厚，请伶界大王谭鑫培担任名誉社长。牛子厚以大儿子喜贵（牛翰章），二儿子连贵（牛锦章），三儿子成贵（牛建章）三个儿子乳名的前一个字合起来成'喜连成'。"科班最初（1901年）亦称喜连升，因为牛家的生意都属"升"字号，但最终还是以喜连成定名

林办一个京剧科班的想法。牛子厚与北京艺人叶春善相交甚密，提出了由牛家出资，请叶春善牵头开办科班的想法。而后科班在北京、吉林两地轮流演出，既可解决牛家看戏的问题，也可以为京剧艺术培养一批人才。

1904年[①]，牛子厚出巨资创办的中国近代史上最早的戏曲专业学校——京剧"喜连成"科班，正式报清政府管理梨园行的机关北京东大寺精忠庙备案。

开班后，牛子厚为喜连成科班制定了办学宗旨："个人不为发家致富，只为传流戏班后代香烟，一心为了教好下一代人才，川流不息地把梨园事业接续下去。"

在喜连成来吉林演出的日子里，一天清晨，牛子厚与叶春善在吉林北山散步时，看到一位在科班学习的少年正在林中练剑，体态轻盈，剑舞绰约。牛子厚走近这位少年问道："你可曾有艺名？"少年回答说："我的艺名叫喜群。"牛子厚沉吟良久说："这孩子相貌举止不俗，久后必成大器。"要给少年起个好名字的事儿，牛子厚一直挂在心上。牛家的一位腹有诗书的族兄对牛子厚说，松、竹、梅、兰四君子中，"梅"最为高雅，

[①]喜连成在1901年已经开班授徒，1904年正式报请管家核准。

第五章　泱泱一脉

只有"兰"才能配得上。如取"梅兰芳香"之意,可叫"梅兰芳"。牛子厚一听,高兴地说:"就叫梅兰芳,这个名字好!"那位林中舞剑的少年,从此更名为梅兰芳。

梅兰芳不止一次感慨地说:"没有牛子厚,就没有喜连成科班,自然也就不会有我梅兰芳了。"

1906年以后,喜连成科班逐步走向了鼎盛时期。梅兰芳、马连良、周信芳、李慧芳等,都是在这一时期先后入科的,后来成为我国著名的京剧表演艺术家。在新中国成立前,牛子厚所创办的喜(富)连成社,是中国京剧史上时间最长、规模最大、培养人才最多的戏曲学校。喜(富)连成社对中国

富连成学员练习跷功

京剧事业,对中国戏曲教育,特别是对京剧人才的培养,具有跨时代的深远影响。

清末民初,东北的币制极为混乱。在市场中流通的,既有银,又有钱。银又有大、小锭和银"洋",重量、成色都不统一。再加上军阀割据,各自为政,官私银行、钱庄也都各自发行钱币。特别是国外列强资本的侵略,使原本混乱的币制更加混乱不堪。钱币的混乱刺激了金融业。牛家也投入资本开办了钱庄,比如吉林市的"源升庆钱柜"、北京的"源升庆灶房"、长春的"公升合""顺升合"钱庄都以经营银钱为主业。当时,在

松花江传（上）

东北流行俄国银行发行的纸币，民间谓之"羌帖"，其币值较地方军阀银行发行的"奉票""官帖"更加稳定而且坚挺，牛家"买卖"均大量储备之。1917年俄国十月革命爆发，"羌帖"一夜之间变成了废纸，牛家由此遭受巨大损失，元气大伤。

东北群众把俄国的货币称为"羌帖"。清末民初，在东北流行的"羌帖"面值达一亿卢布。1895年，俄国成立华俄道胜银行，该银行于1904年在吉林设分行。随着俄军在日俄战争中战败，"羌帖"发行受到阻碍，该银行于1908年关闭。图为印制于1898年的五百卢布面额的"羌帖"

吉林永衡官银钱号发行的官帖

牛家倒闭文书　1929年末，巨商牛家的生意一天不如一天，终因无力偿还吉林永衡官银钱号贷款，遭到查封

北洋政府时期，牛家又介入倒卖黄豆的生意，买空卖空，款项由吉林永衡官银钱号作为后盾。当时，正逢资本主义世界经济危机，黄豆价格下

第五章　泱泱一脉

跌。吉林永衡官银钱号限期收回贷款，牛家无力偿还。永衡官银钱号查封了牛家"升"字号名下的诸多"买卖"，企业的铺底，连同房产一千余间也交给永衡官银钱号抵债。牛家只保住了自住的宅院和个别企业。此后，经商一百多年的牛家退出了商界舞台，赫赫有名的牛子厚只留下了"乐善好施"和创办"喜连成"的传说。

萧红祖上在松花江下游，吉林牛家在松花江上游，其几代人的辛勤劳作与兴衰枯荣，是闯关东的中原流民筚路蓝缕，拓荒垦殖的写照。其既内化了关东，又融入了关东；既推动了东北的近代化进程，又夯实了中华边疆基土，贡献了伟大勋劳与旷古业绩。

以闯关东名垂史册的东北移民，从清王朝入主中原正式开启，经过了有清一朝，而后民国前期，而后伪满统治，以近三千万之数而至尾声。新中国成立后，又有20世纪50年代开发三江平原组建农垦兵团，山东兴修水利而淹没区移民，以及20世纪50年代末60年代初三年困难时期，东北林业大开发移民，最终结束了三百多年的中原人口浪涌般的东北大迁徙。

时至今日，长白山区听到的山民口音，都带有浓重的山东味儿。而山区最有特色的地方小吃，就是又薄又脆、米香满口的山东大煎饼。

改革开放之初，祖籍山东省日照市的海外侨民回乡投资。热切欢迎的政府部门全力接待配合，以期让回报家乡的海外游子志得意满。只是无论怎么殷勤，资金雄厚又一把年纪的投资者仍时常闷闷不乐。官员们试探性地询问，家乡的条件可有不周之处？须发皆白的侨胞说，一切都好，投资没问题。只是，回乡月余，竟未听到纯正的日照乡音，不免遗憾。

政府官员犯难了。侨胞所说的乡音，一定是几十年前的日照土话。可这么多年过去了，山乡巨变，没有几个人会说又老又土的纯粹的日照话了。情急之时，有人说，当年闯关东到长白山的日照人，如今仍生活在闭塞的林海

松花江传（上）

之中，整村整屯的人，一色的日照籍。他们的口音，近百年都没变过。

官员们马上着人进长白山去请，长白山山民回来对着侨胞一张口，对方的眼泪唰的一下流了下来。听到了乡音，才算真的回到了家乡！

闯关东留在岁月中的痕迹，也许会在今后的岁月中随时泛出光泽。

第六章

千回百转

李鸿章的"以夷制夷"成了引狼入室。

"中俄密约"使西伯利亚大铁路得以横穿中国东北,其后又修建了从哈尔滨到大连的支线。一个"丁"字形的交通大干线,为沙俄及后来侵入的日本输送着源源不断的资源和财富。

哈尔滨所有的文化多元与文化宽容的背后,是松花江边的这片土地被强行殖民后的义化的悲凉与酸楚。近代工业伴随着殖民扩张,强势改变了这片土地上的自然节律。原有的渡口、渔村、晒网场的土著文化毫无抵抗地被吞噬,几乎是平地而起,或从天而降地落成了一个大都市。

围绕着中东铁路建设涌进了第一拨犹太人,1917年后,又来了第二拨犹太人。于是哈尔滨的街头出现了许多西餐厅、跳舞厅、茶食店、咖啡馆、酒吧等。哈尔滨被称为"流亡者的城市",但可以肯定,就算是流亡,他们也是在天堂里流亡。

松花江传（上）

‖ 一条饱经风霜的铁路

嗖嗖的风发出哨响，抽打着冰面上的浮雪。

拉林河拧巴着干瘪的河床，梦想着冬天早点儿过去。

寒冷凝结在钻台上，钻杆不情愿地转着，发出的声音被冻得瑟瑟发抖。冬天在冰面上施工，比夏天在湍急的河流中要方便。只是这一冬天的朔风，恨不得把人冻在河面上。

为了配合全国第六次铁路大提速，中铁九局路桥工程处承建了拉林河铁路桥的重建工程。老桥年久失修，难以承担京哈线繁重的车流量。

铁路桥位于拉林河下游，河道至此蜿蜒曲折，形成许多串沟。两岸有高5米左右的阶地，河谷平坦宽阔。顺流向下60多千米，拉林河汇入松花江。而江河汇流之处，就是历史上著名的女真族完颜部首领阿骨打誓师反辽之地。记其功勋的大金得胜陀颂碑，至今仍矗立在拉林河与松花江的汇流之处。

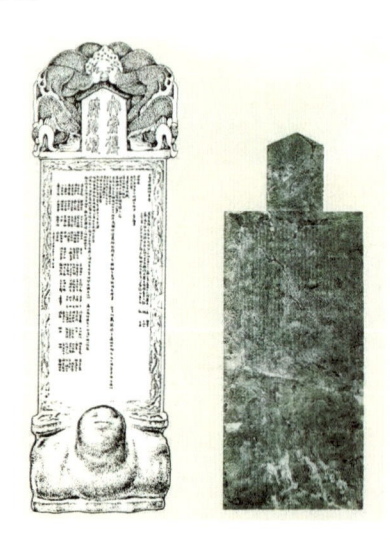

大金得胜陀颂碑

第六章　千回百转

清朝末年，纷至沓来的移民以他们的步伐踩热了这片土地。陡然增多的土木工程需要大量的木材，最初的拉林河铁路桥的桥桩与桥梁，就完全是由拉林河上游采自长白山林区的圆木做的。当年人们将从林区采伐的木材编成木排，顺着河水流放。在拉林河铁路桥附近，有一个名叫蔡家沟的木材集散地，木排由此出河上岸，营销售卖。

陈年往事，早就被河水冲走了。拉林河上的铁路桥也不知改造维修了多少次。而这一次，是彻底的重建。

工程是从2004年11月开工的，施工人员在拉林河的冰面上干了一个冬天。转过年到了3月，冻人不冻水，眼见着河面就开化了。

2005年3月1日，一号桥桩开钻，打到5米多深时就钻不动了。起钻时，竟带出来一些螺栓、螺丝帽和零碎的角铁、铁皮等金属物品。它们锈迹斑斑，像是有些年头了。看来这河床里埋着一个铁家伙。

只能动手挖了。

最先露出来的，竟是一个直径有一米粗的铁制烟囱。再往下挖，是一个躺着的圆形铁罐。铁罐浑圆，铁质粗陋，震之嗡响，厚重莫名。

越挖罐体越大，越挖零件露出的越多，有老工人脱口惊叫："这是一个蒸汽机火车头啊！"

形状完整了，没错，一个足足有15米长的火车头。

又经过一周的挖掘，火车头前方的1.5米长踏板和4个主动轮也露了出来。主动轮单轮直径为1.2米，厚度为0.16米。历经不知多少年河水的冲刷，还和锅炉紧紧相连，刚硬如初。

紧接着，用来给蒸汽机车和车轮轴承加润滑油的紫铜制机油壶也被发现。驾驶室已经被挤扁，里面被淤泥覆盖。现场工人用抽出的河水将之冲刷了一下后，火车头顿时质感清晰，凛然凝重。

松花江传（上）

煤水车也随之全部露出，工人们将里面的东西掏出。出乎意料的是，原本以为煤水车装满煤块，其实装的都是原木。圆木大约有上百根，每根都是一段树干，长约1米，直径在10厘米至20厘米，燃料储藏间里剩余的木料大约还有3立方米。

2005年3月，中铁九局建造哈大铁路拉林河特大铁路桥期间，施工人员在地底5米处发现了一辆机车，媒体称之为"百年火车头"

吉林省松原市扶余县境内拉林河铁路桥下的火车发掘现场

吉林百年火车头起吊

顺着煤水车的方向扩展，工人们又挖出了两节破碎的车厢，而且还有散落的钢轨。据此判断，这是一列运载铁路钢轨的货车。

在清理火车头驾驶室时，人们发现了一件破碎的皮衣。顺着皮衣的线索找，再无人的痕迹。

消息很快传开了。

第六章　千回百转

最先赶到的是吉林省扶余县博物馆馆长和《新文化报》记者，看过现场后，他们提出了一连串的问题：这是哪个年代的蒸汽机车头？曾经属于谁？怎么会埋在拉林河里？

传言和猜测很多。

专家学者多方考证东北三省铁路史料、旧时的报纸，均未发现关于火车翻进河里的记载和报道。这就很奇怪了，这么大一个火车头掉河里了，再怎么说也是一个大事件，居然没有任何文字记录？是没人记，是不肯记，还是根本就没工夫记？

拉林河里挖出个火车头，也挖出了一段扑朔迷离的历史。

文字记载的缺失，给了媒体想象的空间。

《人民铁道》报发表了《拉林河桥下老机车考证》一文，推测1904年日俄战争爆发后，沙俄军队由于节节败退，遂将中东铁路部分路段桥梁炸毁，以减缓日军进攻的速度。由此可以推断，拉林河桥下这台机车是日俄战争军事行动的结果。机车掉入河里的时间在1905年3月至9月间。

《新文化报》的《工人施工时挖到火车头　专家称是沙俄侵略遗留物》一文认为，"中东路事变"时，苏联军队频繁出动飞机对利用中东铁路运送战争物资的奉军进行轰炸，故推断坠入拉林河的蒸汽机车头很可能是因桥梁遭遇轰炸而落水的，时间大约在1929年10月。

媒体是依据史料而做的逻辑推理，并无确凿文字记录和目击证人。而媒体为此所做的多方求证和采访，倒有根有蔓，逼近真相。

时年86岁的詹凤荣是从吉林铁路水电段退休的老火车司机，从16岁起就在铁路系统工作了。据他回忆，最早的拉林河铁路桥是沙俄时期修造的，用的是木桩，很不结实，桥被上涨的河水冲垮的可能性很大。他猜测，很可能是火车驶过桥面时，顺着倒塌的桥扎进了拉林河里。

松花江传（上）

83岁的铁路老职工王连清也证实了这一说法。他在10岁的时候听大人说，是河水冲断了木桥，火车头和两节车厢掉进了河里。当时车上还有几个人，包括正副司机和司炉工，但他们是否成功逃生就没人知道了。

拉林河大桥边上的蔡家沟，是距离现场最近的村屯。当地居民提供了早年间老人们留下的两个传说。

其一说，火车头是日伪时期的。在20世纪40年代早期，日本人侵占东北，东北抗日联军为破坏敌人的铁路，炸掉了原来的木桥，这个火车头也被炸进了拉林河里。

其二说，拉林河里埋着火车头的事儿，蔡家沟的人早就知道。1958年大炼钢铁的时候，公社要捞起它炼钢。因为实在太难挖，只挖出来几根钢筋，后来就再没人打捞过它了。当年挖它的时候就有人说，这是俄国人的火车。以前这条铁路叫中东路，归俄国人管。

不光媒体炒作，相关部门也都关注上了这个谜一般的火车头。第一反应是，先争取到收藏权。

2005年3月24日，吉林省文物局下发了《关于拉林河铁路桥出土文物蒸汽机车的函》，该函认为，这个车头属于出土文物，并将此事交由伪满皇宫博物院处理。

3月28日，吉林省文物局下发正式文件，要求铁路施工部门立即停止对火车头的挖掘和起吊工作，并担负保护好现场的责任。

4月1日，吉林省政府做出紧急指示，要求由伪满皇宫博物院收藏该火车头，并指示当地政府配合。当晚，施工单位签字同意"立即停工"。

4月5日，吉林省文物局以文物考古的名义进驻工地组织发掘打捞工作。

4月11日15时，在30万响的鞭炮声中，重78吨的百年火车头被吊升至地面。

第六章　千回百转

5月7日晚，百年火车头被运到了长春伪满皇宫博物院。

随后，经专家测量、鉴定，这台烧木柴的蒸汽机车为四汽缸复胀式，内部为涡轮式结构，是1542毫米宽轨机车，主要用于沙俄经营的中东铁路。

机车的侧面镶嵌着一块圆形和一块长方形紫铜标识牌。圆形标识牌文字标明：该车由美国费城鲍尔温机车厂于1898年8月制造；长方形标识牌上写着：鲍尔温复式蒸汽机车第985号火车机车。

由拉林河运抵长春伪满皇宫博物院的百年火车。这辆机车出土后，经多方考证，是由美国鲍尔温机车厂（Baldwin Locomotive Works）制造，出厂时间为1898年，生产序号为16117，轨距使用沙俄标准的1542毫米宽轨

专家鉴定组初步认定其为国家二级文物，并准备上报国家文物局申报国家一级文物。

如果要申报国家一级文物，就需要更多确凿的资料信息来证明该文物的历史价值。现有的专家推断，有两点最为明确：其一，中东铁路在1936年后，已由俄式1542毫米宽轨改造为1435毫米标准轨距，此车头坠落应不

松花江传（上）

晚于1936年前。其二，20世纪20年代初期，火车动力基本以煤作为燃料，这辆机车烧木柴，即便有可能超期服役，但其坠落时间也不应晚于20世纪30年代。

如果这一推断成立，那么，这条铁路、这个火车头、这座桥，甚至桥下两侧的拉林河段，在这个时间段，都属于一个叫"中东铁路管理局"的部门管理。这个像行政衙门的部门，肇始于沙俄，转属于苏联。从19世纪末到20世纪30年代，它像一个恶意侵入的病毒，肆意植入、滋扰、异化、刺激着黑土地。这段历史之于中国，之于中国东北，是抹不掉的痛楚、忘不掉的苦涩。而其深埋在黑土地里的，又绝非仅仅是痛楚和苦涩。

西伯利亚对于当今的大部分中国人来说，只是一个不断有冷空气输出的极寒地带。它的名字来自蒙古语，意思是"沉睡的土地"。自16世纪到17世纪，从欧洲出发的沙俄士兵不断涌向这里。在彪悍野蛮的哥萨克骑兵的铁蹄下，这片"沉睡的土地"和游牧在这里的土著部落被吵醒、杀戮、驱赶、征服。在外兴安岭到黑龙江流域，狂飙突进的哥萨克铁骑遇到国势正盛的大清帝国。一场雅克萨战役，让不可一世的哥萨克领教了满洲八旗的勇武。中俄签署了《尼布楚条约》，确定了外兴安岭以东到大海，格尔必齐河和额尔古纳河以南，包括库页岛，都属于中国领土。条约的签订，暂时阻挡了沙俄南下的步伐，却刺激了沙俄继续扩张的野心。此后的历代沙皇，都不停地眺望着这片土地。

鸦片战争之后，国势已显疲态的清朝成了强邻砧板上的鱼肉。沙俄参与了列强对中国的瓜分掠夺，先后与清政府签订一系列条约，夺占了中国黑龙江以北、乌苏里江以东一百多万平方千米的土地，由此完全控制了亚欧大陆的北方，成为世界上版图最大的帝国。

19世纪中叶，清朝国运颓萎。沙俄不仅乘机割走中国大量领土，还

第六章 千回百转

通过一系列不平等条约获得了在华的许多重要权益。当时一位旅居中国的英国人把这一切看在眼里："中国的极端窘困就是俄国的机会。俄国外交的阴险狡诈,从未像这次表现得如此充分。俄国公使一度对陷入困境的中国政府假装温情脉脉,并主动提出在日益迫近的对外战争中给它以间接援助。可是,当他发现中国政府已经丧魂失魄时,就突然猛扑过来,向它提出种种无耻要求,其中包括将全部满洲海岸和乌苏里江、黑龙江到日本海的大片土地割让给俄国。中国人无力反抗。为了帮助他们早作决定,俄国公使又'温和地'通知说,如若不从,俄国的报复将比他们正在受到的惩罚更加可怕。于是条约就签订了,俄国胜利了。"[1]

虽已将西伯利亚乃至远东揽入囊中,但远在欧洲的圣彼得堡始终担忧对它的控制力。毕竟路途遥远,殊为不便,一旦有事,鞭长莫及。以当时的条件和能力,要想控制远东,最有效的方式就是组织移民,打通道路。1861年,沙皇亚历山大二世政府实行农奴制改革。改革后获得自由但没有土地的农民把目光投向了西伯利亚。巧合的是,此前一年,也就是1860年,大清帝国也对东北边疆实施了开禁放垦的政策,鼓励中原农民迁徙东北。所不同的是,俄国于19世纪80年代完成了工业革命,并借助大幅提升的工程技术能力,策划修建一条连接欧洲与远东的西伯利亚铁路。第一轮较量中形成的《尼布楚条约》所划定的中俄界线,已经在第二轮较量中被沙俄踏破,形成了以黑龙江、乌苏里江为界的中俄边境。如果西伯利亚铁路贯通,沙俄对远东的控制力将强势迫近大清的"龙兴之地"。沙俄与大清,在辽河、松花江、黑龙江、乌苏里江流域即将展开第三轮较量。

全长约7600千米的西伯利亚大铁路于1892年动工,在铺设大铁路的

---

[1] 中国科学院近代史研究所编:《沙俄侵害史·第2卷》,中国社会科学出版社,2007年,第209页。

松花江传（上）

东段时，俄国为缩短线路和更好地向中国东北渗透，提出了向中国借地的方案——西伯利亚铁路从满洲里修入中国东北境内，在黑龙江和吉林的平原上穿过，再抵达已被沙俄吞并的符拉迪沃斯托克（海参崴）。如果这个目的能实现，那么，正如这条铁路的策划和推动者、沙俄财政大臣维特所说："它使俄国能在任何时间内，在最短的线路上，把自己的军事力量运到符拉迪沃斯托克（海参崴）及集中于满洲、黄海海岸及离中国首都的近距离处。相当数量的俄国军队在上述据点的出现，一种可能是大大增加俄国不仅在中国，而且在远东的威信和影响，并将促进附属于中国的部族和俄国接近。"[①]

由于多次对中国明抢暗夺，沙俄担心明是"借道东北"、暗是觊觎东北的图谋被清政府拒绝。而恰在此时，日本人帮了它一把。

1895年，也就是西伯利亚铁路开工后的第四年，铁轨已铺到了贝加尔湖。再向前，就面临是绕过中国东北，还是横穿中国东北的关键问题。就在沙俄不知如何说服清朝政府的时候，大清帝国在甲午战争中惨败于东邻日本，北洋大臣李鸿章在《马关条约》上羞辱地签下了自己的名字。条约除了规定清廷赔偿两亿两白银、割让台湾澎湖之外，还要求

南满铁路原为1897—1903年沙俄在我国东北境内所筑中东铁路的一部分（长春至大连段）

[①] 黎光，张璇如著：《义和团运动在东北》，吉林人民出版社，1981年，第4页。

第六章　千回百转

清廷割让辽东半岛给日本。而辽东，正是大清王朝的"肇基之地"和满洲人的精神故园。

为挽救颓势，洗刷自己，李鸿章背负着汉奸卖国贼的骂名，游走在颟顸的清廷与贪婪的列强之间。他看准了列强瓜分中国时分赃不均形成的罅隙，激起抢红了眼的盗贼装扮成主持公道的天使，向日本施压。

"以夷制夷"，李鸿章参与穿针引线，俄国、德国、法国各有所求，联手上演一幕"三国干涉还辽"的大戏。大清付出三千万两白银，总算保住了祖宗之地。而正在朝廷上下都叹服李鸿章娴熟的外交手腕时，沙俄又祭出了后手。

李鸿章被请到了俄国。意思很清楚，我帮你要回了辽东，怎么说你也得还个人情吧。李鸿章明白这个道理，但更想借助这个"情分"。"三国干涉还辽"，令对日本崛起愤愤不平的李中堂感到些许慰藉。尤其是俄国的强势，让李鸿章感觉俄国是一个可以用以压制日本的强大力量。中国如果同俄国联手，则可以打压日本的猖狂气焰，遏止日本的扩张。李鸿章的如意算盘，是借俄日之争，实现远东的战略平衡，使中国的利益最大化。

沙皇尼古拉二世秘密接见了李鸿章。在此之前，李鸿章已断然拒绝了"借地修路"的要求。因为他还没弄清俄国人的真实意图，也没见到好处。而沙皇以一国君主之权威，明确坦言俄国地广人稀，没有对中国领土的野心，同时毫不讳言修铁路就是为了开发远东市场，但给中国的报酬也是丰厚的，日后一旦发生战争，这条铁路也方便运兵来支援中国。

"运兵支援中国"，这是战略结盟！李鸿章一手打造的北洋水师在甲午战争中全军覆没，这让他既痛心疾首又毫无还手之力。此时俄国人提出在军事上可以支援中国，怎能不令这位谋国老臣心动？李鸿章顾不了那么多了。他不断发密电请示总理衙门，表示这个密约问题不大，可以签

松花江传（上）

订。在李鸿章的积极促进下，密约最终谈成。其条文的大体内容是：第一，中俄结成军事同盟，共同对抗日本及其同盟国；第二，中国借地给俄国修路，俄国不能借此侵占中国领土。铁路必须为私人所有，不能是俄国国有。

从字面上看不出有什么大的问题。中俄结盟共同对付日本，这是双方互利。至于铁路借道，只不过是商业行为，中国也可以分享利润。更何况，俄国还许诺给中国诸多好处。

当局者迷，旁观者清。当时一位英国人在俄国积极推动"三国干涉还辽"之后就说："俄国给中国帮了这样的大忙，已使中国人的眼睛再也看不到别的了。"

急于与俄国联手的李鸿章，哪里知道军事结盟只是俄国人给他挖的一个大坑，其真实意图就是"借地修路"，并借路控制远东。

19世纪到20世纪的世界，铁路并不仅仅是人们出行的一种交通工具，还是帝国主义国家扩张侵略的工具。按当时的国际惯例，铁路沿线要设置铁路警察，用来保卫火车的安全。另外，铁路所经的沿线地区，都被划入铁路公司的经济专属区，该区域内的一切山林矿产，都是属于该公司的专利，外人不容置喙。清朝政府在签订中俄密约时，特意嘱明铁路不能归俄国国有，而应归私人公司所有。这看似将主权的损失降到了最低程度，实则是颟顸到一定程度。俄国人的公司，岂能不代表俄国势力？

还有一个非常致命的细节，历来被人忽视，那就是铁轨的宽度。

世界上的铁轨按宽度分为三类：第一类是标准轨，宽度为1435毫米，1896年的时候，中国境内的铁路沿用的就是标准轨的轨距；第二类是窄轨，宽度为1067毫米，主要是山地丘陵国家使用；第三类则是宽轨，宽度为1524毫米，主要是俄国在使用。

第六章　千回百转

俄国人在中国东北选用的是宽轨，这就意味着，俄国人把东北地区的铁路系统纳入了俄国的铁路交通网。这个交通网，并不与中国关内的铁路网互通。这相当于从道路交通上把东北从中国的领土割裂开来了。

书同文，车同轨，这是秦始皇时代就定下的国家统一的标志。如今东北的铁路，竟然与俄罗斯同轨，这不是生生地在东北割了一刀吗？

西伯利亚大铁路的建成，对沙俄控制远东的意义怎么形容都不为过。大铁路加快了西伯利亚以及太平洋沿岸的开发进程，大大提高了俄国在远东地区的战略优势，有效地保证了其军力投放和军用物资的运输，并形成了在这一地区的战略威慑。

继1896年签订《中俄密约》并获得在中国境内的筑路权之后，1898年，沙俄又迫使清政府签订《旅大租地条约》，租借旅顺、大连，并获准将俄国铁路支线通至大连、旅顺。条约还规定辽东半岛为中立区，中国军队进入需经俄方同意，这样一来，整个辽东半岛就落入俄国的控制范围。

李鸿章的"以夷制夷"成了引狼入室。

1900年，八国联军在北京烧杀抢掠的同时，沙俄在东北地区单独行动。13.5万名俄军分为四个军，分别从瑷珲、呼伦、旅顺、珲春、双城子（今俄罗斯乌苏里斯克）、伯力（今

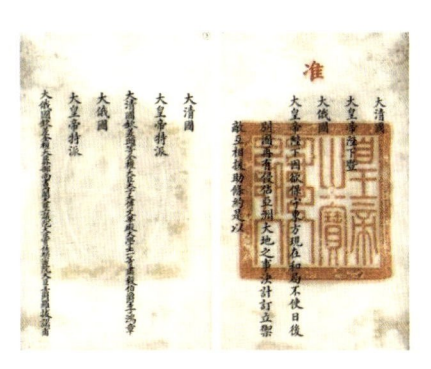

甲午战争战败后，中国被迫签订《马关条约》，割让台湾、澎湖列岛及辽东半岛给日本。但在俄、法、德三国的"干涉"之下，1896年2月，日本不得不归还辽东半岛。沙俄以"恩人"和"朋友"自居，借口"共同抵御"日本，向清政府索取"报酬"。6月3日，清政府代表李鸿章与俄国外交大臣罗拔诺夫、财政大臣维特在莫斯科签订《御敌互相援助条约》。此条约至1921年才公布于世，故又称《中俄密约》

松花江传（上）

俄罗斯哈巴罗夫斯克）等方向，越过中俄边境，迅速完成对东北各主要城市和重要交通线的占领。当时俄国报刊上出现"黄俄罗斯计划"的标语，指出俄国已经有了大俄罗斯（俄罗斯）、小俄罗斯（乌克兰）和白俄罗斯，现在应再加上一个"黄俄罗斯"——中国东北。

《中俄密约》激起了沙俄的贪婪，面对如此羸弱而又糊涂的清政权，沙俄深感如果不顺手捞一把都对不起清朝自以为是的愚昧。原本的结盟，变成了翻脸；原本的借道，变成了强占。一纸《中俄密约》，写满了沙俄的无耻与清朝的愚蠢。

中国已是一只待宰的羔羊，其无助的眼神与肥美的肉质使列强垂涎欲滴。贪婪与食欲在互相传染与刺激。俄国人强占东北，严重影响了日本在远东攫取利益的愿望的实现。1902年，日本和英国结成同盟，强迫沙俄退出中国东北。这似曾相识的一幕再次上演。不同的是，上一次"三国干涉还辽"，还有李鸿章的"以夷制夷"的臆想。而这一次，清政府真的如同

1900—1901年，建设中的中东铁路

第六章　千回百转

工人们在修筑中东铁路

修筑中东铁路的中国工人

松花江传（上）

一个看客。

1904年，为了夺取在中国东北的利益并形成控制东北亚区域的战略优势，日俄战争在中国东北爆发，次年，俄国战败。

1905年，日俄缔结和约后，中国东北由沙俄独占变成日俄两国共同控制。

俄国从此调整其远东政策。1907年，俄国和日本签订第一个秘密协定，日本承认俄国在北满和外蒙的特殊地位，俄国则承认日本在南满和朝鲜的特殊地位。1910年，俄日签署第二个秘密协定，承认各自有权保护在满洲势力范围内的特殊利益，若这些利益受到威胁，将共同采取行动。1912年，俄日签署第三个秘密协定，日本承认俄国在内蒙古西半部的特殊利益，俄国承认日本在内蒙古东半部的特殊利益。

日俄两帝国，最终以牺牲中国利益的方式，获得了各取所需又各自满意的均势。

《聊斋志异》讲过这样一个故事：有一个桑生，先后接纳了两个奔女，一个叫莲香，一个叫李女。不久莲香指李女为鬼，李女指莲香为狐。桑生初疑她们是嫉妒性的攻击，但经过了长期的考验，最后事实证明莲香果真是狐，李女也果真是鬼。

对中国东北来说，起码历史上有过这么一段。日俄两家，都曾乔装打扮得像个人似的，可最终证明，一个是狐，一个是鬼，都不是好东西。

只是难为了李鸿章。公允地说，李鸿章签的很多卖国条约，并非出自其本意，只是不得不为朝廷背锅而已。但《中俄密约》，却是李鸿章自以为是一手促成的。其构想的是联俄抗日，却促成了日俄联手。他一生为大清帝国殚精竭虑，可谓鞠躬尽瘁，死而后已。据说其临死前一个小时，还有俄国公使逼他在条约上盖官印，气得他口吐鲜血而亡。

第六章　千回百转

《中俄密约》使西伯利亚大铁路得以横穿中国东北，铁路从满洲里入，从绥芬河出。其后俄国又修建了从哈尔滨到大连的支线。一个"丁"字形的交通大干线，为沙俄及后来侵入的日本输送着源源不断的资源和财富。

李鸿章竭力维护的清政府利益，最终只剩下一个名字。应李鸿章的要求，这条由俄国人修建的铁路，取名为"大清东省铁路"，简称"东清铁路""东省铁路"。日俄战争后，此铁路称为中东铁路。

中东铁路路线图

‖ 一座因铁路而兴的城市

1898年4月，负责中东铁路建设的工程师什德洛夫斯基率领一干技术人员来到了松花江边。他站在岸边的高台上，踌躇满志地幻想着，一切从这里开始。而这里，将兴起一座城市。

5月，陆续抵达的货轮运来了工程设备。在俄国人的记载中，5月28日被定为中东铁路开工的起点，这自然也就成了这座城市的起点。

当时，这里只是一个渔村，或者说，一个渡口。

据说俄国人在正式开工之初，就向当地人寻问此地的名称。1900年

松花江传（上）

沙俄制作的地图上出现了"哈鲁滨市街"的名称，"哈鲁滨"系满语"渔网"的意思。传说在很早以前，这一带是女真人的一个较大的捕鱼区，汉人称之为晒网场，后哈鲁滨音讹为哈尔滨。

又据俄国学者考证，"哈尔滨"一词源于通古斯语，含义为船只停泊之地，也就是"渡口"或"船渡码头"。

另有考证，"哈尔滨"是女真语"阿勒锦"一词的音转，是"荣誉"的意思。

可以肯定的是，哈尔滨这个名字是从本土自有的地名中认取的，而其建城的起点则关联着中东铁路。这片松花江岸边属于中国原住民生产生活的土地，在特定的历史时期因自己独特的地理区位而被命运选中，由此改变了原有的样态与步伐，从此迅速崛起为汇聚八方民户丁口、工程技术、资金商贸、文化教育的国际化通商都市。

伴随着中东铁路的建设，大量的俄国以及其他地方的专家，包括铁路工程师、建筑师，以及木材加工、土木工程、规划设计等专业的人员迅即会聚。1903年5月15日，这里进行了第一次正式的人口普查，根据普查结果显示，当时哈尔滨有15579名俄国人和28338名中国人。而这些人绝大多数是参与中东铁路建设的技术人员与劳动力。另有奥地利人、意大利人、瑞士人、土耳其人、日本人、朝鲜人、犹太人、亚美尼亚人、格鲁吉亚人、乌克兰人、波兰人、匈牙利人和捷克人。他们以中东铁路建设者的身份留居哈尔滨，许多人在此置产安家。

负责管理铁路建设与运营的中东铁路管理局，下设有主管中东铁路附属地的地亩处。中俄《东省铁路公司续订合同》中规定："凡该公司建造、经理、防护铁路所必需之地，又于铁路附近开采沙土、石块、石灰等项所必需之地，若系官地，由中国政府给予（与），不纳地价；若系民地，按照时

第六章　千回百转

价，或一次缴清，或按年向地主纳租，由该公司一手经理。……凡该公司之进项，加转运、搭客、货物所得票价并电报进款等项，俱免纳一切税厘。"①依据此项条款，沙俄以"铁路附属地"的名义开始大肆侵占铁路两侧的大面积中国领土。1906年，黑龙江将军程德全报告称："铁路历年展占吉、江两省地亩，每一火车站，多者数万亩，少亦数千亩，皆非公司势所必需，不过以铁路为名，设肆招商，坐收地租之利。"

地亩处在其实际运行过程中，已经严重超越了合同所规定的商业范畴，其职权范围涉及财政税收、治安司法、市政管理等多个方面，"凡租放地亩，征收税捐，开辟道路，规划户居等事悉属之"。

就这样，沙俄以"铁路附属地"的名义，在东北地区谋定了一个国中之国。

中东铁路实质上产生了大规模吸纳各国移民的效果，这里有他们的专属土地，有纷至沓来的不同国别的眷属。在很短的时间内，哈尔滨便粗具城市化的

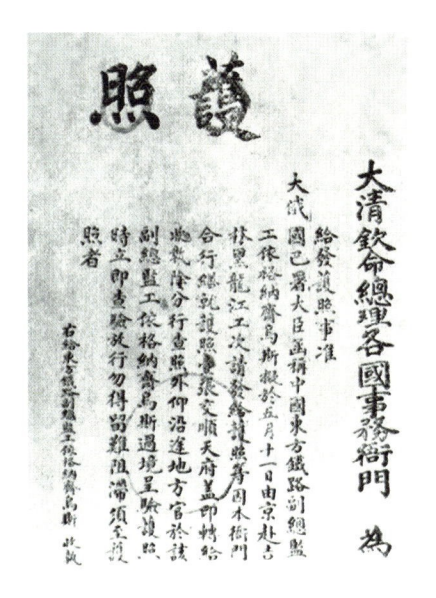

清政府发给东清铁路副总监工谢·符·伊格纳齐乌斯的入境护照

20世纪初，一大批俄国人来到哈尔滨，同时到来的还有他们的异域文化，其中俄国文化占据了重要的地位。哈尔滨的商业、教育、建筑、工业等都有着浓厚的俄式烙印，尤其是俄式音乐和建筑文化，让有"东方小巴黎"之称的哈尔滨又被称为"音乐之城"和"东方莫斯科"

---

① 李澍田，潘景隆，金慧珠主编：《涉外经济贸易·上》，吉林文史出版社，1995年，第64—65页。

松花江传（上）

模样。几乎与中东铁路同步开工的是，这里有了第一家铁路医院、第一家旅馆、第一家商店。俄国人真的把这里当自己"家"了。

随着中东铁路的修建，围绕着铁路沿线各大车站，满洲里、海拉尔、横道河子、绥芬河、长春、大连以及中俄边境口岸等城市，已有俄国移民30万到40万人。1903年中东铁路开通后，至1904年日俄战争时，哈尔滨已成为俄军主要的根据地。大批俄国商人、投机者和冒险求利者纷纷来此，哈尔滨的俄侨人数暴增至100万人。战后留居下来的俄国新移民，进一步扩张了俄国人在哈尔滨的势力。

由于中东铁路需要很多技术工人和专家，因此其在一开始建设的时候就吸引了众多俄国人前来居住。除了这些专家和技术工人以外，在沙俄的移民政策支持下，俄国的商人、农民、流亡贵族以及各种冒险家也纷纷来到哈尔滨居住。到了1903年中东铁路开始运营的时候，铁路沿线附近的俄国侨民已经达到3万人。图为1900年的石头街道

如此庞大的移民群体，自然聚成社区并衍生出都市化的需求。

1898年12月6日，中东铁路管理局开办了第一所小学。这所学校的第一位教师斯捷帕诺夫在妻子的支持下，说服中东铁路支付这所学校的所有费用，

第六章　千回百转

比如教材费、学习用具费，使学校得以实行免费教育。他们还邀请了中国学生来上学。这可以说是在东北地区第一次有组织地教中国学生学习俄语。

1903年，铁路管理人员还创办了商业学校——一所男子商业学校和一所女子商业学校。

哈尔滨中东铁路商务学堂，又称哈尔滨商业学校，由中东铁路管理局创办，校址位于今南岗西大直街55号。商务学堂始建于1906年，日俄战争期间曾作为俄军临时的后方医院

中东铁路商务学堂是1906年建设的学校，是哈尔滨历史上最早的专业性学校，除了针对俄国人招生以外，也面向中国学校进行招生，专授商业经济

1908年8月，以中东铁路局总办霍尔瓦特名字命名的霍尔瓦特中学在哈尔滨开办。

1917年十月革命前，中东铁路开办的学校在10所以上。

松花江传(上)

特别是两所商业学校，1907年开始对中国学生实行免费住宿，其教学水平也是当时世界一流的，无论对俄国人还是对中国人的教育，都起到很重要的作用。比如对中国学生来说，在这所商业学校举办以前，要接受这方面的教育，需要到美国、日本、欧洲等国家和地区留学。自从有了这两所商业学校，许多学生在国内就可以享受到一流水平的欧洲式教育。

这时的哈尔滨市已成为整个东北的教育中心，有东北第一所女子中学、第一所中俄学校、第一所药剂师传习所、第一所牙科学校。大量青少年从其他城市、地区以及铁路周围的小城镇来到哈尔滨上学。而这里的学校教育也吸引了大批很有水平的俄罗斯教育家和教师，许多人在哈尔滨工作了一辈子，在此献身教育事业。

哈尔滨在外国移民的簇拥下迅速畸形崛起，很快形成强大的磁石效应。敏感的商人在第一时间嗅到了财富的味道，俄国侨民在中国的商业活动越来越多。1898年8月，俄侨在哈尔滨的香坊开办了"鲁西阿尔商铺"；12月，波波夫兄弟创立了专门经营木材的商会。

1900年5月14日，俄国商人秋林在哈尔滨开设了"秋林洋行"，当时秋林公司是哈尔滨生意最好的公司。对许多俄国侨民来说，它是哈尔滨城市生活的一部分，是一个象征。十月革命以前，秋林公司一年的贸易额达到3500万卢布，这在当时是个相当惊人的数字。到1927年的时候，哈尔滨已经开了三家秋林商场。除此之外，秋林公司在哈尔滨还有生产烟草、弹筒、茶叶、香水、香料、香肠、油漆、白酒、葡萄酒、肥皂、酱醋、皮毛的工厂。在哈尔滨的秋林公司可以买到适合任何人口味的东西，其对哈尔滨俄侨及各民族之间的交流起了很大的作用。

第六章　千回百转

要说当时哈尔滨著名的商业公司，秋林公司肯定榜上有名。秋林公司是俄国的大型商业公司，后跟随中东铁路的建设来到哈尔滨，在哈尔滨策划商业经营，尤其是秋林商业公司，一度成为哈尔滨最繁华的商业公司

20世纪初期的哈尔滨，在日俄角力与清王朝的被迫应对下，已开放成为一个国际通商城市。在这个吸引了世界资本与财团的国际化城市中，每一笔投入与经营都可能获得期望的利润。修筑中东铁路的器材，大都是从德国进口的。德国人以其较高的技术优势，赢得了钢材、电器、橡胶制品的订单。同时，俄罗斯人从德国引进技术，在香坊开办了啤酒厂。英帝国则占据了编织品、五金、电器、机械、烟草及牛羊肉加工领域。法国人经营化妆品、西服、领带、丝光刺绣、制糖、长途电话业务。美国以美孚石油垄断了石油市场。犹太人从事金融与进出口贸易。塔塔尔商人专门做裘皮生意。亚美尼亚人经营糖果、巧克力、咖啡店和餐厅。格鲁吉亚人开旅店和可以吃饭的娱乐场所。

商贸赚取的财富为文体娱乐创造了条件。

1898年，第一架钢琴被送到哈尔滨。俄侨喜欢音乐，尤其喜欢合唱、教堂合唱等。第一个合唱团是在铁路俱乐部成立的。1899年5月，来自捷克

松花江传（上）

的乐队在哈尔滨举行了第一场交响音乐会。

俄侨在东北地区演出的话剧、歌剧、舞剧，题材丰富多彩，艺术水准很高，当时上演过不少名剧，比如《雪姑娘》《叶甫盖尼·奥涅金》《黑桃皇后》《卡门》《浮士德》等等。

1905年12月25日，哈尔滨第一家电影院开始营业，周末或者节假日的时候，有各种各样的电影和音乐会。

文化娱乐成为民族交流融合的黏合剂。中东铁路的建设本来就聚集了多个国家的技术力量，移民的多国别、多民族成为哈尔滨城市的一个特色。各国侨民有属于自己的宗教、文化和生活习惯，彼此间也不乏包容与合作。

参与中东铁路设计与施工的俄国工程师与来自欧洲的技术人员、金融家、商人、教师、教会职员，被欧洲人形容为"生活优裕"的群体，哈尔滨则被描述为一个宽容和多元文化的城市。在他们的眼中，哈尔滨表现出融多种文化、多种宗教信仰和民族习惯于一体的惊人特性。

节日，是最典型的例子。哈尔滨一年中有各种不同宗教的传统节日。一年一度的天主教基督圣体节，从大直街上的天主教堂走出仪式队伍，神职人员穿着节日的盛装，拿着各种法器，抬着辉煌的宝座。上学的男孩们穿着白衬衫，女孩们穿着白色的裙子。青年和孩子们在神职人员面前撒下鲜花，信奉天主教的人穿着各式各样的民族服装。在这一天，仪仗队伍需要穿过整个城市，从一处天主堂一直走到城市另一端的天主堂。在一些固定的地点，队伍停下来，直接在街道上进行礼拜仪式，唱圣歌。许多哈尔滨人会在这一天专门上街，观赏这种仪式。在伊凡库帕拉节，波兰侨民会往松花江里放漂绑卜蜡烛的花环。

多国家多民族的文化习俗融合汇聚于此，形成了洋洋大观的国际性大

第六章 千回百转

都会的繁华，哈尔滨由此有了"东方巴黎""东方莫斯科"之称。

瞿秋白于1920年10月在《北京晨报》上发表了《饿乡纪程》。他在采访一位住在哈尔滨很多年的俄国人时，对方说："我们没到过中国。你们以为哈尔滨是中国吗？俄国侨民的生活完全是俄国式的。"

"土"字碑曾作为中国与俄罗斯的国界标志之一，也是中俄边境线上的第一座界碑

在这些侨居哈尔滨的俄国人眼中，哈尔滨比欧洲还欧洲。他们在这里的生活与在俄国本土没有区别，所以他们不认为哈尔滨与中国有什么关系。

近代工业伴随着殖民扩张，强势改变了这片土地上的自然节律，原有的渡口、渔村、晒网场的土著文化毫无抵抗力地被吞噬。在这里，几乎是平地而起，或者说从天而降地落成了一个大都市。

以倡导中国新文化运动闻名于世的胡适来哈尔滨时，下榻马迭尔宾馆，目睹街上服饰各异、语言各异、充满异域风情的景象，称这里为"中西文化的交接点"。不知胡适在说这句话的时候，是否想起了他的父亲胡传当年只身投到在东北勘界的清廷大员吴大澂的帐下，与俄人共勘疆界的往事。历经五年，胡传跟随吴大澂督办宁古塔、三姓（依兰）、绥芬河、三岔口（东宁）、穆棱、珲春一带的边务，实地勘察，绘制了山川、水情河流图。在勘查珲春与俄边界时，协助吴大澂向俄方据理力争要回多处领土。

1883年，宁古塔重修牙城垣，胡传撰写了《重修牙城记》碑文，文曰："宁古塔为国家发祥地，犹姬周后稷始封之邠，山川深阻，形势完

松花江传（上）

吴大澂着官服像

珲春市为民族英雄吴大澂立下雕像供后人瞻仰

吴大澂1886年书"中俄边界铜柱"拓片

第六章　千回百转

固，北达三姓，可控赫哲、鄂伦春诸部，南达珲春，直抵朝鲜之背，东襟大海，视日本诸岛若在咫尺间，东北各边，居中扼要重镇也。"[1]

胡传在勘界中虽两次遇险，险失性命，却矢志不渝，只为执念于祖宗留下的土地，一寸不能丢。

仅仅二三十年的时间，胡传力争的疆土已被中东铁路像铁链一样地锁住。而胡适言及"中西文化的交接点"这一感受时，相形其父辈的经历，心中是否会有些许不甘与不堪？

‖ "赤俄"与"白俄"留下的印痕

自中东铁路1897年开工兴建，到1917年俄国爆发十月革命，这二十年，是哈尔滨城市勃兴、文化多元的时代。随着俄国国内政治动荡及日本势力的干预，以及东北地方军阀的互相攻伐，东北再次成为各方势力角逐的旋涡。随之而来的，是又一轮移民的涌入与迁出。

中东铁路依条约规定，本应是一家商业性的铁路公司，但沙俄政府利用清政府的软弱无知，施以威逼利诱，把该公司变成了一个忠实执行沙俄对外侵略扩张政策的机构，设在哈尔滨的中东铁路管理局则成了事实上的沙俄政府驻东北总督府。他们在东北的几个大城市及中东铁路沿线驻扎军队，设置司法机构，肆意拓展土地，并胁迫吉林、黑龙江地方政府订立了伐木、采矿、航运等合同。1903年中东铁路通车后，沙皇亲自赋予皇家中将霍尔瓦特类似各部总督的大权。中东铁路内部设置俨然如地方政府，有

---

[1] 任国绪主编，林崇山编：《宦海伏波大事记》，黑龙江人民出版社，1994年，第64页。

松花江传（上）

霍尔瓦特（1859—1937），全名为狄米特里·列奥尼德维奇·霍尔瓦特，1885年被派到中亚地区修筑外里海铁路，以后任中亚和乌苏里铁路局局长。1903年7月，中东铁路正式通车后，他被沙皇任命为中东铁路管理局局长兼中东铁路护路军总司令

法律处、学务处、警务处、地亩处、商务部、对中国政权联络部等。

1917年，俄国相继爆发二月革命和十月革命，先后推翻了沙皇政府和克伦斯基政府，原沙俄驻外使领馆人员和流亡分子，把中国东北地区视为反布尔什维克苏维埃政权的根据地。受此影响，该地区陷入一片混乱。

中东铁路背靠的政权由沙俄变成列宁领导的苏维埃，由沙皇任命又代表沙俄政权的霍尔瓦特自然不肯接受这一改变。他一面利用中东铁路支持美、日等列强对俄国远东地区进行武装干涉，一面试图在中东铁路沿线地区建立反苏维埃的沙俄流亡政府。

而此时的东北，已是号称"东北王"的张作霖的天下。趁俄国内乱，中东铁路当局如丧家犬一般无所依靠的时候，身兼东三省巡阅使及蒙疆经略使的张作霖以确保协约国的军事运输为名，全面接管并控制中东铁路管理局及所属地区。

张作霖态度强硬，大兵压境，丧家失国的霍尔瓦特毫无应对的底气。中方陆续收回了被非法侵夺的市政、司法、护路、警察、土地管理、教育、海关等利权。嗣后，由张作霖所部代表中方代行俄国政府在东北地区

第六章　千回百转

的职权，直到中方承认的俄国新政府产生为止。

张作霖只是收回了有主权标志的行政司法管理权，而对于仍是私营公司名义的铁路资本及运营权，张作霖则待俄方国内大局确定后的态度而定。

十月革命前夕，列宁曾声明："我们俄国的工人和农民决不强制保留任何一块非大俄罗斯的土地和殖民地。"1917年12月，列宁领导的苏俄政府宣布废除沙俄和一切国家订立的不平等条约，放弃在外国的一切特权。在中东铁路问题上，苏俄采取的是坚持中俄合办并允诺中国可以"赎回"的政策。

红色苏维埃给中国开出如下条件：第一，不给俄国反革命的个人、团体或组织以任何支持，不准他们在中国境内活动；第二，须将中国境内反抗苏俄的军队和组织解除武装，加以拘禁，并引渡给苏俄政府，同时把他们的武装、物资、财产全部移交苏俄政府。

1917年，中东铁路工人在哈尔滨举行集会游行，欢庆俄国十月革命胜利

松花江传（上）

可见，相比远在中国东北的代表俄国远东利益的这条铁路，苏维埃更急切于解决的，是仍然效忠于沙皇的俄国贵族集团。十月革命在俄国的欧洲部分已经取得决定性胜利，但在远东，以霍尔瓦特为首的沙俄残余势力仍然把持着中东铁路。1918年7月，霍尔瓦特更是自任"俄国最高临时执政官"，这令红色苏维埃如芒在背。

不仅如此，受到十月革命的鼓励和影响，中东铁路的中俄工人也积极行动起来，多次举行罢工、示威游行等活动。而已经取得政权的俄国布尔什维克党也试图借此输出革命。随后形成的态势，是"十月革命一声炮响，给中国送来了马克思列宁主义"。中东铁路沿线，特别是哈尔滨市上空开始徘徊一个"共产主义的幽灵"，这让割据一方的"东北王"张作霖同样如芒在背。

国家利益捆绑上军阀利益，又叠加上意识形态之争，张作霖同时与北洋政府和红色俄国顶上了牛，其结果是中东铁路沿线的情况越来越糟。在张作霖的袒护下，流窜到中国东北境内的沙俄白卫军首领频繁地与反苏反共的西方列强接触，乞求他们继续在军事、资金等方面提供大力支持，帮助他们"反苏复国"。可以说，在中东铁路沿线出现了对新生的苏维埃政权极为不利的局面。

面对张作霖的强硬态度，红色苏维埃只好舍弃北洋政府而直接面对这个"东北王"。双方就中东铁路、航权、疆界、商约、税关条约以及宣传等问题达成了协议。1924年，双方签订《奉俄协定》，该协定强调："缔约双方政府互相担任在各该国境内不准有为图谋以暴行反对各该政府而成立之各种机关或团体之存在或举动。缔约双方政府允诺，彼此不为与对方国政治上及社会上之组织相反对之宣传。"

这项协定表明，中东铁路资本与权限已与双方戒惧的政治对手合并在

第六章　千回百转

一起考虑了。协定签订后，张作霖仍敌视俄国的革命，并包庇、支持逃亡在东北的俄国反苏维埃势力，红色苏维埃则视张作霖为共产国际的敌人，并为中国境内与苏维埃政权亲近而与张作霖为敌的冯玉祥武装提供资金和武器援助。虽然签署了《奉俄协定》，但苏维埃与张作霖都在左右摇摆。

1924年底，在中东铁路问题上，奉系经常与苏方管理人员发生摩擦，双方的敌视开始呈公开化状态。

1925年8月，张作霖宣布：过去归中东铁路所有的法院系统都归奉军管辖，废除中东铁路对所属的教学系统的所有权。

沙俄为进一步提高哈尔滨的自治地位，在1908年正式成立哈尔滨第一个城市管理机构公议会，从此哈尔滨长期成为俄国人统治的城市，成为事实上独立于清政府之外的"国中之国"，直到1926年哈尔滨市政权被收回，俄国人在此地的统治才宣告结束。从中东铁路开始修建算起，俄国人统治哈尔滨长达28年。图为哈尔滨市政议员庆祝大会请帖

1926年1月11日，当地政府在事先没有任何声明的情况下，逮捕了中东铁路工会主席、苏联公民叶西科夫。

同年1月31日，中方雇用的白俄警察在路上拦截哈尔滨总领事的专车，当场把车子上的苏联国旗扯下。

3月16日，当地执法部门强行封闭苏联运输公司驻哈尔滨办事处。

3月31日，奉军军警搜查中东铁路总工程师斯捷潘年科与中东铁路电报

松花江传（上）

局局长科索帕波夫的私人住宅。

5月25日，奉系的穆林车站站长于建祥下令暴打该站的苏方值班员索夫。

在张作霖唆使下，奉军采取了一系列大规模的行动，逮捕众多的苏方铁路员工，把中东铁路的苏方人员一律撤换成清一色的奉系人员。更令苏方气愤的是，张作霖命令部下逮捕了苏维埃任命的中东铁路管理局局长伊万诺夫及有关人员。

冲突已经白热化。莫斯科的决策者将张作霖列为苏联在中国的头号敌人。然而，随着张作霖在国内军事上的胜利，在他进入北京成为北洋政府最后一代统治者时，莫斯科让步了。苏方单方面撤销了中东铁路管理局局长伊万诺夫的职务，并再次保证，今后一定使中东铁路变为纯粹的商业化企业。

1927年，张作霖（中）的人生达到鼎盛，他被"拥戴"为"中华民国海陆军大元帅"，成为北洋政府最后一届实权人物。这是他的就职仪式，其对东北有着绝对控制权，实力达到巅峰

第六章　千回百转

十月革命一声炮响，在向东方传播欧洲的社会革命和阶级斗争理论的同时，也开启了俄国向中国东北的第二批移民潮。与第一次由中东铁路工程引发的劳工技术移民不同，这一次是政治与军事较量后的逃亡式移民。

当时他们有个特殊的名称——白俄。

十月革命后，不甘心失败的俄国资产阶级、贵族、旧官吏组成所谓临时政府，发动了持续几年的内战。直到1922年，苏维埃政权取得全面胜利。为了避免被革命武装消灭，代表俄国资产阶级的临时政府下令，让其所属武装力量向中国东北边境撤退，大批沙俄贵族、中产阶级以及反布尔什维克分子及其家属纷纷逃亡海外。作为俄国最大陆地邻国的中国，自然成为逃亡者就近移民的首选目的地。与俄国十月革命的红色符号相对而言，中国的政治文人们给他们起了个多少带有一些歧视意味的名字"白俄"。

这些逃到中国东北境内的沙俄武装大约有三十万人，并且携带武器装备。他们分成几股力量，分别活动在与中国边境相邻的苏联滨海区黑龙江流域，与中国绥芬河地区接壤的苏联尼古拉—乌苏里斯克地区、符拉迪沃斯托克（海参崴），黑龙江源头额尔古纳河流域，中国大兴安岭与呼伦贝尔大草原的海拉尔地区，中东铁路沿线中国的横道河子等山区。这些武装分子在张作霖奉军的庇护下，化整为零，以游击小组的形式越境深入苏联境内，开展暗杀及偷袭行动，完成行动后又迅速潜回中国境内。他们的存在，对苏联远东地区的红色苏维埃政权构成了极大威胁。

被称为白匪的反苏维埃武装之所以如此猖獗，完全是因为中国东北成了他们的避难所和大本营。而东北，是张作霖说了算。在他的辖境内，奉军不但不阻止白匪军进入中国境内，而且还招纳其他流窜入境的沙俄军队并提供食宿帮助。

有资料显示："张作霖以绅士风度对待他领地内的俄国难民。他对于

松花江传（上）

这些命运在他手心里的流亡者不但彬彬有礼，而且表示同情。他把北满沿额尔古纳河的大片土地让给大约一万名外贝加尔哥萨克人。他为政府、军队和警察雇用了好几千俄国人，给他们的选择往往优先于中国人。他从盐税、铁路收入和保护费中足以得到可观的经费，而对于白俄则收薄税。"①

张作霖之所以偏袒、纵容沙俄白卫军，为他们提供一切可能的支持，完全是出于反苏反共及国内作战的需要。逃入东北的白匪武装如同丧家之犬，急需寻找一个新的主子。而在张作霖眼中，这是一只他只要肯收养，就一定能放出去咬人的狂犬。

张作霖首先接纳沙俄第一西伯利亚步兵团。虽然该团编制为三个营，但是溃败到中国境内后，仅剩三百余人了。张作霖与该步兵团达成如下协议：第一，作为外籍移民，白卫军余部官兵志愿到奉军服役；第二，该志愿者加入奉军后，除参加防务外，愿听从奉军最高指挥官下达的各种战斗命令；第三，志愿者为有酬服役；第四，如志愿者违反奉军军纪，或本人自动解除本协议，奉军将停止向当事人发放酬金；第五，如志愿者战死，该酬金将发放给死者直系亲属或生前委托人。

协议签订之后，溃逃而来的西伯利亚步兵团开进了奉天（今沈阳），编入张作霖的主战部队序列，成了张作霖豢养的一支雇佣军。

除了接收反苏反共的白俄匪军外，张作霖还乘机接收沙俄政府遗留下来的大量物资。十月革命后，滞留在哈尔滨的沙俄官员拒绝把五百艘轮船归还给苏维埃政府。他们想寻找能帮助其"反苏复国"的靠山，并象征性地出售这些在当时算是价值巨大的财产。

---

① 托托著：《张氏父子与苏俄之谜》，远方出版社，2008年，第64—65页。

第六章 千回百转

白俄雇佣军老照片

张作霖理所当然地盯上了这些船，派人与在哈尔滨的沙俄官员进行秘密交易。当时，沙俄官员提出的唯一要求，就是希望张作霖准许他们招兵买马，以期卷土重来，对苏维埃政权进行反击，实现"反苏复国"的梦想。张作霖当即满口答应。就这样，张作霖轻而易举地得到了五百艘性能先进的船只，并用这些船只充实了奉系海军的后勤补给。

1922年的冬天，奉军吉林省边防军第三旅旅长张宗昌奉张作霖之命在绥芬河一带剿匪。就在这个当口，突然从边境线上涌入一支俄国武装。这支武装有人有马，有枪有炮，就是没吃的。这让张宗昌有点儿发蒙，一时搞不清来头，也不知如何应对。他请示张作霖，张作霖只给了他一句话："见机行事，你自己看着办吧。"看着办是怎么办？正当张宗昌不知该怎么办的时候，俄国人找上门来了。他们希望张宗昌能收容和救济这些白俄部队，如果张宗昌能给一部分经费支持，他们可以用武器来抵偿。

这简直是天上掉下了一个大馅饼。张宗昌自己的部队多半是收编土匪

松花江传（上）

全部由白俄官兵组成的奉军第六十五师

第二次直奉大战期间的奉军第六十五师白俄官兵

组成的，虽然说是一个旅的建制，但实际上既没有一个旅的人数，也不够一个旅的装备。张宗昌早就想扩大自己的武装，正愁找不到门路，没承想一伙白俄部队主动送上门来了。这显然是一个不捡白不捡的大便宜。

白俄部队将所有武器，包括一万支步枪、二十多门大炮、四十多挺重机关枪，连同弹药和其他一切相关的武器装备都交给了张宗昌，还有一部

第六章　千回百转

分人员也由张宗昌改编留用。这部分自愿跟随张宗昌的白俄官兵有五百余名，由张宗昌临时编成一支白俄部队，后来这支部队发展壮大，成为奉军第六十五白俄独立师。

收编时，白俄武装只提了一个条件：白俄军人先帮助张宗昌和张作霖统一中国，然后张宗昌率领中国军队帮助白俄回到苏联消灭布尔什维克。

张宗昌想都没想就答应了。反正是你先帮我打，至于以后我帮不帮你打，还得看你帮我打的结果怎么样。

张作霖之所以让张宗昌收编白俄武装，是因为他知道张宗昌与俄国人有过一段交往。

由于家境贫寒，张宗昌少年时期便随着闯关东的人流来到了东北。当时俄国人正在东北修建中东铁路，张宗昌成了铁路工地上卖苦力的工人。由于人高马大，张宗昌在这些苦力中成了领头人。1904年，日俄战争爆发，张宗昌在乱世中投靠了俄国人。日俄战争后，张宗昌到了海参崴，借着和俄国人的关系，他成了当地华人商会维持治安的小头目。后来俄国人在海参崴招募工人去西伯利亚金矿淘金，张宗昌被俄国人任命为总工头。几年过去了，张宗昌不仅深得俄国人的信任，还学会了一口流利的俄语。

后来张宗昌能成为一代枭雄，靠的绝不仅仅是人高马大、敢作敢为。熟悉张宗昌的人后来回忆说，他这个人看起来五大三粗，但脑袋极聪明。在与俄国人接触时，他很快就学会了俄语，虽然不会写，但会话能力很强。有资料表明，张宗昌的俄语程度高到可以做个相当好的翻译。所以，当时白俄的流亡政府能找到张宗昌求助，不光因为他是当地的军阀老大，还因为他与俄国人多年的关系。张宗昌一口流利的俄语也让俄国人觉得他可信、可靠。从这个角度来说，天上掉下这么大的一个馅饼，并非平白无故地就落在了张宗昌的头上。此后还有一个大便宜，也是张宗昌凭着流利

松花江传（上）

的俄语捡来的。

据资料记载，张宗昌在绥芬河一带剿匪的时候，组织部队进行山地训练。走在山上的时候，忽然发现远处山沟里躺着一个人，张宗昌派人去察看究竟是活人还是死人。士兵回来报告说是个活人，而且是一个外国人，不懂中国话，从穿着的服装来看像是一个俄国军官。

这个看起来已经奄奄一息的俄国军官被救了回来，如果张宗昌不会俄语，那么这名俄国军官到底是干什么的，为什么跑到中国的山沟里来，又为什么会躺在这荒无人烟的地方等死，这一切都将无从得知。张宗昌正是凭一口流利的俄语，让这名俄国军官打开了话匣子。他一张嘴，就把张宗昌吓了一跳。这名俄国军官为了感谢张宗昌的救命之恩，告诉张宗昌说，在中俄边境的一个山沟里有一条铁路支线，停着一辆满载军用物资的列车，上面有枪支弹药，还有大炮若干门，只是没有车头。现在列车仍然停在山沟里，没人知道，也没人看守。

这好事儿又让张宗昌赶上了。他马上给张作霖拍了一封电报，从中东铁路局调来一辆火车头，把这列满载军火的列车拉了回来。

张宗昌不会打仗，但他白捡了一支会打仗的白俄部队；张宗昌没有打仗的本钱，可他从白俄流亡分子的手中白捡了一批军火装备。然而，这群白俄武装毕竟是一群无家可归的野狗，张宗昌怎么就能让野狗为他卖命，为他拼死效力呢？

张宗昌，奉系军阀头目之一

第六章　千回百转

　　首先要解决的，是这些人的身份。苏维埃政府已经照会中国，指明有俄国反革命武装藏身于中国军队，他们是红色政权的敌人，他们的存在，就是对红色政权的威胁。张作霖和张宗昌可不这么想，他们太想留下这支白俄部队了。于是就想了一个办法：你苏联政府不是说他们是俄国人吗？那好，我让他们改国籍，让他们变成中国东北人。就这样，张作霖和张宗昌为这些俄国人搞了一个轰轰烈烈的仪式，让他们全都入了中国籍，而这支部队也有了一个新的名称，叫"入籍军"。入籍军的总司令，就是张宗昌。在这些白俄官兵的心目中，张宗昌就如同再生父母一样。

　　入籍军的白俄官兵主体是哥萨克。在俄国的近代史上，哥萨克是一个相当独特的族群。其不是一个独立的民族，而是一种准军事团体。这些人是躲避农奴制压迫和束缚的俄国或波兰农民，他们进入俄国南部荒芜的草原区，在那里成为农民、猎人、渔民和放牧者。他们性格彪悍、勇猛、好战，是天生的战士。为了生存和自保，他们逐渐形成具有自治性质的哥萨克武装组织。哥萨克长期生活在自然条件恶劣的草原荒漠，具有了超强的生存能力和特别能战斗的精神。他们能骑善射、骁勇善战，穿着黑色披风，挥舞骑兵马刀，驰骋在亚欧大陆上。哥萨克是沙皇俄国向中亚、西伯利亚和中国东北进行侵略扩张的急先锋，参加了从18世纪到20世纪前半期俄国和苏联的所有战争。随着苏维埃红色政权的建立，本来不含政治性的哥萨克群体政治性地逃离了革命政权，进入中国东北，成为"白俄"中的一支武装力量。

　　张宗昌非常看重入籍军中的哥萨克骑兵，他们作风剽悍，作战勇敢。他给了白俄官兵许多优厚待遇，其目的就是让他们在中国的军阀混战中打头阵，当炮灰。

　　这些白俄官兵成了张宗昌的雇佣军之后，早已失去了人生目标。他们

松花江传（上）

为张宗昌卖命，图的就是钱。张宗昌给每个白俄士兵以相当于奉军准尉军衔的薪金待遇，也就是每个士兵都按军官的待遇给钱，且从不拖欠他们的兵饷。而当时一般的奉军士兵都吃高粱米面，没有荤腥，只是吃点儿咸菜或蔬菜，唯独白俄士兵每天都吃牛肉面包，并供给青菜、油料。白俄的军官每餐都是大酒大肉，吃洋餐，喝洋酒。正因为如此，当时人们都称这些白俄部队是"张宗昌的老毛子师"。

配备中俄混编车组的装甲列车

张宗昌对白俄兵极为宠爱，甚至到了无所顾忌的地步。白俄官兵作风极差，经常奸淫中国妇女。但张宗昌只重视白俄官兵作战勇敢，对其违纪违法之事很少追究，就算白俄兵真犯了重罪，张宗昌也规定对白俄官兵一概不准判处死刑。

张宗昌对这些白俄官兵好得不能再好了，让这些流落异乡的散兵游勇感动得五体投地。据说，当时有许多中国人向白俄兵开玩笑，问他们："你爸爸是谁？"白俄兵立马答道："我爸爸是张宗昌！"这话传到了张宗昌的耳朵里，他非常得意地说："他们本来就是些无家可归的亡命之徒，我收养了他们，不是他爸爸是什么？"这就是张宗昌，也只有他能说出这种话来。

那个年月的中国军阀都被洋人打怕了，只要一看到高个子、蓝眼睛的洋人士兵就打哆嗦。张宗昌看准了这一点，每当作战的时候，都让这些白俄士兵冲在最前面。其他军阀的士兵一看到张宗昌部队里高大威猛的洋鬼子不要命的气势，就心虚脚软，吓得望风而逃。张宗昌轻而易举地成了百战百胜、威震四方的将军，率领他的中俄联军，从东北一直打到自己的老家山东。

白俄士兵在装甲列车上操纵火炮

这些白俄官兵除了打仗也不会干别的，为了报答张宗昌，只要张宗昌一声令下，冲锋也好，马踏地雷也好，孤军深入也好，枪林弹雨也好，就是一个劲地往前冲。张宗昌也不含糊，每次打仗前先给每个白俄士兵发一

松花江传（上）

瓶烧酒，酒酣耳热后，装甲车开路，重机枪扫射，大块头的洋鬼子在酒精的刺激下两眼通红，凶神恶煞，几乎是打一仗赢一仗。当然了，这些白俄官兵这么拼命还不仅仅是因为张宗昌给他们钱花，给他们酒喝，还因为在这些没头脑的官兵眼里，张宗昌和他们最对脾气。

当年的白俄分子谢列布列尼科夫在《大撤退》一书中写道："流亡在中国的白俄军受命运的摆布卷入了中国的内战，在一系列流血的战斗中遭到惨重的损失。在中国的辽阔土地上，从沈阳到上海，从太平洋之滨的青岛到中原地区的河南首府开封，到处都有俄国士兵和军官的坟墓。在山东省省会济南有一处不小的俄国公墓，那里埋葬着死于中国内战的俄国士兵和军官。"

张宗昌率领的这群"老毛子兵"，在当时也叫"倒霉兵"，因为只要打仗，他们一定是冲在最前面，蹚地雷，挡子弹。张宗昌指挥这些亡命之徒确实打了许多胜仗，但这些士兵最终的下场都非常惨。

除了被张作霖、张宗昌驱赶到战场上为军阀卖命的白俄武装之外，另有一批沙俄贵族流落到哈尔滨。他们曾经是效忠沙皇的臣民，是附属于旧政权的政客、职员、商人、资本家、知识分子、神职人员，以及对工农革命抱有敌意、对沙皇统治抱有幻想的人。当时的哈尔滨《远东报》曾报道："今日乌拉岭逃民纷纷由伊尔库茨克来哈避难，各旅馆拥挤不堪，多有席地而眠者。闻萨马尔乌发逃民有十万之多。"

这些失魂落魄流亡而来的"有产者"，在哈尔滨甫一安顿，立刻着手进行各种经营活动，如开西餐馆、照相馆、旅馆、医院、鞋行、啤酒厂、舞厅、酒吧等等。他们的聚居区越来越大，越来越像欧洲的街区，教堂的钟声从早到晚响个不停。

这些白俄贵族大都手中无钱，为在异国他乡谋生，他们只好放下俄国

第六章　千回百转

贵族的尊严，去谋一个力所能及的职位，比如学校教员、家庭教师、教堂乐师、餐厅侍员、出租车司机等等。

许多白俄人都曾经有一个优裕享乐的过去，因此总对过往念念不忘。在寂寞的午夜，他们经常带着一腔抑郁与苦闷，约上几个同伴，走进日益热闹的俄国菜馆或酒吧间里，去喝着劣等的烧酒，直至酩酊大醉。

这些人始终不肯放弃对旧制度的幻想，不肯改变对苏维埃社会主义的敌视。在第二次世界大战即将结束时，苏联红军出兵东北，以参与对日作战的名义占领哈尔滨。他们对当地的俄国侨民展开了大清洗，收缴了这些流亡贵族手中象征沙皇俄国的三色旗。当时的苏联《消息报》报道说，1945年秋天，苏军执法队每天深夜在哈尔滨周边地区执行大量死刑枪决，被枪决的主要是白俄流亡者。那些肯于服从苏联政府的侨民，可以从驻哈尔滨的苏联领事馆获得苏联护照，搭乘火车回到故乡。

由中东铁路工程建设移民而来的俄侨，以及十月革命后逃亡而来的白俄移民，经过日本在中国东北的14年殖民统治后，除极少部分留居外，大部分陆续迁出。新中国第一个五年计划期间，作为国际社会主义阵营中的同志加兄弟，苏联向中国东北派出了大量工程技术人员及文化教育方面的知识分子。时间虽不长，但其技术体系、理论体系、教学体系却影响很深很远。特别是在俄罗斯文化研究与俄国语言教学方面，东北始终是中国国内最具实力的区域。

‖ 流亡的犹太人

在中国东北近代史上，与俄国移民几乎完全同步的，还有一个特殊而

松花江传（上）

影响非凡的移民族群——犹太人。

移民中国的犹太人大多来自俄国，他们是伴随着中东铁路的修建陆续来到哈尔滨的。

1881年和1894年，俄国国内发生了两次排犹反犹浪潮，推动了犹太人的出走迁移。中东铁路工程开工后，急需大量的工程技术人员和生活保障人员。沙俄政府决定开放犹太人禁区，将这些被视为"出卖者"和"贪婪者"的犹太人，放行到中国东北去修铁路。于是，在《中俄密约》签订后，第一批犹太人就从俄国来到了中国的满洲里。1898年，随着中东铁路工程的大规模展开，工程量大大增加。根据工程需要，越来越多的俄国籍犹太技术人员，包括勘察、筑路、气象方面的专家，以及制材、机械、规划、建筑等方面的专业人才来到哈尔滨，他们分布在机车、客车、货车、机械分厂中从事着翻砂、锻冶、铆焊、水箱、车轮、工具制造等技术工作。这些犹太工程师和技术工人，一直以来受到俄国排犹政策的影响，无法发挥自己的才能。而在哈尔滨，中东铁路当局和清政府给了他们一些优惠政策，他们受到了前所未有的优等待遇，也毫不保留地将心血倾注到了中东铁路的建设上。

哈尔滨犹太人旧照

这一时期犹太移民的大规模迁入，还与沙俄推行的亚洲"黄俄罗斯计划"有关。"黄俄罗斯"这个词在19世纪末20世纪初的俄国相当流行。1900年中国发生"庚子事变"，沙俄借此机会全面入侵中国东北，而且一直赖着不走。依照沙皇的

第六章　千回百转

计划，要在中国东北地区建立一个从属于俄国，但是形式上独立的附属国。在这个附属国中，沙俄一方面利用当地黄种人作为劳动力，一方面要移入本国居民参与开发管理，从而建立一个由本国政府实际控制的殖民地。这就是要在中国东北推行的"黄俄罗斯计划"。"庚子事变"刺激了"黄俄罗斯计划"的实施。在全面占领东北的沙俄武装中有不少犹太人，而这些犹太士兵大部分在退役后选择留在哈尔滨，并以其天生的商人禀赋、出色的经营才能，成为哈尔滨工商业界最成功的代表性群体。他们在哈尔滨非但不受压制和迫害，反而享有不少特惠政策。1903年，犹太人开办的商社如雨后春笋般建立。与此相应的是，这些占据各行业主导地位的犹太工程师、医生、商人、银行家、实业家等，在哈尔滨建立了当时远东地区最大的俄裔犹太人社区。像欧洲其他社区一样，他们将犹太人的政治、宗教、生活以及管理模式都纳入社区中。"哈尔滨犹太社区"是一个半自治的实体，社区中的成员大多来自俄国各地和世界各地，尽管他们有着不同的生活背景和思想意识，但是他们却拥有相同的命运和共同的价值追求。正因如此，他们在生活中、在生意上，能够相互帮助、相互策应。在哈尔滨多元的文化框架中，他们成为荣辱与共、砥砺相守、信条坚定、圆融开通的性格鲜明而纯粹的族群。

其最卓越的成就体现在其最擅长的商贸与相关经济活动中，最先开拓的领域是狐狸和紫貂的毛皮出口。猎取自松花江流域的森林与草原的动物毛皮被运到哈尔滨，经过犹太人的加工处理、上色、烘干等程序之后，再通过火车运送到世界各国去。当年，许多欧洲女子穿的毛皮大衣都是从哈尔滨出口的。在当时，经营毛皮贸易的商人百分之九十五是犹太人，他们占有绝对的垄断地位，而最大的毛皮加工厂的厂主也是犹太人。

不仅如此，侨居在哈尔滨的犹太商人们同时还做跨国的服装生意。哈

松花江畔（上）

哈尔滨犹太中学。1907年，哈尔滨犹太小学开学，到1916年已有两届毕业生，孩子们要继续接受教育。犹太社团决定扩建原小学校舍，创办犹太中学。1918年12月，犹太中学落成并开学。这是苏俄第一所犹太中学

拉比诺维奇大楼旧址，也曾是远东银行。它建于1919年，三层砖混结构，折中主义建筑风格

犹太国民银行是由居住在哈尔滨的犹太人集资创办的，从创办到结束，经历了民国、日伪、新中国三个历史时期，是哈尔滨历史上存在时间较长，关闭最晚的一家外侨银行

第六章　千回百转

尔滨的外国人穿的西装以及各种皮衣、短皮袄、毡靴、皮鞋、长筒鞋、皮便帽等，大多是犹太商人从莫斯科及欧洲地区贩运过来的。

除此之外，犹太人将自己的经营领域和生产企业拓展到几乎无所不包：油坊、糖厂、制粉厂、啤酒厂、煤矿乃至金融机构。美国信济银行、法国万国储金会、犹太国民银行、远东犹太银行等金融机构的创办人和经营者都是犹太人。1913年，法籍犹太人创建马迭尔旅馆，该旅馆是当时哈尔滨最高级的旅馆。哈尔滨是中国最早引进西药的城市之一，而从事西药贸易的也几乎全是犹太人。特别值得一提的是，1907年，犹太人首次将中国大豆销往欧洲，开创了中国大豆出口欧洲的先河，从此中国东北大豆畅销全球。

犹太人在欧洲和俄国遭遇歧视和迫害的经历，使他们异常珍惜哈尔滨在精神上给予他们的自由与宽松。这里很少有反犹事件发生，犹太人可以没有后顾之忧地从事各项活动。哈尔滨对犹太人给予优裕的待遇：有受教育的自由，有选择职业的自由，有新闻出版的自由。中国老百姓对他们普遍同情，对其聪明智慧也给予认可。犹太人和中国人互相理解、互相同情。在哈尔滨这片土地上，犹太人不仅获得了财富，还获得了自由、快乐和尊重。

犹太人也为哈尔滨留下了多姿多彩的印迹。由于他们的到来，哈尔滨的学校体育运动、社区体育活动、城市体育竞赛开展得丰富多彩，哈尔滨成为中国早期传入奥林匹克精神的地域之一。

犹太人对音乐的喜爱为这座城市增添了优美的旋律。在他们的推动下，每年都会有来自世界各地的管弦乐队和歌唱家光临哈尔滨。一年四季，音乐会、歌剧、轻歌剧和戏剧在哈尔滨轮番上演，使得这座"流亡者的城市"的文化艺术生活非常丰富。这种现象当时在中国的其他城市是极少见到的，所以，当年的一家法国报纸称哈尔滨是"音乐之城"。

围绕着中东铁路建设涌进了第一拨犹太人，1917年十月革命后，又逃亡

松花江传（上）

来了第二拨犹太人。20世纪20年代，哈尔滨的犹太人约有两万人，占俄国在哈侨民总数的百分之十左右。这些留居在哈尔滨的犹太人，固守着自己的生活习俗。他们喜欢欧式餐饮，喜欢西餐及咖啡酒吧里的社交。于是，哈尔滨的街头出现了许多西餐厅、西餐跳舞厅、西餐风味店、茶食店、咖啡馆、酒吧，等等。西餐厅里有各种有趣的拼盘，精致的热菜、汤菜、面包、甜饼以及多种饮料。在这里用餐、读报、看信、交谈、约会、听犹太音乐，于他们而言一切都像故国家园，甚至优于故国家园。他们很安逸、很享受。哈尔滨虽被称为"流亡者的城市"，但可以肯定，就算是流亡，他们也是在"天堂"里流亡。

20世纪的哈尔滨，正处于勃然而兴的时期，其宽阔的胸怀和年轻的活力为犹太人提供了一个安定、广阔的发展空间。诚如曾在哈尔滨度过童年时代的犹太人、中国人民的老朋友爱泼斯坦先生所说："哈尔滨——这是一座主要来自沙皇俄国的犹太人逃脱受迫害的厄运和严酷的歧视，找到了避难所，并获得经济上的发展，建立了丰富多彩的社区文化生活的中国城市。"

中东铁路所形成的东北交通格局仍是这片土地上的基础框架，而其带来的深远影响，至今显而易见。由于中东铁路的兴建，沿铁路的城市迅速崛起。哈尔滨成为黑龙江的中心城市，替代了曾经的黑龙江将军衙门所在地齐齐哈尔。长春市成为吉林省的中心城市，替代了吉林将军衙门所在地吉林市。1860年东北最早开埠的通商口岸营口的贸易地位，则被中东铁路最南端的大连市所取代。

中东铁路及时局动荡形成的异国移民族群，最终又随着动荡而漫漶消解。尘归尘，土归土，松花江畔的这片土地，为诸多国别、民族的移居者提供了宽阔的空间，也融合吸纳了移民所带来和创造的优秀而多元的文化。历史留下的印迹很多，但愿这印记不灭。

留下的，永恒的，不仅只有时间、土地、河流，还应该有记忆。

第七章

在水一方

明末清初之际，中原对黑龙江流域散居的各大小部落知之甚少。常以其人多势强者统而概之。索伦就曾被笼统地指代为居住于黑龙江中上游的鄂温克、鄂伦春、达斡尔等部族。

在万物有灵的原始宗教影响下，鄂温克、鄂伦春、达斡尔、赫哲人的渔猎文化并不仅限于捕杀与食用的关系。他们在森林与江河中追逐捕狩动物，常常有嬉戏快乐的精神享受。他们食动物肉、穿动物皮、敬畏它们的灵魂。这种敬畏涵盖着自然崇拜、图腾崇拜、祖先崇拜与生命崇拜。为此，面对有灵性的动植物，他们会自然生成欣赏与亲近、玩味与认同的情感体验。无论是兽类、鸟类、鱼类、昆虫，还是白桦林、落叶松、河边柳，都可以成为他们崇拜、同情、想象、友谊与恋爱的对象。

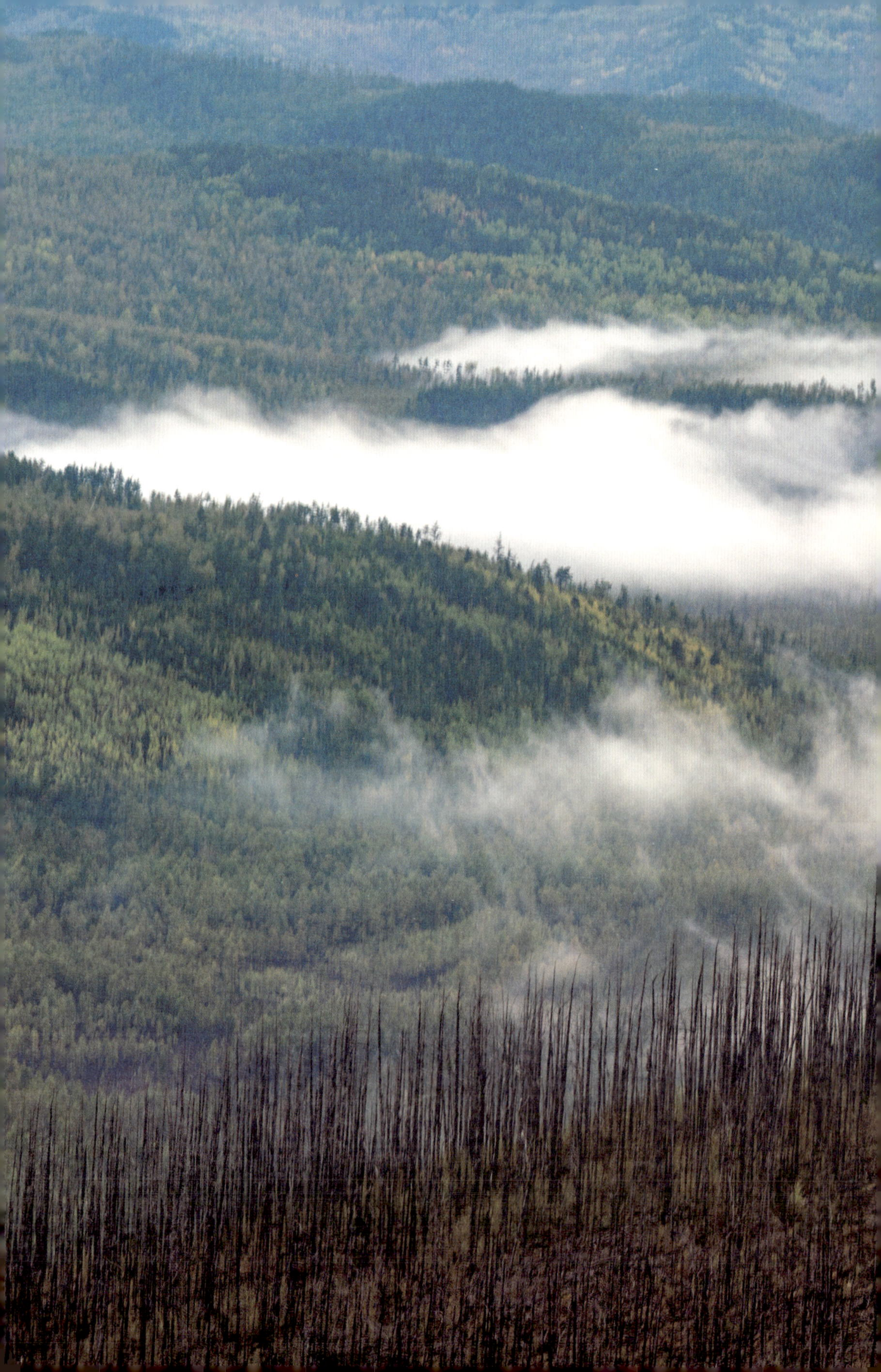

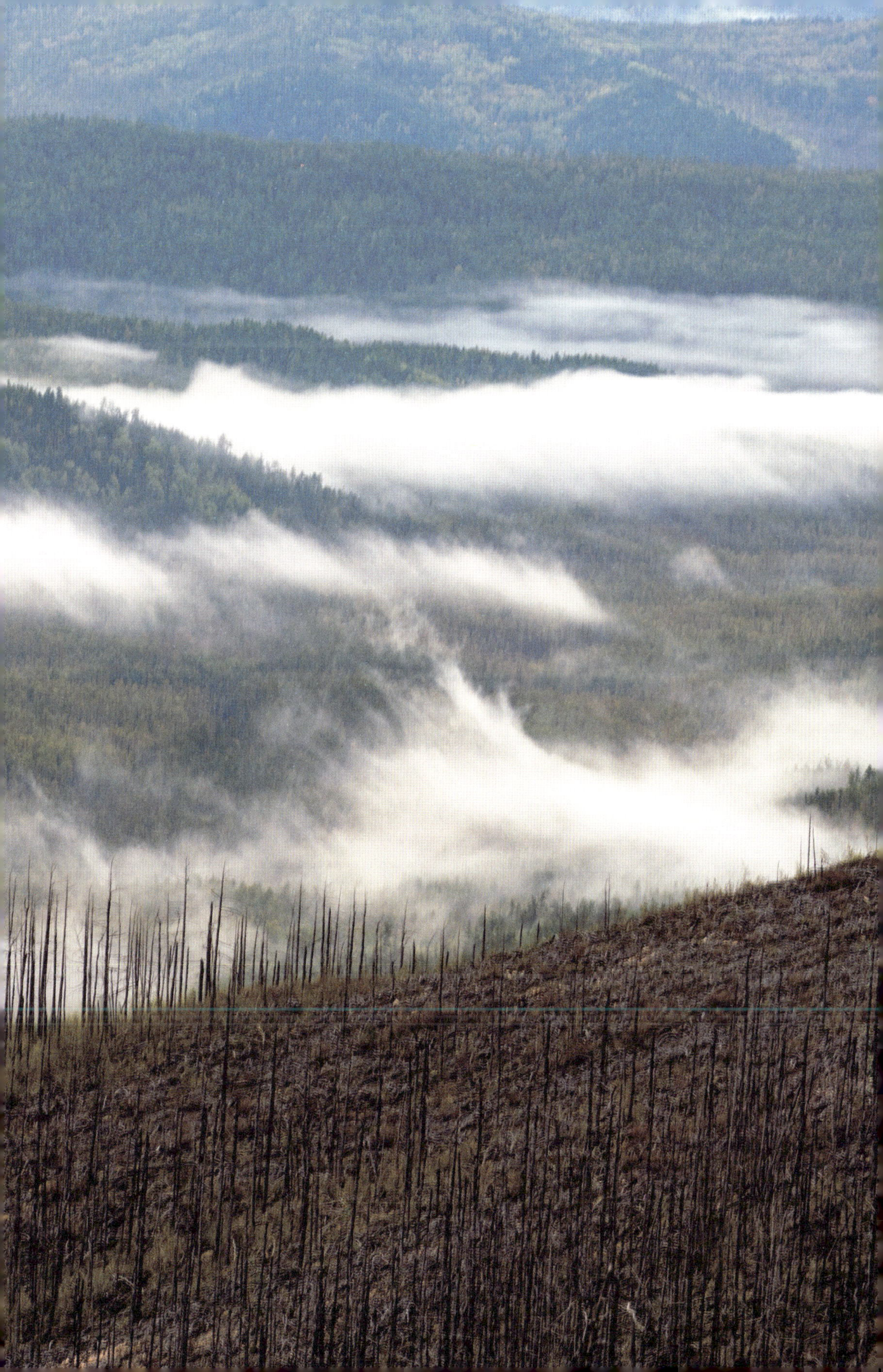

松花江传（上）

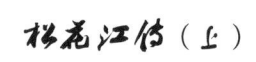

勇敢的鄂伦春

高高的兴安岭一片大森林，森林里住着勇敢的鄂伦春。

一呀一匹猎马一呀一杆枪，獐狍野鹿漫山遍野打也打不尽。

在填下这段歌词的时候，王肯还没去过鄂伦春，甚至没去过兴安岭。1952年，二十八岁的王肯在东北师范大学音乐系任教。为了参加学校举办的国庆节庆祝晚会，音乐系要排练一个少数民族民歌大联唱。民歌旋律是民间流行的或采风搜集来的，只需填上应时应节的歌词。王肯被指派了两首歌，蒙古族的《草原到北京》和鄂伦春族的《白呀白嘎拉山》。

据1953年第一次全国人口普查，汇总登记上报的民族有四百多个，有自称，有他称，有旧称，有今称。在名称都尚处于模糊不确定的年代，人们对这些少数民族的生活大都不甚了解，有些连名字都没听说过。鄂伦春是居住在大兴安岭、小兴安岭、黑龙江流域的少数民族，由于地处偏远、族群较小、流动较少等因素，鄂伦春是一个藏于深山而为外界知之甚少的民族。

王肯敢于提笔为这样一个稍显神秘的民族填写歌词，是因为一次偶然的机缘，让他动心于鄂伦春人的歌声与性格。

1947年，正在沈阳东北大学读书的王肯选择了离开学校投奔解放区。在去往东北民主联军的大本营——哈尔滨的路上，他认识了一位叫小莫的战士。小莫告诉他："我的家乡兴安岭，高啊！落叶松白桦树，密呢！从前人们说咱那天边是两把闪动的大刀，好像人的牙齿，一上一下不停地切呀割呀，没有神马飞不出去呢，切不断马头也割断马尾巴。"

"那你是怎样飞出来的？"王肯问他。

"跨神马，民主联军的大汽车！"

第七章　在水一方

小莫的语言生动鲜活，每一句描述都是一个画面。他告诉王肯，他是鄂伦春人。在他的家乡，山高林密，天边就在眼前。

小莫爱唱歌，王肯喜欢他唱歌时那忘我快乐的样子。歌词好像是随口编进去的，但中间常有"那呀那呀那依耶""那依耶""希那耶"之类的衬词。

王肯由哈尔滨到佳木斯，进入中国共产党新创办的东北大学（今东北师范大学），边学习，边参加土改工作队，成为巩固解放区支援解放战争的革命队伍中的一员。五年多过去了，为鄂伦春山歌填写歌词的任务，让他一下子想起了鄂伦春战士小莫和他的"那呀那呀那依耶"。

当时流行一种被称为"鄂伦春舞曲"的旋律，节奏明快，情绪欢乐，一上口，便有一种马背上跳跃飞奔的感觉。

王肯的歌词被乐曲展开成一幅画，在又高又密的兴安岭白桦林中，是骑着神马背着猎枪的小莫，是漫山遍野的獐狍野鹿。

在创作之初，这首歌歌名为《鄂伦春小唱》，后来广泛流行传唱，歌名改为《勇敢的鄂伦春》。

王肯说，没想到，这首歌让他常常惦念这个民族。1956年，他随鄂伦春调查组走进了大兴安岭深处的鄂伦春人聚居区，随后便创作了以鄂伦春生活为题材的诗集《呼玛河小曲集》，发表了一组回忆散文《鄂伦春诗话》。

王肯在《鄂伦春诗话》的题记中写道："年轻时做梦也梦不到在兴安岭密林深

中年时的王肯

处，还有那么多我怀念的人和事……"①

"鄂伦春"是民族自称。"鄂伦"的发音与驯鹿的发音"oron"相同，"春""cho"是表示人的附加成分，两者合起来为"oroncho"，即"鄂伦春"，汉译就是"打鹿人"之意。但今天人们更愿意将其解释为"驯鹿的人们"。实际上，"打鹿人"虽概括得并不准确，但对于鄂伦春人来说，生活在大兴安岭的鹿科野生动物，是他们主要的狩猎目标，比如驼鹿、麂子、狍子、獐子、梅花鹿等等。

这些野生鹿科动物主要栖息在大兴安岭原始针叶林和针阔混交林中，它们喜欢林中平坦低洼的缓坡草地，喜欢山涧溪流和便于奔跑躲避天敌的开阔地。它们有自己熟悉的游走路线。春天流连在针阔混交林、桦树林及草丛茂密的河边；夏天则喜欢在沿河林地、灌木丛生的河谷山涧觅食；秋天大多结群游荡在林间空地、林缘沼泽或山地避风向阳的地方；冬季则选择山地阳坡的杨桦林和有温泉涌出的小溪附近。

大兴安岭是鹿科动物的栖息地，鹿科动物也是大兴安岭生态关系中重要的组成部分。作为食草类动物，它们是食肉类动物东北虎、东北豹追逐的对象。鄂伦春族的生产生活以牧猎为主，山林中的鹿科动物，自然是鄂伦春人食品中动物蛋白的主要来源。因而，说鄂伦春人是打鹿人，起码是真实描述了其生存方式的部分特征。

1956年王肯深入大兴安岭林区，先后在黑河、瑷珲、白银纳、十八站、三合等地搜集鄂伦春生产生活和民族民俗文化。这种搜集调查过程，与其说是对资料的采撷与记录，不如说是置身其中的体验与感悟。他们骑着鄂伦春的猎马进入塔头甸子，体验猎马专踩"塔头"而不会陷进沼泽的

---

① 王肯著：《1956鄂伦春手记》，吉林人民出版社，2002年，第260页。

第七章 在水一方

敏捷；他们在森林中穿行，感受蚊虫叮咬和一个牛虻能装满一个火柴盒的恐怖；他们与鄂伦春猎人们一起饮酒，看老猎人庄重地以古礼敬天敬地敬客人。酒席之前，王肯在阴凉的水井壁上，看到了储藏的狍肉。他写道："看阴凉的井壁挂满狍肉，顿觉饥肠滚滚。谁料新村派猎手去打鲜活的狍子敬客。狍肉吃法，一种是烧肉叫'达格仁'，一种是烤肉叫'席拉潭'，再一种是煮肉叫'乌罗'，煮到八分熟带血丝最好吃。照顾汉族口味煮过火些正可口。按鄂伦春习俗，狍头敬贵宾。"[①]

大兴安岭面积达33万平方丁米，是我国最北部的林海

狍子属于鹿科，在所有鹿科动物中，狍子是鄂伦春人最喜欢猎取的动物。这可能与狍子的习性有关。狍子在遇到危险时，第一反应似乎是评估判断危险大小与来自何方，第二反应才是逃窜。于是猎人们常常是先空放一枪，待狍子愣神时，再瞄准射击。民间有"傻狍子"的俗语，就来自狍子听到

---

① 王肯著：《1956鄂伦春手记》，吉林人民出版社，2002年，第266页。

松花江传（上）

动静后在原地怔愣不跑的傻样。

鄂伦春人的猎物中狍子占比最大，这因为狍子在冬天大雪覆盖的林中，行走不便又找不到食物。这时，如果猎人采取合围追赶的方式，就可以将筋疲力尽的狍子困在雪中。"棒打狍子瓢舀鱼"，描述的就是这种狩猎方式。

1956年王肯去鄂伦春人聚居区的时候，当地自然生态系统尚未受到过多的人为侵扰。所以有客人来，鄂伦春人会在准备酒席时，先把炉火点燃，把水烧上，而后再安排猎手进山。待猎人们扛着狍子回来时，屋暖了，水开了，便为客人烹调最新鲜的狍肉。

狍子

那时大兴安岭狍子之多之易取，由此可见。

将鄂伦春人汉译为"打鹿人"是因为其狩猎习俗特点鲜明，后来人们更愿意用汉语"使用驯鹿的人们"来解释"鄂伦春"族名，是因为役使驯鹿也是鄂伦春人的生产生活特征之一。

自清代以来，有关鄂伦春人的史料记载才逐渐多了起来。清初之时，他们生活在黑龙江流域，在大小兴安岭和外兴安岭，包括黑龙江下游乌苏里江一带，都有他们的部落。史料记载，鄂伦春"男人多半披着垂落肩上的蓬乱的黑长发，很少有人剪短发或蓄长辫"。这里的鄂伦春人特点是以鹿为役畜。康熙年间的文献记载，鄂伦春之地"无马多鹿，乘载与马无异，用罝任

第七章　在水一方

去，招之即至。捕貂以犬"。至嘉庆年间，鄂伦春人依然使鹿，"役之如牛马，有事哨之则来，舐以盐则去，部人赖之，不杀也"。这样的记载既生动形象，又颇为奇特。"哨之则来""用罢任去"，驯鹿与鄂伦春人之间形成相伴共生的依存关系。因而，有文献将他们称为"使鹿鄂伦春"。

"使鹿鄂伦春"受其他民族的影响较少，而"使鹿"为生也表明这部分鄂伦春人尚未进步到牧业与农业阶段，属于鄂伦春人口中比较后进的一部分。他们"散居黑龙江右岸一带山野，以捕猎为生，插木为屋，帐以牲畜皮张，游行露处，并无一定住址"。他们"每年秋后往黑龙江左岸外兴安岭以内捕打进贡貂皮，至次年春间仍回黑龙江右岸捕牲为业"。

鄂伦春人以打猎和捕鱼为生的原始生产方式限制了族群的交往与繁衍，加之零散地游走在山林与江河之滨，部落之间始终未形成相互认同感和共同对外的联盟关系，这就使得沿黑龙江流域的上游与下游，以及乌苏里江流域生存着同为鄂伦春语族但生活习俗不尽相同又各自为生的部落。

生活在黑龙江上游靠近呼伦贝尔草原一带的鄂伦春部落，受蒙古族游牧生活的影响，学会了牧养和使用马匹，并且有些部落还从事少量的农耕生产，他们被称为"使马鄂伦春"，是鄂伦春族中较先进的一部分。

在黑龙江下游地区生活着一些名称不同但同属鄂伦春族群的部落。史载黑龙江下游，"隔海有岛（库页岛），为费雅喀、库叶、鄂伦春人等所居"。这部分"鄂伦春，其棱使鹿，以供负载，皆驯熟听人驱策"。但是，由于与赫哲人毗邻而居，受赫哲人影响很深，所以在风习上与赫哲人几乎没有任何区别，甚至语言也同赫哲人十分相似，这两个部族交往时相互可以自由交谈，因此他们有时被误认作赫哲人的一部。

生活在黑龙江下游与乌苏里江两岸的鄂伦春人又被称为满珲—山丹人，他们与赫哲人毗邻而居，像赫哲人一样以捕鱼为主业。满珲人男女的

松花江传（上）

夏装通常用鱼皮做成，他们信仰萨满教，而其神祇偶像也与赫哲人相同。满珲—山丹部落都搭建有晾鱼杆的大木架，"晾架之所以做得这样大，是因为满珲人养着许多狗，所以要比其他通古斯部族准备更多的鱼"。满珲人冬季房舍外貌与赫哲人房舍非常相似，不过满珲人房内有一个更大的供养狗之用的案子。"满珲人养的狗比果尔特人[①]多，因此冬季他们经常驾着狗爬犁到毗邻的部族那里做长途贸易旅行"。满珲人已完全放弃了养鹿，改为养狗，并以狗为役畜，用于逆水拉船、冰雪之上拉爬犁。满珲是黑龙江下游地区养狗、使役狗最多的部族。他们是在使鹿鄂伦春、使马鄂伦春人之外的使犬鄂伦春，与赫哲族同被称作清代的使犬部。

同为鄂伦春族，由于聚居区域的关系，各支形成了不同的生产生活方式，以至于许多散在的小部落常常被记录为与之相邻的其他民族。但无论是使鹿、使马、使犬，以渔猎为生都是其基本的特征。

王肯在吃狍肉的酒席上，听一位鄂伦春老人讲故事。他在《鄂伦春诗话》中回忆了当时的情景：

老人说："早早年，天神恩都力用鹰肉造鄂伦春男人，造女人时鹰肉不够就掺泥做。"

贾宝玉说男人是泥做的，看来女人身上的泥也不少……想到这里，我笑了。

老人说："笑什么？女人就是不如男人结实。早先男人的腿还特别特别长呢。三两步追上飞跑的野兽，吃兽肉，穿兽皮，猎人的日子可好过了！"

"野兽可难过了！"

[①] 果儿特人指那乃人和赫哲人。

第七章　在水一方

祖辈以狩猎为生的鄂伦春族是中国55个少数民族之一。他们大部分生活在中国东北部内蒙古自治区和黑龙江省交界的森林里，因精骑善射被称为"兴安岭王者"。早在1996年，鄂伦春自治旗就禁止了狩猎

但凡上了点年纪的鄂伦春男人，都有打猎的经历，他们从小就会跟着父亲学习打猎，背上猎枪和父亲一起坐在马背上，再带上几条猎狗一起走向深山

松花江传（上）

"你和恩都力想法一样。眼看野兽要（被）抓光了，就把猎人的长腿截成如今这样短。追不上野兽（便改）用弓箭，鄂伦春的弓箭厉害。"

王肯记录的这段故事，是鄂伦春族流传久远的创世史诗《族源的传说》。传说中，天神恩都力用飞禽的骨肉和泥土创造了十男十女，奔跑如飞的鄂伦春人将野兽全杀光，天神为了限制鄂伦春人的狩猎能力，让其长出膝盖骨，让猎人追不上野兽又能捕获到一定的猎物。与之相近的传说还有《鹿的传说》或《库玛哈之歌》。传说中的鹿妈妈在临死前叮嘱小鹿，要小心行走如飞的猎人，四只眼睛的鹿哭得只剩下两只眼睛。后来猎人再也跑不过鹿，鹿群得以繁衍。在大小兴安岭林区，猎杀带崽的母鹿成为狩猎禁忌。

鄂伦春神话中还有关于人是熊的后代的传说，包括猎人与母熊结合、女人变熊的传说。而祭熊仪式说明鄂伦春人有对熊的图腾崇拜。这也意味着，鄂伦春人将自己与自然的关系当作血亲崇拜来认识，以表达鄂伦春人源自生命旺盛的山林，源自力大无比的神灵，源自天地交合而生生不息的族源自信。

天神恩都力不允许鄂伦春人腿太长跑得太快，就是不允许过度捕猎，不允许人成为自然界中为所欲为的主宰。

这就是鄂伦春人的森林意识和生命意识。这种原始宗教的萨满信仰让人们相信万物有灵，狩猎活动的成功依赖山神的庇护，信仰仪式制约猎人任意地捕杀生灵。鄂伦春人在狩猎生存与萨满教中形成敬畏生命的朴素意识，以森林为家的鄂伦春人最了解森林，也最懂得如何与众多生命共享森林。他们以自己的生存本能，与森林万物结成协同演化的生命共同体。

在生产力低下的时代，鄂伦春人原始的狩猎生产方式所捕杀的动物数量非常有限。猎人追求个人能力的强大，狩猎工具的改进是微不足道的。

第七章　在水一方

鄂伦春人的狩猎工具主要有猎马、猎犬、猎刀和猎枪。在19世纪后期，黑龙江沿岸的鄂伦春猎人中还很少有人使用猎枪，多用套索、夹子等落后的方式捕猎。这种捕猎方式实际上只是参与野生动物的自然进化中，某种意义上起到了对野生物种优胜劣汰的复壮作用。而且，由于缺少外部买卖交易与存储条件，猎人们总是只取所需，绝不滥捕。这样的狩猎，使鄂伦春人与野生猎物之间始终处于消长平衡、相用有度的状态。

王肯填词的《勇敢的鄂伦春》中有这样一句词："一呀一匹猎马一呀一杆枪，獐狍野鹿漫山遍野打也打不尽。"王肯说，这是当年的情景，如今提倡生态保护，不能再这样唱了。后来改的歌词变成了"一呀一匹骏马一呀一杆枪，翻山越岭骑马巡逻护呀么护森林"。当年真实的记录只能顺应时代的改变而改变了。实际上，王肯当年的歌词不仅真实，更反映了鄂伦春人的民族自信。他们相信，只要仍旧沿袭古老的生存方式，仍旧承袭传统的鄂伦春人与自然的关系，那么"獐狍野鹿漫山遍野打也打不尽"就是鄂伦春人在森林家园可以尽情享受的渔猎快乐。

在万物有灵的原始宗教影响下，鄂伦春人的狩猎文化并不仅限于捕杀与食用的关系。他们在森林中追逐动物，常常有嬉戏快乐的精神享受。他们食动物肉、穿动物皮、敬畏它们的灵魂。这种敬畏涵盖着自然崇拜、图腾崇拜、祖先崇拜与生命崇拜。为此，面对有灵性的动植物，鄂伦春人会自然生成欣赏与亲近、玩味与认同的情感体验。无论是兽类、鸟类、昆虫，还是白桦、落叶松、河边柳，都可以成为他们崇拜、同情、想象、友谊与恋爱的对象。它们可以是远去的亲人、身边的兄弟、家中的妻子、未来的儿女，是可以倾诉与依恋的伙伴。

由于生活习俗与历史条件等多方面的原因，鄂伦春族的人口数量一直起伏徘徊。据2021年第七次全国人口普查统计，鄂伦春族人口为9168人，

松花江传（上）

　　祖辈给鄂伦春人传下来打围的规矩：打大不打小，打公不打母。不准打正在交配中的动物。狍子的公母能看出来，母的头上没有角，公的才有角。如果没有这个规矩，山上的野兽早就打光了！早些年，没有禁猎，也没有"野生动物保护法"，鄂伦春人是在"心"里自己管着自己

　　野兽数量的多少也有规律可循，比如有的地方今年橡子可多了，野猪就会多，因为野猪主要吃橡子和草根啥的。明年橡子少了，它就挪去别的地方了

第七章　在水一方

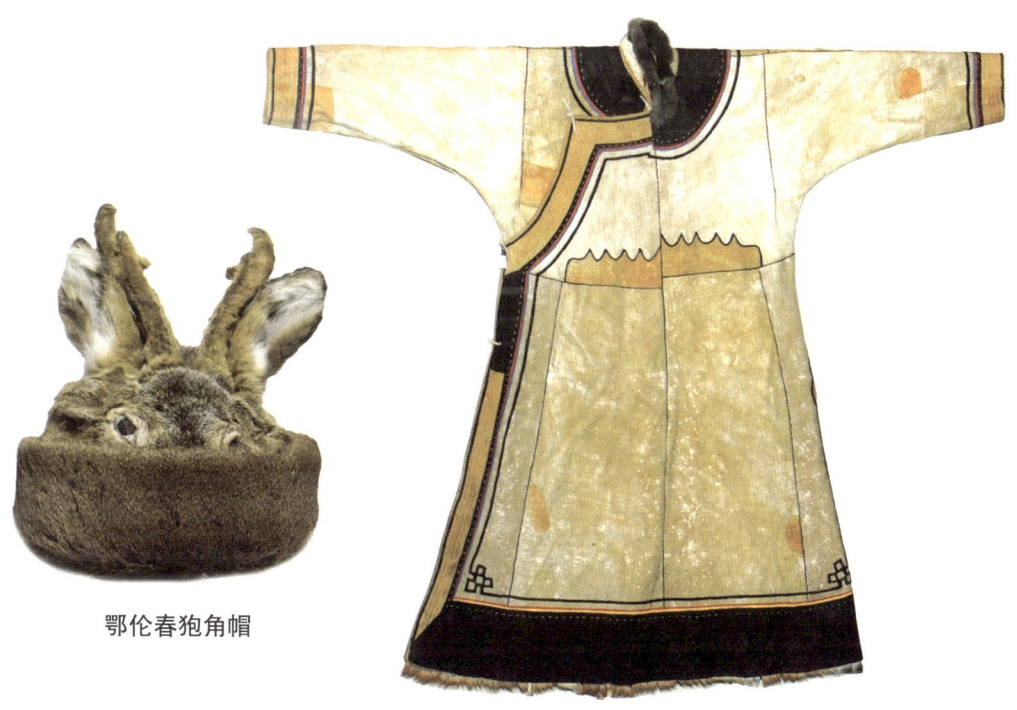

鄂伦春狍角帽

鄂伦春狍皮袍（女袍）

缝补狍皮衣服，做狍角帽、狍皮靴子

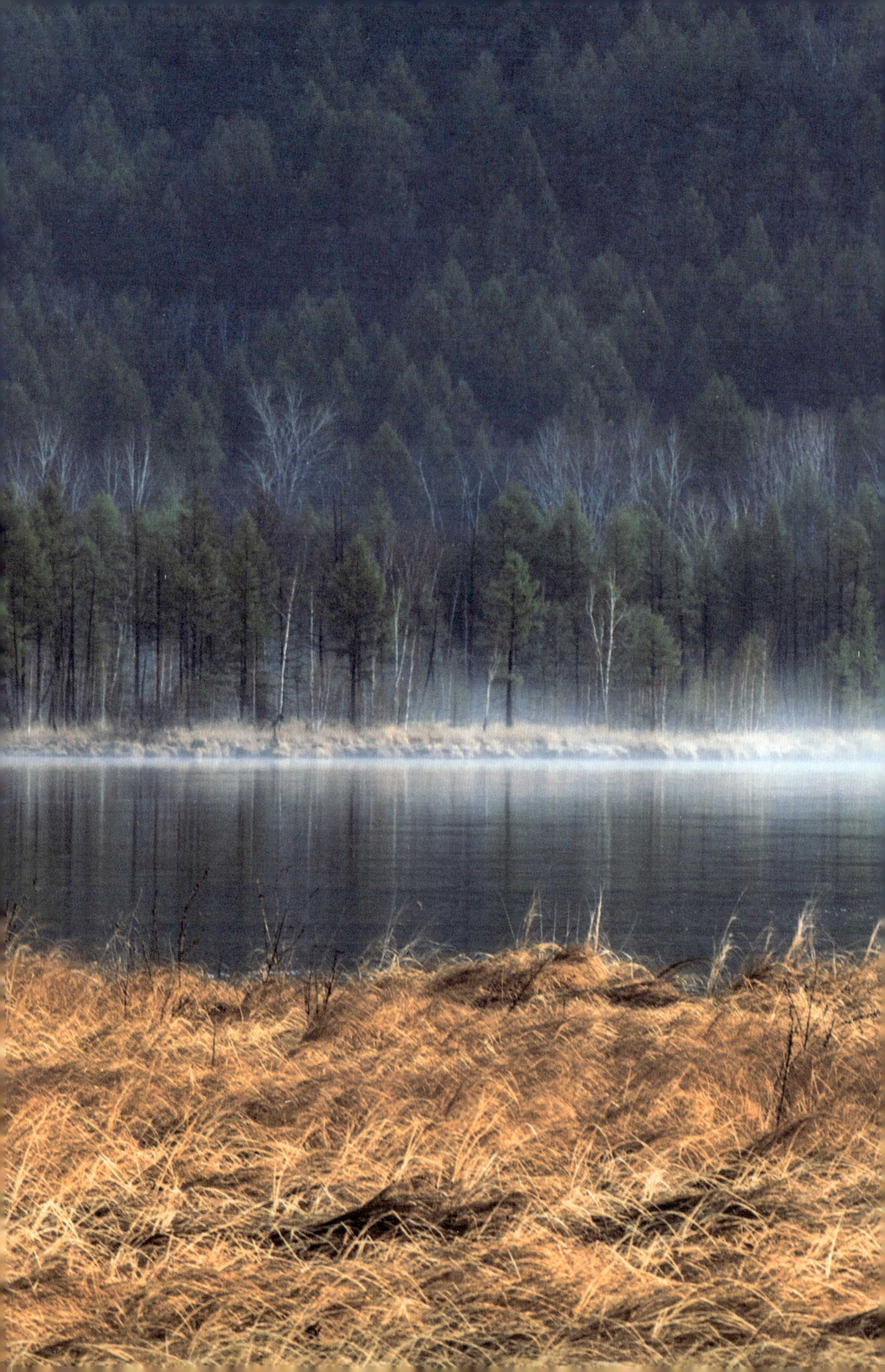

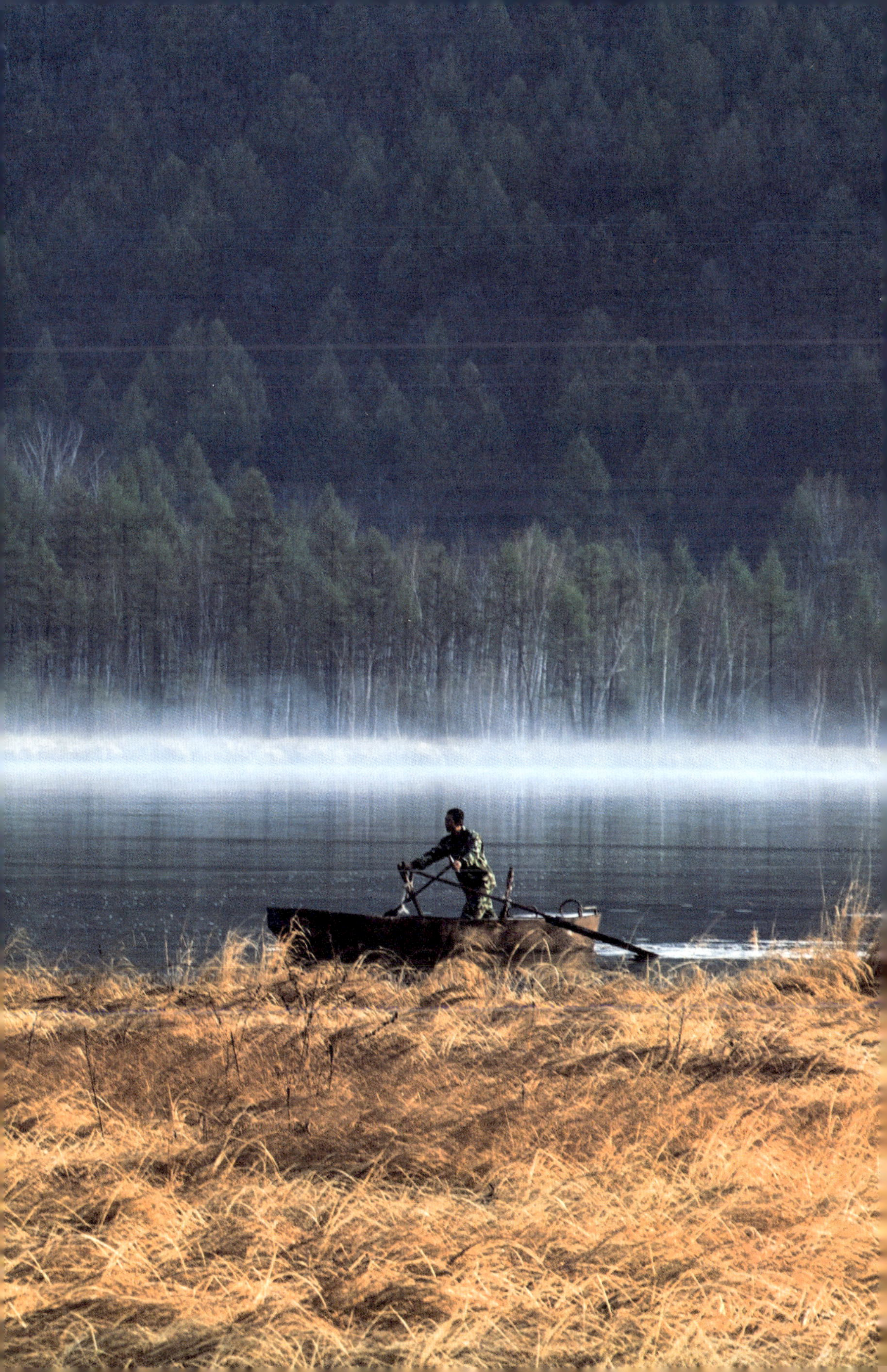

松花江传（上）

是中国东北地区人口最少的民族之一。

鄂伦春人一直没有忘记给他们写歌的王肯，在纪念鄂伦春民族定居四十年的时候，他们给王肯送来了书刊、皮包和桦皮茶筒。王肯说："平生也获过些奖，这份奖赏格外重了！"

皮包应该是狍皮的，因为鄂伦春人创造的狍皮文化具有特别的狩猎文化特色，而茶筒则属于桦皮文化。狍皮和桦皮制作出的各种生活用品和工艺品之中，融入了鄂伦春人对森林的感情和赞美。这是他们走出森林后为适应现代生活方式而做的努力。如今鄂伦春的狍皮文化与桦皮文化已经成为旅游和市场化的符号。也许，只有王肯这样曾经深入过他们的历史，并充满感情地关注过他们的人，才能体会狍皮与桦皮的制成品中，浸润着多少对先祖的怀念与对森林的依恋。

‖ 乌苏里江畔的赫哲人

与鄂伦春族一同生活在黑龙江、松花江、乌苏里江流域，渔猎方式相近，生活方式相近，语言也很相近的是赫哲族。如此多的相近与相似，使鄂伦春和赫哲这两个互为近邻的民族有着大体相同的历史际遇。比如鄂伦春与赫哲都属于中国东北肃慎族系，而赫哲族源脉络更加清晰，并与大清满洲有着更近的亲缘关系。他们同样是以渔猎方式生产生活，但鄂伦春人偏重猎，而赫哲人偏重渔。他们同样生活在山地河谷，但鄂伦春人喜山，赫哲人乐水。他们的渔猎活动都离不开狗，因而在清朝的文献资料中，他们同属于"使犬部"。

还有一个巧合，那就是在新中国成立后的民族大家庭中，赫哲人也是

第七章 在水一方

因为一首歌而在新社会、新时代美名远播的。

这首歌就是《乌苏里船歌》："乌苏里江来长又长，蓝蓝的江水起波浪，赫哲人撒开千张网，船儿满江鱼满舱……"

《乌苏里船歌》是一首在赫哲族传统民歌曲调的基础上改编创作的歌曲，描述的是赫哲族人过上幸福生活后，心情欢快，在劳作中情不自禁而放声歌唱的情形。

这首歌主体部分依据的赫哲族民歌"嫁令阔"调，在赫哲族家喻户晓，流传十分广泛。它是一首一曲多用的民间曲调，有不同主题的歌词，许多赫哲族民歌，名称或有不同，但不同名称的赫哲族民歌都用这一曲调演唱。比如《狩猎的哥哥回来了》《想情郎》《我的家乡多美好》《等阿哥》等等。该曲一曲多用，成为最具代表性的赫哲族传统民间音乐。

一首当地人熟悉的民歌曲调，可以歌唱爱情，可以歌唱劳动，可以歌唱家乡，可以歌唱幸福的生活，而唯有《乌苏里船歌》传遍大江南北。这不能不说是首唱者郭颂以其开阔大气、高亢悠扬的演绎，为这首民歌增添了明媚的画面感和动人的感染力。

郭颂曾在黑龙江省歌舞团任独唱演员。20世纪60年代，他以饱含激情的旋律，将赫哲人以渔猎为生，古朴勤劳的日子，唱成了如诗如画的新生活景象。从此，乌苏里江上的船歌成为赫哲族的地理标志，成了公众了解赫哲族人生活的"活教材"。这首歌被联合国教科文组织选为亚洲声乐教材（亚太地区），郭颂也因是首唱者奠定了自身民歌演唱家的地位。赫哲人说："我们全民族都敬重郭颂老师，是他把赫哲人这首民歌唱遍全国和全球的。"因为唱响了这首歌，郭颂被赫哲族人请去做了"名誉渔民""尊贵的客人"。

通过《乌苏里船歌》，人们向往赫哲人"金色的阳光照船帆""船儿

松花江传（上）

"满江鱼满舱"的劳动生活，向往他们天性自由，渔歌悠扬，与天地同在的人生境界。

而赫哲人作为一个独立的民族的自我意识，是在明末清初时期才逐渐明晰确立起来的。

自古生活在长白山脉、黑龙江、乌苏里江流域的肃慎族系，到了明代已被记录为海西女真、建州女真和野人女真。三支女真部族毗邻而居，是以地域和部族集团来相互联系与区别的。赫哲人是野人女真的一部分。从族源上说，野人女真与后来发展成满族的建州女真同属于长白山、完达山、乌苏里江流域的黑水靺鞨族系。由于这一层关系，努尔哈赤在统一东北的女真部落时，多次对属于野人女真的赫哲人用兵，急切地想收服这一支同宗同族的部落力量。

赫哲族在少数民族中"名气"还是比较大的，该族有很多名曲都是演唱赫哲人生活的，除了《乌苏里船歌》，还有《大顶子山高又高》，后者歌词中写道"我们赫哲族在这里打獐狍……"，一下子全国都知道了赫哲族

第七章　在水一方

建州女真与海西女真在明末清初先行统一并有了明显向南发展的趋势，而仍留在原地的野人女真则在此时获得了独自发展的机会。在建州女真与海西女真构成满族最初的主体时，野人女真也分化了，赫哲人从中分离出来有了自己的民族自认。

赫哲族聚居区集中在黑龙江与乌苏里江下游。赫哲的意思就是"下游人"或"东方人"。"赫哲"系从"赫真"变音而来，在明清的一些文献资料中，也被写读为"黑斤""黑津""黑金""黑哲""赫斤""赫金"等名称。

就在赫哲人刚刚有了民族自我意识时，迅速崛起的建州女真已将自己的势力范围东扩到乌苏里江流域。努尔哈赤数次发兵，"招之不服。遂布阵鸣螺，越壕三层，毁其栅，攻克其城，阵斩八百人，俘获万人，收抚其居民，编户口五百"[①]。

女真部落的统一战争充满了血腥，攻城毁栅，杀戮俘虏。散居的氏族部落，怎敌得了努尔哈赤强大的部落联盟？

努尔哈赤在统领建州女真四处征讨作战时，最感力不从心的，就是人员丁口严重不足。在以兵员多少为战力优劣重要指标的年代，人口不足就意味着国力不强。所以努尔哈赤每次征战的目标不仅是土地和财富，他更想要的是部族民户，是能加入旗籍的战士。包括对辽东的征战，每次劫掠的汉族人口都要被编成可供驱使的力量。

赫哲族毕竟是建州女真的近亲，努尔哈赤对赫哲人的态度明显不同。1618年，也就是努尔哈赤"告天"誓师，宣读了与明朝结有七大恨的讨明檄文，正式对大明王朝开战的那一年，有一支生活在黑龙江流域的赫哲部

[①] 李澍田主编：《清实录东北史料全辑》，吉林文史出版社，1988年，第37页。

松花江传（上）

落受招来投，"率其妻子并部众百余户来归，上（努尔哈赤）命以马百匹、及廪饩诸物迎之。是月，始至，路长各授官有差，其众俱给奴仆、牛马、田庐、农服、器具。无室者并给以妻。"[1]给牛马耕具，给房舍奴仆，甚至没家室的给妻子。这样的待遇，也许只有赫哲人能享受到。

努尔哈赤在先后数次大败明军之后，又最终征服了海西女真的叶赫部。"满洲国自东海至辽边，北自蒙古嫩江，南至朝鲜鸭绿江。同一语音者俱征服，是年诸部始合为一。"[2]这个共同体的"始合为一"，意味着一个新的民族在征战中逐步形成。

这个新的民族是由皇太极宣布确立的。1635年，皇太极在彻底击败察哈尔部林丹汗，取得历代传国玉玺之后宣布："我国原有满洲、哈达、乌喇、叶赫、辉发等名，向者无知之人，往往称为诸申。夫诸申之号，乃席北超墨尔根之裔，实与我国无涉。我国建号满洲，统绪绵远，相传奕世。自今以后，一切人等，止称我国满洲原名，不得仍前妄称。"[3]皇太极定族名为"满洲"的根本原因，是因为征服与招讨而加入的各部族引起了名称的混乱。原有的建州女真和海西女真的名称，已经无法代表这个新的民族共同体。而且，他也很想与五百年前完颜家族建立的女真金国有所切割，为已经强大的满洲明确一个"统绪绵远，相传奕世"的新的族名。

皇太极正式定族名为"满洲"，后来通称为满族。其后，皇太极继续用兵松花江和黑龙江流域，把征服的各民族部落编入八旗。为了区别满洲定名前的建州女真与海西女真的正宗主体地位，将后编入的部族称为"新满洲"。

---

[1] 程妮娜著：《古代东北民族朝贡制度史》，中华书局，2016年，第548页。
[2] 王世凯著：《辽宁地区满语资源及其管理》，辽宁民族出版社，2012年，第95页。
[3] 王世凯著：《辽宁地区满语资源及其管理》，辽宁民族出版社，2012年，第65页。

第七章　在水一方

赫哲族就是新满洲的重要来源。

清代著名思想家、近代中国第一批"睁眼看世界"的知识分子魏源在《圣武记》中写道："东三省驻防兵，有老满洲，有新满洲，犹史言生女真、（熟）女真也。"在他看来，新满洲和老满洲的差异，与辽代的生女真和熟女真相类似。东北边疆各散居部落在编入满洲八旗之前，确实处于相对落后的发展阶段，被时人视为"无君长统属，散处山谷间"的未开化之人。

皇太极沿用了努尔哈赤招抚与征讨并用的策略，在对赫哲族以及周边部落发兵时，特别谕示："尔等此行，道路遥远，务奋力直前，慎毋惮劳而稍息也。俘获之人，须用善言抚慰，饮食甘苦，一体共之，则人无疑畏，归附必众。且此地人民，语言与我国同，携之而来，皆可以为我用。攻略时，宜语之曰：尔之先世，本皆我一国之人，载籍甚明，尔等向未之知，是以甘于自外。我皇上久欲遣人，详为开示，特时有未暇耳。今日之来，盖为尔等计也。如此谕之，彼有不翻然来归者乎？"[1]动之以情，晓之以理，好言相加，攻心为上。可见，皇太极用心之细密，思虑之周全，目的就是将这些散在的小部落一体收在"新满洲"之内。

赫哲人常年从事渔猎生产，勇敢善战。康熙近臣高士奇在《扈从东巡日录》中描述赫哲人说："其人勇悍，善骑射，喜渔猎，耐饥寒苦辛，骑上下崖壁如飞。每见野兽踪迹，蹑而求之，能得潜藏之所。"

清朝入主中原后，尽族西迁。留守东北地区驻防的八旗兵总计1936人。康熙年间，沙俄势力已侵袭至黑龙江边，如此少的驻军，守卫地方尚且不足，根本无法完成驱逐沙俄侵略军的任务。为此，康熙颁布了"招抚新满洲"令："招新满洲一百户者，准给头等军功；八十户者，准给二等

---

[1]《清太宗文皇帝实录》第21卷，中华书局影印本，1985年，第14—15页。

松花江传（上）

军功；六十户者，准给三等军功；四十户者，准给四等军功；二十户者，准给五等军功。如不系出兵遣人招抚及自行投来者，俱不准。"

招抚令后，赫哲人多达6000之众被编入满洲八旗，主要驻防在东北8个地区。由于赫哲人在反击沙俄侵略中所做的贡献，其立功将领受到康熙皇帝的召见，加上赫哲人又是招抚编入八旗人数最多的族群，以至于在后来一些清代文献中，一提到"新满洲"，往往指的就是赫哲人。

赫哲人被编入"新满洲"，而在时人的眼中，他们仍是化外之地的野人。清廷采用了以老满洲带训新满洲的方式，教习"满洲礼法"，使新满洲兵成为八旗劲旅。新满洲披甲入旗之初，未经历战争，也不懂军队纪律。清初人吴桭臣亲眼看到迁移至宁古塔的赫哲人的情形是："赐以官爵，亦不知贵。将军尝谓有爵者曰：'今已有官，须学礼仪，一体上衙门。'次日，有官者约同齐到，有戴笠者，有负叉袋者，有跣足者。见者无不大笑。将军命坐，即以叉袋垫地而坐。虽衣大红蟒袍，其叉袋仍负于背不稍去，以便于买物也。"[1]此番情形，有如笑谈。衙门议事，获有官衔品秩的赫哲族官员，穿着劳作常服，背着工具口袋，甚至赤着脚席地而坐，全无朝堂规矩、礼仪体统。

针对这种情况，清政府采取以旧满洲兵训练新满洲兵，以入旗时间长的新满洲兵帮助刚入旗的新满洲兵的滚动式办法，使他们尽快地变成一支骁勇善战、纪律严明的八旗兵。

赫哲人被编入八旗移居各地后，开始了新的定居生活。他们学会了将自己的生产品拿到市场贸易。时人见到，"义气满洲妇女多衣锦绣，而足穿乌拉（喇），三五成群入市贸易"[2]。赫哲人慢慢融入新的环境中，从

---

[1] 杨宾等撰，周成望等标注：《龙江三纪》，黑龙江人民出版社，1985年，第241页。
[2] 王一元著：《辽左见闻录》，沈阳出版社，2013年，第105页。

第七章　在水一方

生产方式到生活习俗，都发生了彻底的变化，逐渐成为满洲共同体的一部分。

满洲八旗以佐领为基本单位，佐领掌管所属户口、田宅、兵籍、诉讼等。每一佐领统辖300人。有学者粗略统计，清入关后，乌苏里江下游的各部赫哲，内迁编旗者至少60个佐领。仅康熙、雍正年间内迁编入新满洲的赫哲人就在2万以上，超过了留在原地的赫哲族众。赫哲人的内迁为满洲输入了新鲜血液，他们很快就与原有满洲成员融为一体，缓解了满洲在统治全国新局面下人力不足的困难。而留在黑龙江下游地区的赫哲族人则越来越少。

赫哲族在刚刚有了民族自我体认的时期遇到了强大的清朝政权施加的压力。"新满洲"充实了清朝的统治力和抵御外敌的战斗力，赫哲族也为满洲共同体的形成贡献了自己的"身家"。与此同时，人口丁户被强制割取，抑制甚至严重破坏了赫哲族的繁衍生息。

民国初年前后，居住在松花江下游、黑龙江南岸和乌苏里江西岸的赫哲族约1600人。由于疾病、历史上的屠杀等原因，到1945年日本战败投降时，中国境内的赫哲族人口仅剩300余人，濒于灭绝。

1953年全国第一次人口普查时，赫哲族人口恢复到450人；1964年全国第二次人口普查时为718人；1980年全国第三次人口普查时为1489人；1990年全国第四次人口普查时为4254人；2000年全国第五次人口普查时为4640人；2010年第六次人口普查时为5354人；2021年全国第七次人口普查时为5373人。

赫哲族作为"鱼皮部落，食鱼为生，不种五谷，以鱼皮为衣"的部族，在编入八旗同化进满洲后，成为"初服鱼皮，今则服大清衣冠"的满洲人。这些消失在满洲共同体中的赫哲人，只在文献资料中留下了"骑射为先，兵挽八力，枪有准头，骁勇闻天下""勇不畏死，一人便能杀虎"的传闻。

松花江传（上）

中国赫哲族传统鱼皮衣

分化裂解与容纳吸收是民族共同体形成过程中必然的现象。对于一个民族来说，珍惜本民族的文化血脉，坚守独有的性格和活法，既是上宗祖先，下嗣后人的责任，也是在为多元一体的民族大家庭贡献自己的一份力量。

《乌苏里船歌》之所以有独特的魅力而不可替代，就在于赫哲人的生活是独特而不可替代的。郭颂的演唱之所以成为经典，就在于他理解并升华了赫哲人对家乡和生活的热爱。

按传统制作鱼皮衣。将鱼的皮肤穿到人的身上，成为人的"第二皮肤"，绝不是一件轻而易举的事情。它是人类与大自然长期交流与融合的结果

第七章　在水一方

‖ 骁勇的鄂温克人

与赫哲——"居住在河下游的人"一名相对应，索伦，意为"居住在河上游的人"。

索伦是鄂温克族的别称。

明末清初之际，中原对黑龙江流域散居的各大小部落知之甚少。常以其人多势强者统而概之。索伦就曾被用来指代居住于黑龙江中上游的鄂温克、鄂伦春、达斡尔等部族。清嘉庆年间的《黑龙江外记》中称"黑龙江，索伦地"，把黑龙江流域统称为索伦人的领地。

在清代的文献中，"索伦骁勇闻天下"，因此黑龙江各部，"人不问部族，概称索伦，黑龙江人居之不疑，亦雅喜以索伦自号"。由此可见索伦因强悍而常常被他族冒用自号。

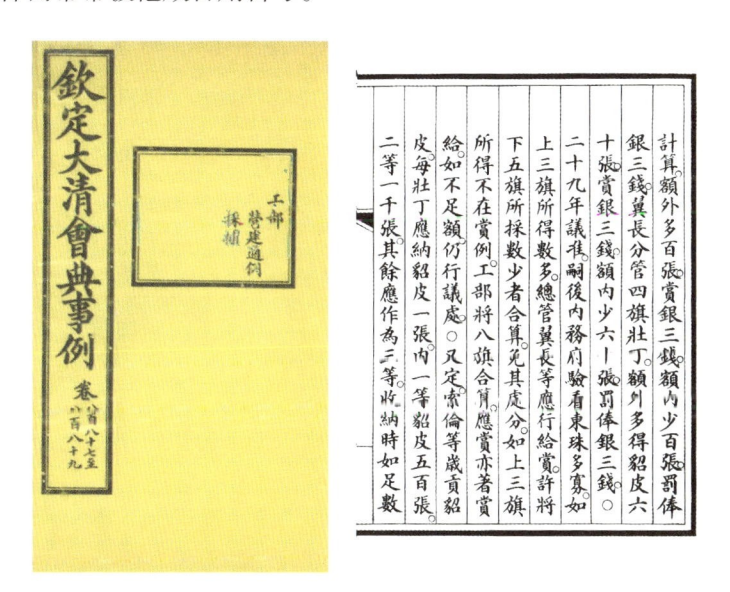

《钦定大清会典事例·卷889》工部赏罚记载有：康熙二十九年（1690）议准"索伦等岁贡貂皮，每壮丁应纳貂皮一张，内一等貂皮五百张，二等一千张，其余应作为三等"

松花江传（上）

满洲在东北立国之初，取代明朝在黑龙江流域的统治权。清军入关后，以渔猎为生的各部族改向清政权纳贡。当时的贡品以貂为主。产于黑龙江下游的貂皮叫"挹娄貂"，产于黑龙江上游的叫"索伦貂"。索伦地区"产美貂，号索伦皮"，康熙年间，对于东北所产貂皮，"往往贱挹娄而贵索伦"。虽然"索伦貂皮"主要来自达斡尔族，但由于同居一处的鄂温克族的整体实力远远大于达斡尔族，所以达斡尔人的贡貂也被称为"索伦貂"。

鄂温克族人老照片

与鄂温克族相邻而居的鄂伦春族、达斡尔族似乎不介意外人称其为索伦。对于入主中原的清廷来说，黑龙江流域的大小族群都是山林中的猎户。他们的狩猎方式、居住方式、生活习惯、宗教信仰、语言都是区别不大，甚至可以一概而论。

认知上不细加辨识，使用上就更无刻意区别。清廷将这些部落民族统称为索伦人或索伦部。在被征召而编入旗籍后，这些被称为索伦兵的武装骁勇善战，清廷屡屡调拨他们参与征战或远戍。雍正十年（1732），鄂温克官兵1636人与1000多名达斡尔、鄂伦春官兵，携带家眷移驻呼伦贝尔，编入八旗。雍正以迄乾隆中叶，索伦官兵经清朝政府多次调拨，离开了东北，远戍新疆之伊犁、喀什、叶尔羌、阿克苏、迪化（今乌鲁木齐）、吐鲁番、科布多、乌里雅苏台以及阿尔浑河等地。

第七章　在水一方

或许是在不断地征召与编排中突显了部族的不同，又或许是远离故地后平添了族亲的认同感，在被含糊地统称之后，鄂伦春族和达斡尔族逐渐自索伦的称谓中逸出，索伦部或索伦人从此专指鄂温克族。

后来的民族学研究给出了更加细致的资料证明。鄂温克与鄂伦春、达斡尔虽在同一区域游猎生活，且在相互交往中有姻亲融合的关系，但达斡尔属于远古的东胡族系，是契丹人遗存下来的一支，而鄂温克和鄂伦春族虽同属于通古斯语族，但鄂伦春属于古肃慎族系，而鄂温克则源自流向北冰洋的勒拿河流域。在南迁进入黑龙江流域后，始有索伦的称谓。而且，鄂伦春族属于最终定居在我国东北境内的部族。鄂温克人则属于分布在东北亚区域的民族。在我国境内，鄂温克人曾因所居区域的不同，被称为索伦人、通古斯人、雅库特人。鄂温克是民族自称。1958年，政府根据鄂温克族人民的意愿，决定将"索伦""通古斯""雅库特"等称呼取消，将其称呼统一为鄂温克族。

索伦人的名称，以及其"挽强命中，洞熊兕，迹奔兽，雄于诸部"的勇武气概仍留在史册和人们的传说中。

17世纪中叶，俄国的哥萨克骑兵挥舞着马刀，将沙皇的势力急速扩张至黑龙江流域。刚刚入主中原而又忙于统一全国的清政府，不可能调回大批八旗兵投入外兴安岭与黑龙江一线。而此时受俄国侵扰杀戮的鄂温克等部族，已自发地反抗沙俄的入侵与劫掠。清初的新满洲凭借整编训练好的索伦兵"就地反击"，成为有效遏制沙皇势力的武装力量。

康熙二十一年（1682），平定三藩之乱后，康熙以谒陵的名义巡视东北，并在吉林乌拉亲自谋划了抵御沙俄入侵的战争准备，其中最关键的是兵源兵力的组织与部署。而此时以捕鹿为由前往雅克萨周围地区侦察沙俄

松花江传（上）

军情的副都统郎谈报告说："攻取罗刹甚易，发兵三千足矣。"[1]这个判断与康熙帝的估计完全一致。而此时在东北驻防的八旗兵以新满洲兵为主体，投入战争前线的兵力已远远超过三千人。

沙俄侵略势力在侵入外兴安岭后，已在雅克萨筑城盘踞。清政府虽多次警告，但都无济于事。在同沙俄的长期交涉中，康熙帝感到，若非"创以兵威，则罔知惩畏"，于是决意征伐驱逐。

1683年4月，清军约3000人乘战舰从瑷珲出发，分水陆两路向雅克萨开进。在向据守雅克萨的侵略武装发动猛烈攻击后，势不能支的沙俄守军遣使乞降。赶走沙俄之后，清军一把火烧掉了雅克萨城，没有留下一兵一卒，匆匆忙忙撤回瑷珲。未料沙俄并未死心，数月后重返雅克萨，并着手复建城防工事，做长期固守的准备。

俄军这一背信弃义的行为引起清政府的极大愤慨。1686年3月6日，以鄂温克、鄂伦春、达斡尔等民族为主体的八旗官兵2000人再次进发雅克萨城。这些"骑射闻天下"，为家园故土而战的新满洲官兵士气高昂，战斗勇猛，数次击退出城反扑的俄军，逼迫俄军不得不龟缩在城内。清军占领了外围阵地，控制了黑龙江江面，切断了从尼布楚增援的道路。

严冬季节来临，战斗活动减少。经过五个月的围困消耗，城内坏血病蔓延。俄军大部分战死、病死，只剩下150人也得不到援救。清政府虽在军事行动中取得成功，但也不愿意把战争拖延很久。因为此时中国西北地区发生了严重动荡，康熙希望尽快结束与俄国的战争，使东北边境安定下来，以便腾出手来，处理西北局势。同样，沙皇俄国由于和土耳其关系紧张，俄土战争也迫在眉睫。加上黑龙江前线的俄军死伤殆尽，只剩下一百

---

[1] 蒋廷黻著：《中国近代史》，山东画报出版社，2019年，第174页。

第七章 在水一方

多人，为了使俄军逃脱被全歼的下场，沙俄派使者向清政府提出谈判解决边界问题。康熙宽宏大度地表示："朕本无屠城之意，欲从宽释。"1689年，中俄分别派出使团，在尼布楚河边设帐谈判。在中方做出领土让步后，1689年9月7日，中俄双方代表签订了《尼布楚条约》。

虽然鄂温克人在雅克萨战役中发挥了巨大的作用，在尼布楚最初谈判划定中俄东段边界时，清朝曾提出以勒拿河为国界，以西归俄国，以东归清朝，但在条约中，则确定大致以外兴安岭为界。

清政府在领土上的让步，让从勒拿河出走而进入大小兴安岭和黑龙江、嫩江、松花江流域的这一支鄂温克族，离祖先的土地越来越远了。

《尼布楚条约》解决了中俄两国东段边界问题。根据条约规定，沙俄向清政府交出雅克萨城，此举标志着沙俄侵略势力在这一时期被彻底驱逐出黑龙江流域。新满洲中的索伦兵在驱逐沙俄的战斗中，起到了关键性的作用。清廷对此也给予赞赏，史书载："索伦效力勤劳。传谕异日加恩，以示鼓励。"[1]

《尼布楚条约》签订后，康熙指出："黑龙江、松花江接壤之地，彼处附近所居根奇勒诸姓中，原有可披甲之人，应酌量令其披甲驻防，遣满洲兵八十人往彼教训之；齐七喀尔（即齐齐哈尔）地方，以索伦、达呼里（即达斡尔）之众，酌量令其披甲驻防，遣满洲兵二百人往彼教训之。伊等居址附近，亦心乐披甲。如此则既无迁徙之苦，亦不致需用糇粮矣。"[2]至此之后，"黑龙江徼外，境壤牙错，地无边墙，各处俱设喀伦，所以防御俄罗斯"。喀伦又写作卡伦，满语哨所的意思。当时驻守在哨所的兵员大都是披甲入旗的鄂温克、鄂伦春、达斡尔、赫哲等民族的青壮子弟。

---

[1] 鄂温克族简史编写组编：《鄂温克简史》，内蒙古人民出版社，1983年，第41页。
[2] 孟昭信著：《康熙大帝全传》，吉林文史出版社，1987年，第461页。

松花江传（上）

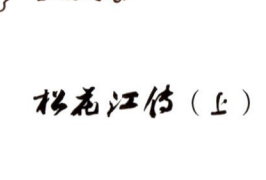

中俄《尼布楚条约》满文本影印件

第七章　在水一方

‖ 怅望森林的驯鹿

中国的鄂温克人主要分为三支：从事农耕的索伦部落，从事游牧的通古斯部落，以及从事狩猎和饲养驯鹿的雅库特部落。前两支主要集中在呼伦贝尔草原，只有雅库特鄂温克人因为驯鹿而留在了森林。

鄂温克人渐渐为外边的世界所熟悉，正是由于为驯鹿而留在森林中的雅库特部落。

三百多年前，这支赶着驯鹿的鄂温克人告别西伯利亚勒拿河上游的森林，辗转迁徙到中国的东北边疆——大兴安岭西北麓，额尔古纳河右岸。自此，他们世世代代居住在山林中，靠狩猎和饲养驯鹿生活，历史上称之为使鹿部落，也叫使鹿鄂温克人。

驯鹿鄂温克族又称敖鲁古雅鄂温克族，是中国最后一个狩猎部落，也是中国唯一驯养和使用驯鹿的少数民族。

"鄂温克"的本意是"住在大山林里的人们"，而"敖鲁古雅"是鄂温克语，意为"杨树和桦树林茂盛的地方"。在勒拿河时代，鄂温克族就开始驯养和使用驯鹿。南迁之后，他们依然守着山林，只因为他们的猎物在山林，他们的驯鹿也离不开森林。直至新中国成立前，敖鲁古雅鄂温克族基本仍处于氏族部落的阶段。他们长年生活在深山密林之一隅，被称为"森林之舟"的驯鹿是他们唯一的交通工具，这给他们增添了几分神秘的色彩。驯鹿是一种生长在严寒地区的动物，对食物的要求较高，以食森林中的一种苔藓为主。这些苔藓主要生长在大兴安岭西麓阴冷潮湿的地方，生长非常缓慢。为了解决驯鹿的觅食问题，居住地必须频繁迁徙，因而迁徙成了鄂温克人游牧生活中的一件大事。

驯鹿并非像牛马一样的家畜，却与鄂温克人建立了像家人一样亲密的

松花江传（上）

依存关系。鄂温克人任驯鹿自由自在地在山林中觅食游荡，却知道如何在茂密的林中找到它们。他们每天循着驯鹿的足印穿行在森林里，在一个营地居住多久，什么时候搬迁，向哪个方向移动，完全根据驯鹿的食物多少而定。十天或两个月就要从一片森林搬迁到另一片森林，等再回到驻扎过的一片森林时，往往要在十年之后。鄂温克人是被驯鹿领着走的，任由生命的岁月在密林中穿梭。

鄂温克人与驯鹿之间有一种默契约定，他们平素互不约束，彼此自由，驯鹿几乎处于完全的野生状态，一旦鄂温克人找到它们时，它们便会

历史上，"使鹿鄂温克"部落一直靠狩猎为生，整年赶着驯鹿，追逐着野兽的足迹，游荡在大兴安岭的茫茫林海之中

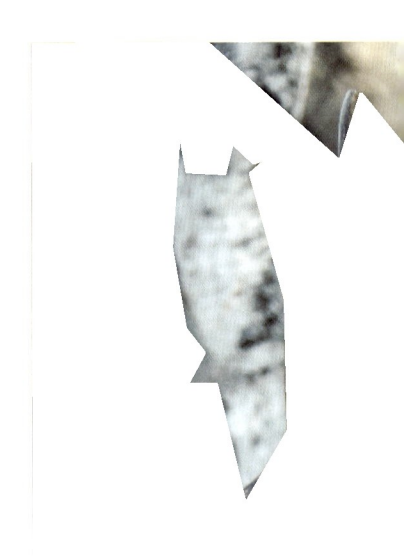

第七章 在水一方

温顺地陪伴在身边。

鄂温克人找到鹿群以后会为它们驱虫、治病、喂盐、挤鹿奶、喂养小驯鹿等。

夏天的时候，蚊虻肆虐，森林里热得没有风，鄂温克人会为驯鹿点起蚊烟；秋季驯鹿发情，为了避免驯鹿间发生残酷争斗，鄂温克人会暗中把驯鹿分开，让雌雄各有所得，从而避免伤亡。在可能遇到熊的袭击时，鄂温克人还会用猎枪将熊赶走。

驯鹿还是鄂温克人最方便的生活帮手。男人们夏季长时间地在山中游猎，到秋天的时候才回来，而这时，驯鹿背上一定驮着收获的猎物。

在没有山路的林中迁移营地时，驯鹿要帮助驮运帐篷、食物、生活用品，还要载上脚力不足的孩子和老人。

在鄂温克人的心中，驯鹿是他们在大山深处唯一的生命伴侣。

鄂温克人的生活很早就引发了人们的关注，而每一次吸引人们目光的事件都离不开驯鹿。

1997年，中央电视台编导孙曾田创作的纪录片《神鹿呀！我们的神鹿》播出，该片让人们真切直观地看到了密林中鄂温克人的生活。专家评价该纪录片以"人类学影像民族志的方法"记录了一个山地民族原生态的存在形式，从此吸引了公众对这一神秘民族的好奇。

《神鹿呀！我们的神鹿》的记录对象是一个叫柳芭的鄂温克女孩和她的妈妈、姥姥。

柳芭从小生活在山林中，考上中央民族大学后，山居生活与城市文明的巨大落差从天而降。现代人的生活方式强硬地闯入她的人脑，压迫着那单纯而脆弱的神经，使她失去了思考与消化的能力。毕业后她被分配到呼和浩特市一家出版社，城市让她觉得自己是个永远也找不到现代生活之门

293

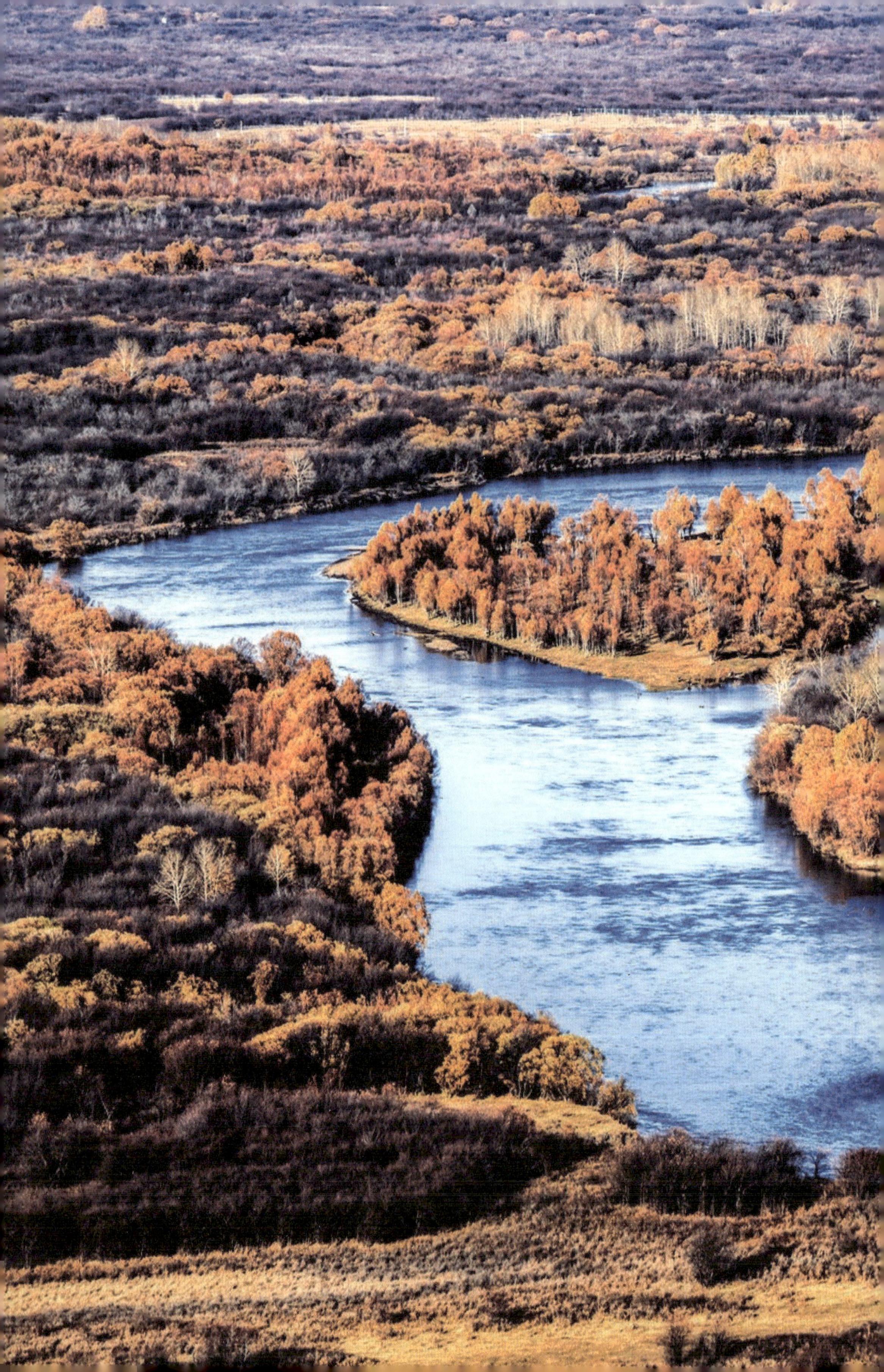

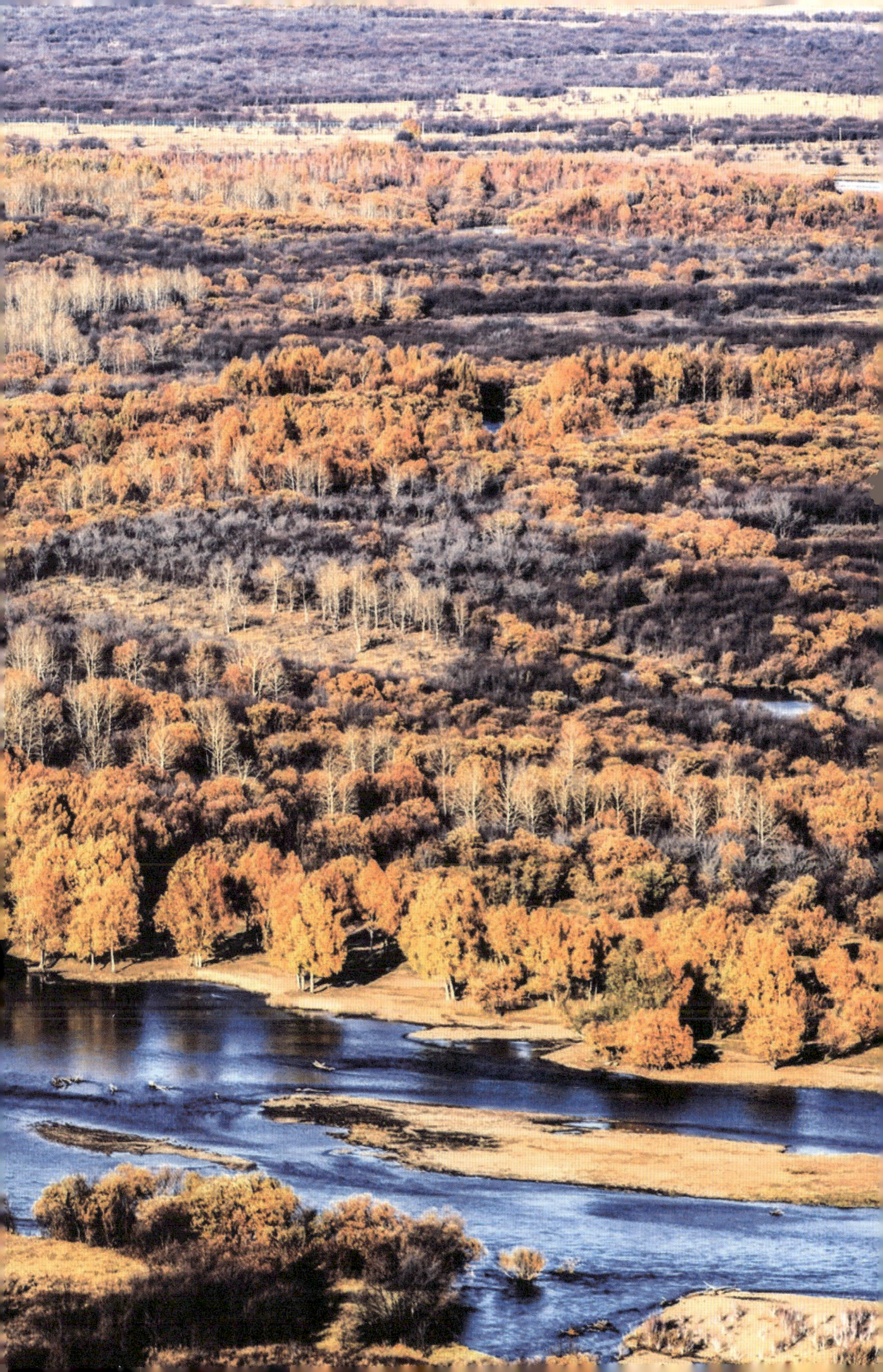

松花江传（上）

的人。她无所适从，无所安放，无所远望。她选择了离开，离开这个让自己感觉陌生，自己也让别人感觉陌生的城市。她回到山林，回到驯鹿的身边。山林还是那片山林，驯鹿还是那群驯鹿。唯一改变的是绕了一圈又回来的自己。她妈妈对她很失望，因为妈妈原本希望柳芭能走出山林，走出每天陪着驯鹿觅食的日子。在妈妈看来，一辈接着一辈传下来的生活方式已经变了。政府已经给鄂温克人在山下建了房屋，年轻的一代已经在外边的世界看到了更舒适的生活。妈妈之所以没有改变，是因为姥姥还在，驯鹿还在。如果古老的生活必须要妈妈去陪伴，她希望自己是最后一代陪伴者。妈妈愿意将自己的一生像姥姥一样度过，但决不愿自己的女儿柳芭选择这样的一生。

第七章　在水一方

柳芭90多岁的姥姥是山林中最可信、最灵验的萨满。陪伴着她的，是一套许久都没有穿过的祭礼神服。在姥姥心中，这套神服便是神灵之所在。她不许任何人触摸神服，她说这是要传给她的继承人的。然而，姥姥没有继承人了，她成了驯鹿鄂温克族中的最后一位萨满。她似乎敌视任何外来的目光，她不允许外人以好奇心来探究她的萨满。当发现她不能接受的目光和拍摄时，她会抛起木棍来表达愤怒。这是她作为一个萨满的尊严，是代表神祇的尊严。姥姥相信，尽管她已跳不动萨满，神服上的腰铃已很难再响起，但神祇在天，万物有灵，这远古传来的信条绝不会变。

柳芭不辞而别，离开了森林和姥姥、妈妈，她走出大山，嫁给了一个疼爱她的汉族人。她在山下的定居区拿起画笔，她油画的题材从来没有离开过她心中的山林和林中的驯鹿。她不知道自己该不该过这样的生活，她觉得自己既不属于山上，也不属于山下。她开始酗酒，排解心中的迷茫、失落与孤独。

柳芭回到了妈妈和姥姥身边，在山里生下了自己的女儿。而家族中被视为神鹿的母驯鹿，却因为难产而死了。

导演孙曾田在本片的自我阐述中写道："民族文化和时代的巨变构成了矛盾冲突的两面。本民族文化的纵向继承和时代巨变的横向冲击，一纵一横构成了十字架般巨大的阴影，笼罩了三代女人的心灵和命运。这一切，触及了一个现代文明的大命题：人类文明在发展中，是否应该保持民族文化的多样性？"正是基于对文化进步与现代文明的质疑，《神鹿呀！我们的神鹿》将"原始自然的生命力、善良浪漫的天性、向往自由又离不开山林的宿命"记录得如此真实而深刻。

编导对鄂温克文化的尊重，使片中的人物都充满了神圣的人性。姥姥在片中只对驯鹿喃喃自语，妈妈希望家中的驯鹿有她陪着就够了，希望孩

松花江传（上）

子们能有自己的生活。而柳芭则徘徊在森林与都市、古老与现代之间。

《神鹿呀！我们的神鹿》制作播出后，在纪录片界与人类学研究领域引起关注。片中鄂温克人的命运在一声声叹息中成为专家学者的研究文本。纪录片获得了许多国际大奖，由此开启的对鄂温克族的关注与讲述越来越多。

2003年，也就是《神鹿呀！我们的神鹿》播出后的第六年，片中的记录对象，从鄂温克走出的第一个学美术的大学生柳芭，饮酒之后栽入河中，身边还留着一个矿泉水瓶和未洗完的衣服。

人们看到了纪录片中的哀伤，却怎么也不会想到故事的最终结果是无解之殇。

柳芭溺水两年后，纪录片导演顾桃开始频繁进入敖鲁古雅，和鄂温克人朝夕相处，将这个族群的梦想与失落一一摄入自己的镜头，用所拍的素材剪出了《敖鲁古雅·敖鲁古雅》《雨果的假期》《犴达罕》三部自成一体的人类学纪录片，作品蕴藏着一种难以言说的悲壮和哀婉。

2003年之后，因为生态移民，鄂温克人离开森林。鄂温克人离开了生命中最重要的东西——森林、猎枪和驯鹿，到政府在山下搭建的定居点生活。

敖鲁古雅的鄂温克猎民曾经多年合法地拥有枪支，有小口径步枪，有半自动步枪。而在2003年生态移民之后，他们彻底放下猎枪，结束了沿袭上千年的狩猎、游牧民族传统。这对于鄂温克来说是艰难的改变。于是，一小部分敖鲁古雅人跟着80多岁的玛利亚·索选择了原始游牧生活，留在了山上。

玛利亚·索如同柳芭的姥姥和妈妈一样，决意永远留在山里陪伴驯鹿。

第七章 在水一方

2003年根河进行生态移民时，让大家投票选择去向，敖鲁古雅乡231名鄂温克人按了手印，玛利亚·索没有按，与追随她的猎民一起回到了养育鄂温克先辈的大森林里，继续过着游牧的生活

老一辈鄂温克人很难理解所谓的生态移民。在他们的记忆中，有鄂温克人的山岭，从来没有发生过火灾。在鄂温克猎民的枪口下，大兴安岭的野生动物也从来没有一样绝迹。无论走得多么遥远的驯鹿，在鄂温克人的召唤下，总能平安归来。

有鄂温克的山林应该是生态最完好的山林，他们的猎手知道在什么时候狩猎，知道如何保护幼雏与幼雏的母亲。就像驯鹿进食，总是轻轻用唇掠过，绝不伤及根茎。驯鹿走过的地方，依然欣欣向荣，生机勃勃。

回到山中的玛利亚·索约有300头驯鹿，她养的驯鹿是敖鲁古雅最大的猎民点。玛利亚·索是部族中唯一不会说汉语的鄂温克人。对玛利亚·索而言，森林和驯鹿是她全部的生活和寄托。慕名而来拜访玛利亚·索的人很多，而她面对外界的神情永远是平静而空白。

松花江传（上）

玛利亚·索与追随她的猎民一起回到了养育鄂温克先辈的大森林里，继续过着游牧的生活。政府在其居住地300千米范围内的密林中保留着几处较原始的猎民点，使其保留原始自然的放牧生活方式，从而使独特的民俗文化不流失、不消亡

1956年，王肯调查鄂伦春人的生活，在他的记录中有一位类似玛利亚·索的鄂伦春老奶奶。他在《鄂伦春诗话》中写道：鄂伦春向以狩猎捕鱼为生，逐野兽水草而居。木杆搭成的"斜仁柱"，也叫"希愣柱""撮罗子"，人走家搬无定所。1953年政府选白银纳、十八站等地建起定居点。住宅、仓库、学校、卫生所、供销社，还有未竣工的俱乐部，一色"木刻楞"。根根圆木搭成墙壁和屋地，刀砍毛棱板当房瓦。木房好似大木船，水冲不散，风吹不垮。再转转，好嘛，猎人也有了篮球架。

王肯显然为鄂伦春人有了新的定居生活而高兴。可他特别记述了这样一个细节：这年冬天的一个晚上，铺天盖地的风雪猛敲我家的门窗，不由想起白银纳的住房，"木刻楞"禁得住。可全村还有一个"撮罗子"，里边还住着一位84岁的老奶奶呢！干部请，亲人劝，磨破唇舌她也不搬进新房，怕房盖掉下来砸坏她，怕关上门窗憋死她。她说："不透气，不露天，要命也不搬！"

第七章　在水一方

撮罗子是鄂伦春、鄂温克、赫哲等东北狩猎和游牧民族的一种圆锥形"房子"

　　后来王肯打电话询问住在撮罗子里的老奶奶的情况。得到的回话是，老奶奶一直住在撮罗子里。

　　鄂温克族的新一代人已经走出山林，就像柳芭在有了自己的孩子之后，感叹自己好像离森林越来越远了。这仿佛是很难有答案的悖论。现代文明必然要穿透古老的森林，而被岁月带走的古法礼俗必然渐行渐远。如果人们还能记得王肯记述的那位不肯离开撮罗子的老奶奶，记住柳芭的妈

松花江传（上）

妈和姥姥，记住玛利亚·索，那么就希望这一切改变都不要太过粗暴，太过决然。毕竟，每一种文化样式，每一种生命形式，都有其不可替代的价值。可以被淘汰，可以被舍弃，可以被搁置。但是，不要被忘记。

大约在顾桃用镜头记录鄂温克人的同时，作家迟子建也开始注意到这个远在大兴安岭深处的民族。1990年，孙曾田在拍摄《神鹿呀！我们的神鹿》时，只是作为中央电视台的一位编导，遇到并选择了一个以鄂温克人生活为题材的选题，他是作为一个职业编导人来创作这部纪录片的。而顾桃与迟子建则不同。顾桃的父亲顾德清曾在鄂伦春文化馆工作，顾桃回忆父亲在20世纪80年代初时，常常"失踪"好几个月，并"带回来很多稀奇古怪的东西"。后来顾桃才知道，父亲是在深山老林里与鄂温克人在一起，与他们一同生活、狩猎、迁徙，并用影像与文字记录下这一切。

父亲每次回来都会带给顾桃很多惊喜，顾桃会帮父亲洗照片，整理日记文字，"好像发现了一个不同于我所处的另外一个世界"。那个时期，鄂温克和鄂伦春族还拥有传统的生活方式，有猎枪，有猎物，生动的传奇生活方式令人着迷。

顾桃说，他是跟随父亲的脚步进入敖鲁古雅的。

迟子建则出生在大兴安岭，也就是说，鄂温克人生活的山林也是她的故乡。

2003年，诸多媒体报道了敖鲁古雅的鄂温克人下山定居的事情，许多人蜂拥到内蒙古的根河市，想见证人类文明进程中的这一时刻。迟子建以对大兴安岭山林特有的敏感，意识到鄂温克人的命运，绝非一次下山定居可以改变，也绝非一句"政府的生态移民或者扶贫政策"可以概括。她相信一个民族生存方式落崖式的变化，一定会使其心灵在震颤中碎裂、滴血。迟子建的心中弥漫着一股挥之不去的忧郁和苍凉感，她要自己去看

第七章　在水一方

看,去触摸那敏感而软弱的心灵。

在根河的城郊,定居点那些崭新的白墙红顶的房子,多半已经空着。那一排排用砖红色铁丝网拦起的鹿圈,看不到一只驯鹿,只有一群懒散的山羊在杂草丛生的小路上逛来逛去。根河市委的领导介绍说,驯鹿下山圈养的失败和老一辈人对新生活的不适应,造成了猎民一批批地回归。……我追踪他们的足迹,连续两天来到猎民点,倾听他们内心的苦楚和哀愁,听他们歌唱。鄂温克猎民几乎个个都是出色的歌手,他们能即兴歌唱。那歌声听上去是沉郁而苍凉的,如呜咽而雄浑的流水。老一辈的人还是喜欢住在夜晚时能看见星星的希楞柱里,他们说住在山下的房子里,觉都睡不踏(塌)实。而年轻的一代,还是向往山外便利的生活。他们对我说,不想一辈子尾随着驯鹿待在沉寂的山里。①

迟子建看到的,也许别人也看到了。只是在迟子建的心中和笔下,鄂温克人下山定居后的迷茫彷徨,无奈不甘,成了"如呜咽而雄浑的流水"。

在那无比珍贵的两天时间中,我在鄂温克营地喝着他们煮的驯鹿奶茶,看那些觅食归来的驯鹿悠闲地卧在笼着烟的林地上,心也跟着那丝丝缕缕升起的淡蓝色烟霭一样,变得迷茫起来。由于森林植被的破坏,如今驯鹿可食的苔藓越来越少,所以他们即使回到山林,但搬迁频繁,他们和驯鹿最终会往何处去呢?②

伤感与伤逝,成了迟子建对鄂温克人命运的体验。煮沸的驯鹿奶茶,笼着烟的林地,古朴的山民生活与越来越少的苔藓形成刺眼的冲突。

柳芭的故事已经被媒体无数次报道过了。很少有人注意柳芭之所以在

---

① 迟子建著:《额尔古纳河右岸》,人民文学出版社,2003年,第256页。
② 迟子建著:《额尔古纳河右岸》,人民文学出版社,2003年,第256页。

松花江传（上）

城市与山林间往返来回，是因为她心灵的撕裂与无可选择的悲伤。

正是在直接了解了柳芭的故事后，迟子建才生出了动笔的冲动。

回到根河，我听说画家柳芭的母亲因腰伤而从猎民点下山来，住进了医院，我便赶到医院探望她。我不敢对躺在病床上的虚弱的她过多地提起柳芭，只想静静地看看养育了一位优秀画家的母亲。当我快要离开的时候，她突然用手蒙住眼睛，用低沉的声音对我说："柳芭太爱画画了，她那天去河边，还带了一瓶水，她没想着去死啊。"

是啊，柳芭可能并没想到要去死，可她确实是随着水流消逝了，连同她热爱着的那些绚丽的油彩。我的眼前突然闪现出了在悉尼火车站所看到的土著男人一次次地把食物送到妻子面前的情景，这些少数民族人身上所体现出的那种人性巨大的包容和温暖，令我无比动情，以至于在朝医院外走去的时候，我的眼睛悄悄蒙上了泪水。

我觉得找到了这部长篇的种子。这是一粒沉甸甸的、饱满的种子。我从小就拥有的那片辽阔而苍茫的林地就是它的温床，我相信一定能让它发芽和成长的。①

长篇小说《额尔古纳河右岸》落笔了。叙述方式是第一人称，叙述者"我"是一位置身于整个故事中的老人。

又是一位象征着古老命运的老人。这仿佛是鄂温克人最后的宿命，一个老妇人，一个见证并亲历了额尔古纳河右岸的鄂温克族人近百年的游牧生活及其最终命运的老奶奶。这是柳芭的姥姥，是顾桃镜头前的玛利亚·索。她们成了鄂温克人最后的倔强与坚守。

---

① 迟子建著：《额尔古纳河右岸》，人民文学出版社，2003年，第256—257页。

第七章 在水一方

《额尔古纳河右岸》中主人公的原型——玛利亚·索

  我不愿意睡在看不到星星的屋子里，我这辈子是伴着星星度过黑夜的。如果午夜梦醒时我望见的是漆黑的屋顶，我的眼睛会瞎的；我的驯鹿没有犯罪，我也不想看到它们蹲进"监狱"。听不到那流水一样的鹿铃声，我一定会耳聋的；我的腿脚习惯了坑坑洼洼的山路，如果让我每天走在城镇平坦的小路上，它们一定会疲软得再也负载不起我的身躯，使我成为一个瘫子；我一直呼吸着山野清新的空气，如果让我去闻布苏的汽车放出的那些"臭屁"，我一定就不会喘气了。我的身体是神灵给予的，我要在山里，把它还给神灵。①

  迟子建的长篇小说《额尔古纳河右岸》获得了第七届茅盾文学奖。评委会的授奖词这样评价："迟子建怀着素有的真挚澄澈的心，进入鄂温克族人的生活世界，以温柔的抒情方式诗意地讲述了一个少数民族的顽强坚守和文化变迁。这部'家庭式'的作品可以看作是作者与鄂温克族人的

---

① 迟子建著：《额尔古纳河右岸》，人民文学出版社，2003年，第4页。

松花江传（上）

坦诚对话，在对话中她表达了对尊重生命、敬畏生命、坚持信仰、爱憎分明等被现代性所遮蔽的人类理想精神的张扬。迟子建的文风沉静婉约、语言精妙。小说具有史诗般的品格和文化人类学的理想厚度，是一部风格鲜明、意境深远、思想性和艺术性俱佳的上乘之作。"

作家的笔触细腻丰富，从中我们能感受到心灵深处的触碰。《额尔古纳河右岸》中以信奉"万物有灵论"构建起了人与自然对话的平台。自然万物都是一个个自由自在的独立个体，被神性的光辉笼罩着，拥有着生命的尊严。迟子建以"万物有灵论"观照大自然，将鄂温克人的生命置放在一体化的自然之中。如果自然是神圣的，那么，鄂温克人的生命与心灵就是神圣的。如果自然理当拥有尊严并获得尊重，那么，鄂温克人的生命形式也当拥有尊严并获得尊重。

《额尔古纳河右岸》中老奶奶的倾诉，如同额尔古纳河一样，静穆，庄严，不舍昼夜，无关古今——

我是雨和雪的老熟人了，我有九十岁了，雨雪看老了我，我也把它们给看老了……[1]

我是个不擅长说故事的女人，但在这个时刻，听着"刷刷（唰唰）"的雨声，看着跳动的火光，我特别想跟谁说说话。达吉亚娜走了，西班走了，柳莎和玛克辛姆也走了，我的故事说给谁听呢？安草儿自己不爱说话，也不爱别人说话。那么就让雨和火来听我的故事吧，我知道这对冤家跟人一样，也长着耳朵呢。[2]

女人的柔弱与烈性，也许就是居住在大小兴安岭与黑龙江、松花江、乌苏里江流域的诸多由渔猎生活走到今天的少数民族的象征。

---

[1] 迟子建著：《额尔古纳河右岸》，人民文学出版社，2003年，第257页。
[2] 迟子建著：《额尔古纳河右岸》，人民文学出版社，2003年，第5页。

第八章

流金淌银

长白山是一座天然的"自然博物馆"和巨大的"生物基因库",长白山具有完整的野生植物区系和特有的动物区系。美籍华裔科学家胡秀英教授对长白山曾有过一句经典的评语:"学林的人,学生态的学生,学森林经营管理的学生,如果不来长白山的话,就不能毕业。"

1978年,王战先生创立了中国科学院长白山森林生态系统定位站,将长白山森林生态并入"国际长期生态学研究网络"。

长白山林海"藏天然之秘,蕴万古之灵"。而在这所有的资源之中,人参无疑是位列第一的宝藏。

到长白山采参的人都要拜一拜山神爷老把头。而到长白山淘金的人都知道关东金王韩边外的传说。

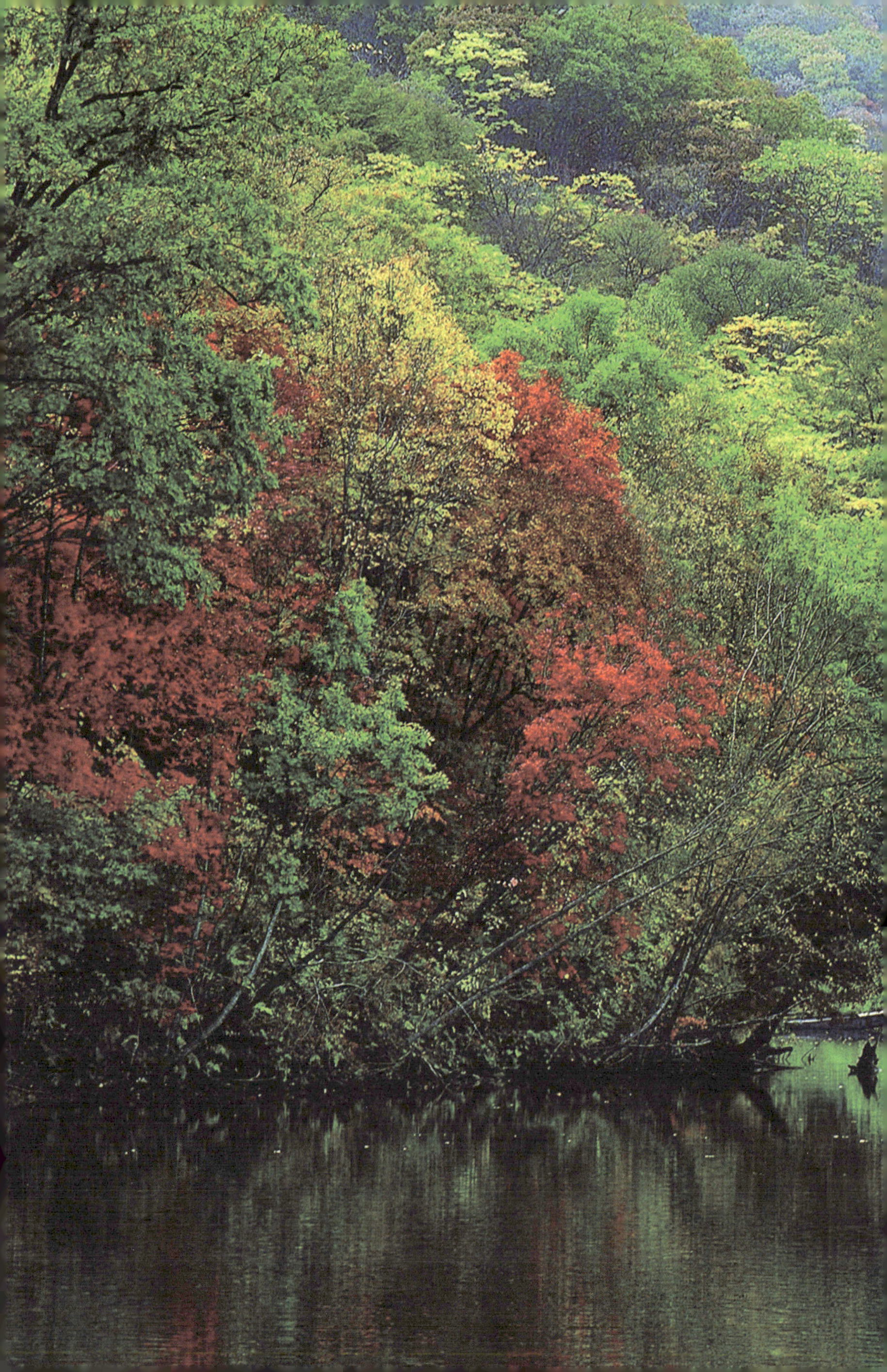

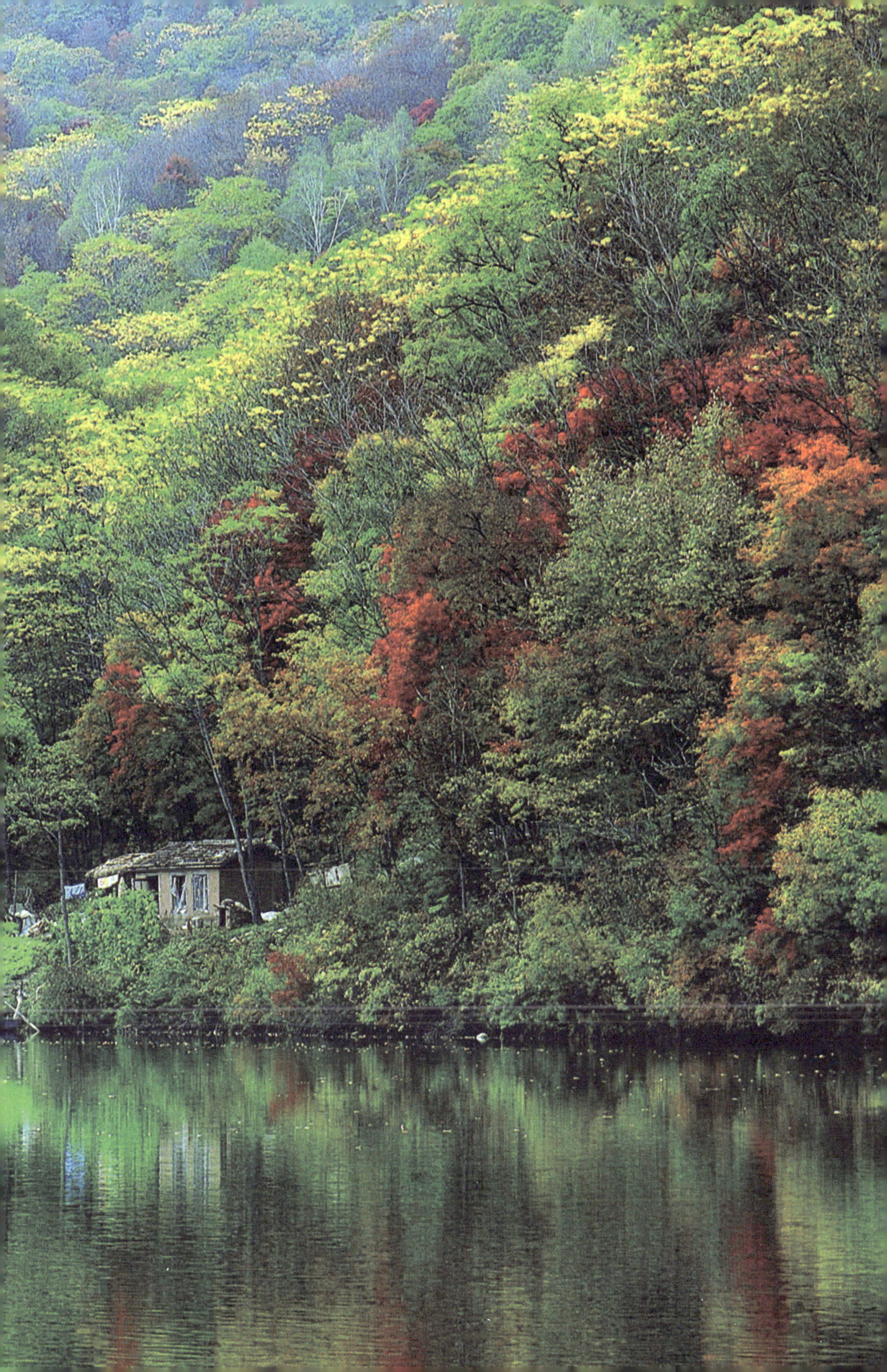

松花江传（上）

新世纪第一缕阳光

2000年10月，北京天文台、南京紫金山天文台联合发布新闻公告，最后确定位于中国东北长白山东麓的珲春市森林山，是中国大陆上首先看到"新世纪第一缕阳光"的地点；日出时间：6时40分7秒；太阳方位：东偏南30度3分97秒。

这一宣布，结束了几个月来关于新世纪第一缕曙光首照地点的争议。

新华社记者在播发这一消息时，意味深长地说了这样一句话：关于世纪曙光的争论，实际上是一种资源的争夺。

2001年1月1日——21世纪和公元第三个千年的第一缕阳光，是百年等一回，千年等一回！

由于计算方法的不同，中国大陆已经有多个地区和城市位列第一缕阳光的首照地名单。各地翘首以盼，都希望最终的科学确定能将新世纪第一缕阳光的"赐"福播撒在家乡的土地上。

曙光首照千年一遇，看似利益之争，其实是名号之争，资源之争。

某些地区和城市自请专家发布计算结果，并在媒体上宣传造势。中国东部沿海某一城市提前半年之久，先自认定并筹办"世纪曙光节"。"曙光搭台，经济唱戏"，预计在"曙光节"期间，接待中外游客16.96万人，旅游收入1.2亿元。用当地领导的话说就是"活动空前、报道空前、游客空前、收入空前"。

在这四个"空前"之前，已经出现了一个"空前"——竞争空前。关于世纪曙光首照地的争论已经空前白热化了。出面的专家言之凿凿，媒体的造势如火如荼，参与的城市全民动员。

最终逼出了国家级的权威解释。中国科学院北京天文台名誉台长王

第八章 流金淌银

绥琯和中国科学院紫金山天文台台长陆本魁联合签发新闻公告，对闹得沸沸扬扬的"曙光之争"做了科学阐述：中国大陆"第一日出"首照地所用的计算日出的定义是考虑地球有高山、平原、丘陵、凹地，即对光滑均匀球体做高度改正。计算具体观测地的日出以及航空历就用此法。但在看日出时要考虑具体观测地东南有无遮挡物。就具体观测地而言，东北地区为吉林省森林山，东南地区是浙江省临海市括苍山顶米筛浪峰、北雁荡倒石岩、温岭石塘镇金阿顶。

通俗一点的理解就是，日出日落的计算是有通行的公式的，理论上是不考虑地表形态而以海拔高度为零，即以海平面为基准计算的。但世纪曙光首照，则不仅仅是理论上的，对其进行计算必须综合考虑日出方向有无遮挡以及地表形态与高度的因素。

专家的解释既权威又不武断，列出了中国东北与中国东南两个地区并明确表示："最后重申，这两种计算结果是应不同要求而得到的，相互之间并不可比。经过核对，两者计算在科学上均是严格的，结果均准确无误。"

专家不便断言的，数据却给出答案——21世纪中国大陆第一缕曙光的最佳观测地分别是：中国东北的森林山是6时40分7秒；中国东南的括苍山顶米筛浪峰是6时42分9秒；北雁荡倒石岩是6时43分；温岭石塘镇金阿顶是6时43分3秒。

以此时的分秒排序，实际确认了长白山东麓的森林山是中国大陆世纪曙光的首照地。

如果说在中国的版图上，东北是报晓的金鸡之首，那么长白山则如金鸡挺拔，用其雄壮的姿态唤醒大地，讴歌新世纪，长白山是岁月与山川结下的缘分，是地祇与天命遂愿众生的赐福。

松花江传（上）

　　21世纪的第一缕阳光选择了长白山，选择了东北，选择了被联合国开发计划署确定为最有发展潜力的图们江流域。当新世纪的太阳跳跃着光芒，穿透了太平洋的海浪，把殷殷希望投向古老的东方时，是长白山，是东北大地，为祖国迎来了这一最美丽的祝福。

　　太阳是生命的创造者，是绿色和生机的源泉。它有理由把新世纪的第一缕光和热，投向最具活力的太平洋西岸，投向同纬度地区森林资源最完整的长白山。在它的普照下，人们看到了一个生机勃勃的、自然资源得天独厚的大东北。

第八章　流金淌银

遥远的2500万年前著名的喜马拉雅造山运动和距今200万年的一次激烈的火山活动，成就了太平洋西岸、亚欧大陆东北部最高的山脉——长白山。日月经天，沧海桑田，火山熔岩的每一次喷发，都催生了更加旺盛的绿色。经过千万年的演替更迭，终于形成了今天这孕育着无限生机的长白林海。

山不在高，有仙则名。长白山仙就仙在高高的火山锥体之上，竟拥着明镜般的一池碧水。如果做一个比较的话，长白山天池湖面海拔2194米，比新疆的天山天池高出214米。水深373米，是天山天池的3倍多。蓄水量21

松花江传（上）

亿立方米，是天山天池的15倍。它是中国海拔最高、最深的火山口湖。

如果说天池是长白山之仙，那么茫茫林海，便是长白山之绝。其绝就绝在水平距离不到45千米，高程相差不到2000米的山体上，随着海拔的变化，依次分布着红松阔叶林带、针叶林带、岳桦林带和高山苔原带。这意味着一座长白山就浓缩了欧亚大陆从中温带到寒带的主要植被类型。也就是说，如果你从长白山脚下出发，在登到山顶所经的这不足60千米的路程中，就可以看到从北京一直到北极几千千米内的森林景象。1979年联合国教科文组织生态顾问普尔先生在对长白山进行实地考察后，对陪同的中国专家感慨地说："这简直就是一个天然的森林博物馆。"

火山是重要的自然资源，火山活动释放出来的能量及其堆积物，早已参与到自然演替的生命过程中。长白山是目前我国境内保留最为完整的多成因复合火山。在中国科学院涂光炽等一批著名院士的建议下，中国政府已将长白山火山监测与资源评价列入中国地震局95-11项目。全天候、全方位、常年性的火山监测将一直伴随着这座著名的休眠火山。同时陪伴它的，还有那无尽的林海和对林海着迷的人们。

2001年，与世纪曙光同时到访长白山的还有美国林学会长白山森林生态考察组。考察组的组长帕伯先生是美国林学会的会长，作为森林生态学专家，他在长白山整整转了两天。他说，他转不出去了，他被迷住了。帕伯明确表示，他到过世界上几乎所有的森林景观区，长白山是他看到的林相层次清晰、多种样态并存、结构复合完整的森林景观。他说针叶林、阔叶林、针阔混交林随处可见，在北美、欧洲是最基本的覆盖森林。岳桦林在世界上分布也很多，包括中国的阿尔泰山、大小兴安岭地区都有分布。苔原也不是稀奇的物种，在北极地区分布着面积很大很大的北极苔原。但是把这些生长在不同生境下的森林树种集中在一个区域很大的生态系统

第八章　流金淌银

中,这是很独特的一种自然景观。从这个意义上说,长白山是独一无二的。

作为一座天然的"自然博物馆"和巨大的"生物基因库",长白山具有完整的野生植物区系和特有的动物区系,共有植物2639种,其中特有植物100多种,24种国家级珍稀濒危植物;还有野生脊椎动物500多种,无脊椎动物1000种以上,其中国家规定保护的珍稀特产动物150种。如此丰富的动植物资源和由此形成的强大的生态功能,使长白山成为国际性的森林生态科研和教学基地。美籍华裔科学家胡秀英教授对长白山曾有过一句经典的评语:"学林的人,学生态的学生,学森林经营管理的学生,如果不来长白山的话,就不能毕业。"

长白山300多年前的火山喷发是距今最近的一次大规模集中展现的自然力量。此后清朝政府对长白山区的封禁,有效地保护了原始的森林形态。直到150年前,长白山的森林面积达到450万公顷,木材蓄积量10亿立方米。近代史上,沙俄与日本通过强行割取和掠夺,使中国东北的森林资源遭受毁灭性的破坏。1945年抗战胜利时,长白山的木材蓄积量急剧缩减到不足6亿立方米,也就是说,侵略者毁掉了半个长白山。

1949年10月1日,新中国成立。朝气蓬勃的新中国渴望着发展上的奇迹,而最能体现这一渴望的,便是资源的快速开发和生产。当时的一首歌这样唱道:"哪里有荒山,就让哪里献出宝藏。"人们对新中国建设的热情,在生产中转化为物产富饶、开发收获的喜悦。第二个五年计划中,国家对长白山林业的投资比"一五"期间骤增一倍还多,森工企业随之迅猛发展。随之而来的,是一车车圆木驶出森林,由北向南而去。

一直到20世纪90年代,那昼夜不停的铁轨声,那几乎涨出车厢的一根根圆木,深深地印在了东北人的脑海里。长白山相信,这一车车的圆

松花江传（上）

木铺在了新中国发展的大路上，支撑着共和国急于发展的匆匆脚步。到"九五"期末，长白山为国家建设贡献了2.4亿立方米的木材，成为全国第二大木材生产基地。

吉林考古研究所2020年调查发现，森林铁路多深入山谷，交错纵横，皆延伸至盛产红松等优质木材的山谷内；部分铁路为临时性铺设，所用枕木均为红松类木材树梢部分，仅截取枝杈，未经修整即直接铺设。日本帝国主义运用这些建设铁路，对我国长白山地区森林资源进行疯狂的掠夺。图为保存较好的路基

奉献赢得了骄傲，也意味着代价。

一百多年来人们对长白山林区森林资源的长期集中过量采伐，造成其森林生态系统稳定性降低，生物多样性降低，生态功能降低，系统整体退化。据气象部门统计，近150年来，随着长白山原始森林采伐面积的扩大和速度加快，松辽平原、松嫩平原的旱涝频率由12%增至38%以上。鸭绿江流域降水量减少了近40%，松花江、图们江等江河泥沙含量提高了近5倍。

第八章　流金淌银

虽然已经过去了大半个世纪，但是在白雪覆盖的大森林里，依然留下了侵略者的痕迹

日俄战争后，东北鸭绿江流域的森林资源，被日本舆论视为"满洲经营之三大纲目"之一。1908年，日本政府通过外交讹诈夺取了这一流域森林的经营特权，成立鸭绿江采木公司

这是今天我们已经不得不承受的现实，那么未来呢？一位生态学家说，今天砍伐森林，无异于拔掉儿孙的氧气管。哲学家赵鑫珊说得更好："人类文明，从砍第一棵树开始，到砍最后一棵树结束。"[①]

森林曾经是人类的家园，从走出森林的那一时刻开始，人类进入了新的文明时代。而这其中的每一步都确凿无疑地证明，人类不可能离开森林

---

① 中国儿童中心编：《新形势下的全国少年儿童"双有"主题教育活动的研究与探索》，中国妇女出版社年，2008年，第51页。

松花江传（上）

的佑护而随心所欲地发展。当越来越频繁的洪水和沙尘暴袭来的时候，人们终于明白了其中的因果关系。我们别无选择，只有改变我们自己。

20世纪90年代初期，林业专家们就呼吁，长白山森林已到了最危险的时刻。如果不进行根本性的转变，不仅我们这一代人无林可采，子孙后代也将无立足之地。

共和国的建设在大自然的回应下调整了自己的脚步，不堪重负的大森林终于获得了休养生息的机会。这是社会进步的选择，也是人类文明的选择。中国政府确定的天然林保护工程，意味着林业工人将率先承担一份责任。

这与其说是林区生产生活方式的转变，不如说是长白山区域经济发展理念的转变。它带来的不仅仅是森林生态的演替更新，还是奉献了几代人并将继续奉献下去的林业工人形象的更新。

今天的长白山，设备最好的、景象最兴旺的是各林场的种苗基地，密林中身影最多的、场面最热闹的是各林场组织的营林抚育。人们在工作中讨论最多的、上的项目最快的，是天然林保护工程。

天然林保护工程体现的是当代林业对国家、对子孙后代、对人类的责任担当。长白山森林生态系统的强大功能意味着，它的安全就是整个松辽平原甚至整个东北亚地区的生态安全，几十万林业工人守护着的，是几千万人的生命底线。

‖ 长白山守护神

"万物土中生，森林育万物，万物人为主，人生靠万物。"这是20世

第八章　流金淌银

纪50年代以来在长白山林区广为流传并被奉为圭臬的四句话。提出这四句话的人，就是中国著名的林学家王战。

长白山如若有灵，一定会记住这个叫王战的人。他是中国科学院著名的林学家、植物学家、生态学家，是世界上首次发现"活化石"水杉，并在国内提出长江有可能变成黄河的第一人。20世纪50年代，王战展开了对长白山的系统研究。"文革"后重返长白山时，面对森林被毁坏、满目疮痍的长白山，王战涕泗横流，在天池之上哭着喊出了"还我长白山"的心声。

1978年，王战先生创立了中国科学院长白山森林生态系统定位站，将长白山森林生态并入"国际长期生态学研究网络"。如果说长白山的圣山形象是民间文化塑造的话，那么长白山的森林生态价值，则是在王战等一代科学家的努力下推向世界的。

20世纪五六十年代，正是长白山林区大面积采伐、大规模开发的时期。一条条铁路修进了深山，一批批山东移民进入林区成了林业工人，一个个林场家属居住区扩张成乡村集镇，一个个小山一样高的圆木堆变成了林场。随着一棵棵红松、落叶松、云杉、冷杉的倒下，林业工人为国家做出贡献的高大形象树立了起来。林业系统有钱了，深山里的林场有了篮球场、体育馆、俱乐部、洗澡堂、商店、学校。大一点儿的林业单位甚至办起了歌舞团、专业篮球队。省、市专业团体的文艺、体育尖子在退役后都选择进入林业系统，长白山林区周边的姑娘都争着抢着要嫁林业工人。

林业人砍伐的是大木头，却被人们赋予了一个既充满羡慕嫉妒之情又不无轻蔑嘲讽之意的绰号——林大头。

王战就是在这个时期进入长白山的，也是在这个时期出手干预林业采伐的。他提出："采伐不单是为了采伐。采伐就是为了更新，采伐就是

松花江传（上）

为了以后能够越采越多。"王战向长白山的林业工人发出了真诚的呼吁："你这一斧子砍下去，要砍出更好的东西，要砍出一片森林。"

1958年王战在长白山考察　他是中国科学院长白山森林生态系统定位站的奠基人。该站现已成为中国开展森林科研工作的理想基地

"一斧子砍出一片森林"，这句话自王战先生喊出来，就一直回荡在长白山上。

美国林学会长白山森林生态考察组成员之一、美国普渡大学教授邵国凡曾是王战的学生。他多次回到长白山，并以王战的林学思想作为自己的课题思路。在长白山，邵国凡常常向人们介绍他当年随王战老师进山学习的情景："王战先生对长白山的每一个角落、每一个地方都记在心里，非常非常熟悉。在山里，我们不能轻易地拔一根草，不能轻易地折一根树枝。我们最开始时不知道，那么他会教育我们：如果没有必要的话，你不要去动那个草，没有必要就不要去动那个树枝。"

王战对长白山的爱，是爱到了骨子里。他把长白山当成了自己的家，而把自己变成了一棵树。

王战的女儿王安利曾多次陪父亲走进长白山深处。她一直记得父亲对

第八章　流金淌银

她说的话："长白山森林生态系统，是一部天书，应该读深、读透。"王安利说："爸爸就是热爱森林，钻到森林里头，把森林当作是一个家，一辈子就是钻到森林里头。我们这些孩子都是把爸爸看作一个老树爸爸。他不光爱树，而且他就像一棵老树一样，他在森林里，他和老树做伴。他自己也把这个树木都当成他的兄弟姊妹一样。"

王战的学生代力民继老师之后接任中国科学院长白山森林生态系统定位站的站长。在他的心目中，王战先生将自己的后半生献给了长白山，只要一走进原始森林，他就会忘记自己已是七八十岁的老人，忘记蚊虫的叮咬。代力民说："他每次都是身先士卒，都是走在我们的最前面。而且我感觉不管是进到什么样的森林，一进去以后，他那个话也多了，笑容也打开了。"

王安利说："爸爸一进林子特别快乐，你看他不疲乏。别人走走就累了，他越走越有精神。然后，他就滔滔不绝地给你讲，讲这个是什么树，那个是什么树。"

王战先生被人们称为长白山的活字典，他的足迹遍及长白山的沟沟岔岔、山山水水。在茫茫的长白林海中，王战先生的身影，已成为山里人抹不去的记忆。

代力民说："特别是在东北林业这块，一提到王战先生，林业工人都知道他。在东北，任何一棵草，任何一棵树，他拿过来就能说出学名。"

邵国凡说："王战先生的知识多数都是直接知识，都是他在大自然中，在林业生产实践当中，在科研当中，自己琢磨出来的、很奥妙的林业知识。"

王战特别关注长白山红松阔叶林的研究和保护，林业工人们称他为长白山的"红松王"。由他倡导的"采育择伐"生产方式，已经写入林业部

松花江传（上）

（现国家林业和草原局）制定的《森林采伐更新规程》。他五十年前教过的一位学生后来做了国家林业部部长，他对王战先生诚恳地说："您才是真正的林业部部长啊！"

代力民回忆说："王战先生的夫人叫王薇，她是我们国家著名的植物分类专家，也是我们研究所的研究员。王薇先生去世之后，我们陪同王战先生把他夫人的骨灰撒在长白山。当时他讲：'我希望在我去世之后，把我的骨灰撒在长白山，我就要我的一生看住我们的森林。'因为当时全国整个林业就是乱砍滥伐，大面积森林被砍伐，他非常心疼。"

年近90岁高龄的王战先生在最后一次进长白山时，已经为自己选择了最终的归宿。

代力民回忆说："王战先生也许自己感觉到了，然后他在林子里面，一棵一棵地轻轻地抚摸那些树，像跟好多年的老朋友告别一样。我现在印象最深的，也就是他抚摸那些树的情景。"

2000年1月30日，为林业科学、为长白山的科研保护工作贡献一生的王战因病去世。遵照他的遗嘱，人们把他送回了长白山。

长白山林区最后一车商品材

第八章　流金淌银

代力民说："送他那天吧，从山脚到山顶的途中天上一直都稀稀拉拉下着小雨。当然也代表了我们那时候的心情。比较令人惊讶，或者说是让人觉得比较神奇的是，我们把王战先生的骨灰撒在天池边上的时候，有那么四五分钟，天突然放晴了，然后雾都散开了，都能看到天池全景了。"

在长白山区，现在还流传着王战先生送夫人时的一句话——"如果我死了，也要把我的骨灰撒在长白山，我的灵魂将在长白山上飘荡，谁保护长白山，我会祝福他；谁破坏长白山，我会诅咒他。"

王战先生魂归长白山，王战先生是真正的长白山魂。

2015年，吉林森工集团、长白山森工集团全面停止天然林商业性采伐；2016年，长白山区地方国有林业单位全面停止商业性采伐。从此，人类向长白山森林过度索取一百多年的历史结束了。

王战先生有知，当展颜笑慰！

长白山森工集团全面停止天然林商业性采伐，采伐结束，大家将拖拉机排成一排，站在前面拍了一张合影

松花江传（上）

‖ 江河安澜

与长白山之仙——天池、长白山之绝——林海并列的，是长白山之奇——奇就奇在长白山这个锥体形的火山山脉，竟是三江之源。松花江向北，图们江向东，鸭绿江向西，三大水系在长白山区和松嫩平原的流域面积约17万平方千米。水资源总量约380亿立方米，占全流域水资源总量的95%。三江之水，如同东北平原上的血脉，在大地上滋养生息，润泽万物。

绵长的长白山脉是河源集中区，松花江、辽河、鸭绿江、图们江、绥芬河五大水系，1000多条河流溪水，1000多个湖泊泡泽，100多亿立方米的地下水，400多亿立方米的水资源总量，像充盈的血脉，鼓荡起黑土地的气血精神。

松花江被称为东北人的母亲河，借用一位作家的话说："松花江若是充盈的，东北就是充盈的；松花江若是安全的，东北就是安全的。"

发达的水系，众多的泡泽，使松花江两岸人均占有内陆水面在全国位列第三。这里水能丰富，水势充沛。水之于东北大地，虽非得天独厚，也非先天不足。只是时空分布不均，东边水多，西边水少，中部时多时少。若论总量，东北的水资源在全国的排位居中靠前。若论人均，东北仍属于北方缺水区域。以松花江为代表的东北之水，于东北而言是摇篮，是命脉，是心中的隐忧，也是切肤之痛。

松花江上游位于雨量充沛的长白山区，降雨集中、山势陡峭、河网密布、森林采伐等因素，使洪水灾害发生的频率越来越高。

据史志记载，东北发生频率最高、影响范围和强度最大的自然灾害，是洪涝和干旱两种灾害。专家据此断言，东北经济发展与社会建设，水治则城乡治，水兴则百业兴。

第八章　流金淌银

能否有效控制松花江的洪水，直接关系到沿江下游城乡人民的生活，关系到国家重点商品粮基地的安全，关系到两岸工业重镇的生产，关系到国家铁路、公路大动脉的畅通。

悠悠江河水，承载着多少人的悲欢离合。洪水之害，已成东北大地上的心腹之患。修堤防，筑大坝，蓄洪水，疏河道，为江河设堤防，为民心解忧患。水利工程建设一马当先。

人类与水抗争，借水之势，建造了一道道拦河坝、一条条导水的渠、一座座蓄洪水库。在松花江与嫩江流经的土地上，几乎有江河的地方就有水库。一座座大大小小的水库担负着拦蓄洪水、水力发电、渔业养殖、农田灌溉、城市供水、气候调节、生态保护等多方面的功能，它承载得越多，所凝聚的水利工作者的心血就越多。每到汛期或大旱，人们把希望的目光投向水库，又不得不把水库的安全捧在心口。

水库是人类向大自然的介入，是除了农田垦殖以外，人类面向自然最主动、最有力的影响行为。松嫩平原上1000多座大中小水库是水利建设"兴利除害结合，开源节流并重，防洪抗旱并举"方针的体现，是千百万人民生活和社会经济发展的命脉所在，也是人民心目中水利工作者形象的丰碑。

大规模的水利建设是政府向人民负责，是水利向社会负责的具体体现。松花江与嫩江上已建成的防洪工程体系在抗御历次洪涝灾害中发挥着重要的作用，为流域1000多万亩耕地和数千万人口，以及长春、吉林、松原、哈尔滨、佳木斯等重要城市，为以京哈高铁、绥满高铁为主轴，丹齐通道、京哈通道、秦抚通道，丹二通道、丹双通道、珲乌通道和绥满通道的三纵四横高铁网，以及纵横交错的高速公路干线提供了安全保障。

自2015年9月国家正式颁布《生态文明体制改革总体方案》后，治水与水利的方略确立了绿水青山就是金山银山的理念。在山水林田湖草沙一体化

松花江传（上）

保护的概念下，当地调整了传统的治水思路，改变以往的就工程论工程、就河流论河流的治水模式。东北平原西部的嫩江、洮儿河冲积扇地区曾是水草丰美、泡泽密布的广阔平原，历史上完颜阿骨打和成吉思汗都曾借助这里的水系向中原扩张，今天的月亮泡当年被称为"运粮泡"。20世纪90年代以来，全球性气候变暖使东北西部的干热化倾向日趋严重，东北西部已成为整个区域半干旱的中心。200毫米的年降雨量与1200毫米的年蒸发量，使这里有水一片绿，无水一片黄，洪涝一条线，干旱一大片。治水在这里不仅关系到人们的生产生活，而且与草原恢复、盐碱地治理及保护湿地生态系统密切相关。

松花江与嫩江交汇处位于农牧交错地带，整个区域的大小数百个泡沼湖泊，是这里重要的生态水体。在确立了由工程水利向生态资源水利转变的今天，东北西部草原地带的治水一改过去单纯的堤防围堵，而是给水留出一片自然的天地。过去是将洪水视为猛兽，治水就是为了能尽快地将它导出泄走。今天却将洪水视为生态资源，治水就是要把洪水尽可能留在天然的湖泊湿地之中。21世纪以来，松花江流域的两项重点水利工程——哈达山水利枢纽和霍林河引洮分洪入向工程，其重要的目标之一就是蓄洪兴利，扩大西部的湿地面积，恢复原有的水草连天、泡泽相连的自然景观。

对于西部来说，留住了水，就留住了湿地，留住了草原，留住了大大小小的湖泊和那湖水之上栖息繁衍的水禽。

松花江水能资源优越，而比这更优越的，是半个多世纪以来水电开发者的智慧和成就。以丰满、白山、红石为代表的大中型水电站及遍布东部山区的小型水电站，最集中地体现了生态资源水利及绿色能源开发的成就。

丰满水电站位于吉林市境内的松花江上，1937年，日本侵占东北时期开工兴建，是当时亚洲规模最大的水电站。1942年大坝蓄水，1943年5月29日首

第八章　流金淌银

台机组投产发电。1945年8月日本宣布无条件投降时，丰满发电厂尚未竣工，电站机组安装已完成了第一期工程的50%，完成总工程量的87%。1948年东北解放后，人民政府委托苏联列宁格勒水电设计院做出丰满水电站修复和扩建工程的设计，安装1台6万千瓦、2台6.5万千瓦、5台7.25万千瓦以及1台1250千瓦小机组，总装机容量55.375万千瓦。后来，又陆续进行了三期改扩建工程。

丰满水电站挡水大坝是目前中国运行时间最长的大型混凝土重力坝，被誉为"中国水电之母"。大坝历经日伪时期和新中国成立以后的施工，存在坝体漏水、溶蚀、老化、整体性差等诸多先天性缺陷。虽经多年补强加固和精心维护，仍然无法根除。2012年10月18日，国家发展和改革委员会核准了丰满水电站的全面治理工程。工程主体是在原大坝下游120米处新建一座大坝，恢复原电站功能和任务。此项工程是世界上首次近百米坝高、百亿库容、百万装机的大型水电站重建项目。新建大坝为碾压混凝土重力坝，坝长1068米，最大坝高94.5米。电站将新安装6台单机20万千瓦混流式水轮发电机组，总装机容量达到148万千瓦，年均发电量17.09亿千瓦时。

丰满水电站开闸放水（1943年摄）

松花江传（上）

丰满全景（一）（1938年摄）

丰满全景（二）（1938年摄）

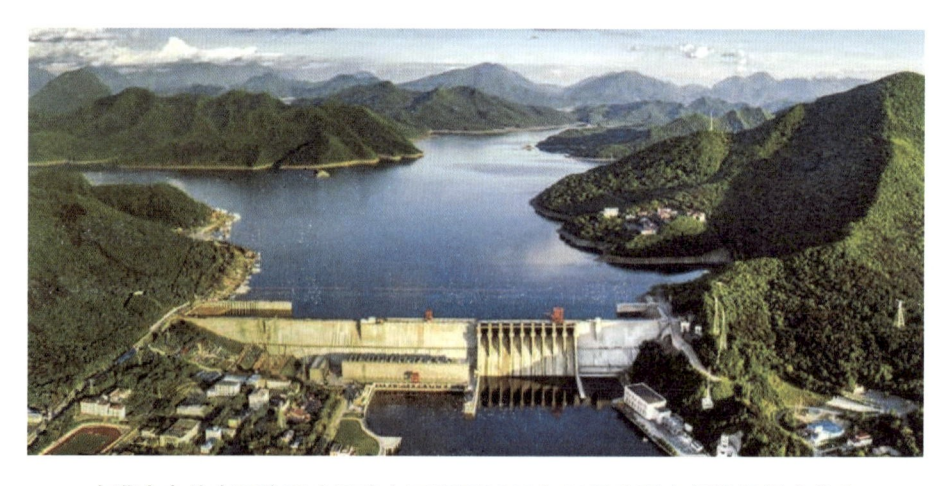

丰满水电站全面治理（重建）工程于2020年10月实现全部机组投产发电

第八章　流金淌银

2019年9月20日，重建后的丰满水电站1号机组正式投产发电。随着新机组的陆续投运，有着80多年历史的"老丰满"开始焕发新青春，重建后的丰满水电站将继续承担发电、调峰调频、防洪防汛等综合任务。作为松花江流域的枢纽变电站，新坝建设时增设了大坝过鱼设施。新坝的落成，让丰满水库的汛限水位恢复至260.5米，可以满足150万亩农田灌溉和990万城市人口的生活用水需求。

金山银山长白山

长白山的秋天透着一股醉人的果香，山葡萄熟了，软枣子熟了，越橘果熟了，红松子熟了。漫山遍野的金黄，热闹了山山岭岭，也陶醉了一拨又一拨的赶山人。

国家对农牧渔业生产中的绿色食品认证，整体上推动着由土地到餐桌的绿色链接。然而，无论是国际上对有机食品的界定，还是国内对食品营养、健康、安全标准的提高，都将人们的目光引向了纯天然的可食用资源。山野菜、山野果、山珍已成为标准更高，品位更高，也更加难得的食品消费。而在这方面，长白山区具有明显的比较优势和开发潜力。

长白山被誉为世界上少有的物种基因库。过去对长白山的开发，只注重有形资源，而忽视了对长白山域名这一优质无形资产的利用。在生态文明建设的推动下，"长白山生态食品"这一概念将这一优质无形资产与食品工业产品紧密结合起来。

长白山的食用植物有71科390种，包括山楂、山荆子、花盖梨、山葡萄、狗枣猕猴桃等食用果实；松子、胡桃楸、榛子等食用坚果；薇菜、蕨

松花江传（上）

菜、大叶芹、龙芽楤木等30多种山野菜；还有木耳、榛蘑、冻蘑、猴头蘑等100多种食用菌，其最大特点一是天然，二是滋补。

长白山的蕨菜有"山菜之王"的美称。长白山盛产的椴树蜜，早在唐朝便已货通中原，出口日本。

长白山遍地都是的小浆果越橘、树莓、黑加仑，被称为"第三代水果"，蕴藏量近万吨。

长白山松茸的质量和产量居全国之首，并有蜜环菌、棕灰口蘑、牛肝菌、黄花松茸、羊肚菌、鸡油菌等22种热销菌，畅销日本、德国、法国等亚洲、欧洲国家。特别是松茸，直接空运进入日本超市，产品供不应求。

山野菜、山野果、山草药，长白山有数不尽的宝藏。有专家算过一笔账，由于缺少足够的开发规模，每年有近6亿元的山珍山货白白烂在了山上。

第八章　流金淌银

　　另有专家指出，这并非白白烂在了山上。它们的生长与腐烂是长白山生态系统健康运行的一部分。过分强调人为的采收和开发，将严重干扰长白山自身的生态循环。

　　比如长白山是世界著名树种红松的分布中心。长白山的林带位于北纬42度，向北到48度，向南到朝鲜境内38度，是红松自然分布最为集中的区域。王战先生被称为"红松专家"，他生前常说的一句话是："我这个人就是抱住红松不放！"在他的眼里，"红松浑身都是宝，从根到梢，到种子，都是宝"。种子即红松子，其营养价值很高，含脂肪78%，蛋白质14.8%，碳水化合物3.7%。经常食用可增加人体油脂，滋润皮肤。松子还可以入药，主治骨节风，可驱风痹、祛寒气、温肠胃、润肺止咳等。

　　松子还有一个更有意义的价值，它是动植物能量传递的重要一环。由

于营养价值高、数量大，它成为森林中啮齿类动物的主要食物。同时，它也是野猪、星鸦、松鸦等兽鸟的食物。这在红松林中形成了特有的生物节律，即松子的果实产量有一定的周期性。长白山当地的老百姓有自己的总结方式，有说三年两收的，即连续两年丰收即大年后，一般要调整一年，即小年。还有说两年一小收，三年一大收的。每当红松子大年大收的时候，总是啮齿类动物繁殖最旺盛的年份。松鼠、花狸鼠类的家族兴旺，又带来食物链上一环节即黄鼬、青鼬、紫貂的活跃，它们上蹿下跳，添丁进口。所以，红松子的大年，总是森林里最热闹的时候。

常常在这个时候，人也跟着凑热闹。

自松子的市场价值被开发以来，环长白山区的林场，年年要组织人去打松子。因为这里的林区都是生产性经营，松子利润越高，林业部门及当地百姓的积极性也就越高。但是过量无序的采收，扰乱了红松的生长节律，导致大收之年不大收，小收之年人不少。红松子生长周期的紊乱不仅影响了红松的更新演替，也使以红松子为食的野生动物的数量大大减少。

红松子生产每年为长白山区贡献数千万元的经济效益，关系到几万甚至十几万人的家计生存。在这一现实面前，为野生动物留下一点儿口粮的呼吁常常被认为是不切实际的。

"春天采山菜，秋天采蘑菇"是人们习以为常的"靠山吃山"。千百年来代代相传，年年采摘，人们眼见着山菜越来越少，蘑菇越采越难。靠山吃山变成了坐吃山空。

21世纪以来，地方政府出台并实施了《促进长白山生态食品发展办法》。一方面鼓励开发和合理利用中国名山长白山的自然资源，对长白山生态食品的原料来源以及生产标准等做了详细规定；另一方面强调要保护长白山生态环境，禁止破坏性、掠夺性开发以及非法利用长白山食品资

源。发展长白山生态食品应坚持保护与开发并重的原则,保证长白山生态食品资源的永续利用。

长白山区有药用生物资源443科2790种,在数量上居全国前列。有40多个品种蕴藏量占全国50%以上。其中人参、刺五加、五味子、关龙胆、北细辛、北芪、北柴胡、淫羊藿等药材道地性突出,质量优良,产量居全国之冠,远销世界50余个国家和地区。

长白山人参的故事

中药材自古就讲道地性,所谓"道地药材",就是最适宜的生态环境生产出的最优质的药材。

人参是长白山道地药材的龙头老大,野生山参年产量占世界总产量的60%,人工栽培人参年产量占全国总产量的80%。

中国人参的医用与保健有悠久的历史。在古代中医宝典里,人参被列为药中"上品",并有"神草""土精""地精"之名。历代医家认为它有补五脏、安精神、定魂魄、止惊悸、除邪气、明目益智、轻身延年、治男妇一切虚症等功效。从扁鹊到李时珍,从《神农本草经》到《药性歌括四百味》都对人参的药用价值极为推崇,称"人参味甘,大补元气,止渴生津,调营养卫"。由于它生长在深山密林之中,其根深埋地下数尺,形状一如人体,四肢毕备,因而又有许多神话传说,更增加了它的神秘性。

明代药学家李时珍在《本草纲目》中记载,中原内地人参的主要产区在上党,但"今所用者皆是辽参"。"辽参连皮者黄润色如防风,去皮者坚白如粉。伪者皆以沙参、荠苨、桔梗采根造做乱之"。这种情况表明,

松花江传（上）

由于货源危机，当时造假现象已十分严重。民间医用人参主要是依赖东北地区的野生人参，当时人称之为"辽参"。

清人陆恒《人参谱》云："与白镪同价者，则已为辽参矣。顾近日参价十倍黄金，一百五六十倍白金，而上党参每斤仅值银四五钱，乃世人非辽参不服，人情之忽近而图远，附贵而忘贱，类如此。"[①]可见明清时期辽参声誉已远远超过党参，医者皆用之。

长白山林海"藏天然之秘，蕴万古之灵"。在这所有的资源之中，人参无疑是位列第一的宝藏。

明朝末年，长白山下的建州女真部落逐步崛起，其首领努尔哈赤一边向明朝纳贡，一边在越来越兴盛的辽东马市与中原贸易往来。其中人参、毛皮、蜂蜜、蘑菇、木耳、榛子、松子都深受内地货商欢迎，尤以人参最受青睐。而人参价格昂贵，几乎与白银等价，故人参贸易不仅是建州女真生活的重要经济来源，更是努尔哈赤政权实力扩大的重要经济支柱。当时，位于辽东抚顺以女真商人为主的贸易市场，不仅是中国也是全世界上最大的人参贸易市场。明朝的人参主要来自辽东，连朝鲜卖给明朝的高丽参也有从辽东进口的。这一时期女真人对明朝的人参年交易量均达数万斤之巨。

长白山丰富的野生人参资源，既满足了内地的养生药用需求，也富裕了以渔猎为生的女真人的生活。努尔哈赤所在的建州女真，通过有组织的大规模集体采挖，使人参产量迅速增长，最高年产量达五六万斤。马市贸易初期，明朝官员对女真人贩卖的人参巧取豪夺，压价欺负售卖人参的女真人。随着努尔哈赤势力的壮大，建州女真反而成了欺行霸市的卖家。努尔哈赤"于各处关市强栽参斤，逼索高价"，甚至"以精兵五千扎抚顺

[①] 孙文采，王嫣娟主编：《中国人参文化》，新华出版社，1994年，第360页。

关，挟索参价"。1610年，努尔哈赤"强将人参数万斤丢弃宽奠、瑷阳、清河、抚顺一带关口，致令军士数年月粮、居民所在家产包赔。"[1]这就不是公平的贸易，而是明抢了。

明朝末年的人参价格，大约每斤在15两到20两白银。如以每年交易量几万斤计算，年交易额就是几十万两白银，这是一个相当大的数字。所以明朝官员说"奴酋（指努尔哈赤）擅貂参之利"。主政辽东的地方官也向朝廷报告说"努尔哈赤日骄"。可见，努尔哈赤借人参赚取的利润，不断壮大着自己在辽东的势力。

面对东北女真人的日益强大，明朝政府除了加封努尔哈赤官职以示羁縻，在军事上加强防御之外，在经济贸易领域也采取了限制措施。万历中后期，明朝官吏就向朝廷献策，建议对努尔哈赤实行经济制裁。他们认为，既然人参贸易是努尔哈赤的重要经济支柱，限制人参贸易的规模，压低参价，就可以削弱女真人的经济实力。他们甚至勾画出一幅经济制裁后的美妙蓝图：辽东的人参贸易"商贩日稀，参斤无售。彼（努尔哈赤）之财源不裕，自将摇尾乞怜"[2]。因此，明政府决定发动一场人参贸易"战争"，想用经济制裁削弱乃至整垮日益强大的努尔哈赤势力。

明朝发起的贸易战很简单。人参的挖掘程序、技术十分复杂，挖出来后要用水冲洗干净，因此在潮湿气候条件下极易发霉变质。当时，大多数女真人还没有掌握可以使人参长期存放而不腐烂变质的储存方法。明朝负责收购的官员抓住潮湿的人参容易发霉这一弱点，在买卖当季，极力压低价钱。他们或"佯不欲市"，或"嫌湿推迟"。于是，压在女真人手中的人参大量腐烂变质。努尔哈赤对明朝的人参贸易几乎停市，大量潮湿的人

---

[1] 丛佩远著：《东北三宝经济简史》，农业出版社，1989年，第57页。
[2] 王兆成主编：《历史学家茶座·第10辑》，山东人民出版社，2007年，第125页。

松花江传（上）

参卖不出去，一两年间就腐烂十几万斤，给女真族造成了上百万两白银的损失，严重削弱了女真人的势力。

由于积压在手中的人参大量腐烂变质，无计可施的女真人只好向明朝商人屈服，忍痛将人参廉价出售。在这场明朝与女真的人参贸易战中，女真人一度付出了惨重的代价。

面对人参交易中的劣势，努尔哈赤并没有像大明王朝预期的那样"摇尾乞怜"。为了改变商战中被动不利的局面，努尔哈赤根据自己年少时的挖参经历，结合其他挖参人的经验和自己的试验，终于找出了保存人参的办法。《清太祖武皇帝实录》记载："太祖欲煮熟晒干，诸王臣不从。太祖不徇众言，遂煮晒，徐徐发卖，果得价倍常。"从这一记载中可以看出，努尔哈赤的办法，是先用沸水将人参焯过再晒干保存。经这种方法加工过的人参，便可以较长时间存放而不发霉变质。人参可以较好地保存便不再急着出售，女真人因此降低了损失，明朝政府在人参贸易上对努尔哈赤的打压渐渐失去了作用。

努尔哈赤发明和推行的人参煮晒法，不但打破了明朝削弱他的计划，使发展中的女真族渡过了难关，还促进了女真族经济的发展，壮大了自己的实力。

清朝入关后，清政府把人参视作应由自己独占的资源，由朝廷官衙将野生人参的生产与买卖完全垄断起来。在康熙以后的近百年间，伴随着野生人参产量的剧减、市场需求的日益增加，人参价格呈几何级数暴涨。随之而来的，是对人参的采挖控制极严，汉族与一般旗人都被剥夺了采挖的权利。为了杜绝私自采挖，清政府制定了十分严酷的刑律。顺治年间规定："有偷采人参者，将带至之头目斩决，余众治罪。"康熙年间三令五申："违禁采参者，为首之人处死，余仍照旧例治罪。""偷采人参之

第八章 流金淌银

铺头，拟绞监候，出财招集多人偷采者，照为首例处死，牲畜等物一并入官。"特别是汉人，不要说采挖，连产参区都不能获准进入，规定"采参处如遇汉人，一概缉捕"。在康熙中叶以前，清政府主要通过打牲乌拉采参、八旗士兵采参、王公贵族采参三种形式，把人参的生产全部控制起来。

即便是八旗特许采挖，仍然是出参越来越少，需求量越来越大。经过特许的八旗兵丁每年就有三四万人进山，长白山就算是物华天宝，也架不住如此贪婪的采挖。

顺治、康熙两代，尽管限制民间采参，法禁极严，但私采私卖，早已成风，始终与官参专卖制度分庭抗礼，并行不衰，成为东北人参向内地输出的重要渠道，而且大有日盛一日之势。杨宾的《柳边纪略》记载："凡走山者，山东、山西人居多，大率皆偷采者也。每岁三四月间，趋之若鹜，至九十月间乃尽归。其死于饥寒不得归者，盖不知凡几矣！而走山者日益多，岁不下万余人。"

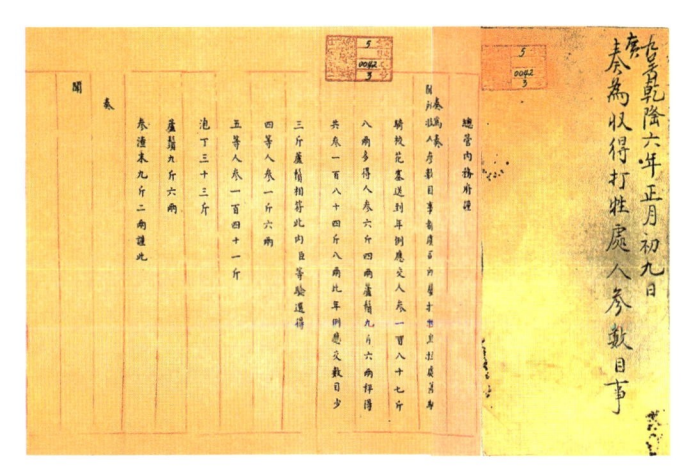

总管内务府为收得打牲乌拉人参数目事奏折

"岁不下万人"的只是"偷采"者，"官采"不在此列，而且绝不止万人，盛时二三万人也打不住。可见随着人参产量剧减，销路扩大，有利可

松花江传（上）

图，内地百姓不惜铤而走险。特别是清末咸丰、同治、光绪年间，民间采参业又呈现繁荣景象。当时长白山一带流行一句民谚："一年跑关东，三年吃不穷。"长白山的丰富资源，强烈地吸引着关内怀揣发财梦想的商家民户。

人参属于中草药中的上上品，由于产地有限，产量较少，采挖困难，所以一直非常昂贵。明末，长白山人参几乎与白银同价，有时甚至超过了白银的价格。

到了康熙四十八年（1709），盛京地区上等参每斤折银24两。其后由于"山禁渐严，参亦渐贵"，康熙末年已经"每参一两值六七金"，即每斤参值银96两至112两。

此后参价飙升。乾隆十五年（1750），每斤参值银272两；乾隆二十八年（1763），每斤参值银400两至512两；乾隆三十六年（1771），每斤参值银800多两。

一斤人参值800两白银。参行有一种说法，叫7两为参，8两为宝。意思是说，8两以上的人参就是天价的宝物了。过去的1斤是16两，8两就是半斤。如果说1斤值800两白银，那半斤就值400两。也就是说，如果你挖到了一棵8两的人参，就能卖400两银子。那400两银子又是什么概念呢？乾隆十三年（1748），北京长安街南，一套四合院瓦房售价约70两银子。挖一棵八两的野山参，可以在北京买6套四合院，还得是长安街南边的黄金地段。另据《大清会典》所记，清朝的七品文官，县太爷，一年的俸禄是45两。一棵8两的野山参值

光绪年间长白山采参票

第八章　流金淌银

400两,差不多相当于一个县太爷十年的薪水。

据统计,16世纪末至19世纪初的二百余年间,社会需求的增加和人参产量的锐减,致使野生人参的价格上涨了二百多倍。到了嘉庆年间,"产参稀少,时价渐昂"。嘉庆十二年(1807)以前,每斤参售银1600两,而自嘉庆十二年起又涨到每斤参值银2240两。及至清末,"即罄中人之产,亦将有不足以尝一杯参味之虞"。就是说,一个中产家庭就是把全部家当都折成钱,也尝不到一杯参汤的味道。由此可见,人参的价格越来越昂贵。这也是为什么有清一朝采挖者趋之若鹜,而清政府又拼命加以控制的重要原因。

近些年来,由于种植园参与移山参的出现,人参价格自20世纪90年代起便出现了大幅波动。真正的野生人参已绝少见到。有媒体报道,长白山野山参年产量约在30公斤到50公斤。而有些专家估计得更加保守,认为长白山野生人参年产量不超过20公斤。

2009年9月8日,在第四届长白山人参专场拍卖会上,一支名为"参宝"的野山参王,以326万元人民币的价格成交。

价格的昂贵与药用的神奇功效,使野生长白山人参被神化、偶像化了。最典型的传奇,就是采参人供奉的山神爷。

关于山神爷还有个名称,叫"老把头",或者连在一起叫"老把头神"。《长白山江冈志略》记载:"老把头最灵,沟中多木,不分昼夜,树自腰中每自折,放山者时闻有声丁丁如伐木音,俗名'老把头砍木'。按,老把头名称,放山、打牲、伐木各有把头,以其为首领故也。东山一带奉为神明,立祠与山川神并祀。"[①]

山神爷老把头的传说有许多个版本,据《通化县志》记载:"老把头

[①] 刘建封撰,孙文采注,张福有笺注:《长白山江岗志略》,吉林文史出版社,2021年,第48页。

松花江传（上）

坟在城西南信禾乡，把头不知何许人，亦不详其姓氏，父老流传清初时代台兵稽查严，人迹罕至，独老把头冒险深入采掘人参，人服其胆，老把头殆其流亚欤。"①

从县志的记载看，老把头实有其人。因其胆子大，敢冒险采参，所以死后成了挖参人供奉的山神。但"不知何许人，亦不详其姓氏"。

直到有一首打油诗流传开来，人们才认定了老把头的名和姓。

"家住莱阳本姓孙，翻江过海来挖参。三天吃个蝲蝲蛄，使我伤心不伤心。嗣后有人来找我，顺着蛄河往上寻。入山再有迷路者，我当作为引路神。"

这首诗是以第一人称写的，而且用的是白话文，很好懂。山东莱阳一个姓孙的，到长白山来挖人参，半路上丢了好兄弟，着急上火再吃不上饭，在弥留之际写下了这首诗。他在诗里许了一个愿，要把自己化作一个能在山里给人指路的神灵。这首诗据说是刻在一块大石头上的，大石头找不着了，但这传说却留了下来。而且，传说比这首诗内容丰富得多，他不但有姓，还有名了，姓孙名良。一代又一代的长白山人祭拜的山神爷老把头，就是这个叫孙良的莱阳人。

老把头的传说在长白山区可以说是家喻户晓，妇孺皆知。在旧《通化县志》《临江县志》《抚松县志》《柳河县志》《桓仁县志》《长白汇征录》等地方志中也均有记载。虽然有的详细，有的简略，但有一点是共同的，老把头叫孙良，是从山东莱阳来到长白山挖参的。而且，在后来的传说中，孙良成了第一个由山东逃荒进入长白山的人。称其为神，是崇敬其开拓了一条进入长白山采参的财路，是所有进山发财者的引路人。

山神爷老把头的传说虽然版本众多，但有个基本的框架。山东莱阳人孙良

---

① 李树发著：《采参风情》，山东教育出版社，1999年，第165页。

第八章　流金淌银

的母亲得了重病，听说长白林海中有一种仙草叫人参，可以治好母亲的病。于是，孙良便与同伴结伙，漂洋过海到东北的深山老林里挖参救母。他在寻找人参的过程中与同伙兄弟走散了。他决心找回兄弟一起回家，但直到最后也没找到。临死前，孙良在石头上刻下了那首"家住莱阳本姓孙"的打油诗。

放山习俗在长白山历史悠久

松花江传（上）

据说老把头孙良的生日是三月十六，因此三月十六日成为长白山区人们最为重视的祭奠节日。《抚松县志》卷四提及："是日家家沽酒市肉，献于老把头之庙前。"民间歌谣唱道："三月十六，点灯以后，祭祀把头，把头保佑。放山快当，棒槌拿够。风调雨顺，年丰人寿。"《永吉县志》载："十六日，山神庙会，各参户醵资演戏，山村具牲礼祀神者尤众。"

这就是传说的力量，孙良不但成了山神爷，还有了生日，他的生日还成了节日。当然，并不是只有在他生日的这一天才祭拜他。在长白山区，只要你进山，无论是采参还是挖药，无论是伐木还是打猎，进山之前，都要拜一拜这位山神爷。

放山采参工具

第八章　流金淌银

进山之前拜老把头是传了几辈子的规矩，形式和内容都大同小异。如果附近有老把头庙，就在庙里祭拜。如果没有，就在一棵大树下，用几块石头搭一个台子，立一个牌位供在那里，点上香，摆上供，而后祈祷说："山神爷老把头在上，我们几个放山的给您磕头了，我们进山后保证吃得了辛苦，守得住山规。今天来求山神爷老把头开恩，指条顺当道，等拿到大货，杀全猪来给您老上供。俺们起誓，几个人去几个人回，缺一人俺也不下山。"说完再磕三个头才算完事。

进山之前拜老把头，就好比出海打鱼之前要拜妈祖一样，无外乎求个平安和收获。怎么才能平安还有收获呢？那就是要守山规。这山规是谁定的？老把头孙良。比如几个人进山几个人回，一个也不能少。比如不能贪财，不能见死不救，等等。实际上，这些山规不一定是孙良立下的，而是几代靠山吃山的人总结出的经验。为了让这些规矩具有权威性，让所有的人都信服，就假托是老把头孙良定的。孙良成了老把头，老把头又能定规矩，孙良就这样一步步走上了神坛。在长白山区，出了别的毛病不要紧，要是犯了老把头的规矩，那可是不得了的事儿。

在黑龙江边上，沿着黑河到嘉荫县一带，盛产金矿。在这条金矿的矿脉上，有一条老金沟，也叫胭脂沟。据说这里挖出的金子，当年都进贡到朝廷，给慈禧太后作胭脂钱。就在这老金沟一带，流传着淘金老把头孙良的传说。传说孙良在淘金的时候发现了金苗，也就是金矿的矿脉。他开通了水道，挖好了矿坑，最后累死了。临死前，他在矿坑边上立了个木板，指引后来的人在这里淘金。

在长白山挖参的老把头孙良，到了黑龙江边上，成了淘金的老把头。可见一旦成神，便身不由己。信则有，诚则灵。老把头神能驱邪避害，保佑平安。既然能挖参，当然也能开矿。有神大家敬，神多好过年。老金沟

松花江传（上）

有句俗话："挣钱不挣钱，一月两个年。""二月二是龙抬头，三月十六拜老把头。"

老把头孙良从一个山东的农民，变成了众望所归的山神，说到底是人们崇拜其人格情操与道德品行，以及将祈求福寿、顺遂平安的愿望寄托在神力无边的偶像身上。

尤其是身在乱世，身处危险无处不在的深山老林与黑洞洞的矿坑里，祈求神的庇护更是不可缺少的程序。

韩宪宗于1869年建"善林寺"时立的"万古流芳"石碑

‖ 关东金王韩边外

长白山北麓的桦甸县桦树林子曾有一座"善林寺"，供奉的虽不是老把头孙良，但也是一个充满神奇色彩的人物。

在松花江上游的群山中，清朝末年，曾陡然崛起一个"黄金王国"。数万淘金人啸聚沟谷，自治一方，官家几度清剿，数年不克。经年历久，竟成了不服天朝管的法外之地。其为首者，人称"韩边外"。

清初，为了保护"龙兴之地"的"风水"不遭破坏，康熙朝颁布法令，把长白山周围千余里划为了

第八章　流金淌银

"六禁"区，即禁采木、禁采金、禁渔猎、禁农牧、禁进入、禁居住。自此以后，长白山、松花江一带便成了一处神秘的禁地。为此，朝廷特意挖堑壕、植柳树，修了一条边墙，号称"柳条边"。

当年创办华兴会，加入同盟会，参与改组国民党的宋教仁曾到东北组织反清活动，他留下的笔记中，便有关于韩边外的特别记录："韩边外，原为吉林府辖地。当七十余年前，有山东登州人韩效忠（亦名显忠，号瑞臣）者在夹皮沟为挖金贼首领，占领附近一带。清吉林将军遣人讨之，不克，乃招抚之。效忠阳受抚而阴修兵备，逐渐扩张其领域，遂至全有今地（效忠绰号边外，因呼其地曰韩边外，人亦呼为韩国或韩家）而成为独立自治之部落。"宋教仁记录的韩效忠即韩显忠，也有资料记为韩宪宗。

"韩边外，人亦呼为韩国"，宋教仁记录的是当时的情景。他评价韩边外是"独立自治之部落"，而当地人则称其为"国"，可见其势力之大，已自独立于大清之外。

当年韩边外统治下的"世外桃源"

松花江传（上）

"韩边外"是一个来自山东省登州府文登县的闯关东韩氏家族的统称。其开门立户之人叫韩宪宗，原本在长白山挖参，后来听说长白山一带的沟谷河床中沉有含金量高达三四成的优质沙金，已有一伙号称"金帮"的移民在此淘金。韩宪宗转而入伙进了淘金人最多的桦甸夹皮沟。十余年里，韩宪宗在夹皮沟与两百多采金流民拜把子成结义兄弟，并在富太河、苇沙河一带千余名金工中建立了威信。在夹皮沟一带，三五成群的小金帮被韩宪宗拢成了一个数千人的大金帮。

金矿遗址

夹皮沟采金的生意越做越大，韩宪宗的势力也越来越强。据刘建封在《长白山江冈志略》中所记："当时夹皮沟内，有自三座塔来之梁才、孙义堂二人，暗夺李半疯之金厂，率众三百余名占据该处，坐索税金，抽收太苛，一时淘金工人，往投效忠者綦多。效忠自鸣得意，旋与李、刘商议谋夺梁孙之金厂。咸丰九年四月底，率众攻之。数日不克。效忠独出奇计，夜间用火绳缠于树上，燃之以作疑兵。梁与孙见而生惧，畏其人多，遂渡江而西。梁逃千山，出家为僧。孙回原籍，众皆涣散。金厂因而悉归效忠。此即韩边外入夹皮沟之原因。"[①]刘建封说

[①] 刘建封撰，孙文采注，张福有笺注：《长白山江岗志略》，吉林文史出版社，2021年，第116—117页。

第八章　流金淌银

的"效忠"，即韩宪宗。

依照刘建封的记录，韩宪宗用了疑兵之计，赶走了原在此控制淘金人的厂主，吞并其金厂，成为独霸夹皮沟的"淘金王"。

韩宪宗垄断了夹皮沟一带的金矿产业之后，借助金矿的巨额收入，逐步形成依规管控、治理有序、法度严明、层级明确的统治秩序。他先行建立了武装力量，招募兵丁六百余人，严格训练，驻扎各地。这些兵丁名为"护勇兵"，携枪佩剑，号为"乡勇"。韩宪宗又把这一地区划分为地窨子、桦树林子、夹皮沟等六个总部，统管一切要务。总部负责管区内司法、行政等一切事务。区域内居民设有基层组织，并要求他们"首尾相助，密切联络"。如有偷盗或斗殴，立即派兵逮捕，轻则拷打或割耳，重则处死，并当即布告周知。民国时期出版的《东北素描》中对此有这样一段记载："当时韩边外势力很大，若是发号施令办理什么事情，一般老百姓没有不奉行维谨的。所以，善良的人们也都照样安心工作。就是土匪、盗贼、冥顽不化之辈，也都甘愿敬奉韩氏命令，走上了自新之路，暗自相助韩边外在这个秘密部落之中创立大业。所以当时曾有人说韩边外那个地方是'盗贼不闻，奸伪不诈，路不拾遗，夜不闭户'。"

金工碾压矿石粉

韩家采金时用具：灯壶子与笸箩

松花江传（上）

韩边外区域设有总理、管事、教师进行区域治理。总理掌控全面，管事负责产业，教师统管祭祀、典礼及教育。

金匠居住的工棚

韩边外发迹在咸丰年间，当时，清政府正忙于镇压太平天国起义，所以韩边外并不为官府所知。至同治五年，即1866年，富明阿任吉林将军后，才渐渐有所察觉。同年十月清廷明令："着富明阿等督饬委员会同该总目韩现琮等，届限剀切开导，移出金场妥为安插。"文中的韩现琮即韩宪宗。由于长白山是清朝的发祥地和"龙脉"所在，虽然是天高皇帝远，但是"黄金王国"的诞生还是引起了朝廷的强烈不安。于是在内忧外患、国势日衰的清廷内部引发了一场长达十余年的"剿""抚"之争。

随着采金产量的增多，金矿业越发兴旺。于是，一些流浪汉或为生计所迫的人们纷纷前来投奔，使韩边外的统治地盘越来越大。到了19世纪80年代，韩边外的统治已经从夹皮沟扩大到延吉、安图、敦化等，人口近三万。这些人不仅在长白松水之间采金，还从事狩猎、挖参、采药、航运、酿酒、采珠等行业，而更多的人则是在垦荒种地。据《满洲地志》一书中估算，当时这一地区的黄金产量"年六万两之多"，大部分都卖给了

第八章　流金淌银

东北各地。韩边外则成了名副其实的"关东金王"。

与宋教仁同时期的著名学者张相文在其《南园丛稿》中记录了韩边外此时的兴盛："分区守护,各置守长。治效既张,而远方来者益众,韩并为之授田庐,平争讼。即四山之耕民猎户,亦争愿出资,编入其团,举身家财产胥托之。是时管内编户千八百余,男妇万人,都分一百五十牌,守望谨严,闾里晏如,殆有路不拾遗之风焉。韩固慷慨仗义,凡官吏捧檄而来,或南士薄游塞上者,皆倾身结纳之,无不欣喜过望以去。于是韩边外之名,乃愈鹊于白山黑水间矣。""豪侠尚义,析富济贫,孜孜唯恐不及,故人皆畏而爱之。管内居民,倚之若长城,而管外数百里间,亦与之通款曲,连声气;亦思托庇其宇下焉。其地东西袤长八百余里,南北横幅五六百里,皆效忠势力范围也。盖今吉林南部之桦甸、磐石、敦化、蒙江,奉天东南之抚松、安图,曩皆称之为韩边外。"

1930年出版的《吉林新志》记载:"其组织为六十里设一村,村有营、有店。凡贫苦流民,住店不收费,生给衣食,死有衣棺。且设育婴堂、养老院,生养死丧,众皆归心。编众为兵,分屯各营。扼险设防,官民不得私入其境。"

守望谨严,路不拾遗,慷慨仗义,接纳四方。韩边外将夹皮沟统治得如世外桃源。

光绪六年,即1880年时,吴大澂以三品卿的身份到吉林任督办边务大臣。同年十月,吴大澂"单骑入加级沟(夹皮沟)察看金场情形",居住三日。吴大澂在后来的奏报中说:"就臣所见,各窝棚所有眷属实系安分良民,并非偷挖金矿之游匪。"

《南园丛稿》记录了吴大澂暗访韩边外的过程:"吴大澂为吉林分巡道,闻其名,托言按边,亲诣韩所察之。既入其境,见其部署井然,亟赏其才，访之人言，又深惧其得众心也，思有以羁縻之。因命韩治具，相与谈讌。澂感韩曰：吾见若门楣上，榜曰威镇江东'此非庄家佬所宜言也。'乃自书'安分务农'字，指谓韩：'此额最佳，吾为若易之。'且更其名曰效忠，字曰瑞臣，留其家数日始去。去时复携效忠至吉林省城，介之见将军都统，要以输租赋，赴征发，领地设分检员。韩皆如约，以此得世资其力至今。"

韩宪宗又名韩效忠，"效忠"之名是吴大澂给改的。

吴大澂以官家的名义认可了韩边外的合法性，韩宪宗势力由此坐大。其统治权在清末传至其孙子韩登举，仍袭用韩边外的名号。据《辛亥革命回忆录》记载："宋（教仁）思及延吉长白山下，有一姓韩名登举者在该处开矿，有护矿武装数千人，拟往运动其加入革命。先是，清政府曾派人往说韩，令其接受管辖，并许成立两镇兵驻守。日本政府亦曾派人往说，欲令其归顺日本。韩均不从。宋往见韩，韩待之颇殷勤。"

韩登举

可见，孙中山、宋教仁的反清革命组织看中了韩边外的势力，清朝政府也多次笼络，日本人图谋东北之际，也打了韩边外的主意。

韩边外最终接受了清王朝的招安，每年向吉林将军纳税，"纳租一年一次，将千余两的钱粮送至吉林知府衙门，另外，每年正月向知府将军送礼

第八章　流金淌银

物"。清朝政府为了奖励他效忠清王朝，勉励他继续开发，又把木其河、色洛河、苇沙河、金银鳖河、苏密甸子等流域的土地山林完全划归韩边外，允许他自由处置，还授予他"统领"头衔，使其势力越来越大。

说到底，韩边外是靠长白山北麓千沟万壑的金矿发的财。《南园丛稿》载："矿产南起长白山顶，北至帽儿山，东自古洞河，西至大鹰沟。砂金之产，随处有之。而就中尤以夹皮沟、头道沟、二道沟、东南岔沟、蜂蜜沟、王伯脖、金银壁、石阴沟、大沙河、古洞河、黄泥河为著名金穴。他如那尔轰、荒沟、梨子沟、头道柳河诸处，亦不胜枚举。凡有居民之所，几无不以采金为业者。据韩家所调查，每年所产约达六万两，此特就其征额推之也。而收多报少冀以减轻征额者，固常有之。盖其实产之数，犹两倍之而不止也。世谓亚洲东北地皆金底，观此盖可见矣。所得金砂，多售之吉垣，而矿夫以山东人为最多。有时亦囊负而归，售之芝罘。以故吉林芝罘诸钱铺，及杂货铺中，收买荒金之招牌，连缀如珠，每届正月之前，买卖颇占巨额云。"

1934年10月，韩边外地区完全由日本大同殖产株式会社管理，1937年其将夹皮沟金矿"转让给""满洲矿山株式会社"经营。日本在夹皮沟的十二年统治时期里，掠夺了大量的黄金和其他矿产。仅从1940年到1945年，就掠走两千三百二十七公斤黄金

"东北地皆金底"，年产六万两黄金，来此淘金的山东移民将长白山遍地是黄金的故事传回了老家，引来了一拨又一拨的淘金人。

1931年日本侵占东北后，以各种手段打压排挤直至吞并长白山的黄

松花江传（上）

金产业，韩边外被迫"出让"土地矿产。1943年，丰满水电站大堤筑成蓄水，这个人工松花湖不仅淹没了韩家所剩之大部分土地，也淹没了显赫一时的"韩家王朝"。

夹皮沟金矿20世纪40年代立山线硐口门

韩家老矿硐口，矿工们入坑背矿

第八章 流金淌银

在长白山区的许多旅游点上，都有老把头神的塑像。孙良头束发髻，腰系葫芦。

长白山物产丰饶，以无尽的宝藏供养了一代又一代生民百姓。如今绿水青山就是金山银山，人们期待着一个生机勃勃的长白山。

第九章

松花江上

九一八事变后,中国共产党在东北三省积极组织并领导抗日武装斗争。东北抗日联军以挑战人类生存极限的顽强意志与日本侵略者殊死搏斗14年,沉重打击了日本侵略者的嚣张气焰,用鲜血和生命谱写了惊天地、泣鬼神的爱国主义篇章。

东北抗联女兵、杨靖宇、赵尚志、赵一曼、李兆麟等东北抗日联军将士以崇高的信仰和顽强的意志,在极其恶劣的环境条件下坚持斗争,表现了中华民族不畏强暴,英勇不屈的精神。东北抗联艰苦卓绝的斗争,有力地支援了全国的抗日战争和世界反法西斯战争。

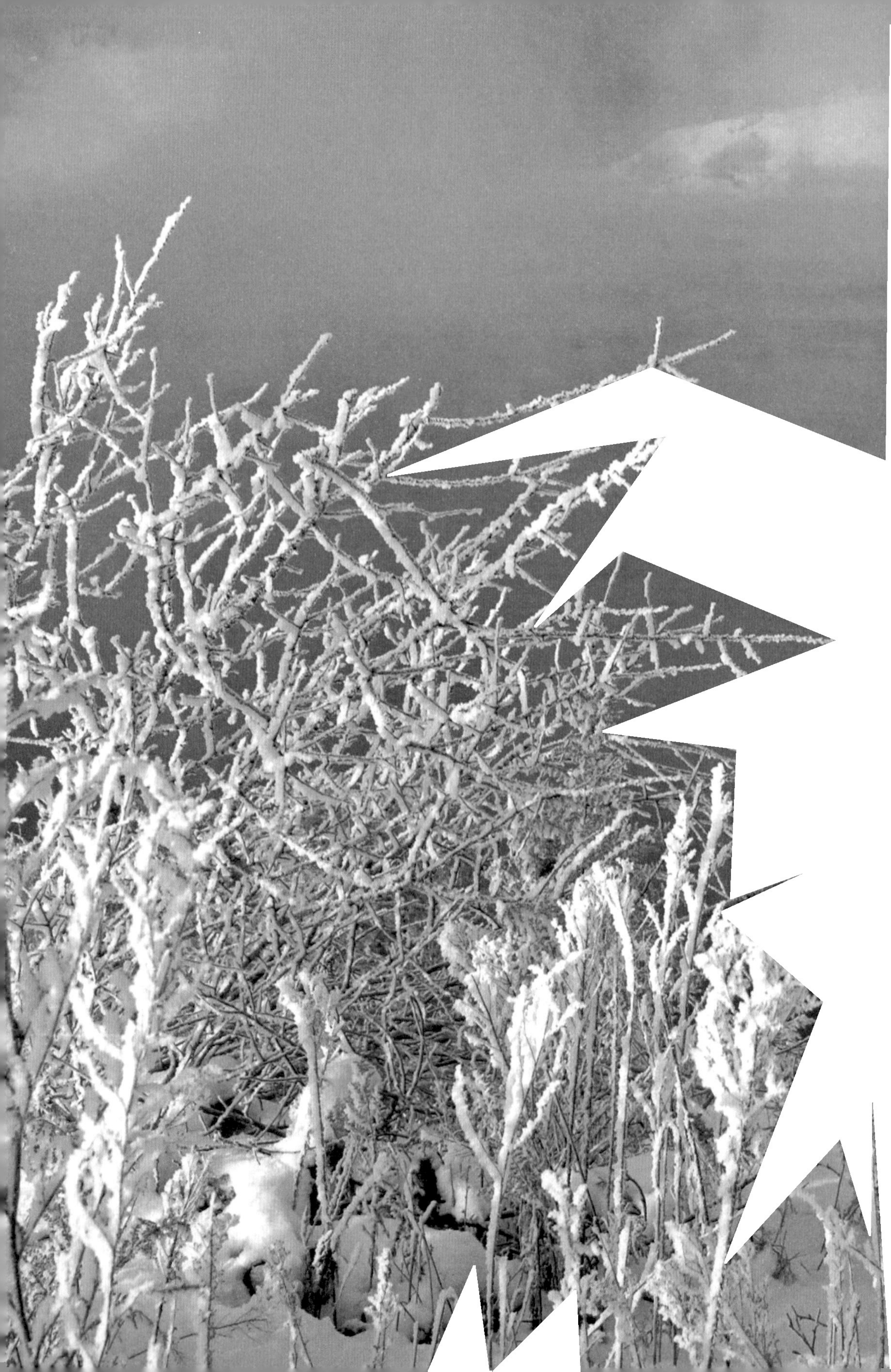

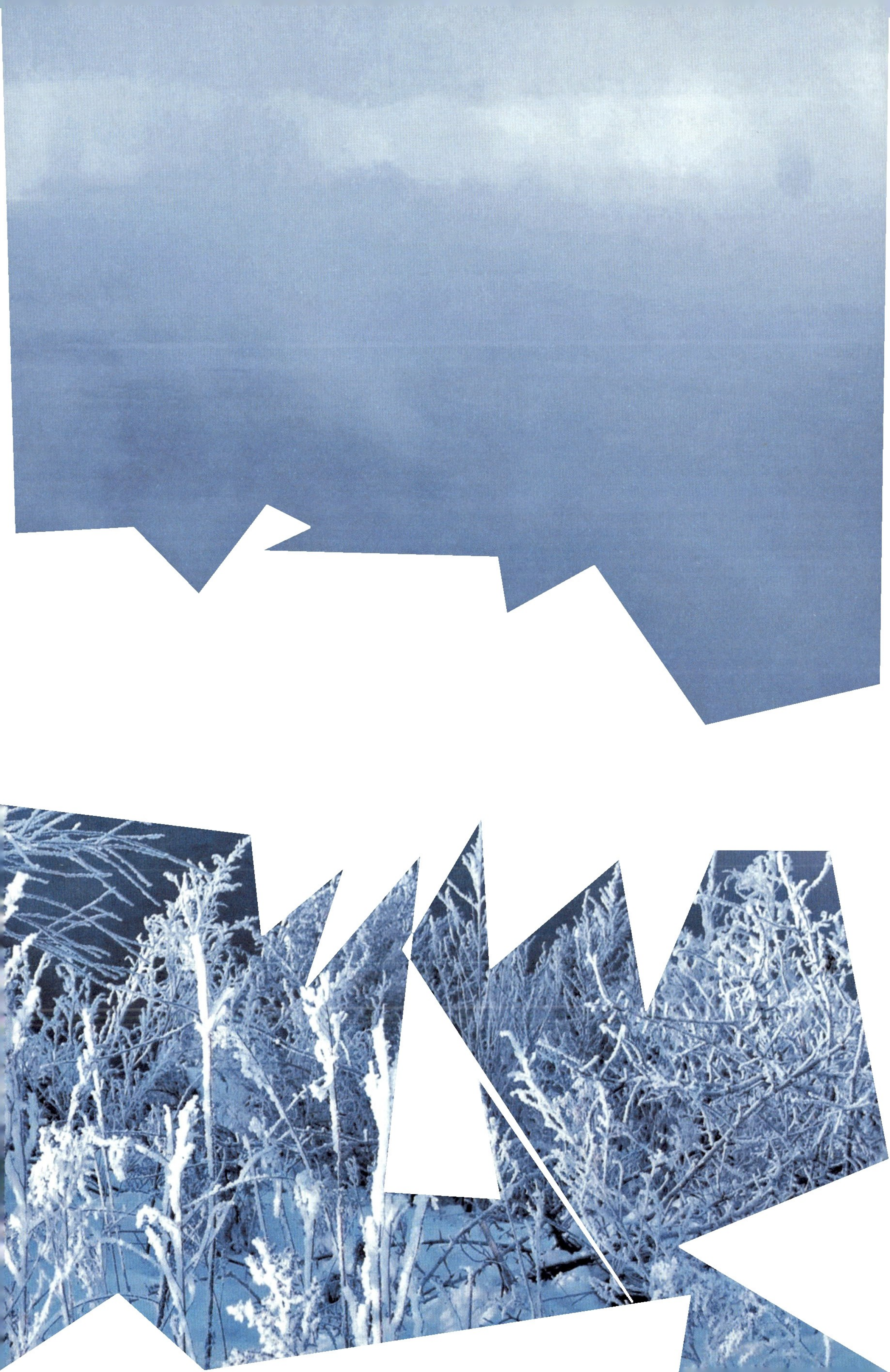

松花江传（上）

‖ 可歌可泣的抗联女兵

2018年5月27日晚8点，以"为缘寻找，为爱坚守"为主题词的中央电视台大型全媒体公益寻人节目《等着我》如期播出。

这期节目迎来了一位特殊的寻亲者——九十五岁的东北抗联女战士李敏。

《等着我》以"中国人的情感春秋"为主打理念，联合电视、广播、互联网平台以及社会民间力量，自开播以来，为荧屏内外一千一百多个家庭、一万余人找到了失散的亲人。

李敏也是来找亲人的。她的亲人就是七十多年前，与她一同战斗在白山松水抗击日本侵略者的战友。

九十五岁的李敏老人瘦削清朗，如伏枥老骥，时常思念曾经的铁马冰河。1936年参加东北抗日联军时，她是当时队伍中最小的女兵之一。在苏联受训后，她又成为中国首批具备伞降能力的女特种兵，曾参加苏军对日寇发起的最后一战。1995年，俄罗斯政府授予她"朱可夫勋章"和"世界反法西斯战争胜利纪念章"。2010年9月，她在中国大连，以参加苏联卫国战争老战士的身份，受到来访的时任俄罗斯总统梅德韦杰夫的接见。

李敏加入抗联后的第一份工作是在抗联第六军第四师被服厂工作。她回忆说，当时环境恶劣，制作军服非常困难，最大的问题就是布料来源。

抗联女战士李敏

第九章　松花江上

因为城市乡镇被占领，敌人又对抗联根据地实施全面封锁"围剿"，想大规模采购和生产布料根本不可能。"当时的布料啥颜色的都有，最难得的是红色。"李敏对此印象深刻，"对有限的红布，除制作军旗外，就制作军帽的五星和袖标领章。实在没有红布时，我们就用红桦树皮或秋天的红树叶代替红布料，来保持抗联队伍是中国共产党领导的武装形象。"

东北抗日联军第六军被服厂旧址——汤原县亮子河沟里

尽管已经过去了七十多年，但李敏对当年抗击日寇的一幕幕情景仍记忆犹新。在《等着我》节目录制现场，李敏回忆了当年抗联战士在异常艰难困苦的环境中与敌人展开殊死斗争的情景。

被服厂大部分是女战士，而这些女战士又大多不满二十岁。她们时常遭到敌人的追击围攻，还常常受到断粮、断药的威胁，忍受饥饿的煎熬。尤其是冬季，天寒地冻，缺衣少食，斗争更加艰苦。部队经常在饥寒交迫中与超过自己十几倍、几十倍的日军周旋苦战。

松花江怨（上）

1938年11月里的一天，东北抗联第六军第一师政治部主任徐光海匆匆赶到被服厂。他通知大家，日伪军"讨伐队"正展开拉网式"围剿"，被服厂必须紧急转移。

在被服厂指导员裴成春的组织下，李敏等十几个女战士将缝纫机和布料藏好后，跟着徐光海带来掩护女战士的小部队出发了。

东北抗日联军被服厂使用过的缝纫机头　　东北抗日联军将士戴过的棉帽

东北抗日联军将士用过的挎包

部队顶风冒雪走了一天，黄昏时来到一排烧炭的空窑洞，以此作为营地休息。徐光海主任和裴成春指导员都不知道，他们的队伍中隐藏着一个叛徒。

第二天再次出发翻越一座山时，早已埋伏在此的三百多名日伪军突然发起攻击。徐光海一边组织反击，一边让裴成春指导员带领女战士向山下撤退。

第九章　松花江上

撤退时，裴成春让李敏在前面蹚路，自己在最后掩护。山上的雪太深了，一脚下去就很难拔出来。李敏根本找不到下山的路，只听到身后裴成春大声地催促她快跑。

敌人的枪声越来越密了。李敏能感觉到子弹在耳边嗖嗖地飞过，为了躲子弹，她顺势滚了下来，钻进了倒木下的一个雪坑，积雪掩盖了她瘦小的身躯。

敌人从她身边冲了过去。在一阵机枪响过后，传来敌人嘈杂亢奋的喊叫声。她知道，许多战友牺牲了，包括裴成春指导员。

裴成春是朝鲜族，牺牲时三十六岁。在被服厂，人们都叫她大姐。李敏说："裴大姐比我大二十来岁。我叫她妈妈也不为过。"

裴成春是被服厂第一任厂长，后来又任被服厂党支部书记、指导员。实际上，她参加革命很早，曾参与抗联第六军的创建工作。

对被服厂的女战士们来说，裴成春是领导、战友，也是姐姐、妈妈。女战士们对她无话不说，她也从不隐瞒自己的心里话。她说话大嗓门，好像生怕别人听不见似的，干起活儿来像男同志一样。放木头、背粮食、做衣服、煮饭，样样活儿都干得非常麻利。在被服厂，她体贴关心每个战士，部队行军打仗，她和男同志背的东西一样多；休息宿营时，她又忙着给大家做饭洗衣、缝缝补补；夜里，她还要查哨，很少休息。她的刚强、毅力和

东北抗日联军第六军被服厂指导员裴成春

松花江传（上）

吃苦精神，在被服厂赢得了大家的尊敬和爱戴。李敏在敌人撤走后，自己走了三天两夜，靠喝雪水、烧吃冻死的野兽肉活了下来，最终找到了第六军第四师下属的一支部队。

在这场战斗中，东北抗联第六军第一师政治部主任徐光海、被服厂指导员裴成春等十余名战士牺牲。另有四名女战士被俘。李敏记住了她们的名字。

金碧荣，东北抗日联军第六军第四师被服厂女战士。中共下江特委书记黄成植的爱人。她矮矮的个子，长得娇小玲珑，嗓音清脆如银铃般悦耳，一天到晚总是"咯咯"地笑个不停。

张玉春，东北抗日联军第六军第四师被服厂女战士。她原是下江地区的一名干部，后来去了第六军被服厂，是一位寡言少语、沉静的女性。

金凤淑，东北抗日联军第六军第一师被服厂女战士，二十四岁，她是抗联第五军一位领导的妻子，在被服厂时已怀孕。

沈英信，东北抗日联军第六军第一师被服厂女战士，十九岁，原第七军战士，是第一师第二团金主任的爱人。人长得挺漂亮，爱说、爱唱、爱跳，她会跳一种从苏联传过来的集体舞。

这四位女战士被俘后音信不明，抗联部队曾试图寻找，但也只听到几种说法。

第一种说法是敌人曾经把她们押到当地老乡家住过一夜，老乡们说："几个女兵不停地唱抗联歌曲，第二天早上就让敌人押到马车上拉走了，在马车上还在不停地唱。"这种说法得到了当时押送这几位女兵，后来哗变的伪军士兵的证实："这四个女俘虏上了车就不停地唱，她们唱得我们心怦怦直跳，佩服啊！真是勇敢！"

第二种说法来自当年被关在日伪监狱中的地下党干部的回忆，他们说在哈尔滨监狱曾经看到过两个穿军装的女战士，不知道是不是这四名女战士中

第九章 松花江上

间的两名。

第三种说法是,金碧荣、张玉春、金凤淑、沈英信四名女同志,可能被日军"特别移送"去了"731"部队,做了日本细菌武器的试验品。在当时,抗联被俘的战士中,许多人都被丧失人性的关东军送到了"731"这个魔窟。

日军"讨伐"队放火烧山

没有确凿的下落,只有留下的传说,和传说中四位女战士不屈的歌声。

李敏想找战友,想找到这些和她生死与共、比亲人还亲的战友。

九一八事变后,中国共产党在东北三省积极组织并领导抗日武装斗争。从1933年9月起,中共满洲省委把党领导的各抗日游击队相继改编为东北人民革命军。1936年2月,东北人民革命军和党领导或影响的各抗日游击队相继改编为东北抗日联军。东北抗日联军以挑战人类生存极限的顽强意志与日本侵略者殊死搏斗14年,沉重打击了日本侵略者的嚣张气焰,表现了中华民族不

松花江传（上）

畏强暴，英勇不屈的精神，有力地支援了全国的抗日战争和世界反法西斯战争。他们用鲜血和生命谱写了惊天地、泣鬼神的爱国主义篇章。

东北抗日联军人数最多时有三万多人。1941年至1945年，东北抗日联军转入苏联整训，成立了东北抗日联军教导旅。二战末期，经过特战训练的部分抗联武装渗透到东北，秘密潜伏下来搜集情报。在苏联对日宣战后，抗联教导旅随同苏联红军一起解放了中国东北，这时的抗联人员共计七百余人。

曾经的三万多人，最终见到胜利的只有七百多人。李敏是抗联队伍中年龄最小的战士之一，而如今七十多年过去了，她已经九十五岁了，如果还能找到在世的战友，将是岁月成就的伟大传奇。

《等着我》寻人团竭尽全力，最终为李敏带来了好消息：到节目录制的时候为止，已经为她找到四位老战友。这四位老人都年事已高，因此无法来到节目现场。这四名抗联老战士分别是——李在德，一百零一岁；周淑玲，九十九岁；孟宪德，九十九岁；张正恩，九十三岁。

最让李敏高兴的是李在德通过视频向她打招呼问候。在很多年前写的一篇回忆抗联斗争的文章《在抗联密营的一段经历》中，李敏记录了一次北满抗联高级别会议及在会议期间举行的一次婚礼。婚礼的女主角，就是李敏所在被服厂的战友李在德。

李敏寻找并确认抗联六军密营遗迹，图为李敏找到的密营中的灶台（左下角）

第九章　松花江上

一九三七年农历五月间,北满临时省委在我们被服厂召开了一次扩大会议。被服厂的全体同志参加了会议的服务工作,负责做饭、采野菜、洗衣服、烧水、倒水等。

参加会议的同志是陆续来到被服厂的。冯仲云同志首先来到,通知我们准备迎接以及安排会议等工作,召集留守团团长耿殿君和前哨卡部队负责人张处长等开会,布置会议期间的生活安排,裴成春、李在德同志也参加了这个会议。我们按照裴厂长的布置,将缝纫机等设备安置在紧挨房子的外边的大树下。女同志在外面搭上帐篷住宿,倒出房子开会和首长住宿用。

这次会议共开了二十天左右。原来为会议准备的粮食不够了,最后几天,我们天天上山挖野菜做粥喝,或者拿野菜就着咸盐水充饥,开会的首长们也是一样。

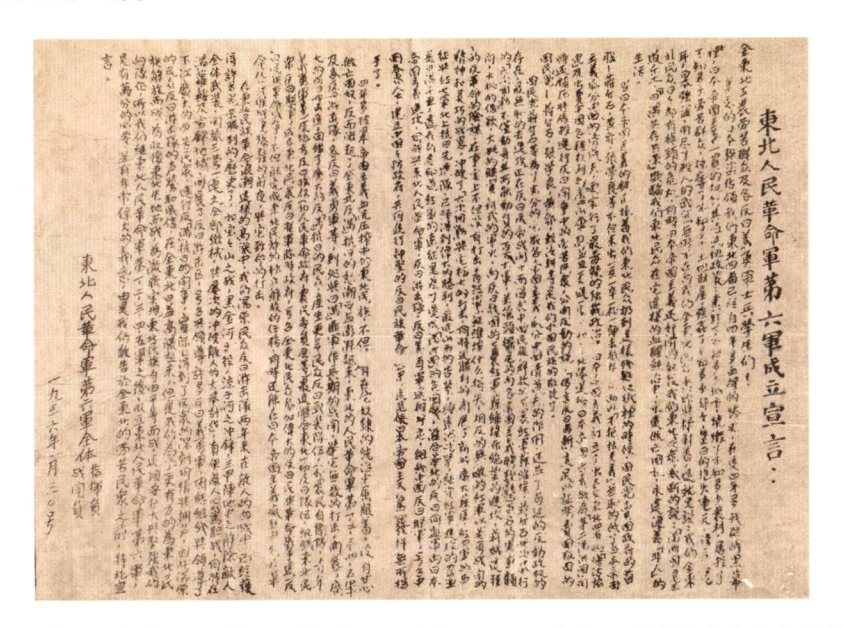

1936年1月30日,汤原反日游击总队在汤原县温家屯正式扩编为东北人民革命军第六军。图为第六军成立宣言

松花江传（上）

会议期间还有一件趣事，就是举行了一场别开生面的婚礼。新郎于保合和新娘李在德两位抗联战士，戎马倥偬喜结良缘，同志们都对新婚夫妇表示衷心的祝福。

李敏在回忆录中列出了参加婚礼的领导："北满临时省委书记冯仲云，三军军长赵尚志，六军政委张寿篯(李兆麟)，五军军长周保中，北满临时省委组织部部长张兰生(包巨魁)，六军军长戴鸿宾。"

李敏回忆说，实际上裴成春大姐早就想成全这两位战友，在会议要结束时，她找冯仲云提了建议："冯仲云同志，于保合和李在德都自由恋爱了，要是组织上批准，会议结束前，为他们举行婚礼吧！"

冯仲云向几位领导一提，大家无一不赞同。

新郎官于保合，二十四岁，满族。曾是赵尚志任命的东北人民革命军第三军司令部电信学校的校长兼教官，后任赵尚志兼任校长的抗联政军学校政治教官，是抗联队伍中的"知识分子"。新娘李在德，朝鲜族，被服

于保合和李在德夫妇与儿子合影

第九章 松花江上

厂党小组长。

李敏说:"东北抗联部队里的女战士们没有从一而终和守寡这一说,好多女战士,丈夫牺牲了,后来就又嫁给了丈夫的战友,战友们在迎娶女兵的同时也接纳了她们所带来的前夫的孩子,就当自己的孩子一样,把他们抚养成人。"

这就是抗联的爱情,这就是比血缘更新的亲情。

婚礼的第二天,首长们就都出发了,新郎和新娘也走向了战场。

这场婚礼为战争年代的爱情留下了绚丽的篇章,是东北抗联婚恋史的见证,是战争中军人爱情的纪实。

战争年代的一场婚礼如此浪漫多情,让人们看到了艰苦的斗争环境下,抗联战士坚定的信念和革命的乐观主义精神。

婚礼的欢愉与喜庆是短暂的。抗联是在日本关东军的层层包围之中坚持斗争的,他们随时要躲避一拨接一拨的"清剿",并寻找战机打击敌人。

李敏当年见证了于保合和李在德的婚礼。作为抗联的幸存者之一,她矢志不移地宣传抗联事迹与精神,寻找曾经战斗过的地方,并协助当地政府建立红色教育基地。当然,她最惦念的,还是寻找当年的战友。

寻找将军的头颅

1987年初,从事战争史研究的日本女学者林郁来到了哈尔滨,她找到时任黑龙江省民委主任的李敏,想从这位幸存的抗联女战士身上搜集更多的战时资料,而李敏也向林郁提出了自己的请求。

松花江传（上）

抗日战争胜利后的1946年11月，为纪念抗日英雄赵尚志和他所领导的抗日将士在珠河县的丰功伟绩，珠河县第一次农工代表会议通过决议，将珠河县改为尚志县。遗憾的是，赵尚志烈士的遗骸仍无下落。这么多年过去了，李敏心心念念，一直放不下对战友后事的惦念。她向林郁讲述了自己的心事，因为多次寻找无果，李敏怀疑赵尚志将军的头颅被日本军方运到日本去了。她请林郁协助找一找赵尚志将军的头颅。

李敏的怀疑是有根据的，因为当年日军为捕杀赵尚志，曾开出了"一钱骨头一钱金，一两肉得一两银"的悬赏。在枪杀了赵尚志之后，曾有传言要将其首级运回日本请功。在中国国内尚无更多线索的时候，李敏希望林郁能回日本寻找。

1934年3月，珠河反日游击队在珠河县半截河召开哈东地区抗日武装首领会。图为会场旧址

1987年2月13日，也就是赵尚志将军殉难纪念日的第二天，林郁回信说："对赵尚志将军谋杀问题，运首级到长春去的东成正雄找到了。"

第九章　松花江上

而此时，原沈阳军区军旅作家姜宝才在查找日伪档案时，也已发现当年抚顺战犯管理所日本战犯东成正雄的资料。也就是说，赵尚志将军最终下落之谜的解开，两条独立调查的线索都指向了这个当年的亲历者东成正雄，指向了那段深埋在历史尘埃中的岁月。

1908年10月，赵尚志出生于辽宁省朝阳县。1925年2月，赵尚志考取了哈尔滨市许公中学，在声援上海"五卅"反帝爱国运动中加入中国共产党，是东北地区最早的共产党员之一。同年冬，经党组织批准，赵尚志赴国民革命中心广州，考入黄埔军校，为第四期政治大队学员。这一期黄埔军校学生中，有不少毕业后参加革命并以骁勇善战闻名于党史军史的学员，如林彪、刘志丹、伍中豪、段德昌、曾中生、郭化若、唐天际等。

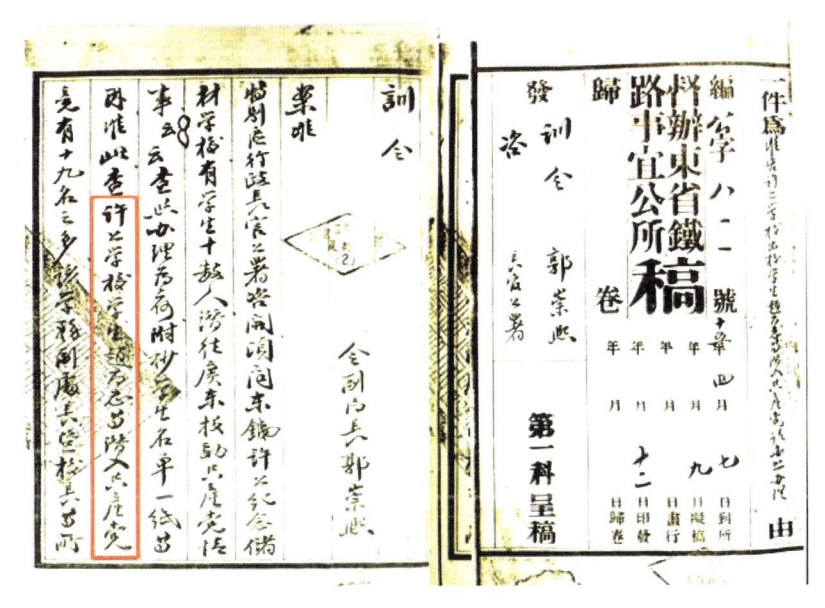

从学校毕业后赵尚志进入黄埔军校学习，后根据党组织的指示回到东北从事地下工作

根据革命的需要，1926年夏，赵尚志回到哈尔滨，在中共北满地委从事革命活动。九一八事变后，赵尚志被任命为中共满洲省委常委、军委书记。

在党的领导下，赵尚志与张甲洲等创建了巴彦反日游击队，又名中国工农红军三十六军独立师。1934年6月，赵尚志组建的东北珠河反日游击队，扩编为"东北反日游击队哈东支队"，赵尚志被任命为总司令。1936年，赵尚志任东北抗日联军第三军军长。第三军所属的7个师，在赵尚志的率领下，统筹安排给养，培养和调配干部，仅半年多时间就参加了大小百余次战斗，歼灭敌人一千多人，开辟了汤原、木兰、巴彦、铁力等根据地，建立了小型兵工厂、被服厂、仓库和军医院，还建立了政治军事干部学校，赵尚志亲自担任校长。全军六千多人，活跃在松花江中下游两岸二十多个县境内。

珠河反日游击队成立地遗址——尚志市三股流

1935年，中共中央在《八一宣言》中，称赞赵尚志为"民族英雄"。毛泽东同志给予其很高的评价："有名的义勇军领袖杨靖宇、赵尚志、李红光等等，他们都是共产党员，他们的坚决抗日艰苦奋斗的战绩，是人所共知的。"[①]

1937年5月，日本关东军参谋部《关于最近'满洲国'的治安》承认："松花江两岸的匪团，是品质最恶、最顽强、行动最活泼的匪团，其代表者是以赵尚志为首所率领的共匪。"

[①] 杨牧，袁伟良主编：《黄埔军校名人传》，河南人民出版社，2005年，第1653页。

第九章　松花江上

由于斗争条件艰苦，敌我实力悬殊，抗日武装成分复杂，又不能及时获得党中央的指导，赵尚志在险恶的对敌斗争中曾两次被开除党籍。1932年11月，由于部队缴了鄂伦春猎户的猎枪，引发冲突，部队遭受损失。被认定要负全部责任的赵尚志受到开除党籍的处分。赵尚志并未因被开除党籍而离开抗日武装。直到两年多后的1935年1月赵尚志才恢复党籍。1940年1月中旬，赵尚志再次因斗争的复杂性和指挥应对上的"失误"而被开除党籍。这一次被开除，虽有后来的甄别，但直到他牺牲后四十年，才有了最终结果。1982年，中共黑龙江省委根据中央组织部的指示，对赵尚志同志1940年遭受党内处分一事进行认真的复查。同年6月8日，黑龙江省委做出《关于恢复赵尚志同志党籍的决定》。该决定指出："撤销1940年1月中共北满省委《关于开除赵尚志党籍的决定》，恢复赵尚志党籍，推倒强加给赵尚志的一切不实之词，恢复名誉。"

第二次开除党籍时，赵尚志正在为了与中共中央取得联系并请求苏联军

日伪报纸关于赵尚志部频繁活动的报道

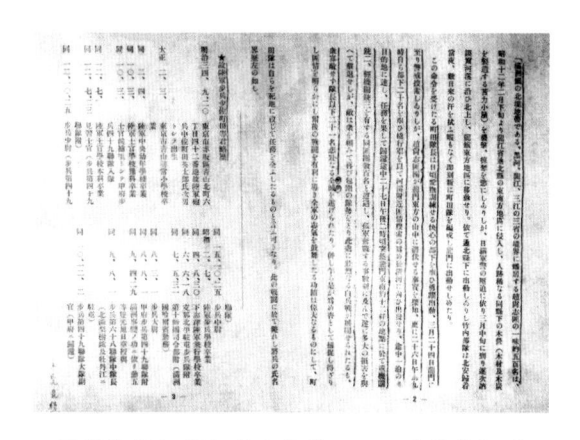

日伪资料记载赵尚志部消灭町田少佐的经过

松花江传（上）

事援助，而由北满临时省委派往苏联。在向党组织反复申诉仍未获理解的情境下，赵尚志抗战精神不减。此前他曾放言不打完鬼子不洗脸、不成家。此时在苏联虽无生命之虞，但赵尚志心有不甘。他说："我是中国人，死也要死在祖国，死也要死在东北的抗日战场上。"

1940年3月赵尚志从苏联回到东北。这时他改任东北抗日联军第二路军的副总指挥。时隔一年，当赵尚志又赴苏联参加第二次中苏伯力会议时，北满省委以"有言论错误"为名，再一次撤销了赵尚志抗联第二路军副总指挥的职务。

对敌斗争环境的凶险加上党内错综复杂的矛盾，使得赵尚志在抗日前线的战斗远非大喊一声上阵杀敌那般简单，而是在领导岗位上时不时遇到挑唆、误解、非难、排挤、打压、背叛。但赵尚志不弃不离、矢志不渝，革命意志坚定，不断打击敌人并取得胜利，成为飘扬在三江平原上的一面抗日大旗。

1939年4月7日，日本关东军司令官发布1483号命令，"拟于本年末彻底消灭残匪"。并明确指令："特别对于捕杀匪首，须全力以赴。"

4月14日，伪治安部发文："在本期的讨伐，特别以捕杀匪首为主要目标，对捕杀匪首的部队和个人，由日本军及满洲国军发给巨额奖金。"文中开列六十名所谓"根据匪情综合判断列出的有力匪首"，第一名为杨靖宇，悬赏金额一万元；第二名是赵尚

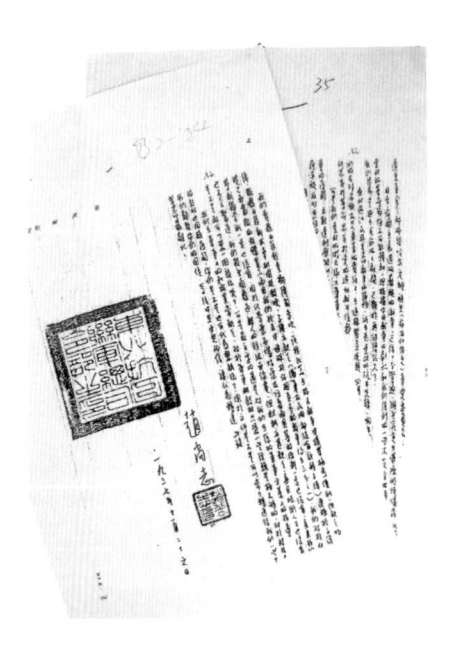

1937年11月赵尚志致苏联远东红军布留赫尔元帅、联共（布）军党委员会的信（复制品）

第九章　松花江上

志,悬赏金额也为一万元。

杨靖宇身高一米九以上,赵尚志身高一米六二,但是同样顶天立地、气壮山河。他们都是忠诚的共产主义战士,是东北抗日联军的创建者和主要领导人之一,分别领导南满和北满的抗日联军,被誉为抗联名将中威名远播的"南杨北赵",是深受人们敬仰和爱戴的民族英雄。

1941年10月中旬的一天深夜,天气已经很冷,赵尚志率领四名抗联战士在苏联边防军的协助下,秘密登岸回国,地点就在黑龙江省萝北县境内的大马河口。

1932年4月12日,赵尚志与范廷桂在哈尔滨市郊外成高子成功颠覆日军军车一列,这是《盛京时报》对日军军车在成高子被颠覆的报道

1935年5月22日,日伪《大同报》对赵尚志部在珠河附近开展抗日斗争情况的报道

松花江传（上）

赵尚志的小部队刚在鹤立、汤原北部地区开展活动，情况就被敌人侦知。日伪急需确保作为侵华大后方东北的安定。1941年12月底，太平洋战争爆发二十天左右，兴山伪警察署署长田井久二郎警佐、特务主任东成正雄警尉，深知消灭赵尚志难上加难，就谋划用汉奸特务打入赵尚志身边，把他引诱到敌伪警察势力范围内，伺机加以逮捕。

危险一步步向赵尚志逼近。特务张锡蔚化名"张玉清"打入赵尚志身边，骗取了赵尚志的信任，和赵尚志走得越来越近。

1942年1月上旬，第二个汉奸特务刘德山寻觅到了赵尚志所率的小部队，以同乡的名义骗取了赵尚志的信任。

其实，这不是赵尚志第一次遭受敌伪派遣特务的威胁。

最早要刺杀赵尚志的汉奸叫周光亚，于1934年混入赵尚志部队，因为有点文化，被任命为司令部秘书。但是此后不久，有认识他的同乡也加入了抗联。周光亚怕暴露身份，在另一个伪装成医生的汉奸混入抗联后，寻机将经济部长李启东杀害，夺款逃跑。

此事对赵尚志刺激极大。李启东比他大十二岁，是创立珠河抗日游击队的七人之一。李启东被害后，抗联司令部对奸细问题警觉起来，经过对"医生"的审问，才知道他打入抗联的目的是伺机投毒害死赵尚志等人。

诸如此类的事情时有发生，以至于赵尚志一直对汉奸、叛徒有着高度的敏感和戒备。但是派来的特务接二连三、防不胜防，赵尚志始终处于极度危险之中。

由于大大小小打了几十场战斗，直接扰乱了日本侵略军谋求的大后方安定，赵尚志名满东北，威震敌胆。负有消灭抗联责任的日伪机构发出"小小满洲国，大大赵尚志"的慨叹，赵尚志的影响力甚至引起了关东军司令梅津美治郎的注意。尽管此时赵尚志实力远不如昔日，但是他的一举

第九章　松花江上

一动仍然牵动着伪满治安部的目光。

1942年2月12日，在伪三江省鹤立县梧桐河金厂，刘德山欺骗赵尚志，说要袭击警察所。途中，刘德山从背后黑枪袭击，将赵尚志打倒在地，赵尚志在身负重伤的情况下打死了刘德山，随后被俘，在负伤八个小时后牺牲，时年三十四岁。

在此之前，1940年2月23日，杨靖宇于吉林濛江县（今吉林靖宇县）境内壮烈牺牲。

林郁在给黑龙江省委党史研究室主任金宇中的回信中，记录了她在日本对昔日将赵尚志首级运到长春去的东成正雄的采访：

"赵尚志的身体筋肉很消瘦，部分地方有伤痕。在进行全面调查后，拍了照片，把首级割下来，身体投入松花江。首级装入木箱，乘飞机（三十六人乘坐的大飞机）送到长春。先给治安部大臣看了，他说，好，好，赞扬我们。首级眼睛没闭上，睁着眼睛的模样，冻起来了，颜色变成了紫色。那时，我才知道一个人的首级有那么沉重。"

赵尚志用过的皮箱　　　　**赵尚志牺牲前使用过的手枪，枪号：80292**

军旅作家姜宝才在查阅日伪档案史料时了解到，1954年6月，抚顺战犯管理所监号353号的日本战犯东成正雄首次交代自己参与谋杀赵尚志的经过，并附有揭发原伪兴山警察署长田井久二郎罪行的书面材料。两年后，田井久二郎也提交了《赵尚志将军谋杀事件供述书》，坦白交代了谋杀赵

松花江传（上）

尚志的全部过程，"我身为署长，应负命令指挥责任，因为谋杀赵尚志有功，而取得了奖状和勋章，我承认全部事实，向中国人民谢罪……"

东成正雄在他提交的忏悔书中这样写道：1942年2月12日晚上举行了庆功宴会。第二天早晨，用汽车把赵尚志的遗体运到了佳木斯警务厅。又过了几天，县里给田井署长打来电话说："为了写好给中央的报告书，请你到县里来一趟。"这就是说，写给中央的报告，是由县警察署长、特务股长、省警察股长、特务股长合议写出，我起草的报告书就没用。可过了一周，我接到省里一个电话："带着赵尚志的首级，马上乘飞机到'新京'的治安部警备司来！"在佳木斯飞机场，起草报告的几个人把报告书和装着赵尚志头颅的白木箱交给了我。到"新京"后，伪满治安部大臣于芷山接见了我。

1987年2月8日，已在日本成为中国归还者联络会（战犯归还者的组织）成员的东成正雄，向采访者林郁详细描述了日本军方与伪满治安部对赵尚志首级的处理："那时候我们看到首级开始腐烂了，明显地看到一只眼睛在战斗中受伤的痕迹。后来，日本军方的高官们来看过首级后，谈了首级的处理问题。他们说首级已经腐烂了，把他送般若寺当作无缘佛埋起来就行了，东成被邀请参加了庆功宴会。那天晚间，忙了好一阵子。后来他在返回路上，到牡丹江访问了朋友，三天后，回到佳木斯。这时东成听到宪兵队与警察厅因首级问题互相争功闹起意见。宪兵队方面说，为什么不与宪兵队商量，以警察的成果上报？这是东成说的。因此，他（东成正雄）受到宪兵队方面的批评。一年后，东成正雄从三江省得到一个奖状。首级悬赏赏金，捉活的是一万，尸体是八千。首级埋到般若寺后，再没听说被挖出来。他说首级已经腐烂了，要运到日本，要装瓶，要用防腐药，那是不可想象的，送到日本也没有什么意义。首级在大经路般若寺埋上的事，我在战犯管理所与吴浩然先生说过。我是全部坦白了，所以证言记录

第九章 松花江上

一定在中国。"这段文字，是林郁在采访东成正雄后整理出来的。

东成正雄所说的"证言记录一定在中国"，就是姜宝才在抚顺战犯管理所查阅到的档案记录。一个是作为战犯对罪行的交代，一个是曾经侵华的日本老兵对以往罪行的忏悔回忆，两相比照，关键细节是一致的。赵尚志的首级先是被运往佳木斯，又空运到长春。在验明身份之后，日伪方面为参与行凶的东成正雄颁发了奖状和奖金。而后，将赵尚志的头颅以无缘佛的名义埋在了长春的佛教寺庙般若寺。无缘佛是佛家的一种称谓，意为"无缘佛法，难证菩提"，转义为无亲缘、无人祭祀的"孤魂"。

东成正雄还向林郁讲述了两个细节，一个是："曾经为了鉴定首级的真伪，把李华堂带来看了。李华堂看首级的时候，脸色很难看，问他是不是真的，他点头说是真的。看来，毕竟他是原来的同志嘛，因此他有很大的感触，表现出了他那种难看的脸色。"

这个来确认赵尚志首级的李华堂曾是东北军的一个营长。东北沦陷后他拉起一支队伍抗日，后来又响应中共建立抗日联军的号召，加入了以赵尚志为总司令的北满抗联，任东北抗日联军第九军军长。在相当长的一个时期，他都是赵尚志抗日路线的追随者和赵尚志本人的崇拜者。

1938年冬，赵尚志滞留苏联的时候，李华堂率部躲进深山。当与之互为支撑的抗联第一路军遭受日军打击几乎全军覆灭时，李华堂终于挺不住了，他下山向日本关东军投降。

另有资料记述了李华堂被找去指认赵尚志首级的过程：日军将李华堂带到了梧桐河伪警察署。在一间冰冷的房子里，李华堂一眼就认出了面前的死者就是他矢志追随多年的抗日大英雄赵尚志。尽管有不少日本人跟着，他还是哭了，大声道："司令，你也这么着了吗？你也这么着了吗？"他大哭号啕，被日本人强拉出去。

松花江传（上）

这里记述的李华堂辨认时复杂的心情，与东成正雄的回忆大体一致。

东成正雄讲述的另一个细节是："从赵尚志背后开枪的中国人密侦特务，我去调查了他的出身。他的家具体地点不清楚，他与赵尚志将军出生地很近，他曾住方正县。我认为，从这一点他骗赵尚志很有利。"

林郁对东成正雄的采访记录到一些非常有价值的信息，比如向赵尚志开枪的刘德山与赵尚志是老乡。军旅作家姜宝才在辽宁朝阳调查时发现，刘德山和赵尚志将军还有远房亲戚的关系。赵尚志将军之死，不仅是日伪政权处心积虑的结果，更是汉奸叛徒无耻行径的极致体现。

赵尚志死后，日本关东军司令部关于《满洲共产抗日运动概况》记载：赵尚志"显示无愧于匪中魁首之尊严"。日伪《大北新报》说："赵尚志匪已被枭首，祸满元凶从此诛灭。"两份文件对将赵尚志首级埋在长春般若寺只字未提。

这就为后来寻找赵尚志将军最后的下落造成了困难。

赵尚志牺牲后，日伪当局在报纸上进行的宣传

周保中任东北抗日联军教导旅旅长、中共东北委员会书记配合苏军解放东北，并且担任苏军驻长春卫戍司令部副司令。10月2日，他对苏军总司令马林诺夫斯基元帅提出寻找杨靖宇和赵尚志头颅的要求。马林诺夫斯基元帅立刻向苏军驻长春总部下达了命令："杨靖宇、赵尚志不仅是中国人的骄傲，也是世界所有反法西斯正义力量的骄傲。我们一定要全力协助周将军，寻找到杨靖宇和赵尚志的头颅。"

第九章　松花江上

日伪档案中记载的赵尚志将军遇害内容

当时苏军驻长春参谋长安德烈耶夫上将派出五个苏军支队，对长春市内的伪皇宫和"八大处"等日伪机关所在地进行了数次搜索，都没有找到两位烈士的头颅。

1946年4月，东北民主联军解放了长春，陈云亲自给东北民主联军总政治部主任陈正人交代："前番周保中没有找到杨靖宇和赵尚志同志的遗骨，现在我军解放了长春，还要继续寻找。只要有一线希望就要找到，因为东北老百姓都怀念他们，将来建国以后也好供后人瞻仰。"

陈正人率领政治部工作人员在长春重点地区进行寻找，逐一排查了日本关东军军用医院和敌伪监狱里的医疗室，仍未取得进展。遗憾的是，由于东北战事又趋紧张，不久东北民主联军便奉命撤出了长春，寻找再次陷于僵局。

1948年3月初，中共地下党在长春医学院的一间地下室里发现了三个大玻璃瓶，装有两颗头颅和一

赵尚志将军遇难地

379

松花江传(上)

颗心脏。此时长春仍为国民党军占领,所以未能对头颅和心脏做进一步确认。半年后,长春再次解放。经确认,长春医学院的两个玻璃瓶内用福尔马林浸泡的头颅是抗联将领杨靖宇、陈翰章的头颅。

赵尚志的头颅仍不知在何处。直到林郁的来信和姜宝才的调查提供了确凿的信息之后,人们仍不能确定在长春般若寺是否能找到赵尚志将军的头颅。

位于长春市中心的护国般若寺,俗称大庙,建于1922年。伪满洲国时期,般若寺更名为"护国般若寺",变成了"满洲国"的"护国寺"。其所在位置紧邻关东军司令部。

随着2005年世界反法西斯战争胜利60周年临近,军旅作家姜宝才参与了一部反映东北抗日联军的历史文献片的创作,其中就涉及了赵尚志将军头颅的去向。

2004年6月,姜宝才来到长春般若寺寻访,在与僧人交谈中得知:就在前不久,寺院内部施工时,大家在后院距离北墙十厘米、地下五十厘米深处发现一颗头颅。因这颗头颅无任何记载,故僧人在为之超度后埋到长春净月潭的山林中。

净月潭距长春市中心十八千米。1934年筑坝蓄水,是作为长春市的水源地而修建的。新中国成立后,地方政府在这片丘陵种植了大量的黑松,一时

赵尚志头颅发现者姜宝才(右一)及抗联老战士李敏(左一)等人,将赵尚志烈士头颅移交给赵尚志亲属

第九章 松花江上

有"亚洲第一大人工林海"之称。

虽然尚不能判断头颅是不是赵尚志将军的,但姜宝才觉得应该抓住这一线索。毕竟,寻找将军的头颅是抗联老战士和抗联后人的愿望,也是宣传和弘扬抗联精神而必须担负的责任。姜宝才与抗联老战士李敏以及赵尚志的胞妹赵尚文等亲属取得联系,告诉她们自己要追踪这一线索。

在接到电话的第二天,李敏就约好赵尚志将军的亲属赶到了长春。在曾经超度并安葬头颅的僧人带领下,一行人驱车前往长春净月潭。

带路的僧人清楚地记得埋葬地点,头颅被顺利取出。

赵尚志的外甥李龙和李明验看了取回的头颅,他们注意到头颅的左脸颊上面有一处骨痂,像是生前负伤愈合的痕迹,这个发现让兄弟俩不禁屏住了

公安部门对赵尚志头颅的物证检验报告

呼吸。他们预感到这个头颅就是自己的舅舅赵尚志的遗骨。因为在他们读过的抗联史专家赵俊清撰写的《赵尚志传》中,曾有过与此对应的记载:1932年10月,赵尚志率部攻打东兴县城,"弹片横飞过来,致其左眼受重伤。"左脸负伤,伤及骨头,左眼不幸失明。经黑龙江省脊椎动物专家兼文物鉴定专家魏正一鉴定,此疤痕与赵尚志负伤后的结果吻合。随后,黑龙江省公安刑侦部门的法医鉴定结果,也倾向于头颅伤痕与传记描述一致。

2004年12月17日,头颅被送到北京公安部物检鉴定中心做最后鉴定,并向鉴定者隐去了赵尚志的信息。

松花江传（上）

鉴定结果出来了：一、系入土五十年以上的陈旧性骨骼；二、男性；三、年龄范围三十一到三十六岁；四、身高一米六到一米六三；五、颅骨左侧的骨质缺损，系死者生前骨骼损伤后的病理改变所致。

鉴定结果与赵尚志的生前特征惊人地吻合。

戎马倥偬、环境恶劣，使得赵尚志的一切都显得扑朔迷离。在找到他的头颅之时，人们还不知道他的长相，只能靠画像来揣摩。根据赵尚志颅骨造型分析完成的电脑复原像，得到了赵尚志的胞妹赵尚文和赵尚志的战友陈雷、李敏的认可。

就在电脑复原像做出之后，有专家在东北烈士纪念馆搜集史料时，无意中发现了1948年中国工农红军第三十六军张甲洲将军的亲人赠送的一张照片。这张照片里都有谁，一直没被注意。赵尚志曾化名为李育才，由于他个子矮，人们都称呼他为"小李先生"。这张照片是巴彦抗日游击队指挥部领导同志在攻占巴彦县城胜利后的合影，当时张甲洲任江北独立师师长，赵尚志任政治部主任。在这张照片中，前排中间拿马鞭的小个子就是赵尚志，也

巴彦游击队合影，前排正中执马鞭者为赵尚志

第九章　松花江上

就是当年的"小李先生"。这张照片，成为赵尚志留在这个世界上的唯一影像。照片中赵尚志虽然居中而坐，但小小的个子与其他人形成对比。联想到赵尚志将军跃马三江，驰骋北满，统兵杀敌，震慑日伪的英雄形象，正应了日伪发出的那番感慨："小小满洲国，大大赵尚志！"

生于辽宁，战斗在黑龙江，埋在吉林，赵尚志属于整个东北大地。

2008年10月，在赵尚志百年诞辰之际，民族英雄赵尚志魂归阔别八十多年的故里——辽宁省朝阳县尚志乡，被正式安葬。

年年后人祭拜，岁岁缅怀英烈。陵园苍松翠柏间，回荡着赵尚志烈士那首《黑水白山·调寄满江红》："争自由，誓抗战。效马援，裹尸还。看拼斗疆场，军威赫显。冰天雪地矢壮志，霜夜凄雨勇倍添。待光复东北凯旋日，慰轩辕。"

据对寻找赵尚志将军头颅做出贡献的林郁说，东成正雄从中国被释放回到日本后，便积极参与了日中友好事业，做了许多益事。尤其是到了晚年，他曾多次以忏悔者的神态跟林郁说过，在有生之年，能听到找到赵尚志将军头颅的消息，是他一生最大的愿望。但很遗憾的是，他没能活到这一天。林郁说，东成正雄是带着终生的忏悔与遗憾告别了人间。战争毕竟是少数军国主义分子发起的，更多的日本人是受了蒙蔽和驱使走上战场的。从这一层意义上来说，虽然他是战争罪犯和杀人凶手，但同时他也是这场战争的受害者与替罪羊。也正是由于晚年在认识上的这种飞跃，所以在对待日本教科书隐瞒、歪曲侵华史实事件，以及不利于日中关系的一些问题上，东成正雄经常组织并参加日本老兵去外务省及政府门前的抗议活动。

松花江传(上)

甘将热血沃中华

誓志为人不为家，涉江渡海走天涯。

男儿岂是全都好，女子缘何分外差？

未惜头颅新故国，甘将热血沃中华。

白山黑水除敌寇，笑看旌旗红似花。

这是抗联女战士赵一曼留下的一首名为《滨江述怀》的诗。其中，"未惜头颅新故国，甘将热血沃中华"一句，与赵尚志烈士"待光复东北凯旋日，慰轩辕"有同样的信念与情怀。

赵一曼与赵尚志是一同在松花江中下游地区抗击日寇的战友。在赵尚志任东北人民革命军第三军军长时，赵一曼是第三军第一师第二团政治部主任。当时的军、师、团、营、连的建制并不是严格意义上的军队编制。抗联的各军人马实际上都只是由原有的游击队扩编而来的。因此，赵尚志与赵一曼实际上是经常在一个战壕中上阵杀敌的，因而两人一度被战士们误认为是兄妹，其实赵一曼比赵尚志还大三岁。

这也难怪，赵一曼原名李坤泰，赵尚志曾化名李育才，人称小李先生。当李坤泰化名赵一曼时，李育才又恢复本名赵尚志。抗联时期斗争异常复杂和危险，为了保护自己，许多抗日斗士都曾用过化名、别名。用的时间长了，真名往往失掉了，以致新中国成立后，在寻找抗联烈士的家人时，烈士本人的名字很难作为有效的线索。赵尚志与赵一曼、李育才与李坤泰，化名与真名，李姓与赵姓都曾用过，两人又同在珠河地区领导抗日活动，自然像兄妹一样。

赵一曼是四川宜宾人，1926年11月，考进黄埔军校武汉分校第六期女兵队。这时的校长是邓演达，政治总教官是恽代英，徐向前任政治大队一队队

第九章 松花江上

长，陈毅是军校的文书。1927年夏，女兵队跟随叶挺率领的部队参加了讨伐叛军夏斗寅部的远征。1927年9月，按照党组织的安排，赵一曼到苏联莫斯科中山大学学习。在校期间，与同为黄埔毕业的共产党员陈达邦结婚。

中学时代的赵一曼　　　　　　赵一曼读书的宜宾女中旧址

1932年春，赵一曼受命到东北参加抗日工作，在哈尔滨担任满洲省总工会组织部部长，兼任哈尔滨总工会代理书记。

这一时期同在哈尔滨为党工作的方未艾，在后来的文章中回忆了当时赵一曼给他留下的印象："她着一身古铜色的西式衣裙，穿一双深褐色的高跟皮鞋；她坐在一条长椅上，一只手拿着打开的手提包，对着里面的镜子，一只手拢着鬓边的短发，黄色微白的脸颊泛起微笑。她给人最初的印象很像书香门第的小姐，有一种高贵飘逸的风度……"

就是这样一位高贵飘逸很像书香门第小姐的赵一曼，主动向党组织提出请求，要到生活条件十分艰苦的抗日游击区去搞武装斗争。她说："我

松花江传（上）

学过军事，到那里有我的用武之地。"满洲省委研究决定，派赵一曼去往珠河县（今尚志市）抗日根据地开展工作。从此，赵一曼从地下战线走向了对敌厮杀的战场。

赵一曼进行抗日活动的珠河县侯林乡

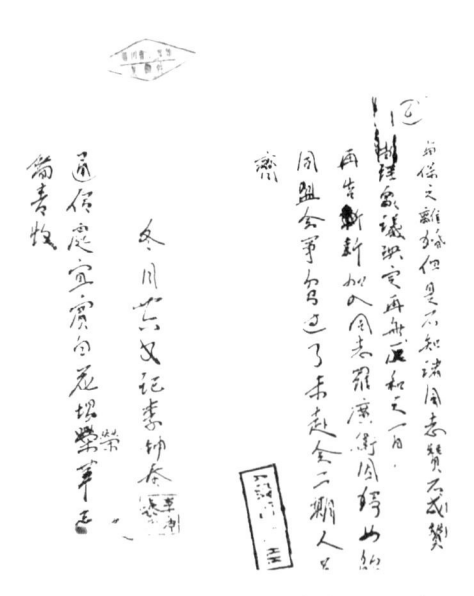

赵一曼写给中共中央的亲笔信（局部）

1935年9月，珠河中心县委召开会议，对部队进行整编，赵一曼兼任东北人民革命军第三军第一师第二团政委。哈尔滨日伪报纸刊登了题为《共匪女头领赵一曼，红枪白马猖獗于哈东地区》的报道。"红枪白马的女共匪"由此成为赵一曼的标签，她成为抗联队伍中英姿飒爽的"红枪白马女政委"。

1935年10月，赵一曼所部在一次策应主力部队转移的战斗

第九章　松花江上

中，由于叛徒告密而遭受重大损失。负伤后的赵一曼被老乡救了下来，却再次遭到汉奸的密告。在与"围剿"的日伪警察的战斗中，赵一曼再次负伤昏厥，被捕后押往珠河县。在多次施用酷刑而一无所获之后，为了从赵一曼身上获取更多的情报，日军将赵一曼送往哈尔滨一家医院救治。

赵一曼的伤势有了好转之后，便思考着如何从日伪的监视中逃出医院。

东北光复后缴获的日伪资料中，有一份伪滨江省公署警务厅《关于赵一曼逃走前后的状况以及其死》的报告："赵一曼在经过治疗日渐好转的时候，在她的脑子里时时刻刻想着的事情，就是在退院后被处刑的问题。认为总难免于死刑或是无期徒刑，那么，她一生所希望的打倒日本帝国主义，毁灭满洲国的事情，将永远难以实现。所以要在退院以前，排除万难而逃脱。再投到赵尚志的麾下，做一个抗日战线的斗士。她日日夜夜地苦心寻找这一机会。"

赵一曼1935年11月22日被捕地——黑龙江省珠河县春秋岭小北沟的一个窝棚

戎装的赵一曼（雕塑）

松花江传（上）

这份报告是在赵一曼遭受严刑拷打而抗日意志愈加坚定之际，日伪警察对赵一曼信念和性格所作的推断。应该说，报告中的这段描述，除与事实基本相符之外，多少有些折服的意绪。

在医院被监视治疗的赵一曼无法与上级组织取得联系，她只能自己想办法。她开始观察环境，寻找能够帮助她的人。

忠厚善良的年轻伪警董宪勋是赵一曼治疗期间的看守之一。赵一曼在与他的交谈中，从自己的故事讲起，讲黄埔军校，讲莫斯科留学，直到讲抗联的密营生活。在日伪的材料中留下了这样的记述："为了灌给警士以抗日思想的目的，她又是费尽了苦心的。她的主要手段是：以写作形式把她在满洲事变爆发当时于奉天所睹的日本军暴虐状况，成立伪满洲国肮脏的目的，被虐待之中国人的惨状，驱逐日本人打倒伪国是活在中华民国土地上的

帮助赵一曼逃离医院的护士韩勇义

每一个人的使命等，在药纸和其他纸片上，用通俗的且富有情趣的小说文体，加以记载。因为她用了使任何人在一读之后即能憎恨日本而要起来打倒满洲国的写法，所以使该警士在思想上成为赵一曼的俘虏，以至表示愿做一个反满抗日的斗士参加这个战线的决心。"

十七岁的女护士韩勇义也是赵一曼倾心交谈的对象。在不断的接触中，赵一曼赢得了韩勇义的信赖。韩勇义向赵一曼讲述了自己恋爱受挫、工作中常常受欺负的感受以及日本人如何蛮横。赵一曼则向她讲述了自己作为一名女性参加革命的感受，讲述为什么宁死不屈决不投降的信念，以

第九章　松花江上

自己的亲身经历感化了韩勇义。

赵一曼1935年6月28日夜逃出哈尔滨时乘坐的大车

董宪勋和韩勇义钦佩赵一曼的信念和人格，表示愿意帮助赵一曼逃离日寇的魔掌。

韩勇义把父亲留给她将来结婚用的金戒指和呢料衣服等变卖，换取现金，作为前往抗联驻地的路费。考虑到赵一曼腿部有伤，董宪勋除雇了一辆白俄司机驾驶的出租车，还雇了大车和车夫。1936年6月28日，董宪勋值夜班负责看守赵一曼，晚上9点，董宪勋与前来接应的韩勇义一起，悄悄把赵一曼背出病房。他们乘上约好的汽车后驶离市区，随后又换上了小轿子，涉水过阿什河。第二天早晨到达阿城县境内董宪勋的叔父董元策家里，并于当夜乘坐马车进山。

日伪警察发现赵一曼逃出医院后，找到了那辆搭载赵一曼的汽车。依据白俄司机的介绍，他们循路追上了赵一曼。

日伪报纸关注抓捕赵一曼、董宪勋、韩勇义的报道

同时被捕的董宪勋面对酷刑时说:"作为一名和赵女士一样的中国人,不能眼睁睁地看着这样的重病号每天遭受拷打而被你们折磨死。"董宪勋坚强的表现使日本人束手无策。在日伪不断地用刑之后,董宪勋终因受刑过重,于1936年7月上旬死于狱中,年仅二十七岁。

韩勇义被捕后同样遭受了种种酷刑折磨,她说:"因为自己住在'满洲国',走着'满洲国'的街道,坐着'满洲国'的马车,使用着'满洲国'币,吃着'满洲国'的出产,这都是由于住在'满洲国',出于不得已的事情。在自己的五体之中所流着的热血,是中华民族的热血。我期待着将来的抗日战线得到扩大,把日本人从东北驱逐出去。"社会上许多热心人佩服韩勇义的爱国精神,经过多方努力,她由"政治犯"降为"纵匪逃走"的刑事犯。韩勇义出狱后被母亲接回家,由于在狱中遭受酷刑折磨,她的健康受到极大伤害,1949年2月12日因病不幸去世,时年仅二十九岁。

第二次被捕后,日本宪兵对赵一曼的折磨不断升级。他们用尽了闻

第九章　松花江上

所未闻、想都想不到的各种酷刑。钉竹签是钉满十指，拔出来后，用更粗更长的签子继续钉，最后改用烧红的铁签扎。灌辣椒水是掺着小米和汽油一起灌，而且是热辣椒水和凉汽油交替地往赵一曼的喉管和鼻孔里灌。烙铁是直接摁在赵一曼的乳房上烙烫。为了不让赵一曼昏迷，日本宪兵先是用冷水泼，后来改用化学药水熏，用酒精擦，还多次给她注射大剂量的强心针和樟脑酊，强迫喂灌许多掺有咖啡因的盐水和含有高纯度甲基苯丙胺的葡萄糖液，待赵一曼恢复体力，头脑清醒，精神亢奋后，再继续用刑。在这一切皆无收效之后，伪滨江省公署警务厅涩谷三郎厅长决定，专门从日本本土运来最新式的专门针对女性设计的电刑刑具。据当年参与审讯的凶手描述，这场断断续续持续了七个多小时的电刑，造成了连续不断的剧痛，已超过了人能够耐受的极限。

赵一曼同志在伪满医院中的照片

赵一曼饱受敌人鞭打、吊拷、坐老虎凳、竹筷夹手指和脚趾、竹签钉手指、拔指甲、拔牙齿、扭胸肉、搓肋骨、灌辣椒水、烙铁烙、电刑等几十种酷刑折磨。但她始终坚贞不屈，表现出了共产党人的坚强意志

松花江传（上）

日伪审问赵一曼的档案

无计可施的日本宪警将赵一曼押往珠河县。1936年8月2日，敌人将赵一曼绑在大车上，在珠河县城"游街示众"。面对敌人的屠刀，赵一曼大义凛然，毫无惧色，高呼"打倒日本帝国主义""中国共产党万岁"的口号，壮烈牺牲于珠河县（今黑龙江省尚志市）小北门外，年仅三十一岁。

新中国成立后，董必武为赵一曼赋诗，诗中写道："抗倭未胜竟成俘，不屈严刑骂寇仇。自是中华好儿女，珠河血迹史千秋。"

聂荣臻评价赵一曼："赵一曼同志早在20年代就参加了我党领导的轰轰烈烈的革命斗争，并为民族解放献出最宝贵的生命！表现了中华儿女的英雄气概和共产党员的高贵品质。她的伟大的英雄形象和光辉业绩永远激励着中华儿女坚忍不

赵一曼和儿子的合影

第九章　松花江上

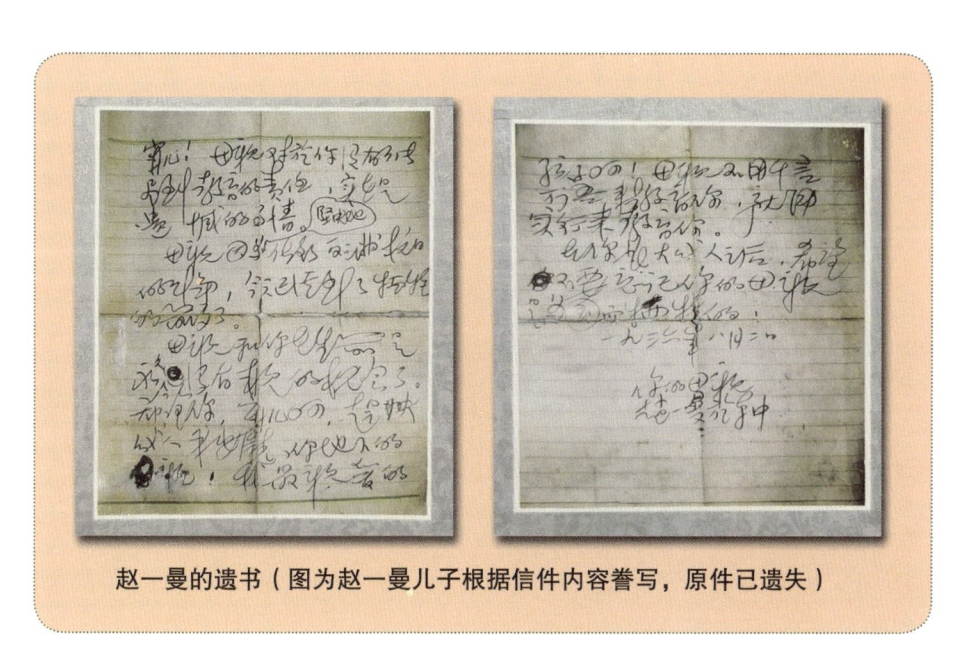

赵一曼的遗书（图为赵一曼儿子根据信件内容誊写，原件已遗失）

拔、开拓前进，为全人类的解放奋斗不息！抗日民族英雄赵一曼烈士永垂不朽！"

陈毅评价赵一曼："生为人民干部，死为革命英雄。临敌大节不辱，永记人民心中。"

日本投降以后，负责审讯赵一曼的大野泰治曾在战犯管理所泪流满面，他跪在地上忏悔说："我一直崇敬赵一曼女士，她是真正的中国的女子。作为一个军人，我愿意把最标准的军礼给我心目中的英雄。作为一个人，我愿意下跪求得赵女士灵魂的宽恕。"

大野泰治向中国人民谢罪

松花江传（上）

1946年，当时的松江省和省会所在地哈尔滨市各界二十余万人隆重集会，纪念"'七七'全国抗战9周年暨庆祝抗战胜利"。集会上，松江省政府宣布把哈尔滨市"山街"改名为"一曼街"，永远纪念这位抗日女英雄。

著名的抗日将领周保中将军在《回忆抗日战争中的东北妇女》一文中写道："妇女同志的坚忍奋发、吃苦耐劳，经得起残酷考验的表现，也是很出色的。在那游击战争处于挫折和艰难的岁月里，我们的游击战士，除了作战伤亡以外，还有饿死的，冻死的。在基干部队里也有个别人逃亡叛变的。每个战士的身上负荷是很重的，除了携带枪械弹药，还得背上自己的给养、预备服装、小帐篷、小火炉、锹、镐、斧、锯和炊具等。妇女同志除上述东西以外，还要携带药包、尺、剪、补衣碎布和针线。如果男同志背包重40斤到50斤的话，女队员就要多加上5斤到10斤。因此，在穷年累月不断的行军作战中，就是铁汉子也有的不堪苦累而死。然而妇女却没有一个害怕苦累的，更没有逃亡叛变的。"[①]

这是将军最高的评价，女兵们当之无愧。

杨靖宇将军之死

如果说赵尚志是北满抗日的一面旗帜，那么杨靖宇就是领导南满抗日的一面旗帜。

杨靖宇，原名马尚德，字骥生，河南省确山县人。1926年加入中国共

[①] 周保中著：《东北人民抗日游击战争概况》，《周保中文选》，云南人民出版社，1985年，第93页。

第九章　松花江上

产主义青年团，1927年加入中国共产党。中共中央"八七会议"后，参与创建由共产党领导的中国最早的县级农工革命政权——确山县临时治安委员会和河南省第一个县级苏维埃政权——确山县革命委员会。

杨靖宇家乡河南省确山县小李湾村

1929年，杨靖宇调赴东北，担任中共抚顺特别支部书记。1931年，九一八事变后，他受党委派，负责东北反日总会的领导工作，后又担任了中共哈尔滨市委第一任书记、满洲省委委员、满洲省委军委代理书记。

红石砬子抗日根据地遗址位于吉林省磐石市区西侧二十公里处的红石砬子山区，分布范围约32平方公里，是中国共产党在东北创建的第一个抗日根据地

松花江传（上）

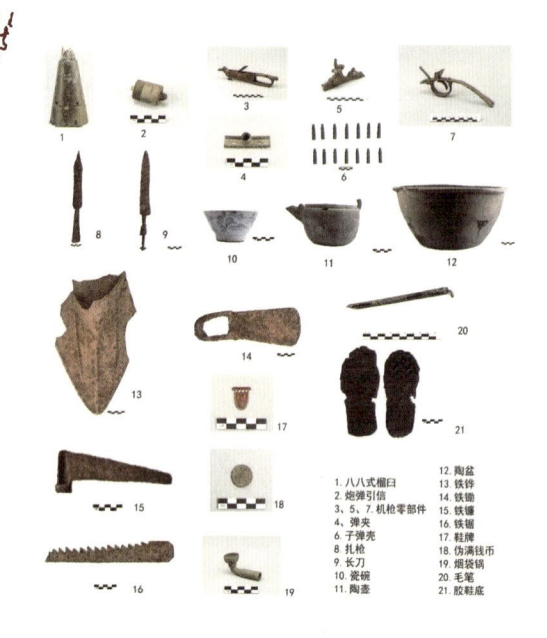

红石砬子抗日根据地遗址发现的部分遗物

1. 八八式樱日
2. 炮弹引信
3、5、7. 机枪零部件
4. 弹夹
6. 子弹壳
8. 扎枪
9. 长刀
10. 瓷碗
11. 陶壶
12. 陶盆
13. 铁铲
14. 铁锄
15. 铁罐
16. 铁锯
17. 鞋牌
18. 伪满钱币
19. 烟袋锅
20. 毛笔
21. 胶鞋底

1932年11月，杨靖宇以省委代表身份被派往南满，组建中国工农红军第三十二军南满游击队和第三十七军海龙游击队。

1933年秋，根据中共中央关于在东北建立党领导下的民族抗日统一战线的指示，以南满游击队和海龙游击队为基础，成立东北人民革命军第一军独立师，杨靖宇任师长兼政委。

1934年2月，成立东北抗日联合军总指挥部，杨靖宇当选总指挥。1934年11月7日正式建立东北人民革命军第一军，杨靖宇任军长兼政委。

1935年8月，中共满洲省委决定，联合东北各路抗日武装成立东北抗日联军，杨靖宇任抗日联军第一军军长兼政委。1936年夏，抗日联军第一、二军合编为抗日联军第一路军，杨靖宇任总司令兼政委。

1937年，"卢沟桥事变"爆发后，为配合全国抗战，杨靖宇以抗联第一路军总司令部的名义发出《为响应中日大战告东北同胞书》和《东北抗日联军第一路军总司令部布告》，揭露日本帝国主义侵吞中国的野心，号召东北各族人民团结一致，驱除日寇。同时，组织部队在南满的广大地区积极开展抗日游击战，全力牵制日军兵力，配合关内抗战。

1937年到1938年，杨靖宇率部袭击日军列车、日伪老岭隧道工程、太平沟警察所，痛歼日军水出守备队，在兴京、清原、宽甸、集安、通化等

第九章　松花江上

地积极开展游击战，有力地打击牵制了敌人。

1939年秋冬季，杨靖宇组织东南满反日伪军"讨伐"作战，指挥部队化整为零、分散游击，杨靖宇自己率警卫旅转战于濛江一带，最后只身与敌周旋五个昼夜。

1940年2月23日，杨靖宇在吉林濛江三道崴子壮烈殉国，时年三十五岁。

杨靖宇将军牺牲后，日本人把将军的尸体送到了当时的濛江县民众医院，解剖尸体后发现，将军的胃里一粒粮食也没有，见到的只是未能消化的草根、树皮，还有棉絮！这一发现，震撼了现场所有人。

杨靖宇的死，让日本人终于长舒了一口气，而出于好奇对将军尸体所做的解剖又让日本人武功辉煌的满足感大打了折扣。一个和他们缠斗了八年，让整个关东军、整个伪满洲国都伤透脑筋的抗联将领，想活捉捉不到，想劝降

1937年8月20日，东北抗日联军第一路军总司令发出布告，即"杨司令布告"。布告揭露日本帝国主义侵吞中国的野心，指出："日寇霸占我东三省，成立傀儡政府'满洲国'，复侵略我热河，蚕食我华北……近竟捏造卢沟桥事件，企图由华北鲸吞我全国版图，足证日寇穷凶极恶，贪婪无厌。"号召东南满地区各阶层人民"抛弃过去旧仇宿怨，亲密联合，响应中日大战，暴动起来，打倒日本帝国主义，推翻傀儡政府'满洲国'，为独立自由幸福之中国而奋斗"，表明了东北抗联第一路军积极配合全国抗战，掀起东北抗日游击战争新高潮的决心和勇气

劝不了，直到最后一死，还用其胃里的草根、树皮、棉絮向世人展现着中国人抗战到底的决心，展现着中国军人钢铁般的意志。这让以所谓武士道为荣耀的日本军人不免有些闷气！于是，日本人随后对外发布消息时，在用词上略去了许多按惯例理应炫耀的细节。

1940年4月，伪《协和》杂志263期，以"杨靖宇讨伐座谈会纪要"的形式，首次对外公开了部分细节。参与"围剿"杨靖宇的日本人益子理雄以现场目击者的身份说，杨靖宇"已经是进退维谷了。这时我们分成两伙，从两方面开始了猛烈的射击。大约交战了十分钟，不知哪一方面射击的子弹命中了敌人。'吧嗒'一下倒下了，这是我亲眼看到的"。

报道杨靖宇的日文报纸

"这是我亲眼看到的"，益子理雄看到了什么？看到的是"不知哪一方面射击的子弹命中了"。既然是亲眼看到的，怎么会"不知哪一方面射击的子弹"？这是实情，还是有意含混？

第九章　松花江上

杨靖宇是当时让日本人最头疼的抗日将领之一。他直接率领的部队三千多人，其所活动的范围一度直逼日伪统治的中心区域沈阳。日本关东军司令官菱刈隆当时说："杨靖宇执拗反日，造成皇军心腹大患。"

"执拗反日""心腹大患"。杨靖宇让日本人寝食不安、心神不定。尽管当时的东北抗日烽火已是漫山遍野，但日本人还是提出："不打小部队，专打杨靖宇。"

史料中有这样一组数据：1939年，日军在东北的总兵力已达七十万，用于围剿杨靖宇的部队总兵力六万五千人。而杨靖宇呢，总共不过三千人！更不用说武器、装备、给养，等等！可是，1938年过去了，1939年又过去了，杨靖宇在长白林海中腾挪转移，打得日伪军蒙头转向、束手无策。以至民间有了"日本人打不过杨靖宇，也打不着杨靖宇"的说法。

杨靖宇牺牲前住过的地窝子

杨靖宇牺牲时身边没有战友，那么他究竟是怎么死的？当时只有日本人自己的描述。无论这种描述多么含混不清，人们还是把这笔血债记在了

松花江传（上）

日本侵略者的身上。然而，抗战胜利后不久，一个关键的人物自己站了出来，他以亲历者的身份，彻底推翻了日本人射杀杨靖宇的说法。

1946年2月，抗战刚刚胜利不久，东北行政公署副主席张学思来到杨靖宇将军殉国地，参加公祭杨靖宇大会。当时，他听了保安村村长介绍掩埋和保护杨靖宇遗体的汇报后，赞扬他说："你为人民立了一功！"听到村长受到了赞扬，旁边的一位村民主动凑上前来，他的一番话，不仅吸引了当时在场记者的目光，也赢得了许多感叹！

这个人叫蔺长贵，杨靖宇牺牲那天，蔺长贵正好在山上打柴，日伪"讨伐"队把他扣在山下不准动。杨靖宇牺牲后，日本人就用他的小爬犁拉着将军的遗体往回走。他告诉张学思和记者们，他知道杨靖宇将军是怎么死的。他说："杨靖宇见剩最后一颗子弹，高喊：宁死不吃'满洲国'的饭！然后自杀身亡。"

原来杨靖宇将军不是死于敌人的子弹，而是宁死不屈，自杀身亡。这番证词，一时让人们恍然大悟！而这时，没有多少人注意到一个细节，那就是，蔺长贵是被日本人扣在山下的，距实际战场应该有很远一段距离。

蔺长贵的这番话是在公祭杨靖宇的大会上说的，而他转述的杨靖宇临死前的那句话"宁死不吃'满洲国'的饭！"又是何等的慷慨壮烈！在当时的环境下，人们更愿意相信他的亲眼所见。第一，杨靖宇是一条汉子，铁血将军，宁死不屈是他的本性！第二，民间早就有对杨司令的崇拜，都说："日本人打不过，打不着，打不死杨司令。日本人说他们杀死了杨司令，那是吹牛！"第三，也是最关键的，以往杨靖宇之死都是日本人的说辞。而这次，是一位当地的老乡，一位恰好在现场的中国人的亲眼所见。在日本人和当地老乡两种不同的说法中间，人们当然更愿意相信这位朴实的中国农民！

第九章　松花江上

蔺长贵的话很快就传开了，后来有关将军殉国的材料和纪念活动，都采用了这个细节。1960年，一本名为《松柏常青》的书出版了，这部书的副标题是"纪念杨靖宇殉国20周年专集"。在这部书中，出现了杨靖宇"仅剩最后一颗子弹，自杀身亡"的情节描写，之后，"自杀说"占据了主流媒体，甚至中国人民革命军事博物馆也在展出中采用了这种说法。

自杀说顺理成章地被采信了，因为在逻辑上起码没有问题。在许多热爱和崇拜杨靖宇将军的民众心目中，将军战斗到最后一颗子弹，以自杀殉国，比被日本人射杀更能展现出将军的铁血精神。随后陆续出版的纪念文章和回忆录，也都从多个侧面表现了杨靖宇将军坚持抗日、视死如归的钢铁意志。

在新中国成立后的一段时间里，杨靖宇将军当年的战友陆续发表了许多回忆文章，其中有两点给人们留下了深刻的印象。一点是，日本人认为杨靖宇是能征善战的战神，曾想尽一切办法劝他投降。据日本人自己的说法，就是到了最后一刻，仍没有放弃劝降的喊话。而杨靖宇在这前前后后，经常说的一句话是："我是中国人，是不能向日本人投降的！"

第二点，在抗联最困难的时候，依照与苏联远东方面军的协议，抗联可以撤到苏联境内。在当时，已有部分抗联队伍为了临时避险而转移到苏联，还有一些同志当面劝过杨靖宇带领部队去苏联。而杨靖宇的回答是："抗联是东北的一面旗帜，撤到外国去，还叫什么抗联？"

第一点是绝不投降，第二点是能走也不走。对这些细节的回忆，还原了杨靖宇将军刚烈的性格和执拗的意志，从侧面印证了杨靖宇将军自杀殉国的壮烈。然而，正当人们已经接受了这一最后的细节，并为将军的壮怀激烈深深感动时，20世纪70年代陆续公开了部分日伪时期的档案资料。改革开放后，人们开始以严谨客观的态度，科学审慎地梳理那一段尘封在岁

松花江传（上）

月中的历史。1980年3月4日，《光明日报》发表了一篇题为《杨靖宇同志是怎样牺牲的》的文章，对"自杀牺牲"一说提出了质疑。

日军"讨伐"队

这篇文章引用了两份新披露的史料，一份是日本人森崎实当年发表在《东边道》上的记述："讨伐队虽屡曾劝降，但竟无答应的神色，依然打来手枪。因此，讨伐队也终于认为生擒困难，开始猛烈射击。交战二十分钟，首先一弹命中敌人（杨靖宇）左腕，手枪吧嗒落地，他仍然用右面的手枪应战，终于第二弹贯穿了他的胸部——被打倒而命绝。"

文中引述的第二份资料，是当年日伪出版的"《通化省史话》"，其中有这样的记述："沿三道濛江追索，到490高地附近，敌（指杨靖宇）被击毙，身中四弹。"

这两份资料的记述，虽有细微的不同，但与当年的《阵中日志》和伪《协和》杂志发表的"杨靖宇讨伐座谈会纪要"是一致的。特别是这两份资料中都记述了这样一个细节，那就是，杨靖宇将军牺牲时，身上还有手枪三把、子弹230发。这就从根本上否定了将军只剩下最后一发子弹的说法。

第九章　松花江上

日军"讨伐"杨靖宇将军的《阵中日志》是对杨靖宇将军生命最后四十天的详细记录，留下了杨靖宇将军每天的活动路线、作战情况以及部队损失情况

三把手枪，二百三十发子弹，以将军的血性，是一定会把每一发子弹都射向敌人的。这时自杀，显然不合将军的秉性。那么回过头来看，蔺长贵当年的证词何以被人们广泛接受信服？这不能不说是人们为了宣传学习将军的英勇事迹，主观人为地渲染了这一最后的细节。

出于对将军的崇敬，人们愿意用艺术的手法来形成强烈的感染力。有的文章写道："杨司令让最后一粒子弹射进了自己的胸膛。"有的更加细致，说："杨靖宇的手枪里，只有最后一粒子弹了，他举起了枪，神情自若地对着自己的胸膛——砰！最后枪声响了，伟大的战士倒下了。"

宣传英雄的壮烈，可以凝聚人们的爱国情怀。至于真实性与艺术性的关系，也早已淹没在人们对将军悲壮殉国的感动中。这里还有一个细节可以佐证这一点。许多回忆文章中都说，将军在最后时刻，是以一棵大树做

松花江传（上）

隐蔽向敌人射击。而今天在将军的殉国地，这棵大树是一棵高大伟岸的松柏。英雄死在松柏树下，这象征着将军精神如松柏常青。而最初的许多资料上都有不同的记载，其中最多的，是将军躲在了一棵拧劲子树后。而这棵拧劲子树，后来被伐掉了。

拧劲子树是长白林海的优势树种，山区和半山区到处都是这种树，只不过在长白山腹地，这种树长得非常高大。它的学名叫槭树，与中原一带的枫树很相近，春夏一片绿，秋来满山红。拧劲子是东北人给它起的土名，因为它木质密实、坚硬沉厚。

拧劲子是东北俗语，意思是执拗、倔强、不顺从、不服软。槭木很硬，过去人们用它做木轮车的轮子，后来，又用它做纺织机上的梭子。当地老乡说，它太硬了，有时候铁钻都钻崩了，还是钻不动它。虽然拧劲子树的品性与杨靖宇的性格也是一种暗合，但毕竟不如四季常青的松柏那么高大，那么有象征意义。所以，今天人们就指定那棵松柏来作为祭拜将军、抚今追昔的大树。而真实的那棵拧劲子树，慢慢地，已没有人再提起。也许历史就是这样，岁月在不断消磨，而时代也在不断赋新。

时代一方面在不断赋新，另一方面，也在不断寻找真实。2009年，一部新书出版了，其中的一幅照片从根本上确证了杨靖宇将军牺牲的史实。

2009年11月，山东画报出版社出版了一本书，名为《我认识的鬼子兵》，主要内容为侵华老日本兵口述历史。在这本书中，当年参加剿杀杨靖宇的关东军老兵金井拿出了一张照片，这张照片是在杀害杨靖宇将军后第一时间拍摄的。

这张照片是日本人为了纪念"剿杀"杨靖宇的"功绩"而现场拍摄的，从照片中可清晰地看出，杨靖宇将军胸前有三处弹洞。这也吻合了伪《通化省史话》中的记述，"身中四弹"，另一弹是先前打在将军左腕上

第九章　松花江上

的一枪。这张照片彻底厘清了将军是自杀还是被射杀的纷纭迷雾。当然，对于将军伟大的一生来讲，这一细节除了可以印证日军的凶残，并无更多的意义。就如同将军到底是死在松柏树下还是拧劲子树后一样，将军之壮烈，已然是中国军人、中华民族的骄傲。

然而，这些细节虽无关将军的伟大，却带来一个让历史、让我们不能不追问下去的疑问，那就是，究竟是谁，射出了罪恶的子弹？究竟是谁，置将军于死地？

杨靖宇牺牲后拍照验身（日军拍摄的照片）

1940年2月23日，杨靖宇将军牺牲在长白林海的腹地，濛江县三道崴子一个小山坡下。牺牲时，这位统率着三个方面军的抗联第一路军总司令，身边却没有一支队伍，甚至没有一个警卫员。这不能不让人们在感怀将军的伟大时，更为其孤身一人奋战而倍感悲凉。是谁将将军逼入这一困境？是谁杀死了将军？

杨靖宇是东北抗联的一面旗帜，不仅在东北，甚至在全国，乃至国际上，他都是抗联的代表性人物。1935年6月30日，法国巴黎出版的《救国时报》发表文章，说"杨司令是东三省第一个执行游击战术的人"。就是这样一位令日寇闻风丧胆、在中国反侵略战争中赢得赫赫威名的抗日将领，在一路血战的最后时刻竟遭到了意想不到的出卖。

松花江传（上）

《救国时报》关于杨靖宇部抗日活动的报道

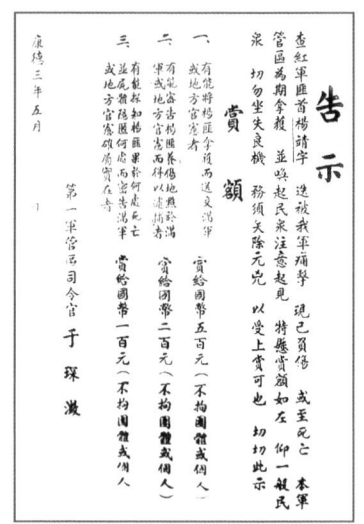

杨靖宇领导的抗日斗争极大地打击了日伪军，这是敌人悬赏捉拿杨靖宇的告示

　　时光再回到1940年2月22日，杨靖宇将军孤身一人，已经连续五天没有吃饭，渴饮冰雪，饥餐草根，衣服破碎，鞋露脚趾。在零下三十多摄氏度的长白林海，要坚持下去就必须找到食物和棉鞋。杨靖宇遇到了四个上山打柴的农民，给他们拿了许多钱，请他们帮忙买粮食和棉鞋。

　　杨靖宇在当时的情境下，只能相信这四个上山打柴的当地农民。他身上有伤，发着高烧，饥寒交迫，身边没有一个可以帮他的人。这四个人中，有一个叫赵廷喜的。他答应了杨靖宇的请求，并约定了时间和地点，去找粮食和棉鞋。这是这一天的上午，而下午，他引来的却是日伪军的"讨伐"大队——杨靖宇被赵廷喜出卖了。

　　在杨靖宇牺牲六年后的1946年，东北民主联军总部决定，在杨靖宇遗体埋葬处修建靖宇陵墓，举行追悼大会，并在群众强烈要求下，在将军的墓前当场枪决了赵廷喜。然而，今天回顾这段历史，却不能简单地把杨靖

第九章　松花江上

宇之死全部归罪于赵廷喜的出卖。

杨靖宇在长白林海已经奋战了八年，这八年，他所依靠的就是广大东北民众的爱国热情和抗敌精神。日本人最头疼的就是杨靖宇在林海中如龙在渊，在老百姓中如鱼得水。

为了切断抗联与老百姓的联系，日伪政权采用了"集团部落"的形式，就是把老百姓都归并到一个居住区，实行保甲连坐，一人通抗联，斩杀全家。

赵廷喜为了自保而出卖杨靖宇，这固然令人痛心。然而，将杨靖宇逼入最后困境的，是比出卖更令人痛恨的——背叛！

1938年6月29日，这一天，是让杨靖宇最愤怒最痛恨的一天。他一手带出来的战将，他委以重任独当一面的抗联指挥员公开叛国投敌。

程斌，1931年入党，1932年跟随杨靖宇转战南满，名声赫赫。作为东北抗联第一路军第一军第一师师长，程斌是杨靖宇最信任的得力助手，被人们称为杨靖宇的左膀右臂。当时有汉奸给日本人出主意，说要消灭杨靖宇，必先除掉抗联第一军的一师。而要除掉第一师，师长程斌是一个可以打开的缺口。

为什么说程斌是一个缺口？因为日本人做了大量的摸底。程斌是伊通人，家有姥姥、

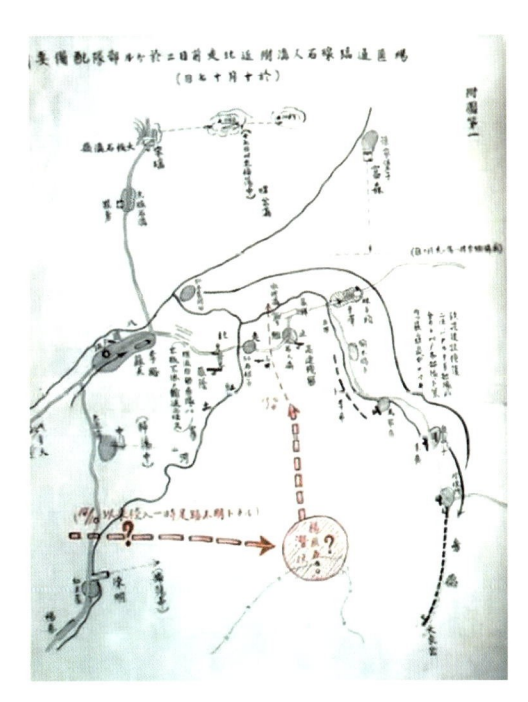

侵华日军"围剿"杨靖宇作战要图

松花江传（上）

母亲和哥哥。日本人了解到，程斌是孝子，于是抓了程斌的母亲和哥哥。用亲人来劝降，这个细节曾出现在许多影视作品中，只不过，这一次的结果是不同的。程斌有家无国，以家叛国，以所谓孝顺的名义，于1938年6月29日，胁迫一师一百一十五人，公开叛变投敌。

投敌以后，程斌做的第一件事就是引导日伪军摧毁了抗联的补给生命线——密营。密营是抗联在深山老林的秘密宿营地。密营里储存有粮食、布匹、枪械、药品等抗联赖以生存的物资。这也是抗联孤军奋战，对抗日寇长达数年而不败的重要因素。程斌毁了杨靖宇的密营，等于断了杨靖宇的生命线。

抗联密营遗址（复原图）

日本人让程斌专门负责对付杨靖宇。因为跟随杨靖宇多年，程斌对杨靖宇太了解了，常常凭猜测就能知道杨靖宇的大致去向，听枪声就知道是谁的部队，程斌成了杨靖宇身后一条甩不掉的尾巴。

程斌的叛变带给杨靖宇将军的打击是致命的，使抗联一路军在南满地

第九章 松花江上

区的活动再无秘密可言。后方基地、军需储备全部丧失，连习惯的活动方式都要改变。

程斌给抗联带来了极大的困扰，杨靖宇不得不制定"保存实力，化整为零，分散游击"的战略，以应对日本关东军的"大讨伐"。"大讨伐"在程斌的引导下，日伪军采用了所谓的"壁虱战术"。其发明者岸谷这样解释"壁虱战术"："一旦开始追击，就不能松手。稍一放松，他就会死灰复燃，而我们就将前功尽弃。所以，直到战斗到最后一人，也要彻底地进行追击。就像'壁虱'那样，咬住不放，不给对方一分钟的喘息时间。"[1]

"保存实力，化整为零，分散游击"，是面对有程斌带路的日伪"围剿"下不得已采取的战术调整。这一战术一方面确实缩小了目标，避开了正面打击，但同时，也带来了一系列的问题。杨靖宇强调的是分散游击。就是说，之所以化整为零，是为了分散游击。而这时的抗联内部，还有另外一种意见：化整为零，是为了保存实力。简单地说，就是继续打还是躲起来这一问题，抗联内部有了两种不同的声音。

1939年春，抗联在辉南县石道河子开了一次重要会议，会议中大家争论得很激烈。针对有些人提出要躲进深山的主张，杨靖宇说："抗日抗日嘛，你走了还叫什

日伪报纸对程斌投降的报道

---

[1] 中央档案馆，中国第二历史档案馆，吉林省社会科学院合编：《日本帝国主义侵华档案资料选编 东北"大讨伐"》，中华书局，2020年，第567页。

松花江传（上）

么抗日？你跑长白山里猫起来，还叫什么抗日？敌人来侵略我们，你不打敌人能走吗？"①

一方面是程斌和日伪的死死咬住不放，一方面是杨靖宇的坚持斗争。1939年，整整一年的时间里，杨靖宇与其说是在和日本人较量，不如说是在和程斌缠斗。

杀害杨靖宇的日伪军，前排右一为叛徒程斌

程斌的背叛，没有动摇杨靖宇抗日到底的决心，却在整体上恶化了局面。程斌投敌后的一年多时间里，抗联第一路军由三千人锐减到不足一千人，而杨靖宇直接率领的警卫旅不足六十人。

程斌是抗联的高级将领，他以孝顺老母亲的名义背叛国家，背叛民族。他为日本人卖命，却让日本人不齿。杨靖宇牺牲后，日本人在通化举办了一个座谈会。日本记者宫本在现场说："请大家先谈谈杨靖宇的履历和风貌吧。"伪通化省警察厅厅长日本人岸谷隆一郎不无讽刺意味地说：

---

① 张群良编著：《杨靖宇将军的故事》，吉林人民出版社，1994年，第174页。

第九章　松花江上

"这方面程斌是最了解的,因为早先他是杨司令的臂膀嘛。"随之发出嘲笑声。还有两个细节不能不说:第一个,据说程斌叛变投敌后,他的姥姥羞愧难当,没脸见人,对外公开说:"我生不用贼养,死不用贼葬。"第二个细节是,程斌在抗战胜利后,再次混入我党的队伍。1951年,程斌打着雨伞在沈阳街上行走,一个人为避雨躲到他的雨伞下。程斌发现,这个人是一个曾经叛变的原抗联干部。两个人分别认出了对方,又分别举报了对方,结果可想而知,两人都以叛国投敌罪被执行枪决。这时,距杨靖宇牺牲已整整过去了十一年。

正义可能迟到,但从不缺席。

1940年1月,也就是杨靖宇牺牲前一个月。这时,将军身边仍有一支六十人的警卫旅。有这六十人,以杨靖宇对地形的熟悉,以其娴熟的游击战法,他仍有可能突出重围,重整旗鼓。可就在这个时候,杨靖宇再一次受到意外的打击。这个打击不亚于程斌的背叛,因为,它就在杨靖宇的身边,就在他的身后。

丁守龙,跟随杨靖宇多年,他直接参与杨靖宇作战计划和行军路线的制定,应该说,他是杨靖宇身边最掌握行动去向和目标任务的人。1940年1月21日,在杨靖宇身边只有六十人的时候,丁守龙被俘叛变。

丁守龙的叛变比程斌的危害更加直接。因为他不仅向日本人供出了杨靖宇当时的活动范围和人员情况,而且帮助日本人分析了杨靖宇此后几天可能的去向。

丁守龙叛变后,杨靖宇的行动多次受到堵截。日本人仿佛意识到,他们最后的机会来了。在丁守龙的指引下,日本人收紧了包围圈。从丁守龙1月21日叛变,到2月1日这十天里,杨靖宇身边的战士由六十人减少到二十七人。

松花江传（上）

2月1日，农历小年的第二天。眼看就要过年了，东北山区正是雪花满天、寒气逼人的季节。杨靖宇身边的这二十七人，几乎个个都是多次战役后幸存的钢铁战士，其中，有一个叫张秀峰的警卫排长，他是个孤儿，从十六岁起就跟着杨靖宇。

张秀峰是杨靖宇的贴身警卫，在多年的征战中，他一直和杨靖宇住在一起，负责警卫、传令和照顾杨靖宇的生活。杨靖宇教他写字，教他学文化，把他从一个没爹没娘的孤儿，培养成抗联第一路军指挥部的警卫排长。

在一些资料中有这样的记述：杨靖宇出行，身边经常带着张秀峰，还在业余时间里教他吹口琴。杨靖宇不仅仅把张秀峰当作一个排长、一个警卫，还把他当作自己的孩子。2月1日，就是这个张秀峰，就是这个让杨靖宇最信任的贴身警卫，在杨靖宇最需要他警卫的时候，叛变投敌。

张秀峰独自一人下山，身上带着四支手枪和一些弹药，另有九千九百六十元抗联经费和一些重要文件。他叛变后，日本人知道了杨靖宇活动的具体位置。进一步的围追堵截后，不到五天的时间，杨靖宇身边只剩下了六名战士。如果将丁守龙的叛变比作刺向杨靖宇后背的一刀，那么张秀峰这一刀，直接扎在了杨靖宇的心上。

杨靖宇纪念塔及殉国地纪念碑

第九章　松花江上

杨靖宇对张秀峰有如父亲般慈爱，这让后来的人们既对张秀峰恨之入骨，也不理解他何以如此忘恩负义。这种不理解也变成了一个谜，张秀峰于情于理，都不应该背叛杨靖宇啊？

这个谜到20世纪80年代有了一种说法。靖宇县杨靖宇纪念馆原馆长王维儒在1984年采访了仍活在世上的张秀峰。据张秀峰说，是杨靖宇让他下山，以假装叛变投敌的方式，寻找突围的办法，并且布置给他五项任务。

张秀峰说，这是杨靖宇单独安排给他的任务，别人谁也不知道。杨靖宇牺牲后，没有人能证明这一切，所以他被认定为叛徒。如今杨靖宇和张秀峰都不在了，这一谜案已无人能解。人们今天确切知道的是，张秀峰被视为叛徒，却在新中国成立后没有受到惩处。而张秀峰自己的一家之言也只在被采访时说过一次。有研究者采信了他的话，但更多的人更愿意面对这样的史实——张秀峰下山后，杨靖宇的身边又牺牲了二十一人。

直到2月15日，杨靖宇身边还有六名战士，其中四名战士身上有伤。为了让他们能活下去，杨靖宇决定自己带上另两名战士吸引敌人，四名伤员向相反的方向转移。这四名战士是黄生发、刘福泰、好赛贝、孙九号，他们后来都活了下来。

聂东华和朱文范是杨靖宇身边最后的两名警卫员。2月18日，他们在为杨靖宇寻找食物的过程中被敌人杀害。接下来就是杨靖宇被当地山民赵廷喜出卖。再后来，杨靖宇被重重包围后，日本人下令开枪射杀，一排机枪子弹射中了将军的胸膛。机枪手叫张奚若，曾经的抗联一军一师战士，1938年随程斌叛变投敌。

将军的牺牲异常悲壮，将军的话题异常沉重。一个接一个的背叛、一次接一次的出卖，更凸显出将军誓死抗战、宁死不屈的伟大精神。

也许可以解开重重谜团，用一个个细节来还原历史的真相。在这一

413

松花江传（上）

过程中，可以追索到日本鬼子的残暴凶恶，追索到汉奸叛徒的卑劣无耻。然而，越往下深入，就越发逼近了最后的答案——杨靖宇将军之死，是其绝不投降、绝不逃跑、绝不放弃的抗日精神的体现，是中华民族为正义而战，为和平而战，永远不屈服于侵略的精神象征。

1949年郭沫若参观东北烈士纪念馆后为杨靖宇题词

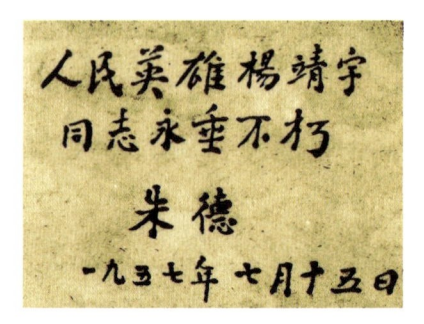

朱德委员长给杨靖宇烈士的题词

1958年2月23日，通化靖宇陵园举行隆重的杨靖宇烈士遗首安葬仪式

1946年2月，濛江县改名为靖宇县。

1958年2月，杨靖宇遗体公祭安葬，毛泽东主席送花圈悼念。

1995年3月，杨靖宇烈士陵园被确定为爱国主义教育基地。

2014年9月1日，杨靖宇被列入民政部公布的第一批三百名著名抗日英烈和英雄群体名录。

第九章　松花江上

革命就像火一样，任凭大雪封山，鸟兽藏迹，只要我们有火种，就能驱赶严寒，带来光明和温暖。

——杨靖宇

‖ 李兆麟将军之死

……

朔风怒号，

大雪飞扬，

征马踟蹰，

冷气侵人夜难眠。

火烤胸前暖，

风吹背后寒。

……

这就是著名的抗联《露营之歌》。李兆麟将军是这首歌的主创者之一。"火烤胸前暖，风吹背后寒"，既是抗联艰苦斗争环境的写照，又是李兆麟将军抗战到底的精神颂歌。这首歌的最后一句是"团结起，夺回我河山"。1945年8月15日，日本天皇宣读了投降诏书。河山夺回来了，李兆麟将军也回到了哈尔滨。谁也想不到的是，胜利者归来，面对的竟是暴力暗杀。

松花江传（上）

2012年12月，李兆麟将军女儿张卓亚手书《露营之歌》

李兆麟，辽宁辽阳人，原名李超兰，曾用名张寿篯。1931年九一八事变后，李兆麟被党委派到东北参与抗日活动。1934年6月，东北反日游击队哈东支队组建，赵尚志任司令，李兆麟任政委。1936年，抗联设立东北抗日联军政治军事学校，赵尚志任校长，李兆麟任教育长。1937年，北满抗日联军总司令部组建，赵尚志任总司令，李兆麟任总政治部主任兼六军政委。在日本关东军集中十万多兵力"扫荡"三江平原后，抗联伤亡很大，一段时间内，北满抗联军以上干部所剩无几。1939年5月30日，东北抗日联军第三路军成立，李兆麟任总指挥。1941年6月以后，根据中共党组织的决定，抗联转入苏联境内，并在苏联境内成立了教导旅，李兆麟任政治副旅长。1945年8月9日，东北抗联配合苏联红军打回东北，李兆麟先后担任哈尔滨卫戍司令部副司令员、松江地委书记、滨江省副省长以及哈尔滨市中苏友好协会会长等职务。

第九章　松花江上

《东北抗联第三路军总指挥李兆麟（张寿篯）就职誓词》

1946年9月4日下午4时许，李兆麟不幸遇害。

李兆麟将军遇害的消息，很快传遍了哈尔滨市。一时间传闻不断，众说纷纭，疑团重重。有的说，将军之死是日伪残余势力所为；有的说，是将军与美女邂逅的桃色事件；还有的说，是苏联红军干的。国民党控制的媒体无耻地编造流言蜚语，妄图诋毁这位抗日民族英雄的光辉形象。

松花江传（上）

抗战胜利后，李兆麟在纪念苏联红军节大会上讲话

李兆麟将军是被暗杀的，暗杀就意味着阴谋。那么，谁是主谋？谁是凶手？一时间，刺杀、仇杀、情杀、劫杀，各种猜测沸沸扬扬，各种流言云遮雾罩。有的是推理，有的是臆测，有的是道听途说，有的是别有用心的编造。其中，最炫人耳目的说法是，将军死于苏联红军之手。

东北光复后，李兆麟将军随苏军进入哈尔滨，任哈尔滨卫戍司令部副司令。他的亲密战友周保中将军进入长春市，出任长春卫戍司令部副司令。两位将军主要的任务是配合苏军接管日伪政权，肃清日伪残余势力，建立人民政权和革命武装。

根据同盟国的协议，抗战胜利后，李兆麟将军是作为苏联红军的战友与其一同回到哈尔滨的。说苏联红军杀了李兆麟，岂非滑天下之大稽？然而在当时，这又似乎并非空穴来风。

苏联红军出兵东北后，斯大林从国际政治和苏联利益出发，公开承认蒋介石领导下的国民政府。因此，中国共产党在接收东北问题上，与苏军产生过严重分歧。

第九章　松花江上

1946年3月16日《解放日报》刊登关于李兆麟遇害消息的报道和1946年3月21日《东北日报》悼念李兆麟的报道

这时的苏联红军态度摇摆不定。当时驻滨江省[①]绥化地区的一名苏联卫戍司令阻挠共产党建立自己的武装力量，李兆麟亲自出面把他告到苏联远东集团军领导那里，撤掉了这个卫戍司令。应该说，在复杂的斗争环境中，李兆麟难免得罪苏联红军里的某些人。得罪人了，就可能遭到报复。称李兆麟是被苏联人杀的，这一说法虽然没有更多的线索支持，但在当时确实让将军死因多了一层迷雾。

关于李兆麟将军遇刺原因的第二种说法把矛头指向了日伪残余势力，这在情理上是最有说服力的。抗战胜利后，东北处于无政府的真空状态。日军在东北遗留大批军事物资和相当数量的待收编的日伪残余武装。这些人摇身一变，打着各种旗号卷土重来，他们袭击民主政权，破坏社会治安，甚至举行有组织的武装暴乱。1946年2月3日凌晨，原关东军第一二五

---

① 滨江省，旧时省级行政区域，位于今黑龙江省南部。1945年10月，在苏军控制下，滨江省政府成立于哈尔滨。1946年1月12日，国民党政府接收滨江省政权，并将滨江省正式改为松江省。

松花江传（上）

师团参谋长藤田实彦大佐，即纠集了万余人的日伪残余势力，在通化发动了最大规模的武装暴乱。哈尔滨所辖的县区民主政权，同样受到日伪残余武装的威胁。

李兆麟是抗日名将，在东北坚持抗战，与日伪势力结下了不共戴天之仇。抗战胜利了，残余的顽固分子孤注一掷，做最后的疯狂也不是没有可能。逻辑上可以说得通，但证据寥寥。也就是说，这只是一个情理上的推断，一个当时很容易想到的逻辑分析。与此近似的，是第三种说法——土匪，有人相信，李兆麟之死，是土匪干的。

李兆麟遇害地（哈尔滨道里区水道街九号）

东北土匪多。有资料显示，1945年东北光复后，土匪总数处在高峰时曾有二十万之多。这些土匪成分复杂，有打家劫舍的，有参加过抗日的，有当过汉奸的，还有先抗日后投敌的。抗联打日本，也打投降日本的土匪。李兆麟将军多次与土匪打交道，这期间，恩恩怨怨自然少不了。如果说真的结下了梁子，报复性仇杀便是土匪一贯的作风。而且，从作案手法

第九章　松花江上

极为凶残这一点看，也像是土匪干的。李兆麟将军身中七刀，其中一刀贯通胸背。如此残忍凶狠，不是土匪还能是谁？在血案真相大白之后，人们发现土匪仇杀这一推断绝非毫无根据。

第四种说法也是最耸人听闻的——桃色事件。这个"桃色事件"的主角被说成是中俄混血儿，年轻貌美，思想进步，是个经常出现在李兆麟将军身边的女性。这种说法一时间传播得非常快。桃色事件，抗日名将死于情

李兆麟的名片

李兆麟使用的衣帽箱

李兆麟任滨江省副省长时用木箱和草垫搭成的床

李兆麟的钢笔

李兆麟的书箱门

松花江传（上）

杀……在团团迷雾之中，还有比这更哗众取宠，更容易在街头巷尾发酵的说法吗？而且，苏联红军在侦破这桩血案时，还真抓到了一个中俄混血的女性。

刚刚光复的哈尔滨可以说是一片混乱。各色人等，五行八作，可以说"神仙老虎狗，坑蒙拐骗偷，样样都有"。这里曾是沙俄的势力范围，又被日本人统治了十四年。抗战刚结束，有来抢地盘的，有来捡洋落的，有国民党的接收大员，有混进城里的土匪帮派势力。李兆麟将军受党委派，以中苏友好协会会长的公开身份在哈尔滨坚持斗争，目的就是建立民主政权，组织革命武装，为东北全境解放做准备。

20世纪初的哈尔滨是一座很有国际化色彩的城市，被称为东方的巴黎。十月革命后，部分白俄贵族逃到这里，使这座城市平添了许多欧洲色彩。能证明这一点的，一个是欧式建筑风格，另一个就是人数不少的中俄混血儿。桃色事件所说的那个混血儿，虽然不是抓错的那一个，但也确有其人——她叫孙格龄。

孙格龄是国民党哈尔滨市政府的秘书。父亲是中国人，母亲是俄国人。她能讲一口流利的俄语，当时也在哈尔滨中苏友好协会兼职会员工作。孙格龄在与李兆麟的接触中，表现出钦佩共产党、对国民党腐败作风不满的态度。而且，她经常出现在将军身边，带着倾慕、敬佩、渴望的神情。

李兆麟将军在哈尔滨的一项重要工作，就是尽可能多地团结各种力量，壮大我党的势力，对于有进步倾向、愿意

孙格龄，暗杀中共满洲省委负责人李兆麟的军统特务

第九章　松花江上

靠近我党的青年分子，他当然会给予热情的帮助和引导。孙格龄年轻、漂亮、俄语好，这样的人总出现在李兆麟将军的左右，自然会引发一些无聊的联想。

"桃色事件"在当时传得沸沸扬扬。然而，人们很快发现，这有鼻子有眼的传言，怎么越听越像是编出来的。因为前几种传言都是口耳相传，偏偏这"桃色事件"被人做成了传单，还编成了小报散发。这显然是有人在故意搞鬼，既是想把水搅浑，也是为了向李兆麟将军身上泼污水。只不过，发传单印小报这一招太拙劣了，太阴险了。接下来人们看到，这背后搞鬼的人，还做了一件比这更笨的事。

李兆麟将军在被暗杀的当天是独自一人去的水道街九号，也就是说，没有警卫员跟着，也没有人知道他去哪儿。但这之前，已经有迹象表明将军的生命受到了威胁。所以，在第一时间，人们就有一种不祥的预感——将军出事了，而且很可能出大事了。苏联红军提出"活要见人，死要见尸"。也就在这一天多的时间里，各种说法已经传遍了大街小巷。

第二天下午，人们在水道街九号找到了将军的遗体，而且在现场发现了杀人凶器和毒药残渣。还有一个重要的发现，那就是一个记事本。这个记事本不是李兆麟将军的，将军随身携带的笔记本显然是被凶手拿走了，他拿走了将军的笔记本，却落下了自己的记事本。这如果不是慌乱所致，就是作案的人太笨了。

李兆麟遇害时浸染血迹的裤子、鞋

松花江传（上）

记事本作为现场的重要物证，拨开了这次血腥暗杀的重重迷雾。记事本是国民党军统特务组织"滨江组"成员的工作日记，上面记录了军统特务到哈尔滨的工作情况。人们仿佛一下子恍然大悟了——是国民党干的，是军统特务干的！他们到东北，就是冲着李兆麟将军来的。几个月前，哈尔滨日报社的一位工作人员在与李兆麟将军会面后，被人在路上枪杀。这个人的体态形象都与李兆麟将军相像，又刚刚与李兆麟将军分手，稍一联想就会明白，这次暗杀就是冲着李兆麟来的，只不过这些愚蠢的军统特工认错了人。

1946年3月18日，也就是将军被暗杀后的第十天，哈尔滨集中搞了一次打击土匪的行动。行动中顺手抓住了一个叫孟庆云的土匪，就是这个孟庆云，在审讯中交代了参与杀害李兆麟将军的罪行。

土匪的供词证明，社会上的传言不是完全没有影儿的。据孟庆云交

《东北日报》1946年8月13日报道李兆麟血案告破的消息

第九章　松花江上

代，军统特务原计划用毒药杀害李兆麟将军，但怕药不死，就雇了两个土匪埋伏在现场，以保证暗杀的万无一失。李兆麟将军身上中的七刀，就是孟庆云这个土匪干的。那么，为什么是在水道街九号这里呢？这就要再次说起那个叫孙格龄的中俄混血女人。

在李兆麟将军想要将孙格龄培养成为我党工作的内线时，孙格龄已经是国民党的一名军统特务。她伪装进步，主动接近李兆麟将军，目的只有一个，就是按照军统的布置，由她负责把李兆麟将军骗到一个便于暗杀的地点。而只有骗取李兆麟将军的信任，才能做到这一点。事实证明，孙格龄做到了。1946年3月9日，孙格龄写给李兆麟一封信，信上写着：下午3点请李兆麟同志去水道街九号，商谈关于"国大代表"的事情。李兆麟见此信应邀而去。

李兆麟将军显然是忽略了近在身边的危险。据被抓获的军统特务交代，当时为了掩人耳目，在刺杀李兆麟将军之后，他们故意让孙格龄若无其事地继续上班。同时，找了一个假的中俄混血女人顶包。

将军之死真相大白了，回过头来看，包裹在血案上的重重迷雾，都是国民党军统特务施放的烟幕弹。传言说是苏联红军干的，是日伪

李兆麟公祭大会

425

松花江传(上)

残余势力所为,是土匪报复,是桃色事件,这些统统都是国民党军统散布的谣言。

李兆麟将军按照党的指示,协助苏联红军接管光复后的东北,为我党最终解放东北、建立东北根据地做出了重要贡献。在环境极端险恶的情况下,李兆麟将军以共产党人的凛然大义赢得了人心。当时中共哈尔滨市委的领导同志十分关心李兆麟将军的安全,叮嘱他要时刻提高警惕。李兆麟将军却说:"谢谢你们的关心,如果我的鲜血能擦亮人民的眼睛,唤起人民的觉醒,我就是死了也是值得的。"李兆麟将军之死,确实激发起民众对国民党特务的愤怒,只不过,这代价太沉重了。

为李兆麟守灵的抗联老同志

1946年3月15日,在李兆麟将军隆重的丧礼之后,为告慰李兆麟将军的英魂,党和政府修建了李兆麟将军墓碑,并把将军殉难的水道街改名为兆麟街,水道街九号也被作为重要的革命纪念地保护起来,举办李兆麟将军事迹展,以示人民对李兆麟将军的无限敬仰和永久怀念。

第九章　松花江上

‖ 长春围困战

松花江在冲出长白山区后，一路北上，汇聚涓流，收纳溪水，渐成浩荡之势。在开阔的松嫩平原上，水量丰沛的伊通河注入松花江。

"伊通"系满语音译，意思是"洪大、汹涌"。康熙年间，清政府为抵御沙俄侵犯黑龙江流域，曾开通了伊通河航道。运输粮草辎重，当时河宽水深，可以行驶三丈五尺的大船，每船可装米六十石。桅帆林立、舟楫争渡的景象催熟了流经的土地。公元1800年，嘉庆皇帝在伊通河上游的东岸选定了一个村落，设治建所，开启了此地的城镇化进程。传说当时遍地开满了长春花，这里的治所便被定名为"长春厅"。

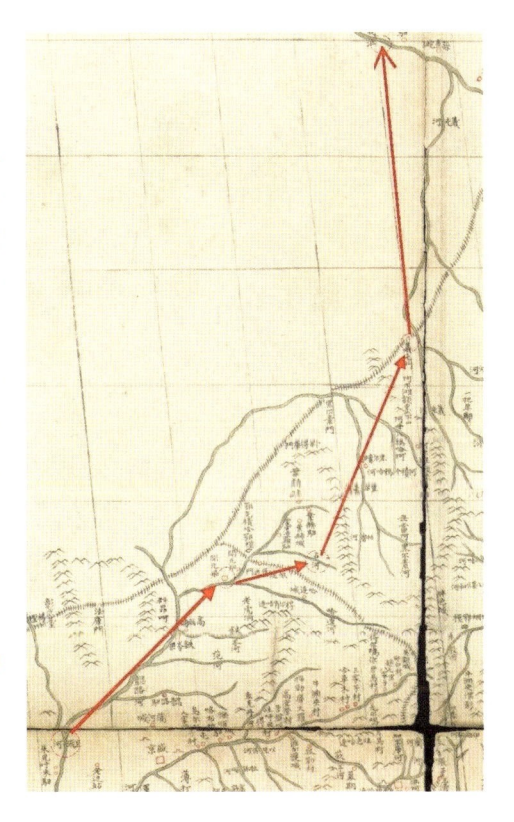

清代粮食运输线路图　据康熙二十三年（1684）《盛京实录》记载，从盛京（今沈阳）至松花江运粮，在沿途设立4个粮仓，利用河水充盈的春夏两季运粮。康熙本《盛京通志》记载，巨流河与伊通河段都设置运粮船只一百艘，以康熙在瀛台试验的"白剪油船"为样式，"长三丈五尺，宽七尺，高二尺五寸，每只载米六十仓石"。传说中的"三丈五尺"大船，并不是指运粮船的宽度，而是指其长度

松花江传（上）

民国时期的伊通河"航运"

1932年，前清逊帝爱新觉罗·溥仪在日本人的扶植下，在中国东北地区建立了一个傀儡政权——"满洲国"，溥仪为"执政"。其所谓的首都"新京"就设在了伊通河畔的长春。1934年，"满洲国"改名"大满洲帝国"，溥仪"登基称帝"。

东北光复后，国民党武装在美国势力的帮助下，占据了长春，并在长春建立了战略支撑点，与中国共产党领导的东北民主联军隔松花江对峙。

松花江及其二级支流伊通河成为国共两党在东北拉锯战的重要区域之一。

1948年，东北战场的战争进入第三个年头。东北民主联军在完成夏、秋、冬三季攻势后，野战部队已发展到七十万之众，地方部队发展到三十万，号称百万大军。而国民党在东北兵力已不足六十万，盘踞在沈阳、锦州、长春等几座孤城。东北"剿总"司令卫立煌率三十万人镇守沈阳，锦州指挥所主任范汉杰率十五万人镇守锦州，第一兵团司令郑洞国率十万人镇守长春。

第九章　松花江上

从地理位置上看，长春、沈阳、锦州沿铁路一线排开，国民党的六十万人就龟缩在这三个大城市里。说是一线排开，实际上三个城市如同三座孤岛。因为三个城市之间的联系，特别是铁路交通，已被东北民主联军切断。而这三个城市以其所居位置的不同又各有定位。长春前冲，成为两军交战的前沿；锦州在后，扼守着东北的大门；沈阳居中，调控着三城之间的兵力投放。三城之外的广大乡村和中小城市，都已成为新的解放区，而且正轰轰烈烈地搞土地改革，成为东北民主联军后勤支援的基地。

第一兵团司令郑洞国是黄埔军校一期的高才生，他追随蒋介石先后参加了东征和北伐。之后也一直是何应钦、汤恩伯的爱将，是蒋介石的绝对嫡系。在抗日战争时期，郑洞国曾带兵参加过古北口、台儿庄等重大战役，并担任过中国远征军驻印度副总指挥，是中国军队中赫赫有名的抗日将领。1933年，郑洞国率一个旅在长城阻击日寇，战斗进行到最惨烈的关头，郑洞国脱掉军衣，只穿衬衫，以必死之决心，亲自率领部队冲锋，官兵们见状士气大增，个个争先与敌拼杀，一时杀声震天，硬是将敌人击退了。这一仗，为郑洞国留下了打仗不怕死的名声。

1943年春，郑洞国参加中国远征军，被派往印度担任新一军军长。当时中国军队与盟国之间关系甚为紧张，美国人的傲慢令中国军队很是不满。郑洞国从抗战大局出发，有效地维护了中国军队与盟国之间的合作。盟军中国战区参谋长史迪威称赞郑洞国是位温文尔雅、睿智多谋、有道德修养的中国将军。郑洞国由此赢得了第二个名声：忠勇皆备，睿智多谋。

自东征以来，郑洞国身经百战，当连长、营长的时候，他身先士卒，冲锋陷阵。当旅长、帅长的时候，他亲临火线督阵指挥。枪林弹雨中一路走来，他硬是从未受过伤、挂过彩。郑洞国于是有了第三个名声：福将。第一血性杀气，有死士之心；第二智勇兼备，有将帅之才；第三百战不

松花江传（上）

伤，有天意眷顾。这三者皆备，又有十万人的部队，由他来守长春，当是不二人选。再加一条，那就是蒋介石的信任。

郑洞国自投身国民党军界以来，从黄埔军校到东征北伐，从国内战争到抗日战争，一直追随着蒋介石。在国民党军界，黄埔毕业生号称天子门生，是蒋介石最器重的军事才干。郑洞国出身黄埔，自然什么事情都要听校长的。可是这一次，当蒋介石提出固守长春的时候，郑洞国犹豫了。他不是怕打仗，而是他认为，长春本来就不该守。

1948年初，国共两党在东北的实力对比已经出现反转。为使几十万国民党军队免遭覆灭，郑洞国曾建议主动放弃长春，集中主力于沈阳、锦州之间，以期能战、能守、能退。但蒋介石认为，弃守长春会造成不利的国际影响。当时的南京《中央日报》在一篇题为《论长春之守》的社论中写道：国军之攻取和坚守长春，本来是政治的意义大于军事的意义。

蒋介石是从全国的战局，甚至是二战后国际战略的角度来考虑问题的。打内战需要钱，当时国民党政府正期待着美国的经费支援，这个时候如果不战而丢失了长春，美国人还能给钱吗？"自由世界"会怎样看待国民党政府在中国的"合法性"？在蒋介石看来，就是再难，也不能放弃长春。从另一个角度看，蒋介石对东北的局面一直抱有幻想，他认为只需再坚持半年左右，国际局势就可能发生变化，国民党在东北就可能扭转败局。从战略布局上讲，固守长春就可以扯住解放军南下的衣襟，减轻沈阳、锦州方面的军事压力。也就是说，长春可以是一块绊脚石，阻挡东北民主联军南下攻打锦州和沈阳的脚步。

郑洞国不主张守长春，蒋介石执意要守长春。很多幕僚亲属都劝郑洞国，找个理由辞了这份苦差。

当时先后主政东北的是郑洞国的两个黄埔军校时期的故交，一个是陈

第九章　松花江上

诚，一个是杜聿明。结果是陈诚病了走了，杜聿明病了也走了。于是，郑洞国也要去北平治病。他确实有病。当然，不管有病还是没病，他都不想去长春，他看透这是一步死棋。可郑洞国最终还是去了长春，他在后来的回忆录中写道："作为军人，还能怕危险吗？我是国民党的高级将领，在困难的时候，我不负责叫谁负责？一种'临危受命，义不容辞，明知不可为而为之'的思想支配着我……我既然跟国民党干了几十年，惟有尽自己的力量，挣扎到它垮台为止，这样才能问心无愧。"

1948年3月下旬，在蒋介石的一再催促下，郑洞国飞赴长春，从此开始了他称之为一生中最为痛苦的一段时光。当时他还只是觉得长春孤军前突，已然成为东北民主联军嘴边的一块肉。他到长春，大不了杀身成仁、报效党国。但他没想到的是，自己本想战死在长春，却变成了困死在长春。

从固守到被困，原本是蒋介石先手落子，如果他听从了郑洞国的建议，先行让国民党军撤出长春，也就没有后来的长春围困战了。所以，长春被围困的第一步棋，是蒋介石走的。而第二步棋，是林彪走的。

林彪也是蒋介石的学生，是黄埔军校第四期学员。自参加南昌起义后，他先后担任过连长、营长、团长、军长。二十五岁时，担任了中央红军主力红一军团军团长，是一位从战场一线打出来的将军。抗

郑洞国（1903—1991），字桂庭，湖南省常德市石门县人，黄埔军校第一期毕业学员，曾参加东征和北伐，是最早参加抗日战争的国民党将领之一，国民革命军陆军中将

松花江传（上）

日战争时期，平型关大捷让林彪名扬天下。解放战争时期，林彪担任东北民主联军总司令，只用了两年多的时间，就使部队从十万多人发展到一百万人。当蒋介石把自己的六十万军队收缩进沈阳、锦州、长春三个大城市的时候，林彪将一百万军队机动部署在三大城市之间。在林彪眼中，沈阳、锦州、长春这三个大城市就像是三桌宴席，他得掂量着自己的胃口有多大，掂量着该先吃哪一桌。

1948年4月18日，当时东北民主联军已改为东北人民解放军，作为总司令的林彪给毛泽东主席和中央军委发了一封电报，在电报中分析了东北战场上的敌我形势，并提出了自己的战役构想。林彪的作战计划是，以七个纵队进攻长春，"在此期间，极力吸引沈阳敌人北上增援。如敌增援，则主力南下，在四平附近野战中展开大规模的反击，歼灭敌人；如敌不增援，则我军即对长春发动全面总攻，计划在十天半月左右的时间内全部结束战斗"。

林彪的作战风格是精于运筹、善用机巧。他抓住了长春十万守敌孤军深入的致命弱点，为东北"剿总"司令卫立煌设了一个两难选择的圈套。我打长春，等你来救。而后我在半路上消灭你的援兵。如果你不来救，那我就吃掉长春的十万守敌。按照林彪的这种打法，肯定是只赚不赔，不是吃掉援兵，就是拿下长春。如果按照林彪的这一作战计划实施，打长春就不是围困战了，也就没有后来的近六个月的围困长春。然而，在毛泽东和中央军委眼中，东北的国民党部队就如同一只困兽，长春是尾巴，沈阳是腰，锦州是脑袋。如果先打长春的话，国民党很可能断尾求生，弃长春于不顾，掉头逃向关内。这样一来，不但没有消灭敌人的有生力量，更重要的是，增加了我军在华北战局的压力。

毛泽东向林彪提出了自己的想法，那就是先打锦州，卡住敌人的脖子，关门打狗。而林彪提出的计划，是要先拽住敌人的尾巴。在毛泽东看来，你林彪有一百万部队，国民党在东北只有六十万军力，如果你不能在东

第九章 松花江上

北就地歼灭这六十万,那实在是让人不甘心。对于毛泽东的想法,林彪当然明白,可要实现这一想法,难度就太大了。在林彪看来,锦州是块硬骨头,啃不好会崩了自己的牙。思来想去,林彪决定坚持自己的想法,并给毛泽东发报说:"准备以四万人的伤亡为代价,先吃掉长春这十万敌人。"

林彪想的是,东北这三桌宴席,哪个好吃我就先吃哪个。而在毛泽东看来,只怕你吃了长春这一桌,沈阳和锦州那两桌就跑掉了。

毛泽东和蒋介石在战场指挥上的最大不同是,蒋介石从来都是越权指挥,下面的将领不管有什么建议,都得按他的想法去打。毛泽东则是既高屋建瓴、统帅全局,又尊重一线将领的意见。既然林彪执意要打长春,那就让他打吧。只是人算不如天算,林彪以为最好下口的这桌宴席,恰恰让他一张口就崩了牙。

长春攻坚战正式开始之前,林彪先要把长春外围的敌人打扫干净。在攻打长春西郊大房身机场的战斗中,我军部队尽管取得了最后的胜利,但也受到较大损失,付出了伤亡约六千人的代价。这时林彪才意识到,攻打长春绝不是一件容易的事。

打一场外围战役就伤亡了六千人,这让林彪既感到意外,又不能不想想下一步打长春可能遇到的困难。还有一点,打长春是他自己坚持要打的,毛泽东勉强同意了他的计划,尽管毛泽东同意了他的意见,但并没有放弃自己的意见。如果打长春不顺利,或者打下来伤亡过大,又或者用的时间过长,不管哪种情况出现,都意味着林彪的决策失误。特别是,打长春这才刚刚开始,一个外围战就损兵六千,那长春还有十万守敌呢。还有一点更让人头疼,那就是长春坚固的城防工事。

抗日战争胜利前夕,日本侵略者为了做最后的垂死挣扎,在长春市内构筑了坚固的防御工事,碉堡、战壕、瞭望台比比皆是,构成了战时防

松花江传（上）

御系统。郑洞国率十万部队进驻长春后，为加强城防，又在日伪遗留工事的基础上增修了一批新的城防设施，据记载，"要塞式的防御工事就有一百五十多处"。为修筑这些工事，仅动员技工和劳工就有十万余人，使用水泥六万袋，铁板一千五百吨，国民党誉之为"坚冠全国"的永久工事。

面对这些坚固的城防，林彪不能不有所顾忌。他原本向毛泽东说要用四万人伤亡为代价，拿下长春，可还没正式开打呢，就已经损失了六千人。这还不算，林彪原来设想是把长春的敌人打疼了，逼着卫立煌从沈阳出来救援，而后在路上予以消灭。可卫立煌号称国民党军队中的常胜将军，打仗精得很，根本就不上这个当。林彪原以为只赚不赔的买卖，眼见着是两头落空了。在反复权衡之后，林彪放弃了自己的计划。他决定按照毛泽东的作战设想，南下攻打锦州。那长春怎么办？

1948年6月3日，就如何攻打长春的问题，朱德总司令向毛泽东提出了如下建议："再一种攻法是长围，在一定的圈子内，围死他，使其粮弹俱困，人心动摇时再攻。"

朱德总司令的意见马上得到了毛泽东、中央军委和林彪各方面的赞同。至此，围困长春的决策正式形成，东北民主联军以主力南下攻打锦州，而留下十万人围困长春。

郑洞国率领的十万守城部队，有一半是蒋介石的嫡系部队，有所谓"远征军""王牌

当年蒋军修筑在长春市繁华路段——大马路口的水泥碉堡

第九章　松花江上

军"的称号。郑洞国一到长春，就提出了"加强工事，控制机场，巩固内部，搜购粮食"的十六字方针。他的目的很明确：蒋介石让我守长春，我就一定要把它守得牢牢实实的。

在长春被围的头三个月，不是郑洞国不想突围，而是蒋介石不让他突围。蒋介石要用郑洞国这十万人拖住林彪南下的后腿。但他没想到的是，林彪改主意了，打长春变成了围长春，东北民主联军主力南下攻打锦州，只留下十万人看着郑洞国。形势发展到这一步，蒋介石也改主意了，多次电令郑洞国突围，向沈阳方向靠拢。可一切似乎都晚了，因为林彪留下看着郑洞国的，也是一位科班出身的将领，他就是东北民主联军第一兵团司令萧劲光。

从1948年9月11日到10月19日，长春城外的东野各部共接纳出城难民十五万人

萧劲光是中国共产党早期自己培养的军事干部，先后两次被派往苏联学习军事，与当时同在苏联的蒋经国是同班同学。在苏联红军学校和列宁格勒托尔马乔夫军政学院毕业后，回到国内参加了土地革命战争、抗日战争和解放战争，身经百战，战功卓著，是东北野战军中的重要将领。

郑洞国是黄埔军校毕业的，萧劲光是苏联军校毕业的；郑洞国率领的是

松花江传（上）

东北"剿总"第一兵团，萧劲光率领的是东北野战军第一兵团；郑洞国是蒋介石的得意门生，萧劲光则被毛泽东称为大知识分子。因为那时候学军事的人不多，所以在毛泽东眼里，萧劲光就是懂军事理论的大知识分子。在延安的时候，有一次毛泽东听说萧劲光有几本军事理论图书，就去找萧劲光借，尽管萧劲光也要读这些书，但他还是把书借给了毛泽东。晚年回忆这段细节的时候，萧劲光还不无遗憾地说，这些书，毛泽东后来一直也没还给他。

1948年10月，我军在围困长春战役的行进途中

当郑洞国提出固守长春的十六字方针的时候，萧劲光提出了围困长春的十二字方针，那就是"久困长围，政治攻势，经济斗争"。这十二个字比郑洞国的十六个字更厉害。在经济斗争方面，萧劲光断绝了长春所有的经济来源，从粮食到柴草，从陆上交通到空中航线，把长春围得水泄不通。郑洞国的部队要吃的没吃的，要烧的没烧的。长春市内的粮价三个月涨了七百倍。高粱米的价格从四万元一斤，涨到了两千八百万元一斤。一个金镏子只能换一个馒头，部分国民党部队官兵到最后只能靠酒糟维持生命。

1948年8月23日，《合江日报》发表了记者王坪采写的报道——《长春

第九章　松花江上

停在"六点半钟"》：

1947年10月中旬，我军进攻吉长路，小丰满的电源被切断了。长春在10月17日下午"六点半"全城停电，电车走到哪里便停在哪里，机器转到什么姿势便停在什么姿势上。就在那一秒钟的时间里，全城一声"啊呵"便失去了热力，失去了光明。直到今天（指1948年8月），有的电车还停在街上，机器还保持着待动的姿势，电钟的时针还指着"六点半"——长春国民党最高军事负责人郑洞国，这是一个充满了悲观情绪的人。有一次有人问他对长大（长春大学）迁校有何意见。他苦笑着说："如果我是长大的校长，我是不主张搬的。长春丢了，北平难道还能保吗？在中国，没一个地方是安全的，要保险，只有逃到美国去！"

几个新闻记者问他："共产党把长春比成一个大监狱，你有什么意见？"他回答得颇为干脆："对啦，我就是监狱长！"

我们还谈到长春一般人民的生活与愿望，说起来也很简单：生活就是拼命，愿望就是解放。吃的情形上面提到了，住的情形也很凄凉，很多楼房被国民党军队拆了，有的是楼下还住着人，楼上便拆光；有的是这边住着人，那边便拆光。拆下来的木料便代替了煤，代替了柴，有人收木器当劈柴卖，卖价比柴火便宜，理由是木柴易着易劈，木器则是难着难劈。

王坪最后写道：

电钟的时针还指着六点半，但人们已经忘记了是上午六点半呢，还是下午六点半。这"六点半"是有两个意味的：在国民党方面说，是下午六点半，已经近黄昏的时候；但，人民一旦等到了他们的愿望解放时，那便是上午六点半，太阳刚好出来了。

这篇报道真实地描述了郑洞国当时的心情以及长春解放前夕他所处的困境。坚守数月的郑洞国已经到了山穷水尽的地步，一部分官兵由于长期

松花江传（上）

饥饿而患了浮肿病。而此时，东北野战军的主力已经南下，形成了对锦州的攻击态势。蒋介石看到郑洞国已经难以牵制住林彪南下的脚步，便电令长春守军全线突围。

在蒋介石再三催促下，郑洞国多次组织试探性的突围。然而，官兵饥寒交迫，将士不肯用命。六十军军长曾泽生直接对郑洞国说："要突你突吧，我的部队是突不出去了。"郑洞国自己的王牌军也公开说："就是突出去，也走不到沈阳了，饿得走不动了。"

城内是十万部队，城外也是十万部队，可这城内城外是冰火两重天哪。被围的，士气低落、毫无斗志；围城的，兵强马壮、士气高昂。更何况，在郑洞国准备突围的方向上，是东北野战军的第十二纵队，纵队司令员是钟伟。

钟伟在军内很有名，如果说郑洞国打仗不怕死，那钟伟就是打仗不要命。如果说军人都不怕打仗，那钟伟就是怕不打仗。钟伟打起仗来就是个疯子，天王老子他都不管。当年美国战争影片《巴顿将军》在国内放映时，国内一位老将军看完片子后说："巴顿算什么，照我们钟伟差远了。"他说的是钟伟打起仗来，比巴顿还凶，还狠，还不讲理。就是这个钟伟，像雄狮猛虎一样卧在了长春的门边上，郑洞国要想从钟伟这儿突围出去，真是比登天还难。

"军事包围，经济封锁，政治攻势"三管齐下，长春终于被围成了一座死城。国民党六十军军长曾泽生率部起义，郑洞国的下属背着他与我军建立了联系，准备临阵投降。只有郑洞国，他知道自己守不住长春了，但他还是要守住自己对蒋介石的忠诚。

郑洞国为人正派，对下级关爱，人缘特别好。他不但是蒋介石的门生，也是周恩来的学生。当年在黄埔军校时，据说就是周恩来发现了他的才华并推荐给蒋介石的。在长春被围期间，周恩来给郑洞国写信劝降。遗

第九章 松花江上

憾的是这封信没有送到。可郑洞国的下级部属们却不忍心看着他成为蒋介石的殉葬品。郑洞国在准备拔枪自杀时，发现枪不见了。走出司令部时，他发现解放军已经站在门口迎接着他，这就为郑洞国保全了面子。

1948年10月，缴械后的新七军官兵及其家眷被遣送出长春城区

1948年10月，曾泽生在欢迎解放军进入长春的大会上发表讲话

松花江传（上）

新中国成立后，郑洞国先后担任水利部参事和全国政协文史专员，是全国政协第三、四届委员，第五、六、七届常委，黄埔同学会副会长，自1979年起任中国国民党革命委员会副主席。郑洞国将军1991年病逝时，海峡两岸同时举行了追悼仪式。在数百位黄埔将领中，享受此待遇的只有两位。

郑洞国是一位正直的职业军人，他获得的荣誉当之无愧。后来回忆长春这段经历时，他写道："多少年来，每每追忆起长春当时的惨状，我都不免心惊肉战，尤其对长春人民当时所遭受的巨大灾难和牺牲，更感到万分痛苦的歉疚。此生此世我都愧对长春的父老百姓。"这个道歉是真诚的，战争是军人的舞台，如果这个军人还能顾念到苍生百姓，他就是一个正直而有心的军人。

东北军区政治部文艺宣传大队分队为六十军官兵演出舞蹈节目

第九章 松花江上

1948年10月19日长春解放后，强大的人民解放军源源不断地开入长春市内

长春解放后，曾经逃难的市民纷纷回家

松花江传（上）

长春全部解放后，我军在市中心广场吹起胜利号角

‖ 长白林海中的谍影

松花江是一条英雄的江，两岸人民是英雄的人民。自清末以来，这片白山松水与三江平原之上，发生过无数次抵御外侮的可歌可泣的故事。

2002年7月15日，长白山脚下的延吉机场迎来了一行装束特别、举止非常的客人。他们是美国国防部夏威夷识别中心实验室派来的搜索队，任务是到中国吉林省安图县，搜寻朝鲜战争期间殒命的两名美国飞行员遗骸。他们的到来，将人们的目光重新引回了五十年前。

20世纪50年代初期，朝鲜半岛上的战争考验着刚刚取得政权不久的中国共产党人。抗美援朝，保家卫国，巩固政权，发展生产。在复杂的国际背景下，新中国同时在几条战线上迎接着挑战。长白山下发生的故事，随

第九章　松花江上

岁月流转，几经断续。在朝鲜战争的硝烟散去后的1957年，出现了一个对此事件进行艺术化处理的作品。

《寂静的山林》是长春电影制片厂拍摄的一部反间谍题材的故事片，故事内容与人物原型取材于真实的历史事件。片子很老了，但故事依旧惊心动魄，人物依旧真实鲜活。

片中主要人物的原型叫李军英，辽宁省辽阳人，曾任国民党军副团长，辽沈战役中被俘虏，改造后正式分配到本溪钢铁公司工作。1950年，李军英携款叛逃，在香港加入美国政府操纵的"自由中国运动"特务组织。这一反一复，注定了他的命运。他被美国中央情报局空投到长白山，成了这个故事中的重要人物。

那是1952年9月，长白山已经下雪了。

"这时间过得非常快呀，转眼之间就是五十多年了。他投下来是1952年的9月21日，9月29日他走投无路了。他到二道白河的派出所坦白的。"说这番话的人叫张振邦，因为2002年夏天美国搜索队的到来，他与战友袁长华被媒体找到，重新回忆起五十多年前那个多雪的冬天。

五十多年前的故事就像这长白山的雪，飘飘洒洒，融化在岁月的记忆里。半个世纪的路程足以走过两代人，当年的袁长华、张振邦，一个是吉林省公安厅政保处的副科长，一个是东北公安部的侦察员。1952年，在长白山漫天飞雪的日子里，他们参加了一场特殊的战斗。

1945年8月15日，日本宣告战败投降。为划分朝鲜半岛接受日军投降范围，苏美经协商，以北纬三十八度线（三八线）为界，以北为苏军受降区，以南为美军受降区。三年后，1948年8月15日，在朝鲜半岛南部，大韩民国成立，9月9日，半岛北部，朝鲜民主主义人民共和国宣告成立。在朝鲜半岛上出现了两个不同性质的政权，形成南北分裂、对立的局面。

松花江传（上）

1950年6月25日，美国为维护其在亚洲的领导地位和利益，操纵联合国通过议案，组织以美国为主导的"联合国军"，出兵朝鲜半岛干涉。为应对突变的半岛形势，中央军事委员会根据毛泽东的提议，于1950年7月13日做出《关于保卫东北边防的决定》，抽调第十三兵团及其他部队共25.5万余人，组成东北边防军。

1950年9月15日，美军第十军于朝鲜半岛南部西海岸仁川登陆，朝鲜人民军腹背受敌，损失严重，转入战略后退。9月30日，周恩来发表讲话，警告美国："中国人民决不能容忍外国的侵略，也不能听任帝国主义者对自己的邻人肆行侵略而置之不理。"被任命为"联合国军"总司令的麦克阿瑟认定中国不敢出兵与美国对抗，所以不顾中国政府的多次警告，10月1日越过北纬三十八度线，并公然声称："在历史上，鸭绿江并不是中朝两国截然划分的、不可逾越的障碍。"同时，美国飞机多次侵入中国领空，轰炸安东（今丹东）地区，将战火烧到鸭绿江边。

1950年10月8日，中国应朝鲜政府的请求，做出"抗美援朝、保家卫国"的决策，迅速组成中国人民志愿军跨过鸭绿江，进入朝鲜北部地区。10月25日，志愿军打响了进入朝鲜后的第一仗。

1952年秋季，抗美援朝战争进入第二阶段，一边是军事作战，一边是停战谈判。边打边谈，以打促谈。战争双方都力图争取主动，打破僵局，谋求对自己更有利的地位。就在这一时期，发生了持续时间较长的上甘岭战役。也就在这一时期，袁长华与张振邦参与了一场特殊的战斗。

美军在朝鲜半岛的战局日趋窘迫之时，把目光投向了作为中国人民志愿军战略后方的中国东北地区。他们以空投伞降的方式，派遣特务进入长白山区，以逐步渗透、伺机行动、爆破刺杀、袭击军备、扰动民心、刺探情报的方式破坏建立在东北的志愿军后勤力量。

第九章　松花江上

袁长华在公安部门负责反敌特工作，但是当时新中国刚刚成立，公安部门还缺少这方面的设备和专业能力。而他们面对的又是经过二战磨炼、有着丰富经验的美军情报机构。袁长华回忆说："美国中央情报局直接来抓这个事情，这些伞特可不是一般的伞特，都是在大陆被我们打败的散兵游勇，跑到香港调景岭难民营。有的是军官，比如李军英，他当过营长，当过副团长，经过专门训练的。"

张振邦回忆说："美国为了侵朝战争，把战火点到中国，要搞他们所谓的军事基地和所谓的敌后游击。所以大批地往这儿派伞特。1952年7月13日，第一批就派来了代号'文队'的间谍。随后，李军英9月份空投下来，到长白山检查'文队'的工作。"

第一批空投下来的"文队"在长白山东藏西躲了两个多月，原本是要建立游击区，但由于当地的公安和民兵警惕性高，"文队"的特务只能龟缩在深山老林中。

1950年8月27日起，侵朝美空军不断侵入中国东北领空，疯狂轰炸边境城镇和乡村

松花江传（上）

袁长华说："这些人都是经过专门训练的，很厉害的。美军对他们的训练是很艰苦的，学习生吃兽肉，生吃鱼。不管你吃什么，反正能吃饱就行，你自己能生存就行。这种生存训练，他们在来之前搞了三个月。"

1950年10月19日，中国人民志愿军肩负着祖国和人民的重托从安东、长甸河口、集安三个口岸，跨过鸭绿江进入朝鲜战场

虽然有极强的生存能力，但总归是被困在了长白山。就这样一直待下去，也毫无意义。两个月后，他们终于等来了视察专员李军英。

袁长华说："李军英的头衔是视察专员，就是视察原来在7月份已经投到长白山的'文队'，看看他们投下后的结果怎么样。那个'文队'的组长叫张载文，他投到长白山后，在山里做了一些活动，但没敢下山，实际也下不了山。那时候我们搜索得比较厉害，各村屯来生人、来外人了，都得查路条、盘问，他们就不敢下山。两个月了，这些人都在山里边待着，我们也没有发现线索。但是那个时候中央公安部已经通知我们了，说长白山已经投下伞特。"

李军英伞降长白山后，很快与张载文的"文队"取得了联系。他一看"文队"的五个特务隐藏在长白山，便向总部发回报告。

第九章　松花江上

1950年9月18日，美军第十军第31团登陆仁川港

1950年10月初，侵略军越过"三八线"，并把战火烧到中国边境。图为安东市（今辽宁省丹东市）对岸朝鲜新义州在浓烟烈火中

松花江传（上）

袁长华介绍说："李军英向总部报告说'文队'不错，来了以后很坚强，很能吃苦，现在方圆四十里都是他们的天下，正在逐步扩大。希望美军给他们枪支，因为队伍扩大了，地盘扩大了。得到报告后，美国驻塞班岛特务机关给他们空投了好多次物资，一次都是十几个降落伞。有卡宾枪，有吃的罐头，有穿的衣服，还有冬天用的棉服，应有尽有。"

实际上，与"文队"同一批伞投的特务，还有一股是吉林省靖宇县的"沈队"。在李军英来视察的前后，美军塞班岛基地又在长白山天池附近投下了一股号称"长白山气象队"的伞特武装。"沈队"和"长白山气象队"这两伙特务在空投后都没有什么作为，这让美国情报部门更加重视"文队"的生存与活动。派李军英来视察，也是要稳固住"文队"的基地，以图扩大活动范围，完成预期任务。

在李军英准备再次与"文队"接触，谋划下一步活动的时候，他遇到了麻烦。公安部门撰写的《歼灭长白山区美国空降特务纪实》中描写了这一细节："9月26日，在二道白河护林防火检查站，两位值勤检查行人入山手续的女民兵，查出了一位自称要去抚松县抓逃兵却没有携带必要的《入山通行证》的解放军军官。"这个"解放军军官"，自然就是李军英。

这次被民兵检查，让李军英有些绝望了，因为这样的检查越来越多，越来越密，几乎每个路口都有民兵站岗。长白山的雪深厚得能到腰间，不走大路便寸步难行，而李军英又搞不到能通过大路岗哨的《入山通行证》。这就意味着，他会不停地被怀疑，被带到当地派出所。

李军英觉得再这样待下去，早晚会被抓到。所以到了派出所后，他坦白了自己的身份，主动交代了美国中央情报局塞班岛基地派他到长白山执行的任务。

李军英交代了"文队"在长白山原始森林中一个叫"杨房子"的接头

第九章 松花江上

地点和接头时间。

"杨房子"是日伪时期临时盖建的一座木屋。在东北公安部的直接领导下，吉林省公安厅组成了由王吉仁任总指挥，吕天、姚昕为副总指挥的搜捕伞特指挥部，封锁了长白山区的主要交通口，并派侦查员在老猎人秦殿有的引导下埋伏在"杨房子"附近。

1952年11月2日，老猎人秦殿有在"杨房子"附近遇到了一个身穿旧军装的人，声称是中国人民志愿军，而在不远处隐约能看到还隐藏着一个人。当地的民兵连长王祥志说："民兵在那盖的饸子（简易住处），打的地铺。在那河沿儿上，有个特务把民兵拦住了要吃的。另一个奔饸子去了，站岗的叫他，他跑，一上河沿儿，啪的一枪，把他打倒了。我告诉打腿，结果夜间来的，看不清，一枪给打死了。"那个声称是志愿军的特务在逃窜的时候被逮了个正着，他正是"文队"的队长张载文。

在审讯中，张载文交代了他们在长白山区的间谍活动以及另外三名特务的躲藏地点。六个多小时后，赶去抓捕的公安民警和民兵，在漆黑的夜色中隐约看见了特务们取暖的火光。冲到火堆旁时，搜捕队只抓获一名特务，其他两个借着夜色逃跑了。

被抓获的特务叫牛松林，是"文队"的电台技师。电台对于间谍组织来说是很重要的一个联络手段，缴获电台也就切断了"文队"和间谍组织的联系。根据牛松林的交代，当晚十二点半就会有一架飞机来给他们空投物资，如果真的接到物资，就说明敌人还没发现"文队"已经被东北公安控制。

当晚十二点五十五分左右，一架美军飞机投下了食物、武器等物资，在东北公安部的命令下，牛松林依然通过电台为这批物资打了收条。

三天后，公安民警在民兵、老乡的配合下抓住了逃跑的两个特务于冠洲和许广智。至此，"文队"的五名间谍全部落网了。

松花江传（上）

  故事并未到此结束。袁长华说："他那个电台台长抓到之后，就使这个案件能够更加深入地向前发展。不是我们光抓几个特务就完了。接下来我们采取的方法就是逆用这个电台。"

  1952年11月23日，东北公安部以李军英的身份，通过牛松林的电台向美军发电："李军英已完成全部任务，拟于11月29日晚11时在三道沟登机返东京汇报，望派飞机来接，信号为三堆火呈三角形。"11月25日，特务机构复电："按来电时间、地点派飞机空取，要准备好。"袁长华说："我们的策略就是叫他有来无回，假借李军英给美军设个套，他就真的入了我们的套子了，真的来接李军英了。"

  长白山山深林密，美军如何来接走李军英呢？他们将一架C-47军用运输机进行了改造，在飞机腹部下面安装了一个钩子。当飞机做低空飞行时，飞机上的操纵人员会放下钩子，这时地面会有一个铁笼子，叫空取器，笼子顶端是一个横梁，飞机向下俯冲后，钩子在掠过铁笼时会钩住横梁，然后电动绞盘会把笼子吊上飞机，这样飞机不必停下来就能把笼子里的人接走。

  袁长华说："当时张振邦同志就化装成李军英，坐在空取器里面，等着飞机来取。"

  袁长华和张振邦当时还有一个担心，那就是万一飞机俯冲得快，我们打不下来它怎么办？那岂不是真的把张振邦勾走了？于是他们又想了一个办法，就是用一根粗绳子，将空取器拴在旁边的一棵大树上。这样飞机无论如何也勾不走空取器了。

  张振邦回忆说："为了防备万一，我还带了一支冲锋枪。如果真的被吊起来，我可以在空取器里向飞机开枪。飞机过来后，第一次没取成，飞机又转了一圈，接着就是第二次空取。这空取器有四米多高，它下面有一个尼龙绳，他一勾这瞬间，我们部队就打了一个信号弹，四周噼里啪啦就响起来枪声,飞机中弹以后,就落到山那边了。"

袁长华说:"飞机来之前我们就设计好了,当时东北公安总队和边防部队参加了战斗,谭友林司令员亲自指挥,配备了一个高射机枪连。飞机上一共四个人,一个驾驶员,一个副驾驶员,两个都是美国人。再加上美军中央情报局塞班基地的两个教官,唐奈是中尉,费克图是上尉。飞机被击中后,当时飞机肚子就两半了,唐奈和费克图这两个人就跳下来了。"

张振邦说:"他跳伞也来不及了,就直接跳下来了。费克图、唐奈这两个人就在树林里边被我们抓住了,在他们身上搜查出一只马牌撸子。当时我们戴的手铐,他胳膊粗呀,扣不上去,三道村民兵用八号铁丝给他拧到胳膊上去了。"

两名飞行员没有唐奈和费克图那么好的运气,飞机被击落后两人当场毙命。唐奈和费克图被捕后接受审讯,两人按照间谍组织预先设计的台词说他们是美国军方的文职人员,不是间谍。但他们携带的文件露了馅儿。一张是美国军方航空测绘的1:250000的吉林省安图县地图,图上标有一个箭头,直指他们所乘飞机被击落的安图县老岭区。另有一张中英文对照的会话表,有"我是朋友;请你帮我;我渴/饿/冷/病了/受

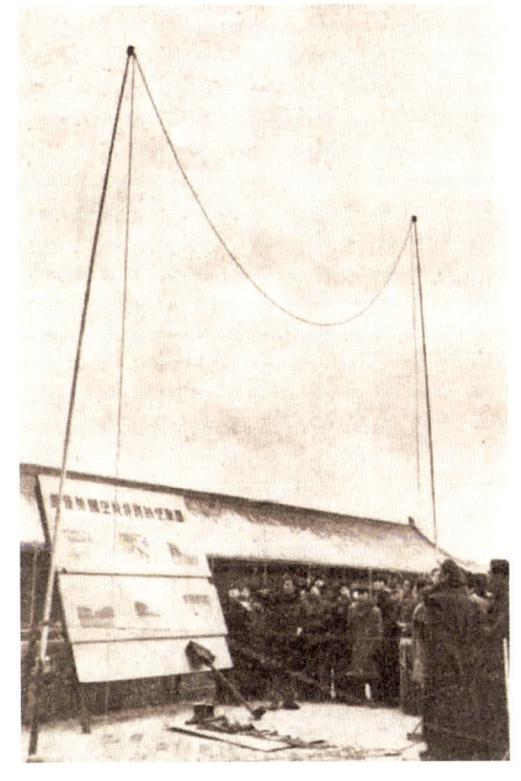

"美国空投特务罪证展览会"上被特别展出的美军空取器实物

伤，带我去中国医院；中国兵顶好；你有暖和衣服吗"等简单的句子。

飞机被击落后，美国中央情报局马上对外公布，说唐奈和费克图是军方的文职人员，乘坐"一架往来韩国和日本的包机"失事身亡。为此中情局还专门向二十多个了解两名特工真实身份的人打好招呼，掩饰两名特工的身份。这二十多人包括唐奈和费克图的家人、三家保险公司和两家银行的高层、几名律师等，这个谎言一直说到两人最终获释。

缴获美国间谍使用的武器

战士们与击落的残机合影

第九章　松花江上

　　1954年11月23日，唐奈和费克图站在了中国军事审判庭的被告席上，唐奈作为从事间谍活动的主犯被判无期徒刑，费克图则作为从犯被判二十年监禁。同样被宣判的还有"文队"特务。击落美间谍飞机，活捉美中央情报局间谍特务，对于年轻的共和国和同样年轻的公安警察来说，是一个了不起的胜利。当时周恩来总理赞扬说："东北打下一架美机，是逆用电台搞的，这事办得好。"

被当场抓获的中情局特工费克图（左）和唐奈（右）

　　1971年4月，中美进行了乒乓外交，两国关系回暖，而唐奈和费克图就成了第一批受益者。1971年12月9日，费克图被中国政府释放；1973年3月12日，唐奈也被释放。

　　2002年，中国政府批准了美国提出的搜寻五十年前殒命在长白山的两名飞行员遗骸的申请。2002年7月15日，美军战俘及战斗失踪人员联合调查司令部派出的搜索队，进入位于长白山区的吉林省安图县三道沟乡，这里就是当年美军间谍飞机被击落的地方。

松花江传（上）

在行动中坠机身亡的美军飞行员施瓦茨（左）和斯诺迪（右）

美军战俘及战斗失踪人员联合调查司令部，是美国国防部的一个机构，其任务是查明所有因以往国家冲突而失踪的美国人。这些国家冲突包括第二次世界大战、朝鲜战争、越南战争和第一次海湾战争。至今仍有几万名美国人下落不明。

搜索队进入长白山后，首先找到了当年参加击落间谍飞机战斗的民兵队长王祥志，他对那次战斗记忆犹新，并能准确地指出飞机被击落坠毁的地点。其中一个标志物就是现场的一棵粗大的杨树，三四米高的树干齐刷刷被折断了，虽然又长出许多枝丫，但仍能看出痕迹。王祥志说，飞机坠落时，撞到了这棵树上。这样一来，搜索的范围就可以确定了。

搜索队由一位人类学专家总负责，爆炸物专家负责寻找被掩埋的金属物，生命支援专家负责搜索生命迹象。搜索队将发掘地划成大小为4米×4米的格子，而后每间隔一个格子，就挖一个探查坑。坑中挖出的泥土都要用金属网筛滤一遍，以保证不会漏过任何有关遗体、残骸或个人物品的蛛丝马迹。

第九章　松花江上

　　王祥志一边做向导，一边帮助分析可能的结果。长白山平均年降水量为一千毫米左右，王祥志说，山上经常有洪水，五十年了，这片土地不知被洪水冲刷了多少次。当年战斗结束后，因为是冬季，没办法掩埋尸体，只是草草地用雪遮盖了一下。这样的话，尸体很可能遇洪水而被冲走。还有一种可能，这里是长白山腹地的原始森林，20世纪50年代的时候，东北虎、东北豹、黑熊、棕熊等大型食肉动物很多，所以尸体也有可能被野兽吃掉了。

　　搜索挖掘的最终结果是只找到了飞机上的一些金属残片和碎玻璃。

　　2004年6月，美军再次派出搜索队进入长白山。此次带来了更多的设备仪器，划定了更大的搜索范围并延长了搜索时间。最终发现了两颗牙齿、一颗子弹、一块手表、一支自动铅笔及一些飞机碎片。

　　媒体推断，这两颗牙齿应是死亡飞行员的遗骨。

1954年，"美国空投特务罪证展览会"，图为被展出的美军C-47飞机残骸

松花江传（上）

2002年7月和2004年6月，美国国防部战俘及战斗失踪人员联合核查司令部两次派出工作小组到长白山区进行搜寻工作

浩瀚大河北上
流淌文明守望

松花江传
SONGHUAJIANG ZHUAN

松花江流经古今，带走了多少吟诵。一代又一代的河畔徜徉，一代又一代的醇酒滔滔，江何言哉？天何言哉？唯有清风明月，一任逝者如斯。

松花江传

李北川 著

【下】

吉林人民出版社

松花江，水清夜来吻遇春涛生浪卷叠锦
绣縠明彩帆画鹢随风轻箫韶中流鸣
苍巖翠壁两岸横浮云耀日何晶，乘流直
小蛟龙惊连樯摇艦毛江城貔貅健甲皆鋭精
雍旋映孔翬朱缨家来问倍非观兵松花江、
水清浩、瀚、衝波行云露万里开滢泓

康熙 松花江放船歌 戊寅新春 意庵敬录

第十章

泽被百代

1953年9月1日，中国人民解放军军事工程学院举行成立暨第一期开学典礼。典礼上，陈赓院长接过中央军委授予的八一军旗，宣布学院正式落成。

选陈赓作院长，周恩来总理给出了三个理由，其一，你上过黄埔军校；其二，你办过红军步兵学校；其三，你带过红军干部团。上过军校又办过军校，还带过以培训军事干部为主旨的红军干部团，有这些经验的人在全军范围舍陈赓而再难有第二个人。

1946年2月，天冷得邪乎。寒风中的本溪街头，几个穿棉大衣的男子在往墙上刷糨糊，还没等把广告贴上去，糨糊就已经冻住了。没有人知道，这是东北公学，后来叫东北大学，再后来叫东北师范大学的第一张招生简章广告。贴广告的人叫张松如，如果说这所大学是个新生儿，张松如就是在这个寒冷的冬天把他捧在手上，抱在怀里，让他第一眼看到新世界的人。

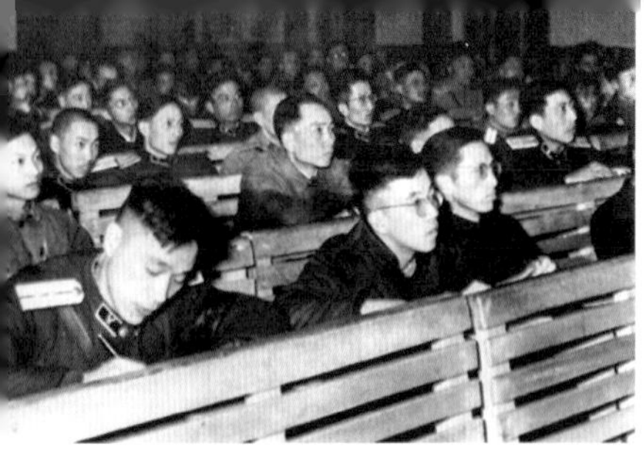
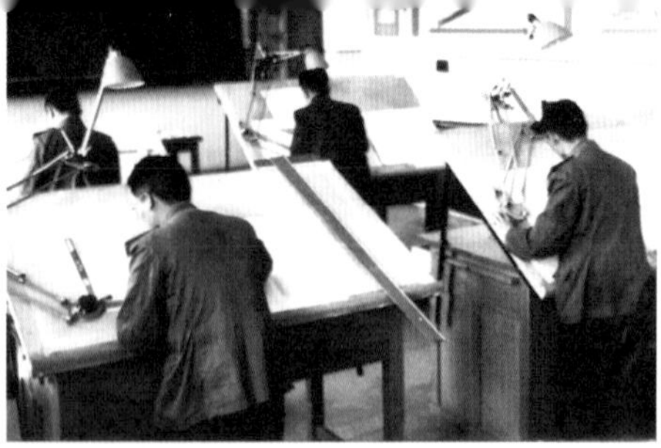
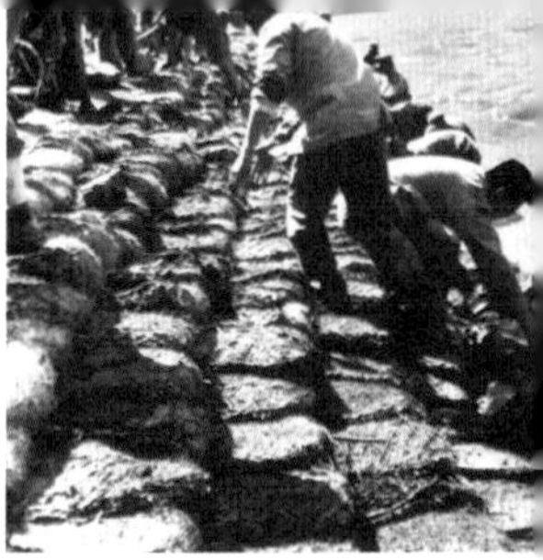
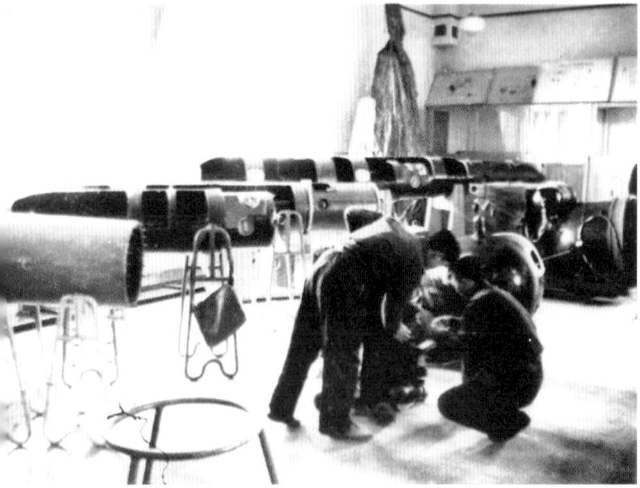
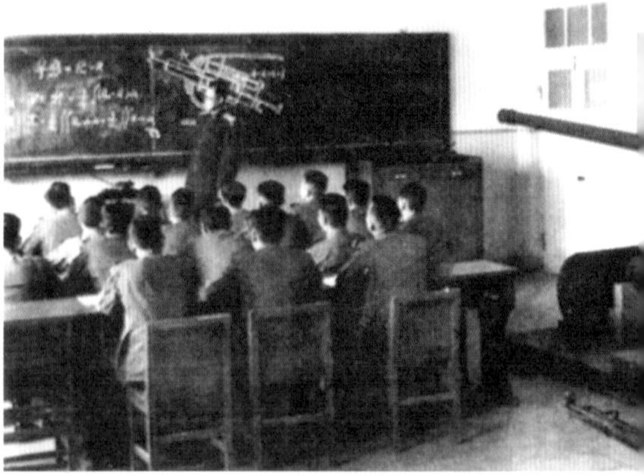
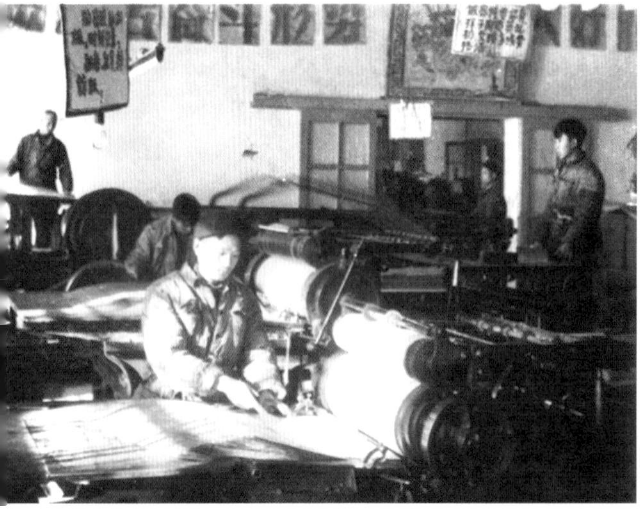
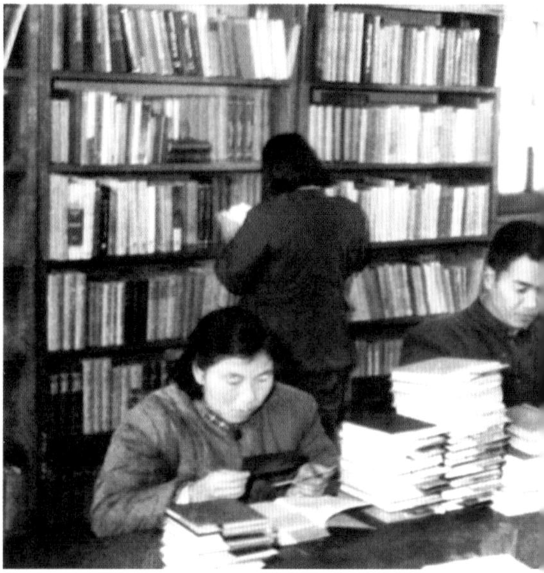
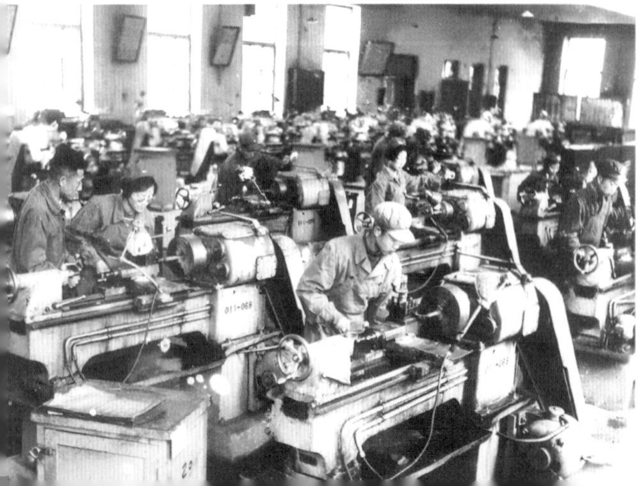
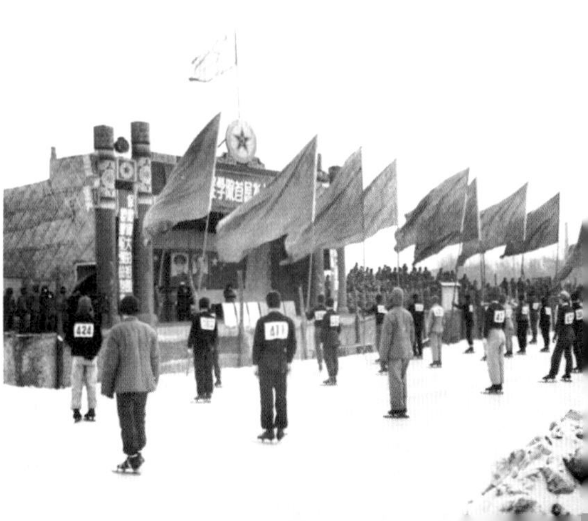
424
411

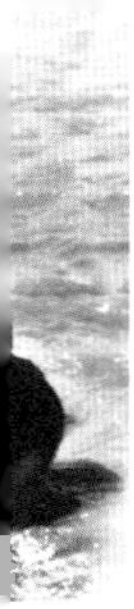
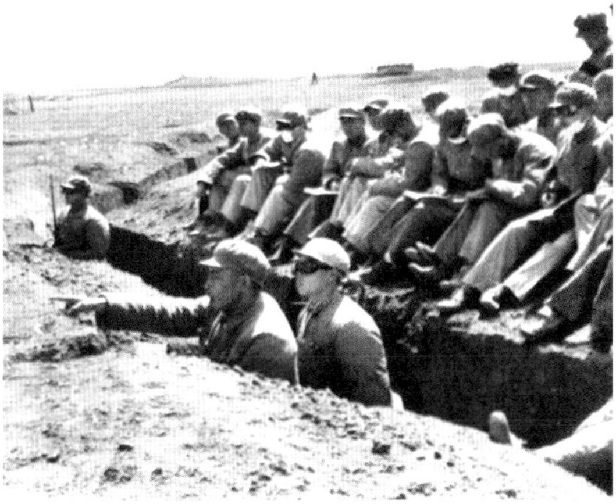
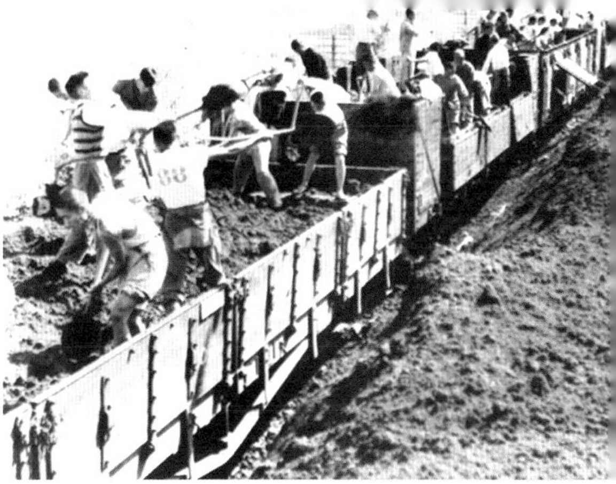
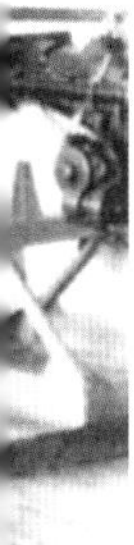
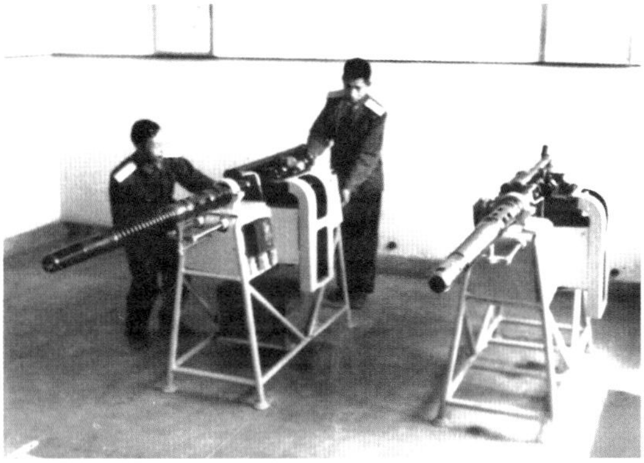
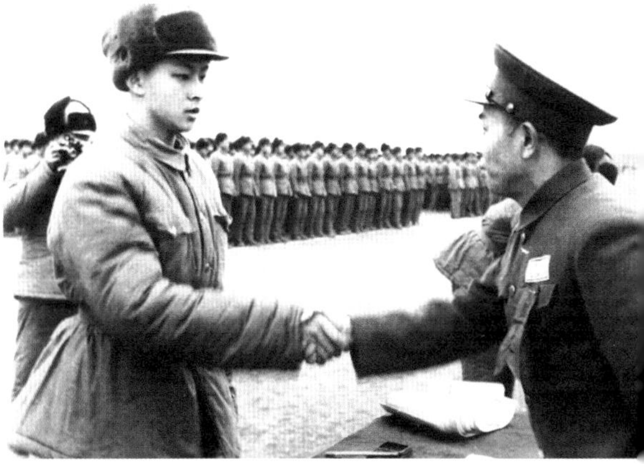

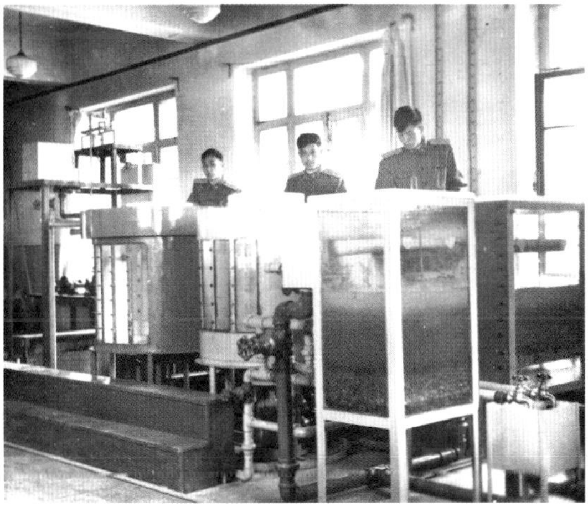
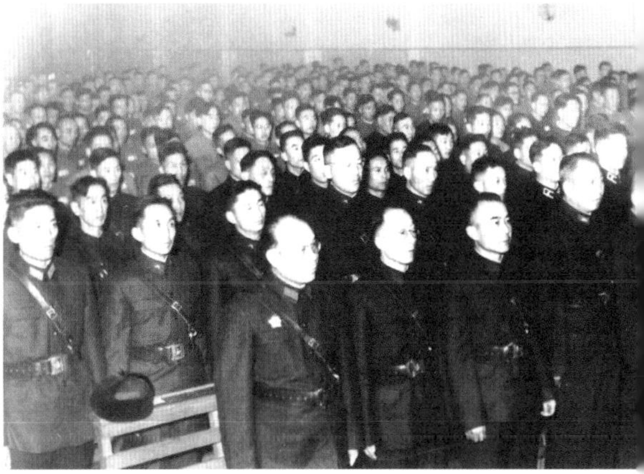

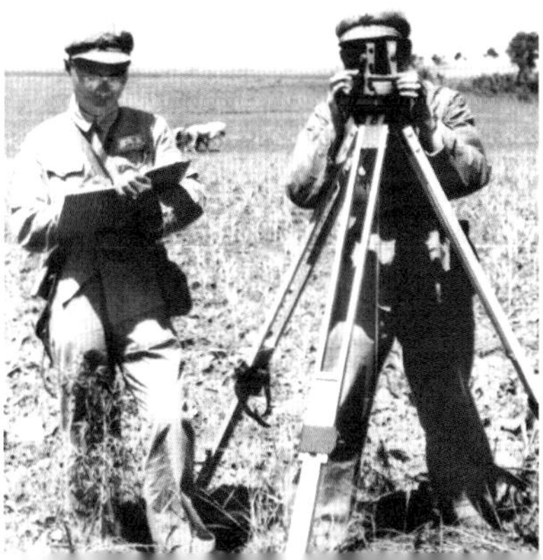
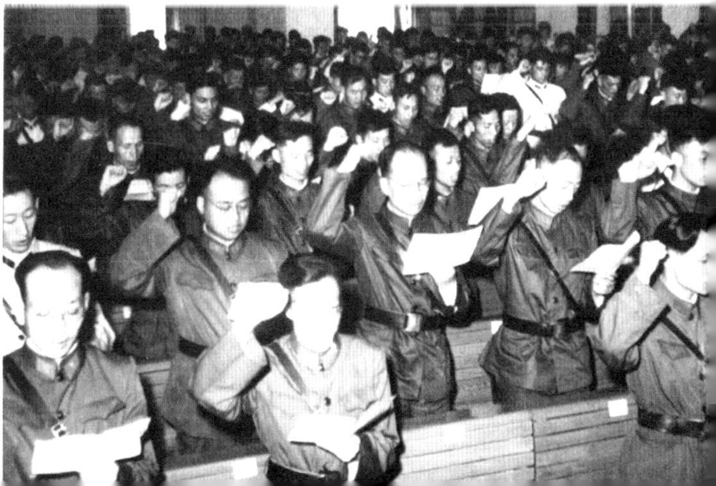

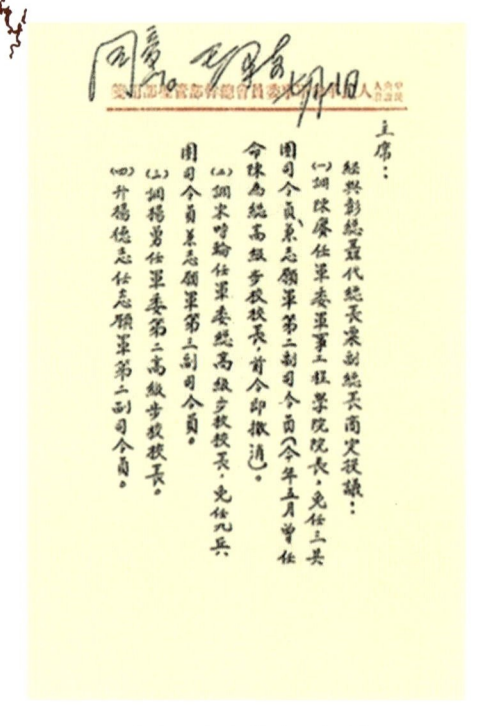

陈赓与"哈军工"

1952年，正是抗美援朝战争爆发的第三年。

战场上，中国人民志愿军战士顽强拼搏，浴血奋战，屡立战功。但是，受限于陈旧的武器装备、落后的军事工程技术，战士的伤亡很大。

这一年的6月23日，一纸调令送至正在前线指挥作战的志愿军代司令员陈赓处，指示他回国述职。在敌我双方正处于胶着状

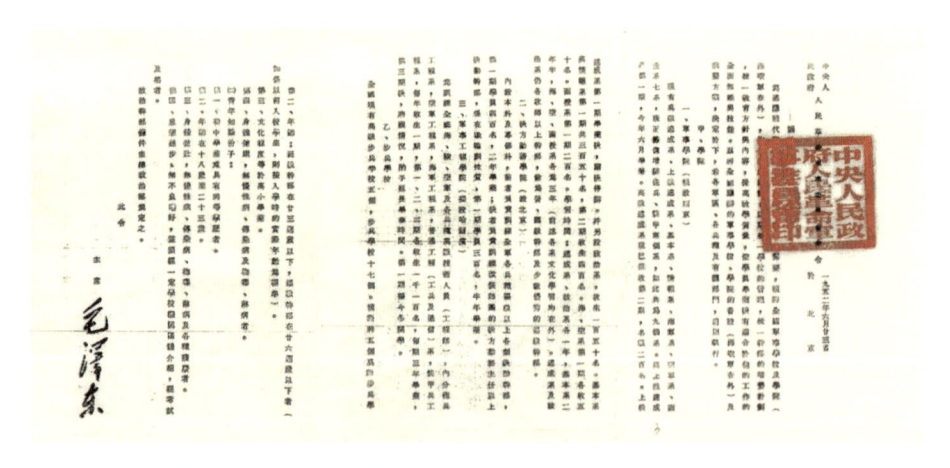

陈赓任命令的请示材料

1953年6月23日，毛泽东签署确定全国应办的军事院校的番号及调整方案。方案指出，军事工程学院拟设在哈尔滨，要求1953年9月1日开学，并决定以中国人民解放军第二高级步兵学校、华东军区司令部军事科学研究室和志愿军第三兵团的部分干部为组织基础，筹建军事工程学院。图为全国应办的军事院校的番号及调整方案

第十章　泽被百代

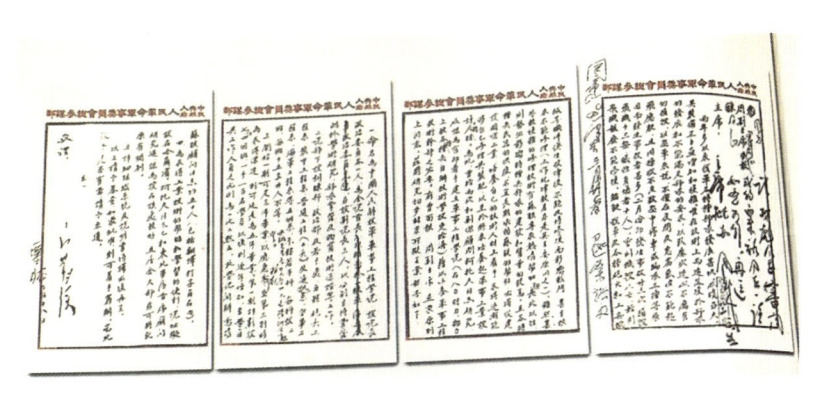

《关于成立军事工程学院的报告》

态，战争难以推进之时，调司令员回国述职，现在看来似乎有些不合常理。

而事实上，抗美援朝战争打响后，志愿军使用的坦克、飞机和火箭炮都是苏制，也缺少专门的技术维修人才，这使毛泽东感到军队现代化建设的紧迫性。毛泽东在听取了彭德怀关于抗美援朝战争的汇报后，更加意识到军事技术与现代兵器在现代战争中的重要性，迫切需要培养大批军事技术人才。

中央电令朝鲜战场上的陈赓回国，就是为了创建中国人民解放军军事工程学院，由陈赓任院长兼政委。

1953年9月1日，中国人民解放军军事工程学院举行成立暨第一期开学典礼。典礼上，陈赓院长接过中央军委授予的八一军旗，宣布学院正式落成。

学院位于哈尔滨市，因此，有了一个扬名数十年，至今仍不时被提起的名字——"哈军工"。

中华人民共和国刚刚成立，近邻东北的

中国人民解放军军事工程学院成立暨第一期开学典礼

松花江伝（下）

朝鲜半岛战争又胶着对峙，为什么院址会选在哈尔滨？

1952年7月底到8月间，陈赓带领后为哈军工首席顾问的奥列霍夫中将及随行的四人专家组，包括一名炮兵少将、一名内燃机专家、一名海军上校和一名俄文翻译，为即将组建的军事工程学院在全国范围内选择院址。他们从南到北，对几个重点候选城市进行考察和研判。在选择标准上，陈赓听取了苏联顾问团的意见：一、应邻近现代国防工业及工科大学；二、距国防前线较远；三、有较集中及适合教学要求的房舍可资利用。综合评估苏联顾问团的意见，实际上符合条件的城市已基本浮出水面。其一，这一时期苏联援助中国的大批重点国防建设项目大都集中在东北，哈尔滨尤其多。也就是说，这里邻近现代国防工业，可以为哈军工的办学和学员实习提供便利条件。其二，朝鲜战场的局势已渐明朗，美国主导的"联合国军"已经无计可施，随时准备认栽罢战。而中国当时面临的战争威胁来自不断叫嚣"反攻大陆"的台湾国民党集团。哈尔滨符合第二个条件，"距国防前线较远"。其三，"有较集中及适合教学要求的房舍可资利用"。这方面更不是问题。自近代以来，哈尔滨中高等教育位居全国前列，成规模的校园及高等教育设施设备都可以满足要求。

苏联顾问团没有明说的另一个理由是，自中东铁路兴建以来，哈尔滨就成了中国国内俄语环境最好，俄国文化与俄式教育最集中的地方。其历史遗留的俄文资料与教学方式以及大量的俄籍师资，都是可以借用的资源。在苏联顾问团看来，既然拥有选择的话语权，为什么不建议选择一个"老乡"多、耳音熟、一见面就有亲切感的城市？

苏联顾问团在第一条选址原则中就提到，要邻近一所工科大学。这实际上是在明指中东铁路时期俄国人办的哈尔滨工业大学。对此，陈赓在1953年的一份报告中证实："军委选定哈尔滨为院址时，其中原因之一，

第十章 泽被百代

苏联顾问团首席顾问奥列霍夫的住所——红军街33号

在空军工程系工作的苏联专家

松花江伯（下）

教授会教员和苏联顾问在研究教材编写问题

是哈尔滨有一所经中央指定的作为全国工业大学典型示范的哈工大。"

此时的哈尔滨工业大学，由于办学的历史原因，具有浓郁的俄式风格。

说到哈尔滨工业大学的来历，还得从中东铁路说起。

据1895年俄国人果科沙依斯基描绘的《松花江目测图》，哈尔滨地区依稀分布着七十三个村屯，总人口两万多人。1903年，中东铁路建成通车，使东北的开发进程全面加速，形成了一个以哈尔滨为龙头的"中东铁路经济带"。作为铁路枢纽，哈尔滨占尽了得天独厚的地利之便，人口急剧增长，城市迅速扩张，由此"执东北商务牛耳"。

十月革命后，俄国爆发了三年内战，一方是列宁领导的苏维埃政权，另一方是反对苏维埃政权的旧俄势力。随着苏维埃政权在内战中逐步取胜，大批俄国侨民涌入中东铁路附属地。到1923年初，整个中东铁路附属

第十章 泽被百代

地的俄国侨民达四十万之多，其中大约半数集中在哈尔滨，哈尔滨因而号称在华俄侨的"首都"。

由于中东铁路仍由旧俄势力控制，其与俄国国内的技术联系已被苏维埃切断，铁路附属地工程技术人才不足的矛盾日益突出，中东铁路局深感"今之无人由于昔无培养；若今不培养，则后亦无人"。恰在此时，一大批俄国学者避乱来到哈尔滨，提供了师资条件，高等技术学校之组建成了应运而生的事情。

1920年9月9日，哈尔滨中俄工业技术学校在边区法院公证，宣告正式成立，推选著名的大地测量学工程师阿列克谢·阿列克谢耶维奇·谢尔科夫为首任校长。1922年，学校更名为"哈尔滨中俄工业大学"。1928年，苏维埃政权接管中东铁路各项权益，校名随后改为"哈尔滨工业大学"。学校由苏联和中国共同管理，中苏各派一半的工作人员，教师则以俄国人居多。校长是苏联籍，张学良代表中方兼任学校理事会理事长。

1920年，为了给中东铁路培养工程技术人才，哈尔滨中俄工业学校开始筹建

松花江传（下）

1945年东北光复后，哈尔滨工业大学重新恢复中东铁路时期的传统和制度，学校管理仍由苏联控制。

1949年，哈尔滨工业大学开始由新中国的工业部管理，大学的课程从此也改用中文讲授。

哈尔滨工业大学曾培养出很有水平的中俄两国工程技术人员，是工程师的摇篮。其历史形成的俄国教育体系与教师资源是中国其他城市无法比拟的。

中国人民解放军军事工程学院原本就是因为战争需要和听取苏联建议而创建的，苏联的技术力量与教学资源自然成了建院的基本依托。这也是院址选在哈尔滨的基本原因。

院址选择了哈尔滨，那么，院长为什么选择了陈赓？

1952年7月的一天，毛泽东、周恩来、朱德和彭德怀在中南海召见了陈赓。毛泽东说："我们决心要解决这个技术装备落后问题，调你回来是要你来当这个院长兼政委。"陈赓当时没有丝毫思想准备，连忙站起来说："不行，不行，我是行伍出身，办学与打仗隔行，我恐怕办不好。"毛泽东说："你办不好，谁能办好？有困难总理给你解决，还有苏联顾问的帮助，凭你陈赓的才智和干劲，一定能干好。"周恩来也说："你陈赓住过黄埔军校，办过红军步兵学校，还带过红军干部团。你干不了，别人恐怕连你这点经验也没有，就这么定下了。"[1]

毛泽东主席给出的理由是三个条件：其一，总理可以帮你。其二，苏联顾问可以帮你。其三，你的才智和干劲可以帮你。

周恩来总理给出了三个理由：其一，你上过黄埔军校。其二，你办过

---

[1] 伍献军，侯力军主编：《强国不是梦：中国国防科技发展纪实》，中共中央党校出版社，1997年，第532页。

第十章　泽被百代

红军步兵学校。其三，你带过红军干部团。上过军校又办过军校，还带过以培训军事干部为主旨的红军干部团，有这些经验的人在全军范围舍陈赓而再难有第二个人。

周恩来太了解陈赓了。

国民革命时期，周恩来在黄埔军校当政治部主任。1924年5月，陈赓与其他三百多名学员一道，步入了黄埔军校的大门。那时，谁也不会料想这三百多名进步青年将在今后左右着中华民族的命运。

1922年12月就已经加入中国共产党的陈赓，在黄埔军校期间参与领导左派学生组成的"青年军人联合会"，跟右派组织"孙文主义学会"进行了顽强的斗争。1926年3月20日，国民党右派制造"中山舰事件"，陈赓在周恩来同志领导下，与蒋介石进行面对面的斗争。此时，陈赓在周恩来领导下担任党支部委员，后来又当党支部书记。

在黄埔军校时期，陈赓与同期学员蒋先云、贺衷寒被称为黄埔三杰。当年曾经有这样的说法："蒋先云的笔，贺衷寒的嘴，快不过陈赓的腿！"

1925年第二次东征时，蒋介石曾到前线督战。一次陈炯明叛军突然反击，冲到距蒋介石两里处，总指挥部的人都逃跑了，只丢下蒋介石一人。眼看大势已去，蒋介石十分难堪。这是他首次指挥大规模作战，未想到竟是如此局面。情势万分危急。这时，身为连长的陈赓跑来，一面组织散兵抵抗，一面要背起蒋介石突围。蒋介石不愿意离去："我唯有杀身成仁，否则无颜见父老百姓！"陈赓说道："校长你太悲观了，这次失利，只不过一个师。只要离开这里，我们还会打过来的！"说完，不容蒋介石再争辩，背起他且战且走，突出重围。接着，陈赓又受蒋介石的委派，化装成农民，在人生地不熟的情况下，一夜步行了一百六十多里送信，与一师党代表周恩来取得联系，得到支援后，最终救了蒋介石。这次战斗之后，陈

松花江传(下)

赓的"飞毛腿"名声大振。

由于冒着枪林弹雨救了蒋介石,陈赓得到了蒋介石的特别器重。蒋介石曾经在黄埔军校向师生训话时说道:"什么是黄埔精神?陈赓就是黄埔精神。"后来蒋介石把他留在身边做了自己的侍从参谋。蒋介石尽管百般器重和拉拢陈赓,却无法改变陈赓的共产主义信仰。在国民革命的关键时刻,他们还是分道扬镳了。

1928年,周恩来在上海主持中共中央机关工作的时候,陈赓就是周恩来的得力助手,主持中共中央特科的情报工作。1931年9月,陈赓赴鄂豫皖苏区,又在周恩来领导下从事情报工作。陈赓跟随周恩来从事情报工作的时间很长,建立了一种非常特别的上下级工作关系和个人关系。

周恩来曾说过,他最喜欢两个知识分子战将,一个是陈赓,另一个是彭雪枫。

新中国成立后,有一次周恩来总理请陈赓到他位于中南海的家中研究工作。陈赓去后,周恩来与另一位同志研究工作,一时还没有结束,陈赓只好在客厅候着。陈赓这时感到肚子有些闹空城计,就想在客厅里找点什么吃的,刚打开抽屉,总理的秘书进来了,看这情景撒腿就往邓颖超的房间报告。邓颖超知道陈赓来了,便出来告诉陈赓:"陈赓你在瞎翻什么,根本不在那儿,在这儿呢!"邓颖超知道陈赓一定是在找吃的。陈赓说:"我出来急,没来得及吃点儿什么。你也不给点儿东西吃。"

对周恩来如此,对毛泽东也一样。

抗战时期一个炎热的夏天,毛泽东在延安抗大作报告,忽见台下最前排的陈赓抓耳挠腮、东张西望,然后整衣起立直奔主席台。毛泽东一愣,奇怪地问:"陈赓同志,有何急事?"陈赓不语,伸手拿过台上毛泽东的搪瓷杯"咕咚咕咚"就喝下去,然后擦嘴、立正、敬礼,报告说:"天太

第十章　泽被百代

热，借主席一口水喝。现在没事了。"①全场顿时哄堂大笑，毛泽东也跟着笑了。

1	2	3
4	5	

1. 政务院总理周恩来的题词
2. 中央人民政府副主席朱德的题词
3. 中央人民革命军事委员会副主席刘伯承的题词
4. 中央人民革命军事委员会副主席贺龙的题词
5. 中国人民解放军总政治部主任罗荣桓，
   副主任傅钟、萧华、甘泗淇的题词

从筹建开始，哈军工受到的关注就是最高级别的：军事工程学院开学时，毛泽东为学院院报题写了报名，周恩来等党政军领导人纷纷题词，勉励祝贺。建院后来院视察和检查工作的国家领导人仍络绎不绝。周恩来、朱德、邓小平、彭德怀、刘伯承、贺龙、陈毅、聂荣臻、叶剑英、彭真等都曾亲临学校视察工作

陈赓之所以胆子这么大，多少还是因为他与毛泽东是两县相邻的老乡。青年时的陈赓曾进入毛泽东倡导开办的自修大学，多次聆听毛泽东的讲演。陈赓18岁时来到长沙，经常在何叔衡的书店中阅读进步书籍，后由何叔衡介绍，接触到毛泽东。受毛泽东、蔡和森、何叔衡的熏陶和影响，1922年12月，陈赓加入中国共产党，从此开始了为共产主义理想而奋斗的革命生涯。正是因为这段缘分，陈赓在毛泽东面前常常不把自己当外人。

1955年，中国人民解放军正式实行军衔制。在授衔那天，毛泽东见到

---

① 刘国红、周逊、何雨、冯丽主编：《陈赓大将》，远方出版社，2005年，第47页。

陈赓，他也许知道陈赓在国民革命时期曾救过蒋介石的命，而蒋介石也把陈赓视为黄埔军校的楷模。所以，面对这位常爱开玩笑的老部下，毛泽东也没有忘记自己特有的幽默："怎么样，跟我干比跟蒋介石干有出息吧，我看蒋介石给不了你大将军！"①

正是由于对陈赓的了解，毛泽东和周恩来才将正在朝鲜战场上统兵打仗的陈赓急调回国，主持筹建军事工程学院。

1952年9月5日，已接受任命的陈赓请求政务院召开联席会议，专门讨论学院的筹建问题。总理周恩来、副总理陈毅、财政部部长薄一波、人事部部长安子文、教育部副部长钱俊瑞、建筑工程部部长陈正人，以及军委四总部主要负责人和空、海、炮、装、工各军兵种司令员等数十位党政军领导人同室而坐，为办学献计献策。据说在会议上，陈赓向大家一一抱拳道："我才疏学浅，寝食难安，祈求各位军政首长，扶我一把。"陈毅最先声援，其余人也纷纷表态，愿意鼎力相助。在散会前，陈毅忽然收敛笑容，瞪大眼睛，认真地说："诸位老总，我还有一条建议。今后，我们的子女高中毕业了，要带头报考军工，这样就会影响社会，使青年学生们也跟着报考军工，让全社会都知道建设现代化国防的重大意义。"言毕，全场掌声雷动。

1952年9月，苏联将中长铁路交给中国，在哈尔滨铁路局工作的苏联专家陆续撤走，空闲下来许多房子，其中就有大和旅馆。陈赓得到消息后，立即给周恩来总理写信提出，援助哈军工建设的苏联专家正陆续到达哈尔滨，请批准将大和旅馆交给哈军工，作为苏联专家的宿舍使用。11月5日，陈赓亲自到北京去找周总理。当时周总理正在开会，趁总理中间上厕所的工夫，陈赓迎住了他，送上报告说："请总理批一下吧，晚了怕抓不到

---

① 李卫雨，陈发曾主编：《上将李聚奎》，中共党史出版社，2009年，第412页。

第十章 泽被百代

手。"周总理一边接报告，一边说："什么事这么急，连上厕所的时间你都不放过！"陈赓说："你不是要求我抓紧时间建设哈军工吗？"周总理开玩笑地说："你真有办法，堵到厕所门口来找我办公，这是你的一个发明，以后应写到你的自传里。"

1953年2月18日，院图书馆——文庙（如图）开始对教员、学员开放。图书馆编制了中外文兼容的图书分类法及分类、书名、著者三套卡片目录，拟定了工作细则

1953年4月25日，"八一楼"正式开工，标志着哈军工校园建设工程全面启动。哈军工校区是在南岗区原哈尔滨医科大学传染病院的旧址上建设的。在最初进行校区勘定与规划时，陈赓建议保留旧址上的一座文庙。

学员们在图书馆阅览室（文庙大成殿）读书学习

471

松花江传（下）

他说："这是应保留的文物，可利用它做图书馆，把大成殿做阅览室，让孔夫子陪伴咱读书。咱们办的是亦文亦武的军事大学校，能在文庙阅览图书，还可以使教员、学员常常想到孔子教导他的门生的学习方法——'学而时习之，不亦说乎'。就是要学员上课好好学理论，把理论与实际紧密结合起来，才能学深、学好、学扎实。"

陈赓后来被任命为中国人民解放军副总参谋长、国防科委副主任、国防部副部长等，但一直兼任哈军工院长。他不时地奔走于京哈两地，对学院工作关怀备至，为培养最高质量的技术干部耗尽了心血。

哈军工担负着为国防高科技领域培养军事工程高级人才的崇高使命。毛泽东在给"哈军工"的训词中明确指出："为了建设现代化的国防，我们的陆军、空军和海军都必须有充分的机械化的装备和设备，这一切都不能离开复杂的专门的技术。今天我们迫切需要的，就是要有大批能够掌握和驾驭技术的人，并使我们的技术能够得到不断的改善和进步。军事工程学院的创办，其目的就是为了解决这个迫切而光荣的任务。"

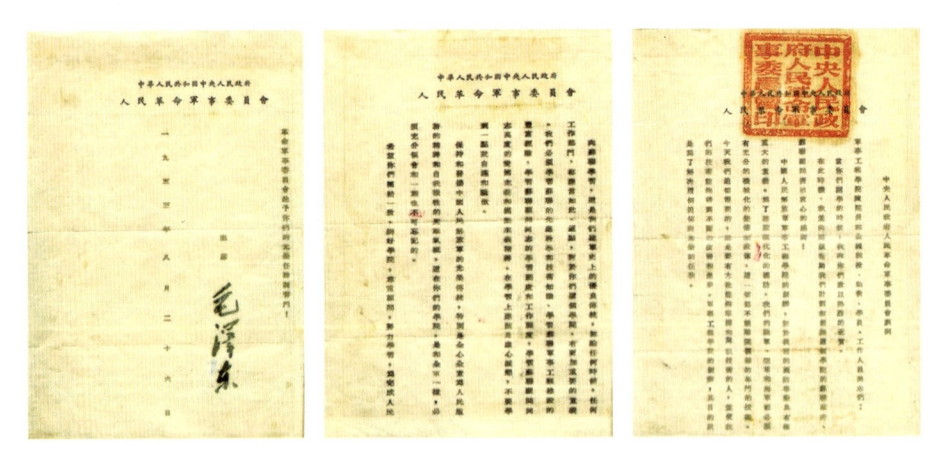

1953年8月26日，毛泽东主席为学院成立暨第一期学员开学签发《中央人民政府人民革命军事委员会训词》。训词对学院的办学宗旨、培养目标、工作与学习作风等提出了具体的要求，成为哈军工办学的指导思想

第十章　泽被百代

1954年秋，陈赓随彭德怀和刘伯承率领的中国军事代表团赴苏联参观有原子弹爆炸的实兵对抗演习。演习总结会上，苏联国防部部长布尔加宁送给彭德怀一把飞行员投放原子弹的金钥匙。大家争相传看，陈赓看了一眼说："光给把钥匙，不给原子弹有啥用！"彭德怀立即说："你是军事工程学院的院长，你可以组织研制嘛！咱们还是自己干吧！"

陈赓参观回国后，就考虑哈军工要着手培养研制导弹、原子弹的人才。他深知国内这方面人才奇缺，曾向周恩来等领导人建议，要争取留美的中国科学家和学生回国服务。

1955年10月，钱学森回到祖国。陈赓知道后，立即向彭德怀建议，哈军工有懂航空、火箭的专家，也有教学仪器和设备，最好请钱学森去参观一下，再听听他对中国研制火箭的意见。这个建议得到毛泽东、周恩来等中央领导的

1957年9月10日，中央军委批准哈军工建立导弹专业

支持。哈军工当时是军事保密单位，地方上只有省委委员以上的人才能参观。钱学森到哈尔滨参观东北工业的第二天，陈赓大清早就乘专机赶到哈军工，亲自全程接待钱学森，并在欢迎辞中说："对于钱先生来说，我们没有什么密要保的。"这使钱学森很感动。

陈赓看到钱学森对小火箭试验台很感兴趣，就试探地问："钱先生，您看我们能不能自己造出火箭来？"钱学森很有信心地说："有什么不能

的？外国人能造出来，我们中国人同样能造出来。"陈赓兴奋地握住钱学森的手说："钱先生，您说得真好！我就要您这句话。"后来钱学森回忆说："我回国搞导弹，第一个跟我说这事的是陈赓大将。"

1956年2月初，一个周末的下午，叶剑英会见并宴请钱学森夫妇，陈赓也应邀共进晚餐。席间谈话的主题还是导弹，三人越谈兴趣越浓，心情越加迫切。饭菜摆好，陈赓突然说："今天是星期六，我知道到哪里能找到总理，请总理亲自抓。"

陈赓果然找到了周恩来总理。叶剑英向周总理汇报了刚才三个人谈到的想法。周总理认真听着，频频点头，脸上露出微笑道："好啊！"说完，他走过去握住钱学森的手说："学森同志，刚才叶帅向我谈了你们的想法，我完全赞成。现在交给你一个任务，请你尽快把你的想法，写成一个书面意见，包括如何组建机构，调配人力，需要些什么条件等等，以便提交中央讨论。"[1]钱学森尽力抑制内心的起伏，只说了两个字"好的"。这就是钱学森《建立我国国防航空工业的意见书》的由来。

意见书受到中共中央和中央军委的高度重视。1956年3月14日，周恩来总理主持中央军委会议，决定组建导弹航空科学研究的领导机构——航空工业委员会，直属国防部，而后任命聂荣臻为主任，钱学森等为委员。

中国"两弹一星"取得的辉煌成果，其最初的步履，不能不说有陈赓请钱学森在哈军工校园参观时的脚印。

---

[1] 涂元季著：《人民科学家钱学森》，上海交通大学出版社，2022年，第46页。

第十章 泽被百代

1956年1月20日，彭德怀元帅主持中央军委会议，讨论通过了任新民、金家骏、周曼殊三人的建议，拉开了中国发展导弹的序幕。图中人物为黄纬禄、屠守锷、钱学森、梁守槃、任新民、庄逢甘（从左至右）

作为创办者，陈赓为哈军工确立了尊重知识、尊重人才的重要办学理念，其中著名的"既要承认两万五，也要承认十年寒窗苦"，即"两老办院"的主张成为哈军工办学成功的思想基础。"两老"是指老教师（高教六级以上的知识分子）、老干部（从部队调来的领导干部）。陈赓认为老教师和老干部都是学校的主人，只有这两股力量拧成一股绳，才能办好学校。因此，他要求老干部们要团结好专家和教授，尊重他们，发挥他们的才能，不要因为他们没有经过战争的考验而轻视他们。在1952年底召开的一次全体党员干部会议上，陈赓特别强调："我们学院，既有经历长征两万五的八角帽（指老红军），也有经历十年寒窗苦的四角帽（指博士），八角帽上过井冈山，四角帽去过旧金山，都是国家的宝贝，是建设国家的财富。……我们要办好军事工程学院，完成党中央毛主席交给我们的光荣任务，既要依靠老干

松花江传（下）

部，也要依靠老教授，我们的口号是'两老办院'，大家必须要团结一致，必须借助这两部分人才的力量才能将学院建设好。"①

陈赓尊重知识分子，关心老教授，身体力行，给哈军工人留下了难忘的回忆。哈军工刚筹建时，住房非常紧张，陈赓下令让教授们住有暖气、煤气、上下水的条件相对较好的房子，而自己却住在小平房里。当年的一些老教师回忆说："在哈尔滨时，陈院长是教师家的常客，他脚上负过伤，挂个拐棍成天在大院里转。哪个老师家水龙头不好使、下水道不通、暖气不热、墙上有霜他都知道，并亲自打电话叫营房处去修。"②来院工作的绝大多数老教师深深感激陈赓的知遇之恩，愿意倾己所长为哈军工的教学事业做出贡献。

哈军工因强国兴军的使命而诞生。从诞生之日起，这所学校便与国家意志、国家使命紧密地捆绑在了一起。

从1953年到1960年，学院的系和专业全部都是按各军兵种兵器、装备建设的需要设置的，主要任务是为各军兵种培养维护、修理现代化技术兵器和装备的军事工程师。1961年以后，学院的任务改为主要为国防研究机关培养尖端技术的研究、设计、制造人才和各军兵种所需的技术干部。

1958年3月26日，哈军工为第一批学员举行了隆重的毕业典礼，国防部下达了636名学员毕业的命令。这是我军历史上第一批经过正规学习、成批培养出来的高技术军官。

短短的十几年，哈军工为中国军事工程事业开创了一片新天地。从新中国第一颗原子弹到第一颗人造卫星，再到第一枚洲际导弹，从新型主战坦克到歼-10战斗机，再到核潜艇、"银河"巨型计算机、"神舟"载人飞

---

① 魏潾，杨治主编：《哈尔滨工程大学》，重庆大学出版社，2008年，第63页。
② 魏潾，杨治主编：《哈尔滨工程大学》，重庆大学出版社，2008年，第63—64页。

船,这些辉煌成就的背后都有着哈军工的印记!

在哈军工纪念馆里,珍藏着一本特殊的教学计划。这本泛着历史氤氲的教学计划被誉为哈军工的骄傲。因为在新中国的历史上,只有哈军工的教学计划经毛泽东主席亲自审阅过。就这样,在峥嵘岁月里,哈军工凝聚着那个时代中国人有关军事现代化的所有光荣和梦想砥砺前行!短短几年间,哈军工从松花江畔迅速崛起,一跃成为中国一流的理工大学。

1966年4月1日,军事工程学院改名为哈尔滨工程学院,全院军人集体转业。

距此五年前的1961年3月16日,中国人民解放军军事工程学院院长陈赓因积劳成疾,病逝于上海。

如今,陈赓院长在1953年9月1日中国人民解放军军事工程学院成立典礼上接过的中央军委授予的那面八一军旗,依然陈列在哈军工纪念馆里。旗帜如火,赤焰烈烈。

‖ 张松如与东北大学

1946年2月2日,农历丙戌年正月初一,东北光复后的第一个春节。没有了日本宪兵,没有了伪满洲国警察,东北的老百姓踏踏实实地过了一个纯粹中国人的春节。

农历节令这一中原农耕时令,在东北要滞后很多。春节过后,天照样冷,甚至冷得更邪乎。寒风中的本溪街头,几个穿棉大衣的男了在往墙上刷糨糊,还没等把广告贴上去,糨糊就已经冻住了。勉强粘上去,风一吹,纸边开了,打在电杆、砖墙上啪啪直响。

松花江传（下）

没有人知道，这是东北公学，后来叫东北大学，再后来叫东北师范大学的第一张招生简章广告。贴广告的人叫张松如，他是这个招生简章的起草者，也是带着警卫员把简章贴在本溪街头的人。如果说这所大学是个新生儿，张松如就是在这个寒冷的冬天把他捧在手上，抱在怀里，让他看到新世界第一眼的人。

1945年9月2日，由舒群、沙蒙率领的东北文艺工作团从延安出发前，于教堂门前合影，张松如（公木）随东北文艺工作团一起出发

张松如没想到东北的冬天这么冷，也没想到就这么几个人走在本溪的街道上，就成了一所大学最初的几步。

他想到了从延安出发时的情景。

1945年8月24日，日本天皇发布投降诏书后的第十天，延安庆祝胜利的锣鼓和党政军民激动万分的心情刚刚有所平复，中共中央对战后工作的布局已全面展开。这天，延安文化界百余人在交际处举行欢送会，欢送即将开赴前线的两个文艺工作团，即华北文艺工作团和东北文艺工作团。张松如参加了由舒群、沙蒙任正副团长的东北文艺工作团，全团共六十余名成员。另一队是以艾青为团长的华北文艺工作团，全团共五十多人。两个文

第十章 泽被百代

艺团均是以延安大学鲁艺师生为主体组成的。在欢送会上，边区文协副主任丁玲致开幕词，她代表延安的文化艺术及教育界，鼓励去前线的同志们要牢记毛泽东同志在延安文艺座谈会上的讲话精神，努力为广大的工农兵服务。周恩来、彭真、林伯渠也分别讲了话。周恩来同志勉励大家要贯彻毛泽东同志的文艺政策和鲁迅方向，坚持文化统一战线政策。

图为1946年2月20日刊发于《东北日报》的由张松如教育长亲自起草的《东北公学招生广告》。学校依照民主政府建设新东北之方针，广集各级学员，以造就行政技术及师资等实际工作人才，启动招生工作。经考试，预科和研究室录取学生七十多名，行政训练班录取两百多名

欢送会后，作为进军东北十万干部队伍中的一部分，东北文艺工作团率先出发，成为我党我军最早挺进东北的干部队伍之一。

当时的任务是笼统而宽泛的，去接管、去没收、去改造、去创建、去管理，领域包括文化、文艺、教育、卫生、科学。总之，最要紧的是快，因为国民党的布局是通过火车、飞机展开的。

舒群与张松如最先到的是沈阳，屁股还没坐热，就因为苏联政府和中国国民党政府签订的《中苏友好条约》的限制，被苏联红军"请"出了沈阳。

离开沈阳后，张松如被任命为本溪市委宣传部副部长，主要进行一

479

些青年及学生活动。就在这时,即1946年元旦前后,东北局指示舒群创办"东北公学",并聘请当时任沈阳市市长、中苏友好协会会长的著名病理学家白希清教授和张松如参加学校的筹备工作。由白希清任东北公学校长,舒群任副校长,张松如任教育长。

1945年11月,延安大学迁校东北的出发地之一,延安大学鲁艺文学院旧址

选择张松如任教育长,或许是考虑到他曾在延安抗日军政大学任教育干事,后又在鲁迅艺术学院担任过教员。

校长白希清是我党争取过来的学者,舒群又在东北局宣传部兼职,具体的建校工作就全压在了张松如身上。

至于办一个什么样的学校,办校的方针目的是什么,一概尚不明确。布置工作的是东北局宣传部部长凯丰,他只是找来张松如,口头上说了一句办东北公学的目的是"为我党争取东北青年"。

第十章　泽被百代

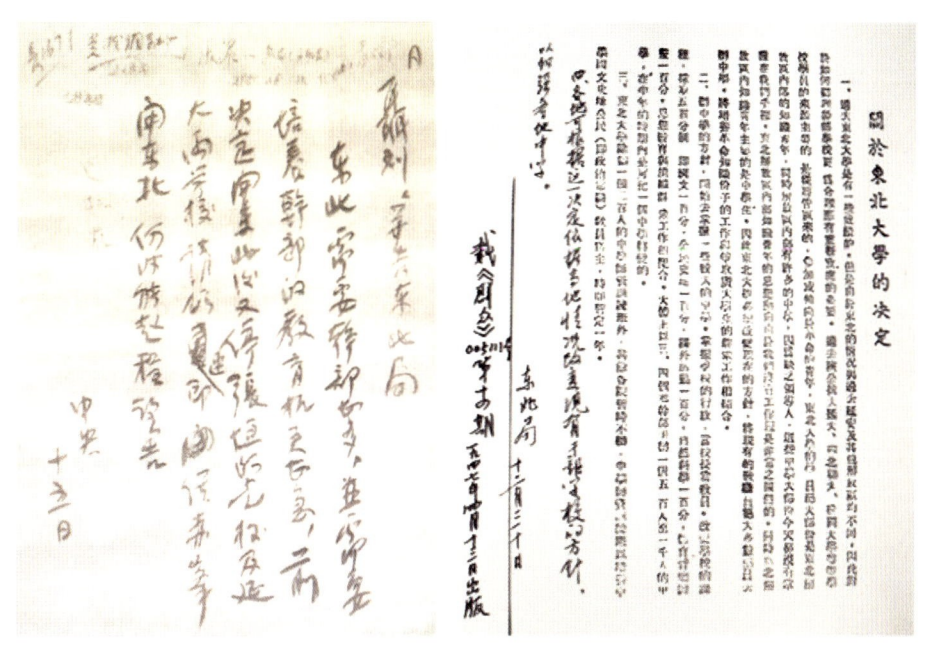

1946年5月15日，中央关于延大迁校队伍等继续开赴东北电令

中共中央东北局做出的《关于东北大学的决定》

这句口头上的指示并非没有来处。在赶赴东北的军政干部出发前，毛泽东曾多次讲过这样的意思。有亲历者回忆说，毛主席讲："东北很重要，我们一定要拿过来，国民党要抓，要争，我们也一定要抓，要争，拿到手。你们要团结教育东北知识青年为革命服务。你们去东北，对东北的知识青年负有重大的教育的责任，要培养大批能跟工农相结合的青年干部。"

张松如把这一指示牢牢记在心上。因为在他看来，毛泽东的眼光深邃辽远，要想在东北站住脚并打开局面，就必须争取最鲜活生动的青年力量。因为张松如在北平大学第一师范学院读书时，就搞过学生运动，所以他对争取青年很有经验和信心。

与张松如前后脚从延安出发到东北的吴伯箫，更是以理性加感性的自

松花江传（下）

信，以延安特有的胜利姿态和昂扬斗志，表达了进入东北后的潮平岸阔、风正帆悬的底气。他在散文《别延安》中写道：从延安伸出来的路是长的哩！有老百姓的地方就有通延安的路，那是坦荡的大路，四通八达的路，人民的路。事从延安出发，事是好事；人从延安出发，人是好人。事好，因为是替老百姓办的；人好，因为是替老百姓办事的人——毛泽东，像太阳，照到哪里哪里亮。

这感情表达得天高地阔一往无前，散文的节奏像诗像词又像歌，读起来铿锵上口，有如军旅向前的进行曲。

吴伯箫表达的绝非仅仅是一种激情，还是一种抗战胜利后来自延安的自信。进入东北的十万大军，自带毛泽东这个太阳，走到哪儿都亮堂！

这是辞别延安时的信心，是进入东北前的亢奋。

在11月份被从沈阳等大城市"请"出来后，气温骤降，风卷着枯枝转蓬，肃杀萧索，带着一股股透心的寒凉。

国民党军队搭乘着美国人的飞机到了东北，还有比这更快的，蒋介石直接给伪满武装发了委任状，他们就地转入国民党军编制，甚至许多土匪汉奸头子，都拿到了蒋某人颁授的少将军衔。

这氛围，比冷空气都冻人。

原本搞过学运的张松如，也没想到"争取东北青年"这么难。

东北公学的招生简章发布后，只有两名女生来报名。而在之前，还有一个男生，他应该算是第一个报名的学生。据张松如夫人吴翔在2014年回忆时说：

由于他到得早，他就帮助张松如老师做帮手。当时天很冷，张松如老师在旧物市场上给自己买了一件皮大衣，并且好心地把大衣让给了这个男孩穿。结果没过几天，男孩的父母就找来了，说是国共两党在打仗不太

第十章 泽被百代

平,坚持要把男孩领回家。张松如老师就对这个学生说:"你可一定要回来啊!"这个学生使劲地点头答应了,张松如老师就叫这个男孩披着皮大衣走了。结果这个男孩再也没回来,不知道他是跟着国民党走了,还是跟着共产党走了,甚至都不知道他是死是活。这就是东北大学的第一个学生。

只报了名,一堂课没上就消失了,并非仅仅是怕国共两党打仗不太平,实在是信不着共产党。这也难怪,当时中国的法统地位属于蒋介石的国民政府。在当时多数东北人心中,抗战胜利是重庆国民政府的胜利。更何况,国民党一来,共产党就得让出城市,散落在乡野,给人一种非正宗、非法统的感觉。

民众对共产党的不了解或者说不接受,是招生面临的最大问题。好在一些散落在民间的对我党有所了解的人士帮忙,在辽东、辽南及本溪、辽阳、抚顺等地,一个一个动员,一个一个招收。这情景,不像是大学招生,倒像是拉人入伙。

回忆这段历程的时候,当时的校长白希清说:"我是1946年4月份到东北大学的。先是成立的东北公学,我是校长,张松如任教育长。后来东北局舒群对我说,要改成东北大学。理由是过去张学良办的东北大学,在东北还是有一定影响的。现在我们也改成东北大学,还叫张学良的弟弟张学思担任校长,好号召更多的东北青年来报考这个学校。"

1946年东北大学印制的第一枚校徽

483

松花江仿（下）

另有亲历者回忆说，改校名是根据中共辽宁省委书记江华同志的指示："国共两党要谈判，国民党有东北大学，我们也办东北大学。"张松如后来的回忆中也谈到了这一细节："东北公学为什么改名东北大学？1946年2月筹办时叫东北公学。东北局书记江华说，要办就办东北大学，东北公学名字不响，不久成立联合政府可以一对一。"

东北公学遂于1946年2月改名为东北大学。校长张学思，副校长白希清、舒群，教育长张松如。

正在上升期的共产党人，有一种大无畏的奋进之气。十几个人，七八条枪，身上还扎着武装带，就硬生生地打出了一个东北大学的牌子。

这时在抗战中迁往四川的旧东北大学，正急匆匆、气昂昂地走在返回东北的路上。这所创建于1923年的大学，曾因张作霖、张学良父子寄予厚望而获得大力支持。两三年间，重金礼聘，广招良师。先后有章士钊、梁漱溟、罗文干、冯祖恂、刘先州、梁思成、林徽因、吴宓等一批名师执教，教师薪酬居全国高等学校之冠。

1938年，迁到四川三台的东北大学，在烽火尘埃中，坚持专心办学。并在文学院、法学院之后，陆续扩充了理、商学院，增设了外文系、数学系、物理系、化学系、工商管理系、法律系等，学生人数达到七百多人。虽时局动荡，偏居一隅，仍引来陆侃如、冯沅君、高亨、杨荣国、姚雪垠、金毓黻等名师来校任教。即便是在流亡的状态下，东北大学仍保持了一个完整的正规大学的品相。

东北光复后，流落他乡的东北大学师生"漫卷诗书喜欲狂"，以青春放歌、纵酒还乡的急切心情重归故里。他们还不知道，一个与其同名同姓、同样有着东北王张作霖血统的兄弟已先行站在了黑土地上。

张学思只是挂名，组织上并不要求他参与具体工作，这是一开始便明确的。张学思很理解组织上的安排，他对舒群说："我出个名，不能做实际工作，很有愧啊。"

改称东北大学后，果然有了一定的效果。陆陆续续，招上来一二十名学生。人数虽少，但毕竟是中共东北大学的第一批学生。而且，当时在张松如的脑子里，大学就得像个大学的样子，要有大学的体制、大学的章程、大学的结构。既然叫上了东北大学，那就按旧东北大学的建制来规划。

1946年东北大学在本溪的旧址

当然，这只能是想法，或者说，是张松如脑海中的蓝图。因为现实中，所谓的校部机关，只有他和几个战士身份的勤务兵。

先开学，既然有了学生，那就开学开课。一二十个学生，张松如一个人当老师就够了。

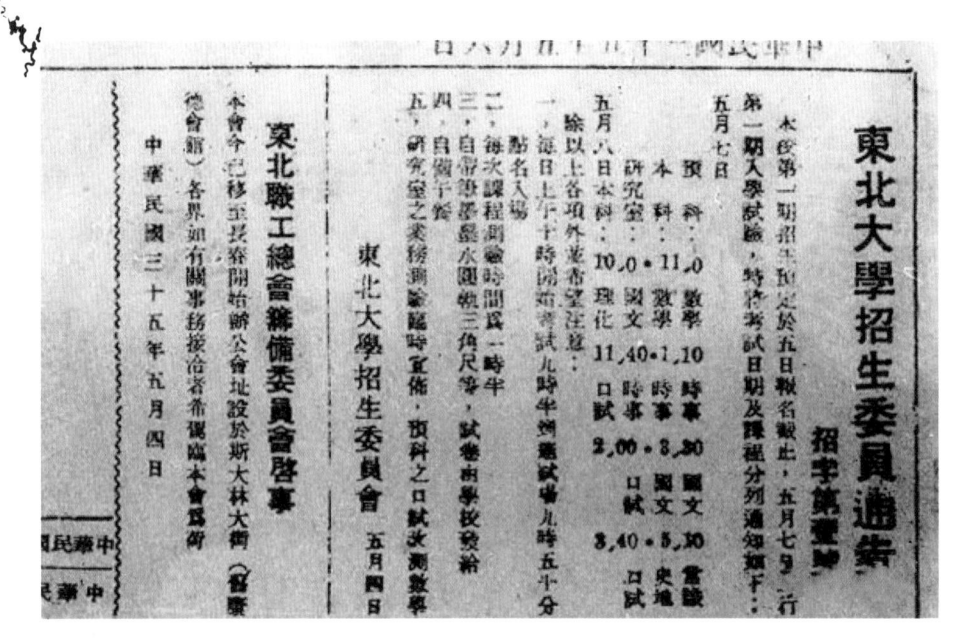

1946年5月6日刊于《东北日报》上的《东北大学招生委员会通告》

可惜,就这点想法也实现不了。国民党军队的脚步声越来越近了,或者说,是飞机、坦克带着杀气的轰鸣声越来越近了。

就这样,没有挂牌仪式,没有开学典礼,甚至没上一堂课。在本溪诞生的东北大学迎来的第一声啼哭,或者说第一项校务决定就是——搬家。

张松如回忆说:"3月15日,学校全体师生坐着汽车向通化方向迁校。当时虽然天气寒冷,但大家把这看作是革命行动,一路革命歌声不断。到了吃晚饭的时候,汽车停在一个屯子里,打前站的同志已做好安排。大家秩序井然地按分配到老乡家放下行李,吃过饭后,给老乡家挑水扫院子,有的搬门板搭睡铺,还给老乡唱革命歌曲。老乡们很热情,师生们情绪也比较好,觉得这是在学习八路军的革命作风,有一种自豪感。一觉睡到大天亮,起床后打好行李,就是检查纪律:打了碗的给包赔,水缸不满的挑满了水,院子不干净的打扫干净,吃完早饭就赶路了。当时的东北大学学

第十章　泽被百代

生张力果后来回忆说：'我们上了一堂生动的革命实践课。'"①

张松如非常认同张力果的感受。东北大学开办后的第一堂课，就是在硝烟中体验战火的"革命实践课"。这堂课时长三个月，行程三千里。途经安东（今丹东）、通化、梅河口、吉林、长春、哈尔滨，最后到达佳木斯。

1946年东北大学在佳木斯办学时的校舍

曾参与本溪建校工作的黄耘后来回忆说，创建初期的干部绝大多数来自延安，无论是思想观念还是工作作风，都带有浓厚的老解放区特点。这时的东北大学又处在战争环境中，随时搬家，一路奔波，如果说这还是一所大学，那也是抗大式的"游击大学"。

游击大学也是大学，革命实践课也有教师。黄耘回忆说，当时的教员有两个：一个是延安来的干部们，他们一边带着学生们搬家，一边结合斗争形势讲共产党的主张，讲毛泽东思想。另一个教员是蒋介石，在从长春迁往哈尔滨的路上，国民党的飞机轰炸了学生们乘坐的火车，炸死了火车

---
① 高昌著：《公木传》，广东人民出版社，2008年，第55页。

松花江传（下）

司机和几名学生。这给学生们上了一课，让他们看清了国民党反动派滥杀无辜、草菅人命的本质。

这一路走来，一直是张松如在管理着这个像战斗队一样的学校。在离开长春去哈尔滨的时候，舒群说："我、白希清是跟着东北局的车走的。又是张松如在第一线带队。张松如在东大初期是功臣啊！"

张松如就像乳母一样照看着襁褓中的东北大学，所以在后来几年的教学中，学生们给他起了一个绰号——老妈妈。

就在张松如带领东北大学一路走、一路招收学生的过程中，延安大学副校长张如心率领另一队人马，以"松花江支队第四大队"为代号从延安出发，经张家口、内蒙古、白城、齐齐哈尔、哈尔滨，最后在佳木斯与先期到达的东北大学人员会合。至此，在被称为"东北小延安"的佳木斯，在国共两党两个中国命运决战的前夕，中国共产党在东北创建的第一所综合性大学——东北大学，正式落脚在松花江畔。

1946年东北大学新生在哈尔滨东大办事处前集合赴佳木斯

第十章　泽被百代

有了稳定的办学环境，自然唤醒了办正规大学的想法。当时设立了四个院，即社会科学院、教育学院、自然科学院、鲁迅文艺学院。成立了校部，设有总务处、教育处、干部处等。而后是大规模招生，招收的新生有的来自解放区，有的从蒋管区来。

架子是搭起来了，学生也招上来了，但争夺东北的拉锯战始终提醒着人们当前是在战争环境下，所以设立的几个学院只是名目。所有招收上来的学生，都被编入训练班，或者叫短训班，主要的教学方式是上大课，主要的授课科目是政治课。

在后来的回忆中，张松如写道：

在这一阶段，我起初名义上担任教育学院院长，实际上并未成立这一个学院，只是当教员，给预科班学生讲政治课，比如美日问题、中国革命、中国近代史。另外给文学院文学系，都要抽业余时间去上课。这不在校长分配的任务之内，这算是个人兴趣。学校改为"中等师资训练班"以后，我改任教务处长，兼政治班主任。副处长吴伯箫兼国文班主任，副处长智建中兼历史班主任。同时，我们三个也就是三个班的教员。以后增加两名教员：杨公骥，蒋锡金。

从进入佳木斯开始，东北大学一直在办正规型大学和办急战争之所急的培训型大学两者之间纠结。尽管张松如等学者一直希望大学正规化，但形势比人强，战争局势的反复和敌我实力的变化，使正规化办学的声音淹没在现实的枪炮声中。

东北光复后，日本殖民统治时代的中学教育完全瘫痪废弃。我军控制下的解放区急需基层师资力量和办学人员。在这种情况下，东北大学的主要领导甚至提出结束学校，不办东北大学，所有校部人员及师资力量都去办中学。由于全体教师的反对以及中共东北局的指示，东北大学才又坚持

松花江传（下）

办下来了。

这是1947年末——东北大学还没有摸到正规化边儿的时候，就差点儿夭折了。

坚持是坚持下来了，但正规化的想法也只能放一放了。这一时期的东北大学，常态化的教学是培训青年，而且主要是政治培训。同时，还要配合战局，临时接受东北局下达的任务。这些任务，有哈尔滨协助遣返日侨，有牡丹江山区剿匪，有到乡下参加土地改革。

教员与学生一律实行供给制，统一配发棉被褥、棉外套、棉帽子、棉手套、棉皮鞋、粗羊毛袜子、手巾等。集体伙食，主食多是苞米楂子、小米饭，副食是白菜、萝卜、土豆、豆腐。

这样的体制，这样的管理，再加上副校长张如心所说的："我们每个学生的考试成绩，不是以答案为标准，而是以他为人民服务的实际行动来测量的。"东北大学这一时期的办学风格，完完全全是抗大的底色。

东北大学在吉林市办学时的校舍（1948）

第十章　泽被百代

1948年3月，吉林市再度解放。东北大学由佳木斯迁至吉林市。或者说，是由北向南，由松花江下游迁到松花江上游，而落脚点，就是吉林市原有的一所大学校址。

原有的这所大学就是1929年由时任吉林省主席张作相创办的吉林大学。日伪时期改为吉林师道大学，"八一五"光复后，中共第一次进入吉林市，仍用吉林大学之名办校。国民党占领吉林后，将其改名为长白师范学院。这次在东北大学迁入吉林市时，长白师范学院已由中共再次复建为吉林大学。依照中共中央东北局的指示，东北大学与吉林大学合并，校名仍叫东北大学。校长为张如心，张德馨任副校长，何锡麟任教育长，张松如为副教育长。

东北大学第一次有了像模像样的校园。校园在吉林市西郊八百垄，校门由石垛砌成，上面悬挂着醒目的校名大木牌。一进校门便是长长的大道，两排白杨高高挺立。校部呈"品"字形，用灰色花岗岩建造的三座大楼巍峨壮丽，如同三座古堡，据说是20世纪30年代建筑大师梁思成设计的。校园有两座学生宿舍楼、四座小洋房式的教授宿舍和一些平房教职工宿舍，礼堂、图书馆、实验室、运动场等设施设备齐全。

终于不像游击大学了。

随着东北全境解放的日益临近，争取东北青年的工作已不再是主题，当务之急变为培养具有科学文化素质和专业能力的人才。就这样，正规化的话题重新被提了出来。

旧式大学的正规化虽然成型，却被警惕地放在可参考的位置，而延安时期办学的正规化似乎也不适合当前的形势。于是，新型正规化的概念被提了出来。

新型正规化的概念尚模糊的时候，人们看到了可触摸到的正规化。

松花江传（下）

　　学校设置了社会科学系，下设政经科、史地科；自然科学系，下设数学科、物理科、化学科、博物科；文艺系，下设国文科、俄文科、美术科、音乐科。

　　这些科系的设置完全参照了长白师范学院的构架，实际上就等于将佳木斯来的东北大学学生，插入到长白师范学院的各系中。

　　与正规化同步，教学内容上出现了显著的变化。当时在东北大学任教育问题研究室主任兼图书馆馆长的陈元晖回忆说："音乐系不唱革命歌曲了，而是训练学生苦练钢琴了；美术系不画革命宣传画了，而是专攻素描石膏模型和'模特儿'了，认为这是学美术的基本功；学制定为四年。在招生方面不是向贫下中农开门，而是按照学生的考试成绩录取；等等。"

　　1949年夏季，中共东北局决定东北大学从吉林市迁往长春。虽说长春已经解放半年多了，但师生们进城之后看到的，仍是残垣断壁、街道破损、人去室空，满目萧条。

　　空房子多的是，进城的各机关单位、部队学校根据自己的需要选择房舍。东北大学选择了自由大路上的八大舍，而先其一步的医科大学则选择了伪满的八大部。

　　迁入长春的东北大学进一步推进新型正规化建设。由于和流亡北平的沈阳东北大学、长春大学、长白师范学院的合并，教师队伍力量迅速增强。从延安和其他解放区来的胡绍祖、孙亚明、丁克全等教授这一时期先后到校工作。从以上三校接收来的教授二十九人，副教授二十四人，讲师三十五人，教员四人，助教二十四人，共一百一十六人（其中留学美、英、法、日等国家的有二十八人），形成了以延安老干部为骨干，以原东大、长大、长白师院为主体的东北大学教师队伍，对东北大学后来的建设和发展起到了重要作用。

第十章 泽被百代

据1948年由长春大学转入东北大学的夏景才回忆：就师资情况而言，当时沈阳东北大学、长春大学、长白师范学院过来不少教师，但教师队伍还是不足。智建中代表学校前往上海、天津一带又招聘了一些教师，像林志纯、罗元贞，还有赵俪生、秦友烈、刘祚论等，都是这时招聘来的，很多都是知名教授。

虽然这一时期进入东北大学的教授有很多是学术造诣很高且颇有名望的学者，但在新型正规化建设中，他们却是被区别对待的。据1950年入学的教育系学生祁立夫回忆：当时是那么个政策，旧社会文科从体系来讲是不属于马列指导的，从阶级分析方法来看，它属于非无产阶级，和自然科学不一样，所以从旧社会来的文科老师都要降半格使用，教授降低为副教授，副教授降低为讲师。像王国新和曹延亭，在旧大学是副教授，到这儿来变成了讲师，王祝臣和杨清原来是教授，变为副教授。

也许这就是新型正规化不同于传统正规化的题中之义。

张松如自从为东北大学写第一份招生简章开始，就一直是这所大学创建过程中的直接操作者。从本溪到丹东、通化、梅河口、长春、哈尔滨、佳木斯这一路，都是由他带队。而且，他既是校方管理层的代表，又是途中授课教师的代表。在

张松如（1910—1998），原名张永年、张松甫，又名公木

松花江传（下）

学生与学校职员发生矛盾的时候，他给同学们上大课，讲"怎样过民主生活"，讲什么叫"批评与自我批评"，讲什么叫革命队伍的"官兵平等"。从长春到哈尔滨的火车被国民党的飞机轰炸后，他为死难的学生现场开追悼会并致悼词。

张松如原本毕业于北平大学第一师范学院国文系，学生期间曾在北平拜访过鲁迅先生。组织让他参与创办东北大学，从最初建校开始，他就想办一所正规的大学，聘一批鲁迅这样的教授。他反对具有明显过左倾向的措施，反对招生中的阶级成分标准，反对在学生中反复进行政治鉴别与历史审查。后来他谈到自己作诗、治学、为人的准则："不拜神，不拜金；不崇古，不崇洋；不媚时，不媚俗；不唯书，不唯上"[1]。这些信条的形成，起步于北平大学，形成于延安抗大，锤炼于东北大学创建时期，最终经过反右与"文革"的检验而成为其坚定的人生信念。

1947年在佳木斯进入东北大学的王肯后来写文章回忆说：在东北前线，每唱"向前，向前，我们的队伍向太阳"，常想到向阳的葵花。1947年冬入佳木斯东北大学，得见军歌词作者公木（张松如）老师，沉沉实实，竟如"俯首注视大地"的葵盘。"早知老师是出版过《十里盐湾》《哈喽，胡子！》等诗集的诗人，没想到他还是'东大'的教育长。同学很少称呼他'长'，他既不像首长，更不像官长，只像一长——坦诚宽厚刚直不阿的师长。"[2]

张松如有一个更响亮的名字——公木。这是在1937年七七事变后，他投笔从戎奔赴晋绥前线，任敌后游击队宣传股长时用的笔名。他把名字中的"松"字拆开，把"公"字前置，含有"此木为公""公在木前"的意思。

---

[1] 公木著：《公木文集·第五卷》，吉林大学出版社，2001年，第795页。
[2] 王肯著：《王肯文选·关东笔记》，吉林人民出版社，2006年，第162页。

第十章　泽被百代

1939年秋，公木在延安抗大政治部宣传科任教育干事时，与同在宣传科的朝鲜籍音乐指导郑律成一起，决定合作谱写一部由八首歌曲组成的《八路军大合唱》。其中《八路军进行曲》坚毅豪迈，热情奔放，音律和谐，歌词朗朗上口，有着一往无前、无坚不摧、排山倒海的革命气概。同年冬，该曲首演于延安中央大礼堂后，在各抗日根据地广泛流传，深受喜爱，成为激励广大军民团结抗战、英勇杀敌的精神力量。中华人民共和国成立后，这首歌写入《中国人民解放军内务条令（草案）》，更名为《中国人民解放军进行曲》。1988年7月25日，中央军委主席邓小平签署命令："经党中央批准，中央军委决定将《中国人民解放军进行曲》定为中国人民解放军军歌。"

公木自创办东北大学后，就一直以教育长的身份全面参与教务管理和教学工作。他一直没有离开过课堂教学，并以个性化的授课方式给历届学生留下了深刻印象。1949年3月进入东北大学三部五班学习的周毓芳回忆说：

> 公木先生是著名的诗人，讲课中也饱含着诗人的浪漫主义气质，讲到兴奋处，往往诗意大发，随口就说出诗句来。记得有一次他和我们讨论真理问题，先生在讲台上手握书卷，以略带沉思的神情说："真理像一条道路，弯曲而没有尽头，莫矜夸已经占有，只贵在永生追求……"追求真理是永无止境的，追求真理的过程从来都不是一帆风顺的，这些大家都知道，但是经过先生这样诗意的表达，我们这些同学一下子就被带进一种诗的意境中，产生了不同的效果。

1948年9月进入东北大学二部二班学习的郑德荣回忆说：

> 当时给我们讲课的老师是张松如，就是公木。他是延安派来的老革命、老干部，是著名的诗人、文学家，很有学问，课讲得很好——张松如的形象我印象很深，他上课的时候拎一个大水壶，很能喝水。那时候天比较

松花江传（下）

冷，初冬的时候穿一件黄绿色的解放军那种棉袄，腰上系个草绳子。他比较胖，肚子比较大。虽说是政治理论课，但是他是诗人，讲得非常吸引人，让人愿意听，给人印象很好。我们这些从国民党统治区来的大学生，对共产党解放区有这么高水平的老师很佩服，觉得非常好，当时就是这样的心情。

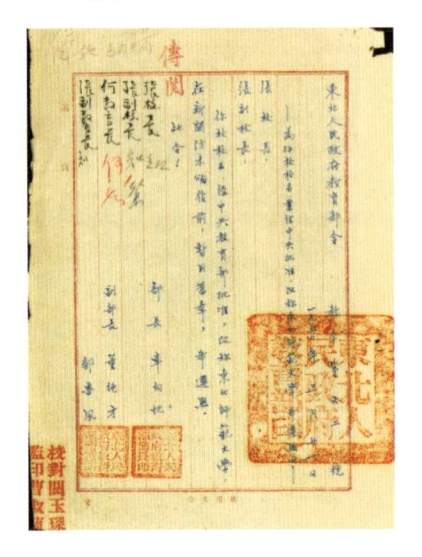

东北人民政府教育部令，更名东北师范大学

1950年3月接到东北人民政府教育部的指示，学校正式改称东北师范大学，方针任务也更加明确了：根据新民主主义教育方针，以理论与实际一致的方法，培养具有马列主义和毛泽东思想的基础，高级文化与科学水平，教育的专门知识与技能，全心全意为人民教育事业服务的中等学校师资。

此外，根据东北中学急需的师资，遵照东北行政委员会的指示，又开设了数学、物理、化学、生物、体育五个专修科，1950年9月成立国文、历史、地理三个专修科，1951年2月成立俄文专修科。自最后一批培养东北失学失业的知识青年两千六百多名后，停办了短训班教学，正式全面实施正规化教育。此时全校学生两千两百余人。

第十章　泽被百代

东北师范大学

东北大学改名为东北师范大学，大学的正规化建设全面启动，这是张松如一直以来的希望。而就在这一切都如愿展开的时候，1951年10月，他被调离东北师范大学。其后几经波折坎坷，再调回长春时，张松如进入吉林大学任教授。他一手创办的那所大学，离他很近。

1996年9月5日，教育部重点项目——国家基础教育实验中心在东北师范大学建立。在实验中心大楼奠基仪式上，八十七岁高龄的张松如庄重地铲下了第一锹土，培向奠基石。

现场的领导干部和学校教职员工只知道张松如与东北师大有一段渊源，却很少有人知道：距此五十年前，张松如在本溪的街头，于寒风中在电杆上贴出了这所学校的第一张招生广告。只有历史能掂量出那一纸广告与今天的这一锹土之间的分量。

松花江传（下）

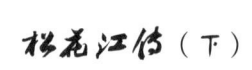

‖ 王大珩与长春光机所

就在东北大学迁入长春一年多后，一位从北京来的学者流连在长春街头。虽然长春已解放两年多，但他看到的景象仍触目惊心。在几十年之后的回忆录中，他所描述的情景是这样的：

长春战后的那个样子简直是满目疮痍。……满眼都是残垣断壁，到处都是拆掉了房顶的房壳子，走遍全市也找不到几座完整的屋顶。房子也都是在那场围困战中拆掉的。因为没有烧的，人们只好把木制的房架子拆下来烧掉了。其实，当时烧掉的不只是那些房架子，所有能点燃的东西都找出来烧了，包括路边木制的路牌子，甚至包括沥青路面，统统都被抠下来烧掉。

留下这段文字的就是当时刚刚从英国留学归来，年仅三十六岁的光学专家王大珩。

1951年1月24日，经钱三强推荐，中国科学院任命王大珩为中国科学院仪器馆筹备委员会副主任。给他拨付的第一笔筹建经费是一千四百万斤小米。新中国成立初期，货币制度还没有形成的时候，以小米为计算单位支付各种款项。当时人们见面，不说每个月挣多少钱，而是说挣多少小米。一斤小米七分钱，一千四百万斤小米折合成后来的人民币有九十八万元。

有了任命，又给了经费，接下来，就是由王大珩选定一个地址。新中国刚刚成立，到处都是百废待兴的局面。王大珩知道，自己把这个光学仪器馆选在哪儿，就意味着新中国的光学基地建在了哪儿。旧中国的光学研究几乎是一片空白，光学生产也只能生产最初级的产品。如今由他来创建现代光学研发的基地，就意味着中国光学的万丈高楼将由他率领的团队砌上第一块砖。

第十章 泽被百代

选址既要考虑地理位置，又要考虑工业基础、科学基础、人文环境。王大珩把目光转向了东北。当时东北是我国重工业最集中的地方，工业基础比较雄厚，而且东北解放早，社会环境稳定。当时东北科学研究所所长武衡很豪气地对王大珩说："到东北来吧，到了东北，给你筹个五六百万不成问题。"

中国科学院聘任通知书

王大珩在东北转了几圈，最后踟蹰在长春街头。虽然残破的城市令人伤感，但王大珩却看到了另一面。

我刚到长春的时候，城里的空地皮和空房子有的是，缺的就是人，尤其是像我们这些来搞建设的人。所以，只要我们提出来要哪个地方，军代表立刻就会批给我们。当时市中心有的是好地方，但是，我偏偏就看中了当时最脏、最破、最偏僻的铁北区了。铁北是长春市的工业区，工厂大都集中在那里。我看上铁北，是因为我看到铁北矗立着一个完整的大烟囱。没有烟囱建不起熔炼玻璃的炉子，搞不了光学玻璃，这个现成的烟囱能为我们节省六万块钱呢！所以，一看到那个大烟囱我就乐了，我立刻指着那个大烟囱说："我就要那个大烟囱了！"于是，铁北天光路那一大块地方就归我们了。

别人眼中破烂不堪如同垃圾堆的废弃厂区，在王大珩眼中仿佛是一个大宝贝。

王大珩带领的第一批建设者只有二十八个人。他们就从铁北天光路那个大烟囱开始干起，填炮弹坑，清除破坦克，在这片千疮百孔的土地上一锹一锹地挖，一镐一镐地刨，硬是为仪器馆开出了一片场地。1953年1月23

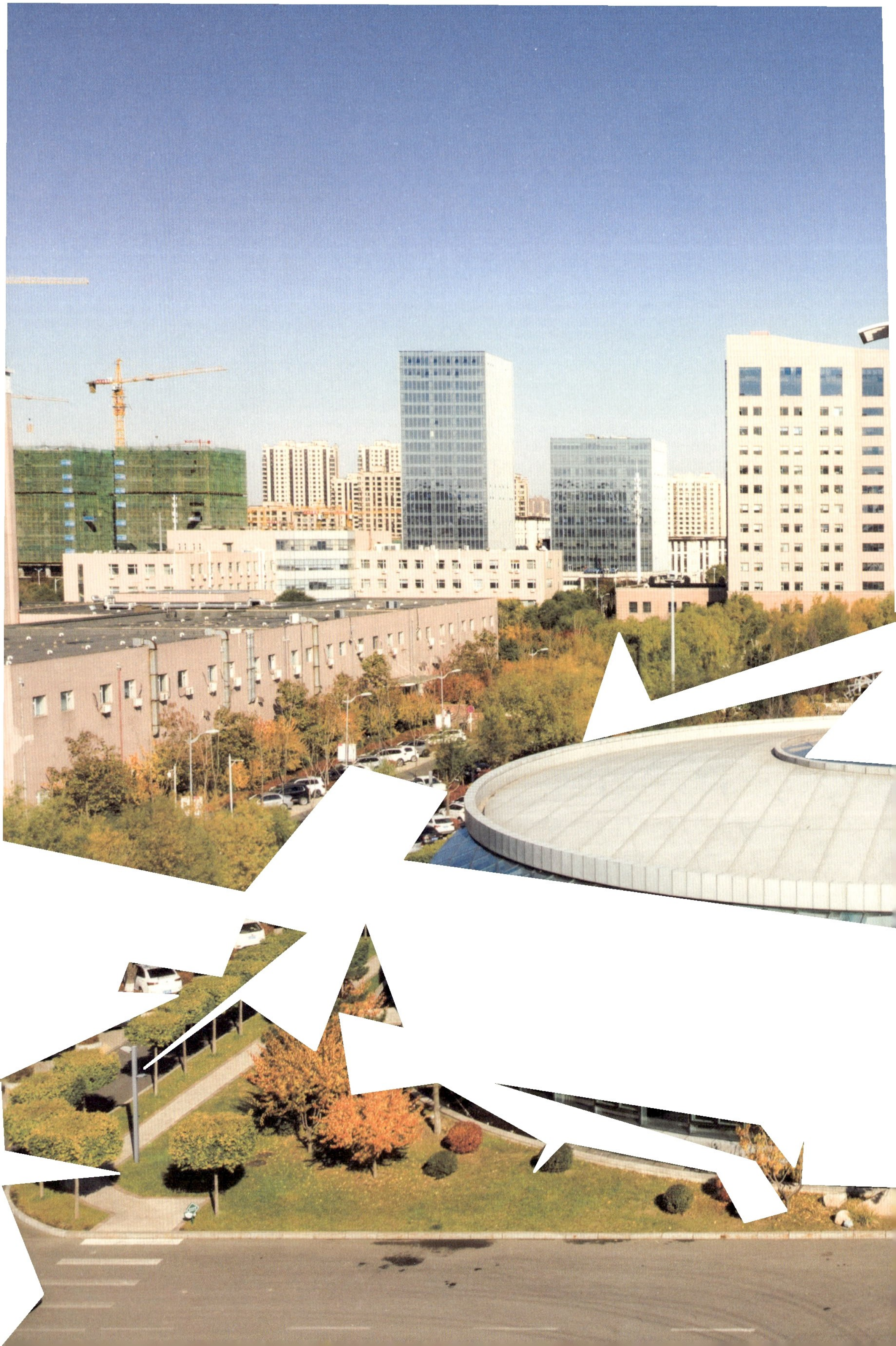

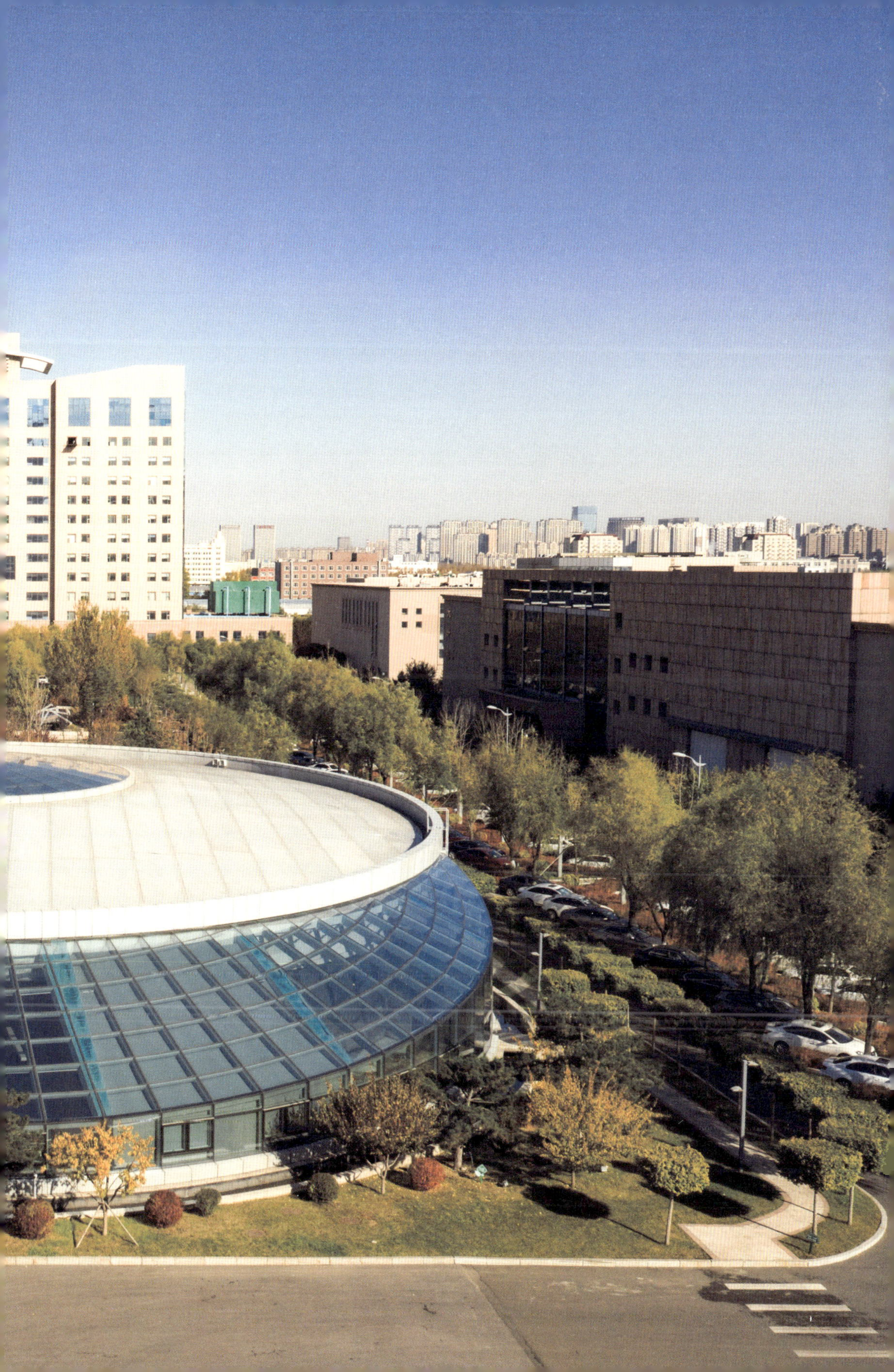

松花江传（下）

日，中国科学院仪器馆在长春正式成立。

直到晚年，王大珩还时常想起把仪器馆选址在长春到底对不对这个问题。因为在他的同事中，常有人用开玩笑的口吻责备他："当初为什么非要建在长春呢？如果你选择了北京，那中国光学研发的几代学者和技术人员，不都是北京人了吗？"

"我这样做到底对不对呢？"王大珩在回忆录中写道，"想来想去，我得出一个结论，我做得对。无论从过去还是现在来看，我当初这样做都是没有错的。长春有工业基础，有一定的条件，有利于光学事业的发展。那时候，我心里的目标就是要把长春建成中国最大的光学基地，建成像德国的'蔡司厂'那样闻名的光学城。现在长春不是真的成了我国最大的光学基地了吗？长春是个好地方，长春为我国光学事业做出了不可磨灭的贡献，我对长春一直怀有一种非常深厚的特殊感情。"

王大珩祖籍江苏吴县，1915年2月26日出生于日本。其时，王大珩的父亲王应伟在日本东京物理学校数学科留学，毕业后由校长推荐至日本东京中央气象台任职，主要从事气象、地球物理、天文诸学科的观测和研究工作。在王大珩出生这一年，日本帝国主义趁第一次世界大战期间欧美各国无暇东顾的时机，由日本驻华公使向中华民国大总统袁世凯递交了所谓"二十一条"文件。文件中提出各种无理要求，企图把中国的领土、政治、军事及财政等都置于日本的控制之下。其中包括承认日本继承德国在山东的一切权益，山东省不得让与或租借他国；承认日本人有在南满和内蒙古东部居住、往来、经营工商业及开矿等特权；旅顺、大连的租借期限并南满、安奉两铁路管理期限，均延展至九十九年；等等。王应伟意识到，日本将来肯定是中国的大祸害。他给刚出生的儿子王大珩取了一个乳名叫膺东，寓意是义愤填膺打击东洋——日本帝国主义。

第十章 泽被百代

王大珩未满周岁即由父亲带回祖国。在青少年时代,他印象最深的是1931年九一八事变后,日本侵占东北。东北学生大批流亡关内。流亡学生口中传唱的《松花江上》成了王大珩最爱唱的一首歌。"我头一次听这个歌是在船上,当时在船上的学生都是一起从天津往南走的,上面也有东北流浪的学生,这个歌是从他们嘴里唱出来的。"王大珩说,"到国外的时候我还在同学面前唱这首歌,大家都觉得我唱这首歌的时候很有感情,这个感情就是爱国、救国之情。"

王大珩家庭合照:前排右二父亲王应伟,右四母亲周秀清,后排右一王大珩

王大珩从小受到父亲从事科学工作的熏陶,父亲也有意识地引导他对科学产生兴趣。王大珩直到晚年仍记得儿时与父亲在一起时的一些细节:"记得在我很小的时候,当看到筷子半截斜插入水杯中,出现挠折现象时,父亲就指出,这叫折光现象;在小学时,父亲就带我去看他亲自做

松花江传(下)

地磁观测；在初中时，带我进行气象观测实习。"王应伟曾将王大珩带到自己工作的北京观象台，对他进行人文历史教育。北京观象台是明清两代的皇家天文台，以建筑完整、仪器配套齐全、历史悠久而闻名于世。1900年，八国联军入侵北京后，将放置于此的天球仪、四分仪等八台珍贵天文仪器掠走。王应伟在讲述这段历史时对儿子说："在这个世界上，靠乞求是什么也得不到的。无论是个人还是国家，都只有靠自强。人自强了，就没有人敢欺负你了；国自强了，就没有人敢欺负你的国家了。什么时候我们的国家强盛了，我们这些中国人在别人眼里才能真正算得上是个人。"在父亲的教育下，王大珩养成了自立自强、学以救国、目标坚定、踏实进取的品格。初中毕业时，他已经学完高中数学的全部内容。

1932年，王大珩考入清华大学物理系。在叶企孙、吴有训、周培源等名师的教学指导下，他不仅学到了科学知识，而且学会了从事科学工作的思想方法，更重要的是学到了老师们的道德为人、爱国思想、对事业严肃认真负责的态度和进取精神。叶企孙先生是王大珩最钦佩、最敬重的老师之一。全民族抗战爆发后，叶先生始终教导学生要认清自己的历史使命。其深沉的民族大义和拳拳的爱国之心深深地震撼着年轻的王大珩。

王大珩清华大学毕业时留影

从清华大学物理系毕业后，王大珩于1938年赴英国留学，先后在伦敦帝国理工学院攻读应用光学，1941年转入谢菲尔德大学，在著名玻璃学家特纳教授指导下进行有关光学玻璃的研究。

在强权政治的世界环境中，光学作为前沿技术，由于军事上的需要，

第十章　泽被百代

一直被各国视为要害技术,各国竞相强化,竭尽保密之能事,特别是光学玻璃的制造技术。20世纪初,德国光学名家阿贝和化学家肖特合作,拓展了光学玻璃性能的新领域——重钡玻璃系列;英国传统上则有著名的法拉第研究光学玻璃的历史;由于保密,第一次世界大战期间,美国也被迫自己破解光学玻璃制造的奥秘,于战后发表了世界第一本光学玻璃制造专著;沙俄在第一次世界大战初期,也曾以同盟关系派人到英国学习光学玻璃制造技术,但未得要领;十月革命成功后,列宁的第一个科学建树就是成立了国家光学研究所,该研究所最初的重要成就之一,就是掌握了光学玻璃制造技术。

王大珩始终牢记父亲的告诫:"在这个世界上,靠乞求是什么也得不到的。"从灾难深重的祖国出来留学,就要为国家、为民族负更多的责任,尽更多的义务。在光学玻璃研制生产被少数西方国家垄断的时代,王大珩以坚忍的意志刻苦学习钻研,立志学成归国,做中国光学事业的拓荒者。他在留学期间,受聘于伯明翰昌司玻璃公司,专攻光学玻璃研究,同年加入留英工程师学会。1945年,王大珩研制出V-棱镜精密折射率测定装置,并在英国制成商品仪器,获得英国科学仪器协会"第一届青年仪器发展奖"。

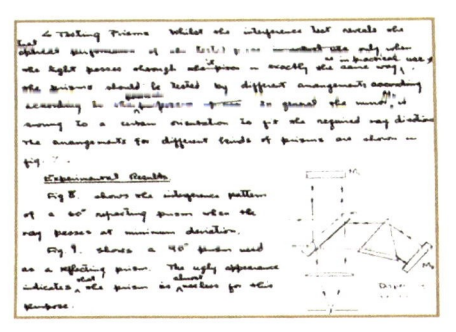

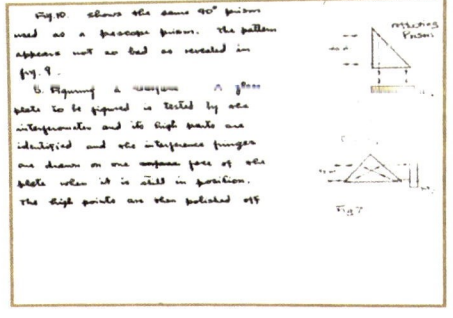

王大珩在伦敦学习期间札记

松花江传（下）

带着优异的学习成绩和报效国家的信念，1948年，王大珩回到了日夜思念的祖国。当时正值国民党政权即将垮台的时候，经济上通货膨胀率达到天文数字。英国的公司曾打电报来，欢迎王大珩再回公司任职。与此同时，王大珩在清华读书时的老师吴有训通过地下党组织，将他带到解放区，参加创办大连理工大学。在回忆这段历程的时候，王大珩说："在这截然不同的两条道路上，我选择了到解放区的道路。我的路走对了。"

中国科学院仪器馆在长春的一片瓦砾中建成了。凭借有限的资金和战后破损的工业设备，王大珩率领科研人员开始了光学玻璃的研制生产工作。

王大珩在光学玻璃领域已经耕耘了多年。在英国留学时，他的指导老师瓦特就是国际顶尖的光学玻璃专家。在英国期间，王大珩还曾就职于英国的光学玻璃研究机构。他回到祖国，实际上是放弃了在英国研究光学玻璃的优越条件，放弃了可能形成重大成果的研究项目，他只想将自己为光学玻璃的研究和生产所做的学术努力都带回祖国。学以致用，为的是为国家所用，而不是为个人所用。正因如此，在仪器馆建成，自己终于可以施展抱负研制光学玻璃的时候，王大珩从仪器馆的全面建设着想，从担负全馆科研规划与管理责任的角度着想，他宁愿放弃自己亲手实现专业梦想的机会，在条件成熟、机会来临的时候，把积累的宝贵经验交了出来，把难得的机会让给了别人。

承接这份科研工作的是龚祖同。在王大珩考入清华大学的时候，龚祖同已经是物理系的研究生了。从清华毕业后，龚祖同去德国留学四年，在柏林大学攻读应用光学专业。毕业回国后，国内战乱频仍，他根本没有条件施展才智。龚祖同在旧中国奔波了十多年，最终却一事无成。王大珩在长春创建了仪器馆后，任命龚祖同为光学玻璃实验室主任，并郑重地把自己最看重的研制光学玻璃的工作交给了他。同时交给龚祖同的，还有王大珩积累了十几年的经

第十章 泽被百代

验和在英国研究出来的光学玻璃配方。获得如此信任与支持，深知光学玻璃是王大珩专业夙愿的龚祖同十分激动。他知道，王大珩完全可以亲自上手，以王大珩的学术准备和能力，完成这项工作，留名于史册是水到渠成的事。

王大珩后来回忆说："说老实话，我何尝不想？这显然是一件谁做谁出成果，谁做谁出名的事。哪一个科学家不希望从自己的手中出成果，哪一个科学家不希望亲手填补国家的空白，哪一个生活在现实中的人不希望获得更多的荣誉？我也是凡人，我既有作为科学家的对科研工作的痴迷和热爱，也有作为凡人的对荣誉的追求和崇拜。那么，究竟是什么促使我这样做的呢？是责任。责任，是可以使一个人在瞬间完成某种转变的巨大砝码。当我接下仪器馆的工作，开始用中国科学院仪器馆馆长的眼光看问题的时候，当我意识到发展中国光学事业，精密仪器事业的重担已经压在我的肩头的时候，我就已不再是昨天的我了。我无条件地支持龚祖同，和龚祖同一起带领大家，就着铁北的那个大烟囱，一砖一瓦地砌起了第一个玻璃炉，盖起了一座玻璃熔制厂房。"

1953年12月，中国科学史永远记录下了这个时间点。中国科学院仪器馆炼出了我国的第一埚光学玻璃，结束了我国没有光学玻璃的历史，为新中国光学事业奠定了基础。

在中国第一埚光学玻璃的后面永远地留下了龚祖同的名字。王大珩对此没有遗憾，没有私念，只有对学长龚祖同的真诚祝贺和感激。

1957年，中国科学院仪器馆更名为中国科学院长春光学精密仪

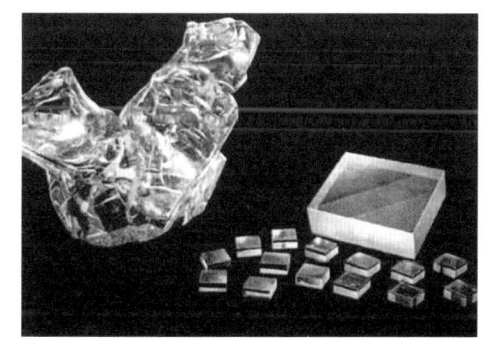

新中国第一埚光学玻璃

松花江传（下）

器所，王大珩担任所长。1958年，王大珩带领长春光机所的科研团队终于做出了当时被称为"八大件一个汤"的成果，即电子显微镜、高温显微镜、万能工具显微镜、多倍投影仪、大型光谱仪、晶体谱仪、高精度经纬仪、光电测距仪这八种有代表性的精密光学仪器和一系列新品种光学玻璃。在当时的国际环境下，一些敌视中国社会主义建设的国家对中国进行全面封锁，光机所研制出的每一件仪器，对新中国的科技发展来说都具有开创意义。当时的中国科技界甚至流传着这样一句话：没东西（指光学仪器），找王大珩。

1978年12月，中国科学院长春分院领导班子成员合影（右二为王大珩）

对于1958年搞出的"八大件一个汤"，王大珩后来有自己的评价：

从今天的角度来看，我们当年那种抢时间、搞突击的科研方式是不够严谨的，甚至可以说在某种程度上是缺乏科学态度的。但是，在当时"大跃进"的整体环境下，作为个体的人和个体的单位，已经不可能保持十分清醒冷静的头脑了。那时候，报纸上每天都在放各种各样的卫星，粮食卫星、钢铁卫星，好像明天就要进入共产主义了。在这种情况下，所有人的情绪都被

第十章 泽被百代

鼓舞起来，所有人都恨不得立刻做出点什么来。当时，我们常常一连十几天不回家，困了就轮流打个盹儿，睁开眼接着再干——使我们感到欣慰的是，与那些昙花一现的粮食卫星、钢铁卫星不同，我们这颗科技卫星经过后来的反浮夸风运动的检验，被证实是切实可靠的。

光学"八大件"：电子显微镜、高温显微镜、万能工具显微镜、多倍投影仪、大型光谱仪、晶体谱仪、高精度经纬仪、光电测距仪

20世纪60年代初，为适应国防工程的要求，国家提出研制大型精密光学跟踪电影经纬仪的任务。就当时中国的技术水平而言，完成这一任务有很大困难，但是在王大珩的号召和指导下，经过五年的不懈努力，长春光机所终于研制出超过原设计指标的中国第一台大型光测设备，开创了中国独立自主地从事光学工程研制和小批量生产的历史。在这项工程中，王大珩任总工程师。当时对于如何承担靶场跟踪经纬仪任务，曾出现过搞"半杆子"还是"一杆子"的争议。所谓"半杆子"，就是说长春光机所作为科研机构，应只搞攻关研究——"上半杆子"，而整套设备的制造则应由产业部门和工厂来承担。所谓"一杆子"，则是从研究攻关到出产品"一杆子到底"，统一由长春光机所完成。王大珩主张"一杆子"做法。实践

松花江传（下）

证明，王大珩的观点是切合实际的。从此，在中国科学院范围内，为研究发展高精技术设备确立了"一杆子"的传统。

20世纪60年代中期，王大珩在长春光机所组建空间对地摄影技术组，后来以这个组的技术骨干为基础，在北京扩建了中国首支航天相机研制队伍。在他的主持下，我国于1975年成功研制出首台航天相机。在初期的型号研制中，他极力主张研制棱镜扫描式全景相机，实现大面积对地普查观测；采用同步对星体摄影作为定位手段，取得了良好效果。在以后多次相机总体方案论证会上，王大珩十分关注空间恶劣热真空环境下光学系统及光机结构的动力学特性，保障了相机在空间稳定运行并获得高清晰度图像。在长春起步的这项研究及其成果，使王大珩成为中国航天相机技术研究的开拓者。以此为基础，长春光机所以厚实的科研积累和创新成果，参与了包括两弹一星、载人航天工程等在内的多项国家重大工程项目，成为中国航天光学遥感与测绘设备的重要研发生产基地。

王大珩在长春光机所前后主持业务三十多年，在这期间，光机所为全国的光学事业多次分建或分流机构、技术和人才。1954年分出上海光学仪器厂和长春材料试验厂；1962年分建出西安光机所，由龚祖同任所长，专门从事高速摄影及光子学技术研究；1964年分建出上海光机所，专门从事激光科技研究；1964年前后，支援中国科学院科学仪器厂从事电子显微镜及相关工作的科技人员；1967年分出部分人员支援航天部，从事空间观测工作；1970年进行"三线"建设时，分建出大邑光电所（现为成都光电所），从事国防光学及光机电一体化的精密光学机械研制工作，同时支援有关人员成立安徽光机所，从事大气光学与激光科技工作。1958年，长春光机所创建长春光学精密机械学院，王大珩兼任院长。这所学院是当时国内唯一专门培养光学和精密机械人才的大学，现在已发展成为综合性的长春理工大学。

第十章 泽被百代

建校初期,王大珩在校备课情景

1958年,长春光机所创建长春光学精密机械学院(长春理工大学前身),培养光学专门人才。图为建校初期王大珩亲自给学生上课

松花江传（下）

长春理工大学

王大珩

2002年，长春光学精密机械学院更名为长春理工大学，王大珩亲笔题写校名

1984年，美国总统里根提出开展中美太空科学与应用合作建议，王大珩积极参与由国家科委牵头的中美合作相关工作。1986年3月，王大珩等科学家鉴于美国战略防御倡议和西欧"尤里卡计划"等高技术计划在世界各国引起的反应，认为中国也应采取适当的对策。因此，他和王淦昌、陈芳允、杨嘉墀四位科学家联名向国家最高领导提出关于发展中国战略性高技术的建议。建议很快就得到邓小平批示："此事宜速做出决断，不可拖延。"中央进一步考虑到今后高技术在整个国民经济发展中的重要意义，结合中国国情及当时的国际形势，确定了"有限目标，军民结合，以民为主"的指导思想。此后，经过一系列的高级会议和专家讨论，这一建议发展成为"863计划"，即"国家高技术研究发展计划"。这个计划的主要目的是在选定的生物、航天、信息、自动化、新材料、能源、激光七个高技术领域，跟踪世界先进水平，通过不断创造和实践，缩小同发达国家的差距。"863计划"对中国科技发展有着深远的影响。1993年10月，中国高科技产业化研究会在北京成立，王大珩被一致推选为第一届理事长。

2004年，为纪念邓小平同志诞辰100周年，吉林省电视台拍摄了一部专

第十章　泽被百代

题片《邓小平在吉林》。为此，摄制组专程去北京采访了王大珩先生。王大珩说，从改革开放之初建议尽快恢复高考，到"863计划"的提出，他之所以能多次直接向邓小平发表意见，是因为他在第一次见到邓小平时，就有一种亲切感。他在接受采访时说："1964年是我第一次见到小平同志。我汇报了当时长春光机所努力为我国的光学工程的试验所做出的成绩，得到了邓小平同志深刻的赞许。我们长春光机所所有工作同志认为是一种无限的光荣。我自己自然也是心中热乎乎的。从此，在我印象之中，把小平同志认为是一个好领导，感情上使我对小平同志有一种亲切感。"

863计划倡议者合影（自左：陈芳允、王大珩、杨嘉墀、王淦昌）

王大珩说的这一次见面，发生在1964年7月，邓小平第二次到吉林视察工作期间。经过"大跃进"等不切实际的政治经济运动之后，当时社会上弥漫着浮夸、虚假的风气。邓小平在视察光机所时，听取了王大珩的汇报，赞赏王大珩等科研工作者实事求是的科学精神，希望全社会各行各业,都要以求真务实的态度做好工作。

"863计划",是科学家的战略眼光与政治家的高瞻远瞩相结合的产物,凝练了我国发展高科技的战略需求。每当人们谈到王大珩等科学家对"863计划"所起的作用时,王大珩总喜欢重复这句话:"我们只是起到了一点催化剂的作用。"他说:"催化剂又称'触媒',是一种改变化学反应速度而加入的一种物质。但催化剂有一个重要的特性,……它只能使某一反应或某一类型的反应加速进行。从这个意义上讲,再有效的社会催化剂在短见的政治家面前也是无能为力的。应该说,我们是幸运的,我们有幸遇到了邓小平,遇到了这个必将大写在中国历史上的优秀政治家。"[1]

王大珩以其卓越的成就,荣获国家科学技术进步奖特等奖,首届"何梁何利基金科学与技术成就奖"。他还是"两弹一星功勋奖章"获得者,中国科学院长春光学精密机械与物理研究所原名誉所长,中国科学技术协会副主席,中国科学院院士,中国工程院院士,国际宇航科学院院士。

1999年,王大珩荣获"两弹一星功勋奖章"及证书

---

[1]《作家文摘》编:《决策内幕》,现代出版社,2014年,第141页。

第十章　泽被百代

2011年7月21日，王大珩在北京逝世，享年96岁。

2018年12月18日，党中央、国务院授予王大珩同志改革先锋称号，颁授改革先锋奖章。

2011年9月29日10时58分，长春光学精密机械学院首任院长王大珩先生铜像在长春理工大学教学楼前揭幕。

2012年9月11日，中科院长春光机所王大珩纪念园开园暨铜像在长春净月潭国家森林公园揭幕。

2015年9月16日，哈尔滨理工大学为老校长王大珩院士铜像落成举行了揭幕仪式，并举办了纪念王大珩诞辰100周年大会。

王大珩先生的一座座塑像矗立在黑土地上，人们纪念他，他也在用自己深邃远大的目光，注视着由他开创并有后人传承发扬的科学事业。

这片土地曾在他的精神世界刻上烙印，曾激发他为国服务、为民族担当大义的情怀。岁月远去，王大珩先生的精神并没有离开。与之同在的，还有他一直爱唱的那首歌——《松花江上》。

第十一章

风正扬帆

1949年12月，刚刚抵达莫斯科不久，毛泽东便参观了斯大林汽车厂。当看到一辆接一辆的汽车驶下装配线时，他对随行人员说："我们也要有这样的大工厂。"

1951年6月9日，毛泽东亲自签发了我国工业发展史上具有重要意义的文件《中共中央关于力争三年建设长春汽车厂的指示》，要求全国支援一汽。

一汽是新中国汽车工业的长子，其诞生之时，中国的民族汽车工业与发达国家相比整整落后了半个世纪。一汽三年建成并迅速成长为汽车工业的支撑力量，自有其时代的背景，但也得益于毛泽东等老一辈共产党人的高瞻远瞩。

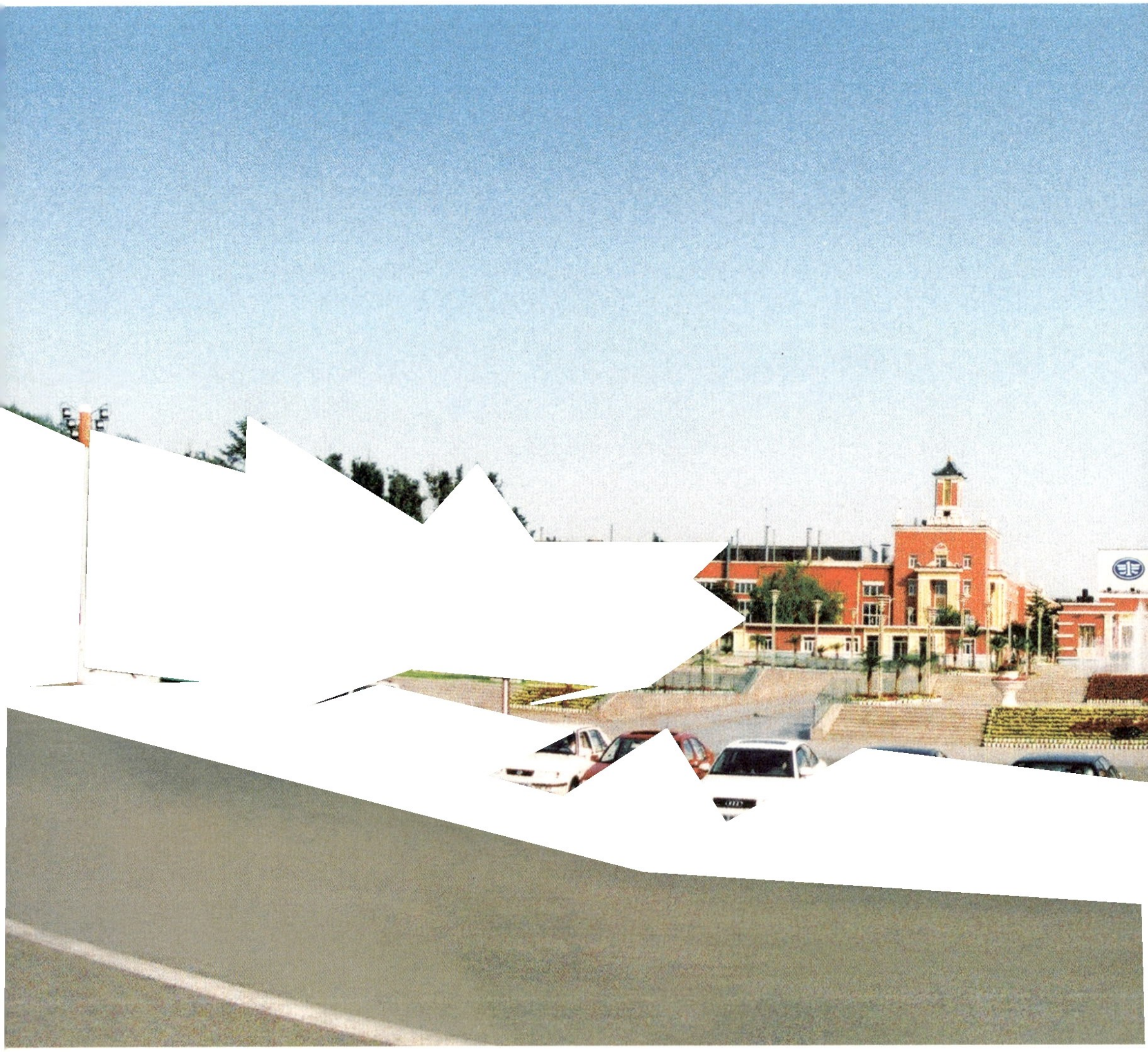

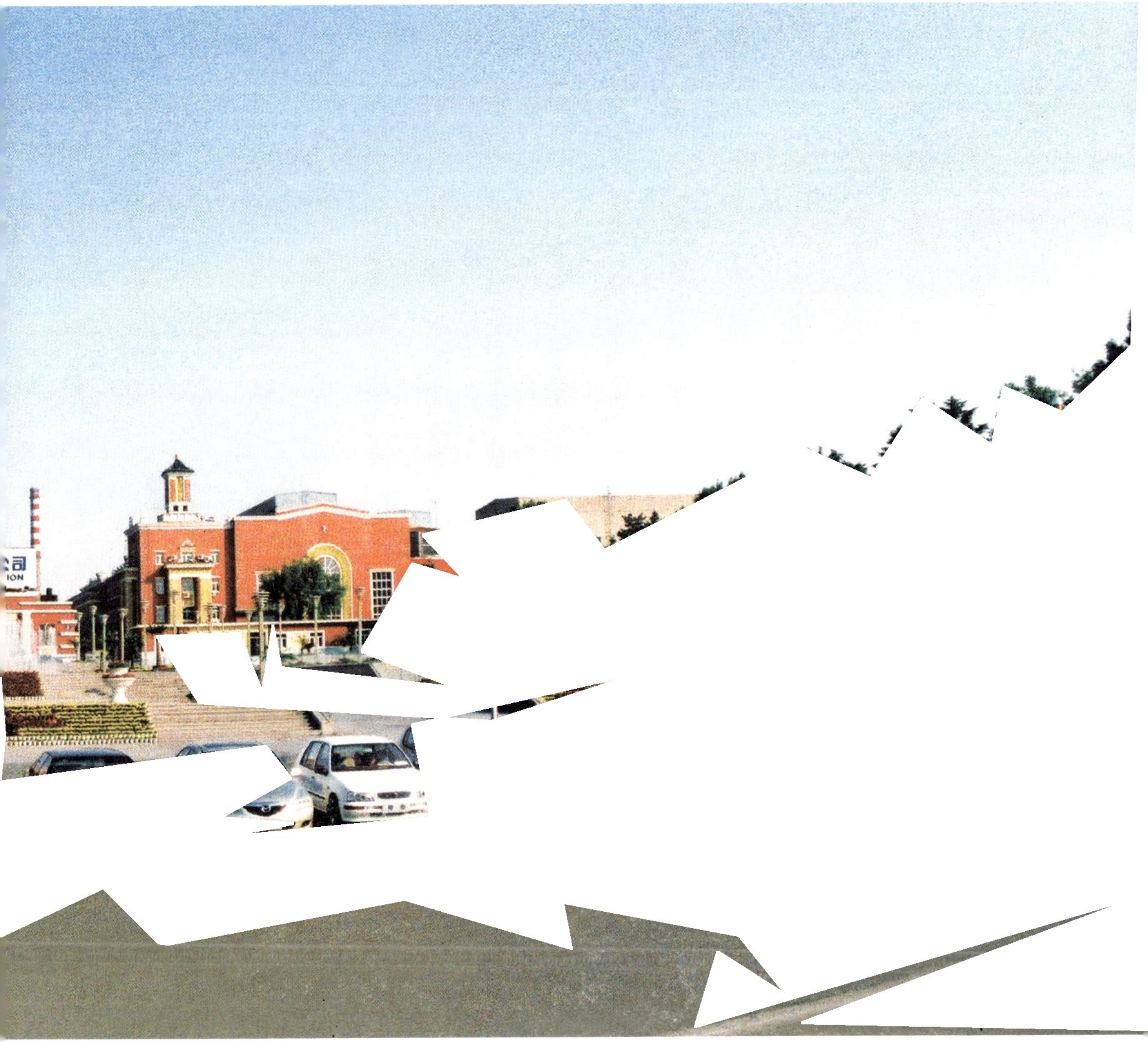

松花江传（下）

毛泽东为"一汽""解放"定名

1949年12月，刚刚为新中国成立而自信雄壮地向全世界宣布"中国人民从此站起来了"的毛泽东，没有沉浸在人民群众欢庆胜利的喜悦中，而是以急切和热望的心情踏上了访问苏联的路程。

专列一路向北，大地一片皑皑。越过辽阔的东北平原、起伏的大兴安岭、冰封的松花江江面，蒸汽机车喘着沉重的气息艰难而坚定地呼啸奔驰。

毛泽东后来开玩笑地说："我去的时候是坐老牛车，前边拉后边推，才上了兴安岭！"

毛泽东说的穿越兴安岭的这条铁路，就是当年由沙俄修建的中东铁路。日本侵占东北后，侵略控制了这条铁路并进行了线路改造。二战结束后，苏联接管中东铁路，又将线路由窄轨改造为宽轨，并把名称改为中国长春铁路，简称中长铁路。

1949年12月16日中午，毛泽东的专列驶进莫斯科北站。漫长的旅途，专列整整走了10天。

莫斯科的冬天寒气逼人，但毛泽东的心是热的。他曾说过，这次到访莫斯科的首要目的是签订《中苏友好同盟互助条约》；其次，他想看一看苏联，从南到北、从东到西都想看一看。看什么？看社会发展，看经济建设，看国家管理。在毛泽东看来，刚刚结束战争并成为执政者的中国共产党人，迫切需要三至五年的喘息时间，利用这段时间把经济恢复到战前水平，使全国形势稳定下来。而这个喘息的时间，并非一厢情愿想要就有的。二战之后，苏联和美国各自主导一个阵营，在远东、欧洲形成尖锐的对立。特别是在朝鲜半岛，国际共产主义阵营主导的政权与美国扶植的所谓"自由世界"的政权互为寇仇，整个半岛仿佛一触即发的火药桶。在这

第十一章　风正扬帆

样的地缘政治环境中，毛泽东到访苏联，就是要听一听斯大林对国际局势的认识以及苏联对东北亚形势的态度，因为这直接关系到新中国是否有足够的和平时间来展开全面的经济建设。至于要到苏联各地看一看，是为了真实地感受一下社会主义制度在苏联工农业生产及经济建设方面的实践，从中受到启发或寻求获得帮助的项目。

刚刚抵达莫斯科不久，毛泽东便参观了斯大林汽车厂。当看到一辆接一辆的汽车驶下装配线时，他对随行人员说："我们也要有这样的大工厂。"

图为莫斯科斯大林汽车厂ZIC-110轿车生产线

从延安一路走进北京的毛泽东，对汽车在战争中的作用和在国计民生中的地位印象深刻。抗日战争中，没有汽车、装甲车等机械化装备的八路军、新四军，只能钻山沟挖地道。二战胜利后，国共两党都看到了东北的重要，共产党就近派出位于山东、河北的武装急行军徒步进入东北，而国民党全套美式机械化装备，乘坐卡车、吉普车浩浩荡荡开进了东北。解放

松花江仔（下）

吉斯110汽车（苏联斯大林汽车厂1949年生产）

战争中，没有汽车输送兵力的解放军以两条腿与国民党部队争时间抢速度，吃够了没有汽车投放兵力的亏。

延安时期，著名爱国华侨领袖陈嘉庚先生出于对中国共产党人的爱戴和敬仰，专程将两辆"福特"牌轿车送给中共中央。有关部门在研究如何使用这两辆车时，大多数人都主张给毛泽东配一辆，毛泽东知道后立即表示坚决反对。后来，一辆配给了指挥作战的朱老总，另一辆则由年岁较大的林伯渠、谢觉哉、董必武、吴玉章、徐特立"五老"使用。当然，由于当时延安仅有这两辆轿车，因此，毛泽东或其他中央领导人偶尔也会紧急调用。

1949年3月，中共中央由河北省平山县西柏坡向北平迁移。载乘毛泽东驶入北平，在西苑机场对中国人民解放军进行检阅的是一辆从国民党军队手中缴获的美式军用吉普车。毛泽东乘坐美式吉普车检阅部队的照片被斯大林看到，斯大林马上批示有关部门，将当时苏联制造的最先进的"吉斯"牌高级轿车赠送给中国领导人。

当看到一辆辆汽车从斯大林汽车厂的生产线上流水般地驶出时，毛泽东怎能不心生感慨？偌大的中国，没有自己生产汽车的能力，没有完整、现代化的工业体系，即便是摆脱了国外势力的束缚与压迫独立站起来了，但腰杆子硬实吗？胸膛能挺起来吗？在讨论如何建设一个新中国的时候，

第十一章　风正扬帆

毛泽东曾感慨地说："现在我们能造什么？能造桌子椅子，能造茶碗茶壶，能种粮食，还能磨成面粉，还能造纸，但是，一辆汽车、一架飞机、一辆坦克、一辆拖拉机都不能造。"①

这是中国共产党不能不面对的现实，也是毛泽东所说的："一张白纸，没有负担，好写最新最美的文字，好画最新最美的图画。"②

此次访苏归来后，毛泽东在东北局高级干部会议上讲了他的感想："我们参观了苏联一些地方，使我特别感兴趣的是他们的建设历史。他们现在的工厂有很大规模，我们看到这些工厂，好像小孩子看到了大人一样，因为我们的工业水平很低。但是，他们的历史鼓励了我们。我们参观了列宁格勒、莫斯科、西伯利亚的几个工厂，我们又看到了那些已经发展起来的农庄，问了这些工厂、农庄发展起来的历史。他们现有的许多大工厂在十月革命时很小或者还没有。汽车工厂、飞机工厂在十月革命时只能搞修理，和我们现在差不多，不能造汽车，不能造飞机。过了若干年以后可以造一些，但造的数目也很少。他们那时比欧洲小国丹麦造得还少，而现在一个工厂一年能造出几万台汽车。这一历史告诉我们一些什么呢？这就是说，我们现在可以从极小的修理汽车、修理飞机的工厂，发展到制造汽车、制造飞机的大工厂。其他方面，将来我们的发展也是很大的。现在没有的，将来我们可以制造出来。苏联同志告诉我们，我们会很快地发展起来的。第一个社会主义国家发展的历史，就给我们提供了最好的经验，我们可以用他们的经验。"③

毛泽东看到了什么？他看到了苏联当时令人羡慕的成就，更看到了他

---

① 何虎生著：《中国共产党人的信仰》，安徽教育出版社，2016年，第355—356页。
② 曹应旺著：《毛泽东与周恩来的管理智慧》，上海人民出版社，2021年，第30页。
③ 曹珺著：《毛泽东的诗赋人生》，中国言实出版社，2019年，第199页。

松花江传（下）

们起步时"和我们现在差不多"的历程，看到了这些历程给我们提供的经验。有这样的样板在前，毛泽东相信刚刚取得全国胜利的中国共产党人，可以在旧中国的一片工业废墟上建设起屹立于世界民族之林的现代工业与现代经济体系。更为关键的是，稳定形势，恢复生产，发展经济，是关系到新政权最终站稳脚跟的大问题。

到访苏联，就是要向样板学习并获得样板的支援。至于如何寻求苏联对中国经济建设的全面帮助，毛主席提出了一个形象化的要求，就是要搞一个"既好吃，又好看"的有实际内容的援助方案。

访苏期间，毛泽东与斯大林就《中苏友好同盟互助条约》的签订与苏联援助中国建设一批重点工业项目进行了会谈。在商谈工业建设项目时，中苏双方领导人都认为中国应尽快建设一座综合性的汽车制造厂，像斯大林汽车厂那样。苏联方面对此表达全力支持的态度，并表示：斯大林汽车厂有什么样的设备，中国就该有什么样的设备；斯大林汽车厂有什么样的水平，中国的汽车厂就要有什么样的水平。

1950年2月14日，在毛泽东与斯大林的见证下，中苏两国政府签订了《中苏友好同盟互助条约》，敲定了一批苏联援助中国建设的重点工业项目。1950年为第一批，共五十项，其中包括建设汽车厂项目。随后，汽车制造厂的建设被列入新中国第一个五年计划，成为一百五十六个重点工业建设项目之一。同时签订的还有《关于中国长春铁路、旅顺口及大连的协定》等文件。《协定》明确：苏联政府于1952年底前将中长铁路的一切权利及属于该路的全部财产交给中国政府。移交前，中苏共同管理中长铁路的现状不变。苏联派出一千余名专家在中长铁路各级部门任职。

1952年9月15日，中苏两国发布公告，中长铁路正式移交给中华人民共和国。在中苏共管的三十二个月间，中长铁路不仅是当时全路生产效率和

第十一章　风正扬帆

经营效益最好的企业，而且培养出了一大批技术管理人才和一支技术工人队伍。至此，这条建成并运营了半个多世纪的铁路，最终归这片土地上的人民所有，并在此后的中国东北经济建设中，发挥了巨大的作用。

毛泽东主席为中长铁路纪念塔题词

昔日的中长铁路纪念塔

1950年2月26日下午，毛泽东乘坐的专列驶入中国境内。当列车行驶在广袤的东北大地上时，那波涛般起伏的林海，那白雪覆盖的荒原，那炊烟袅袅的村屯，让毛泽东的心情格外好。他一会儿往左看，一会儿往右看，在车厢里来回踱步，思考着如何在这白茫茫的大地上，画最新最美的图画。

毛泽东对身边的工作人员说："东北地域辽阔，将来我们在这里好好开发，搞几个基地。"

毛泽东说这番话，显然与他在苏联参观大型机械工业、集体农庄时的感受有关，与刚刚签署的中长铁路协定有关，与解放战争中东北率先解放并成为我军解放全中国的装备给养后勤基地有关。也许他还想起在西柏坡时，中央曾有将新中国的首都设在哈尔滨的动议。好好开发，搞几个基地，是首

松花江传（下）

访苏联后，毛泽东对东北在新中国经济建设框架中最初的设想。

27日下午2时15分，专列到达哈尔滨。当时的松江省委书记张策、哈尔滨市市长饶斌等在车站迎接毛泽东一行。

就是在这一次，年轻的哈尔滨市市长饶斌给毛泽东留下了印象。这一印象，让毛泽东日后首肯了中央派饶斌统领新中国第一个汽车制造厂建设的任命。

下午3点30分，毛泽东、周恩来一行到哈尔滨车辆厂视察。这是当时哈尔滨市最大的工厂。沿途，毛泽东对市容看得很仔细，还对陪同他的饶斌说："我们应当学会管理城市和改造城市啊！"

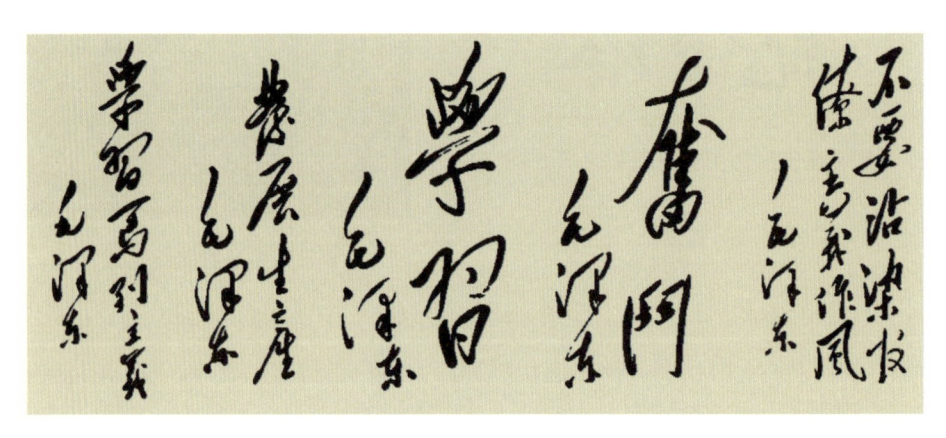

1950年2月27日，是黑龙江人民难以忘怀的日子。这天，毛泽东在圆满结束访问苏联行程的归国途中，视察了哈尔滨市。这是毛泽东一生中仅有的一次到黑龙江省（当时为松江省）视察。新中国成立之初，我们党正面临工作重心由农村转入城市的历史转折时期，城市正处在恢复和发展的关键时刻。毛主席离开的时候，黑龙江当地领导请毛主席为他们题几个字，勉励他们今后的工作。毛主席沉思许久，为他们写下了"不要沾染官僚主义作风""奋斗""学习""发展生产""学习马列主义"

在哈尔滨车辆厂，毛泽东先后看了锻冶分厂、机械分厂。他一边看，一边勉励工厂领导："哈尔滨市是全国解放最早的城市，这个厂又是全市最

第十一章　风正扬帆

大的厂子，所以应给全国做出好样子。""越是大工厂，越要管理好，发挥好作用。"随后，毛泽东对陪同参观的地方干部谈了自己对东北经济的想法。他说："一定要发挥你们自己的优势，把粮食抓上去。黑龙江是个好地方，过去只听说过，这次在火车上亲眼看看，果然名不虚传。你们要把这个自然优势利用起来，特别是荒草原、森林等资源，把它们改造成为畜牧基地、森林基地、粮食基地，那就太可观了。当然，这需要做很多工作，克服很多困难。"说到这里他看了大家一眼，问道："你们有没有这个决心啊？"省市领导都说有决心。毛泽东说："对，应该有个雄心壮志。"周恩来总理又补充说："在恢复经济的同时要有个计划，把新的建设统筹考虑进去。"①

离开哈尔滨，毛泽东、周恩来一行途经长春短暂停留后，又来到沈阳，看望了在沈阳工作的苏联专家，听取了他们对经济建设的意见和建议。毛泽东对他们说："现在，我们头上的问题已经解决了，而脚下的问题还没有解决。"毛泽东的意思是说，我们已经推翻了压在头上的三座大山，现在是要建设好我们的祖国，造福于人民。

在沈阳召开的东北局高级干部会议上，毛泽东讲了他此次访问苏联的感受。他特别强调了苏联在十月革命后，工业基础还很薄弱，而现在却有了"一年能造出几万台汽车"这样的现代化大工厂。

在毛泽东看来，苏联是社会主义制度的第一个实践者，它的成功证明了社会主义理论与制度的优越性、先进性。苏联能做到的，同样选择社会主义道路的中国也一定能做到。

在第二次世界大战前后的二四十年间，苏联社会主义经济建设取得了

---

① 李家骥、杨庆旺著：《跟随红太阳——我做毛泽东贴身卫士十三年》，黑龙江人民出版社，1994年，第160页。

松花江传（下）

举世瞩目的成就。特别是在军事工业、航天工业、科学技术等方面，以后来居上的态势，成为与发达的西方国家相比肩的工业强国。毛泽东此次访问苏联的一个重大成果，就是签署了一系列获得贷款及经济援助的项目，他希望东北以地利之便，抓住机会，成为全国经济建设的火车头。

在这次会议上，周恩来特意告诉东北局的高级干部，这次苏联给中国的贷款，绝大部分被中央拨给了东北，这是因为"东北经济建设的发展，对于全国影响是很大的，有局部然后才能有全国"。

毛泽东和周恩来一行尚未回到北京，已先行有所准备的中央人民政府重工业部即刻成立了汽车工业筹备组，任命孟少农为筹备组副主任。

孟少农的工作证

孟少农1940年毕业于清华大学机械系，后考取留美研究生，1941年入学美国麻省理工学院，后获硕士学位。毕业后在福特汽车厂等美国汽车生产企业任工程师。1946年回国后，在清华大学任教授。新中国成立后，曾任中央重工业部技术室主任。此番调任汽车工业筹备组副主任。孟少农可谓新中国汽车工业开创时期的技术权威。

第十一章　风正扬帆

1950年，重工业部汽车工业筹备组副主任孟少农（右一）与苏联专家

　　汽车工业筹备组最先着手的工作就是调查研究，搜集过去有关汽车和汽车工业的情况，作为制定建设汽车工业计划的基础。他们北至哈尔滨，南到昆明，西抵重庆，东达上海，调查日伪和国民党官僚资本遗留下来的汽车修配工业。重点搜集设在株洲、凭祥、重庆等地工厂的技术资料，寻找其人员的下落。调查中，他们找到了国民政府资源委员会委托美国汽车公司制作的汽车厂设计资料，在昆明山洞里发现了美国斯特林公司的汽车图纸。

　　调查虽有收获，但仍不免令人伤感。百余年来，中国的民族工业跌宕起伏，受尽国际资本的欺压排挤，甚至一颗螺丝、一根铁钉都要进口。1894年，孙中山在《兴中会章程》一开篇就浩叹："中国积弱，至今极矣。"这位革命先行者，终其一生也未能见其心心念念之中国"发奋为雄"，拥有独立完备的民族工业体系。尽管国民党政府在抗战后期已经着手准备建设汽车工业，请美国的一家汽车企业为中国做了汽车制造厂整体设计，当时打算在湖南湘潭建设汽车厂，后来又曾在重庆组成中国汽车公司，拟制造德国本茨汽车，但由于代表国有资本的资源委员会与四大家族的明争暗斗以及政府官员的贪污腐败，直到蒋介石集团逃离大陆，也未见一座可以独立生产汽车的工厂企业，只留下一些小打小闹的汽车修配厂和购买的汽车生产线图纸。这些汽车修配厂就是孟少农率领的筹备组一个一个调查摸底的沈阳汽车配件厂、南京汽车配件厂、綦江汽车配件厂。而这时中国的马路上只有外国的汽车在奔驰，当时见得最多的是英国、美国制造的"福特""万国""道奇""奥司丁"等牌子的汽车。到新中国成立时，中国汽车总保有量估计约十万辆，主要是解放战争中美国送给国民党的各种军用汽车，以及国民政府与官僚买办资本逃离大陆时遗弃的轿车。这就是筹备组调查后呈现在人们面前的现实。

筹备组的第二项重点工作，就是为即将由苏联援建的载重汽车厂选定厂址。

选择厂址要考虑原料、交通、工业、地理等各方面条件。中国幅员辽阔，筹备组先后派工作组到北京、石家庄、太原、太谷、平遥、祁县、西安、宝鸡、湘潭、株洲等十多个城市和区域进行调查，征求当地政府意见并对多处预选厂址进行实地勘测。

第一批列入优先考虑名单的城市有石家庄、太原、平遥、西安、宝鸡、湘潭、株洲、北京。在这些城市中进一步选择的时候，争论很多。石家庄和湘潭工业条件欠缺；平遥地下水位过高。陈云曾提出在西安建厂，后来知道"这根本不对头"。年产三万辆的汽车厂全年需要电力两万四千千瓦，西安只有九千千瓦，修一个新电站需要几年时间。同时，一个大型载重汽车厂，每年需要两万立方米木材，这个木材量放在西北，那是要把山上不多的林木都砍光才够。

后来重新调整思路，设想在北京、沈阳、武汉、包头四个城市中选择

第十一章 风正扬帆

厂址。当时对北京、武汉两地做了较详细的分析比较，认为北京西部较适合建设汽车厂。可是经过讨论，汽车厂一年需要二十几万吨钢铁，而北京石景山钢铁厂要到五六年以后才可能实现这个产量。

就在选址遇到困难的时候，苏联专家为中国提供了建厂规划大纲，其中列出了厂址选择的几项必要条件，包括当地的气候、地形、地质、水文、交通运输、资源、动力、城市建设、文化教育、医疗卫生、工业和农业基础、生产及基建材料来源等。筹备组与苏联专家经过多次讨论，最后确定，从电力、钢铁、木材、动力等各方面基础条件来看，新中国的第一座汽车制造厂只能设在条件比较好的东北。1951年1月18日，政务院财经委员会由陈云主任主持召开专题会议，听取筹备组关于建设汽车厂的汇报。根据当时的战略考虑和苏方关于建设汽车厂的意见，陈云决定，建设目标上同意苏方的意见——厂址定在东北，在长春至四平之间选择。会后，筹备组会同苏联专家，一道在长春至四平间选择厂址。他们对四平、公主岭、长春三个城市的人口、规模、供电能力、交通条件和地下水进行全面调查，最后得出的结论是，东北地区有丰富的矿产资源和较为雄厚的工业基础，长春地处东北三省中心，且京哈铁路经长春贯通东北与中原，如果将汽车制造厂设在长春，既便于建厂时大量苏联设备的输入，也便于投产后就近利用东北的钢铁、煤炭、木材、水电资源，这些都为工厂的建设与发展提供了有利条件。

参与选址的孟少农回忆说："当时长春市的战争破坏尚未恢复，全市只有两辆吉普，全部提供给我们使用。我们看了铁路西边，发现地势很好，空旷，有几十平方米破损的楼房，道路、上下水、供电条件都好。"[1]

---

[1] 长春市政协文史资料委员会编：《一汽史料专辑》，长春市政协文史资料委员会，2016年，第5页。

松花江传（下）

对孟少农的任命通知书（六五二厂为长春汽车厂的代号）

1951年3月19日，政务院财经委员会下文批准，汽车制造厂厂址确定在长春孟家屯车站铁路沿线西侧。

孟少农1953年撰写的《第一汽车制造厂生产准备工作报告》手稿

根据毛泽东和斯大林签订的苏联援助中国建设汽车厂的协议，苏联汽车工业部的建设目标是年产三万辆吉斯150型四吨载货汽车的完整汽车厂。中国中央人民政府决定投资六亿元人民币，规划建设一个产品达到二战后水平；机械制造业中的铸、锻、冲、焊、机械加工、木材加工、油漆、装配等各种生产工艺流程先进，种类齐全；配套建设具有发电、供暖、供气条件，能生产几万种特殊刀、量、模、夹、辅具和设备修造的车间和设施；同时新建一个能容纳四五万人居住的生活区及

第十一章 风正扬帆

相应的学校、医院等福利设施；技术水平达到当时亚洲领先、工厂规模成为区域最大的汽车生产厂。

苏方的援建采用了所谓的"成套交货"方式，即提供全套产品图纸和技术资料；提供全套的工厂设计资料，包括土建设计、工艺设计以及组织设计等；提供全部关键设备和工艺装备；提供土建以及中方制造设备和装备用的特种钢材；派遣一百名各类援建技术专家，指导施工建设和调试生产；接纳六百名不同专业和岗位的中国实习生到苏联培训。他们把生产技术和管理方法传授给中方，直至中国人自己能掌握技术和工厂管理，生产出合格的产品为止。

经过分析和评估，苏联政府认为争取三年建厂的条件已经具备，加快进度对中苏双方都是有利的。苏联总交货人代表古谢夫以苏联政府的名义向中国建议，要安排一个三年完成建厂的进度表。

三年完成一个亚洲先进、规模最大的载重汽车厂的建设，这是中方建设者完全没有心理准备的一个计划。1953年5月，重工业部撤销后，由第一机械工业部（简称一机部）接手汽车工业规划管理职能。一机部党组报告中共中央，详细说明苏方的建议和第一汽车制造厂的筹备情况："按我部现有力量，四年完成犹有困难，三年完成更无把握，但不按苏方三年进度进行，亦有若干需要考虑之处。"这里的"需要考虑之处"是指进口设备积压和专家延聘等一系

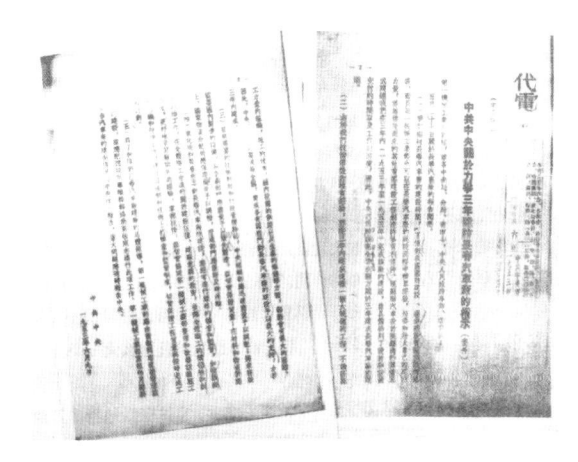

《中共中央关于力争三年建设长春汽车厂的指示》

松花江传（下）

列问题。报告很快被提到政治局会议上讨论，一机部副部长段君毅列席了会议。会上，毛泽东、刘少奇、周恩来、朱德、邓小平等一致支持三年建成汽车厂。6月9日，毛泽东亲自签发了我国工业发展史上具有重要意义的文件《中共中央关于力争三年建设长春汽车厂的指示》，要求全国支援一汽。

中央文件发出后，全国各地很快掀起了轰轰烈烈的支援汽车厂建设的热潮。中央组织部率先行动，从华东地区抽调了一批又一批经过战火洗礼、有很高政治觉悟和组织能力的干部前往一汽。同时，从中央直属部门抽调一百多名技术骨干奔赴长春。时值新中国刚刚成立不久，干部斗志旺盛，精神状态非常好。一听说要发展建设祖国的工业化，积极性特别高。大家都知道东北生活条件较艰苦，但没有一个讲条件的。许多在上海、南京、杭州等大城市工作的干部都主动申请到东北去，建设祖国的第一座汽车厂。数千名干部从五湖四海会聚到一起，当年就形成了一支政治坚定、干劲十足、肯于奉献的干部队伍。

第一汽车厂的兴建，需要大批拥有汽车修理实践经验的技术人员。华东工业部所属的汽车配件委员会在完成抗美援朝任务后，没有回到华东，而是全部支援汽车工业建设。当时这批工程师要分成两组，一组到长春第一汽车厂，另一组到北京汽车研究所。没想到，每个人都报名要求到长春。这下可让组织上为难了。北京汽车研究所也需要人呀！负责分配的领导只好换了一个调子，说东北很冷，生活条件比北京差得多，希望说服一些人去北京。可是一个也没有说服成功，可见当时一汽建设的吸引力以及工程师们投身汽车工业建设的积极性有多么大。

为了组织起最强大的施工力量，确保按进度完成建厂任务，建筑工程部陈正人、万里两位部长在请示周恩来总理后，决定把建筑工程五师整体调往一汽工地。这支部队由华东野战军步兵九十九师改编而成，在战火

第十一章　风正扬帆

纷飞的解放战争年代，南征北战，参加过闻名中外的"孟良崮战役""淮海战役"。在这支英雄的队伍里，有久经考验、参加过长征的干部，有抗日战争和解放战争中的战斗英雄，有在朝鲜战场上打败美帝的功臣，仅在解放战争中立过功的战斗英雄就有两千多人。新中国成立以后，他们奉党中央的命令，改为建筑部队。奉命开赴长春后，他们表示要"像消灭所有敌人一样消灭所有困难！""战场上比军功，在施工现场我们也有立功运动，大家都比谁干得多！"该师还设立了一个"天安门竞赛表"光荣榜，规定谁立功了就能去天安门见毛主席。建筑工程五师成为一汽施工的主力，他们没有辜负党和人民的重托，在一汽的建设工地上，顶风霜冒雨雪，披星戴月，艰苦奋斗，克服了众多难以想象的困难，创造了许多先进的施工方法，为一汽的建设立下了汗马功劳。

　　铁道部门落实中央的指示，对一汽建设所需的物资保证优先运输。许多临时追加的紧急物资，只要建设现场提出来，铁道部的滕代远、吕正操部长都亲自安排。

建筑工程五师在施工现场

松花江传（下）

邮电部为了保证建设现场与苏方的联系，特别开辟了联通莫斯科的专线电话。

解放军不仅在人力、物力上给一汽的建设以大力的支援，彭德怀还亲自批示，将仅有的五个随军建设起来的、基础很好的汽车修配厂拨给了汽车工业筹备组，这将成为边建厂边培训技术工人的基地。

吉林省、长春市更加热情，主动积极地派来了优秀的施工队伍，送来了各种优质的物资设备。铁路部门把专用线修到施工现场；城建部门把马路和电车轨道铺设到工厂大门口；煤气、自来水部门将管道安装到厂区和宿舍区；粮食、商业、邮电、银行等各行各业都设置了办事机构和服务网点；吉林省还组织大批学生、机关干部到工地义务劳动。凡此种种，有力地保证了几万名建设者的衣、食、住、行，保证了工程的顺利进行。

1952年9月，为了充实一汽建设的技术力量，一千多名新中国培养的新一代大学生，告别了母校，离开繁华的大都市——上海，满怀着参加祖国第一个五年计划建设的激情，坐满整整一列专车来到东北。李岚清就是这批学生中被分配到长春参加汽车厂建设的一员。他回忆说：

"在报到的第二天，工厂的厂长郭力、人事副厂长宋敏之同志就热情地接见了我们，向我们介绍了建厂的规划和筹建情况。郭厂长还兴致勃勃地同我们这些刚来的年轻人一道驱车向长春市郊驶去。当来到一大片无际的刚收割过的高粱地时，汽车停了下来，郭厂长招呼我们下了车。他指着这一大片庄稼地兴奋地对我们说：'就要在这里建设我们国家的第一座汽车制造厂了！'他还指着远远的一片断壁残垣的建筑物对我们说：'看，那就是日本侵略者占领东北时用来杀害我们中国人的细菌工厂！'啊！我们将在日寇细菌工厂的废墟上建设我们的工厂。郭厂长的话虽然不多，却使我们的脑海中重现了旧中国的苦难景况，更加激励了我们建设新中国汽

第十一章　风正扬帆

车工业的热情。"①

　　1953年6月下旬，周恩来总理向毛泽东主席报告了汽车厂即将动工兴建的消息，并请毛主席为汽车厂奠基题词。毛主席听到这一消息很高兴，挥毫写下了"第一汽车制造厂奠基纪念"十一个遒劲有力的大字。这幅题词不仅告诉我们，中国汽车工业的建立是毛主席亲自筹划和决策的，而且说明中国的汽车制造厂不但有第一，还要有第二、第三，直至建立起自己的汽车工业体系。郭力厂长接过题词后，仔细地看了一遍又一遍，高兴得眼角眉梢都是笑，喃喃地说："来了，终于来了。"听得出，他的心中是怎样期盼着这个题词。原来，在筹建汽车厂之初，人们参照苏联"斯大林汽车厂"的名称，曾将工厂称为"毛泽东汽车厂"。1952年4月，在筹建汽车厂时，亦称"长春汽车厂"（代号六五二厂）。开工典礼前，厂领导曾向党中央建议，请毛泽东主席为汽车厂奠基题词。毛主席这个题词，将"第一汽车制造厂"这个名字，连同伟人宽广的胸怀和深远的目光写在了史册上。

1953年7月15日，一汽奠基典礼上，饶斌把第一锹黑土抛向奠基石（左侧拿铁锹者为饶斌）

---

① 中国第一汽车集团公司编：《郭力同志纪念文集》，人民出版社，2001年，第287页。

松花江传（下）

一汽奠基典礼上，万名建设者在红绸上签名

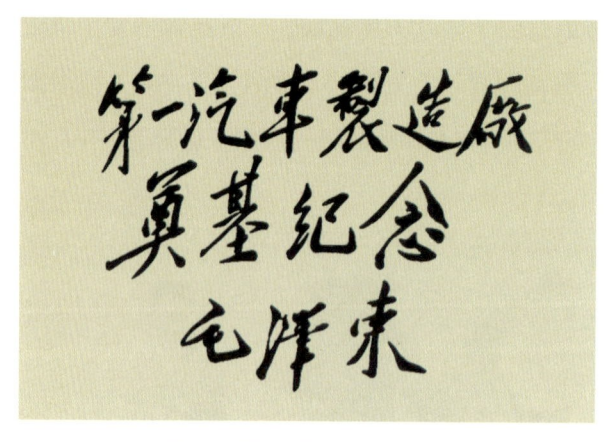

1953年6月，毛泽东同志为一汽奠基题词"第一汽车制造厂奠基纪念"

接到毛主席的题词，厂长郭力立即通知办公室，马上选最好的汉白玉，请最好的石工来镌刻毛主席的题词。

1953年7月15日，是一汽人毕生难忘的日子。太阳从东方冉冉升起，灿烂的朝霞映照着建设工地。在奠基典礼大会背景台上，两面五星红旗中间悬挂着毛主席的巨幅画像。一大早，施工建设大军就聚集在这里，等待着奠基典礼开始，等待着镌刻着毛主席题词的基石到来。上午9时整，奠基典礼大会在鼓乐合奏、鞭炮齐鸣声中开始。当主席台两侧塔吊上的两面五星红旗徐徐升起的时候，全场再次掌声

第十一章　风正扬帆

雷动，欢呼声此起彼伏。

大会举行了奠基仪式。由李岚清、王恩魁、周同义、李柏林、贾志学等六名年轻的共产党员抬着刻有毛主席亲笔题词的汉白玉基石进入会场，安置在厂址中心广场，会场欢声雷动。霎时，推土机、掘土机像一匹匹烈马咆哮而动，扬臂挖土、推土，一辆辆翻斗车往复穿梭。工地上人山人海，热火朝天，建厂工程开始了！

李岚清是亲手抬汉白玉基石的六名共产党员之一，他后来回忆说：

"当我们六个年轻的共产党员抬着镌刻着毛泽东同志亲笔题写'第一汽车制造厂奠基纪念'的汉白玉基石，协助领导同志们徐徐安放在基座上时，我们的心灵深处仿佛响起了一个庄严而洪亮的声音：中国的第一座汽车制造厂即将在这里诞生，它将向全世界宣告从此结束我国不能制造汽车的历史！"

第一汽车制造厂奠基了，荒凉的长春西郊沸腾了。对于刚刚建立新中国，又刚刚经历了抗美援朝的中国人来说，没有比这样开天辟地的壮举更令人振奋的了。

诗人邵燕祥从北京来到长春，留下了充满兴奋与期盼的诗篇——《中国的道路呼唤着汽车》

你可知道祖国的辽阔？

你可曾用脚量过道路？

你数没数过中国有多少条道路——
穿行高山，横渡大河，
联结着千家村庄和万家灯火的城市，
联结着车站和码头，

松花江传（下）

联结着工厂、仓库、合作社，
绕过牧民的帐篷、农民的门口，
又从你脚下伸过；

你可认得这些道路——
像树干生出枝桠，
像胳膊挽着胳膊，
像头发，像蛛网，
交织在山谷，在平原，
在又像山谷又像平原的高原上；

在那穷年累月没见过好车马的山野，
你可看见有一条新的道路通过——
它驮着农具、肥料和纸张，
还有粮食、棉麻、甜菜和山货；

在那环海的公路旁边，
海浪泼溅着陡峭的岩岸；
你可看见海防的战士
等待着粮秣和子弹！

你可曾走过这些道路？
你可曾听到道路在呼唤？
它们都通到第一汽车制造厂，

第十一章　风正扬帆

对我们建设者大声地说

——我们需要汽车！

我们满怀着热情，

大声地告诉负重的道路：

——我们要让中国用自己的汽车走路，

我们要把中国架上汽车，

开足马力，掌稳方向盘，

一日千里、一日千里地飞奔……

邵燕祥的这首诗，表达了当时中国人渴盼飞速发展的心情。这心情伴随一汽建设工地升腾起的希望，在中国的城乡大地久久回荡。

1951年，汽车工业筹备组的同志及家属合影

一汽是一个设计年产二万辆载货汽车的大厂，也是中苏双方领导人都十分关注的大型援建项目。最初成立国家汽车工业筹备组时，毕业于哈尔滨工业大学，在中央政府重工业部工作的郭力被任命为筹备组主任。当中

松花江传（下）

苏决定将汽车厂建在长春时，为了保密，定名为六五二厂。郭力在1952年7月被正式任命为六五二厂厂长。就在建厂的筹备工作全面展开的时候，郭力向东北局和中央提出自己不当一把手，理由是工厂现场指挥、组织管理生产，是他的长处所在，而在这样一个特大型现代化汽车制造企业的总揽全局、战略部署方面，自己有不足之处。他数次恳切请求中央选派一位熟悉东北情况、水平更高、能力更强的同志来担任厂长，并保证自己一定当好助手。他还提出两位供组织考虑的人选名单，其中就有饶斌。郭力说："选择饶斌做厂长，是'天时、地利、人和'都'顺'。所谓'天时'，就是当下是建厂的关键时刻，很需要强有力的人来加强领导，这方面饶斌同志比我强。他对中央及东北局的一些领导同志都熟悉，对解决我们建厂中的困难非常有利。所谓'地利'，是因为饶厂长是个'老东北'，在东北工作多年，而我们建厂离不开地方的支持，如抽调干部，招收工人，解决征地、修路以及职工的吃住等问题，都要和地方打交道。这方面我也不如饶斌同志。所谓'人和'，是因为我们厂将有一支来自五湖四海的庞大队伍，需要饶厂长这样水平更高、能力更强的人来带这个队伍。另外，我们还要和苏联谈判，要聘请几百名苏联专家。我虽然懂俄语，但在处理国际事务方面不如饶斌同志有经验。"

这一番推心置腹的话语，展现了郭力坦诚宽广的胸怀和以事业为重的情操。后来，郭力"当着厂长找厂长"的故事被传为佳话。

一汽厂长的人选问题被提上了中央政治局会议，时任一机部副部长的段君毅同志回忆，当讨论第一汽车厂厂长任命时，毛泽东问："饶斌就是在哈尔滨市当过市长的那个白面书生吗？"段君毅答："是。"毛主席又问："他厉害吗？"毛泽东的意思是说，饶斌有统率千军万马从事大规模经济建设的魄力和能力吗？熟悉饶斌同志的政治局委员回答："还可

第十一章　风正扬帆

以。"就这样，饶斌的任命被通过了。①

饶斌的确不负重托。用三年时间建成一汽，在20世纪50年代是一个很了不起的成就。1987年，已调入中央部委工作的饶斌回到一汽视察工作。当来到新扩建的二厂区时，饶斌站在辽阔的工地上，双手反叉腰间，凝视着正在吊装的厂房，不禁感慨万千。他半开玩笑地对陪同前来的同志说："当年我们建设一汽时，开工面积远没有现在这么大，人们都叫我'饶半城'。今天你们干了这么大一片工程，更该是名副其实的汽车城了。"

饶斌参与黄龙引水工程劳动

饶斌是1933年参加革命的老干部，曾任中共晋西北临时省委秘书长，

---

① 张矛著：《饶斌传记》，华文出版社，2003年，第50页。

松花江传（下）

中共抚顺地委、市委书记，中共吉林市委书记，东北民主联军图们卫戍司令部司令员，哈尔滨市市长，松江省人民政府副主席，是一个地地道道从战火中成长起来的共产党人。在调任一汽厂长后，他废寝忘食地向苏联专家、技术人员学习工业管理、机械制造、汽车原理方面的知识。每天都要在业余时间请厂内的工程师给他上课，硬是将自己从一个城市管理者变成了一个大型汽车生产企业的管理专家。在一汽的发展史上，饶斌是公认的元勋之一。

在毛泽东与斯大林签订苏联援建中国汽车制造厂的协议后，苏联方面迅速行动起来。从分批次派遣专家到接收中国留苏实习生，从厂址的选择到建厂时间的确定，苏联方面都给予了充分的指导和支持。而中国方面，坚定地贯彻了毛泽东在《论人民民主专政》中提出的"一边倒"的方针，以及刘少奇以苏为师的指示，全面落实中央关于坚决执行苏联专家建议的规定。为一汽建厂做出很大贡献的陈祖涛后来著文回忆说："从当时的情况来看，苏联对我国的援助确实是大公无私，没有任何附带条件，完全是无偿帮助，我方对苏联也是完全的相信。……由于新中国刚成立，我们也没有技术人才来对苏联的设计进行技术审查，基本上是苏联提供什么样的设计，我们就同意什么样的设计……由于设计的工作量太大，苏联政府决定由'斯大林汽车厂'担任施工图设计。'斯大林汽车厂'的总工艺师兼工艺处处长赤维特可夫担任一汽施工图设计组的组长，专门成立了'AZ-1'设计组和援建中国一汽办公室。" [1]

三年时间，如此规模的大型载重汽车厂便告建成，这是中苏友好合作的结晶和典范。

---

[1] 全国政协文史和学习委员会编：《一汽创建发展历程》，中国文史出版社，2007年，第28—29页。

第十一章　风正扬帆

1956年7月13日，崭新的总装线装配出第一辆解放牌汽车。14日，第一批十二辆解放牌汽车装配完成，第一批国产汽车在欢声笑语和雷鸣般的掌声中徐徐驶下装配线。这标志着第一汽车制造厂的三年建厂目标如期达到，中国不能制造汽车的历史从此结束了。

7月14日上午，在汽车工人俱乐部举行的庆祝建厂三周年和先进生产者代表会议上，通过了向党中央、毛主席的报捷信。信中写道："敬爱的毛主席和党中央，我们第一汽车制造厂全体职工怀着万分兴奋的心情向您报告：党中央关于力争三年建成长春汽车厂的指示，已经实现了！今天，我们正以完成建厂任务和试制出一批国产汽车来热烈庆祝建厂三周年。"①

三年时间建成了中国有史以来第一个汽车厂，这是中国工业建设史上的里程碑。毛泽东对这一了不起的工业成果说了一句："自盘古开天辟地以来，我们不晓得造飞机、造汽车，现在开始能造了。"②

生产出来的载重汽车叫什么名字？如同汽车厂的名字一样，仍然要报请中央和毛主席来审定。据说，1953年下半年，援建一汽的苏联专家提出新车命名问题。当时的一汽厂务会多次研究，一机部也多次开会研究，还搞了征集活动。关于最后的确定过程，有两种

国务院向苏联专家颁发的中苏友谊纪念章和证书

说法：一种说法是，由段君毅将讨论和征集的若干名称向毛主席做了汇报，

---

① 吉林省政协文史资料委员会编：《吉林工业奠基石》，吉林人民出版社，2010年，第91页。
② 杨冬权著：《遇见：毛泽东预见的历史验证》，上海远东出版社，2023年，第334页。

松花江传(下)

毛主席给新车起了个名字叫"解放";另一种说法是,段君毅在政治局会议上提到这件事,朱德说,我们的部队叫解放军,汽车也叫"解放"吧,毛主席表示赞同,于是确定新车就叫解放牌。无论是哪种说法,都可以明确这样一件事——中国有史以来,由自己的汽车制造厂生产出来的第一款载重汽车是毛主席亲自命名的。

毛主席圈定了"解放"这个响亮的名字后,一汽就用毛主席为《解放日报》题写的"解放"二字的手写体,由苏联莫斯科斯大林汽车厂将字体放大后刻模子。一汽作为国家"一五"重点建设工程,一直受到党中央和毛主席的高度重视。毛主席亲自为新车命名"解放",成为一汽人的骄傲。

第一汽车制造厂开工纪念章

第一批解放牌汽车生产出来了,第一汽车制造厂在给党中央毛主席报喜后,又决定向吉林省、长春市的领导和人民群众报喜。有二十多年驾龄的老司机马国范被选为开第一辆车的人。他回忆说:

1956年7月14日,我一大早就来到厂里,看着汽车披红挂彩,车头上的大红花格外喜人。这一天,我们的车队要向省、市领导报喜。我的第一辆车载着劳动模范和报喜队的同志,第二、第三辆是总厂领导和来宾。十二辆车的队伍,浩浩荡荡直奔市内。一路上红旗招展,锣鼓声、唢呐声、汽车喇叭声,欢声悦耳,路旁的群众排成了人墙。市政府的大楼就在眼前了,人们的感情达到了炽热的程度。五彩缤纷的纸花漫天飞舞,路被人海给挡住了,连一条缝都没有。汽车走不了啦,我只好听维护秩序的同志指

第十一章　风正扬帆

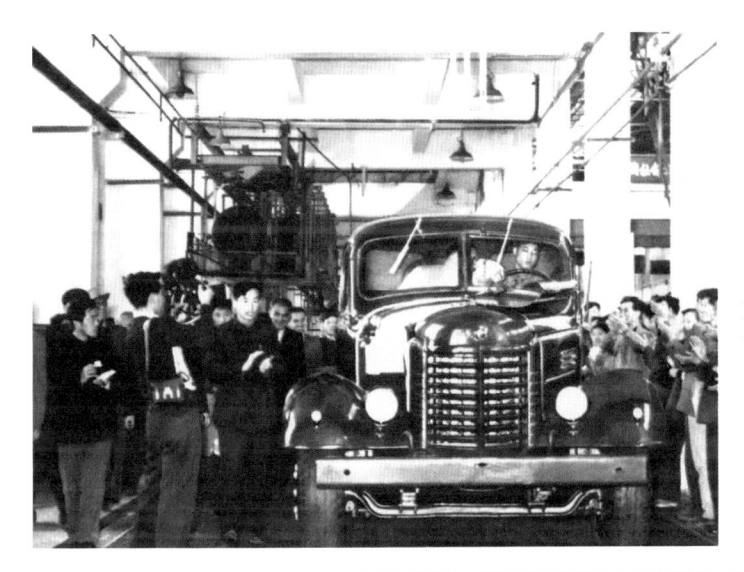

1956年7月13日，第一辆解放牌汽车驶下装配线

12辆解放牌捷报车队行驶在长春街头

松花江传(下)

挥，用最慢的速度往前开。有很多人手里没有纸花往车上撒，就拿着高粱、苞米、谷子往车上抛，这是人民在表达对国产车的无限深情厚谊。我们受到了省、市领导的热情接待。有很多同志对我说："老司机，您开第一辆汽车真幸福啊！"这还用说吗？我国能生产汽车是我们扬眉吐气的时候，我能不为此而自豪吗！[1]

马国范驾驶第一辆国产载重汽车的经历被写成了一首歌——《老司机》：

五十岁的老司机我笑脸扬啊

拉起那手风琴咱们唠唠家常

想当年我十八就学会了开汽车啊

摆弄那个外国车呀

我是个老内行啊

可就是啊

没见过

中国车啥模样啊

盼星星盼月亮啊

盼的那个国产汽车真就出了厂！

---

[1] 长春市政协文史资料委员会编：《一汽史料专辑》，长春市政协文史资料委员会，2016年，第279—280页。

第十一章　风正扬帆

当年五十岁的老司机马国范

长春市各界群众与驾驶第一批解放牌汽车的司机握手祝贺，人们朴实的笑容成为最美丽的风景

解放牌汽车源源不断地从长春运往祖国各地

松花江传（下）

‖ "红旗"成就国车荣誉

1956年4月，在党中央政治局扩大会议讨论《论十大关系》时，毛泽东在提到汽车工业时说："什么时候我们开会能坐上自己生产的小轿车来就好了。"1957年5月，一汽设计处接到一机部下达的加紧试制小轿车的任务，并取"东风压倒西风"之意，定其名为"东风"牌。

1958年2月13日，从苏联回国不久的毛泽东来一汽视察工作。在肯定工人们制造出"解放"牌汽车后，他对陪同的饶斌说："什么时候能坐上我们自己生产的小轿车呀？"这是毛泽东第二次提到希望坐上自己国家生产的小轿车的愿望，这句话给一汽工人带来了一股更加强劲的动力。一汽组建了制造轿车的突击队，开始了整车组装的最后冲刺。

第一辆"东风"轿车最后调试　　研制"东风"轿车成员合影

1958年党的八大二次会议召开前夕，我国第一辆国产小轿车——"东风"牌小轿车在一汽诞生了。中央指示铁道部派专用车厢将"东风"牌轿车从长春接运至北京，请参加党的八大二次会议的中央领导同志观看、试乘。"东风"到达北京的那天，北京早就传开了这个消息。市民们走在街上都用期待的眼光搜索着，想首先看一看国产小轿车是个啥样儿。当列车

第十一章　风正扬帆

徐徐驶进北京站,"东风"从车厢驶下月台时,人群沸腾了。大家争相观看,记者们忙着捕捉镜头。

按照计划,"东风"首先在北京主要街道上"绕场一周",然后驶向一机部、汽车局,随后开进中南海。当"东风"驶在北京大街上时,为了向北京市民展示第一辆国产轿车的风采,故意放慢了速度。沿路的交警同志都接到指示,当"东风"牌轿车驶过时立即给通行的手势,怕的是停下来会被群众包围观看而无法继续行驶。轿车驶过的每一个路口的交通岗哨上,交警都微笑着抬起指挥棒。

为了方便参加党的八大二次会议的领导同志参观,轿车停放在怀仁堂前的草坪上。每逢开会休息时,到院子里来散步的领导同志总是围着"东风"看,高兴地问这问那。林伯渠等几位老同志还饶有兴致地坐上车,让司机绕草坪开了两圈,下车后高兴地笑着说:"坐上自己造的轿车了,好,好!"

1958年5月21日下午,离开会还有一个小时左右,毛主席来到"东风"小轿车旁。他问了一些关于车的情况,而后和陪同他的林伯渠一起坐了进去。驾驶员发动了汽车,经警卫人员允许,围着怀仁堂花园跑了几圈。毛主席从车上走下来后,高兴地说:"好呀,好呀,坐上我们自己的小轿车了!"《人民日报》很快发表了这个场景的照片,令当时的国人欢欣鼓舞,倍感骄傲。

1958年4月,几乎在东风牌小轿车试制成功的同时,一汽开始酝酿设计高级轿车。在这个时间节点上,人们自然会想到第二年,也就是1959年,一汽人要生产出一款高级轿车作为向新中国成立10周年的献礼车。几乎同时,由北京传来了新中国成立10周年庆典要用国产高级轿车的消息,一机部正式向一汽下达了生产任务。原本的献礼车,将成为国庆10周年庆典的检阅车。

松花江的（下）

1958年7月1日，"红旗"项目正式上马。在那个"赶超英美"的"大跃进"年代，一汽人提出了"乘'东风'，展'红旗'，造出高级轿车献给毛主席"的口号。全厂上下总动员，组成攻关突击队，日夜奋战。实际上，直到1959年5月，这款高级轿车的定型样车被正式编号为CA72后，吉林省委第一书记吴德在全厂万人集会时，才正式将轿车命名为"红旗"。

红旗命名大会

"红旗"牌高级轿车由献礼车升格为国家庆典的检阅车，是当时国际国内环境下的政治需求，也是历史赋予一汽的时代责任。

国家庆典或者大型政治军事活动中的检阅用车，关系到一个国家和民族的尊严与骄傲。俄罗斯的吉尔、美国的凯迪拉克和林肯、英国的路虎、法国的VLRA系列车等，这些具有浓厚本国色彩的检阅车，不仅代表各个国家的汽

第十一章　风正扬帆

车工业水平，还被赋予了特定的人文历史故事，因而显得弥足珍贵。

1949年3月25日，为纪念党中央和人民解放军总部迁入北平，中共中央在西苑机场举行阅兵式。这是新中国成立前夕的第一次大阅兵，毛主席乘坐的是一辆从国民党军队缴获的美制吉普敞篷车。

据说当时有这样一个细节：在谈论毛主席将乘什么车检阅时，北平市的一位副市长提议将自己坐的一辆高档车作为毛主席的检阅车，几位民主人士提出愿意将自己的汽车提供给毛主席乘坐阅兵，北平市军管会主任叶剑英也建议毛主席乘自己带来的一辆漂亮轿车阅兵。争来争去，毛主席都没有同意。他笑了笑，风趣地说："用我们缴获的战利品美式吉普车检阅部队，岂不更有意义吗？"

下午5时许，阅兵开始。毛泽东、朱德、刘少奇、周恩来、任弼时，中央军委首长及民主人士乘车检阅了我军威武之师、胜利之师。毛主席站在美式敞篷吉普车上坚定而自信，这坚定和自信是打出来的，原本要打五年的解放战争，只两年多，就因北平和平解放与淮海战役的结束大大缩短了战争进程。此时乘坐缴获的美式吉普车，彰显出最高统帅的战略决心，要打过长江去，解放全中国。

当年乘坐美式吉普车，既有向美蒋集团宣示意志、展示军威的意义，也实属无奈之举。毕竟那时全国还没解放，解放区的工业还在全力为战争服务。新中国成立近10年的时候，一汽已完成建厂并批量生产载重汽车，而且有生产"东风"轿车的能力。这种情势下，为国庆10周年生产检阅车就成了中央领导和全国人民对一汽的期望。

据亲历者陈祖涛后来回忆，当时离国庆10周年只有10个多月。要在这么短的时间里试制高级轿车，难度可想而知。但是，大家都清楚这一历史使命的分量。一汽党委发出号召，在全厂掀起了制造"红旗"轿车的群众运动。

松花江传（下）

"红旗"轿车的研发同样几乎是从零开始的，没有经验、没有设备、没有图纸。参照国外样车，从实际出发，时任厂长饶斌提出了"仿造为主，适当改造"的轿车试制方针。饶斌召开动员会，用当时极有群众路线特色的"庙会"形式张榜招贤。将样车拆散，各个车间领导都赶到设计处来认领零部件，能做哪个部件就把哪个部件抱回去，设计处有专人做登记。两千多个零部件，不到几个小时就被抢光。图为"赶庙会"现场

中央领导听说一汽要仿制生产轿车，纷纷"慷慨解囊"，将自己的"座驾"捐献出来。朱德的"斯柯达"、周恩来的"雷诺"、陈毅的"奔驰"，都被作为样车送来了。一汽的技术人员把样车全部拆解开，然后动员全厂职工来"赶庙会"，谁能接下哪个零部件，谁就签下协定。

充满中国特色设计的"红旗"车身，在缺乏冲压设备和模具技术的条件下加工难度很大。为此，一汽专门从上海请来十几名高级钣金工，他们用手摸，用榔头敲，日夜加班干，硬是用手工把整个车身敲出来了。

第十一章　风正扬帆

1958年8月1日，第一辆红旗样车试制成功，全厂职工为研制成功第一辆红旗轿车欢欣鼓舞

　　红旗车的设计人员从北京的故宫、北海、颐和园等代表中华建筑艺术的杰作中获取灵感，力求将中华民族艺术之魂注入红旗轿车。车型设计小组先后拿出了六七种不同的造型设计效果图，经过反复评议选定出一种。定型后的车头两侧为毛主席"中国第一汽车制造厂"题字，车标为红旗，尾标图案中有毛主席手书"红旗"二字。翼子板一侧标有并排五面小红旗，代表工农商学兵。尾部采用了独具一格的宫灯型尾灯，方向盘中央的向日葵造型及后尾标是纯金打造的，车内采用了景泰蓝、福建漆、杭州织锦等。发动机是当时具有国际先进水平的V型八缸液冷发动机。由于液力传动无级变速器当时在我国尚属空白，暂时难以制造出来，所以其中很大部分零部件是从国外样车上借用过来的。1959年，红旗轿车正式定型投产，生产型号CA72，为双排座式。

松花江传（下）

北京汽车博物馆馆藏红旗CA72轿车

1958年9月19日，邓小平、李富春、杨尚昆、蔡畅等中央领导到一汽视察。邓小平问当时一汽的负责人饶斌："红旗比伏尔加怎么样？"饶斌说："比伏尔加高级。""比吉姆呢？""比吉姆高级。"邓小平同志提到的伏尔加、吉姆，均为20世纪五六十年代苏联向中国出口的轿车，伏尔加车供局级干部使用，吉姆车供部级干部使用。邓小平听说红旗比伏尔加、吉姆都高级，高兴地说："噢，比吉姆还高级，你们可以多生产，油不够可以烧酒精，反正做酒精的红薯干有的是，只要不烧茅台就行。"邓小平幽默的话语给了一汽工人极大的鼓舞。

在1959年国庆10周年典礼上，红旗牌轿车首次以检阅车的形象展示在世人面前，从此开启了红旗轿车作为检阅车的序章。检阅车以红旗CA72为基础，改造成无顶盖的车身，中隔墙上加上了扶手，方便首长握持，成为检阅专用车型。

1964年，邓小平第二次视察一汽。邓小平、李富春分别乘坐的黑色红旗高级轿车从厂区一号门驶进中央大道，在厂部大楼门前停下。邓小平

第十一章 风正扬帆

下车后向站在厂部大楼两侧的欢迎人群招手致意，健步来到欢迎队伍中间与大家握手。在一汽厂长郭力陪同下，邓小平进入一楼厂部接待室。刚进接待室，他就被南侧墙壁上悬挂着的一汽生产的解放卡车、红旗轿车和三轴军用越野车等的巨幅照片吸引住了。他走到红旗轿车照片前，停下来问郭力："这是你们生产的红旗轿车吗？今年产量多少辆？是不是敲出来的？"郭力做了回答。这时，邓小平十分高兴地对大家说："你们用比较短的时间试制出红旗轿车不容易，为国家争了光。"又说："我在北京乘坐的就是红旗轿车。"

1964年9月中旬，为庆祝新中国成立15周年，一汽将生产的四十辆CA72红旗轿车送到北京。9月26日，四十辆"红旗"和一批苏联"吉斯""吉姆"一起进行测试，结果是红旗轿车战胜苏联轿车顺利通过检验。第二天下午，国务院正式宣布："红旗"成为国宾车，参加国庆15周年的外事迎宾活动。

1959年9月29日，第一批崭新的10辆CA72红旗轿车摆放在天安门广场前展览

松花江传（下）

红旗轿车从1964年10月1日起，正式被定为"国宾车"。在随后的十多年时间里，中央和各省外事办都向一汽采购红旗车，专门用于承担接送外宾的任务。有些省外事办购进多辆红旗"国宾车"，组成了专门的外事车队。

1972年美国总统尼克松访华，要求自己带专车来，周总理拒绝了他的要求。周总理说："中国有最高级的'红旗'轿车，可以接待最高级的客人。"尼克松到达首都机场时，周总理亲自到机场迎接。迎宾队伍是五十辆"红旗"车，周总理还把自己的6号CA772"红旗"保险车给尼克松专用。

1983年初，中央警卫局向一汽传达了中央领导希望乘坐"红旗防弹车"阅兵的指示。1983年9月底，国务院向一汽下达了"1984年国庆节前，生产一批红旗阅兵车"的任务。

当时参与这项工作的陈祖涛向国务院副总理田纪云汇报了关于生产阅兵车的安排和对红旗进行改造的设想，田纪云回复说："红旗车改造和研制第二代红旗，这个路子我也是赞成的。我们这么个大国，总得搞一些轿车，总得搞一些自己的王牌。红旗的牌子不能丢，但质量必须提高。"

中央领导最后提出要求：在1984年10月1日前，要提供至少两辆防弹型活动敞篷检阅车，为邓小平检阅三军乘用。

历经250个日日夜夜，国产红旗活动敞篷阅兵车终于在1984年8月20日装配结束。路试成功后随即被送至中南海。随后，红旗阅兵车又经中央警卫局反复试车和演习，最终获准参加国庆阅兵。

1984年10月1日上午10时，中央军委主席邓小平和阅兵总指挥秦基伟上将，分乘红旗CA770JY新型检阅车，圆满完成检阅。

1998年3月，一汽集团又接到为新中国成立50周年准备红旗阅兵检阅车的电话指示。出于保密工作需要，一汽人将这项打造检阅车的项目命名为"9910工程"。

第十一章　风正扬帆

一汽的设计制造者在原有检阅车型的基础上，加装了进口的电动天窗、可翻转式脚踏板、阅兵车扶手等整套先进检阅装置。为增加美观性，他们还为阅兵车设计了新式轮辋，采用了激光切割的装饰罩，大大提高了发动机的散热性。鉴于当时国内外紧张的政治形势，设计制造者还加强了整车的防弹性能。

2009年10月1日，新中国成立60周年之际，胡锦涛乘坐红旗牌礼宾轿车，在天安门广场前检阅三军。中国一汽生产的这款检阅车，车长6.4米，空载车高1.72米，车宽2.08米。检阅车为防弹车，车重4.5吨，采用固定检阅台，根据首长身高确定了检阅扶手，且在80毫米范围内可调节。这是中国第一款带自主研发V型十二缸发动机的高端轿车，也成为当时中国汽车制造行业的巅峰之作。

2015年9月3日，纪念中国人民抗日战争暨世界反法西斯战争胜利70周年大会在北京天安门广场隆重举行。中共中央总书记、国家主席、中央军委主席习近平检阅了受阅部队。习近平总书记乘坐的红旗检阅车型号是CA7600J，这辆车绝对可以称得上是"大红旗"。车身长度6.4米，轴距3.9米。从它的造型来看，复古范十足，非常气派，又很威严，尤其是两个圆形的前大灯辨识度非常之高。发动机是V型十二缸发动机，动力非常强劲。由于车身很长，所以内部是三排座椅。不同于以往历次阅兵中检阅车一般都悬挂军车车牌，此次习近平总书记乘坐的红旗检阅车没有悬挂军车牌照，而是悬挂中华人民共和国国徽。这是新中国成立六十六年以来，国家领导人乘坐的阅兵车首次悬挂国徽。

2019年10月1日，祖国70周年华诞，普天同庆。三军列阵天安门前，威风凛凛。全国人民的目光汇聚在天安门前，习近平总书记乘坐检阅车，经过金水桥，驶上长安街。阅兵总指挥报告受阅部队列队完毕，习近平总书

松花江传（下）

记下达检阅开始的命令。

两辆红旗检阅车一前一后，习近平总书记伫立在挂着国徽的前车上检阅三军，紧跟其后的也是红旗轿车。两车挂载充满深意的车牌，分别包含1949、2019这两个与中华人民共和国成立七十周年相关的时间点数字。其中车牌为VA01949的后车用来纪念开国时期的英雄们，阅兵总指挥站立的一侧的红旗H7上，摄影车则是一辆HS7，全程跟拍。红旗汽车可谓本次阅兵仪式上的一大看点。

挂着国徽的红旗轿车，在历次国家大典上成为国家领导人的检阅专车，成就了名副其实的国车荣誉。

在汽车工业一百多年的历史上，曾有上百个汽车品牌诞生。这些品牌中，有的湮灭在了时间的长河之中，有的经过大浪淘沙，成为世界顶尖的汽车品牌。但鲜有"红旗"这样，诞生时在国内影响力盛极一时，又在近年来重新以迅猛的势头回到大众的视线。

红旗品牌作为"国车"已经伴随共和国走过六十多年风风雨雨，它的诞生与成长史已成为中国汽车工业发展历程的缩影。

‖ 新中国汽车工业的长子

一汽是新中国汽车工业的长子，其诞生之时，中国的民族汽车工业与发达国家相比整整落后了半个世纪。一汽仅用时三年即建成并迅速成长为中国汽车工业的支撑力量，自是得益于时代的发展和毛泽东等老一辈共产党人的高瞻远瞩。

在毛泽东与斯大林讨论援建一汽的时候，斯大林曾友好地建议："你

第十一章　风正扬帆

们那么大个国家,只建一个汽车厂不行,最少也得搞两个,况且汽车工业是精密机械制造业,可以带动其他很多工业项目的发展。"毛泽东马上表示赞同:"我们先建一汽,紧接着就考虑建设第二汽车制造厂。"

1953年,在一汽筹备就绪之时,毛泽东亲自敦促政务院速召专家思谋献策,提出"要加快建设第二汽车制造厂",并于4月24日批准在中南腹地选址筹建。1956年,毛泽东在参观机械工业汇报展览时说:"我们一个省顶欧洲一个国,将来我们还要有第二汽车厂、第三汽车厂,生产更多的汽车,将来我们的汽车也要出口。"但是由于种种原因,二汽上马之举却未能立刻实施。

鉴于当时国民经济发展和国防建设的需要,在毛泽东关于"三线建设要抓紧"批示的指引下,1965年12月21日,党中央、国务院决定成立第二汽车制造厂筹备处,调饶斌等五人组成领导小组。随后,各项筹备工作开始紧张有序地进行。1966年底,厂址、建设规模、指导思想、建厂方针等总体方案便已初步确定。

1966年12月,汽车局向有关单位下达了包建二汽的任务。其中一汽包建发动机、车桥、底盘零件、车身、车架、车轮、车厢、锻造、铸造一、铸造二、总装等十一个专业厂和热处理、电镀两个系统。

当时,一汽已是中国汽车工业的龙头老大。在支援二汽建设时,一汽做的第一件大事是向二汽输送了一大批技术骨干、管理干部和技术工人。继1965年10月调出上百名干部参加筹备工作以后,1966年6月7日,按照一机部和中汽公司抽调三分之一技术、管理干部的指示,一汽将全厂所有管理干部、工程技术人员,依据专业配套、政治力量和技术力量合理配置的原则分成三股,并把三股人员名单全部交给二汽领导挑选。在抽调人员名单确定之后,8月3日,厂党委召开了科级以上党员领导干部会议,一汽的

松花江传（下）

20世纪60年代，二汽建设者们在进行厂址踏勘

1965年，二汽筹备组人员合影

第十一章　风正扬帆

老厂长、当时建设二汽的总指挥饶斌同志也到会介绍了二汽的情况，给了与会者极大鼓舞。一汽是在全国人民支援下建设起来的，人员来自五湖四海，如今为了战备需要，要在三线建设新的汽车工业基地，这是一汽人义不容辞的光荣责任。那一年共抽调技术、管理骨干1539人，之后又调去了一大批技术工人。到1970年，一汽总共支援二汽4200多人，其中技术干部549名，还为二汽培训了大批特殊工种工人，这是一汽建厂以来输出人才最多的一次。一汽胜利地完成了包建任务，为二汽建成了11个具有先进水平和大批量生产能力的专业厂。一汽包建的各专业厂水平最高、实力最强，是二汽建厂的主力和骨干。

经过数万建设大军六年多的艰苦拼搏，1975年7月1日，在建党54周年的这一天，二汽的第一个基本车型——两吨半越野车正式诞生了。经国务院批准，第二汽车制造厂生产的汽车被命名为"东风"牌。二汽所在地是继长春之后，华夏大地再次矗立起的一座现代车城。

一汽的历程是中国汽车工业值得骄傲的篇章。历经七十余年的风雨兼程，特别是经过改革开放和世纪之交市场经济汹涌大潮的冲刷和洗礼，一汽已经逐步发展成为跨国界、跨地区、跨行业、全方位、多功能的企业集团，它的品牌价值稳稳位居全国汽车行业之冠。

在2006北京"中国最有价值品牌"发布会上，一汽解放品牌价值达114.62亿元，继续稳居中国卡车制造业榜首。以奥威、悍威、大威、骏威为代表的解放第五代产品已经成为拼抢市场的主力军。通过自主创新，解放不断掌握具有自主知识产权的卡车核心技术。2007年，代表我国自主商用车最高水平的解放第六代重型卡车批量上市。凭借能与世界顶级产品媲美的整体实力，第六代重型卡车为解放自主品牌注入更加强大的国际竞争力。随着品牌价值的不断增长，解放卡车必将在国际化进程中带给国人更多的荣耀。

松花江传（下）

第二汽车制造厂襄樊基地奠基纪念

2020年7月23日下午，正在吉林省考察的习近平总书记来到中国一汽集团研发总院，走进实验室了解企业技术研发情况，并察看了红旗等自主品牌的最新款式整车产品。

新华社记者发布的消息说，看了一汽的成果展示，习近平总书记感到眼前一亮。总书记察看了"红旗"等自主品牌的最新款式整车产品，强调一定要把关键核心技术掌握在自己手里，我们要立这个志向，把民族汽车品牌搞上去。当今世界制造业竞争激烈，要抢抓机遇，大力发展战略性新兴产业，实现弯道超车。

以一汽为代表的中国汽车工业，从毛泽东与斯大林签订援建协议，到

第十一章　风正扬帆

刘少奇提出以苏为师，从邓小平赞赏红旗牌轿车赛过苏联的吉姆，到习近平总书记强调一定要把关键核心技术掌握在自己手里，中国的汽车工业一步步追赶着世界汽车发展的高端水平。如今的中国，无论是汽车产量还是汽车消费量，都已走在了世界的前列。

第十二章

通江达海

联合国教科文组织在"世界文化发展十年（1988—1997）计划"中，确立了"丝绸之路"综合研究——对话之路的计划。1990年7月21日，中国学者傅朗云在中国长春正式提出"东北亚丝绸之路"这一更具时代性的概念。

往事如烟。东北亚丝绸之路的概念一经提出，深埋在岁月中的古驿道、古渡口想必会感知到今人的回眸。那冰雪中奔驰的狗爬犁，那江河中货运帆船激起的浪花，那络绎于道、摩肩接踵的客商马队，将从遥远的历史深处，注视并祝福着后人的开拓与前行。

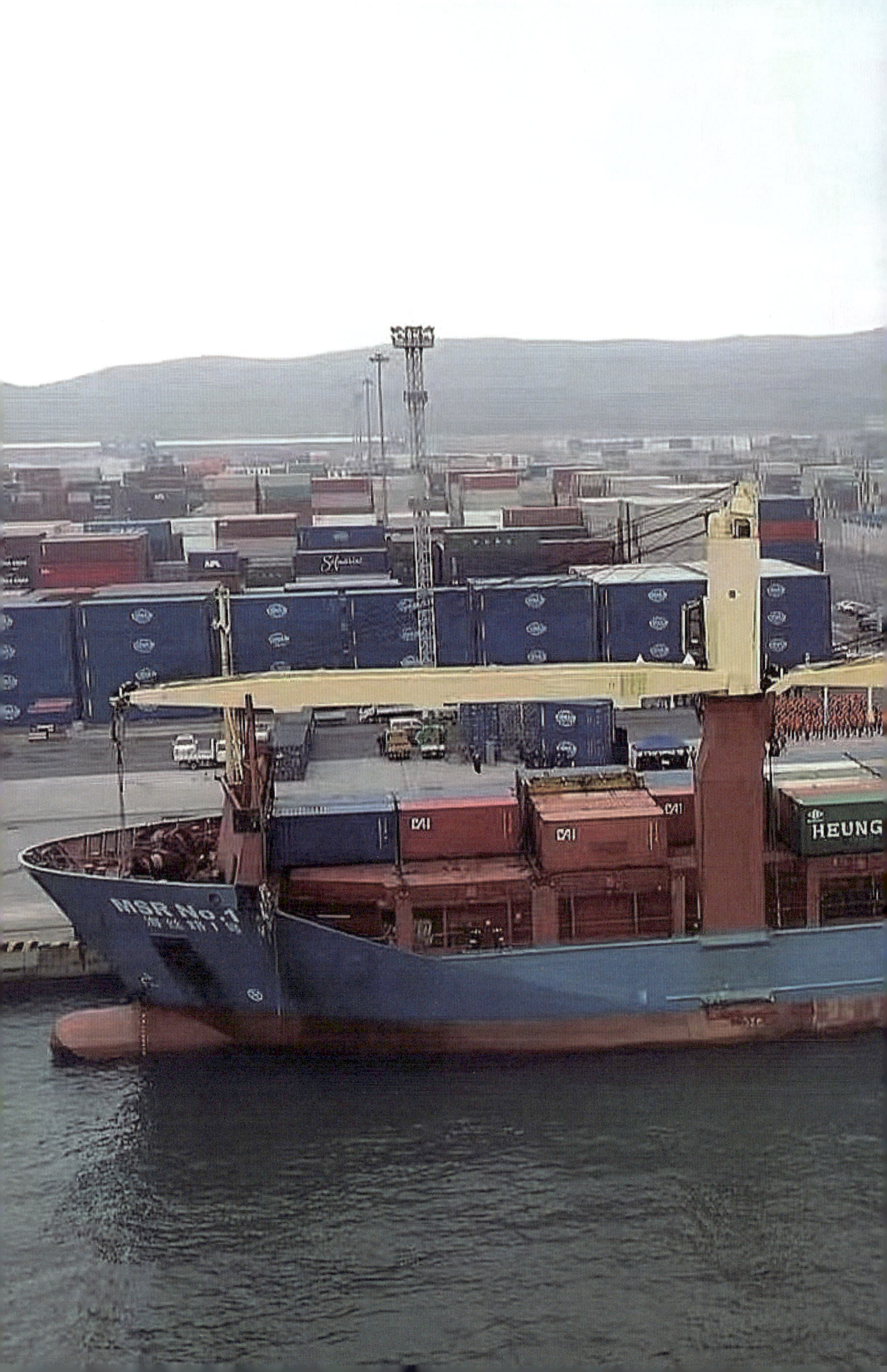
MSR No.1
HEUNG

丝路海运

松花江传（下）

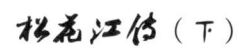

‖ 东北亚丝绸之路

韩中友好合作的土壤非常肥沃。

在这样一片沃土上撒下种子，不同的种子将结出不同的果实，它将改变二十年、三十年以后的未来。

我有一颗保存已久的种子，它是对21世纪东北亚的希望的种子，是对东北亚"和平与繁荣时代"的展望……到那时，北京的学生买张火车票就可以经平壤、汉城（现首尔）和釜山到东京旅行。这是一幅和平而富饶的"东北亚时代"蓝图。

这是2003年7月9日上午，正在中国进行国事访问的韩国总统卢武铉在清华大学演讲时说过的一段话。他所描绘的东北亚和平与繁荣景象，以其形象可感的"北京的学生买张火车票就可以经平壤、汉城和釜山到东京旅行"，而让清华学子欢腾雀跃。他还向大学生们推荐韩国旅游，告诉他们韩国"到处都可以看到中国商品。乘坐汉城的地铁，你还可以听到中文报站广播。在年轻人当中，几乎无人不知晓像张艺谋导演、巩俐、黎明这样的中国艺人"。顺带着，卢武铉总统还向大学生们推荐起泡菜："我认为，泡菜的确是种好食品，希望大家有机会都尝尝。同时，储存泡菜的韩国冰箱也是值得骄傲的产品。如果冰箱里再冻上啤酒，拿出来一起享用，味道是很特别的！"

卢武铉以一贯亲民的风格，瞬间拉近了韩国与中国、总统与大学生之间的距离。他所期待的东北亚经贸与文化交融也顺应了已然启动且风头正劲的全球一体化的大趋势。他在演讲的结束部分说：

"从具体的合作事宜开始逐一实践，构筑相互信任的关系，进而扩大共同的利益。通信、能源、资源、环保等领域的地区合作及连接朝鲜半岛、中国和欧洲大陆的'铁道丝绸之路'等事业都可成为很好的范例。"

"铁道丝绸之路"是一个既新颖又形象的比喻，或者说，它其实可以理解为借用古老的"丝绸之路"而提出的有关东北亚区域合作的战略构想。

在此之前，苏联学者提出应重视"北方丝绸之路"的研究；日本《北海道新闻》中国北京分社以"东方丝绸之路"为主题概念在中国展开采访。

1990年7月21日，中国学者傅朗云在中国长春正式提出"东北亚丝绸之路"；同年秋天，他出版了专著《东北亚丝绸之路》。由此，国内外学术界渐渐认同"东北亚丝绸之路"的概念，并以此为主题方向，搜集整理资料，展开学术研究，形成一批重要的可供地缘国家战略决策参考的学术成果。

在这期间，联合国教科文组织在"世界文化发展十年（1988—1997）计划"中，确立了"丝绸之路"综合研究——对话之路的计划。"丝绸之路"将提升为对话之路，显然超越了交通经贸及文化传播的传统内涵，与全球一体化及区域合作共同繁荣相统一，成为由联合国推动的世界和平发展的构想。

这一时期，重大国际地区问题冲突不断，局部战争常态化，联合国如同救火队，左支右绌，焦头烂额，急于从疲于奔命、整日忙于消弭战火的困境中摆脱出来。中国古老的丝绸之路如同从远古照射到今天的一座航标灯，启发了重新定位联合国作用与功能的思考——从积极方面理解和推动以发展与和平为主题的世界格局的打造，变四处救火为倡导对话，以正面的建树、多边的合作，促进区域间通过经贸交通与文明对话的方式走向共赢。

松花江传（下）

两千年前那遥远清脆的驼铃声穿越了时空，再次用横贯亚欧大陆的古丝绸之路上那动人的景象拨动今人的心弦。

广义的丝绸之路是从上古开始陆续形成的，联系欧亚大陆，甚至包括北非和东非在内的长途商业贸易和文化交流线路的总称。除了上述路线之外，还包括元明时期的海上丝绸之路及元代驼队马队络绎不绝的草原丝绸之路，等等。

虽然丝绸之路是沿线各国共同促进经贸发展的产物，但多数学者认为，中国汉代的张骞两次通过西域开辟了中外交流的新纪元。丝绸之路形成于公元前后的两汉时期。它东面的起点是西汉的都城长安（今西安）或东汉的都城洛阳，经陇西或固原西行至金城（今兰州），然后通过河西走廊的武威、张掖、酒泉、敦煌四郡，出玉门关或阳关，穿过白龙堆到罗布泊地区的楼兰，而后经中亚、西亚，直到与地中海各国相连。两汉之后，这条路线被作为"国道"越走越宽阔，各国使者、商人沿着张骞开通的道路，来往络绎不绝。上自王公贵族，下至乞丐狱犯，最为有名的要算班超再次通西域和玄奘从印度取经回国，他们都在这条路上留下了自己的足迹。这条东西通路，将中原、西域与阿拉伯、波斯湾紧密联系在一起。经过几个世纪的不断努力，丝绸之路向西延伸到了地中海，广义上丝绸之路的东段已经到达了朝鲜半岛、日本，西段至法国、荷兰，通过海路还可达意大利、埃及。丝绸之路成为亚洲和欧洲、非洲各国经济文化交流的友谊之路。

"丝绸之路"一词最早来自德国地理学家费迪南·冯·李希霍芬1877年出版的《中国》

李希霍芬（1833—1905）

第十二章 通江达海

一书,丝绸之路的概括形象而贴切。在古代世界,中国是最早开始种桑、养蚕、生产丝织品的国家。近年中国各地的考古发现表明,自商周至秦汉时期,丝绸的生产技术已经发展到相当高的水平。中国的丝织品迄今仍是中国奉献给世界人民的重要产品之一,它流传广远,代表了中国人民对世界文明的巨大贡献。因此,许多年来,不少研究者想给这条道路另起一个名字,如"玉之路""宝石之路""佛教之路""陶瓷之路"等,但这些名字都只能反映丝绸之路的某个特定时期或特定的贸易物品,终究不能取代"丝绸之路"这个名字。后来有的学者又加以引申,称东西方的海上交通路线为海上丝绸之路。因为中国著名的陶瓷也是经由这条海上交通路线销往各国,西方的香料同样走这条路线输入中国,所以一些学者也称这条海上交通路线为陶瓷之路或香瓷之路。尽管如此,得到大多数学者认可的,最终还是"丝绸之路"这一名称。

由于现代贸易日益繁荣,因此,学者们不断地为今天的沟通交往寻找历史的根据,于是又在史料的钩沉中提出了"草原丝绸之路"等类似的概念。"东北亚丝绸之路"就是缘此时代机遇而由中国学者提出并引发区域关注的概念。

从专家学者的研究成果看,无论哪一条丝绸之路,都是漫长而久远的,大地上留下的踏痕仿佛无始无终,似近似远。在古代,它是传播友谊的道路,也曾经是被战争铁蹄践踏过的道路。今天,人们更愿意把丝绸之路看作连接东西方文明的纽带。对于面临百年未有之大变局的当今世界来说,古老的丝绸之路应成为对话之路、开放之路、共赢之路。

与联合国教科文组织推动丝绸之路综合研究计划同步,1991年联合国开发计划署(UNDP)公布了由其协调组织的图们江地区开发计划,即用十到二十年时间筹资三百亿美元,在图们江三角洲地区兴建一个多国经济技

松花江传（下）

术开发区，并使其成为世界重要的物流中心和新的经济增长点。

图们江地区位于中国、俄罗斯、朝鲜的边境地区，是中朝俄三国国土的交叉地带，又近邻日本、韩国两个发达经济体，因而具有独特的地理优势。图们江地区的合作项目不仅能改变中朝俄三国边境交叉地区的落后局面，而且能推动东北亚地区经济的整体和纵深发展。将这一地区作为东北亚经济一体化的突破口，具有国际综合开发、互利共赢的潜在价值。

往来于日本与渤海国之间的海船复原图

联合国教科文组织与联合国开发计划署，两个隶属于联合国的国际组织，同时把目光投向了图们江三角洲。在区位上，这里是东北亚的核心地带。因此，无论是为了文化交流还是为了经贸开发，在这里建设一个面向东北亚的开放平台、一个交通枢纽和商贸物流中心，将成为一项由国际组织牵头、由多国参与的具有国际合作示范意义的创举。

第十二章　通江达海

除区位条件之外，这里还曾经是活跃的东北亚丝绸之路的一个重要节点，这就为今天的开发建设提供了历史支撑。

历史上的东北亚丝绸之路，如同充盈的血脉，鼓荡起华夏大地东北部及周边相关联的民族民生的气血精神。

在今日中国的版图上，东北是东方之东、北方之北。在很长一段时期，东北还有个民间的俗称——北大荒。有学者寻脉其根源，在先秦的典籍《山海经》卷十七"大荒北经"中找到了影子："大荒之中，有山名曰不咸，有肃慎氏之国。""不咸山"即长白山，"肃慎氏之国"则是中国古代东北民族建立的地方政权。周朝时，肃慎人曾向中原王朝入贡"楛矢石砮"。周人

楛矢石砮其实就是一种原始的箭，楛矢是肃慎人用当地特产叫"楛"的灌木做成的箭杆，尾端有尾羽保持飞行平衡；而石砮，便是现代人所说的石镞，即坚硬如铁的石头做成的箭头

松花江传（下）

在列举其疆土四至时称："肃慎、燕、亳，吾北土也。"[①]可见，中原华夏已将肃慎纳入国土范围。肃慎大体分布在今长白山以北，西至松嫩平原、北至黑龙江中下游的广大地区。《山海经》将长白山与肃慎国皆列入大荒之中，可见大荒之大。有学者据此认为，《山海经》中的"大荒"，泛指原始的东北大荒原，也就是"北大荒"这一地域称谓的历史出处。

两汉时期，在丝绸之路自华夏西北延伸至中亚、西亚，最终抵达欧洲的同时，中原地区汉族政权与北方少数民族也建立了交往通道。在吉林省榆树市大坡汉代墓葬出土的丝织品表明，丝绸作为中原文化的一种代表性服饰，早在汉代便已流布至松花江流域。

辽朝兵至黄河岸边时，生活在黑龙江中、下游的少数民族要向南移的契丹贵族纳贡，于是在黑龙江及东北平原上出现了"贡鹰道"。这种鹰名叫"海东青"。宋朝资料记载："女真东北与五国为邻，五国之东邻大海，出名鹰，自海东来者，谓之'海东青'，小而俊健，能擒鹅鹜，爪白者尤以为异，辽人酷爱之，岁岁求之女真。女真至五国，战斗而后得。"[②]可见，辽朝岁岁欲求，女真年年纳贡，便在东北大荒原上踏出了一条"鹰路"。

女真人建立的金政权劫掠了北宋之后，软弱的南宋政权每年要将数十万匹绢绸、数十万两白银和大批中原财物输往女真故地上京（今黑龙江省哈尔滨阿城区），再分配给三川六国，远至库页岛。

辽金两代都起自东北而向西向南扩张，由此夯实了中原与东北之间的通道，活跃了两种文化和两方地域之间的农商经贸与生活习俗的交流。

[①] 童书业著：《春秋左传研究》，江西教育出版社，2021年，第230页。
[②] 李旭光著：《查干湖畔的辽帝春捺钵》，吉林人民出版社，2011年，第227页。

第十二章　通江达海

元代的物流贸易

由成吉思汗统领蒙古铁骑建立起的草原帝国，将欧亚大陆上的农耕文明、游牧文明、商业文明整合进一个全新的世界秩序之中。在此之前，尽管有西北丝绸之路通向欧洲，有东南沿海通向日本、朝鲜半岛及东南亚岛国的海上贸易，但由于政权更迭与部族战争，这些贸易通道经常会被阻隔中断，

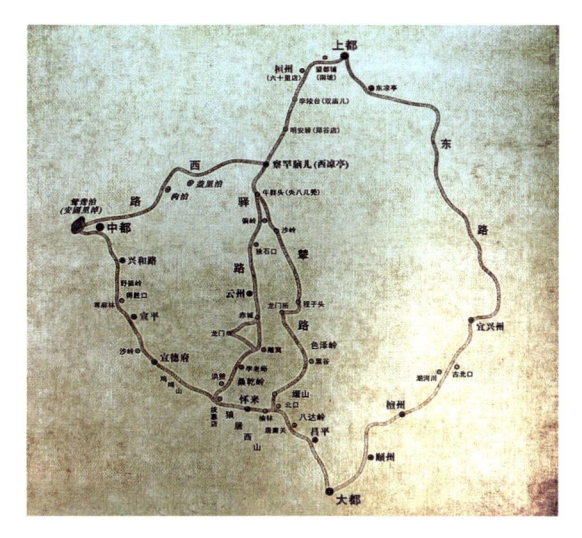

元代上都—大都四条驿路示意图

甚至彻底从历史抹去。除了相对邻近的文明，区域之间的联系非常有限。人们对其他国家或区域文明鲜有见闻，更不要说有什么商旅往来。是成吉思汗建立的横跨欧亚的帝国，将各区域之间的民生与文化勾连成一个交通互联的整体。元朝重新整合丝绸之路沿线散乱衰败的商贸城镇，并将其商业输送形式扩展至四面八方。同时，强化各区域之间的陆路与水路交通，创建了最早的国际邮政体系。他们甚至相信，战争掠取的财富，可以放入商业流通中获取更大的增值收益。

元帝国在世界上建立的桥梁甚至多于它所摧毁的城堡与城墙。当需要跨江涉水前进的时候，桥梁方便了其军队与货物快速抵达。元朝人在四处征战的同时，也在通过贸易与物资交换获得利润。所以，那些原本用于战争的桥梁，最终都便利了草原帝国的贸易物流。欧洲的矿工被带到亚洲腹

松花江传（下）

元代驿站示意图

地，中国的医生被引送到波斯。他们将地毯的使用推广到其所到之处，并将柠檬与胡萝卜从波斯移植到中国。同样，中国的面条、纸牌和茶叶也传播到西方，中国按指印为凭的经验也被应用到货物交接等贸易行为中。

元朝以物尚其流、货尚其通的重商观念，在试图征服世界的同时，尝试建立自由商贸的全球秩序。他们鼓励华夏的商贾通达周边，也为周边的商品进入华夏而维护畅通的大道。这与传统的汉族政权以农耕为本的价值观中的抑商贱商恰成对照。在华夏传统的社会结构中，商人的地位仅高于盗贼，这是自先秦以来形成的文化偏见。蒙古民族入主中原后，直接冲击了这种偏见。他们正式把商人排在所有宗教和职业之前，仅次于政府官员。中华传统崇奉的"天地君亲师"中的师——儒者，在元朝的地位迅速下降，蒙古人迫使他们从传统中国社会的最高层下降到社会的第九等，即在妓女之下，仅高于乞丐。虽然这一说法并未有确凿的史料支持，但元代儒者的地位大大低于商贾是不争的事实。

创建元朝主政中原的蒙古人相信，在某地习以为常和理所当然的东西，在另一地很可能成为异乎寻常和有销售潜能的物品。13世纪后期，各式各样的商品通过不断扩展的商业渠道出售。染料、纸张、麻药、开心果、爆竹等等，都在商业流通中找到了自己的买家。为适应市场的需求，中国的商贾通过四通八达的大道通衢，为欧亚大陆的不同区间、不同民

第十二章　通江达海

族、不同族群，输送着中国的瓷器、丝织工艺品。

元代乘马铜牌　　　　　元代急递铺令牌

也正是在这一时期，华夏东北方向的"大荒之地"初步形成了可畅通往来的交通网络。据《元史·兵志》记载，13世纪后半叶忽必烈统一中国之后，在全国实行"站赤"制度，在十一个行省普遍设立"站赤"。"站赤"是蒙古语，汉语的意思是驿站，其职责是"通达边情，布宣号令"，使用的交通工具"陆则以牛以马，或以驴，或以车，而水则以舟"。元代的东北地区包括贝加尔湖以东、外兴安岭南北和黑龙江下游与库页岛、乌苏里江东部沿海。

与西北丝绸之路、东南沿海的海上丝绸之路相对应，后世学者将元朝时期中原地区向西北、正北、东北方向的蒙古高原贩运物资的多种通道称为草原丝绸之路。

由于中原地区、草原地区自然环境迥然相异，经济结构特点也不同，故而形成了长期的、相对稳定的、大宗的商品交换的需求。这种需求是中原农耕民族与草原游牧民族形成相依相生、互惠互利的经济关系的客观基础。在漫长的历史发展中，草原地区提供的牛、马等牲畜有力地推动了中原农耕文明的发展。草原民族的生活习俗"胡风南渐"，也深刻地影响了

松花江传（下）

元代驿站送信图，相当于现在的邮政系统

中原民族。同时，中原地区提供的大量生产资料、生活资料，也适应了草原民族的生产、生活需要，促进了草原地区的开发与繁荣。

当时由大都（今北京）通往上都的驿路共有四条，其中三条都经由今张家口地区。这些驿路上设备完善，驿站建设齐全，车马络绎不绝，行人项背相望，交通盛极一时，堪称全国之最。

第一条是孛老驿路。孛老，为蒙古语，语义即"西"。在四条驿路中，孛老路位于最西边，也称西路。元朝建立以前，这条道路就是内地通往漠北之路。该驿路从大都出居庸关，进入龙庆州，经榆林站、雷家站、鸡鸣山站，出宣平德胜口（今万全镇），越野狐岭，过抚州（今张北），转东行至察罕脑儿行宫，接望云道，北上上都，全长约七百公里。忽必烈中统以前，这条路是"正路"，凡皇帝、使臣、官员都走此路。中统三年（1262），改望云路为驿路正路。但元朝皇帝每年秋天从上都返回大都，往往也走此路，因此它又被称为"捺钵西路"。

第二条是望云驿路，又称望云道。忽必烈在开平即位后决定"缙山至望云，速取径道立海青站"，并规定"今后使臣、官员除军情急速公事，有海青牌者入望云站""如无急速公事海青牌者，不得纵由望云，只令入大站"（大站即孛老驿路）。望云驿路从大都经昌平新店驿，出居庸关，经龙庆州缙山站（今北京市延庆）、榆林站（今怀来县榆林）、雕鹗站（今赤城县雕

第十二章　通江达海

鹗镇)、赤城站(今赤城)、龙门站(今赤城县龙关镇)、独石口站(今赤城县独石口)、明安站(今沽源县北)、察罕脑儿行宫(今沽源县境)、桓州站(今内蒙古正蓝旗北),至上都开平,全长约六百公里。

第三条是黑谷东道,又称"辇路",专供皇帝每年到上都巡幸时通行,禁止常人行走。因路经黑谷(北京延庆县西北),所以称为"黑谷东道"。辇路又有两条,往返各走一条,由大都至上都走东道,由上都至大都走西道,此即《扈从集》所谓"东出西还"。这条道路设十八个捺钵(契丹语,此处指皇帝行帐),出大都第一捺钵为大口(北京海淀北),途经捺钵为黄堠店(北京西北)、皂角、龙虎台(昌平县西北)、棒槌店(延庆县东口)、官山(延庆县独山)、沙岭(沽源县丰元店)、牛群头,后至郑谷店、泥河儿(以上两地均在察罕脑儿附近)、南坡店(正蓝旗西),最后到上都。

第四条是古北口路,因位置最为靠东,也称"东道"。该路没有经过张家口地域,专供监察员和军队使用。古北口路由大都出发,经顺义(北京顺义区)、檀州(北京密云区)、古北口、宣兴洲(河北滦平北兴洲村小城子),沿滦河西北上行,经东凉亭(内蒙古多伦县白城子古城)至上都。

在辽金元明时期,草原丝绸之路的兴衰受制于中原农耕文明与草原游牧文明之间是战还是和的关系。商路通则休兵息戈,社会稳定,人民安居乐业,社会繁荣昌盛;商路不通则烽烟顿起,兵戈相向,生灵涂炭,人民流离失所。所以,草原丝绸之路成为区域诸多政权之间战与和的指示性标志。

受战争和疆界变化的影响,草原丝绸之路并非一成不变的几条大道通衢,而是随时调整线路与方向的、由马队和驼队踏出的商路。甚至可以说,有水草的地方就有路,有路的地方就有商贾的驼队。

在位于内蒙古草原东端的霍林河、嫩江流域,分布着一条宽约十千米、长约二百千米的西伯利亚野杏林带。每年5月1日前后,这片连疆越

松花江传（下）

界、漫山遍野的杏林带，一夜之间千树万树杏花开，铺天盖地，如同花的海洋。在这片花溪流经的路上，至今仍有远古朝贡的传说。据当地人说，杏林带原本是一条草原上的驿道，东边的部族向中原进贡特产，而朝廷则给予各种赏赐。有一次，进贡回来的马队在这里遇到了沙尘暴，货物与人马皆淹没在沙丘中。马队的头人从沙丘中爬了出来，四顾无人。他一边走，一边将朝廷赏赐的杏撒在路上。杏滚落的地方，就能找到一个同伴。头人便一路撒下去，终于找回了自己的全部同伴。数年之后，头人带队再次进京朝贡，只见驿路上长满了杏树，开遍草原山冈的野杏花结了果实，收获的野杏仁以其食用与药用价值成了向中原朝廷进贡的特产。

直到今天，科尔沁草原上的杏林带仍然是当地百姓采收野杏核并销售获利的收入来源，而关于这片杏林的传说，也一直在当地人的生产生活中被津津乐道。

这传说虽然没有年代，却形象地描绘了一幅中原王朝与东北部族之间经过草原丝绸之路相互联系的图画。

草原丝绸之路只是学者对草原物资通道的一种概括，是借用西北丝绸之路的历史现象方便理解的一种称谓。由于草原部族与中原城镇之间的民生经济交流广泛，在这条货贸通道上穿行的不仅是丝绸，还有畜群、皮货、畜产品及金银珠宝，因此，这条通道也曾被一些学者概括为"皮货之路"和"珠宝之路"。

‖ 历史上的狗站与狗国

元朝时，在东北的辽阳行省区域内共有十几条驿道，一百二十处站赤，另有十五处狗站。黑龙江下游地区的少数民族冬季以狗拉爬犁为主要

第十二章　通江达海

交通工具，因而其驿站就被称为狗站，或称狗驿。这是元代设于黑龙江下游及其附近地区的一种以狗作为挽畜，牵拽雪爬犁和船只等交通工具的富有地方特色的驿站。

元代的狗站作用很大。在政治和军事上，狗站驿路增强了元朝政府对黑龙江下游地区的控制。狗站的开辟，"通达边情，布宣号令"，迅捷及时，畅通无阻。元朝在黑龙江下游的驻军，多依赖狗站传送军情、供应粮秣，在经济上利用狗站输送实物赋税和其他物资。黑龙江一带的部落政权要捕送海东青向元皇室、贵族纳贡，均通过狗站运送。官员及信函的往来，也都通过狗站递送。由于狗站的输送任务十分繁重，因此，元朝为每一个狗站设有站户二十，每户养狗十只。按四狗挽一车计算，每户有狗车两辆，计需八狗，余二狗备用。也就是说，一个狗站，要养狗二百只，有狗车四十辆。

复原场景"元代站赤"呈现了最能代表黑龙江冰天雪地特点的狗站，即狗拉爬犁的驿站。低矮的白桦木屋，茂密的山林雪野，姿态各异的驿狗，神色刚毅的站人，不仅生动再现了元代狗站的情景，而且折射出诗情画意的历史情怀

583

松花江传（下）

黑龙江下游狗站驿路开辟和建设后，构成了一条斜贯辽阔的东北地区，联结极东边陲与中原大地的交通大干线，使黑龙江、松花江、乌苏里江流域与中原内地联结成为一个息息相通的整体。

狗站在明清两代已取消，但在清代，狗拉爬犁仍是黑龙江以北及乌苏里江以东一些渔猎民族的基本交通方式。这一地区以赫哲人为代表的部族，每户都养十五至二十只狗用来拉雪爬犁，一般"一队有八只狗的雪橇，可拉一个人和一百八十斤行李"，走起来如同"最好的马车那样迅速"。在黑龙江下游的一些部落，人们"夏航大舟，冬月冰坚则乘冰床，用犬挽之"。每只雪爬犁用狗四五只乃至十二三只不等，最前面的一只是训练有素的"头狗"，一般为母狗，头狗听从主人的吆喝前进、停止或改变方向。

现今收藏在故宫中的《皇清职供图》便描绘了这样的情景：两个黑龙江流域的部落族人，乘坐在由四条狗拉的爬犁上，前者穿的是紫貂袍子，后者身穿戎装，爬犁在冰上行驶。可见，这种狗拉爬犁运送物资的方式，直到清朝仍在沿用。

狗站的设立实际上是借助了黑龙江、乌苏里江流域渔猎民族原有的狩猎出行方式，并将狗爬犁作为驿站交通的主要工具而形成的。其特别之处就在于这种畜狗与役使的生产生活方式已成为外人辨识其族群的特征。因而在元代的文献中，出现了对这一地区的部落族群冠以"狗国"，或"北狗国""使犬国""使犬部""使犬处""使犬地方"等称谓的情况。因为元代在此设置的交通驿站中有十五处狗站，所以狗站中配置的当地民户便被称为"狗国"之人。

黑龙江下游地区的"狗国"一名最早出现于公元945年。五代后周时期，同州郃阳县令胡峤入契丹，在其所著《陷虏记》中记载：在室韦之北

第十二章　通江达海

有"狗国",其人"长毛不衣,手搏猛兽""能汉语,自相婚嫁,穴居,食生"。其后,宋代的文献中也曾有过狗国的记录。

据后世学者考证,在东北亚地区内,地下考古发掘陆续发现了从一万多年前至五六千年前人类驯养狗的遗迹,只是在文献中这方面的记载出现得比较晚。南北朝时期对勿吉的记载是"男子衣猪、犬皮",说明勿吉族可能已有驯养狗的情形。在唐代的文献中,有堪察加半岛的土著"土多狗,以皮为裘",并用"狗毛杂麻为布而衣之"的记载。而生活在黑龙江上游、大小兴安岭地区的早期部落,也有"畜其犬、豕,豢养而啖之,其皮用以为韦,男子、女人通以为服"的记载。只是后来的几百年间,畜犬与以犬皮为衣的记录,多指向黑龙江下游地区的原住民。

元代,有关黑龙江下游地区驯养狗的记载逐渐多起来,如库页岛上的渔猎民族普遍养狗,黑龙江与乌苏里江地区的居民"衣狗皮,食狗肉,养狗如中国人养羊"。

除了畜狗与食狗之外,这时出现了用狗作为挽畜的记载,而且明确指出是在黑龙江下游地区。"六畜惟狗至多,乘则牵拽爬犁,食则烹供口食",此地族群因"有狗车、木马之便"而著称。

赫哲人使用的交通工具主要有狗拉雪橇、马拉爬犁、滑雪板、桦皮船、快马子船等

狗爬犁

元朝在黑龙江口附近设征东招讨司,这里是通古斯女真与古亚细亚族杂居的地区。元人周致中记载:"在女真之东北,与狗国相近。其地极寒,雪深丈余。衣狗皮,食狗肉,养狗如中国人养羊。不种田,捕鱼为生,其年鱼多,谓之好收。出海青,产白鹿。"[1]从这段记述看,黑龙江口一带并不在狗国的范围,只是邻近狗国。从方位上看,狗国应在黑龙江口的上游,也就是黑龙江、乌苏里江、松花江汇流之处,以及乌苏里江以东地区。但这种说法只是出自元朝官员周致中出访异域各国时写下的笔记,

---

[1] 佟冬主编:《中国东北史》,吉林文史出版社,2006年,第248页。

第十二章 通江达海

许多或许只是听闻与抄录，故而只能说是一家之言。

从公元10世纪"狗国"之名出现，中经金、元、明三朝，至17世纪中叶"使犬部"之名停止使用，前后长达七个世纪之久。狗国或使犬部并不是一个有明确界边四至的行政区单位，也不是一个内涵清楚的民族称谓。黑龙江以北、乌苏里江以东地区养狗及使用狗拉爬犁的民族很多，这给确定狗国的民族成份及其所包括的区域带来了许多困难。诸多学者相对一致的看法是，狗国是个历史范畴，既不是族名，也不是某一族专有的他称，而是历史上对某一相对区域内一些使犬民族的通俗称呼。但大体上说，元代的狗国是沿黑龙江而居的使犬赫哲人与使犬鄂伦春人，而作为这一地区贸易交通驿站的狗站，也与狗国的称谓相伴始终。虽至民国时期仍有狗拉爬犁的货运方式，交通驿路仍在沿用，但狗站及这一地区的狗国称呼已经不存在了。

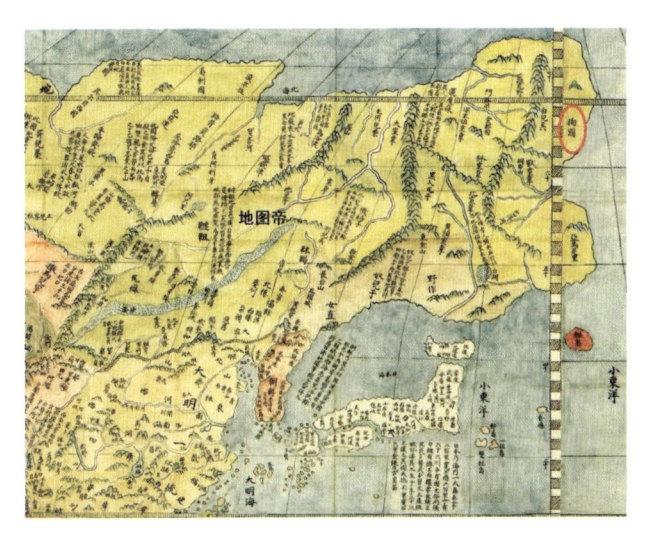

明朝世界地图《坤舆万国全图》上，亚洲东北角接近白令海峡的地方赫然写着"狗国"两个字。"狗国"两个字并非戏谑或玩笑，当时真的存在

对游牧民来说，与近邻的贸易及征战构成了每年生活有规律变化的一个互相联系的组成部分，就如春季照管雏畜、夏季寻找牧场和秋季烘烤肉类与奶制品一样，年复一年。战时征伐杀掠，和时易货商贸。游牧民在部族与部族之间，或在帐篷与帐篷之间交换自己的渔猎所获，偶尔会与南方

的商贩交换诸如铁和纺织品一类的制成品。生活在荒漠北端的草原牧民受益于同南方农耕经济及小作坊相连的贸易交通线，这是他们的生命线，是让草原人健壮地生活下去的大动脉。在漫长的岁月中，流入遥远的北方草原的货物是如此之少，以至于据说蒙古人中，有一双铁马镫的人就可以被认为是贵族。

亦失哈九上北海

朱明王朝自长江流域起兵，将元朝政权赶回了北方草原。由于辽东地处偏远，又是蒙古与诸多游牧渔猎民族长期居住经营的故地，因此始终是明王朝不敢轻视放松警惕之地。14世纪末至15世纪初，明朝在辽东设官招抚并建立羁縻卫所。到1409年，明王朝先后在黑龙江、松花江、乌苏里江流域设立一百三十多个卫，并于永乐九年（1411）在黑龙江下游奴儿干地区设立了奴儿干都指挥使司。明王朝加强了对东北地区驿路的建设与管理，设立了许多水陆交通驿站，通往奴儿干地区的水上驿路尤其受到重视。

明成祖朱棣雄才大略、励精图治，为弘扬国威，招抚周边，自1405年开始的郑和七下西洋，以前无古人的大航海建立了中国与世界的联系，将中华威名远播海外。在郑和下西洋的同时，还有一位女真人受朱棣委派，一直奔波在广袤的东北土地上。他登上苦夷道（库页岛），并在黑龙江以北、外兴安岭两侧，宣示中国在此广阔地域的国家主权。

他就是亦失哈。因为亦失哈与郑和同朝为官，同是宦官出身，同受明皇朱棣委派，所以后人曾有"海上郑三宝，陆上亦失哈"的概括。

亦失哈是黑龙江流域的女真人，其部族接受明王朝招抚后，他随部

第十二章　通江达海

　　鉴于元朝驿站混乱的教训，明朝用严法对某些特权者进行了限制，规定"非军国重事不许给驿"（《昭代王章》）。1393年，明朝颁布了《应合给驿条例》，规定加上附加条件共十二条，限定了符合用驿马驿船条件的人员

　　族首领进京朝贡时，被永乐皇帝留下做女真语译官。其后，受永乐皇帝赏识，被提为都知监太监，并被委以重任，巡抚黑龙江。

　　在朱棣眼中，黑龙江流域是"锁钥之地"，关乎大明东北边陲的安危。为此，朱棣锐意经营东疆，大力招抚松花江下游与黑龙江、乌苏里江流域的各部族部落。明王朝在此设立的一百多个卫所，形成了北部边疆前所未有的军事行政管理网络，使这一地区成为中华大一统名副其实的组成部分。

　　东北地区历来为少数民族聚居地，松花江一带为海西女真，北部为通古斯族，西部为达斡尔族、蒙古族，南部为建州女真等。多民族之间的关系纷繁复杂，所以需要通晓当地情况的得力干将进行治理。综合考量，女真出身的亦失哈就成为巡抚东北最高首领的不二人选。

　　永乐九年（1411），亦失哈第一次巡抚奴儿干时，率领千余名官兵，乘二十五艘巨船，满载布帛丝绸、粮食器具等物资，从吉林船厂扬帆起

松花江传（下）

航，"浮江而下"。这只庞大壮观的船队，顺松花江而一路向北，舳舻过处，沃野千里，由松花江进入黑龙江，直下奴儿干。到达奴儿干之后，亦失哈对当地各部族人民"赐男妇以衣服、器用，给以谷米，宴以酒食"。所到之处，亦失哈向各卫头领宣布了朝廷的"敕谕"，令"皆受节制"；向各部族人民宣布了朝廷与皇帝的恩德，要求他们忠于大明王朝。此次巡抚，还"开设奴儿干都司"，正式将大明政权建制于此。

1413年，钦差大臣亦失哈又一次巡视奴儿干地区。在这次巡视中，亦失哈做了两件永载史册的事情。第一件事是扬帆继续向东，从黑龙江口过鞑靼海峡，"亲抵海外苦夷"，登上库页岛，巡察大明王朝最东端的领土。亦失哈以朝廷钦差身份接见当地部族头领和民众，赐衣服、器具、粮食，宣示朝廷对"苦夷"的关怀。第二件事就是偕人在满泾站附近原有观音堂的基础上修建了一座宏伟瑰丽、供奉观世音菩萨的寺庙——永宁寺。为纪念建寺，亦失哈在寺内建碑一座，上刻"敕修永宁寺记"碑文。碑上记载了明朝建立奴儿干都司、兴建永宁寺以及亦失哈两次巡视该地区的经过。《永宁寺碑记》还记录了奴儿干各部"莫不朝贡内属""吾子子孙孙世世代代臣服，永无异意矣"。由亦失哈领衔刻名的各部头领多达二十人。《永宁寺碑记》将大明王朝江山一统的标志写进了史册，成为黑龙江下游广大地区的历史见证。

明朝宣德七年（1432），亦失哈最后一次巡抚奴儿干。这是明王朝最为隆重、规模最大的一次派使臣到黑龙江下游地区进行宣抚，也是亦失哈人生中最辉煌的篇章。《重建永宁寺记》记载："七年，上命太监亦失哈同都指挥康福，率官军二千，巨船五十，再至奴儿干。"《明实录》也记载："遣中官亦失哈等往奴儿干处，令都指挥刘清领兵松花江造船。"吉林阿什哈达摩崖石刻记载，"宣德七年二月卅日，刘清造巨船五十"，这

第十二章　通江达海

永乐七年（1409），明成祖决定在吉林的松花江岸设立中国北方最大的造船厂，如今存于吉林市的阿什哈达摩崖石刻，即是那一时代的佐证。图为吉林阿什哈达摩崖

一数字是亦失哈第一次下奴儿干船队数量的两倍。五十艘大船，每艘船乘四十人，还要装载朝廷赏赐给奴儿干各部族头领与民众的物品，如布帛绸缎、器具、酒和粮食。每艘船上的货物重量不少于六十吨，三千吨在当时应该是个很大的数字。这是有史以来，东北亚区域物资运输最壮观的场面。

明朝政府对奴儿干的治理不是全天候的，政府所依靠的是亦失哈不辞辛劳地万里奔波。此次到奴儿干，亦失哈见"民皆如故""独永宁寺破毁"。调查后得知，是当地部族人毁坏了寺庙。亦失哈没有惩罚"毁寺者"，而是对当地民众"好生柔远"，进行安抚，"特别宽恕，斯民谒者，仍宴以酒，给以布物，愈抚恤"。于是"人民老少，踊跃欢忻，咸啧啧之曰：'天朝有仁德之君，乃有贤良之佐，我属无患矣。'"这些情节均

松花江传（下）

图一

图二

经过六百余年的风雨，石刻的很多字迹已经难以辨认，石刻的拓片保存于吉林市博物馆中。为保护石刻，1983年在两处石刻的位置上建了一阁一亭，分别称为"摩崖阁"（图一）和"阿什亭"（图二）

记录在《重修永宁寺记》中，以此足见亦失哈对毁寺一事处理得很成功，收到了非常圆满的效果。好在"基址存焉"，亦失哈"遂官重造，命工塑佛，不劳而毕"。重新修建的永宁寺"华丽典雅，优胜于先。国人无远近，皆来顿首，谢曰：'我等臣服，永无疑矣。'"又刻石立碑，即同样用汉、女真、蒙古、藏四种文字刻成碑记的《重建永宁寺记》。此碑的意义远远超过《永宁寺碑》。它不仅表明奴儿干一统于中华文明，更记录了包括奴儿干在内的东北各族人民忠于中原王朝，团结一致，共同维护国家统一的史实。

清嘉庆十三年（1808），日本人间宫林藏（1780—1844，著有《东鞑纪行》）在永宁寺遗址曾目睹"众夷至此处时，将携带之米粟、草籽等撒于河中，对石碑遥拜"。屈指算来，历经近四百个春秋，生活在黑龙江口的百姓们对此碑仍敬若神明，亦失哈可谓德之大者。

1856年，美国驻俄国商务代办佩里·麦克多诺·柯林斯横越西伯利亚，由黑龙江（俄称阿穆尔河）河源顺流而下进行考察，后于1860年发表了

第十二章 通江达海

图为保存在符拉迪沃斯托克（海参崴）阿尔谢耶夫博物馆里的永宁寺碑。这是现存可证实中国最早管理库页岛的两块碑：图右为明永乐十一年（1413）的《永宁寺记》，图左为明宣德八年（1433）的《重建永宁寺记》，均系明朝宦官亦失哈奉旨巡视奴儿干都司时竖立的。永宁寺碑是明朝政府对黑龙江流域及库页岛实行管辖的物证，也是研究明代东北的重要史料。清末曹廷杰重新发现永宁寺碑并将碑文拓下，使其得以流传于世；而这两块石碑则被俄国拆除并运往符拉迪沃斯托克

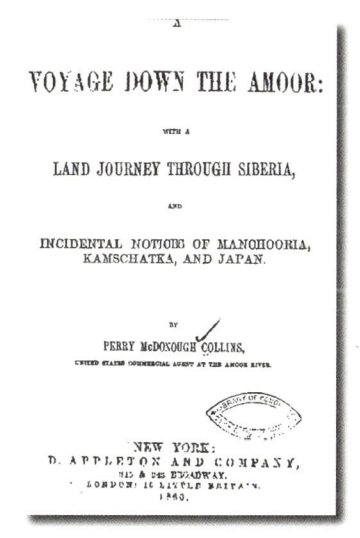

《阿穆尔河纪行》封面及内文

松花江传（下）

《阿穆尔河纪行》一书，对永宁寺碑做了较为详细的描述。其中这样写道："这些土著居民对这个地方（永宁寺碑）及其在古代的用途，怀有一种神圣、持久和强烈的信仰。这种木片制成的花朵无疑是一年一度的献礼，还可能加上一头牲畜作为向这个地方的神祇赎罪的牺牲。"[1]可见永宁寺碑对当地居民的巨大影响。

亦失哈先后九次统率庞大的巨船船队，从松花江、黑龙江三千里水路下奴儿干，巡抚包括库页岛在内的广大地区。此举为维护国家的统一，促进中国各民族的团结与交融，为东北亚东部地区的开发，做出了重大的贡献。亦失哈与同殿为臣、七下西洋的郑和，堪称我国与世界浩瀚历史星空中闪亮的双星。

‖ 贡赏贸易与黑貂之路

亦失哈的行走路线与货运方式，使松花江与黑龙江水路航运成了这一地区经典的常态化的交通驿路，也是与草原丝绸之路及东北地区陆路驿站并行的水陆联运通道。明王朝在这些水陆交通驿路上设立了许多驿站，其中载入史料最多的是海西东水陆城站。

海西并非某城某地，元明时期特指从松花江大弯曲处与呼兰河以东松花江下游地区，即海西女真地区。这条交通线是松花江与黑龙江两条江的水路，因在沿江村镇设驿站，故称水陆城站。《辽东志》与《全辽志》记海西东水陆城站较元代多出一倍以上，有城站三十处，狗站二十四处。

---

[1]（美）查尔斯·佛维尔编，斯斌译：《西伯利亚之行——从阿穆尔河到太平洋（1856—1857年）》四十七"古碑"，上海人民出版社，1974年，第259—266页。

第十二章　通江达海

另有从辽东开原出发,经吉林海龙、敦化、安图而后过图们江进入朝鲜半岛的一条商路,史料记载为"开原东陆路至朝鲜的后门"。这条古道连接了中原与海兰江、图们江地区的建州卫等女真部落,成为明代辽东地区交通网络的重要组成部分。后世有学者将其称为东疆丝绸之路。

东疆丝绸之路并不像通往西域的丝绸之路那样,沿途扬起阵阵烟尘,来来往往的中西商贾带着满载货物的驼队、马帮,构成一幅十分壮观的瀚海行旅图。东疆丝绸之路是通过设关互市、贡赏形式,把明朝内地的彩缎等物运往东北边陲各民族地区进行交易。古代东北亚各族人民正是靠这条以贡赏交易为主要内容的交通要道,把古老的长江、黄河流域文化与东北亚文化联系起来,令明代东疆地区生机盎然。

贡赏交易的结果,是形成一种独特的丝绸文化现象。在贡赏交易中,交易的物品有内地布匹、鞋袜,主要的是江南"丝绸诸物"。这是古老的长江、黄河流域文化(汉文化)传播的结果。丝绸等日用服饰在东北亚成为时尚与流行的象征,久而久之,汉文化成为东北亚区域的主体文化。

明成祖实行卫所制度,促成了东北区域各卫所与中原朝廷的贡赏交易。一贡一赏,以及贡赏衍生的榷场交易产生了良好的社会功能。明人招抚东疆地区,不仅把内地"丝绸诸物"运至边陲,同时,随着物品的运输,许多能工巧匠也来到了东疆地区。他们把精湛的技艺传到了东疆地区,促进了东疆地区的发展。

正是由于明代创建的交通体系如此完善,中原地区先进的产品——棉帛、丝绸、瓷器、金银饰物与绵绸服装、纸张、粮酒等物品,才得以大量地进入黑龙江地区及其北部、东部边疆与库页岛;而这些地区的居民则以当地的土特产向朝廷进贡或换回绸缎、衣物、器具。

无论是"海西东水陆城站",还是"开原东陆路至朝鲜后门",都使千

松花江传（下）

里冰封的北国边疆显得生机活跃、物阜民丰。不仅如此，这些交通线还将中国东北、朝鲜半岛北部和俄国滨海州的广大地域与日本列岛连接在一起。有俄国学者根据其主要的贸易物品，将其概括为"黑貂之路"。

中国东北的貂皮贸易早在东汉时期就已经发展起来了，当时称之为"挹娄貂"。至唐代，黑龙江和乌苏里江流域民族向外国市场贩卖的黑貂毛皮大受欢迎，特别是在伊朗系族人和塔吉克人的祖先粟特人的市场上受到青睐。根据学者的考察推测，这条黑貂之路横跨中亚与东北亚草原，从中亚巴尔喀什湖流域出发，经过阿尔泰山区、南西伯利亚、蒙古西部，到达色楞格河流域；沿鄂嫩河和克鲁伦河通达额尔古纳河，进而与"海西东水陆城站""开原东陆路至朝鲜后门"衔接，形成一条完整的貂皮贸易输送线路。

貂皮是东北亚渔猎民族主要的狩猎收获之一。白山黑水间，自古以来就有捕貂、贡貂和服貂的历史。从古时起，所谓"挹娄貂""索伦貂"就被选作进贡的方物，向以"燠于狐貉"著称于世，而貂裘也久享"皮裘之首"的盛誉，故"貂皮"为"关东三宝"之一。

《后汉书》及《三国志》皆记载"挹娄出好貂"。《晋书·东夷传》记述："夫余国出善马及貂豽，贡貂皮。战国时期，赵武灵王效胡服，仿效北方少数民族冠带，以金珰饰首，前插貂尾为贵职。秦灭赵，以其君冠赐近臣"。汉承秦制，宫廷规制中皇帝侍卫亦用貂尾为饰，有著名的"貂蝉冠"。到了晋代，因封官太滥，于是有了"貂不足，狗尾续"之俗谚，"狗尾续貂"的典故就出自于此。直到清代，三品以上官爵方可服貂裘。貂产自民间，而贵于宫廷。乾隆御制《咏貂诗》云："狐白那堪相比拟，名裘黼黻佐朝章。"貂皮不只保暖性强，且与官品关联，故极名贵。

貂的生境在俄罗斯、蒙古、朝鲜的部分寒地山林草原都有分布。但生

第十二章　通江达海

存于中国长白山以北，黑龙江、松花江、乌苏里江三江流域，以及大兴安岭、嫩江流域的种群数量较多，貂皮品质最好。

貂的物种分类关系到貂皮的市场评价。史书《吉林外记》记载："貂，吉林、宁古塔、三姓、阿勒楚喀诸山林多有之，甚轻暖。英俄岭以南者，色黄，岭北者，色紫黑。三姓、下江、黑津（赫哲），皮极高，除贡皮二千六百张外，余准通商贸易。"《鸡林旧闻录》也记述："貂为吉林特产，毛根色青者曰青亨，三姓以东，毛根略紫曰紫勒，高丽奉天者，毛根灰白为草料。自以紫粹为上。盖气候愈寒则毛色愈纯厚，故三姓以东之皮张最良，不独貂皮为然也。"可见，越是严寒地区，兽为自护，毛质越佳，毛色越深。

貂皮的颜色与品种、气候有关，或许也与居处环境有关。"白左近森林荫翳，产貂尤佳，产于松杉之林者带黑色、赤鲜、褐色数种，以毛皮之浓淡分价值之高低，且亦因其居处，异其毛色。按产于松杉之林者，毛带黑毛，品格最贵；栖于白杨之林者，色稍鲜明，而品格次之；产落叶松及五叶松之林者，毛皮极鲜明，而品格为下。"虽说这仅是当时人的观察与评价，但亦可见貂的品级是极受市场重视的。比如紫貂，毛皮柔细轻暖，拂面如

脱衣易皮，载于《东鞑纪行》

松花江传（下）

焰。其御风抗雪的功效，历史上早有记载。宋朝史料《资治通鉴》有载："貂亦鼠类，缛毛者也。其皮暖于狐貉，取以为帽，得风则暖。其毛拂面如焰。朔地苦寒，人以其皮温额，后代效之。"关于貂绒细软、光泽、保暖性强，民间有许多奇异的传说。比如民间相信，严冬天气，把一碗凉水置于冰河，覆以貂皮，过夜碗水不冻。又比如《长白汇征录》所载："貂皮最能御寒，遇风更暖，著雪即消，入水不濡。"更有夸张的传说，谓貂皮可拒风雪于一尺以外。

时至清代，白山黑水所产之貂皮，成了地方民众向朝廷缴纳贡品并以此换取财物的特产。这时的貂皮又称为貂赋，即以貂皮充作实物税赋。朝廷则对贡纳貂赋者赏乌林，乌林即满语财富的意思，是贡貂时清政府赏赐给贡貂者的布帛等财物。沿袭日久，贡貂成了黑龙江下游及乌苏里江以东各部族民户生产生活与朝廷相关联的一项活动，贡赏形式建立了一种隶属和统辖关系。

按规定，黑龙江下游及乌苏里江以东各部族的貂赋按户征收，每户每年贡貂皮一张，这与黑龙江上游各部族的按丁征收不同。由于路途有远近，因此各部族进贡的时间也有所不同。康熙中期，松花江、乌苏里江地区及黑龙江下游各部族是每年一入贡，而距离较远的部族"皆三年一贡"。此时贡貂的部族，多是在山林草原中以渔猎为生的赫哲

库页岛贡貂人在德楞行署进贡的场景，载于《东鞑纪行》

第十二章　通江达海

族、鄂温克族、鄂伦春族、达斡尔族。

貂赋贡赏时的三江平原,沼泽遍布,陆地无路可走,只有沿江河的路线。夏天靠舟楫,冬天靠狗拉爬犁。清代著名诗人沈兆禔在《吉林纪事诗》中写道:"冰走耙犁使犬部,雪施踏板贡貂人。"

雍正十年(1732),清廷在松花江与牡丹江汇流处的三姓满语"依兰哈喇"建制设官,黑龙江下游及部分乌苏里江下游各部族改至三姓贡貂,黑龙江下游及乌苏里江以东各部族贡貂均移归三姓副都统衙门办理。从此,三姓成为东北地区最大的貂皮贸易城市,三姓的商业也主要是围绕着貂皮贸易发展起来的。

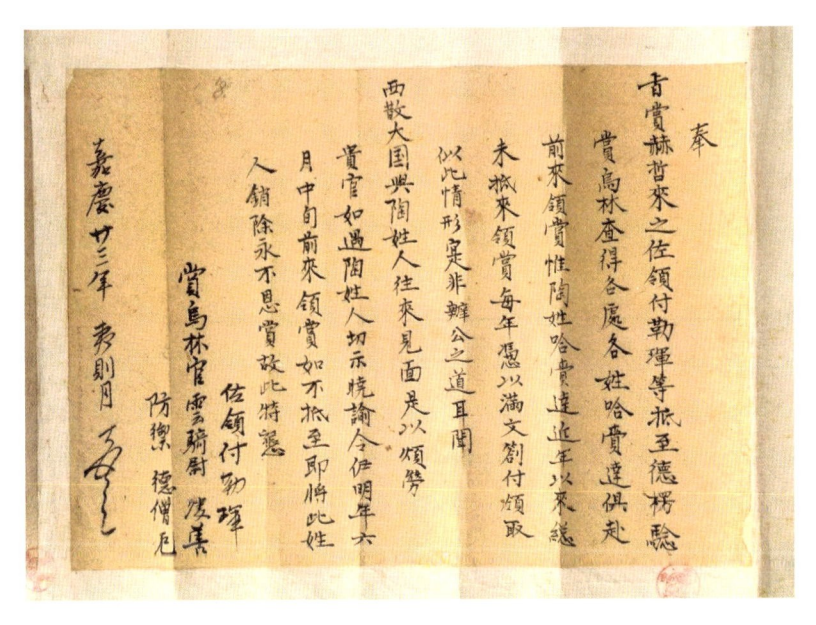

清朝文书。这篇文书说的是库页岛上一个陶姓部落的姓长已经好几年没有亲自来德楞进贡了,反而让别人拿着朝廷发给他的满文执照来领赏。赏乌林的清朝官员于是写了这份文书,委托一位与陶姓姓长熟识的"贵官"带回去,责问陶氏部落,并警告他们再不进贡,就把他们从贸易名录中除名

松花江传（下）

各少数民族乘船沿黑龙江或乌苏里江到三姓，在交纳貂赋后，用他们运来的毛皮和其他商品交换足供他们一年消费的粮食和消费品。

貂皮交易基本是以物易物。为此，商人常常是就近从宁古塔、阿勒楚喀等地运来生产或生活必需品，至三姓交换貂皮。嘉庆八年（1803），保定商人赵廷采从阿勒楚喀购买白酒两万斤、食盐三万斤、白面一万斤、黑豆一百仓石、米十仓石，船运至三姓贸易；商人徐平盛等则将白酒十万斤、生猪五十头、豆饼两千块、高粱一百石，船运至三姓贸易。

凡贡纳貂皮者，都可以得到清政府的一份赏赐。《柳边纪略》记载，当时到宁古塔或三姓各部族，"凡岁贡者，除赐衣冠什器之外，宴一次"。《宁古塔纪略》中说，这类宴席一般由"将军设宴，并出户部颁赐进貂人袍帽、靴袜、挺带、汗巾、扇子等物各捆赐"，这就是赏乌林。乌林中除附赏的零星布匹、梳篦、包头、带子、针线、漆匣、皮箱等物品外，主要是褂、袍、袄、裙、裤等衣物。

清廷为联系与东北边陲各部族的感情，巩固对边疆地区的统治，除贡貂、赏乌林外，还允许各族姓长、乡长进京娶妇，由清廷配以宗室或大臣之女。后来，凡筹足聘礼黑狐皮两张、九张元狐皮之褥子、九张黄狐皮之褥子、十七张貂皮之皮筒子、貂皮百张者，或其他价值相当之皮物者，即可进京娶满洲之女为妇。《柳边纪略》说，获此机会之人"其部落甚尊奉"，每年贡貂时赏赐数量在姓长、乡长之上。清政府对于娶亲者，照例赏给各种衣物、饰品、针线、马牛及犁铧等物。这些嫁到边疆的满族格格，以姻亲的方式有效地加强了清朝贵族与东北各部族之间的联系。

自三姓成为貂皮收购中心之后，民间贸易也借此展开。集中缴纳贡赋之后，民间的集市还要延续二十来天。主要商品是选取贡貂后剩下的貂皮，盛行以物易物。如清初，铁锅在偏远的东北地区是稀罕物，为换取一口铁锅，边民不惜代价。以貂换锅，最初就是将貂皮放满一锅，才算等价。据《龙城旧闻》卷三记载："商贾初通，以貂易釜，每一釜实貂令满易之。后渐以貂蒙釜口，嗣围釜三匝，一釜辄七八貂。"随着贸易流通日久，铁锅不再稀缺，而貂皮日贵。到了康熙末年，已涨至"一貂值数釜矣"。

山丹贸易与虾夷锦

自元明清以来，中原王朝为了更好地控制羁縻辽阔的东北疆域，以驿站交通、设官巡抚、贡赏贸易的方式，从经济、文化、生产生活等方方面面加强与部族民户的联系。官方的意志与民间的愿望相统一，促进了开放的集市贸易和货运通道。而且，不仅是在疆域之内，很多贸易通道已跨海直达域外岛国。

海上丝绸之路在东方有一条通往日本的人员往来与贸易货运的航线，自唐代起便已成为华夏中原与日本沟通的物流载体。

在唐代，中日官方互赠礼品，实为变相贸易。唐朝对日本遣使所请求的物品，依朝廷惯例放行准许。唐皇通过遣唐使和聘日使送给天皇的礼物非常丰厚，有时甚至派专使押送。礼品大抵为彩帛、香药、药物、家具、文具、乐器、武器之类。不仅赠送礼物，中日之间的交往还带动了唐代先进生产技术在日本的推广。日本依照中国水利工具，造出了手推、脚踏、牛拉等各种形制的龙骨水车，使缺水高远之地也能正常地种植水稻。唐朝传入的栽培技术，如种植柑子、甘蔗、茶树等作物的技术，也都在八九世纪逐步推广，日本人饮茶、甜食风习亦因之而起。北魏贾思勰所撰农学名著《齐民要术》在奈良朝被遣唐使持归日本，书中关于农作物、蔬菜、果

松花江传（下）

树和一般树木的栽培方法以及畜牧、捕鱼、食品制造技术，在日本得到了广泛的传播。许多先进的手工业生产技术也不断传入日本，使日本有关手工业产品的工艺水平大为提高，织染、陶瓷、漆器制造等方面的工艺技术尤为突出。建筑技术综合了砖、瓦、石、木、金等多项手工业生产技术，同时包含建筑物的间架结构、整体造型、内外装饰以及建筑群落布局设计等多方面技术和艺术。

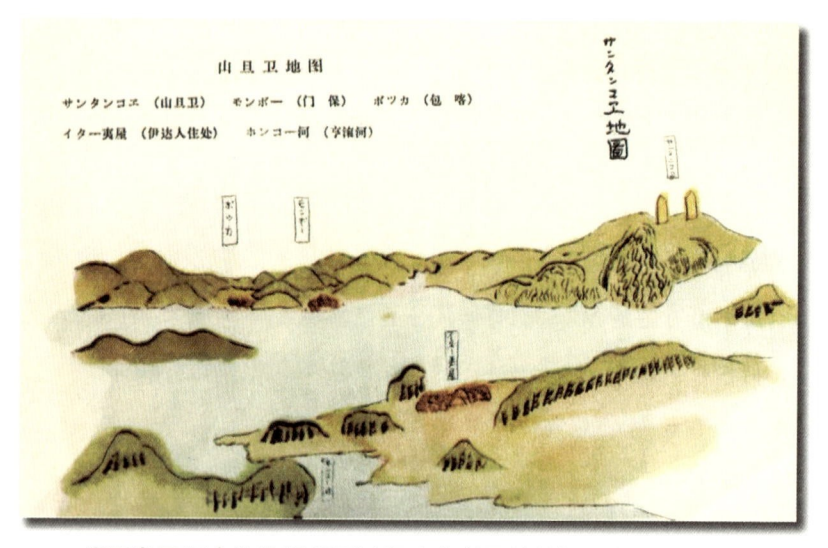

库页岛贡貂户赴德楞行署返程途中所见特林岬上永宁寺碑及周边地形，载于《东鞑纪行》

中日之间的交流主要通过中国东南沿海及山东半岛越东海通道进行。与之相对应的，还有数条经中国东北通往日本的货运线路。

黑龙江及其支流自古以来就是各民族交流的汇合点，古代先民通过黑龙江水系入海，登库页岛以及乌苏里江以东的锡霍特山，与那里的少数民族往来贸易。此外，还从这里跨海，与日本、朝鲜开通了经商通道。而日本人也乘船从黑龙江入海口上溯，向沿岸地区的渔猎民族购买活熊和熊皮。中国东北地区与日本及朝鲜半岛都曾利用相互贯通的黑龙江、松花

第十二章　通江达海

江、乌苏里江的水系交通网络，展开三地之间的民间贸易。

在这个庞大的水上网络之中，主要的一条线路是由中原起始，经松花江入黑龙江，再到黑龙江入海口的庙街（今俄罗斯尼古拉耶夫斯克），然后渡过鄂霍次克海鞑靼海峡，登上时称"苦兀"的库页岛，然后折向南到库页岛南端，走海路进入日本的北海道。在明清之际或更早的时候，北海道上的原住民称"虾夷人"。

日本江户时代绘画《夷酋列像》之"麻乌太蜡洁""赞吉诺谒"，二人皆身穿卦夷锦，以貂皮为坐榻

虾夷人亦译作阿依努人，是生活在北海道、库页岛和千岛群岛的民族，日本的四个大岛上原来都有虾夷人居住，后陆续北迁。纯血统的虾夷人身材矮小、肤色浅黑、体毛浓密，男子蓄络腮胡须。虾夷人是日本列岛与黑龙江口两岸的鄂伦春、赫哲等民族最先交往贸易的族群。当时他们将生活在黑龙江下游的民族称为山丹或香丹，意思是邻居或邻人。而虾夷人

603

松花江传（下）

与这一带民族的贸易就被称为"山丹贸易"。

明代为了展示华夏王朝的国威，在贡赏制度中采取了赏大于贡的政策。东北卫所部族众多，受赏的大批丝绸、绢、苎丝裘衣、金织裘衣等物品源源不断地运往黑龙江流域，赏赐给当地的部族，多时一次上千柜。但是，黑龙江沿岸的民族都以游牧渔猎为生，对那些华丽却不结实耐用的丝绸不感兴趣，除了个别在"官场"上穿穿外，主要把它们作为海上贸易品。他们在黑龙江和库页岛乘船下海，用朝廷赏赐的丝绸服饰与日本的虾夷人交易，这些丝绸服饰再通过虾夷人辗转到日本，成为当时日本朝野最珍视的东西。

在山丹贸易中，虾夷人之所以能换到丝绸，是因为黑龙江下游地区各部族每年贡貂时受到的各种赏赐以丝、棉纺织品为主，包括无扇肩朝衣、朝衣、缎袍、蓝毛青布袍等。此外，还有包头、带子、棉花、棉线。

山丹交易，先后在北海道和库页岛进行。日本江户时代在北海道设松前藩，藩主派遣家臣进行交易。每次交易前，都举行一定的仪式。虾夷人"带着干鱼和鸟等到库页岛去"，然后同前来的山丹人交易丝织品。松前藩主得到这些商品后，又转手将之销往日本各地。这样的贸易情形延续了很长一段历史时期，库页岛成了虾夷人与黑龙江下游各族居民进行以物易物交易的地方。由于这些交易而来的绸、蟒缎、彭缎、妆缎等丝织品与服装得自北海道虾夷人之手，因此日本将其称为"虾夷锦"，也称作"女真锦"。所谓虾夷锦有两种，一种是锦缎纺织品，另一种是锦缎制成品。日本文献《松前志》指出："其实就是当今在北京制作的清朝官服，由北鞑靼传入山丹，又经山丹传入北虾夷地萨哈林岛。"鞑靼是东北西部草原游牧民族的统称，可见当时日本人也知道这些丝绸制品原本是中原官服，系经草原入松花江、黑龙江渡海而进入北海道的。

第十二章　通江达海

　　通过山丹贸易，库页岛、北海道的虾夷酋长们可以穿上中国的锦缎袍服，这是极珍稀而荣耀的服饰。据日本史料记载，松前藩主蛎崎庆广（后来的松前庆广）为了获取德川家康的支持，特意穿上华丽的虾夷锦袍衣去拜见德川将军。德川家康见之至为稀罕，倍加喜爱。庆广当即脱下"虾夷锦"呈上。德川家康大喜，而庆广在松前的地位由此得以巩固。另有史载，16世纪日本江户、京都地方的歌舞伎的戏装、和尚的袈裟、达官贵人的和服等，大多是松前藩当权者或富商大贾从虾夷人那里收购、贩运到日本各地的虾夷锦。

日本江户时代的《夷酋列像》中，身着"虾夷锦"的阿依努酋长

　　中日两国学者共同考证后认为，虾夷锦是明、清时期织造局生产的丝绸，其质量优于江浙一带商人卖给日本的丝绸。

松花江传（下）

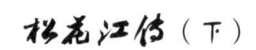

‖ 通江达海的贸易合作

在长白山图们江流域还有一条跨日本海与相邻半岛及岛国联系的通道，地处图们江三角洲上的吉林省珲春市是这条通道上的重要口岸。盛唐时期，中国地方政权渤海国在珲春设立东京龙原府，珲春自此成了东北亚大陆通往海洋的港口。渤海政权于727年开辟了珲春至日本奈良的海上航路，建立了史称"日本道"的"海上丝绸之路"。珲春是海上"丝绸之路"的起点，当时号称"海东盛国"的渤海政权，从陆路经波西耶特湾进入日本海。据史书记载，两国船队先后交往达五十余次，最多一次渤海国就出使十七艘船，有三百二十五人。元、明、清三个王朝相继在珲春设置重要的地方行政机构，对图们江流域的商贸活动进行有效的管理。

清末民初，珲春再度成为东北亚一个繁华的贸易重镇。1906年，清政府确定珲春为开放地区，1907年辟为商埠，1909年又设立海关总管，统管东部边境海关事宜。清末有史料记载，当时进入珲春的大宗货物有花其布、黑曙布、洋布、洋毡、手巾、胰子、洋火、火油、碱、洋蜡、洋糖、洋灯等，都是由俄国港口运来的，分销于延吉、敦化等处。从珲春外销的大宗货物，有豆饼、豆油、铃当麦、小米、山鸡、山鹿、狍子等。这些中国东北出产的货物，经由珲春运往俄国。

民国初年，珲春县城设有码头、海运公司，开辟内河—近海国际航线，火轮常由图们江出海，往来于日本海沿岸的元山、釜山、新潟、长崎等港并远达上海。珲春码头出入各种船只，1929年为一千五百艘，两万五千总吨。[1]

---

[1] 李志兴著：《王中之王东北虎》，吉林科学技术出版社，2009年，第4页。

第十二章　通江达海

八连城遗址位于吉林省珲春市东六千米处，属唐、五代遗址。八连城是唐渤海国文王的东京龙原府治所，公元785年至794年，八连城一度是渤海国的都城，号称亚洲第二大城。八连城不仅是渤海国的王都，也是渤海"日本道"的重要交通枢纽。该城布局效仿唐都长安城，具有较高的历史价值和科学价值

往事如烟，当韩国前总统卢武铉在清华大学演讲时提到东北亚铁道丝绸之路时，深埋在岁月中的古驿道、古渡口想必会感知到今人的回眸。那冰雪中奔驰的狗爬犁，那江河中货运帆船激起的浪花，那络绎于道、摩肩接踵的客商马队，将从遥远的历史深处，注视并祝福着后人的开拓与前行。

21世纪初，中、日、俄三国决定联手拓建一条经俄罗斯远东地区直接连通中国黑龙江省和日本北方地区的便捷水运新航路。这条被称为"东方水上丝绸之路"的新航路是指黑龙江省东部松花江、黑龙江—俄罗斯境内黑龙江（俄称阿穆尔河）、鞑靼海峡—日本海—日本北方港口的江海航线。三方确认，这条水运航线适合这一地区进行农牧产品、矿产资源、机械设备等大宗货物的贸易运输，它可以将中国的劳动力、俄罗斯的自然资源、日本的资本技术紧密联系起来。黑龙江省可以借此向日本低成本出口大宗货物，日本能稳定获得急需的劳动密集型、资源性产品，而俄罗斯则可赚取数量可观的服务代理费，使能力过剩的航道、港口设施得到充分利

松花江传（下）

用，还可以利用其现有的船舶参与中日之间的繁忙货物运输业务，增加其就业机会。与转经大连相比，黑龙江省东部地区到日本北方地区的运距缩短了三分之一，运期节省了一半，运费则减少了约百分之二十。中国交通部与俄罗斯运输部于1992年在北京签署历史性协议，俄方首次允许中方船只利用其境内的黑龙江下游和入海口从事外贸运输。此后，黑龙江省东部的三万多吨粮食从这条航路运到日本北方的酒田、小樽、直江津等港口。黑龙江省东部地区的农产品出口量超过三百万吨，特别是绿色、有机农产品的出口更是日趋强劲。日本"东方水上丝绸之路贸易促进会"驻哈尔滨首席代表岸高三说，日本将大幅增加从黑龙江省的农产品订货。日本仅玉米的年进口量就达一千万吨，如果其中的百分之十从黑龙江省进口，这条航路就有了可靠货源。日本还选择通过这条航路进口黑龙江省东部、俄罗斯远东地区的煤炭、矿石、木材等。日本的汽车、机床等工业产品也通过这条航路向上述地区出口。

在此之后，中国、日本和韩国有关方面确认，将开展一项合作，为东北亚"丝绸之路"沿线文化遗产的保护培训一百名专家。

根据这一计划，日本文化遗产研究所和中国文物研究所将承担具体的培养工作，从中国各地招收一百名具有三年文化遗产保护工作经验、年龄在四十岁以下的年轻人，向他们提供遗址、古建筑、考古现场的保护和博物馆馆藏品修复等方面的培训。日本代表在签字仪式上说，日本深受中国文化的恩惠，中国文化通过朝鲜半岛传至日本，奠定了日本文化的基础。中国有着丰富的文化遗产，各级政府和民间组织都在推进文化遗产保护工作。中、日、韩三国共同保护"丝绸之路"沿线文化遗产人才培养计划，可以进一步促进三国的文化交流，促进亚洲乃至世界的友好和繁荣。

2018年8月3日，"大图们倡议"第七届东北亚旅游论坛在吉林省珲春

第十二章　通江达海

市开幕，中国、俄罗斯、蒙古国、韩国等"大图们倡议"成员就构建东北亚多目的地旅游共同体展开深层次探讨。"大图们倡议"由联合国开发计划署发起和支持，是东北亚地区政府间区域合作组织，旨在扩大成员国及其地方政府间对话，促进经贸等跨境项目合作。

中日韩合作丝绸之路沿线文物保护修复技术人员培养

该届论坛以"对接'一带一路'，构建东北亚多目的地旅游共同体"为主题。联合国世界旅游组织的代表表示，图们江地区有丰富的自然资源和文化资源，东北亚无疑会成为世界上旅游业发展极快的地区之一。但该区域旅游的知名度还不够高，联合国世界旅游组织将加强与"大图们倡议"的合作，促进该地区旅游业的发展。

由联合国倡导的图们江区域开发已经走过了近三十个年头。从历史中汲取启迪，从古老的东北亚丝绸之路汲取智慧，可以使这片深厚的土地再度锐意开拓，通江达海。

609

第十三章

王者归来

　　1998年至1999年，中、美、俄三国专家组成联合调查组，首次在中国开展了系统性的东北虎雪地调查。雪地调查过程中确认五只虎个体的分布，发现位点全部位于老爷岭至大龙岭分布区，其中黑龙江省两只，吉林省三只。

　　2010年11月24日，为期四天的"保护老虎国际论坛"在普京亲自主持下召开。在此次"老虎峰会"上，中国政府承诺，作为中国野生虎恢复计划的第一步，中国计划在2022年前实现野生东北虎的数量增倍。

　　2017年8月，东北虎豹国家公园国有自然资源资产管理局（东北虎豹国家公园管理局）挂牌成立后，对环境资源状况和东北虎豹种群做出了科学的研判——东北虎豹种群已进入繁育高峰期和恢复窗口期，为我国东北虎豹回归并走出濒危状态带来了希望。

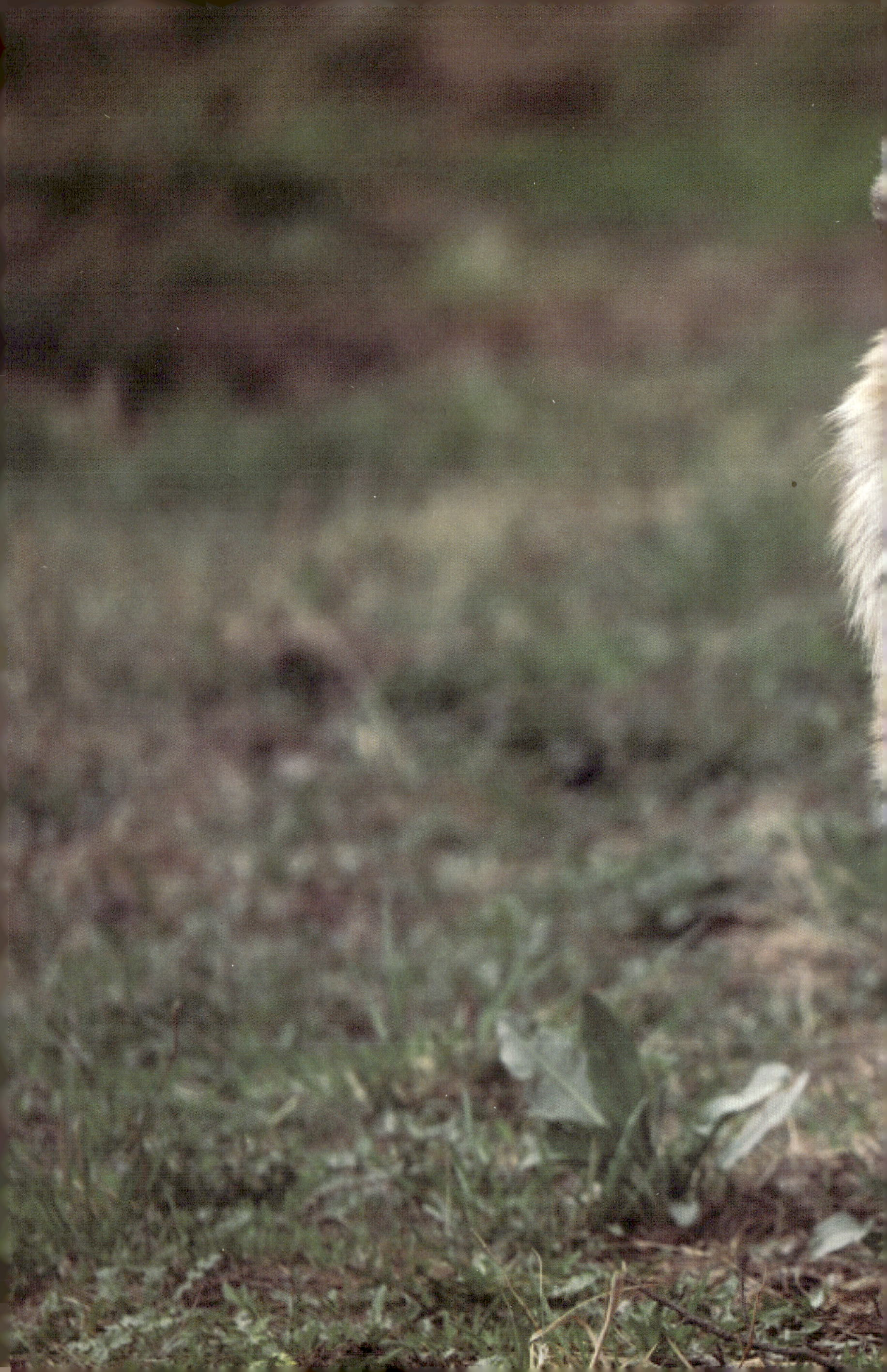

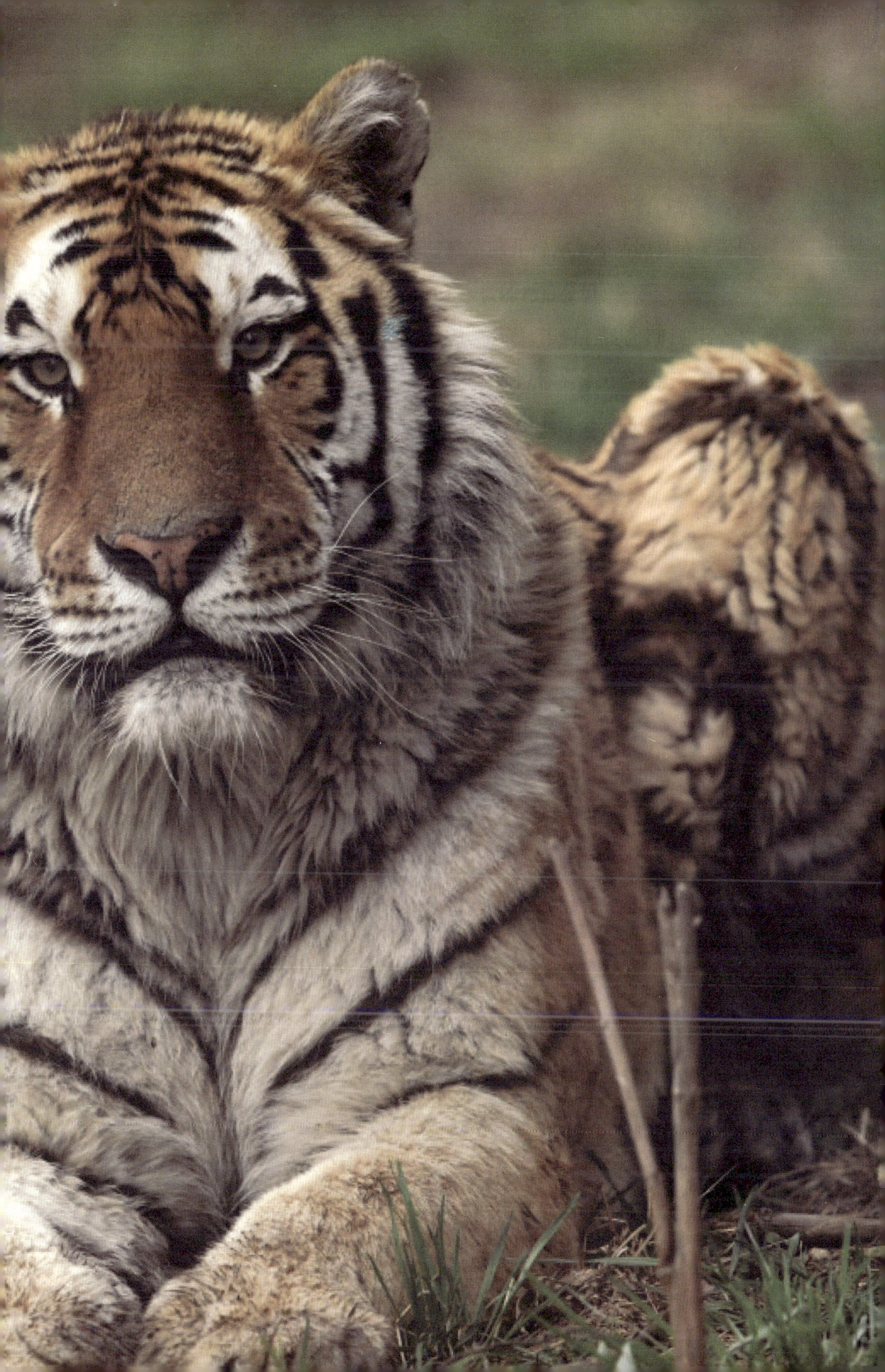

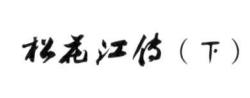

虎啸山林

2014年11月下旬，位于黑龙江下游抚远三角洲的黑瞎子岛上，接连发生了几件诡异的、充满血腥气的事件。

11月23、24日两天，岛上一个牧业养殖户的羊圈遭遇不明物种袭击，十五只羊被咬死。户主郭玉林向当地派出所报警，说羊圈栏杆被弄断了，羊是被咬死的，在山羊的头部看见一个手指粗的血洞。

他在岛上生活了多年，没听说什么动物能有这么厉害，可以把羊头骨咬个洞。

一周后，派出所又接到当地采石场工人报警。采石场养了三条狗，事发当天，该工人在屋里听到狗不停地叫，出门一看，只剩下两条狗，且叫声不是寻常的狂吠，而是惊恐得近似绝望的哀嚎。在十多米远的地方，他看到另一条倒在地上的狗被拖到了林子边上。草丛中有个东西一闪，他定睛一看，看到了一条尾巴在晃，那尾巴黑黄相间，又粗又长。老虎！他不敢相信自己的眼睛，却也不敢再看第二眼。

报警的时候工人惊魂未定，但却言之凿凿。他说采石场养的是烈性犬，能咬死它的只能是更凶猛的老虎。而且，他看清楚了，是虎的身影，而且虎的脖子上好像还套着一个圈子。

同一天，2014年12月2日下午1时许，抚远机场消防战士王健男和同事小刘在驾车从机场返回县城的路上，看到远处的雪地上趴着一头像牛一样的东西。王健男开玩笑说："不会是老虎吧，这两天总有人说，东北虎到抚远来了。"真让王健男说中了，随着距离越来越近，两人清楚地看到一只东北虎趴在雪地里。

因为在车里比较安全，所以二人放慢了车速，王健男拿出手机开始

第十三章　王者归来

拍照。老虎个头非常大，脖子上戴着项圈。车离虎越来越近，虎起身看了看，像是不愿意搭理他们似的，自行走远，消失在林子里。

王健男拿着用手机拍摄的视频和照片去报警，证实了东北虎的"造访"。

派出所的警员立刻赶往现场。"出抚远县城不到两公里，我们就到了报警人所说的位置。我们正寻思是否要下车瞅瞅时，一抬眼，在车头正前方约二十米的树林中，老虎明晃晃地趴在那儿。"参与出警的民警王思聪说。

趴在树林边雪地上的老虎警觉地望着缓缓驶来的警车，脖子上的黑色项圈清晰可见。警车不敢再靠前，老虎与民警对视了约一分钟后，再次向树林深处走去，其间还回头看了看边防警车上的警员。

派出所向三江国家级自然保护区通告了老虎出现在抚远的信息。科研人员通过视频和现场查证，确认这是一只来自俄罗斯的老虎。经中国国家林业局猫科动物研究中心与俄罗斯相关方面联系，得到进一步的证实：一只被放归野外的老虎已进入中国境内。放归前为其戴上了卫星跟踪项圈，其行动轨迹表明，这只虎于2014年11月12日从俄罗斯过境进入中国黑龙江省抚远三角洲，经黑瞎子岛深入抚远县城附近。放归野外之前，俄罗斯保护部门为这只虎取名"乌斯京"。

"老虎逼近县城，不足两公里！"这个消息一经中央媒体播出，迅速成为爆炸性新闻。抚远、黑瞎子岛边防大队迅速行动起来，二十四名民警分成六组，二十四小时不间断执勤。白天人乘车巡，晚上警灯闪烁。12月8日，抚远边防大队通江边防派出所再次接到"乌斯京"出现的消息，这次它是大摇大摆地横穿公路。等边防民警到达的时候，"乌斯京"已经遁入山林。

2014年12月17日，中国国家林业局猫科动物研究中心发布消息，俄罗

松花江传（下）

斯放生的东北虎"乌斯京"在抚远市"溜达"一个多月后，离开了中国。

据俄罗斯有关方面通告，在"乌斯京"进入中国之前一个月，一只名叫"库贾"的老虎携带的跟踪器发出信号，显示它越过中俄界江，来到了中国黑龙江省的萝北县太平沟自然保护区。接到俄方的通告后，萝北县太平沟自然保护区非常紧张，既怕"库贾"的突然造访可能危及山区百姓的生命安全，又怕这初来乍到的"客人"受到意外惊扰。因为从俄罗斯传来消息，"库贾"身份特殊，它曾是俄罗斯总统普京领养的一只野生虎，所以它还有一个绰号：总统虎。

2008年5月3日，当时卸任总统后的普京走进东西伯利亚原始森林。普京非常喜欢户外野营，穿行在密林中，他会感受到自然的野性与自己硬汉的血性相契合的美感与畅快。穿过山谷和高原草地，普京忽然听到从不远处传来一阵低低的呜咽声。悄悄走近，扒开草丛一看，只见一只体形硕大的老虎侧卧在地上，腹部流着鲜血，奄奄一息。一只小老虎正依偎在它的身边，发出哀嚎。这是猎人干的，在俄罗斯，持有狩猎证的合法猎人有数万人。受伤的母虎显然是带伤逃回自己的家并找到了幼虎，可是由于伤得太重，已气息奄奄。普京救下了幼虎，将它送到当地的林业管理部门。

2008年10月7日是普京五十六岁生日。这一天，他收到了一份特殊的礼物：由西北联邦区林业局寄来的野生动物合法收养证明和一封推荐信。信上说，由普京收养这只由他救回来的小老虎最为合适！普京非常高兴，为小老虎取名"库贾"，俄语意为"太阳"，希望它能像太阳那般放射耀眼的光芒。

普京把"库贾"寄养在莫斯科动物园。因为是总统领养的虎，所以"库贾"受到了精心的照护。不到两年的时间，"库贾"的体态已完全是一个成年虎的模样，毛色亮泽，步态有力，回眸一望，俨然王者。

第十三章　王者归来

2012年，普京再次当选总统。

2014年5月，普京在阿穆尔州自然保护区将"库贾""伊洛娜""鲍里亚"三只野生老虎放归山林，这三只虎身上都带有跟踪器。6月，保护部门又放生了"乌斯京"和"斯维特拉雅"两只虎。因为这两次"放虎归山"都是在普京主持的保护野生虎框架内实施的，所以笼统地将这几只虎都称为总统虎。

这些老虎在中国被称为东北虎，而在俄罗斯则被称为西伯利亚虎，这些名称都是不同地域的民间或官方自己选择的名字。在不同时期，东北虎还拥有"阿穆尔虎""乌苏里虎""朝鲜虎""满洲虎"等诸多名号。这些名号大体描述了东北虎的种群分布范围。

2014年11月10日8时18分在中国境内拍摄到的"库贾"照片

中国古猫

虎的祖先是一种称为"中国古猫"的小型食肉类物种，于大约距今三百万年的更新世以后出现在地球上，与人类出现的时间较为接近。气候

松花江传（下）

的变迁促进了动物种群的演变、分化和迁移，虎便从发源地向亚洲西部、南部等各地逐渐扩散。其中，向西发展的一支经蒙古国、我国新疆和中亚直抵伊朗北部和高加索南部，但没能过阿拉伯沙漠进入非洲，也没能越过高加索山脉进入欧洲。向南发展的一支又演化成两个分支：一个分支进入朝鲜半岛，受阻于朝鲜海峡，未能踏上日本列岛；另一个分支通过华北、华中和华南，进入中南半岛。到中南半岛后，其又分成两股：一股向西通过缅甸、孟加拉国，直抵印度半岛南端；另一股继续向南，沿马来西亚半岛南下，渡过狭长的马六甲海峡，登上印度尼西亚的苏门答腊、爪哇和巴厘等岛屿。

大约在二百万年前，虎这一物种在东亚地区真正形成，分布区即华南虎历史分布范围。随后，虎沿河流和森林扩散，广泛分布于亚洲大陆及印度尼西亚，并在辐射适应的过程中演化为九个亚种——华南虎、东北虎、孟加拉虎、印支虎、马来虎、苏门答腊虎、巴厘虎、爪哇虎和里海虎。进入20世纪以后，随着人类活动的干扰，栖息地的破坏，特别是大规模猎杀，虎的种群数量急剧减少，分布区迅速萎缩，巴厘虎、爪哇虎、里海虎这三个亚种相继灭绝。

分布在长江流域的华南虎已超过三十年未发现野外个体。唐代诗人杜甫关于虎的诗句有"虎穴连里闾""人虎相半居""畏虎不得语""不寐防巴虎"。可见在一千多年前，华南虎遍布山林河谷，且经常出现在村镇乡间。

虎的形成区域与扩散线路表明，古老的黄河、长江流域是其最初的家园。

根据不同时期虎遗存的分布看，虎向东北方的扩散路线比较清晰。在今辽宁省出土的是中更新世虎遗存，在今吉林省与黑龙江省出土的是晚更新世虎遗存。时间的先后说明虎是依此顺序向中国东北、蒙古国东部、俄

第十三章　王者归来

罗斯远东地区、朝鲜半岛一带逐步扩散的。

关于东北虎在东北的分布与活动，史料也多有记载。《后汉书》有"濊，祠虎以为神"之说，濊指中国古代夏朝与商朝之际，生活在松花江中上游地区的一个民族部落。濊族人对

吉林集安高句丽墓壁画《狩猎图》

虎敬畏，把虎当作山神崇拜。《三国志·邴原传》中有"辽东多虎"的记载。《资治通鉴》记载，后燕慕容鲜卑贵族在东北山林游猎时，"士卒为虎狼所杀及冻死者五千余人"。鸭绿江畔的集安市"洞沟古墓群"中有一幅壁画《狩猎图》，惟妙惟肖地展现了生活在长白山区的古代高句丽人的狩猎活动。图中一个骑黑马的猎人张弓搭箭，在追赶一只逃窜的猛虎。民国《吉林省地理志》记载："虎林县山川皆以虎得名，产虎最多，其各大山亦有之。"民国《汤原县志略》记载："虎有大小二种。猎户入山，每年共得五六只。"民国《临江县志》称："虎：临江深山中极多。"

据专家考证，到19世纪中叶，东北虎的分布范围仍然很大，西自贝加尔湖地区，东至鞑靼海峡及库页岛，北起外兴安岭，南全长城内外及朝鲜半岛，凡林地皆有分布。

东北虎进入东北林区后，与其长江流域的原生地相比，除气候寒冷外，这里森林茂密，溪流清冽，食物丰富，人烟稀少。经过较长时间的进化，东北虎逐渐适应寒冷气候和雪地环境，体型变大，体毛厚密，颜色变浅，条纹细溜，逐步建立起一个完善的适应体系，种群逐渐繁盛，分布区

松花江传（下）

面积越来越大。

中国境内东北虎的分布，据地方志书的记载是"诸山皆有之"，南自河北省承德地区的燕山山脉北部，北迄大兴安岭林区，西起额尔古纳河沿岸，东至乌苏里江江畔，处处都有它们的足迹。

东北虎研究专家马逸清在梳理了东北虎由我国中南部逐渐向东北方向扩散的过程后，将东北虎评价为东北区域生态的"旗舰种"。东北虎是大型捕食性猛兽，体格强健，感官发达，爪可伸缩，牙齿锐利。这些特点均有利于捕食猎物，在自然界野生动物中几无可与其匹敌者。东北虎还有"百兽之王"称号和"山神爷"的尊称，就连身为"万物之灵"的人类也得敬让三分。因此，影响东北虎生存和繁衍的外部因素，不可能是短时间的或单一方面的原因。

清朝时期，作为东北虎集中分布区的长白山与大小兴安岭被视为"龙兴之地"而受到清廷的保护。由于人烟稀少，森林繁茂，这一时期的东北虎在自然的节律下繁衍生息，占山为王。据专家估计，19世纪末，东北虎总数是两千到三千只，中国境内有一千两百到两千四百只。也就是说，独立演化而成的东北虎大多数是以中国东北为主要栖息地的。

‖ 虎失故园

生物学理论认为，一个物种的濒危或灭绝是复杂的生物学过程，既有生物内在的因素，也有外部环境的原因。就东北虎来讲，其种群数量减少和分布区缩小的致危因素，主要是人为活动直接和间接影响的结果，即过度捕杀、战争干扰、森林采伐、道路建设、人口剧增等。由此引发的次级

第十三章 王者归来

影响是生存环境破碎隔离、生存空间缩小、食物数量减少、生殖率降低，等等。

马逸清在其撰述的有关东北虎命运的文章中，记述了历史上捕杀东北虎的过程及所用的手段。从马逸清引用的资料上看，多以清朝为例。或许他认为，清代是东北虎由繁盛转向急剧衰微的拐点。"东北虎遭大量猎杀的原因主要有两个：早期是清朝封建帝王练兵习武的需要，后来则是经济利益的驱使。据史料记载，清朝康熙皇帝于河北省围场县设立猎场，自1681年起，'岁举秋狝大典'（每年一度的秋季狩猎练兵）。这种围猎凡所遇到的动物，诸如鹿、熊、狍等尽皆捕杀，惟猎虎最显'威武'，目的是提高士气以壮军威，以期'威武远扬，塞垣清晏'"。

这种制度一直延续到清末，至今围场满族蒙古族自治县新拨镇骆驼头村界内的西坡还遗留着乾隆皇帝的殪虎诗碑和摩崖石刻，上镌"乾隆十七年（1752）秋狝，上用虎神枪殪伏虎于此洞"。

清初，高士奇曾随康熙帝由北京到松花江。他在《扈从东巡日录》中记述："哈达城，城在众山间，弹丸地耳，林木獐鹿甲于诸处。每合围獐鹿数百……遇虎，则皇上亲率侍卫二十余人据高射之，无不殪者。若虎负隅，则遣犬撄之。犬不畏虎，随吠其后，或啮其尾。虎伏草间，犬必围绕跳噑，人即知虎所在也。虎怒，逐犬出平陆，人乃得施弓矢。更有侍卫数人，持枪步行，俟虎被逐中箭，必怒扑人，随势击刺之，尟无不殪者。昔人谓虎豹在山，其势莫敌，今乃搏之甚易。月余以来，杀虎数十，前代所未有也。"[1]此番描述，可见皇家猎虎阵势之盛。康熙在此一地就"杀虎数十"，且"搏之甚易"，可知栖息在辽东半山区的东北虎

---

[1] 高士奇著：《扈从东巡日录》，吉林文史出版社，1986年，第106—107页。

松花江传（下）

种群数量之大。

皇室是借狩猎炫耀武功，张扬勇毅；而东北虎作为猎物的实用价值则更被民间看重。虎骨可祛风湿，虎血可强神志，虎鞭是催性剂，虎须可治牙痛，虎的十五种器官或产物皆可入药。虎皮做垫毯或装饰品售价更高，一张冬天猎获的东北虎皮在20世纪30年代可卖二百到三百大洋。20世纪50年代，虎骨价值每斤二百元，以每只虎可得干骨十到十二公斤计算，则一架虎骨可值四五千元。虎骨是制虎骨酒和一些中成药的主要原料，地方药材商店和制药厂常年收购。20世纪90年代，公安机关根据举报，收缴了正在交易中的一架完整的虎骨，售价五十万元。

经济价值刺激了民间猎虎。特别是在20世纪30年代前后，中国东北正经历战火频仍、兵燹匪乱时期，地方行政治理颓圮。黑龙江小兴安岭、乌苏里江沿岸、张广才岭一带常有猎虎以谋生计者，虽猎户人数不详，每年所猎东北虎的数量也没有准确记录，但有一点是肯定的，清末东北弛禁放垦以来，猎杀东北虎已由皇室有组织有节律的狩猎变为民间猎户散在的经常性捕杀。而此时以猎为生的族群与山民，几乎遍布白山黑水。

另有资料显示，1903年中东铁路通车以后，来了许多俄国的专业猎人和业余狩猎爱好者。和当地猎民不同，他们是专业猎虎者或主要追杀虎者，有相当高的猎虎经验，而且他们的枪械杀伤力大，并带有训练有素的猎犬，猎虎成功率高。这种以虎为目标的捕杀狩猎在东北全境持续了三十多年，一直到1937年。

人为的猎杀虽然硬性地减少了野生虎的种群数量，但由于时局或市场等多方面原因，针对虎的捕杀并未形成大范围大规模的现象，因而并未从根本上改变东北虎的生存状况和种群繁衍。

真正将东北虎逼向绝境的是清末的大规模移民以及随之而来的对东北

第十三章 王者归来

虎栖息林地的砍伐。

清政府对东北的封禁自乾隆时期便时紧时弛，随后几朝更是对出关的中原百姓睁一只眼闭一只眼，后期甚至鼓励向东北移民。道光二十年到道光三十年，即1840年到1850年，东北总人口约两百七十三万人。及至清末的1907年，东北三省人口已达一千六百万人。到了1931年九一八事变前，东北人口已达三千万以上。新中国成立初期，东北人口已超过四千万。

人口的涌入挤压了野生动物的生存空间。特别是近代城镇与工业的兴起，纵横交错的铁路、公路，将山林草地分割，村镇与农田挤进了山川谷地，居于食物链顶层的东北虎被迫退入更深更远的原始森林。

只是，原始森林也难以成为最后的庇护所。

19世纪末至20世纪上半叶，出于掠夺东北森林资源的目的，对中国东北觊觎已久的沙皇俄国与日本派出大批专家、学者，对东北森林面积、蓄积量、树种等进行了大规模调查，制订了详细的采伐计划。因此，近代东北，特别是松花江流域森林面积与蓄积量的统计数据多出自日本和俄国人之手。

1907年，日本人松本敬之发表了《富之满洲》一文，文中不仅勾勒出东北森林地带的分布，而且初步估计松花江流域的长白山、完达山、伊勒呼里山、帽儿山、兴安岭等森林面积约为两万六千五百平方里[①]。这一时期，松花江流域森林未受到过多的砍伐，基本上保持着郁郁葱葱的原始面貌。

1912年7月，担任北京政府农林部农林司司长的陶昌善撰文指出："东省林区，依山脉言之，于吉林省者有长白山森林、小白山森林、锡赫特阿

---

① 此处的"里"为日本特有的长度单位，1里约合3.92公里。

松花江传（下）

岭森林、纳丹哈达拉山脉森林，于黑龙江省者则有小兴安岭森林、大兴安岭森林、伊勒呼里山森林，广袤数千里，巨木老树联络密生，不见天日，良材无限，人所共称。"[1]可见，20世纪初，松花江流域的森林保持着原始状态，森林资源相当丰富。而这一地区恰是东北虎种群的集中分布区。

为进一步查清松花江流域蕴藏的森林资源总量，1942年，日本利用航空照片开展森林资源调查，获得了一些数据。1942年，松花江、嫩江、牡丹江流域林地总面积约为四千五百六十七万公顷，其中森林为一千八百九十九万公顷；森林总蓄积量约二十二亿立方米，其中针叶林约十亿三千万立方米，阔叶林约十一亿六千万立方米，针阔比约为四比五。

日本林业"开拓民"采伐林木

吉林省的松花江上游森林地带最先遭到采伐，其后才开采位于黑龙江省的松花江下游、松花江干流及其支流等流域的森林地带。特别是1898—1903年，随着中东铁路的修筑与全线通车，木材需求量骤增。在满洲里到绥芬河长达一千多千米的铁路沿线，俄国人建伐木场三十多处，大肆掠夺两侧五十

---

[1] 陶昌善：《南北满洲森林调查书》，载《中国地学杂志》，1912年，第5—6期年，第35—61页。

第十三章　王者归来

至一百千米以内的森林资源，修建长达五百多千米的铁路岔线，大面积砍伐森林。日本侵占中国东北的十四年间，更是疯狂掠夺林木资源。沿鸭绿江、图们江水路，或经朝鲜半岛，日本将长白山木质最好、最便于采伐和运输的森林片区砍伐尽净。而这些海拔不是很高的大片针阔混交林，正是东北虎优选的栖息地。

苇河森林采伐搬运情形

　　由于日本与俄国的掠夺性采伐，松花江流域森林面积与林木蓄积呈现急剧减损的态势，长白山与大、小兴安岭地区的半山或低山原始森林已不复存在。曾在这里占山为王的东北虎只好离开故园，另择栖息地。在这些山川沃野上，徒留下威虎岭、老虎沟、虎林、虎砬子、虎马岭、虎门岭、虎岗子等表明东北虎曾在这里生存游荡的地名。

　　新中国成立后，高歌猛进的共和国掀起了一轮又一轮的建设高潮，向大地要矿产，向森林要木材。从长白山到大、小兴安岭，从松花江流域

松花江传（下）

到黑龙江流域，一列列满载圆木的火车昼夜不停地由北向南驶去。为了满足飞速发展的需要，绝大多数林区实行"野蛮采伐方式""吃肥肉，拔大毛"，不管什么伐区工艺设计、轮伐、间伐、择伐、抚育伐，什么保护母树幼树，怎么能完成任务，降低成本，提高利润就怎么干。有些油锯手不控制树倒方向，伐倒一棵树要压死几棵甚至十几棵三五十年林龄的幼树。集材拖拉机则像战场上的坦克一样在伐区里横冲直撞，在钢铁的履带下，在拖拽伐倒木的扫荡下，采伐迹地除了密布的伐根，荡然无存！伐区仿佛战区，一番作业之后，森林一塌糊涂。

20世纪50年代的林区采伐是"无成本运行"，计划经济，低价调拨，每立方米木材不过一百多块。又高又大，又粗又圆，长了几百年的大木头不值钱，祖宗留下来的原始森林有计划有指标地说砍就砍。对林区林场来说，国家计委要木头，财政部要利润，林业工人要吃饭，这一切都得从抡起的斧头砍倒的木头要。

陡然膨胀的木材需求量将大批中原移民吸引到东北山区。为了居住安全，也为了高强度体力劳动所需要的动物蛋白，部分林区林场曾有组织地狩猎，包括集中针对东北虎的捕杀。

移民涌入、日俄掠夺、开发建设等多种因素综合作用，中国东北境内的东北虎一退再退，一减再减。

19世纪末，东北虎有一千到两千只。

1930年前后，东北虎种群数量大幅度降低，但总数仍超过五百只。

二十余年后的20世纪50年代中期，中国境内的东北虎数量不足两百只。

20世纪60年代，东北虎在大兴安岭地区消失。

20世纪70年代，东北虎在小兴安岭消失。

根据1974年至1976年动物调查及东北虎专项调查评估，黑龙江省境内

第十三章　王者归来

东北虎种群数量为八十只左右，且已退缩至东部完达山一带。

同期，吉林省辉发河流域和鸭绿江上游集安县境内已经没有虎分布，东北虎分布区的西部界线已退缩到抚松以东。

20世纪80年代中期，长白山一带的东北虎分布区四分五裂，形成几个孤立的分布区域，这意味着东北虎将难以寻找配偶、延续家族。

1990年前后，长白山区的虎已经基本绝迹，只有少数个体残存于吉林省珲春市。

20世纪末，国家加大对生态保护的力度，对森林状况以及野生动物做过多次普查。其中一次，新华社的摄影记者随科研人员乘飞机对东北林区做低空考察，他们事先为拍摄东北虎准备了不少胶卷，结果一张也未用上——连东北虎的影子也没看到。

1998年至1999年，中、美、俄三国专家组成联合调查组，首次在中国开展了系统性的东北虎雪地调查。雪地调查过程中确认五只虎个体的分布，发现位点全部位于老爷岭至大龙岭分布区，其中黑龙江省两只，吉林省三只。结合调查中发现的可能个体和其他调查访问信息，此次调查最终评估黑龙江省境内分布东北虎五到七只，吉林省分布东北虎七到九只。这十余只东北虎的活动范围已萎缩为四个岛屿化分布区，即完达山东部、张广才岭南部、哈尔巴岭和老爷岭南部至大龙岭分布区。

21世纪初，东北虎已被压缩在中俄边境线约五公里的狭窄区域，游走于中俄边境两侧的山林中。

实际上，东北虎并非被压缩在边境的狭长地带，而是在数十年的袭扰与逼迫下，一步步地向俄罗斯境内退却。这可以从俄罗斯方面的专家给出的数据中得出结论。

在俄罗斯，东北虎被称为西伯利亚虎。

松花江伤（下）

20世纪30年代，全球东北虎至少有五百只，且大部分分布于中国境内。而这一时期，由于高强度的猎杀，苏联的老虎分布区已萎缩至滨海边疆区南部三分之二的区域，种群数量下降为三十只左右。1940年以后，猎人大批离开或参加卫国战争，这一时期，锡霍特山的老虎开始数量稳定增长。1947年，苏联为保护西伯利亚虎立法，1958年，滨海边疆省首次组织和实施了老虎数量全面现场普查。以此为开端，每十年进行一次全面普查。1993年召开"西伯利亚虎——种群保护问题"国际研讨会。1994年组建负责制定《西伯利亚虎计划》的国际工作小组。

如果说苏联（俄罗斯）老虎的数量变化以20世纪50年代为重要节点，那么与此相对照的是，在这一时期，中国开始的捕虎运动及林区人口数量的激增，使许多老虎受挤压而迁移到苏联远东地区。自此以后，随着苏联（俄罗斯）保护自然生态与老虎的措施不断加强，森林生态系统结构逐步完整，功能日趋优化，对分布在中国境内的东北虎形成了强有力的吸纳作用。中俄两国老虎栖息种群的消长，恰成对比。20世纪30年代到21世纪初期，在苏联（俄罗斯）的老虎由三十只左右增长到五百只左右。而同一阶段，中国境内的东北虎由五百多只下降至十只左右。苏（俄罗斯）方老虎数量的增长，虽然以几代老虎种群的自主演替为主，但不能不说其背后有着来自中国的强大助力。

人虎两伤

20世纪50年代的大建设大开发严重干扰了森林生态系统的自然演替，引发了专家学者及林业生产部门对森林"永续利用"的担忧。1958年，在黑龙

第十三章　王者归来

江小兴安岭的伊春建立了全国第一个自然保护区——丰林自然保护区。1960年，长白山建立了当时原始森林面积最大的自然保护区。1962年，国务院将东北虎列入野生动物保护名录。1977年，有关部门将东北虎列为重点保护珍稀濒危物种。1980年，我国签署了《濒危野生动植物种国际贸易公约》。

由于经济建设上的强劲需求，生态保护的理念难以成为区域发展计划及政策制定优先考虑的要素。例如，长白山自然保护区划定保护范围后，为了不与采伐生产相抵牾，对保护范围做了大幅度的缩减调整。这样的情势下，一边保护、一边损害就成了同一历史时期并存的现象。而保护之弱与损害之大，其结果最初并不是通过森林面积和野生动物的减少显现出来的，而是频发的山洪与水土流失发出的警告。

2000年，我国启动了天然林保护工程。2002年，国务院出台政策，确定全面启动退耕还林工程。环境与生态保护上升为国家发展战略后，长白山区的森林生态与野生动植物保护迎来了决定性的转机。而此时游荡于中俄边境的东北虎种群，越来越多地出没于中方一侧的山谷中。东北虎进入村屯，伤及牲畜的事件时有发生。直到2002年2月，吉林省珲春市发生了骇人听闻的人伤虎、虎伤人、人虎俱伤的严重事件。

珲春位于中俄朝三国交界处，是长白山向东北方向伸入日本海的一片河谷山峦，山地海拔在五百米至八百米，沟谷坡岗上生长着茂密的红松阔叶混交林，且生活着马鹿、梅花鹿、狍、野猪等有蹄类动物种群，是东北虎最中意的栖息觅食地。

2002年1月20日，珲春市下了一场百年不遇的大暴雪。大雪下了一天一夜，村屯农户被淹没在雪中，没有邻居帮忙，门都推不开。

山上的雪比河川村屯的雪更大。在通往伐木作业区的林道旁，有一个承包山林养殖林蛙的农民，他是最先发现东北虎的人。他在后来接受调查

松花江传（下）

时说，大雪过后的一天，他踏着深雪去自己承包的山沟里巡查。下山的时候，他发现了雪地上虎爪留下的足印。下到沟口的时候，他看到了远处的东北虎也在往山下走。东北虎似乎发现了他，却没有回头，只是出了沟口上了林道，继续向山下走。回家的路上，他遇到了山下村里的一个老头，告诉他自己遇到了老虎。老头说："没事，你只要待着不动，老虎不会咬你。"

第二天上午，他透过家里的窗子，看到一只东北虎从他家的门前走过。当天下午，惊魂未定的他听到自己院子里的狗在咻咻地叫着，不是狂吠，而是呻吟似的叫着。他似乎意识到了什么，隔窗一看，还是那只东北虎，沿着林道往山上走。就这样，两三天的时间，这只虎似乎时不时地出现在林道上。他家门前这条林道，是大雪后进山唯一的路。

1月29日中午时分，养林蛙的农民在家门口遇到了刚从山上下来的春化镇关道沟村的农民曲双喜和尹石钟。因为互相认识，他便提醒曲双喜："这几天有只东北虎老在这一带转悠，你们得小心点儿。"曲双喜说："没事儿，老虎不咬人。"说完就顺着林道下山了。林蛙养殖户看到这两个人都背着篓子，篓子里装的东西似乎很沉，两人的腰都被压弯了，他便大概猜出了两人在这大雪天进山的目的。

第二天，山下传来了消息，曲双喜被老虎咬伤了。

珲春自然保护区管理局当天便将虎伤人的事情汇报给吉林省林业厅。随即，林业厅保护部门与吉林电视台记者火速赶往珲春。在珲春市医院，他们见到了受伤的曲双喜。曲双喜的后背有抓伤，右臂肘部被咬伤。他对记者说，他和尹石钟辞别了林蛙养殖户后往山下走，林道两侧的雪特别厚，林道有点儿像打仗时的战壕，道旁一米多高的雪挡住了两人的视线。在一个转弯的地方，他们与东北虎突然迎面相对。瞬间，曲双喜吓呆了，一动不会动。尹石钟转身就跑，回过神的曲双喜这才意识到自己该干什

第十三章　王者归来

么。只是离得太近了，曲双喜刚一转身，就觉得虎爪拍到了自己的背上。他摔倒时，脑袋深深地扎在了雪里。

在做完这番描述后，曲双喜说，他将头扎在雪里后，清醒了许多。他不停地叨咕着："山神爷呀，你别吃我啊！我每次上山都给你烧香上供啊，以后我天天给你烧香上供！"

曲双喜说，在他反复念叨着这几句话的时候，东北虎好像一动没动。他悄悄把头从雪里抬了起来，看到东北虎趴在雪地上，不再理他。他壮了壮胆子，慢慢站了起来，东北虎仍不理他。曲双喜知道，自己不能快跑，得慢慢离开，这是村里的老猎人曾经讲过的经验。直到离开东北虎有了一段距离，他才加快了脚步。他没敢回头，但凭直觉，他觉得东北虎一直在原地没动。

跑回家，他才觉得右胳膊肘有些疼。在东北虎从后面扑上来的时候，他本能地抬起右臂来护头，他觉得可能是那时被虎咬了一下。

曲双喜的伤并不重，但因为是被东北虎所伤，所以珲春自然保护区管理局为他支付了医疗费。

2000年前后，珲春自然保护区内发生了多起东北虎咬伤牲畜的事情，而伤人则是第一次。曲双喜作为受害人，受到保护区的特别关照。他也颇以为自己成了传奇人物。每次有人来访，便说他如何把头扎在雪里，如何反复叨咕"山神爷我给你烧香进贡"。而东北虎之所以没再咬他，就是因为他说的话灵验了。

东北虎在东北林区的民间被敬为"山神爷"，人们传说东北虎是百兽之王，它统管山林中所有生灵。人进山要保平安，必须拜一拜东北虎这个"山神爷"。另有一说，东北虎在生态系统中处在食物链的顶端，对控制其他动物的数量发挥着重要作用。在东北虎的食物中，野猪的比例超过半数，因而东北虎在民间还有"猪倌"的称呼。山区的农户希望通过老虎吃

松花江传（下）

野猪来减少野猪对农作物的祸害，故而祭拜老虎这个"山神爷"，还有敬奉其有益于山民生产的意思。

曲双喜说自己祈祷山神爷灵验了，既有习俗的合理性，也有自我炫耀的色彩。

1月30日，也就是曲双喜被咬的第二天，吉林电视台的记者循着曲双喜走过的林道上山，准备到老虎伤人的地点进行实地调查核实。上山前村里人说，这只虎很奇怪，一直在这条林道上来回走，已经好几天了。

下午2时左右，两位摄像记者在珲春林业局三道沟林场向导的引导下，沿着清晰的老虎足迹向山上走，还未到事发地点时，就发现一只个体较大的东北虎在前面缓步而行，记者兴奋地跟踪拍摄了一段距离。在人虎之间的距离只有一百多米时，老虎发现后面有人在迫近，便反身迎了过来。记者们掉头便跑，而东北虎也不再追，看着他们逃去。

逃离危险的吉林电视台记者说："一开始距离老虎特别远，我们边跟边拍，感觉老虎走得特别吃力。后来它可能是发现我们了，当时它嘴里叼着东西，就反扑过来，撵我们来了。"

记者的摄像机里留下了跟拍老虎的一段视频。林道上的雪被运输木材的车碾压过，所以并不深，可是这只虎却走得很吃力。反复查看后，并未确证虎口里叼着东西。只是虎头低垂，好像叼着东西。

1月30日当天，这段用专业摄像机录制的野生东北虎画面就传给了中央电视台。随后，各大媒体纷纷转载转播，基本内容都是中国珲春发现东北虎的踪迹，表明近年来生态保护取得了良好的效果，同时赞赏摄像记者"偏向虎山行"的敬业精神。

两天后，另一路在长白山拍摄森林生态的记者赶到了珲春，想深入调查记录整个事件的来龙去脉。在珲春林业局，负责接待采访的林业局党委

第十三章　王者归来

书记很有信心地说："你们肯定会有收获，肯定能再次拍到这只东北虎。因为它不走，一直在这片山林转悠。咱们开越野车上去，不下车就没危险，可以近距离拍摄。"这一番话，说得电视台摄制组的人跃跃欲试。

2002年2月3日一早，摄制组准备乘越野车上山拍摄老虎。没想到的是，书记通知记者，昨天接到山上伐木作业点的报告，东北虎又伤人了。

摄制组赶到事发现场时，已有边防警察设置了警戒线。几台越野车和推土机停在狭窄的林道上。据警察介绍，被袭击的是一个林业女工，人倒在坡岗上，坡岗边上有一个低矮的石砬子，怀疑东北虎就卧在石砬子里。

事情发生在四天前，也就是1月30日下午，时间大约是在吉林电视台记者被老虎追赶后，在林道的一个坡岗上，东北虎袭击了这名女工。同行的伐木工吓得跑回了作业点。伐木作业点的人不敢下山去救人，山上又没有手机信号。下山的路只有这一条林道，他们怀疑东北虎就守在林道边上，所以没人敢下山去报信。延宕了两天之后，最后决定翻山越岭绕道去报信。

现场的专家与林业局负责人决定，乘坐推土机上坡岗，查看女工和老虎的情况。

推土机轰鸣着爬上了坡岗，在岗上停了下来。

摄制组的摄像机远远地拍摄着，长焦镜头可清晰地看到推土机里的人。雪太厚，一片洁白，看不到女工，也看不到虎。这时，推土机司机好像有意猛踩了一脚油门，发出巨大的轰鸣声。只见东北虎突然从坡岗的石砬子里冲了出来，但只冲出来几步，便又回到了石砬子里。

东北虎冲出来的一刹那，坡岗下面的人一阵惊呼。果然，东北虎就藏在那石砬子里。

推土机原路返回。查看现场的专家说，被袭击的女工就躺在林道边上，看样子已经没有生命迹象。东北虎卧在凹进去的石砬子里，距离女工

松花江传（下）

也就一两米的距离。那样子，好像是守在女工身边。

专家肯定地说，老虎有问题，看起来身体虚弱，有气无力。他们本想用推土机把它吓走，但它冲出来后又折返回石砬子里，好像根本就走不动。推土机再次轰鸣着想要驱赶它，但它却没有反应。

专家用GPS做了测量，坡岗位置是东经131°4′47″，北纬42°58′23″，海拔220米。

这一带山区临海，属于低海拔的林区。

现场的专家和林场负责人经过磋商后决定，用麻醉枪将虎麻醉，救下女工后再查看东北虎的情况。

女工叫杨春燕，是珲春林业局三道沟林场的团支部书记。杨春燕当年二十七岁，人长得很漂亮，已经有了男朋友，并准备在这一年的"五一"订婚。她在山上伐木队负责统计和标记。因为一场暴雪，山上无法开展采伐作业，在工棚里憋了几天后，杨春燕和三名男伐木工人一起，准备下山去一处有冰瀑的地方游玩散心。走到坡岗的时候，三个男工想抽烟，便停下来围在一起挡风点烟。就这工夫，原本同行的杨春燕独自走上了坡岗。男工们看到东北虎扑倒了杨春燕，掉头便跑。

东北虎被麻醉后，大家救下了杨春燕。经过查看，在她身上并没有发现后来人们传说的被东北虎多处撕咬的痕迹。医生判断，东北虎扑倒杨春燕时，她是被突然的袭击和虎的凶猛吓晕了，昏厥后的她更像是被冻死的。

现场查看麻醉后的东北虎，才明白了这只虎的问题。它被猎人的钢丝套勒住了颈部，钢丝有小手指那么粗，硬生生被东北虎拽断了。套子还挂在虎的脖子上，沾满了血污。吉林电视台记者最初以为它嘴里叼着东西，那东西可能就是这个沾满了血污又在脖子下面悠荡的套子。这是几股细钢

第十三章 王者归来

丝绞编成的钢绳，直径一厘米，东北虎把它扯断了，可见其所受的伤害及其拼死的力气。

由于老虎伤势严重，已失去野外生存能力，专家与保护部门决定将虎运到珲春市进行紧急抢救。医生查验后发现，虎的食管与气管全被勒断了，钢丝绳已深深地嵌入颈部肌肉。伤得这么重，它抬头都是很困难的事。之所以还活着，完全是因为气管被勒断后，好像是做了气管切开术，使它还能呼吸，否则咽喉被勒伤后发生水肿，喘不上气来，早被憋死了。

2月6日，国家林业局组织的北京、哈尔滨、长春等地的猫科动物专家赶到珲春后，对重伤的东北虎进行了颈部X光片、血液化验、B超、胃镜等18项检查。在检查中，专家发现第一次手术缝合的气管和食管均出现开裂，专家对老虎紧急进行了第二次手术。他们说，由于东北虎的食管和气管被套子勒断，断口边缘不整齐，较难愈合；加之其十足的野性，暴躁愤怒，幅度较大的动作极易使伤口缝合处发生开裂。

2月10日上午，东北虎病情突然恶化，负责监护的专家对老虎进行最后的抢救。12时20分左右，东北虎停止了呼吸。

这是一只成年雄性虎，年龄大约十岁。经过实地测量，它身长一百六十厘米，尾长九十四厘米，体重大约一百五十公斤。东北虎平均寿命为二十年到二十五年，这只东北虎正值春秋鼎盛之时。

女工杨春燕也正值青春韶华，在家是好女儿，在林场是好员工，是一个提起来就人人夸赞的好女孩儿。

遭此噩运，人虎两殒。

人们在事件发生的林道上发现了曲双喜被虎扑倒后丢弃的背篓和散落在雪地上的马鹿肉。这也印证了山上林蛙养殖户的猜测，曲双喜和尹石钟上山是为了遛套子。他们在山上下了套子，大雪后最容易套住猎物，所以

松花江传（下）

两人去查看。

公安机关介入后，在曲双喜家里搜到了与东北虎颈上一模一样的钢丝绳。曲双喜的母亲大声喊冤，说这村里家家都有这样的套子，不能说东北虎是被曲双喜下的套子套中的。

果然，公安机关在走访了附近的村屯后发现，很多农户家里都有这样的套子。而且，冬季进山套野生动物是在猎枪被没收后，这些村民最常用的狩猎方式。更何况，下套子狩猎是几辈人传下来的，以前用麻绳、皮绳，现在改用钢丝绳了。

公安机关先将医院里的曲双喜控制住，又抓住了外逃的尹石钟。因为确实没有证据证明是他们下的套子伤害了东北虎，所以在曲双喜伤愈后，法院以偷猎国家二级保护动物马鹿的罪名判罚二人入狱，刑期三年。

珲春林业局以工伤的名义抚恤杨春燕。

珲春自然保护区管理局将死亡的东北虎制作成标本，摆放在自然博物馆的橱窗里。

人们在梳理整个事件过程时推测，这只东北虎因为大雪而游荡到此处的山林觅食。在林蛙养殖户发现它时，它已经被套了。因为如果不是被套了，它不可能不袭击养殖户家的狗。而且，曲双喜被扑倒后，东北虎已经没有了力气，才任由曲双喜逃离。吉林电视台的摄像记者之所以能逃脱，也是因为东北虎伤情严重。否则，它的奔跑速度岂是人能比的？

事件发生的2002年，正是我国政府加大生态保护力度，吉林省刚刚被国家批准为生态省建设试点的时候。如此令人痛心的人虎两伤事件，引发了社会对森林生态及人虎和谐的广泛关注。

第十三章　王者归来

‖ 养虎成"患"

东北虎被国际野生动物基金会列为世界十大濒危动物之一。中国对东北虎的保护分为两种方式：一种为栖息地的保护，即建立自然保护区；一种为异地保护，即各地建设圈养基地。

1986年，在黑龙江海林深山，建起了中国横道河子猫科动物饲养繁育中心。1996年，又在哈尔滨北郊建立起世界上最大的东北虎野化繁育基地。基地有一百多只虎，一只东北虎每天要八公斤牛肉鸡肉，二百克奶粉，五个鸡蛋和各种复合维生素。每年全部的饲养费要四百万元。头十年，繁育基地就欠了两千万，并且每年仍有近三十只小

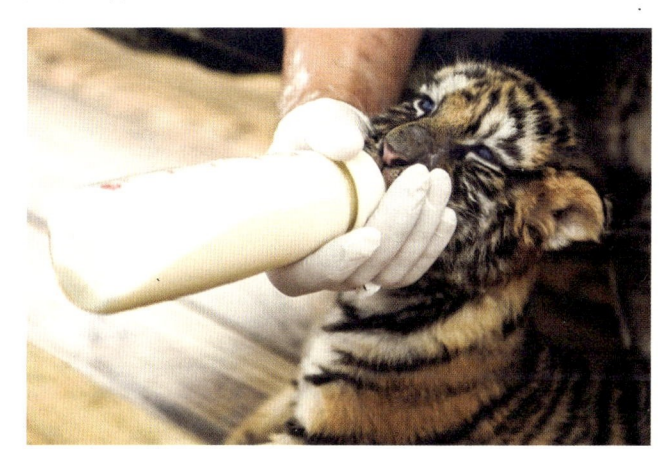

黑龙江哈尔滨的中国横道河子猫科动物饲养繁育中心所属黑龙江东北虎林园，幼虎"育婴室"饲养员给东北虎幼崽喂奶

黑龙江东北虎林园的东北虎在进食

637

松花江传（下）

虎降生。

照顾一只东北虎每年的花销需要四万二千元左右。哈尔滨虎园繁育基地向关注其运行的国际野生动物保护组织报告了面临的困境，希望能得到帮助。国际野生动物保护组织显然有自己的理念和原则，他们对繁育基地资金短缺的现状置之不理，驳回繁育基地的援助请求，认为这些老虎最好的结局就是安乐死。

美国国家野生动物服务中心的官员弗莱德表示："我认为，你们应该做的就是让一部分老虎自然死亡，然后让一部分老虎失去生育能力。动物园已经有太多的老虎了。"

前来考察的国际野生动物保护组织的专家们对虎园繁育中心每年要接待五十万游客的数字也表示十分吃惊和担忧。在他们看来，老虎是独立的实体，在森林中伺机寻找捕食食物。它们不应该成群懒洋洋地躺在特定的地方，等待一车车的游客从车窗扔出活生生的小鸡。在繁育基地里生活的老虎无异于被人宠养的"大猫"。

繁育基地原本是异地保护东北虎的一种方式。在野外生存环境日渐逼仄，东北虎已退无可退的情势下，人工养殖并繁育其种群是一种补救式的方法。繁育基地的运行需要经费，比如哈尔滨繁育基地，每天要喂七八百斤牛肉、五六百斤鸡。如此大的开销全靠政府财政拿钱是有困难的。繁育基地开门迎客，接待游客参观，一方面有休闲娱乐、丰富生活、动物科普的意义；另一方面，也可以用门票的方式缓解繁育基地的财务窘境。只是东北虎越繁殖越多，门票收入与运营费用一比，成了杯水车薪。在四处求告无果的情况下，管理方提出可否以特批的方式，准许繁育基地集中销售一批虎的衍生品。

自20世纪80年代后期以来，自然死亡的东北虎累计一百多只，分别收

第十三章　王者归来

存在哈尔滨虎林园和横道河子猫科动物饲养繁育中心的两处墓地——一座三百吨和一座二百吨的冷藏库里。

只是这有一道门槛，我国加入的《濒危野生动植物种国际贸易公约》明确规定，禁止虎及其衍生物的交易。该公约规定，拥有虎和衍生物库存的缔约国和非缔约国，应将库存加以集中并采取适当的控制措施。这之后，虎骨交易全面禁止，对野生虎保护产生了巨大作用。

这道门槛关系到国家信用与国际影响，所以很难逾越。

国内有许多专家也坚决反对这种销售死虎获取资金以贴补东北虎繁育基地经费的方式，他们认为死虎资源利用的口子坚决不能开。野生动物保护的实践表明，市场是导致野生动物被捕杀的根本原因。这些人工繁育过程中淘汰的死虎一旦获准交易，势必刺激虎的交易市场，而使一些人铤而走险去猎杀仅存的野生虎，或者为了经济利益而人为造成一些人工繁育的老虎死亡——因为在实际操作中，根本无法区别参与交易的东北虎哪些是自然死亡的，哪些是非法猎杀的，或是因为其他原因死亡的。一旦老虎身体部位的交易限制被打破，那么，其他野生动物的人工繁育也会循例而为。此禁一开，会刺激更多的利益追求者捕杀为数不多的野生动物。所以，为救一时之急而自毁纲纪、放开濒危野生动植物交易是饮鸩止渴。

1993年5月29日，国务院在《关于禁止犀牛角和虎骨贸易的通知》中严禁进出口虎骨；禁止出售、收购、运输、携带、邮寄虎骨；取消虎骨药用标准，禁止用虎骨制药。历史上，我国曾是世界上虎制品需求量最大的国家，而我国政府颁布的这一禁令遏制了市场需求，有效地减少了野生老虎被偷猎滥杀的危险，得到了国际社会的赞赏。

松花江传（下）

‖ 放虎归山

卖又不许卖，养又养不起，那么只剩下一条路——野化放生。

实际上，东北虎繁育基地在建立之初，就确定了在繁育一定数量之后，要有步骤地进行野化训练，恢复东北虎的野性与野外生存能力并最终放归自然的目标。为此，繁育基地尝试着在模拟的野外环境下投放野鸡和牛，训练东北虎的追逐与捕杀能力。同时，定期减少或停止提供食物，以及采取让东北虎冬天在野外露宿等方法，锻炼东北虎忍耐饥饿、适应寒冷等恶劣生存环境的能力。在确实收到一定的效果之后，相关部门制订计划，准备在小兴安岭和完达山一带过去东北虎出没的山林中规划出一百平方公里的面积，将具备野外生存能力的东北虎和其主要草食动物鹿、狍等放入其中。同时，专家将给东北虎戴上无线电项圈进行监控，并根据需要提供必要的帮助措施。

这是一项颇令人兴奋但又受到一些专家质疑的计划。纸上的一厢情愿，难以解决复杂的生态学课题。

在生态学专家看来，对某些濒危珍稀动物圈养繁殖个体的野化及放归野外的工作是许多动物保护工作者的美好愿望。但是，这项工作实际上是非常困难的，特别是对大型食肉类动物。将圈养动物放归野外的工作，除了需要考虑动物本身的体质状况外，还要考虑诸如圈养动物是否会携带某些病菌到放养地，从而威胁原有野生种群的生存；自然环境中是否有足够的食物供给；是否会影响到当地其他物种的生存；是否会影响当地社区居民的生活；等等。

除了以上这些问题外，在将圈养条件下繁殖的动物放归自然的过程中，人们往往还忽视了一个最为重要的方面，即动物自身的行为能力是否

第十三章　王者归来

还能够适应野外生存环境。在自然条件下，动物的很多行为都是通过从双亲那里学习而得来的。例如，很多食肉类动物的捕食行为对猎物的咬杀行为往往是幼兽与生俱来的本能，而如何在最短的时间内杀死猎物、成功地完成捕食过程，则是幼兽通过跟随母亲或群体中其他成年个体捕猎而习得的能力。幼兽在捕食过程中可能只会抓咬猎物的背部或体侧，那样并不能立即置猎物于死地，并且可能遭到猎物的反击而使自己受伤。在母亲的养育与培训过程中，幼兽通过观看、模仿、尝试等学习过程，可以逐渐学会在捕猎过程中首先咬住猎物的喉咙，以便很快地杀死猎物获取食物。除了捕食行为外，动物如何在丛林中隐蔽自己、如何在群体中进行社会交往和生活、如何繁育和哺育后代，等等，这些行为和能力的学习过程是动物成长发育中不可缺少的，也是决定动物是否具有野外生存和繁衍能力的必不可少的环节，将直接影响到被放归的动物在野外是否能够存活。

华盛顿世界野生动物基金会的专家朱蒂·米勒说："老虎需要大自然这个母亲来教会它如何适应野外生活，因为学会捕食是个非常复杂的过程，要从动物刚会走路的小时候学起。不是说给圈养的虎投放活牛活鸡就可以恢复虎的野性。东北林业大学的马建章院士说：老百姓都知道老虎是吃独食的，都是单个的虎上去把猎物摁倒，掐脖子，然后再吃。我们现在是把牛一放出去，群虎都上去，像狼一样捕食。这根本不是虎的捕食方式。"[1]

这就涉及生存习性的改变。在野化训练中，虎在捕食野生活物时，是知道有人在投放并且有更多的人在观看的。无论人是透过栏杆或铁丝网看，还是在旅游车里看，老虎都清楚地知道这一切。它们已经习惯了与人的这种关系，不怕人，甚至亲近人。20世纪90年代，长白山区曾尝试野外

---

[1] 人与生物圈记者：《专家诊断东北虎》，载《人与生物圈》，2005年，第06期。

松花江传（下）

放归黑熊，其结果是园内靠人饲养惯了的黑熊到野外根本找不到食物，最后只好走到公路边上，见到过往的车辆、行人就"作揖"乞食。这种情形，无论是对人还是对大型食肉动物，都是不安全的。

此外，就东北虎本身而言，它们对野外自然栖息地的要求是非常严格的。一只野生雄性东北虎的栖息地需要八百到一千平方公里，每周至少要捕食一百公斤的蹄类或其他动物。而野外的食物链远没有恢复到能够满足自然循环、自主演替的水平，东北虎的主要食物对象仍处于缓慢恢复的过程中。与此相对的是，人工繁育的东北虎有一个致命的隐患，那就是几百只虎都是原来的几只虎繁育出来的，近亲繁殖非常严重。此种人工小环境下近亲繁育而来的东北虎，体力远不能胜任野外生存。可捕食的猎物数量少，自身的能力低，这就导致放虎如杀虎。

让人工饲养的东北虎再次回归自然，恢复其兽性是极为困难的，但没有人断言是不可能的。目前，中国人工繁育的老虎总计在一千只左右，美国是四千只，俄罗斯是六千只。从老虎保护的角度上说，只有在具备一定数量的种源后才可以将其纳入放虎归山的计划。而且放归时，必须综合测评各种条件，在条件允许的时候才可尝试。俄罗斯在这方面的科研与放归实验开展得比较早，也积累了经验。比如2014年5月，普京亲自放生了三只东北虎，其中包括到中国一游的"库贾"。

"库贾"来到黑龙江省萝北县境内后，萝北县太平沟自然保护区非常紧张。早些年听老辈人说过这里有东北虎，几十年了，谁也没见过。"库贾"一来，保护区既兴奋又紧张。兴奋的是东北虎到萝北县，这就像离家多年的游子回乡省亲；紧张的是万一出点儿什么意外，没办法向各方面交代。保护区管理局既要提醒"虎出没，人避让"，确保山民百姓安全，又怕"库贾"找不到食物饿着。管理局人员从牧民手中购买牛群赶向山里，

第十三章　王者归来

算是尽地主之谊。俄方迅速叫停了这一设计，称投食可能导致"库贾"的野外生存能力退化，而袭击家畜成功的老虎会助长其轻松的觅食方式，寻机进入人的家园杀死牲畜甚至伤人。

2002年1月，也就是东北虎扑倒曲双喜又致死杨春燕的那个冬天，山上的雪有一米多厚。考虑到保护区内主要的保护物种东北虎与远东豹觅食困难，保护区管理局花了一万五千元，按当时的市价向村民购买了六头牛，将牛投放到春化镇分水岭、西北沟两村附近的深山中。当管理局从气象部门得知二十一日前后还有一场大雪时，又与保护区内居住的农民签订合同，向山上再次投放七头牛和一匹马。这些牲畜产权仍归农民个人所有，管理局为牲畜提供草料及饲养费用。如果这些牲畜被虎豹猎捕，经查实后，管理局将对农民加倍赔偿。此外，他们还向山上撒送了大量的谷物供野生鸟类食用。

对于给野生动物"送"活家畜的做法，当地农民非常配合，但野生动物保护专家和主管部门领导对此持不同意见。他们认为，这种做法尽管出发点和愿望很好，但是违背了野生动物的生存规律，不利于恢复野生动物的食物链，而且"加倍赔偿"这一决定也违反了吉林省有关规定。

也许是因为东北虎由此尝到了甜头，接下来的几年，珲春保护区范围内的村屯，时常发生放养在山林中的牲畜被咬死的事件。

1998年，吉林蛟河农民的牛被野生东北虎吃了，于是农民状告当地政府。东北虎是国家一级保护动物，国家保护的动物吃了农民的生产资料（牛），当然要由国家来赔。结果是政府当真赔了，此一举，人虎两安，皆大欢喜。然而，虎的生存觅食习性却被改变了。

2015年6月，一只亚成体野生雄虎出现在珲春马川子乡伊利南沟的玉米地和落叶松林中。近两个月的时间里，这只虎持续在村屯边上逡巡滞留并袭击了村民的狗和家禽。虎进村屯，先是引起了保护区管理局的注意，

松花江传（下）

　　管理局持续跟踪观察，始终没弄清楚这只虎为什么不离开村屯回到森林中去。接下来是媒体得到信息并传了出去，引来了几位野生动物摄影爱好者。他们没想到这一生还能有机会拍摄到野生东北虎，更没想到的是，这只虎就像是模特一样听候摆布。他们发现躲在玉米地里的东北虎后，就把事先预备好的家鸡投放在相机能清楚地拍摄到的地方。把鸡拴好扔下后，没等他们跑回到相机架设的位置，东北虎就已经冲过来将鸡叼走。第二次再扔，还是一样。这只野生虎成了与人配合默契的"乖乖虎"。

　　两个多月的时间不离开村屯，就在附近等着吃家畜。专家们仔细观察后推测，这一区域成年壮虎较多，种内的领地竞争迫使这只亚成体雄虎走出深山来到村边。而且，它刚刚成年，幼时随母虎生长时，很可能看到过母虎捕食家畜的情形，于是学会了在村屯边上觅食的方式。它不伤人，而且也在躲着人。当知道有人会给它投送家鸡的时候，它就静静地等着。

　　两个月后，这只亚成体的东北虎消失在森林中，它的出现及与人居村屯的关系引发担忧。一只野生虎居然学会了与人交易，你送我家鸡，我让你拍照。这实在是多少透出些违背自然法则的荒诞。

　　人类发展到今天，由于实践和认识上的局限，对许多未知的自然现象或动物行为难免有妄自揣测的时候。而且，自然越来越脆弱，以至于人们每做一件事，都可能在不知不觉中误伤自然界中的某一环节。但人们又不能什么都不做，只是应有意识地提醒自己，就像《只有一个地球》的作者芭芭拉·沃德和勒内·杜博斯告诫的那样：必须极度谨慎。

　　东北虎保护专家认为，一场大雪导致老虎觅食困难并不是对其生存的根本威胁。相反，投食喂虎导致老虎本性逐渐磨灭，则可能"帮虎不成反类猫"。失去野性的东北虎如果只靠村屯的家畜为生，那它还是占山为王的"山神爷"吗？

第十三章　王者归来

‖ 禁猎之难

实际上，对森林的砍伐、偷猎捕杀以及其他人为的破坏活动已经使鹿群和野猪数量明显减少，而它们是老虎的主要食物。如果想从根本上避免东北虎挨饿，禁止猎杀野生动物、保持森林生态食物链的完整才是正道。

禁止猎杀野生动物始终是生态保护面临的一大课题。俄罗斯远东地区建有七个自然保护地，老虎是其主要保护物种之一。但野生动物并非仅生活在保护区内，很多时候要在保护区间穿行游荡，这就面临被猎杀的危险。俄罗斯现有西伯利亚虎五百只左右，而该国全国合法持有狩猎许可证的猎人有四万多。尽管在2013年普京推进通过"老虎法案"后，直接猎杀西伯利亚虎的现象大大减少，但猎杀其他动物也会严重破坏食物链的完整性。

20世纪末，中国政府陆续出台了一些有针对性的加强生态保护的文件，各级政府也以地方法规或条例的形式落实中央政府的意见要求。1996年1月26日，吉林省第八届人民代表大会常务委员会第二十二次会议通过《关于吉林省五年禁止猎捕陆生野生动物的决定》；2001年8月27日，吉林省政府第四十八次常务会议通过了《吉林省禁止猎捕陆生野生动物实施办法》。吉林省在全域范围内无限期永久禁猎。

尽管各项措施在不断加大实施力度，但对于贫困的山民来说，祖辈传下来的狩猎习惯与猎物交易带来的利益常常诱惑他们铤而走险。

2001年12月，吉林电视台记者在长白山拍摄生态纪录片时，就意外地偶遇了一次偷猎行为。

当时，摄制组在长白山保护区野生动物专家朴正吉的向导下进到了头道白河的上游，也就是红石砬子一带。这里曾是东北虎、黑熊、马鹿和狍子出没的地方。东北虎在此地已绝迹多年，老朴带摄制组到这里，是想看

松花江传（下）

看几年前他曾调查过的一只孤熊。

长白山野生动物专家朴正吉

走了大约三个小时，大家看到了许多狍子、野猪、青鼬的脚印后，终于有了重大收获。朴正吉发现了熊的足迹，当时他兴奋得话都说不全了，只一个劲地"哎呀哎呀"地叫着，而后就是拿出尺来量，又拿出GPS来测。他一边工作一边说："它还活着，真的还活着！"

摄制组跟着朴正吉走，他说："沿着黑熊的足迹，咱们走一段，算是送一送它。"从足迹上看，起码是两天前的，但朴正吉还是想跟着足迹走一段。不指望能看到这只孤熊，只要送上一程，朴正吉就很高兴。

可未曾想到的是，没走多远，朴正吉又是一阵"哎呀哎呀"的叫声。大家走上前去一看，原来在熊的足迹旁，出现了一行清晰的人的脚印。很明显，有人在跟踪这头熊。朴正吉苦涩地说："这头熊只有我调查时跟踪过，除了我，能跟踪它的只能是猎人。"

第十三章　王者归来

冰天雪地，深山老林，陡峭的山路，竟有人跟在熊的后边。

朴正吉说："这熊从不冬眠，每年冬天，它都这样走来走去。今年雪小，人容易进山。若是再不下雪，这熊就危险了。"

摄制组不相信会是猎人。吉林省政府刚刚出台了永久禁猎的条例，这猎人胆子也太大了，敢在保护区内猎熊。朴正吉说："你看这老林子里，我们走了四个多小时才走到这儿，谁又愿意到这儿来巡护？没有管理人员巡逻的深山老林，猎人进到这里，这里就成了他们的世界。他们谁也不怕，只怕运气不好。"

摄制组跟着朴正吉，带着发现熊的喜悦和对熊命运的担心继续向前走着。那天走了十一个小时。路上，摄制组的七个人中，有四个人听到了枪声，朴正吉是其中之一。看他的心情不好，摄制组的编导没忍心问这枪声是不是对着熊的。

大约两周后，摄制组再次随朴正吉进入长白山保护区原始森林最隐秘的腹地。当时准备下点功夫，在一处暖泉旁潜伏下来，期望能拍摄到前来饮水的那头孤熊，或者哪怕是拍摄到野猪、马鹿也行。

由于才下了大雪，进山的路不好走，但有一点比较好，就是兽类的足迹清晰，一看就知道是不是当天的。

进到山里后，摄制组在朴正吉的指导下选择了两个潜伏点。他一再提醒摄像师，要潜伏就潜得深点，用白布把自己裹严实了，要和白皑皑的雪天雪地雪树浑然一体，而且要一动不动。否则的话，惊了野生动物，潜伏的冷和饿就算白挨了。

摄像师潜伏好后，朴正吉带着编导沿河边向上游走。老朴说，走到差不多的地方，两人再分开，呈掎角之势，将可能有的动物兜向河的下游。如果咱们运气好，它们一定会走进潜伏点。

647

松花江传（下）

还未及分开的时候，已经看到几行野猪和马鹿的足迹，而且都是新鲜的。朴正吉说："这些足迹都是今天早晨的。雪这么大，它们走不了多远。再往上走一段，就肯定能把它们圈拢到河边的潜伏点，边走边兜圈，一准儿成功。"话音未落，只见他身子一抖，树枝上的雪都震落了。是枪声，山林里特有的那种沉闷而厚实的响声。那枪响如击中了朴正吉一般，一刹那间，他的脸铁灰。他说："这枪声距我们不足五百米，而且，一定与我们现在看到的这些野猪和马鹿的脚印有关。从方向上判断，正是来自我们要去的上游。"

朴正吉狠狠骂了一句，而后说："可能不行了。这猎人在我们前面，有他跟在野兽的后面，我们兜不回来它。"

兜不回来野猪和马鹿，那就兜人。编导和朴正吉都想上前看看到底是谁在打猎。

朴正吉带着编导沿着野兽的足迹向上追。这时候，不指望追上野兽，倒想追上人。

人的足迹出现了，雪印子里好像还冒着热气。朴正吉如同发现了猎物的猎犬，顺着脚印猛追起来。编导问："能追上吗？"朴正吉喘着气说："很难说。他要是打着东西了，我们就能追上。若是没打着，就很难追。""追上后怎么办？"编导这一问，朴正吉好像才想起他们这样追的目的。他自言自语道："他们有枪啊。"

"他们敢开枪打我们吗？"

"敢，如果发现你要抓他或查他，他就会开枪。"

说这话的时候，两人停住了向前的脚步。

朴正吉又说了一句："我们追不上了，还是往回兜吧。"

分手各走一边的时候，朴正吉嘱咐编导，遇到猎人别害怕，也不要问

第十三章　王者归来

他，各走各的，他就不会伤害你。

两人一直向下游兜着走。回到潜伏地时，两位潜伏的摄像师如雪雕般一动不动地站在那里。

朴正吉告诉他们，可能有猎人，所以野猪和马鹿都往上跑了。摄像师说，他们其实已经知道了，因为他们在这边听到了两声枪响，间隔半个小时。因为有上次枪声的提示，他们都知道这是猎人的枪声。

摄制组撤出了潜伏点，在保护区外的一个小林场吃了点儿饭，反身又折回了林子。这回不为别的，只是朴正吉在吃饭时说了一句："那猎人很可能打到了猎物。如果打到了，他一般是就地宰杀，挑拣好部位的肉往外带，剩下的就埋在雪里。"编导说："那咱们就去看看，这次咱们五个人不分开，就是半路与他遭遇，也用不着怕他。若他手中没拿着枪，咱们还可以一拥而上，抓他个偷猎现行。"

没想到刚一进山，他们就在一条由保护区科研机构开通的实验路上看到了猎人的足迹，足迹的方向指向林外。朴正吉说："他出去了，而且是背着猎物。"编导问何以见得。朴正吉说："你看，这是挂棍子的痕迹。上午见他的脚印时，没这个棍子。现在挂根棍子，说明背着的东西很沉，他走得很累。如果是这样，我们就顺着脚印往回走，去找他宰杀猎物的地方。"

朴正吉的判断很快便得到了进一步的证实。那猎人背着的东西显然很重，每走百十来米，他便要靠在倒木上休息一会儿。倒木上的雪被压的痕迹表明，这是一个编织袋或麻袋，背在背上，大约有半米宽。顺着脚印，一连看了十几个休息地。而且，那雪痕上，竟还透出了血迹。可能是刚宰杀时，血从麻袋里渗出来了。走走停停，血便冻凝固了。

摄制组终究没有找到宰杀现场。因为天晚了，朴正吉也一时判断不准

649

松花江传（下）

到底还要走多远。他只说了一句，这猎人也够受的。

回去的时候，摄制组向管理局的领导做了汇报，特别讲了原本想去宰杀现场，但走了三个多小时，直到天黑也没走到。管理局负责同志感慨地说："可以肯定这猎人年纪要在五十岁以上。现在打猎的，都是几十年前曾打过猎的人，要么是心瘾难熬，偶尔上山转一次；要么是家境贫苦，没有别的谋生之路。"他又说："这些人相当能吃苦，打一次猎，能把自己累个半死。有时抓到他们，你会在心里不忍。看他们那衣着，看他们带的干粮你就会知道，但凡有别的营生，他们绝不会干这种既违法又辛苦危险的活儿。"

朴正吉后来也对编导说，猎人的苦一般人是吃不了的。三九严寒，大雪纷飞，忍饥挨饿，翻山越岭。要是打着了，还得一步步背出去；打不着，一天的苦就只能自己扛着。

编导问朴正吉："靠打猎能维持生活吗？"他说："一头野猪三百斤左右，一斤可卖三十元钱，一头野猪可得八九百元钱。另外，有些猎人是被人高价雇佣，为的是替人打一些稀罕的野物。这些猎人，其实都是生活在底层的最苦命的一群人。"

长白山的冬天是这些人的世界，那山林里的风、那齐腰深的雪、那被追赶的野物和那凄厉的枪声，都属于他们。他们是违法者，是偷猎者，是拼命挣扎在生存线上的人。在摄制组跟踪那些脚印时，看到那被麻袋压得实实的雪痕，猜想那猎人拄着木棍，将腰深深地弯下，每一步都可能跌倒在雪中的时候，当摄制组走了三个多小时尚未走到事发地点的时候，最初对偷猎者的愤怒变成了一种无奈的叹息。沿着猎人的足迹前行，摄制组的编导和摄像师尚且如此苦累不堪，那猎人呢？没有走到和拍到宰杀现场固然令人遗憾，但更让人心堵的是，对这些偷猎者的行为，在有了真实的感

第十三章　王者归来

知后，大家已不能再单纯地诅咒他们了。

贫穷是最大的污染源，是对野生动物最大的威胁。

‖ 王者归来

2010年11月24日，为期四天的"保护老虎国际论坛"在普京的亲自主持下召开。在此次"老虎峰会"上，俄罗斯环保部门承诺投资四千五百万美元保护百兽之王。也是在这次会议上，中国政府承诺，作为中国野生虎恢复计划的第一步，中国计划在2022年前实现野生东北虎的数量增倍。

为落实这一承诺，2014年，黑龙江森工集团全面停止天然林商业性采伐；2015年，吉林森工集团、长白山森工集团全面停止天然林商业性采伐；2016年，吉林省地方国有林业全面停止商业性采伐，结束了一百多年来人类向长白山原始森林过度索取的历史。

在"全球老虎峰会"上，世界自然基金会与世界银行协同世界上十三个野生虎分布国共同推动一项旨在恢复全球野生虎的计划。这一计划明确提出，2022年是中国的虎年，各相关国政府、国际组织（包括世界银行、民间团体、科学界和私营企业），要致力于合作挽救濒临绝种的野生虎，力争实现野生虎种群数量翻番。中国是全球十三个野生虎分布国之一，确保了中国能在全球野生虎计划的支持下提高野生虎数量。

2016年，中国政府与世界银行合作，在吉林省长白山区东麓至黑龙江省完达山区启动《世界银行/全球环境基金中国东北野生生物保护项目》。项目以帮助创造生态条件，努力恢复生物多样性为总体目标，并以东北虎作为旗舰物种，全面提升区域内野生动物的生态环境质量。

松花江传（下）

该项目由全球环境基金、世界自然基金会、吉林省、黑龙江省、国家林业局提供资金。该项目涉及吉林省、黑龙江省六个森工局（包括四个国家级自然保护区）、三个县（市）林业局。这片地区是中国野生东北虎的家园，坐落在中国东北部与俄罗斯边境接壤的长白山脉脚下。该片区域为低山区与丘陵景观，有中国最大的自然温带森林。该区域的森林覆盖率约为百分之五十五。针叶与阔叶混生林是原始林，以红松和杉松为主要物种，当中混杂了超过六百种植物。该地区也是超过三百种野生动物的栖息地，其中四十四种野生动物为国家保护野生动物，包括远东豹、原麝、梅花鹿、紫貂、亚洲黑熊和赤鹿。栖息在这一地区的东北虎数量估计在十八至二十二只，它们游走于中俄边境。

该项目旨在恢复生态和推动建立友好型的野生虎栖息地。其基本目标是推动将野生动物的保护纳入当地经济发展规划；提高自然保护区管理效率；恢复、扩大并连接东北虎主要栖息地；在区域内推动更为有效的巡逻和监管机制，以便减少标志性物种的死亡；通过增加当地社区在野生动物保护方面的利益和收入，减少人类与野生动物的冲突。

21世纪初的监测数据表明，吉林、黑龙江交界处的老爷岭南部、大龙岭、哈尔巴岭一带是中国东北虎豹最主要的活动区域，这里栖息着中国境内最大的较稳定的东北虎与东北豹野生种群。

东北豹也是此项目重点保护的标志性物种。作为豹的亚种之一，东北豹是唯一适应寒冷气候的豹的种群。东北豹曾广泛分布于中国东北地区、俄罗斯远东地区和朝鲜半岛。进入20世纪，东北豹分布范围和种群数量迅速缩减，在20世纪70年代人们开始关注这一物种时，其种群数量已不足五十只。进入90年代，情况进一步恶化，俄罗斯东北豹数量下降至三十只左右，栖息地也仅剩一处。中国仅在大龙岭零星区域有确切记录，数量仅存三到五只。1996年，世界自然保护联盟将东北豹评估为"极危"物种，是最为濒危的猫科动物亚种。

①珲春林业工作者和边防驻军联合开展清山清套
②测量野生东北虎足迹
③清理出的钢丝套子
④珲春林业人记录每日清山数据

持续多年的天然林保护工程和退耕还林政策，为"世界银行/全球环境基金中国东北野生生物保护项目"的开展奠定了基础。

项目推动建立的天桥岭自然保护区，东部与吉林汪清国家级自然保护区相邻，北部与黑龙江穆棱国家级自然保护区相接。这里不仅是东北虎潜在的栖息地，也如同两个自然保护区之间的桥梁，成为东北虎进入长白山

松花江传（下）

腹地的重要生态走廊。

为了解决暴雪等极端气候造成的野生动物取食困难，增加区域内有蹄类种群密度，以满足虎豹哺育幼崽的食物需求，项目支持在优先区域设立固定投食点，在每年冬季投放谷物、食盐等饲料。

为制止非法偷猎、盗伐、开荒等破坏自然资源的行为，确保野生动植物保护法律法规得到严格执行，项目持续推动清山清套、打击乱捕滥猎专项行动；区域内自然保护区管理局、林业局、森林公安展开合作，组建多支专业巡护队伍；学习运用SMART巡护系统；落实"网格责任制""检查验收制"；科学设计巡逻路线；在项目区域内形成常态化守卫森林生态、保护野生动物的强大声势。

黑龙江省东宁市林业局在项目支持下，组建了一支由十二名林场女职工组成的专业巡护队。她们的祖辈父辈都是伐木人，而她们这一代则成了守望这片林海的保护神。作为中国第一支专职巡护队，她们在项目的支持指导下，严格执行巡护规程，严厉打击违法行为。她们翻山越岭、卧雪踏冰、餐风饮露、无畏艰险，成为保护森林生态，为野生动植物巡逻站岗，闪耀在林海山野中的一道亮丽的风景。

红外相机监控，是监测虎豹种群、评估总体成效的核心项目。吉林和黑龙江两省级项目主体执行统一的"标准监控协议"。相机布置方式为$3km \times 3km$区域内布设一对相机，每年分为春季、秋季两个监测时段，每个监测时段三个月。通过红外相机监测，识别虎豹个体，并进一步分析虎豹种群结构、个体扩散、栖息地选择等生态学基础信息。通过监测信息，及时掌控虎豹面临的人为干扰威胁，为虎豹保护管理提供了有力的技术支持。

中国政府和吉林省、黑龙江省各生态保护部门持续多年的努力与项目复合叠加，赢得了大自然的正向回应——植物群落生机勃勃，动物种群丰

第十三章 王者归来

度提升，东北虎与东北豹已由个体游走而种群扩散，由稳定安居而家族繁衍，由偏居一隅而拓土内迁。

这些成果最终都通过红外相机的监测留下了证据。遍布东北虎豹栖息地的近千架红外相机，让人们看到了隐秘而真实的动物世界。作为生态链顶层的东北虎与东北豹，在监测记录中留下了可资研判的生态信息。它们随心所欲、自由自在，仿佛是在表明，这里就是家园，它们认可了，它们回来了，它们很惬意。

红外相机监测技术以其准确性、长期性、隐蔽性和无损伤性等特点，记录了数以万计的图片影像。在图像识别软件的帮助下，拍摄到的虎豹有了名号，活动的领地有了数据，繁育的家庭有了记录，原本藏于深山、行踪隐秘的东北虎豹，在镜头前秀出了自己的私生活。

一只持续五年活动于珲春马滴达区域的成年雌虎，监测编号为T1。2014年夏天，T1有了雄性幼崽T11、雌性幼崽T12。原本以为这个虎家庭就是一母二子，却不料，监测区域出现了一个不速之客——雌虎T13。它似乎很熟悉这里，无所顾忌地占据了T1活动区域的北部。而T1则南移了，将北部的领地拱手让给了T13。这种让，有个充满温情的描述——领地馈赠，是东北虎母女之间惯常的一种本能行为。有专家据此推测，T13很可能是T1的另一个后代。成年之后，母女分享了领地。2017年5月，T1又繁殖了一窝。二个月后，监测相机拍到了T13带幼崽的图像。在珲春马滴达这片山林，两代雌虎，都以传宗接代的方式认同了这个家园。

雌性虎可以将领地馈赠给女儿，却一定要驱逐即将性成熟的雄性幼崽。T11就是这样被T1赶走的。它从珲春的马滴达走到了四道沟。横在两地之间的，是省道S201公路。

松花江传（下）

东北虎豹国家公园马滴达拍摄的东北虎T11（雄）

　　S201公路沿途有大量农田和村屯，是虎、豹从边境扩散至内陆的必经之地，也是第一道障碍。T11能够穿越此障碍，表明这里存有扩散通道，有可通行的条件。

　　雄性东北豹L5证明了这一点。从汪清的杜荒子、西南岔，到珲春的兰家、青龙台，L5反复穿越S201公路，可见其家域跨越道路两侧。虽然尚不确定扩散通道的位置，但其频繁地来来回回，是否意味着野生动物在适应着环境的人为改变？

东北虎豹国家公园马滴达拍摄的东北虎T12（雌）

第十三章　王者归来

东北虎豹国家公园三岔河拍摄的东北虎T40（雄）

T40是分布于珲春青龙台、绥阳暖泉河、东宁朝阳沟一带的雄虎，活动范围地跨吉林、黑龙江两省。

雄虎T45，2016年1月首次拍摄于黑龙江穆棱。2017年秋，T45分布区向南扩散，抵达吉林省汪清。其后，在汪清与珲春之间的大荒沟与雄虎T24争夺领地。从黑龙江扩散到吉林，从老爷岭北坡迁移到南坡，东北虎领地竞争凸显出生存空间的压力。

2013年6月，在马滴达南部首次拍到雌性东北虎T5。当时它体态丰满，乳房膨胀，显示出妊娠迹象。令人想不到的是，五个月后它再次被发现时，已经穿越S201公路，在四道沟带着四只幼崽。第二年的4月、9月，两次拍摄到T5一家在一起的画面。活动区域不断北移。11月，家庭进一步扩散，抵达更偏向内陆的汪清。T5留下的影像和数据表明，东北虎已经向内陆扩散并实现在内陆繁殖。

T19是只雌性东北虎。2015年穿越S201公路，迁移至四道沟区域，分布区延伸至汪清保护区大荒沟。此后直到2018年，拍摄到两次母虎带幼崽的

657

松花江传（下）

视频。T5和T19都在内陆留下繁殖记录，这一记录不可小觑，因为据此可以相信，随着生态环境的改善，中国境内更深远广阔的区域，完全具备东北虎豹扩散和繁殖所需要的优质生境。

雌性东北虎T3同样证明了区域生境的改善。2014年，拍摄到T3与一只幼崽的画面。2016年，T3又繁殖了。2018年10月，珲春杨泡的监测相机拍摄到了T3带领四只幼崽的视频。三次繁殖间隔都在两年左右。特别是第三次繁殖，根据记录时间和幼崽大小判断，T3几乎是刚将第二窝幼崽带大就再次妊娠。这种密集的一窝接着一窝，必定是因为环境正好、年龄正好、配偶正好、身体状况正好。除此之外，还得有个好心情。天命所归，天地成全，T3雌虎不负韶华，多子多福。

东北虎豹国家公园马滴达拍摄的东北虎T3（雌）与四只幼崽

野生动物有其生育本能，一般会根据食物丰富度调节繁殖节律，在食物充足的年份尽量多地繁殖后代。同一监测季的数据表明，这一时期的野猪、梅花鹿和狍子的相对丰度维持在较高水平，与拍摄到的东北虎、东北

第十三章 王者归来

豹数量存在显著的正相关性。

在国家公园黑龙江东宁森林片区选定监测相机安装位置的人显然既有经验又很专业。这里或许是诸多野生动物往来的必经之路，或许是发布求偶信息的爱情广场。从拍摄到的视频中可以看到：野兔来了，狐狸来了，黄喉貂来了，连最难得一见的青羊也来了。当然，东北豹也来了。也许是为了安全，也许是为了避免尴尬，它们总能巧妙地错开"打卡"的时间，各行其道，各有所求。它们很熟悉这里，对多出来的监测相机有所警惕。这里是它们的后花园，风能来，雪能来，无端的外部介入最好不要来。

2013年11月，中共中央十八届三中全会提出"建立国家公园体制"后，中国启动了国家公园体制试点工作。国家公园是指以保护具有国家代表性的自然生态系统为主要目的，实现自然资源科学保护和合理利用的特定陆域或海域；是我国自然生态系统中最重要、自然景观最独特、自然遗产最精华、生物多样性最富集的部分；保护范围大，生态过程完整，具有全球价值、国家象征，国民认同度高。

东北虎豹国家公园马滴达北部拍摄的东北豹 L18（雌）

松花江传（下）

东北虎豹国家公园马滴达北部拍摄的东北豹 L33（雌）与幼崽 L34

2017年8月，东北虎豹国家公园国有自然资源资产管理局（东北虎豹国家公园管理局）挂牌成立，成为我国第一个行使中央事权的国家公园和国有自然资源资产管理机构。

东北虎豹国家公园位于吉林、黑龙江两省交界的老爷岭南部区域，跨吉林、黑龙江两省，邻朝鲜、俄罗斯两国，总面积146.12万公顷，其中吉林省片区面积101.43万公顷，黑龙江省片区面积44.69万公顷。

东北虎豹国家公园，是代表国家意志的顶层设计在中国东北生态文明建设中的具体体现，是在全球生态保护中展现大国责任的示范窗口。

东北虎豹国家公园区域内有自然保护区七个，其中国家级自然保护区四个，分别是珲春东北虎国家级自然保护区、汪清国家级自然保护区、黑龙江穆棱东北红豆杉国家级自然保护区、黑龙江老爷岭东北虎国家级自然保护区；省级自然保护区有三个，分别是汪清上屯湿地省级自然保护区、天桥岭省级自然保护区、珲春松茸省级自然保护区。国家级森林公园有两个，分别是汪清兰家大峡谷国家森林公园、黑龙江穆棱六峰山国家森林公

第十三章　王者归来

园。国家级湿地公园有一个，即天桥岭嘎呀河国家湿地公园。

东北虎豹国家公园中的景象，都是在红外摄像机里收获的惊喜。在东北虎豹的"老家"有超过两万台红外摄像机，野生东北虎豹的活动影像正被远程监控系统实时记录和呈现，而实时监控背后，还得益于安装在东北虎豹家园的这套智能"家居"设备——"天地空一体化"监测系统

在既有保护成果的基础上，东北虎豹国家公园对环境资源状况和东北虎豹种群做出了科学的研判——东北虎豹种群已进入繁育高峰期和恢复窗口期，为我国东北虎豹回归并走出濒危状态带来了希望。由此确立了把最应该保护的地方保护起来，有效恢复和保护稳定的东北虎和东北豹野生种群，并保护生态系统内其他珍稀物种的工作目标。

一只成年野生虎的生存需要数百只大中型食草动物来支撑，健康的野生虎豹种群的生存离不开巨大的森林空间。在规划总面积达一百四十六万

松花江传(下)

公顷的东北虎豹国家公园中,"天地空一体化"的自然资源监测和管理系统,运用互联网、云存储、大数据分析、人工智能等多种现代高科技手段,从国家公园森林深处实时传回大量水文、气象、土壤、生物等自然资源监测数据,实现监测视频与影像的随拍随传、实时传送,全面跟踪野生东北虎豹的生存状况。

"看得见虎豹、管得住人"已成为东北虎豹国家公园的保护理念和目标。

中国东北虎豹国家公园的建设秉承绿水青山就是金山银山的理念,以推进绿色发展,倡导绿色生活,在发展中保护,在保护中发展,推动原住居民生产生活方式转型。在虎豹公园内规划设置了野外巡护类生态岗位、森林抚育类管护岗位、资源监测类岗位,使国有林区职工、退耕禁牧农民以及山民百姓,能够在参与虎豹公园生态保护和运营管理中获取更多的收益,分享保护自然生态和自然文化遗产原真性、完整性所赢得的红利。

中国东北虎豹国家公园致力于提高保护效率,减少人虎冲突,支持绿色经济,推动建立友好型野生虎栖息地。在此基础上,实现东北虎豹栖息地质量提升,猎物种群密度明显增加,食物链得到有效恢复,扩大野生种群,使中国的原生虎豹告别濒危状态,确保中国的东北虎豹保护国际影响力明显增强,成为国际野生动物保护负责任大国形象展示的窗口。

2014年11月9日,俄罗斯总统普京抵达北京,出席亚太经合组织领导人非正式会议有关活动。此时,由他放生的老虎"库贾"已经在黑龙江太平沟自然保护区生活了一个多月。习近平总书记也注意到了"库贾",这成为他们之后会谈的一个话题。《人民日报》微信公众号在一篇文章中披露,习近平总书记宴请普京时,也聊起了这只从俄罗斯"串门"来中国的老虎,还介绍了中方采取的保护措施。普京表示:"老虎在我们的朋友这

里，一定会生活得很好。"

国家林业局猫科动物研究中心的姜广顺教授称，随着中国对野生动物保护力度的加大，自然环境得到较大的改善，这些跨境而来的东北虎很有可能定居下来。电子跟踪的信息表明，"库贾"一切都好。当地保护区工作人员说："通过山林中野猪、狍子、兔子的动物残骸能看出，'库贾'的食物种类还是很丰富的。"而且，通过俄罗斯方面传来的信息比对，"库贾"比刚出发时胖了一大圈儿，说明它在中国境内生活得舒适惬意。

第十四章

水天一色

向海是丹顶鹤的繁殖地和迁徙停歇地。开阔的湖泊水域，茂密的蒲草苇荡是丹顶鹤筑巢的理想之地。把巢筑在了向海，就是把信任托付给了向海。

向海已野化放飞了三十多只丹顶鹤，在全世界仅存的二十多只野生丹顶鹤中，每一百只里，就有一只是向海放飞的。

在向海的民间百姓心目中，丹顶鹤有至高无上的地位。春去秋来，丹顶鹤与向海人比邻而居。沼泽湖畔，有丹顶鹤觅食求偶。一早 晚，有凤鸣鹤唳、鹤舞翩翩。

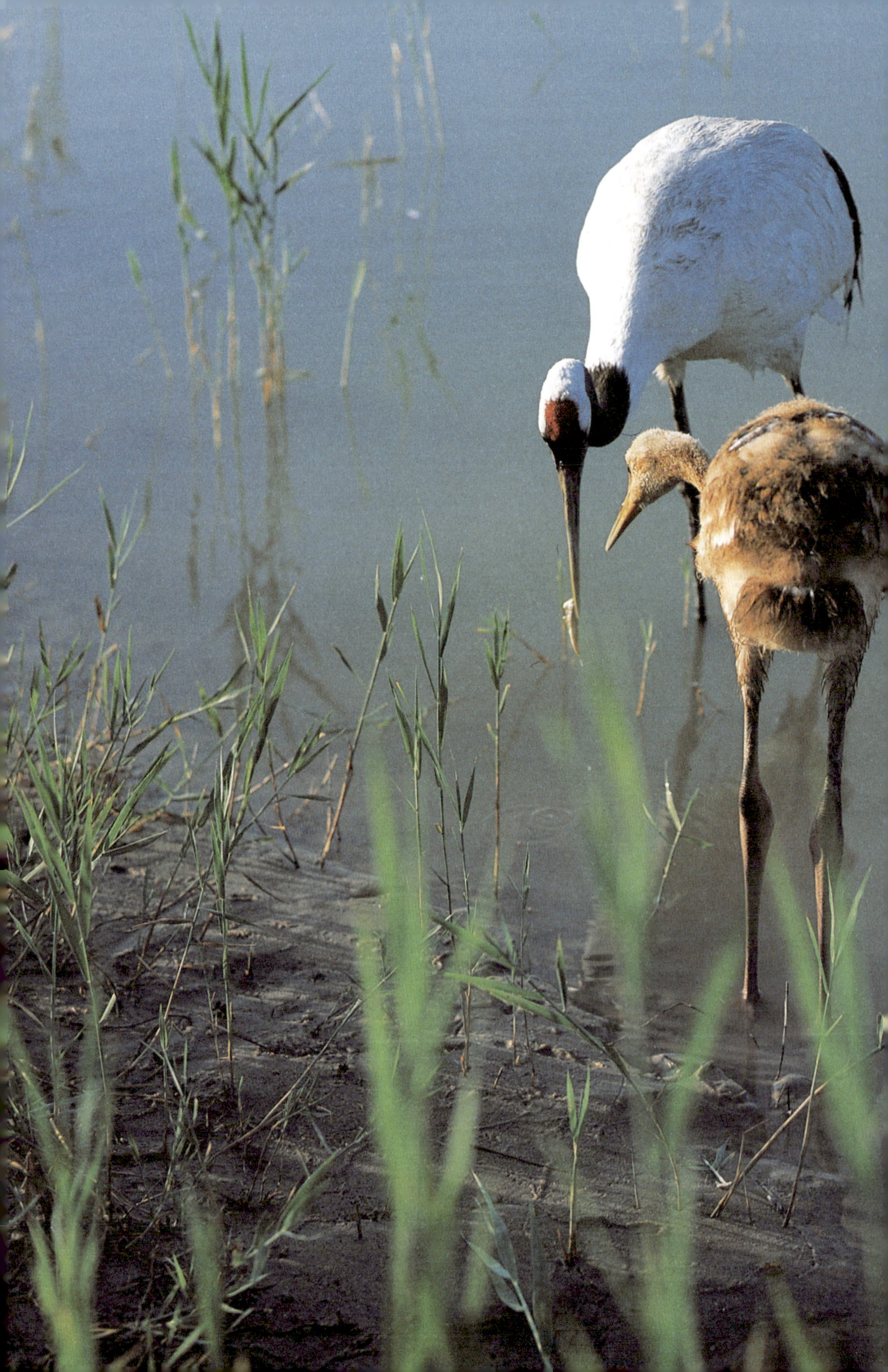

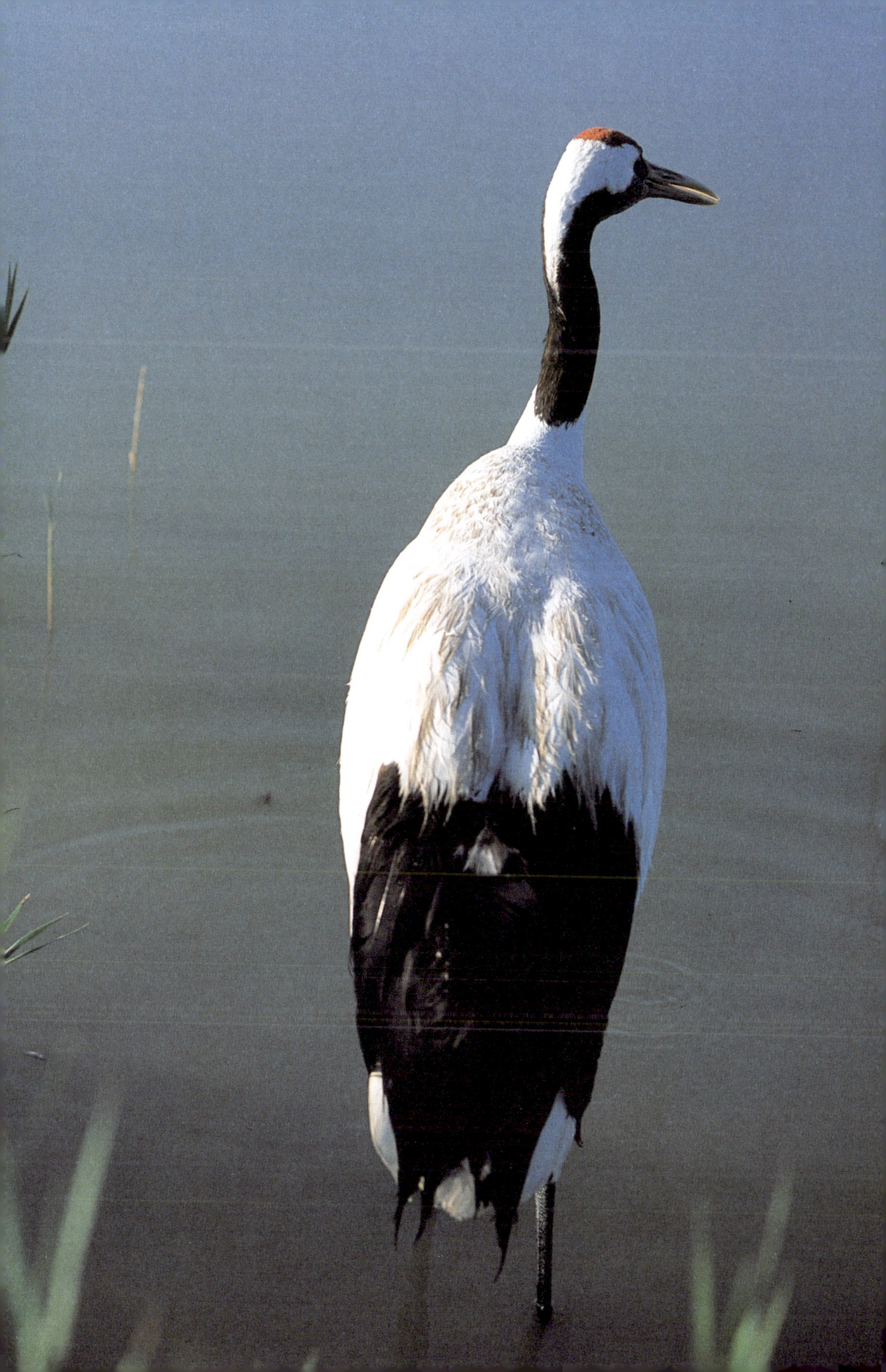

松花江传（下）

归去来兮

2014年3月28日，吉林省西部向海国家级自然保护区科研处的李连山在春季鸟类迁徙调查中发现了丹顶鹤的踪迹。

已经有十多年了，向海没有丹顶鹤野外繁殖的记录。

李连山能够想到的，就是抓住机会，将人工繁殖的丹顶鹤放到野外，指望着它们能留住野生鹤，组成家庭，在向海繁育后代。

十多年前，他们曾经这样做过一次。

那是一次非常成功的野化放飞，起到关键作用的，是林宝庆、李连山和一只取名T97的雌性丹顶鹤。

林宝庆是向海保护区负责科研工作的副局长。二十多年前，他大学毕业后被分配到向海保护区。由于当时保护区学历高的人不多，他就直接被放在了科研科。最初来的时候，他就是负责野外调查，为国家林业部门和科研院校提供数据。后来，他自己尝试着人工孵化丹顶鹤，成功带来的喜悦让他越干越有劲。随着孵化的丹顶鹤幼雏越来越多，他由科研员成了科长；保护局升格后，他又成了科研处处长；再后来，他被提拔为负责科研保护工作的副局长。

T97是林宝庆最早孵化出来的鹤雏之一。为了提高成活率，他吃住在孵化室，一连几个月不回家。可以说，T97就是林宝庆捧在手心上养大的。

从此，向海自然保护区一直持续孵化丹顶鹤，加上救助一些意外伤病的野生丹顶鹤，使保护区饲养的鹤越来越多。这一方面是为了科研，另一方面也想通过野化训练，将之放飞后补充野外种群。同时，自然保护区也开展生态旅游项目，其中最受欢迎的一项就是"鹤舞日出"。前来向海领略草原湿地风光的游人和摄影爱好者，不惮起个大早，早早地来到观鹤台上，等待着鹤舍中放出的数十只丹顶鹤。在朝阳喷薄欲出、霞光万道时，

第十四章　水天一色

群鹤一跃而起，在红日中盘旋飞过，那一瞬间真是恍若仙境。

只是天天如此，这些饲养的鹤早就看惯了这一套程序。每次放飞，它们至多只飞个两三圈，就远远地落在湿地上不回来。游人和摄影爱好者一边赞叹鹤舞日出之美，一边大呼不过瘾，乞求能不能再飞一次。待饲养员好不容易将它们圈回来，想让这些鹤赶在旭日又圆又红的时候再表演一次时，对不起，这些养尊处优的"阔小姐""公子哥"说什么也不飞了。有些摄影师着急，自己上前连跳带舞地要把鹤轰起来，丹顶鹤常常是见怪不怪，反倒侧过头来，一起看着脖子上挂着相机舞舞扎扎的人，有如城里人在街头围观耍猴的一般。有时候被追赶急了，厉害的雄鹤会调转身来，冲着来人便啄。那架势，像是要把摄影师撵飞起来。

林宝庆说："这些鹤从小和人在一起，已经不把自己当外人了。你惹了它，它便与你较量。这不是野性，是人惯出来的。真正的野鹤，人很难近身到百米之内，对人的戒备才是其本性。"

T97就是和饲养员非常熟悉的家人。李连山接手科研保护工作后，常常要提醒游人和摄影师："不要挑逗和追赶丹顶鹤。惹急了它，叨你一下就伤得不轻。"

原本并没留意T97有什么特别之处，直到有一天，它居然带回来一只野鹤。

一般丹顶鹤在例行的放飞表演后，饲养员都任由其在湿地觅食游荡。这期间也为它们创造条件，让它们在芦苇深处谈情说爱，筑巢繁殖。除了必要的投食外，一般不去打扰它们。而这些鹤也以向海为家，只要饲养员召唤，便会回到笼中享受饭来张口的舒适日子。

T97带回来一只迁徙的雄性野鹤，这让林宝庆和李连山格外兴奋。相爱相恋时，两只鹤在芦苇荡里舞姿婆娑，卿卿我我。夜里，T97回到鹤舍，那

松花江传（下）

只雄鹤在鹤舍上空盘飞了几圈，而后回到芦苇荡里。它野惯了，不肯随T97接受人的照顾。

接下来的故事，被向海保护区制作成了宣传片，在自然博物馆中反复播放——

向海是丹顶鹤的繁殖地和迁徙停歇地。

开阔的湖泊水域，茂密的蒲草苇荡是丹顶鹤筑巢的理想之地。

把巢筑在了向海，就是把信任托付给了向海。

丹顶鹤通常是用舞蹈来诠释爱，每到爱的季节，晨昏之间，总能在湖畔、在芦荡，看到婆娑起舞，看到相依相偎。

荒草，荒野，荒原——

混沌的沼泽，枯黄的芦苇，粗糙的巢床——是爱和生命的萌动，让荒野如此美丽，让苍凉如此温暖！

T97是向海自己繁殖的一只雌性丹顶鹤。T97是它佩戴的环志号，列入国家环志中心序列。

生在向海，长在向海，家在向海。

2008年春，一只野生雄性丹顶鹤来到向海。它本是路过，竟为美丽的T97留下了。蒲草苇荡从此多了一对儿两情相悦的倩影。

产卵、孵化、育雏、双宿双飞。

转眼到了秋天，一拨儿又一拨儿的野生鹤群向南迁飞。

野性被唤醒了，雄性野鹤一声长唳，诀别妻儿，随风而去。

T97没有走，它和它的儿女留在了向海。

2009年，又是一个春天，又是一拨儿又一拨儿向北飞的野生鹤群。

那只野生雄鹤也回来了。T97无怨无悔地又从了它。

又是一番恩爱，又育一双儿女。

第十四章 水天一色

"丹丹"是一只雌性丹顶鹤，2004年在众人的关注下，出生于吉林向海国家级自然保护区仙鹤岛人工孵化室（环志号为T97），它是科研工作者辛勤繁育的结晶。2008年春天，情窦初开的丹丹终于遇到了她生命中的"王子"，一只野生的成年雄鹤"顶顶"。图为一家三口其乐融融

松花江传（下）

秋天又到了。一切仿佛是一种轮回、一种重复。

所不同的是，在雄鹤决然离去之时，T97不忍心这个家再散了，随着雄鹤一起走了。这一走，就再也没回来。

"翱翔一万里，来去几千年。"迁徙是丹顶鹤的宿命，是对生命的承诺。

T97为爱相随，天高地阔，天长地久。

何处是归程，长亭更短亭。向海的蓝天在期待着，向海的湖水在期待着。一年又一年，寒来暑往的鹤群中，T97，你还好吗？

向海有惦念，无论你在哪里。

向海有大爱，无论你是否回来。

片尾字幕：

向海已野化放飞了三十多只丹顶鹤，在全世界仅存的三千多只野生丹顶鹤中，每一百只里，就有一只是向海放飞的。对丹顶鹤的救助与繁育，有效地补充了野外种群的数量。对丹顶鹤来说，向海是家园，向海是驿站，向海是祝福。

观看这个宣传片是向海旅游的一项科普内容，人们既感动于丹顶鹤的相知相交，不离不弃，又了解了向海在自然生态保护中发挥的作用。

T97飞走后一直没有音信，这让林宝庆始终念念于心。

2014年，也就是T97飞离后的第五年，林宝庆接到了江苏盐城湿地保护区的电话。对方告诉他，在野外调查时，用高倍望远镜发现了戴着T97环志的丹顶鹤。这让林宝庆大喜过望，他要亲自去看看，确证T97一切都好。

在盐城保护区工作人员的引导下，林宝庆在滨海湿地找了几天，却没有亲眼看到T97。从盐城保护区提供的视频影像看，T97身体状况良好。

丹顶鹤有相对稳定的迁徙路线和停歇地，也有相对稳定的繁殖地。一般在春季迁往中国东北、日本、俄国西伯利亚地区繁殖，秋季迁到中国江

第十四章　水天一色

苏盐城湿地越冬，向海是其迁徙停歇地和繁殖地。

在江苏盐城找到了T97的踪迹，让林宝庆亦喜亦忧。喜的是人工繁殖的T97野化成功，回归大自然；忧的是T97再也没回向海。而向海是丹顶鹤传统的繁殖地，是T97最熟悉的老家。

"碧落有情应怅望，青天无路可追寻。"一千多年前的一位唐代诗人丢失了自己心爱的丹顶鹤，他用这句诗表达了难以释怀的惆怅。如今这句诗也印证了林宝庆久久不能忘却的心痛。丹顶鹤选择向海作为繁殖地，是大自然进化了几千万年的选择，而仅仅十几年的时间，这一切都改变了。

魂兮归来！何远为些。魂兮归来！反故居些。这是向海对丹顶鹤的呼唤，还是丹顶鹤对向海的呼唤？那昨日曾经的家园，能否在这一声声呼唤中魂兮归来。丹顶鹤选择了向海又离开了向海，仿佛是一个古老的传说，一个人与鸟都在寻找家园的故事。

‖ 天生向海

早在六千五百万年以前，向海便在地质演变过程中奠定了今日的地貌基础。在内蒙古高原和长白山脉隆起的时候，这里出现了大面积的沉降带。两侧高耸，中部走低，自然就形成了水往低处流的条件。

仿佛有一只造物主之手，在南边放了一座长白山，在北边横了一座兴安岭，在西边画了一道松辽分水岭，在东边拦了一条松花江和一条嫩江。广阔的松辽平原就像是一个边缘缓起的盘子，盛着沙地、草原、沼泽和弯弯浅浅、断断续续的一汪汪碧水。

向海的自然来水有两条河流，一条是霍林河，一条是额穆泰河。两条

松花江传（下）

河都发源于大兴安岭余脉的丘陵山区，涓涓山水，过沙地，漫草原，流经向海。由于松嫩平原地势平缓，起伏很小，河流到此，水便失去了下切冲力，也没有了主河槽。渐流渐缓，漫流漫灌，迤逦逡巡，且行且驻，形成了大大小小上百个湖泊水域。

霍林河是吉林省西部最大的季节性河流，雨旱两季，水量差异很大。降雨丰沛之时，洪水骤然而起，顺势直下向海，漫灌而成汪洋。连年干旱的时候，泡泽水汽蒸发，湿地干涸萎缩，草原风吹沙起，大地一片碱白，于是便形成了洪涝时水天一线、干旱时地赤升烟的景象。这是向海所处的地理位置自然演化而成的气象天候，属于自然肌理自我调节的周期性动态变化。

额穆泰河

第十四章　水天一色

　　1969年，为了缓解洮儿河洪水暴发时的压力，也因为向海有强大的蓄水能力，当地政府组织人力开凿了一条将洮儿河水引入向海湿地的渠道。2011年，在向海连续十年大旱之后，国家水利部和吉林省政府决定由洮儿河调水八千万立方米，补充向海湿地的生态用水。

引察尔森水库之水入向海

　　自然来水和人工引水，成就了今天向海的生态功能和湿地景观。

　　向海因水而得名，水是向海的家园。向海不怕水多，因为有更多的树、有更多的沙。沙挡着水，水养着树，树固着沙。

　　向海如水上之舟，载着万物生灵，载着一方水土的希望。

　　长风吹万古，向海湿地的历史已经几千万年。与自然生命相比，人类只是一个后来者。后来者居上，人类很快就成了这片土地上的主人。

　　中国古代东北曾有过东胡、秽貊、肃慎三大族系。在公元第一个千年里，先后有秽貊族系的夫余国、肃慎族系的渤海国、东胡族系的辽国成为这里的主宰。夫余国是早期农业文明的代表，肃慎属渔猎文明，东胡则是

松花江传（下）

典型的游牧文明。于是，松嫩平原到内蒙古高原之间，就成了东北地区游牧、渔猎、农业三大文明交汇的地方。

在随后的公元第二个千年的大部分时间里，这里仍是远离中原文明的"化外之地"。大辽、大金、大元、大清，擅于骑射的马背民族，以飞驰的骏马、飞鸣的箭镞，一次次地南下中原，又一次次地怅望家园。

一个个强悍的民族从这里打马走过。没走的，是这里的水、这里的沙，还有那一望无际的草原。

向海就这样走了过来，直到今天，这里仍然有农民、渔民、牧民，有农田、草原、湖泊，和那些迁徙往来、栖息繁衍的鸟类。

向海保护区管理局旁的路边立着一块石碑，上刻三个大字——"香海庙"。本是向海，为什么叫香海庙？或者，有香海庙的地方为什么叫向海？

当地人或者一些志书类的解释，五花八门，各有出处。

最起码有三种说法来告诉你向海名字的出处，而且这三种说法并无定论，今天的向海人仍是想起哪种说法就用哪种说法。

第一种说法：向海在蒙古族先民居住的时候，水域辽阔，烟波浩渺。在蒙古语中泡泽湖泊称"淖尔"，译成汉语时称"海子"，或简化为"海"。例如，北京的北海、后海、什刹海、中南海，实际上都是湖泊。所以海就是泡泽的意思。向海的"海"也是这么来的，就像"青海"的海一样。后来到过这里或移居这里的人，见如此浩瀚的水面像海一样一望无际，便有像海的赞叹。像海，是形容，后来不知是为了写着方便还是为了认着方便，像海就变成了向海。现在向海人站在一片汪洋、浩瀚无际的湖边时，仍会对你说：你看，像不像海？

第二种说法：相传在元朝之前，这里曾有一座远近闻名的寺庙。因为香火很旺，来上香的人很多，所以这里一时成了很兴盛的地方。据说成吉思

第十四章　水天一色

汗曾在向海湖边饮过战马，抬头望时，只见远处香火点点，对其壮观，他用了八个字来形容："香烟缭绕，弥漫如海。"这一情节及八个字出自何方记载，一直没人能说得出。但向海正规的文字说明上，引用的都是这八个字。香海庙的香海，就是香烟如海的意思。而且是成吉思汗说的，既权威，听起来又合乎历史情景。所以这种说法在向海是最流行，也最不容置疑的。至于香海为什么变成了向海，当地人只是说，叫着叫着，香海就变成向海了。

第三种说法：也与成吉思汗有关。当年蒙古大军从东部草原起兵，如狂飙般横扫欧亚大陆。铁木真统一了草原上的众多部落，被推举为成吉思汗。"成吉思"是突厥语，意为"海"——海一样大的可汗。向海的海，意指成吉思汗，向海，就是向着成吉思汗，向着海一样大的可汗。

这些让向海仿佛有了一种信仰、一种英雄崇拜。

成吉思汗值得后人敬奉，他颁布的"大札撒"即大法令中规定：禁止在三月到十月——动物的繁殖期——打猎。成吉思汗不仅在夏季保护动物，还给它们提供安全的过冬环境，草原上的猎人们不得不对可汗猎杀动物的行为加以节制。

游牧民族原始朴素的自然主义，让向海生命繁盛、生机葱郁。

‖ 共生共享

向海位于内蒙古高原与东北平原的过渡带上，这里既有碧草连天，湖泊沼泽，也有坨地①，灌木丛林。多重复合的生态要素在这里集合，使向

---

① 坨地：沙丘式的土地。

松花江传（下）

海成为水鸟飞禽、獐狍野鹿的家园。在有人类进入之前，它们是这里最早的原住民。直到一百多年前大批的中原流民涌入东北之前，向海一直是人烟稀少、偏僻荒凉的世外桃源。早期定居在这里的牧民和渔民，成了野生动植物的邻居。随手捕猎也成了他们改善生活、补贴家用的生活方式。这就意味着，牧民和渔民同时都是身手不凡的猎人。毕竟，这里还残留着鲜卑、契丹、女真、蒙古民族弯弓射雕的狩猎传统，唾手可得的野生美味让人们津津乐道。

盖河是猎户出身，小的时候跟随师傅在大兴安岭打猎，后来成家落户向海。他不仅枪打得准，而且掌握多种捕猎野生动物的技能。回忆起当年在向海打猎，他有讲不完的故事："我从十六岁开始打猎。为啥我这牙口这么好？一色儿吃野生动物，七十岁了，一个牙没掉。那时候不禁猎，我一天最多光狍子就杀六个。打猎要是赶上一场小雪，我就把身上带的子弹一天都打出去。回来的路上，打到的猎物把马都压趴下了。"

禁猎后，盖河在湿地边上搭了一个窝棚。他用一年五千元的租金，承包了两千多垧湿地，靠打鱼为生。

向海农民宋诸品，祖籍山东。他的父亲在解放战争中被国民党抓了壮丁，打了败仗后成了俘虏，又参加了解放军，随军从山东转战到东北，在攻打洮南的战役中与部队失散，自己跑到了向海。这里荒无人烟，四处是沼泽湿地，跑不出去了，他就在向海安了家。新中国成立后，宋父回到山东，告诉家里人说，向海有水有地，有鱼有米。一家人就迁了过来。在向海，老宋家是最早的一批移民户。当时成立人民公社，向海一队的种地窝棚，因为大多数是老宋家人的，所以就叫宋家湾。

宋诸品说，他刚来向海时，还是个孩子。在他的印象中，每年春天都到湿地里捡大雁、野鸭、天鹅、苍鹭的蛋。他说："天好的时候，上河里

第十四章 水天一色

捡蛋，一划拉就一筐。因为苍鹭的巢是一个挨着一个，而且离屯子近，想吃的时候，现吃现捡。"

宋诸品他们原本是山东的农民，不会打鱼。可是到了向海后发现，捕鱼用不着什么技巧。冬天的时候，在湿地冰面上凿开一个冰窟窿，拿个笊篱就可以下水舀鱼，一会儿就舀满一桶。在生活困难的那个年代，捕鱼、打猎成了获取人体所需动物蛋白的主要途径。

宋诸品的堂弟宋诸凤回忆说："那时候水鸟多得邪乎，来了就祸害地。到了秋天，队长安排护秋看青的，分白天班和黑天班。黑天班就专门看野鸭子、大雁、灰鹤。这些水鸟祸害地，特别是秋收后放倒的高粱，一垧地，你要不用人看守的话，一夜的工夫，这些水鸟都给你吃光了。"

宋诸凤说，那时候豹猫、野鸡、黄羊、狍子、狼、野猪，草甸子上到处都是。屯子里的农民一边种地，一边顺手下个套子，有时候收获的野鸡豹猫都背不动。

此时的向海，由于人口不多，生产方式粗放，即便是垦荒种地、捕鱼捞虾、放牧牛羊、下套打猎，人们也只是与诸多野生动物处于和平共处、共享资源的状态。

随着人类占据了越来越大的空间，野生动物不得不想办法维持自己的生计。野猪们在山林里找不到食物时，便跑到村里头来找。因为它们发现农家的院子里养着许多自己的同类。这些家猪吃得又肥又胖，饱食终日，无忧无虑。野猪们很难抵御这种毫不费力的诱惑，更何况这村屯已经逼到了山林脚下，鸡犬之声相闻，家猪憨态可见，饥寒交迫的野猪跃跃欲试。

最初，野猪只是到农家院里与家猪争食，家猪哪里是野猪的对手？野猪只轻轻一拱，那猪槽子便成了它们的餐桌。农民们先是出来撵，可那野猪岂是等闲之辈？稍一纵身，一米多高的围墙便一跃而过。农民们前脚尚

松花江传（下）

向海国家级自然保护区的野生动物

野猪

狼　狍子

未迈进屋里，那野猪已先自回到槽前。农民们不干了，找到人民公社，说喂猪的饲料有大半喂了野猪了。

公社还没想出更好的办法时，新的麻烦又来了。野猪们看来是得寸进尺了，吃着喝着还不算，还霸着。村里头有几户农家的老母猪下崽了，一窝窝的小猪个个是体瘦毛长，身上是一道一道的黑花，一蹿也是一米多高。老乡一看就明白了，显然是野猪不仅吃了家猪的食，还霸占了家猪的妻女。

第十四章 水天一色

与野猪欺男霸女的感觉不同，鸿雁则演绎了一段浪漫的故事。

鸿雁是家鹅的祖先。向海是鸿雁的繁殖地和迁徙停歇地，每到春秋两季，成千上万只鸿雁飞落在向海湿地。那一飞一落，扑腾起的水花与翅膀声，如雷霆滚过。

向海人至今仍津津乐道着一个故事。很多年以前，一只春天落户在向海的鸿雁让当地人迷糊了好一阵子。别的鸿雁都在为求偶筑巢忙活时，这只雄雁却偏偏一个劲儿地往屯子里跑，而且每次都惹得一群家鹅嘎嘎叫。过了一阵子，这事就更奇了。这鸿雁在家鹅里选了一个对象，每天从湖里飞到村边，为的就是找那只雌家鹅。家鹅看来是接受了这飞来的爱情，每当听到鸿雁的叫声便扭着身子迎向前去。后来的事情就让村里人大饱眼福。每天清晨，这鸿雁从远处的湖中飞来，家鹅便随着叫声相迎，而后是一个在天上飞，一个在地上扭，双双对对地向蒲草苇荡里走去。到了傍晚，那鸿雁仍旧是在天上飞，家鹅依旧是在地上扭，鸿雁又把家鹅送回到农家。村里人说，那情形只要看一眼，这一辈子都忘不了。鸿雁在天上叫一声，家鹅在地上就回一声，一声雁叫，一声鹅叫，天上地下，两情相悦。没过多久，家鹅的身后就多了一串鹅雏，扭扭捏捏，鱼贯而行。这鹅雏像雁又像鹅，长大后，天上的鸿雁一叫，甚至能飞好远。

这雁鹅成家生儿育女的情形，让村里人一提起来就感叹不已。若是谁家夫妻不和，吵吵闹闹了，就有人说："快别吵了，让那对雁鹅听见都笑话。"

鸿雁与家鹅的故事要比野猪和家猪的故事更温情，也更浪漫。毕竟，雁鹅之间，有一种相亲相恋、恩恩爱爱的感觉。而那野猪的行径，不免给人一种欺人太甚之感。但无论怎么看这两个真实的故事，都不能不认定这样一个事实：向海人的村落生活已经进入野生动物的原始领地，而且逼近了它们的生殖繁育系统。

松花江传（下）

最初到向海落户的人知道自己势单力薄，所以难免受到野生动物的惊吓。

宋诸凤说："那时候狼多，屯子四周的草甸子上都有狼。半夜你要不敲个破盆，狼进羊圈，不知道掏走多少羊呢。不光是羊，屯子边上拴的马、草地上放牧的牛，都曾经被狼吃过。狼发情的时候，不停地叫唤，没完没了，一帮一帮地叫唤。真瘆人。"

于国海曾任向海保护区管理局的副局长，在成立保护区管理局之前，他在向海公社工作。他说那时候不禁猎，随便打。枪法好的，夜里出去打野兔，一宿能打几十个。公社招待客人，打几个野兔就能加一道菜。一开始是想打就打，后来因为野生动物祸害庄稼、祸害牲畜，公社就组织狩猎。于国海说："向海地处少数民族地区，狩猎是传统，打围很正常。阴历九月九，公社组织各大队的人，都出来打，多的时候有上千人。我在乡政府的时候，打围狩猎也叫副业生产。打围这块在统计数字时，也算一项收入。打猎不但不禁止，打狼本身还有奖，打一只狼给两头大乳牛。那个时候狼也太多。"

人烟稀少与鸟兽成群是早期向海的基本形态。直到20世纪50年代前后，集体性的农业开发才逐步成为主要生产方式。传统的游牧渔猎文明让位于农耕文明，向海也演变成半农半牧地区。人类的生产生活挤压了野生动物的生存空间，反过来，野生动物也袭扰着人们的生产生活。打猎由此成了人们与天斗、与地斗、与自然灾害斗，以保护生产、发展生产的一种手段。

向海保护局为了筹建自然博物馆，需要制作一批野生动物标本。他们找到了曾是猎人的盖河，请他捕一些斑翅山鹑。盖河的捕猎方式很特别，据他说，这种技巧以前许多向海人都会，现如今，因为长时间不捕，近乎

第十四章 水天一色

失传了。

  斑翅山鹑在向海是一种留鸟，冬天也不向南迁徙，被当地人叫作沙半鸡，在过去是盖河这样的猎人主要的捕猎对象。捕猎的方式很"诡异"。猎人们针对沙半鸡喜欢贴地窜跑的习性，在草原坨地上扎好网具，而后将自己套藏在白布口袋里，布口袋上裁出两个窟窿眼儿，只露出眼睛来。如果不钻进这白布口袋里，沙半鸡一见到人就会飞走。而套上的白布口袋飘来飘去，沙半鸡认不出这是什么东西，见到后不飞，只在沙地上窜跑。这样猎人就一步步将沙半鸡拢起来，直到把它赶到用网围成的笼子里。盖河说，当年这种捕猎方式非常盛行，以至于一到冬天，大雪覆盖的坨地上，经常能看到飘来飘去的白布口袋，猛然碰到，能把人吓一跳。

  盖河承包湿地后，他的捕鱼方式也很特别。每到春节前，他会凿开一个冰窟窿，用拖拉机带动抽水机，将冰面下的水抽出来，而后人钻到冰面

向海国家级自然保护区·斑翅山鹑

下，从干涸的湿地里捡鱼。要采用这样的捕鱼方式，必须选好一个可以将水抽干的单元，冰厚一米多，冰面下有半米左右深的没结冰的水，是鱼越冬的空间。把这些水抽干后，冰面下就剩活蹦乱跳的鱼了。而后，人钻进去，匍匐在冰层下面捡鱼。这种捕鱼方式有点儿像竭泽而渔，简单而有效，虽然辛苦，收获却很大。一个抽水捡鱼的单元能收获二三百斤鲫鱼和鲤鱼，如果肯干，一个冬天，可得千八百斤。老盖说，他过年的酒钱和炮仗钱就从这鱼里出了。这样的捕鱼方式只能在浅水湿地的冬天用，也只有盖河还在用。

盖河的打猎与捕鱼方式虽然很有技巧也很适用，但仍属于原始落后的生产方式。

而早期人民公社组织的渔业生产，则是另一番景象。上了年纪的老渔工说，当初的向海湖里都是自然生长的鱼。由于捕捞能力有限，鱼的存量多、个头大。当年来向海贩鱼的，得给渔民好处，才能买到合适的小鱼。否则都是三五十斤的大鱼，贩到城里不好卖。特别是一些想搞福利的单位，大鱼拉回去没法分。所以，只好给渔工点儿烟酒之类的东西，央求他们给捕点五六斤大小的鱼。

大规模常态化的渔猎活动表明，在中原的农耕文明已经非常成熟的时候，向海仿佛仍处在人类的童年时期。传统的游牧渔猎活动顺应着大自然的节律，初级而有限的生产生活被强大的生态系统同化了。其中的一个根本原因，就是向海的自然禀赋限制了人类的活动。连绵起伏的沙丘，汪洋恣肆的沼泽，飞沙走石的狂风，干旷裸露的盐碱地，与土质肥沃的东北中部平原形成鲜明的对比。加上气候条件复杂多变，差不多以十年为一个周期，不是连年的干旱无雨，就是连年的洪水滔天。这样的自然条件，阻挡了人类进入的脚步，也使向海没有跟上农业文明与工业文明的步伐，在很

第十四章　水天一色

长一段时期内处于半原始半蒙昧状态。从另一个角度说，也成就了向海生态系统的天然自在与完整纯粹。

此时的向海，人与野生动植物，与湿地生态处于自然平衡状态。有限的农牧渔业生产，以及有限的自捕自猎自用的生产生活方式，使人的活动成为自然演化的一部分。

‖ 牧歌忧伤

变化是从20世纪70年代到80年代开始的。

一拨儿又一拨儿的移民如浪涌般进入松嫩平原西部。原本广阔的湿地草原越来越拥挤了，原本寂静的坨地、山林越来越喧闹了，原本水草丰美的土地上越来越多地升起一缕缕炊烟。

荒凉也是一种诱惑。

宋诸风说："向海这地方，吃鱼有鱼，种地有地，放羊有草，要是多少勤快点，下个夹子、套子啥的，打个兔子野鸡啥的，那有的是。"

李连山的父亲李宝森是向海保护区管理局的第一批干部，也是守家在地的向海人。他回忆说："不都说向海是鱼米之乡吗？这么大的诱惑，人就都来了。到这儿日子好过，打鱼了，放牧了，牧场还宽敞，四面八方的人越来越多，投亲靠友的，陆陆续续地都进到向海。刚到向海的时候，挖个小地窨子，把坨子切开，往里掏个洞，蒙上点木头棒子，就成了窝棚，就在那儿过日子了。"

于国海回忆说："向海耕地原来才多少公顷呀？原来我记得是3214公顷，现在3万多都有了。"

685

松花江传（下）

在向海保护区建立之初的1982年，向海有人口6373人。到2013年，加上乡镇合并等因素，向海人口增加到23188人。与之同步增长的还有耕地。大量的耕地都零散地分布在草原、湿地和沙坨子上，农民为了多打粮食，总会想尽一切办法私自开垦荒地，结果是土地越来越零碎，耕地越种越多。

向海所在的通榆县政府干部魏彦军说："地没有越种越少的，土地只能越种越多。哪疙瘩地好，我就开一疙瘩种了。这疙瘩今年风剥了，我就不要它了。土淤到这儿了，我就上这儿种。逐年扩散，一边种一边扩散，越扩越大。一户农民就有六七十块地，甚至自己种了一年，到秋天时都兴许丢两块。有这种现象，树窠子多啊，自己家的地找不着了。"

林宝庆说："就像蚕食似的，今天开一条垅，明天你看不着了，可能开一亩地了。一点点蚕食，他觉得他没破坏很大，但是人口很多，你破坏一点，他破坏一点，最后集在一起可能就是一个很大的影响了。"

越来越多的农业开发，改变了传统的游牧渔猎生产方式，同时也给向海的自然形态带来了根本性的改变。草原变成了耕地，湿地变成了耕地，林地也变成了耕地，耕地年复一年地蚕食着向海。广种薄收的生产方式让向海农民付出了辛苦，也让向海的生态资源付出了代价。

实际上，对东北西部草原的破坏，自20世纪30年代就开始了。统辖科尔沁、呼伦贝尔草原的蒙古王爷为了维持自己的奢华享受，将大面积的草原卖给了东北军阀和大地主。张作霖开始屯垦科尔沁草原，虽然出了嘎达梅林这样保卫草原的民族英雄，但还是没能抵挡住科尔沁草原的农耕化和退化。

仅仅半个世纪过后，科尔沁草原就多了一个名字——科尔沁沙地。

吉林省环保专家白效明先生曾讲过一件小事。20世纪50年代他读研究生的时候，老师带他们到吉林省西部草原实习。那时的草原真是一绿到天涯，繁茂而广阔。老师为了让学生认识什么是草原上自然形成的碱斑，领

第十四章　水天一色

着大家走了很久,终于在一片草地上看到了一块白花花的碱地。老师很兴奋,叫同学们快来看,说这就是草原上的碱斑。当时的碱斑很少,以至于需要老师带着学生们四处去找。现在不同了,西部一望无际的是碱地,是白花花一片到天涯的盐碱化、荒漠化、沙化的大地。现在到东北西部,我们不需要找碱斑,反倒是只能在盐碱地上找草斑。

1999年,为庆祝新中国成立50周年,中央电视台海外中心策划了大型系列片《可爱的中国》,其中一集《长白山魂》由吉林电视台负责拍摄。

为了展示草原风情,摄制组走进了向海所在的科尔沁草原。

导演理想化地想拍摄草原上的牧民生活,比如毡房、敖包、勒勒车、牧歌,等等。负责接待的向海蒙古族乡的同志说,这有些困难。自1984年起,这一带草原游牧方式已经彻底消失了,毡房和勒勒车早就没了踪影。导演说,那就找一片碧草连天的草原,组织五六组羊群,要有穿着民族服装、骑着骏马的牧羊人,还要有一个蒙古族姑娘用蒙古语边牧羊边唱牧歌。负责接待的同志又有些犯难了。他说,羊群和牧羊人可以组织,服装也可以去县文工团借,用蒙古语唱牧歌的姑娘可以让乡里蒙古族中学的音乐教师来扮演,只是这碧草连天的草原有点难办,可能要走很远的路才能找到。

两天后一切就绪,一整天的拍摄也非常顺利。骑马的小伙子和唱歌的姑娘简直是一流的演员。他们在现场全身心地投入,展现出一种忘我的自在。小伙子们一上马便撒起了欢儿,他们的来回驰骋让人感受到一种激情的狂放。用不着要求什么,他们自由自在地奔跑和口中的呼哨,将人们一下子拉回到梦中的草原。当导演觉得拍得差不多的时候,他们的眼神中流露出一种意犹未尽的恳求。他们想再跑几圈,不是为了拍片,也不是为了展示,仅仅是为了这一次难得的撒欢儿的机会。那唱歌的姑娘也是一样,

松花江传（下）

她一唱起来就像是跌宕出山涧的泉水，歌声仿佛是涌出来的激流。她收不住，也不想收，每次都是导演再三说"可以了可以了"，她也还是收不住，就是收住了声也要把调子哼完。负责配合拍摄的村干部说，这些年轻人憋了两天的劲了。平常也骑马，但根本不穿蒙古袍。平常也牧羊，但很少是几个小伙子在一起。平常骑马的时候也想跑，但跑不出激情来，今天什么都有了，他们高兴。

导演说，这正是他想拍摄的纯正的草原风情。只是，这草原有些煞风景。虽然走了很远，虽然初见时也还满意，但在拍摄时才发现，这草原并不辽阔，只能说是相对完整的一片。不远处的稀疏林木隔断了草原与天际的联系，高架的输电线路和隐约可见的房舍，让人感觉无论如何也辽阔不起来。而且，草色遥看近却无，初见时的绿色，及近时已渐斑驳。草叶单细，草丛零乱，草势低矮。纵马驰骋时，甚至可见蹄下扬起的尘土。

接待的同志说，这是附近最好的草场了。他说，没办法，羊太多，草长不起来。而且，前几年为了防风固沙，这片草原被列入三北防护林，政府投资开展了植树运动。虽说年年栽树也栽不活多少，但活着的树已经立在那儿了，长不高，也长不直。

摄制组的导演原以为多几组羊群会比较壮观，却不料除了换上表演服装参加拍摄的牧民，草原远远近近的地方自然地出现了许多羊群。赶羊的人不是来看热闹的，他们平时就在这里放牧。参加拍摄的小伙子说，现在放羊不容易了，放羊的人累，得跟着羊不停地跑。因为草丛稀疏，羊很难在一个地方吃饱，只能是边吃边走，绕着大圈放。而且，羊也可怜，刚刚啃过的草，回过头来，还要想办法啃草根。他说，这些羊大都是山羊，因为山羊产羊绒，而羊绒由于有出口需求，所以市场价格高，易卖好赚钱。而山羊对草原的破坏要比绵羊厉害得多，它不但吃草，还能吃草根。牧过

第十四章　水天一色

山羊的草原，如同染上白癜风的皮肤，草根被啃，加上踩踏，很快便盐碱化。一块块碱斑嵌在草原上，如同一个大疤瘌头。

蒙古黄榆是向海特有的珍稀树种。在欧亚大陆草原上，向海的蒙古黄榆已是仅存的分布最广的野生群落。它耐寒、耐旱、耐风沙、耐贫瘠，落地生根，成簇而生，是向海古老的守望者。美国生态学专家到向海来考察，对向海的蒙古黄榆情有独钟。因为早在几十年前，美国就引进了大批的蒙古黄榆树种，种植于美国西部的沙漠边缘。美国的沙尘暴灾害日渐减少，其中就有向海蒙古黄榆的功劳。

蒙古黄榆不仅有强大的生态功能，而且黄榆林春夏一片翠绿，秋天层林尽染，是疏林草原上独特的景观。《长白山魂》摄制组也把蒙古黄榆作为拍摄对象。

没想到的是，黄榆林中也到处都是羊群。由于蒙古黄榆的树叶和树皮含有糖分，羊特别愿意吃。向海现有的蒙古黄榆林树龄大都在五十年以上，因为羊群多了，新生的黄榆小树都被啃食光了。

在黄榆林中，牧羊人看到摄像师在拍摄羊吃草，便对他说，羊吃草没什么意思，羊上树吃叶子才好看呢。摄像师问："羊怎么能上树？"牧羊

雪后黄榆林。黄榆树是亚洲稀有树种，大自然的鬼斧神工造就了黄榆树的千姿百态

松花江传（下）

人说："一会儿你就能看到了。"话音未落，就已经有三四只羊非常从容地上了树。野榆树盘根错节，矮曲匍匐，羊很容易便上去了。而黄榆树是成簇而生的，树干直立笔挺，一根根树干，间距一尺到一米不等。只见一只羊前腿蹬前树，后腿蹬后树，如同杂技演员一样，一蹬一蹿地爬到了树上。牧羊人说，人都不会这么爬。

向海沙丘上的野榆树是四大景观之一，被称为"沙丘榆林"，这些野榆树根系发达而粗壮，扎得很深，可以深到沙丘以下的含水土壤层中，其耐旱与抗风沙、耐贫瘠与耐酷寒是有名的。

第十四章　水天一色

黄榆之美透着几分荒凉，荒凉中又透着几分执拗。

沙丘随风而动，吞噬着绿色，渲染着苍茫，驱赶着天地洪荒。只有榆林不肯走，在贫瘠的沙丘之上，不离不弃，不屈不挠。

如此执拗的蒙古黄榆和坨地上的野榆，终抵不过代复一代、年复一年、一拨儿接一拨儿的牧羊人和他们的羊群。

秋日黄榆林

松花江传（下）

‖ 谁主沉浮

向海沿袭了多年的畋渔狩猎、垦荒农耕、放牧牛羊，在20世纪80年代初期，因为几位鸟类学家的到来而彻底发生了改变。

1981年，吉林省林业厅从事野生动物保护工作的杨世和带着几位专家来到向海，原本是为了调查迁徙鸟类的种群数量和分布，却意外地发现这里多重复合的自然要素，为多种野生动植物提供了良好的栖息繁殖环境。专家们将他们的发现上报主管部门。恰好在这个时候，国家颁布了《环境保护法》，向海由此成为改革开放后中国最早的一批自然保护区。

杨世和回忆说："我们搞鸟类调查的时候是在80年代初，70年代末，全世界有十五种鹤，中国有九种，向海保护区有六种，其中四种在这儿繁殖。这说明，向海不但鹤的种类多，而且数量大。丹顶鹤一到繁殖的季节，最多的时候一年达到七八十对儿。"

一年有七八十对丹顶鹤在向海筑巢繁殖，这怎能不让搞鸟类保护的杨世和一行专家兴奋？他们由此产生的念头，就是向海这地方，一定要保护起来。

1981年，向海成立了自然保护区。

"他们是来保护丹顶鹤的。"这是向海人对保护区最初的认识。保护区的建立，意味着向海又多了一个主人，意味着这片土地不再是单纯的自然存在，也不再是向海人自己的家园。一个最明显的变化是，向海不能再打猎了。

于国海回忆说："保护区的主要工作就是看、管。开始保护鸟，有些人就不理解。因为我们下去管得比较严，老百姓有时候就问，说国家给你们这么多钱，就让你们保护这些大长腿？向海的鸟类中有许多涉禽，比如

第十四章　水天一色

丹顶鹤、白鹤、蓑羽鹤、白鹳、苍鹭，都是腿比较长，向海老百姓管这些鸟叫大长腿。老百姓不明白，保护区保护这些大长腿有什么用啊？后来发生了一件事儿，有两个农民在草原上打草，当时保护区救护了几只鹤，养了一段时间后这些鹤就不怕人了。落在草地上后，被这俩农民抓住了，还把腿给弄折了。保护区管理局把两人抓住后送到了公安局，拘留起来。这个事儿发生后，向海人知道了，这大长腿了不得，不能抓也不能打。"

在保护区建立后的最初几年，除了不能打猎，向海人没有感觉到更多的改变。农民照常种地打粮，渔民照常捕鱼捉虾，牧民照常放牧牛羊。直到1992年，一件突如其来的事情，为向海带来了意想不到的改变。

在向海保护区建立后的第十年，一部以向海为题材的纪录片《家在向海》在意大利国际电影节上荣获三项大奖。1992年，这部纪录片又被中国代表团带到了在巴西召开的联合国环境与发展大会。人们惊异地看到，在高速发展的中国，仍有向海这样人与自然共生共享、天人合一的地方。如古朴的田园诗一般美丽的向海，引发了国际生态学界的兴趣。原本偏僻荒凉、在历史上毫无名气的向海被这部纪录片推向了世界。

于国海当时是这部纪录片拍摄的主要配合者，他说："向海，是由《家在向海》这部片子推向世界的，要不没人知道向海。拍完这部片子，李鹏总理参加联合国环境与发展大会把这部片子带了去，世界看了以后才知道中国有这么一块宝地。"

于国海记得，在这部片子形成影响后，向海保护区成为世界A级保护区。从那以后，越来越多的国际组织和学者专家来向海考察。当时向海人的感觉就是"鹤鸣天外"！

凭着这部纪录片，向海湿地有了国际名声。还有一个原因是，正是在这个时候，发达国家兴起了"回到大自然"的绿色思潮，开始反思工业文

693

松花江传（下）

明给自然生态带来的种种弊端。纪录片《家在向海》恰好在这个时间节点上给出了一个答案。用于国海的话说："片子拍得非常朴素，但抓住了一个主题——人鸟和谐。这在当时是很合乎潮流的主题。"

人鸟和谐是纪录片《家在向海》的主题，也是向海人与鸟为邻，共享家园的真实写照。

通过这部片子，近乎古老的向海迎来了来自现代文明的赞叹。向海人原始质朴的生产方式，与自然融为一体的生活态度，仿佛让世界看到了中国人追求的"顺天以养生，无为而自治"的生命境界：响着铃铛的驴车，缝补渔网的女孩儿，在灶坑里烧烤玉米的农民，和丹顶鹤一起洗澡的孩子，还有那一边读书一边喂鹤的年轻人。在已经非常富裕又深受环境问题困扰的现代人眼中，这一切如同一幅意境深远、妙不可言的中国水墨画。他们相信这是一个难以复原的远古时代，是一个古老的童话，是一个中国式的伊甸园。

《家在向海》取得了超乎想象的宣传效果，虽然拍摄的都是真实的场景和细节，但毋庸讳言，这是选择性的真实。因为保护区在成立后，由于经费和人员的不足，也由于保护机构的权限与级别的限制，保护工作处于非常尴尬的境地。

盖河打鱼的泡子正处于保护丹顶鹤的核心区，他是从通榆县水利部门承包的这片水面，合法承包并拥有渔业生产和经营的权利。而他捕捞的鱼虾，正是野生水禽的基本食物。

向海保护区境内有二百多个这样的浅水泡泽，绝大多数掌握在水利部门和乡村政府手中。这些浅水湿地又被分包给当地的村民，所以像盖河这样靠打鱼生活的人还有很多。保护区只有保护的责任，没有实质的权属。也就是说，保护区不能以生态的名义去管理这样的竭泽而渔。霍林河年年

第十四章　水天一色

带来丰富的渔业资源，人要捕鱼，鸟要吃鱼。原本平衡的共享关系，将会随着渔业生产的增多而倾斜。

向海保护区管理局退休干部胡长河说："哪块儿湿地现在也没有空闲的，全都有捕鱼的，渔网都在湖里头，很多水鸟都是潜到水下去捉鱼。它们钻到水里，直接就钻到网里头了，进去就活不了。"

比渔网更密实的是漫山遍野的牛羊牲畜，尤其是对天然林和草原破坏力最强的绒山羊。在保护区建立初期，全通榆县只有绒山羊一千六百三十只。由于羊绒的市场价格高，到2000年的时候，绒山羊已经发展到六万七千只。

胡长河说："保护区管理局成立之初，全乡就四万只羊。现在（单是）向海保护区这块儿，就二十多万只。"

孙宏铁是向海的老户，打小就在向海放牛。在他看来，向海就是牛羊的天堂，养牛放羊是天经地义的营生，牛倌和羊倌是他们一辈子的职业。对于放牧牛羊破坏草原的观点，他有自己的道理。孙宏铁认为："向海就属于牧业的地方，向海的草原多得海了去了。四面八方的牛羊，一到春季全往向海来，草都在向海呢，大甸子、苇塘一望无边，好几万垧，老大了。"

在孙宏铁看来，向海的草原，天生就是给牛羊吃的。他不相信牛羊能把草原吃坏了，就像人吃大米，能把稻子吃坏了吗？

牧业是向海最古老、最基本的生产方式，也是向海人最习惯、最保底的生活来源。原始的放牧形式，由于不断扩大规模，已经超出了草原和天然林的承载能力，也对草原鸟类造成了直接的影响。

向海保护区修建了保护草原的围栏，刚建好，就被牧民们推倒了。因为草场是他们合法承包的，在里面放牧是承包合同上写明的条款。

保护区管理局成立后，能做的事情不多，带来的麻烦却不少。因为

松花江传（下）

划定核心区与缓冲区后，与各方面都形成了难解的矛盾。在保护区内，林归林业，水归水利，草归畜牧，土地归集体。保护区的一举一动，都涉及权属与利益之争。保护区要求村屯中的百姓退耕还林、退耕还草、退耕还湿，为了保护湿地生态，想让人都退出去。可保护区并没有这个权力，也给不起退出后的补偿。

保护区有保护条例，可是林有林法，水有水法，耕地有保护法，大气、水质、土壤、垃圾有环保法。向海有多少个部门，就有多少个主人，方方面面都有法规条例管着。各执一词，各有一法，各不相让。

于国海在向海保护区管理局刚组建时担任副局长，为了胜任自己不熟悉的湿地保护工作，他这个乡镇干部特意去东北林业大学进修，随后又在德国参与了一段时间的野生物种保护工作。他在保护工作中学会了摄影，拍出了许多非常珍贵的资料镜头。更重要的是，他在摄影中加深了对动物、对自然界的了解和认识，特别是感情上的积累。经年累月，他在工作

第十四章　水天一色

向海牧民牧牛

向海牧民牧羊

松花江传（下）

中爱上了一草一木，爱上了鹤鹳鹭鹬。他在保护区分管动植物保护工作的时候，接待了一个县委领导领来的观光团，团员都是外宾。在改革开放正热的时候，能否接待好外宾，关系着投资环境的好坏，关系着招商引资的成果。

可这时候恰恰是春季，是鸟类孵化的季节。进入保护区观光，特别是有人提出要进核心区游玩，显然会影响到鸟类的产卵孵化。于国海当然不同意，他将观光团挡在了保护区外边。这时的保护区，在建制上属于县里的一个部门，人、财、物都归县里统管。挡住了县委、县政府的贵客，于国海不是不知道后果，但他真就是凭着自己的性格和责任，横在了路上。

县领导认为于国海拂了自己的面子，当场质问道："你们保护鸟为了什么？就为了让那些鸟自自在在地活着？如果这些鸟不让人看，不给我们的工作和经济生活创造价值，我拿钱保护它干啥？"县领导觉得，自己拿钱保护了鸟，这鸟却不让自己看，岂非笑话？

于国海随后被解职了，而且弃之不用达数年。

后来，于国海被调往了另一个保护区。提起这件事，他表示，鸟在产卵孵化的时候，最怕受到惊吓。有些鸟惊了，就会弃巢。损失了这一巢不要紧，就怕这鸟再也不来了。而且，灾害和痛苦记忆能够遗传，会使鸟儿对人类越来越怕。他在对野生鸟的拍摄中感觉到，鸟真的越来越敏感，对人的惧怕已经根植于它们的基因之中。所以他觉得自己是职责所在，不允许有人再伤害鸟了，特别是在孵化期。

‖ 相邻相伴

成立保护区管理局带来的一个副产品，是当地百姓初步了解到野生动

第十四章 水天一色

物是需要保护的，尤其是许多鸟类是珍稀物种，是很有保护价值的。

于国海与宋家湾的宋诸凤就联手保护了一巢东方白鹳。

20世纪80年代初，宋诸凤在蒙古黄榆林中搭起了一个窝棚，带着老伴儿和大儿子宋铁柱在这里一边放牛，一边种点儿地。当时保护区刚刚成立，这里还不是东方白鹳的核心区。可是就在这榆林中，宋诸凤和东方白鹳结下了缘分。

这一年的春天，在窝棚不远的林地里，宋诸凤遇到一只飞不动的东方白鹳。开始的时候，这只白鹳对宋诸凤还有些警惕。在给它喂了几条小鱼之后，白鹳开始不远不近地跟着宋诸凤和他的牛群。随后的一段时间，白鹳总在窝棚附近逡巡盘桓，宋诸凤也总是弄点儿吃的给它。直到秋凉的时候，白鹳才飞走。宋诸凤说，临走前，白鹳在他的窝棚上边绕飞了好几圈。

第二年春天，这只白鹳又来了。而且，它还领来一只白鹳。为了确认，宋诸凤用白鹳熟悉的嘎嘎叫声试了一下，果然，它听懂了。

宋诸凤经常到泡子里打鱼，大的自己吃，小的就喂鸭子和鸡。鱼很多，他常把鱼晾在房顶上，晒成鱼干。这对儿白鹳因为和他熟悉了，就常常飞落到屋顶，吃他晒的鱼。

一来二去，彼此形成了默契。宋诸凤晒的鱼，成了东方白鹳免费的午餐。

不久，这对白鹳在窝棚附近筑巢了，孵出了一窝鹳雏。因为要喂雏，两只大鹳更忙了。宋诸凤每天放牛都要从鹳巢下面经过，为了方便白鹳取食，宋诸凤把小鱼用盆盛上，直接放到鹳巢所在的树下。

就这样，喂鸭子的时候，宋诸凤会同时去喂鹳雏。

宋诸凤说："我那窝棚离它的巢不远，要是有人来了，白鹳一飞，我就知道了。我就马上过去，把人撵走。我怕外人把白鹳祸害了。"

松花江传（下）

秋天的时候，白鹳一家要迁徙南飞了。临走的时候，还是在宋诸凤的窝棚上边绕着飞，飞了好久，才向南而去。

宋诸凤说，这是向他告别呢。

转过年的春天，这对白鹳又来了。它们在榆林和草原上飞了几圈，直到看清了宋诸凤和他的牛群，又听到了宋诸凤嘎嘎的召唤声，才放心地落在巢上。一切都照旧，觅食、产卵、孵化、育雏，宋诸凤时不时地给它们送鱼。如果农忙，白鹳会自己到窝棚顶上来取。

一切都自然而然，白鹳不把自己当外人，宋诸凤也像是多了一双儿女。

又过了两年，于国海听说了这件事，他也很想研究和记录白鹳在向海的生活。他找到宋诸凤说，准备搞一个白鹳研究项目，既然宋诸凤能留住这对白鹳，希望宋诸凤帮忙，能让他拍摄和记录白鹳。

宋诸凤不懂什么研究项目，表示帮忙可以，但要求于国海不能打扰这对白鹳。因为白鹳只认宋诸凤，而于国海是陌生人。

于国海送给宋诸凤一套军用迷彩服，自己也穿上了一套。跟着宋诸凤，于国海很轻易就靠近了白鹳巢。他拍摄到了白鹳交尾的图片。他的德国老师评价说，这么多年，这是最自然、最清晰的一张东方白鹳交尾的图片。

东方白鹳是国家一级保护鸟类，全世界只有不到三千只。20世纪70年代以来，日本列岛和朝鲜半岛的东方白鹳相继灭绝，如今只在中国东北的草原湿地有繁殖记录。东方白鹳被世界自然保护联盟列为有灭绝危机的物种。

于国海说："当时在向海整个区域内繁殖的白鹳有多少呢？有十二巢，当时有记录。很少有人研究东方白鹳的野外繁殖生态，因为东方白鹳很警觉，一有人靠近它就弃巢飞走了，人们很难观察它。宋诸凤窝棚边上的这巢白鹳很珍贵，我想研究，首先得保护它的巢没人干扰。从产卵到长大出飞，这么长时间，不能有人惊扰它。宋诸凤是牧民，白鹳巢离他的窝

第十四章　水天一色

棚很近，白鹳跟他很熟，我就请他照看，他也很精心。"

宋诸凤和白鹳处出了感情，每天在草原上放牧，他心里总是惦念着白鹳。有一天夜里，暴雨倾盆，宋诸凤不放心白鹳，穿上雨衣拿上手电去察看。风雨中，鹳巢上的一幕让他久久难忘。他说："母鹳脸冲这边趴着，那个公鹳站着，一个膀子耷拉着，用翅膀给鹳雏遮雨。这玩意儿赶上人了，就像人照顾自己的小孩儿。"

宋诸凤和这一家白鹳建立了人鸟共生的邻居关系，每年春天白鹳到向海，一定要找到宋诸凤和他的牛群才放心地产卵孵化。就这样，宋诸凤一边放牛，一边替于国海的科研项目看护着这对儿东方白鹳。

于国海说："白鹳这种鸟，繁殖一般产卵四到五枚，最多是六枚。产完卵以后呢，这两个大鹳就去湿地里捉鱼，而后靠嗉囊带回食物。五六个雏，

东方白鹳

松花江传（下）

长到一定程度很能吃，大鹳喂不饱它们。这时候，就靠宋诸凤来喂。"

宋诸凤说："他和老伴儿在两个竹竿头上缝了一个布袋，把鱼盛在布袋里，而后举到鹳巢上，竹竿上的布袋一撇，就把鱼倒在了鹳巢里。每次这么干的时候，那鹳雏都会歪着头往下看。有时布袋还没翻过来，鹳雏已经开始抢鱼吃了。"

实际上，宋诸凤不光照顾鹳雏。有一年春天白鹳迁徙来以后，赶上几场寒流，湖上的冰始终不化，白鹳没办法捕鱼。宋诸凤将牛生完牛犊后的胎衣切碎了喂白鹳，帮它们渡过了难关。

东方白鹳喂养幼雏

宋诸凤说，白鹳如果吃得饱，产卵就多。如果只产三四枚卵，就说明没吃好。有一年白鹳产了六枚卵，可是喂不过来。到迁徙南飞的时候，有一只雏鹳还没长成，不敢离巢。宋诸凤就替它的父母接着喂，直到它飞走为止。他说："别的鹳都飞走了，我不能看着它冻死在这里。"

第十四章　水天一色

宋诸凤和这对白鹳相守了近二十年，2002年，是这对白鹳在此出现的最后一年。其后，再也没有它们的消息。

后来又有过几只白鹳在此绕飞，宋诸凤嘎嘎叫着召唤了几次，没有得到应答。宋诸凤说，那对白鹳可能老了，也可能出了意外。后来飞来的，也许是它们的孩子。

宋诸凤并没有什么清晰的生态保护意识，他只是依照自己最纯良的本性来对待周围的野生鸟类。

向海的坨地上生长着许多西伯利亚野杏，构成了疏林草原的一部分。最集中的一片野杏林在向海边缘的包拉温都。包拉温都是蒙古语，意为"紫色的山冈"。因为每到春季，杏花怒放，坨地山冈，变成一片紫色的花海。

这些杏林归林业部门主管。然而，属权在他们手上，却从没见他们管过这些杏树。倒是为了能将其作为耕地出租，他们竟以树种更新为名，要伐掉这些杏林，改成耕地。

杏林是野的，却是环村绕乡，生长在村落的四周。当地人瞻榆修末，望杏耕田，与野杏结下了缘分。特别是每到秋季，人们都进入沙坨林带，采下熟杏回家一沤，杏核就可以拿到供销社去卖。孩子们一年的学费，还就指望着这些杏核呢。

当地人说，这野杏是仙人所种，为的是固住这坨地上的沙土，使这里不再风沙漫天。

在百姓心目中，野杏是野的，不是谁家的。而政府说野杏是天然林，天然林归国有，归林业部门管，现在林业部门有权砍伐。

包拉温都一个叫王海的老人不认这个理儿。他就是一个普通的农民，就是这片杏林环绕的屯子里的一户农家人。他生在杏林，长在杏林，如今

松花江传（下）

又老在杏林。他自己掏钱印制了杏林的传说，而后拿着它到县里去找、去告。他没有别的理由，只是说，这杏林从古代长到今天，好几百年了，养了咱祖祖辈辈几代人，不能让它在咱们这代人手上被砍了。

吉林省通榆县包拉温都野杏林

王海最后找到了被他称为县太爷的县委书记，终于保下了这片杏林。他高兴地对县领导说："这杏林留下了，你看这花、这树，这一片片，爷爷的爷爷都看过的东西，也应该让孙子的孙子能看到。"

王海和宋诸凤一样，都有一种朴素的自然观。他们不懂什么生态系统、什么自然平衡、什么人类责任。但他们知道，不能随意伤害生命，哪怕是一只鸟、一棵树。

‖ 鹤鸣九皋

由于民间习俗的观念差异，向海草原湿地的物种遭遇了完全不同的命运。

在中国人的心目中，鹤是吉祥长寿的象征，人们常说松龄鹤寿，松鹤延年。由于鹤体态优美，舞姿翩跹，昂首高蹈，恍若天仙，因而人们将故去称为驾鹤西归。

中国是世界上丹顶鹤最多的国家，在全世界约两千四百只丹顶鹤中，

第十四章　水天一色

在中国越冬的就有近两千只，占绝大多数。而且，中国东北是丹顶鹤的主要繁殖地，仅在吉林省和黑龙江省的西部湿地，就有数百只丹顶鹤的繁殖记录。

向海是丹顶鹤主要的栖息地之一。在向海百姓的心目中，丹顶鹤有至高无上的地位。春去秋来，丹顶鹤与向海人比邻而居。沼泽湖畔，有丹顶鹤觅食求偶。一早一晚，有凤鸣鹤唳，鹤舞翩翩。向海的牛羊在湖边饮水，丹顶鹤自由地穿梭其间。渔民收网归来，岸边常有丹顶鹤等待遗落的小鱼。

丹顶鹤与向海人的默契是岁月凝成的。

向海人对丹顶鹤高看一眼，丹顶鹤也当仁不让。在向海总能听到这样的传说，在村屯里，丹顶鹤会不期然地飞落农家，左顾右盼，似有眷顾。而农家则视此为大吉大利之兆，常常当即招来亲朋好友，设宴摆席，一边饮酒，一边喂鹤。及至鹤飞席散，这户农家便被村里人视为有福之家，另眼相看。

向海保护区管理局自己救助和繁殖的丹顶鹤更是与人亲昵。每年春节期间，向海乡民要扭大秧歌。保护区管理局会把丹顶鹤带来，与秧歌队共舞。

丹顶鹤的好名声与崇高地位，是多方面因素促成的。

2003年，国家林业局和中国野生动物保护协会启动了"国鸟"评选活动。网上投票，共收到全国网民的投票五百一十多万张。最终，丹顶鹤以百分之六十四点九二的得票率胜出，作为"国鸟"的唯一候选鸟，由国家林业局上报国务院。

虽然没有最终的确认，但这个投票结果表明，在所有的鸟类中，中国人最喜欢丹顶鹤，并且为其总结出三美：第一形象美，丹顶鹤形体高挑，

松花江传（下）

飞则千里，鸣上九天；第二德性美，丹顶鹤对爱情忠贞、对团队忠诚；第三名声美，在中国人心中，鹤是仙鸟，松鹤象征延年长寿，闲云野鹤象征自由，鹤立鸡群象征卓越超群。形象美，德性美，名声美，这三美集于一身，国内的其他鸟类都不能比。

丹顶鹤的民间形象德隆位尊，高高在上。古往今来，留下了许多有关丹顶鹤的传说，甚至是误解。

20世纪90年代，有首名为《一个真实的故事》的歌曲感动了许多人。歌曲唱出了一段真实的故事，因为相信其真实，所以人们才感动。而实际上，这个真实的故事，并非完全真实的。

这首歌唱的是一个叫徐秀娟的女孩，她是邻近向海的扎龙自然保护区的饲养员。1987年，徐秀娟接到了一项工作，在野外对饲养的丹顶鹤、大天鹅等迁徙鸟类进行野化训练，让它们熟悉沼泽芦苇，学会自己觅食迁徙，最后回归到大自然。

1987年9月15日，两只参加野化的大天鹅没有如期回来，以它们的身体状况，还不能适应真正的野外生活。于是，徐秀娟在沼泽地整整找了两天。在极度疲劳的时候，她听到了大天鹅的鸣叫声。体力不支的她一心只想着要把大天鹅找回来，自己却陷进了沼泽，为了救护大天鹅牺牲了自己。这就是《一个真实的故事》所唱的徐秀娟的真实事迹。可不知为什么，故事中的大天鹅，在歌中被换成了丹顶鹤。

也许，歌词作者觉得，丹顶鹤的形象在国人的心中更容易引起共鸣吧。

无论是丹顶鹤还是大天鹅，在本质上都无损于这个故事的真实性。徐秀娟为了救助野生动物，用生命谱写了热爱自然的高尚品格。这首歌一直传唱着，感动着每一个关注自然、关注野生动物保护的人。当然，也由于

第十四章　水天一色

向海丹顶鹤

松花江传（下）

这首歌，人们更加关注丹顶鹤。

2005年，国际鹤类基金会主席阿基博先生到向海考察。他说，他被《一个真实的故事》这首歌深深地感动了，每当听到丹顶鹤在天上鸣叫，他都会想起这个叫徐秀娟的女孩。听到这番话，没有人告诉他，其实徐秀娟救的不是丹顶鹤，而是大天鹅。

丹顶鹤是生活在沼泽或浅水地带的一种大型涉禽，嘴长、颈长、腿长。成鸟除颈部和飞羽后端为黑色外，全身洁白，头顶呈鲜红色。在国际生态学界，丹顶鹤也被称为"湿地之神"。

而在中国，丹顶鹤不是神，是仙。在中国的史籍中，没有丹顶鹤这个名字，它叫仙鹤。丹顶鹤这个名字是后来从日本传过来的，而在日语中，丹顶鹤也叫满洲鹤，意思是中国东北的鹤。

明代有一篇专门写鹤的文章叫《鹤经》，文中说："鹤，阳鸟也。盖羽族之宗长，仙人之骐骥也。"意思是说，鹤是仙人的座驾，仙人在天上飞来飞去，骑的是鹤。在古人心目中，丹顶鹤以其优雅的姿态，洁白如玉的羽毛，轻盈飞翔于云霄之间，性情柔静幽娴，如同潇洒脱俗、云游天地的仙子，故而称其为仙鹤。

在古人心目中，鹤是仙鸟，与一般的鸟不一样。宋代就记载了这样一个笑话。当时有一个叫刘渊材的人非常喜欢鹤，还在家里养了两只。每当有客人来的时候，他就对人吹嘘自己的鹤："此仙禽也。凡禽卵生，此禽胎生。"语未卒，园丁报曰：此鹤夜产一卵大如梨。渊材面赤呵曰："敢谤鹤耶？"这让刘渊材太没面子了。偏偏这客人好奇，非要去看看，果然是下了一个蛋。刘渊材只好自嘲地说，你看，这鹤也不正经了。这个笑话被宋代一个著名的僧人释惠洪记录在其所著的《冷斋夜话》里。到了明代，李时珍也沿用了这种说法。他在《本草纲目》中说："鹤，千六百年

第十四章　水天一色

乃胎产。"这李时珍说得更玄，一千六百年才产一胎。这些史料表明，古代人真的相信鹤不是凡鸟，它有仙气。

古人不但相信鹤是仙鸟，而且相信"鹤寿千岁，以极其游"，意思是鹤能活一千岁。

把丹顶鹤的寿命无限延长，为的是让人们崇拜它，而后把美好的寄托赋予它，希望人们能像鹤一样长寿。松鹤延年、松龄鹤寿这些吉祥的成语，更是把鹤与松联系在一起。于是，画家把松与鹤绘成了画，让鹤站在松枝上。

松鹤图是中国画中一个典型的寓意祝福的题材，人民大会堂国宾厅的主墙壁上就赫然悬挂着一幅《松鹤图》。图中苍松古劲，丹鹤如仙，寓意着山高水长，天地永恒。据说，人民大会堂收藏了多幅以松鹤为主题的国画作品，都是将丹顶鹤画在松树上。可实际上，丹顶鹤上不了树，它的后脚趾短，抓不住树枝，在树上站不住。宋代的宰相王安石就看出了这一特点，他说："鹤者，行必依洲屿，止不集林木，鸣则闻于天，飞则一举千里。"意思是说，鹤只生活在水边，与树林没关系。白鹳和大白鹭在形体和颜色上与丹顶鹤非常相近，却是在树上做巢，在树上栖息。很可能是古人观察不细，把白鹳和大白鹭都当成了鹤。

宋徽宗赵佶喜画鹤，《瑞鹤图》是其经典之作。后世评价说，赵佶画的群鹤，技法娴熟，振翅高飞，似有扑打之声，令人拍案叫绝。然而，后来有人研究发现，鹤在飞翔时，脖子总是笔直前伸，而赵佶画的鹤却是弯着脖子，这是白鹭的飞行姿态。可见，他也将鹭认成了鹤。

《二十四史》的《宋史》里有这样一句话："宋徽宗诸事皆能，独不能为君耳！"意思是说，宋徽宗干啥都行，就是不能当皇帝。他喜欢画鹤，经常把宫廷画师集中到一起，专门画鹤。画师们画出来的鹤千姿百

松花江传(下)

态,栩栩如生,可就是没人能说得出单腿独立的鹤,到底是左腿站着还是右腿站着。经过宋徽宗的指点,大家才恍然大悟。

到了明清时期,鹤的形象越来越贵族化了。比如,官员穿的官服,文官绣的是禽鸟,武官绣的是兽类。而不同级别的官员,绣的图案是有严格规定的。一品文官,比如大学士、太师、太傅、太保等,官服上绣仙鹤,将鹤排在所有禽鸟的第一位,用来表示人物高贵。以此类推,二品绣锦鸡,三品绣孔雀。九品芝麻官,级别最低,绣鹌鹑。鹌鹑团团乎乎,看起来傻乎乎的。

明朝中晚期,官场腐败,文官爱钱,武将怕死,欺压百姓,无恶不作。老百姓就用文官绣禽、武官绣兽来说事,把这些官员称作"衣冠禽兽"。

官家崇鹤,民间敬鹤。民间有一个传说,一天折一只纸鹤,坚持一千天,就可以给自己喜欢的人带来幸福。于是,叠千纸鹤便成了一种祝福和祈祷的行为。

丹顶鹤要形象有形象,要名声有名声,所以在官民两家都享受特别的待遇。

向海保护区内有四个核心区,分别是丹顶鹤核心区、东方白鹳核心区、大鸨核心区、蒙古黄榆核心区。

大鸨和丹顶鹤同属鹤形目,通俗点儿说,祖上是一家的,而且在国际国内,保护级别也大致相同。大鸨已被列入《世界自然保护联盟》濒危物种红色目录,中国国家一级保护动物,列入《中国濒危动物红皮书·鸟类》稀有物种。

大鸨曾广泛分布于欧亚大陆,但今天,在欧洲和非洲北部的瑞士、苏格兰、瑞典、丹麦、荷兰、法国、希腊、突尼斯和阿尔及利亚等国都已经

第十四章 水天一色

消失了，分布在东欧各国的也几近灭绝。

大鸨在中国曾经种群数量丰富，但到2000年前后，估计总数已不足四百只。也就是说，其不仅濒危等级与丹顶鹤相同，而且在中国的数量远远少于丹顶鹤。

虽然同属鹤形目，虽然保护级别相同，但在民间，大鸨的名声和运气与丹顶鹤相比，简直判若云泥。

大鸨在向海广阔的草原上栖息繁殖，它腿部强健，善于奔跑，有草原鸵鸟之称。在中国古代，由于缺少关于鸟类的科学研究，因而古人对大鸨形成了很多误解。比如古代人分不出大鸨的雌雄，便以为大鸨只有雌鸟而没有雄鸟。李时珍在《本草纲目》中写道："鸨，纯雌无雄，与他鸟合。"古籍《庶物异名疏》中写道："鸨，性最淫，逢鸟则与之交""喜淫而无厌，诸鸟求之即就""鸨鸟为众鸟所淫，相传，老娼呼鸨，意出于此"。在中国的鸟俗中，大鸨就这样成了"淫鸟"。

向海民间也有这种说法，认为大鸨只有雌性而没有雄性，它要繁殖总是去借种，和其他鸟乱配。开妓院的老板娘由此被蔑称为鸨母，意为"乱配之人"。

由于大鸨的名声不好，打大鸨就不犯忌讳，再加上大鸨肉质鲜美，长得肥大，吃起来很香，于是就成了人们打猎的主要对象。而且，在早期的动物志书中，大鸨是被列为狩猎鸟的。

大鸨终于被猎杀成了濒危鸟类，向海的四个保护核心区内，大鸨是最早失去踪迹的。也就是说，虽有大鸨核心区，却再也不见大鸨了。

时至今日，为了保护仅存的大鸨，有关部门为它拨专款、立项目，大鸨陡然间身价百倍。

实际上，大鸨的繁殖习性与其他鸟类大体一致。据鸟类学家观察后得

松花江传（下）

出的数据，大鸨的性比不平衡，雌雄性比约为2.5∶1。其交配体系为多配和混配，多配体系为一雄多雌，雌鸟多为五到七只；混配体系为每只雌鸟和一只以上的雄鸟交配，混配体系较为常见。

历史上传下来的鸟俗，令大鸨蒙冤至今。

在向海，与大鸨命运相近的，还有一种极为珍稀的鸟类——栗斑腹鹀。

栗斑腹鹀属小型鸣禽，被认定为世界性濒危鸟类，仅分布于俄罗斯远东符拉迪沃斯托克（海参崴）以南和中国东北地区。栗斑腹鹀分布区域狭窄，种群数量稀少。由于环境的变化，已经呈孤立的岛状分布，种群数量更趋减少。2018年，栗斑腹鹀被列入《世界自然保护联盟濒危物种红色名录》。

向海国家级自然保护区孵化中的大鸨幼鸟

第十四章　水天一色

2000年前后，栗斑腹鹀的栖息地急速缩减，仅在科尔沁草原有零星分布。向海的沙丘灌丛和杂草草原曾是栗斑腹鹀的主要栖息地。由于其形体大小和外观与麻雀近似，向海人称其为"山家贼"。

没有人知道这种外形像家雀的栗斑腹鹀有多珍贵。专家说，它是第四纪冰川的孑遗物种，在鸟类学界被称为草原生态的活化石。由于在世界上绝大多数地区已经绝迹，因此各国

向海国家级自然保护区·栗斑腹鹀

的专家都到向海来考察这种鸟。日本驻沈阳副领事治贺尚家是一位鸟类学家，他曾专程来到向海，为的就是寻找栗斑腹鹀。等到终于看到时，他高兴得跳了起来。而后他告诉人们，他在俄罗斯、朝鲜和中国许多地方都找过，一直没找到。他说栗斑腹鹀曾经在第四纪晚更新世，与剑齿虎、三趾马、披毛犀、大角鹿一同生活在古松辽平原上，第四纪冰川后，只有它和不多的物种活了下来。治贺尚家心心念念地想在野外看到栗斑腹鹀，这次终于在向海如愿，他说自己很幸运。

当时是由保护区管理局的林宝庆给治贺尚家当向导。林宝庆说，那时候向海的草原上，随时都可以见到这种鸟。当地百姓没人注意这种鸟，都以为是麻雀。而保护区也把注意力放在了东方白鹳和丹顶鹤等大型鸟的保护上。十多年后，当有专家再次来到向海寻找这种鸟时，竟然一只也没找到！

林宝庆说，这太让人悲伤了。他认为，栗斑腹鹀在向海消失的原因是

多方面的，当地百姓不知道它的生态价值，有人偷着用网捕铁雀。铁雀也是草原鸟，学名铁爪鹀。栗斑腹鹀与铁雀生境相同、大小相同，所以很容易被偷捕。另外，栗斑腹鹀在草地上营巢，而漫山遍野的牛羊经常会践踏鸟巢。可以说，栗斑腹鹀离开向海，是被牛羊挤走的。

‖ 移民工程

人的活动范围在向海逐渐扩张是对湿地生境最大的威胁，农业开垦荒地，牧业啃食草原，渔业一网打尽。原初的自然平衡被打破，曾经的共生共享成了一家独大。

宋家湾就是一个典型的例证。

宋家湾只有十三户人家，一多半姓宋，不姓宋的也和姓宋的是亲戚。20世纪50年代的时候，由于地广人稀和湿地沼泽的阻隔，向海人民公社的耕地和草场都零散地分布在偏远的坨地上。为了种地和放牧方便，生产队只好在离家二三十里的地方再建起一个简易的土房。后来一个土房不够用了，有些社员就自己动手盖起了房子。为了防寒，许多土房都是将沙坨子切开，整个房子就嵌在土丘里。人们把这种不需要多少建筑材料又能保暖的住处叫地窨子，或者叫炝子，而向海人叫它窝棚。在向海连疆越界的坨地和草原上，像这样的窝棚有几十个。住窝棚的人在向海街里都有自己的住房，宋家湾是为了方便农业生产临时搭建的居所。他们把这种方式叫出窝棚，一般只在夏季农牧渔业生产时才出窝棚。生产结束，还是回到自己在向海的家里。可是连年的出窝棚，让人们习惯了在这偏远又寂静的湖畔生活。这十三户人家都不愿再回到向海街里，觉得在宋家湾生活更自在、

第十四章　水天一色

更方便。他们在这里以林草为家园，与鸟兽做邻居，开垦荒地，放牧牛羊，吃井水，烧榆木，过着封闭而自给自足的日子。1981年向海建立保护区的时候，完全没有注意到他们的存在，以至于在依法划定保护重点鸟类的核心区时，将这些窝棚也圈到了里面。按照国家颁布的自然保护区管理条例，除了科学研究之外，核心区不允许有人类活动。可宋家湾在荒凉的榆林深处，与外界没有正经的通道，生产队的人要找他们都费劲，甚至当地人都不知道有这么个地方。作为历史遗留下的问题，像宋家湾这样的窝棚，一直困扰着生态保护工作和当地人的生产生活。

宋家湾在政府的登记表上和地图上都找不到，可十三户人家在这里生活了三代，他们已经把这儿当家了。在无人知晓的林草深处，宋家湾就像一个被遗忘的古老部落。山高皇帝远，十三户人家，几十年的岁月，周边是丛林密布，芦苇沼泽，沙丘坨地，草甸荒原。水大时这里像是一座孤岛，雪大时车进不来、人出不去。外面的世界不知道他们，他们也不理睬外面的世界。荒山荒岭荒原，宋家湾就这样与荒天雪地一起荒凉了三代人。他们唯一的邻居，就是栖息在这里的鹤鹳鹭鹬、飞禽走兽。岁月已经把他们风化成了大自然的一部分。原始古朴的生活，田园牧歌般的日子，给宋家湾的时光涂抹上了一层童话的色彩，也使他们的故事悠长而古老。

宋学泰是宋家湾的第三代了。生在这里，长在这里，就如同这坨地上的一棵树。小时候在坨子上挖草药，在湖里头打鱼，大了以后在坨子上种地放羊。在他的印象中，坨子上的树密不透风，根本不用费力去砍伐，只要捡大风刮断的枯枝子就足够烧了。坨子上的草原一望无际，放牧牛羊根本不用贮备草料。每年春天就到湿地里去捡野鸭蛋、大雁蛋、天鹅蛋，吃不了就腌起来。蛋太多了，多到懒得去捡。这里有林有水有草，是可以不花一分钱就能生产生活的地方。宋学泰本以为他可以像父辈一样在这里终

松花江传（下）

老一生，却不料向海建立了保护区，把这里的一草一木都管了起来。这时候宋学泰才发现，人越来越多了，树越来越少了；牛羊越来越多了，草场越来越少了；保护区巡逻的车越来越多了，他可以任意放牧的地方越来越少了。以往宋家湾是他的家园，他是坨地的主人，如今保护区来了，坨地上的一切都得由人家做主了。

可保护区拿他们也没办法，有个道理很简单，先有宋家湾，后有保护区。

保护区建立之初，向海所在的通榆县是国家级贫困县，向海又是贫困户最集中的地区。湿地生态原本是向海人的生产生活资料，但作为国际重要湿地，保护区又不能不在这里限制打鱼、种田和放牧。人鸟争土地、争湿地、争林地、争草原，几乎所有的资源和空间都是人鸟共有的。如何打开这一人鸟相争的死结？政府和保护部门经过多年酝酿，下决心启动移民工程。

移民一方面是为了湿地生态的保护，另一方面，也是为了让宋家湾蹲窝棚坑的百姓能够从近乎原始土著、粗糙低质的生活中解脱出来。

实际上，宋家湾十三户人家的生活虽然很自由、很方便，但也有很困难的地方。他们自己打井，井深不够，牛羊的粪便下渗污染了水质。他们离最近的医疗机构也有几十里，看病非常不方便。当地流行一种人畜共患的布鲁氏菌病，是从羊传染给人的。这十三户人家，有十一个人患有此病。这种病也叫波状热，发病时既发烧又浑身疼，不发病的时候又无症状；而且无法根治，只能终身服药。宋家湾的羊群、牛群也在扩张，附近的草场质量越来越差。牛羊吃不好，体质差，病死率越来越高。由于交通不便，他们自己没有能力将牛羊运出去销售，只能卖给前来收购的商贩，而商贩常会借此压低价格。种地也遇到了麻烦，几年前一场大水，宋家湾成了孤岛，开垦的农田都被淹了，庄稼颗粒无收。更麻烦的是，宋家湾本

第十四章　水天一色

身在湿地中央,四周是沼泽,水泄不出去,以往种地最丰产的低洼地连续几年都种不上。这样的境况,让政府和宋家湾人都头疼,因为大水淹地,并非纯粹的自然现象。

十多年来,政府加大了生态保护力度,在松嫩平原和科尔沁草原启动了河湖连通工程。湿地面积已经恢复到接近历史上的最好时期,只是水位大幅度升高后,淹没了大量的农田。

这些耕地都有合法的手续,属于国家法律保护的基本农田,而且大都在湿地边缘。人们之所以愿意在地势低洼的地方种田,就是因为霍林河从大兴安岭带来了丰富的腐殖质,使这里的土地淤积了大量的养分。只是没有想到,如今政府为了恢复湿地生态,提升了向海的地下水位和湖泊湿地面积,使大量地势低洼的农田被水淹没。受到影响最大的,恰好是宋家湾这样的窝棚。

既然合法的耕地是被政府和保护区淹的,那农民为了自家的损失自然要向政府讨说法。

政府给了一些补偿,但保护区不肯将水位降下来。因为只有将湿地面积扩大,湿地生态功能才有保证。这样一来,宋家湾的人就无地可种了。无地可种,只能放牧牛羊,牛羊数量增多,进了坨地草原,保护区管理局又管又抓。官抓民、民告官的官司越来越多。

这像是个死结,而解开的办法,只有移民。

宋家湾的四周分布着东方白鹳、丹顶鹤和大鸨三个保护核心区,是向海湿地最敏感也最脆弱的一片区域。政府为了生态保护启动的移民工程,将彻底改变宋家湾的命运。从法律上讲,宋家湾没有任何名分,但对这里的十三户人家来说,这里有他们的地、有他们的家、有他们一生的记忆。移民意味着宋家湾最终的消失,包括这里的窝棚、牛羊和几代人的艰辛与

松花江传（下）

欢乐。多少年之后，这里将林草丰美，百鸟齐翔，或许，还有长风送来的宋家湾的传说。

宋家湾人对移民的态度很复杂。虽然说故土难离，对移民后的生活又不无担心，但乡亲们知道，移民是政府和保护区全面评估向海的现状后做出的决策。为了使乡亲们能够得到合理的补偿，政府拿出了一大笔钱，并且为移民新村规划了街道、社区、学校、医院和就业的渠道，以保障移民后的生活质量大幅度地提高。政府告诉宋家湾人，他们移出的是荒凉的坨地，是窝棚坑，移来的是城镇化的居民生活。他们将湿地草原留给了飞禽走兽，留给了子孙后代，而自然和谐、生态良好的向海永远是他们的家园。

向海启动的移民项目，只是将核心区内的村屯移出去。第一批移民是位于核心区的一百九十八个窝棚，宋家湾的十三户人家位列其中。政府承诺，移出核心区的绝大多数农牧民仍将生活在向海。而他们传统的与鸟类的和谐关系，正是发展生态旅游、建设观鸟基地和湿地摄影基地最好的资源。移民与脱贫是政府与保护区联手后的主动作为，将向海人与向海生态一体化之后，通过生态旅游等多种方式，真正使绿水青山成为金山银山。

向海的根本问题是向海人与向海生态、经济发展与湿地保护一个都不能少。政府与保护部门在实践中越来越清楚地认识到，要想保护好，必须同步发展好。移民不是将农牧民移走了之，而是移出一条民生富裕之路、生态文明之路。为此，向海一直在摸索引入战略合作伙伴，包括国内外的自然保护基金组织和有绿色经济前景的投资项目，将向海丰富的渔业资源、牧草资源、绿色农产品资源以生态经济的理念发展起来。

2015年，移民工程正式启动。虽然很难，但政府与宋家湾人都知道，这是唯一一条可行的路。

第十四章　水天一色

‖ 放飞自然

与移民工程大体同步的，是向海保护区管理局科研处推出的一系列试验项目。

2014年秋天，国家林业局鸟类环志中心的钱法文博士接到向海保护区的报告，国家一级保护鸟类白鹤种群出现在向海。而在此之前，差不多有十五年的时间，白鹤在向海杳无踪迹。钱法文要到向海亲眼看一看，他想弄清楚，何以在中断了十多年之后，白鹤再次将向海作为迁徙的停歇地。

国际鹤类基金会的生态专家苏立英也接到信息，这让她和她的丈夫、国际鹤类基金会副主席吉姆·哈里斯既惊喜又好奇。因为在十多年前，国际鹤类基金会曾在向海实施了白鹤放飞项目。项目结题后，由于连年干旱，向海湿地大面积萎缩，白鹤、丹顶鹤、东方白鹳等重点保护鸟类逐渐放弃在向海栖息繁殖，甚至在迁徙的过程中也不在向海停歇。这次白鹤来到向海，让各方专家非常兴奋。

通榆县生态建设领导小组负责人孙洪君说："白鹤重现向海，实际上是对向海湿地恢复的认可。从县里记录的数字看，2011年的时候，我们的这个水面不到五十平方公里，湿地面积也不过八十平方公里，芦苇的面积不到二十万亩。到2015年，这中间经历了四年时间，我们现在水面已经是二百五十平方公里，扩展了六倍；湿地面积已经达到了六百多平方公里，扩展得就更多了；芦苇面积恢复到了六十万亩。"

钱法文是国家林业局鸟类环志中心的副主任，看到秋季迁徙的白鹤种群数量在一百多只，这让他增强了信心。因为他一直想与向海保护区合作，将两只被救助的白鹤戴上卫星跟踪器放归野外。除了考察白鹤的迁徙路线外，更重要的是想知道明年的春天，迁徙的白鹤还能不能回到向海。

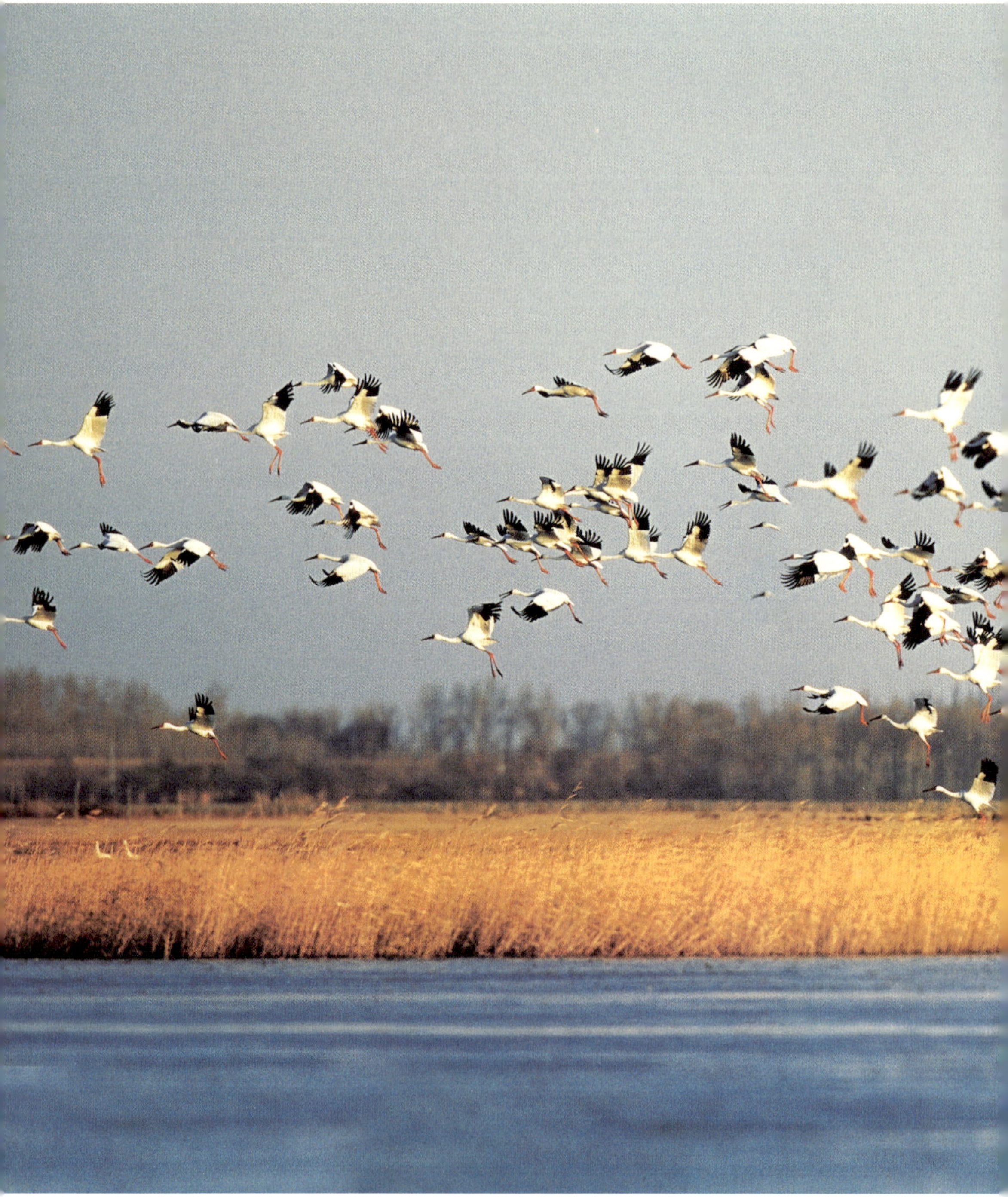

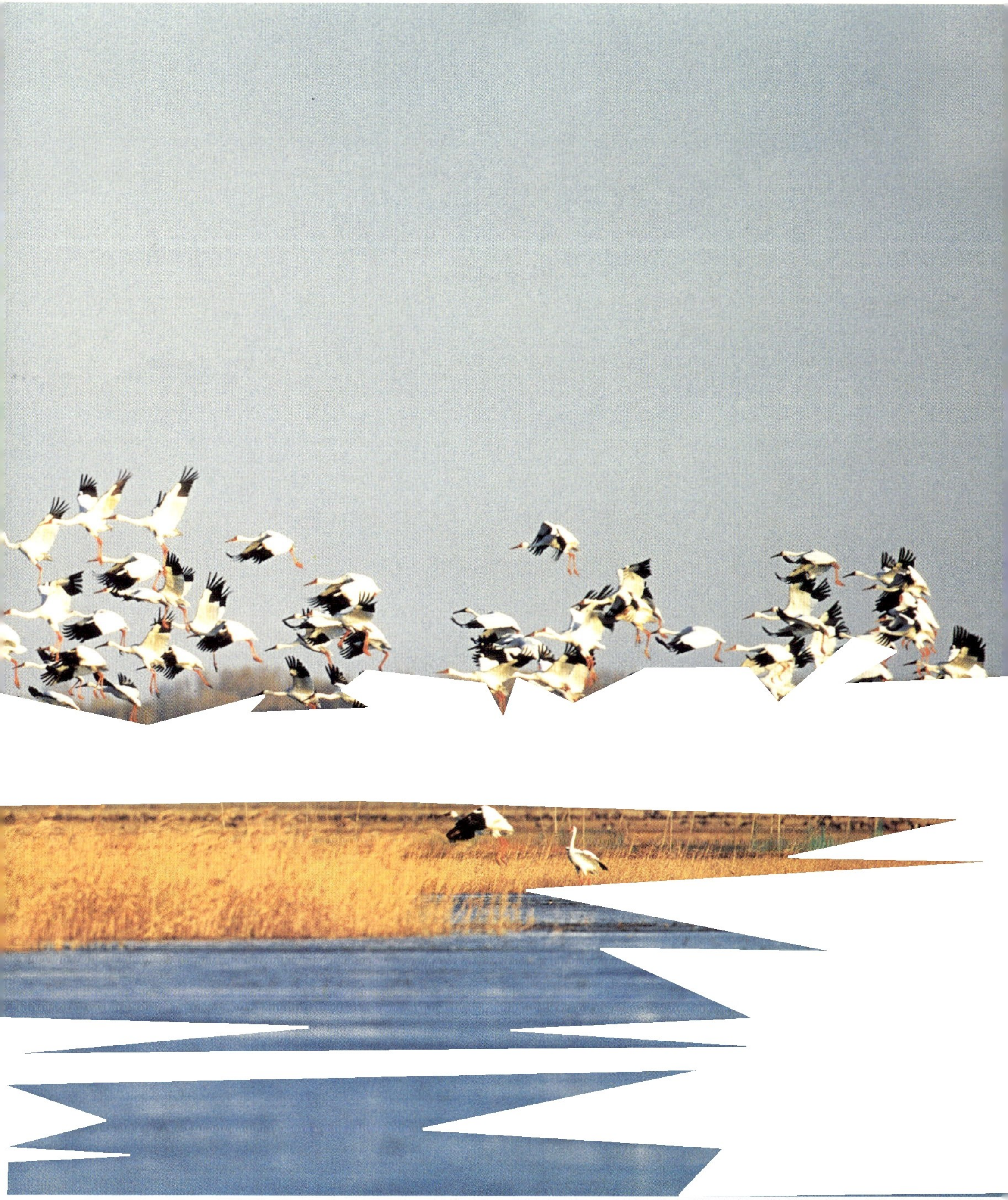

松花江传（下）

卫星跟踪器是国内新研发的产品，两只野生白鹤是在春季迁徙时意外受伤，被保护区管理局救助后饲养的。经过一个夏天，两只野生白鹤的体力已完全恢复。钱法文给它们戴上了卫星跟踪器，而后放归野外，并亲眼看到它们融入了迁徙的野生白鹤群。两天后，借助一次寒流大风，白鹤向南迁飞了。

白鹤放飞的时间是2014年9月。三个月后，向海保护区管理局的李连山接到钱法文的邀请，两人一起来到江西鄱阳湖，寻找秋天在向海放飞的那两只白鹤。从GPS传来的信息表明，一只白鹤在江苏盐城停下了，随后信号消失，其中原因不明，而环号为951的白鹤则已经迁徙到鄱阳湖，这让钱法文和李连山有了希望。毕竟，这是一只曾经受伤被向海救助的白鹤，而且又是国内第一次用GPS跟踪仪记录白鹤迁徙情况。

在连续寻找三天之后，在跟踪器发出的信号指引下，李连山终于用高倍望远镜找到了在鄱阳湖湿地觅食的环号为951的白鹤。白鹤腿上的环志清晰可辨，背上的跟踪器也证实了。钱法文兴奋地说："没有问题。第一轮迁飞，虽然只有一只到了目的地，但足以说明白鹤的迁徙路线是明确而安全的。以往只是粗线条地描述白鹤的迁徙路径，这一次，可以用卫星跟踪器的信号，准确地画出迁徙路线、停歇地、飞行时间和停歇时间。同时也证明，野生鹤被救助后，在野性尚未失去且体力恢复的情况下，应尽快放归野外。"

2015年春天，林宝庆与李连山又带着向海野化训练的两只丹顶鹤来到黑龙江大庆湿地，准备与国家林业部门的专家一同验证异地放飞丹顶鹤的可能性。这些丹顶鹤都是向海孵化的，虽经野化，但不肯迁离向海。所以，在专家的建议下，他们准备搞一次异地放飞试验。他们回到向海后，大庆方面传来信息，放飞的丹顶鹤已经汇入鹤群，向更北的方向迁飞。

也是在这一年的春天，向海东方白鹳招引项目成功地引来了一对白鹳

坐巢。由于适宜白鹳筑巢的高大榆树越来越少,林宝庆就用水泥电线杆做树干,在顶端扎上结实的人工鹳巢,而后在既近湿地又隐蔽安全的榆树林中将它立起来。这样的人工巢在向海立了三个,也立了很多年。2015年,终于引来了一对白鹳。这年夏天,这对白鹳在人工巢上完成繁殖,并在秋天全家一起迁飞。

移民工程在2018年完成。2020年的时候,有媒体用遥控飞行器航拍了宋家湾,当年的窝棚已被茂密的天然林和灌木丛所遮蔽,与周边的沼泽湿地、坨地榆林融为了一体。

近年来,随着湿地恢复,向海保护区的迁徙鸟类明显增多,恢复林地面积达到20世纪90年代水平

宋家湾的十三户人家,有的回到向海街里的住房,有的住进了政府的廉租房。年轻的一代,有的外出打工,有的在向海街里做起了小买卖。在宋家湾长大的宋学泰回到了爷爷的老家山东,在老家亲戚的帮助下,也做起了买卖。

移民后的向海,人与自然各归其位,各得其所。

第十五章

相忘江湖

二人转是近三百年来东北民众的文化选择，是东北城乡俗文化的集大成者。作为一种地域性的民间戏曲形式，二人转在黑土地上孕育浸染，恣肆横流。是黑土地滋生"纵容"了二人转，是二人转浸泡肥沃了一方水土。二人转的大红大绿、大嘶大嗓、大耍大跳、大疯大闹、大嗔大怪，对应着大东北的大风大雪、大江大河、大平原、大草原、大油田、大煤田、大粮仓，二人转几乎成了东北的形象指代。

二人转，是东北人在苦寒的大地上，用心血，用情感，用智慧，熬出来的对生命的自信、对生活的乐观、对明天的希望。

颂人华融合提炼自成

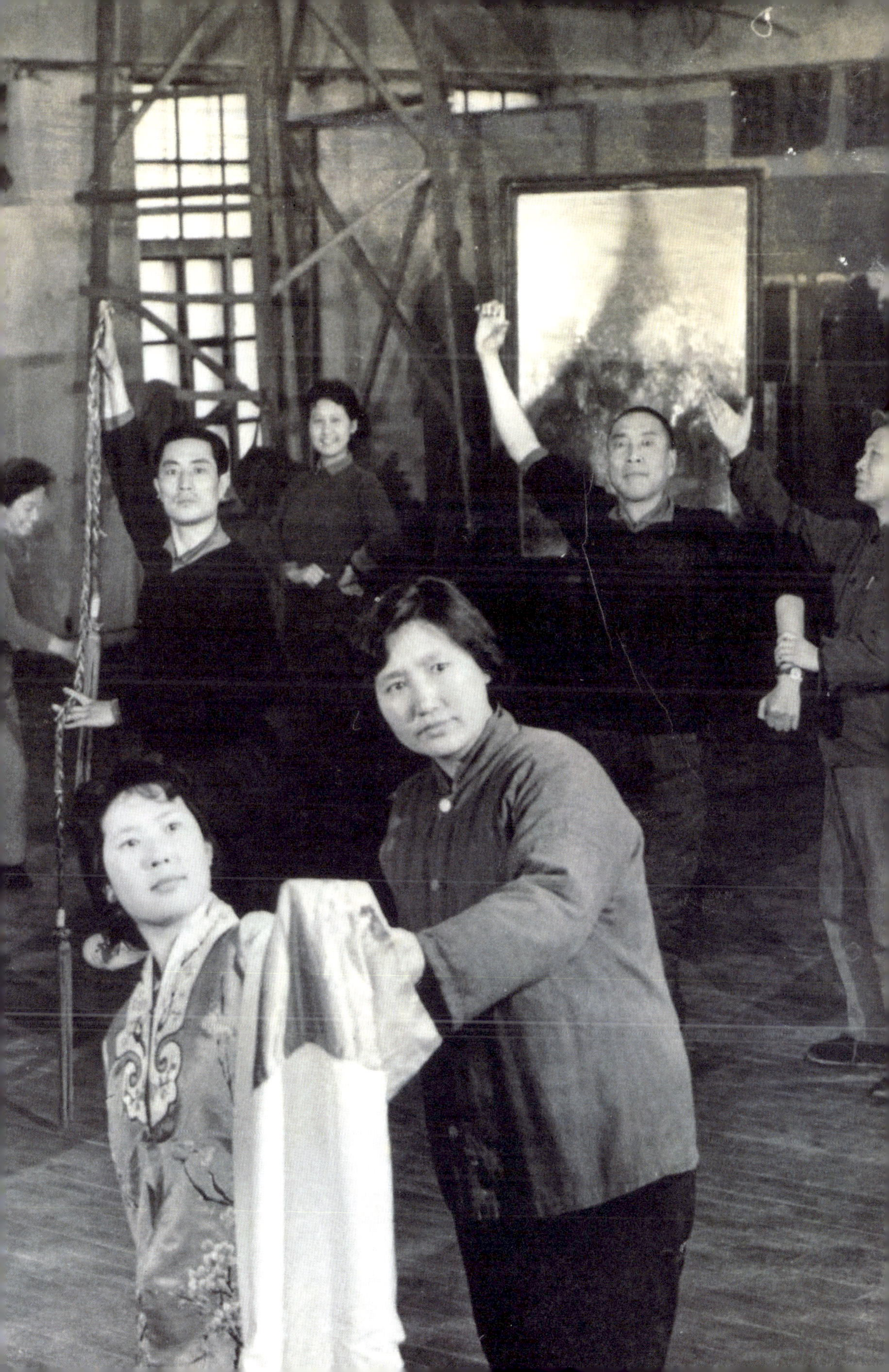

松花江传（下）

‖ 寒天热土

有一年，刘士德的二人转小班流落到王家屯。

财主不许站脚。一位人称大老王的烈性汉子大手一挥，"到我家门前去唱！"众人也要凑钱挽留。

刘士德鞠躬道谢："诸位厚爱江湖人，只求不空肚腹，想听几天就唱几天！"

当晚到大老王家化妆。只见衣不遮体的大嫂躲在五个光腚娃娃背后。光秃秃的土炕上，除了一床破旧的麻花被别无所有。这一夜，唱手们眼中汪着泪，笑里藏着悲，为使乡亲获得片刻的欢乐，情愿倒出一腔血。卸妆后，大老王不知从哪儿淘换来一壶酒。眼望孩子们那五双饥渴的小眼睛，这酒谁能咽下去！

唱到五天头，不见大老王踪影。直到月上梢头，他夹着卖完粮的空口袋赶回来，"诸位老板受累了，这点钱不算钱，买包茶喝吧！"艺人百般不受。大老王跺足捶胸："你们瞧得起穷兄弟，一文不拿，我心能忍吗！"说罢两眼湿了。刘士德接过钱，也湿了两眼。后来，上街买来棉花、被面和被里，硬放在王家。大小七八口，单靠那床破被，怎么过冬！

第二天，大老王送出二十里，分手时一步

1975年，梨树县地方戏曲剧团在田间地头为农民演出二人转《小鹰展翅》，表演者董玮、白永祥

第十五章　相忘江湖

一回头——

刘士德长出一口气："是真亲！他们不小看我们的艺，也不小看我们的人，小看的是我们这一行。大老王那样的人，如果他有亲人同艺人结亲，也未必赞成。这也难怪，连亲生骨肉感到家里出一个唱二人转的都低人一等。我们常常过家门不入，托人偷偷捎回几个钱。"

上述这个故事，是从事东北二人转研究的一代宗师王肯先生写下的。自20世纪50年代以来，王肯、王兆一、靳蕾、耿瑛、李微、于永江、王铁夫、王桔等先生，寻访东北二人转的老窝子、老艺人和穿行于村屯田间的二人转小班，记录了大量鲜活的口述历史，为二人转及东北民俗留下了珍贵的第一手资料。难得的是，这些记录完全尊重口述者的本真原话，未加修饰与删改，成为世人了解二人转艺术源流的可资采信的历史资料。

王肯先生记录的刘士德的这段故事，文字不多，却勾勒出二人转艺人的品性及当年的遭遇。这里说的当年，是20世纪的前半叶。及至20世纪末，二人转陡然大红大紫。节目登堂入室，艺人暴得大名，上春晚，拍小品，拍电影，拍电视剧。二人转剧场成旅游品牌，二人转艺人成综艺明星。在国内戏曲与曲艺全面式微的时候，唯有二人转依靠自身强大的适应能力赢得市场，独领风骚。

二人转是近三百年来东北民众的文化选择，是东北城乡俗文化的集大成者。作为一种地域性的民间戏曲形式，二人转在黑土地上孕育浸染，恣肆横流。是黑土地滋生"纵容"了二人转，是二人转浸泡肥沃了一方水土。二人转的大红大绿、大嘶大嗓、大耍大跳、大疯大闹、大嗔大怪，对应着大东北的大风大雪、大江大河、大平原、大草原、大油田、大煤田、大粮仓，二人转几乎成了东北的形象指代。

冬天的东北，天最冷，夜最长。厚厚实实的大雪，压满了山野，压满

松花江传（下）

20世纪50年代谷振铎（左）演出剧照

了乡村，也沉沉地压在了人们心头。在这漫长的冬季、漫长的寒夜，人们别无选择地等着、熬着、期待着。年复一年，代复一代。直到那一通通锣鼓炸开了冰雪，一声声唢呐撕开了夜幕，一场场酣畅淋漓的歌舞搅热了山乡，人们的心头一下子暖了起来。天不那么冷了，夜不那么长了。二人转，是东北人在苦寒的大地上，用心血、用情感、用智慧，熬出来的对生命的自信、对生活的乐观、对明天的希望。

一盏红灯笼滑上了夜空，一堆篝火。

暮色中飞驰的雪爬犁，向着那高悬的红灯笼狂奔。

火光映红的一团团笑脸，朵朵绽放。

燃放的爆竹一响接着一响，召唤着天地鬼神。

大过年的，冰天雪地。

冷不丁的一声尖利的唢呐，和那直透心窝的唱腔。

"正月里来是新年——"

这一口唱，韵味足，底气厚，回荡三百年。

大东北有自己的性格。清代中叶以后，中国的戏曲进入了一个空前繁荣发展的时期。在京剧、秦腔、豫剧、越剧、河北梆子等戏曲样式日渐成熟、蔚成大观的

王肯

第十五章　相忘江湖

时候，大东北却执拗地选择了小而又小的民间小戏——二人转。千军万马，就靠咱俩。相对于行当齐全、阵容强大的京剧、昆曲一类的大戏，二人转就靠一旦一丑这俩人儿，撑起了千里沃野上的欢声笑语。

就是这俩人儿，如同大地上疯长的野草，荒原上横流的河水，在黑土地上随处生长，生根发芽。

这俩人儿是从哪儿来的？二人转的源头在哪里？东北人为什么选择了二人转？偌大的东北，为什么就认了这么一种只有两个人的民间小戏？

张小波是吉林省德惠市地地道道的二人转民间艺人，十六岁时拜师学艺，一直在自己的家乡周边为乡亲们表演二人转。这一转就是二三十年，后来张小波转到了长春，又从长春转回了家乡。他办了一所二人转艺校，还经营了一家二人转剧场。每次演出前，他都要拜一拜二人转的祖师爷。他说，这是老辈人传下来的规矩。

在中国的民间文化中，有"三百六十行，无祖不立"的说法。如同造纸的祭蔡伦，酿酒的祭杜康，木匠行里的祭鲁班一样，戏曲行里也有自己的祖师崇拜。

关于二人转是谁传下来的，民间有许多传说。有的说是春秋时期的周庄王，有的说是战国时期的孟尝君，还有的说是唐朝的青云童子。二人转艺人们把他们当作祖师爷来祭拜，不外乎是想有个既体面又正宗的出身。还有些传说似乎更耐人寻味，比如范丹老祖的传说、李梦雄兄妹的传说、沙公子的传说、胡家兄妹的传说。这几位被二人转祭拜的人物有两个共同的特点：第一，他们都是关内人；第二，他们都有逃荒要饭的经历。从这两个方面，人们似乎可以摸到二人转源头时期的一点脉络。

李梦雄被二人转艺人称为大师兄，这种称呼比祖师爷显得更亲切。老艺人们都说，早期二人转演出时的几个特别的细节，都是李梦雄兄妹留下

松花江传（下）

来的。比如一旦一丑两个人，男的叫女的老妹子，女的叫男的傻哥。

关于二人转的来历，民间有民间的传说，专家有专家的考证。但有一点是大家都认可的，那就是二人转如同一条长河，既源远流长，又汇聚百川。

历史上的东北是多民族聚居的地区。据《后汉书·东夷传》中记载："东夷率皆土著，喜饮酒歌舞……以腊月祭天，大会连日，饮食歌舞。……行人无昼夜，好歌吟，音声不绝。"

当中原进入盛唐时期，东北的这种"无昼夜，好歌吟"的习俗越发热闹起来。在史料中曾有过更加形象的记载："官民岁时聚会作乐，先命善歌舞者，数辈前行，士女相随更相唱和，回旋婉转。"

史料中所说的"善歌舞者"，显然是职业的艺人。而表演的方式，则带有大众参与、观演同乐的味道。

12世纪初，女真人在东北建立了金政权之后，迅速将自己的势力范围扩展到中原黄淮流域。而他们的对面，则是城郭林立、市井繁华、戏曲艺术正在走向成熟的宋朝。

公元1127年，金兵攻陷了北宋都城汴京，将宫中和汴京城内的仪仗冠服、礼器珍玩、皇家藏书等有价值的器物悉数掠走，其中就包括多达千人的技艺工匠和教坊乐工。金军将这些掳来的艺人一直押往东北，押往当时金国的上京会宁府，也就是今天哈尔滨城郊的阿城。宋朝的教坊乐人成了金国的宫廷艺人，宋朝繁荣一时的杂剧艺术也由此传到了东北地区。

宋代的杂剧艺术在中国的戏曲发展史上是一个飞跃。其标志性的变化，是戏曲艺术由宫廷走向了民间。宋代以前，戏曲艺人是被皇家、贵族们供养起来的，戏曲艺术是不能论价卖钱的。而到了宋代，戏曲艺人已经可以走上市井街头去卖艺挣钱，而市民则可以自己花钱走进剧场看戏。由此，在宋朝的都市中，形成了一种属于戏曲艺人自己的空间——瓦肆勾栏。

第十五章　相忘江湖

宋朝的戏曲艺术人是被强行掳到东北的，人们在今天能够了解到的只是史料中的一组数字："诸般百戏一百人，教坊四百人，弟子帘前小唱二十人，杂剧一百五十人，舞旋弟子五十人。"（《三朝北盟会编·靖康中帙》）他们被金人作为战利品押往东北，也将宋朝业已成熟的戏曲艺术带到了东北。

这些掳来的中原艺人显然不仅仅在宫廷中演出。有一点可以证明，那就是宋朝都市中专门用来表演戏曲技艺的场所——瓦肆，在这之后就出现在了东北。在史料中，它被称作"叶赫瓦子"。这个瓦子，就是宋代都市中演戏的场所"瓦肆"。

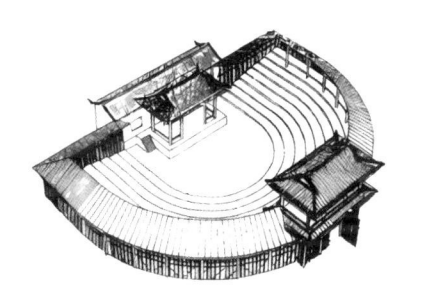

宋代瓦肆勾栏示意图

叶赫是东北肃慎族系中古老的氏族部落之一。到了明代末期，已经非常强盛的叶赫部族，败在了努尔哈赤统一女真各部的战争中。曾经人口稠密、街市热闹的叶赫古城，如今已湮没在历史的尘埃中。其遗址，在今天的吉林省梨树县叶赫满族乡。

对于当年的叶赫瓦子，我们今天只能凭猜测来判断它的大概位置，而瓦子堂上的戏曲咿呀、歌舞说唱，也只留下"臂鹰走马刷烟冈，醉酒征歌瓦子堂"的感慨。然而，叶赫瓦子的意义也并非烟消云散，无影无踪。清末两次垂帘听政的叶赫女子慈禧既爱看戏，又很懂戏，她对戏曲的浓厚兴趣仿佛透露出当年叶赫古城中那戏曲歌舞的悠扬。而今天叶赫所在的梨树县，同样对戏曲艺术有着特别的偏好。

现今能够查找到的最早记录在文字中的二人转艺人，是一个叫王塞的人。乾隆年间，锦州知府张景苍在《万靖垂边记》中留下了这样一段记

松花江传（下）

载：王蹇，字纶生，锦州镇远堡人也。一名笑尘，少游唱乞食于市。

一个靠"游唱乞食于市"的民间艺人，居然能够让知府为他留下一段文字，可见王蹇在当时的影响之大。

锦州镇远堡就是今天的辽宁省黑山县，位于由关内通往关外的重要通道辽西走廊上。由于有了关于王蹇的这段记载，黑山县被认定为二人转起源时期的标志性地区之一。至今，黑山仍有传说中王蹇当年登台演出的关老爷庙戏台、天后宫戏台所在的方位，以及史料中留下的锦州知县高清彦赞赏王蹇的诗句："一曲清歌上九天，驱散宦海九重烟。"

据1918年撰《锦县志略》之《名伶》篇载：王纶生，男，名蹇，字纶生，一名笑尘。锦州镇远堡（今黑山县）人，艺名"老叉婆"。雍正元年（1723年）癸卯生。图左为王蹇

王蹇是乾隆时期的民间艺人，黑山县是辽西走廊上的重要城镇。这两点似乎在告诉人们，二人转的发源时期在清代的中叶，而发源的地区则在

第十五章　相忘江湖

东北与中原相接的地方。后来的史料证明，由于二人转艺人是以流浪演出为基本活动方式的，因此二人转的传播便形成了由南向北，沿途流布，直到遍布整个东北大地的态势。

近三百年前，隔长城关口与冀中平原相对的辽西，隔渤海与山东半岛相对的辽南，是早期二人转萌芽初兴的地区。如果说后来的二人转汇聚成汪洋恣肆的河流，那么这些地区便是汩汩如泉、涓涓如涌的地方。而这涓涓细流的源头和水源涵养地，则是更深远的中华文化和极富个性的地域习俗。

清朝乾隆、嘉庆年间，相对稳定的社会经济，迅猛增长的人口，形成大规模的城乡集市，推动中国戏曲在经历宋、元、明几个朝代的发展之后，进入空前的繁盛期。也就是在王骞"一曲清歌上九天"的前后，秦腔进京了，徽班进京了，汉调也进京了。它们各领一时风骚，同时也走向了大交流大融合，最终走向了以京剧为代表的中国戏曲艺术的巅峰。而环绕于这座巅峰四周的，是遍地开花、异彩纷呈、一派繁荣景象的民间戏曲样式。资料显示，有清一代，全国有近三百个地方戏曲剧种产生。在人口密集的地区，一个省就会有几十种地方戏，甚至仅仅一个县就会同时流行上演多种地方戏。二人转就是在这个时候，伴随着地方戏曲的百花盛开而在东北大地上生长出的一朵小花。

通过史料记载和艺人们的回忆，人们大致了解了二人转生长的地方和萌芽的时间。那么，是什么样的土壤孕育了它的种子，又是什么样的气候条件促使它破土而出呢？

回溯二人转一路走来的足迹，人们蓦然发现，在二人转的背后，在历史更远的深处，早已为二人转准备了更辽阔的沃野。这片沃野，就是东北大秧歌。

清朝初年，在各大声腔剧种形成之前，民间早已出现了形式简单、音

松花江传（下）

乐明快、舞蹈热烈、自娱娱人的歌舞说唱和地方小戏。其中，最有代表性的是长江流域的花鼓戏、云贵川一带的花灯戏和北方地区的大秧歌。

秧歌原本是南方农民在插秧劳作时所唱的民歌，传到北方后，被引入年节喜庆的活动中，后逐渐发展成为遍及乡野、大众参与、逢节必有、喜庆热闹的民间习俗。

清初康熙年间的一部著作《柳边纪略》对当时东北的大秧歌留下了这样的记载："上元夜，好事者辄扮秧歌。秧歌者，以童子扮三四妇女，又三四人扮参军，各持尺许两圆木，矍击相对舞。而扮一持缴镫卖膏药者前导，傍以锣鼓和之。舞毕乃歌，歌毕更舞，达旦乃已。"

这段记录表明，当时的大秧歌是载歌载舞、通宵达旦的群体性狂欢活动，是民间好事者自发地组织起来，用秧歌拜年，用秧歌娱乐，用秧歌欢庆节日的。每到秧歌时节，踩高跷的，耍龙灯的，跑旱船的，打腰鼓的，无论是跳秧歌的，还是看秧歌的，都尽情地唱着、舞着、闹着，尽情地表达着亢奋喜悦的心情。

喇叭一响，啥事不想；秧歌一扭，愁事没有。在东北人看来，大秧歌不是跳的、不是耍的，而是闹的，所以东北人更愿意把扭秧歌说成是闹秧歌。

自大秧歌传到东北的那一天起，它就逐渐发展成为东北大地上最盛行的一种民间节庆娱乐习俗。到了近代，大秧歌更是越扭越欢、越扭越浪。据说1924年，主政东北的张作霖组织了一场声势浩大的秧歌会，将十四支秧歌队合成一个长达三四里的秧歌长龙，其场面之壮观，气氛之热烈，可谓盛极一时。

那么大秧歌和二人转是什么关系呢？早期的二人转艺人曾有这样一种说法：二人转是从大秧歌中劈出来的。意思是说，二人转原本是孕育在大秧歌这种民间习俗中的，为了满足人们多样化的娱乐需求，二人转这种表演性更强的形式,便从自娱自乐的秧歌中拆分出来。

《乡人庙会图》,(清)佚名绘,(清华大学艺术博物馆藏)

如果用血缘关系来评价东北大秧歌与二人转,那么,大秧歌就是二人转的母体。二人转的手绢、扇子来自大秧歌,二人转的服装化妆和大秧歌基本相似,舞蹈是秧歌的舞蹈,锣鼓也是秧歌的锣鼓。所以二人转艺人们说,"秧歌靠扭,咱也靠扭。秧歌爱闹,咱也爱闹。秧歌里的欢歌浪舞,就是咱二人转的戏谑搞笑"。二人转和大秧歌离得最近,从根儿上说就是一家人。早期扭大秧歌的唱手,白天在街上扭,晚上进屋里唱,扭的和唱的是一伙人。后来大秧歌与二人转各自单立,也是分家不分心,扭中有唱,唱中有扭。

松花江传（下）

二人转与大秧歌是天然的血肉相连，但这并不意味着大秧歌天然地就能分化出一个二人转。毕竟一个是群体性的自娱自乐，一个是演员表演的戏曲艺术。二人转要想自立门户，成为独立的戏曲表演艺术，还需要获取更多的乳汁、更多的滋养。那么，谁能为它准备这一切呢？莲花落！在二人转形成的前前后后，人们发现了莲花落的身影。

二人转艺人和专家们大多认可这样一句话："二人转是大秧歌打底儿，莲花落镶边儿。还有的说，是莲花落打底儿，大秧歌镶边儿。"不管是打底儿还是镶边儿，有一点是肯定的，对于二人转的形成来说，必定有着多种艺术形式的参与和影响。而其中影响最大也最直接的，就是莲花落。

莲花落的起源非常古老，在隋唐时期，莲花落就是乞丐沿街要饭时唱的曲子。这要饭的曲子一唱就唱了一千多年，到了清代中叶，也就是二人转刚刚萌芽的时候，莲花落的形式已经由清唱小曲发展变化为演唱故事，由乞丐讨饭时的演唱变成了有角色的艺人表演。同时，所唱曲目的内容中也增加了更多的故事性和纯粹的娱乐性。

莲花落在由中原向四处传播的过程中，逐渐完成了由丐者行乞之歌向艺人卖艺为生的过渡。这个变化非常关键，一则本源是行乞，这是来路；二则转为卖艺，这是蝶变。在这个过程中，传到东北的莲花落遇到了东北的大秧歌，两者碰撞交汇、相互渗透，最终为二人转的形成做足了准备。

莲花落由说唱小曲到表演故事，形成了多样化的演出形式。其中有代表性的是，表演者为一男一女，以节子板和大板打节奏，扮演人物或直接叙述故事，这种表演方式对二人转形成了直接的影响。而影响更大的，是莲花落带来的丰富节目资源和独特的表演方式形成的艺术感染力。

莲花落原本脱胎于乞丐讨饭时的说唱。在旧时代的中国，一边唱着莲

第十五章　相忘江湖

花落、凤阳歌等民歌小曲，一边讨吃要饭的人被称为艺乞。他们有的一直是乞丐，有的就成了卖艺为生的底层艺人。莲花落在这条充满辛酸的路上，形成了边走边唱、走村串巷、流浪演出的表演形式。二人转从莲花落那里吸收了很多东西，但从根儿上说，二人转沿用了莲花落四处流浪，在民间底层用表演节目来讨生活的方式。它

王肯（中）1962年夏在天津访莲花落老艺人夏春阳（左）

们很像是一根藤上的两根苦瓜。二人转曾经有一个流传更广、使用更多的名字：蹦蹦儿。尽管二人转艺人们不喜欢这个名字，但直到新中国成立前后，这个名字一直伴随着二人转。而莲花落也曾被人们叫作蹦蹦儿。由此看来，在二人转的血脉中，莲花落留下了更沉重、更浓郁，也更基底的印记。无论是王寨的"游唱乞食于市"，还是二人转艺人们供奉的李梦雄、沙公子，乞食要饭，卖艺为生，成了二人转甩不掉的苦难背影。如果说东北大秧歌为二人转赋予了狂欢与同喜同乐的秉性，那么莲花落则在二人转出生的时候便为它涂上了苦中作乐、底层悲凉的胎记。在二人转近三百年的历程中，这种底层悲凉长时间萦绕在二人转艺人的心头，与苦寒的东北大地相伴随，走了一段很长很长的路。

莲花落在20世纪初已经发展成多种演出方式，不仅在东北影响了二人转的形成，同时也在华北的东部地区直接影响了其他戏曲形式。评剧，就是以莲花落为底子，吸取了京剧、河北梆子等戏曲的音乐和演出形式，最

松花江传（下）

终成为一个在北方影响广泛的大剧种。如果说莲花落是一个母体，那么，评剧和二人转便有着极近的亲缘关系。可为什么这一奶同胞的两个剧种，一个在华北长成了行当齐全、阵容整齐，在都市舞台上打开了一片天地的大剧种——评剧，而另一个则在东北长成了如荒草蔓延，在底层匍匐，为贫苦百姓带来欢乐的民间小戏二人转呢？历史的因缘际会总暗藏着深奥的玄机。当年评剧的茁壮成长中也曾有过二人转的贡献，两方的艺人也曾站在同一个舞台上。在某一个特定的历史时期，评剧在东北的专业演出团体甚至多于二人转。只是历史一路走来，二人转把笑声一直带到了今天，评剧也堂而皇之地长成了一出北方大戏的模样，而那源头上的莲花落，却远远地被掩映在历史的背影里。

按民间的习俗说，吃百家饭的孩子长得壮实。二人转就是吃百家饭长大的。在"大秧歌打底儿，莲花落镶边儿"之外，还有一种说法，就是"大秧歌打底儿，百戏镶边儿"，意思是说，二人转同时汲取了多种艺术形式的养分。单从音乐来讲，民歌就是二人转音乐的重要来源。

在二人转之前，东北已经有多种戏剧或曲艺形式出现，比如满族的八角鼓、子弟书，汉族的打花鼓、跑龙灯、东北大鼓，还有耍猴的、耍熊的、变戏法的等各种杂耍。这些民间的戏曲杂技有着大体一致的特点，那就是都以说唱杂耍的方式卖艺为生，都是底层的流浪艺人表演，都是人数很少的表演形式。拿艺人们自己的话说，都是吃开口饭的。二人转艺人和他们走的是一条道儿，唯独不同的是二人转对其他艺术门类的广采博收。但凡是能赢得观众，演出效果好的，二人转都收入囊中，来者不拒。二人转艺人常说的一句话就是："够不够，七拼八凑"。正是这种七拼八凑，形成了二人转随意而又丰富的表演技巧，也使二人转积蓄了更强的生命力和感染力。

第十五章　相忘江湖

二人转从根儿上说是土生土长、土色土香的民间艺术，东北特有的习俗和生活方式自然成了二人转赖以生长的土壤。从这个角度上说，二人转就诞生在东北人的冷屋热炕上。

漫长的冬季，是东北最难熬的季节。难熬的不是忙，而是闲，是大雪封门后的无事可做。

东北气候寒冷，广袤的松辽平原一过了秋天的农忙，就到了冬天的农闲。漫长的季节，漫长的日夜，"猫冬儿"的人们靠什么过活？弄个火盆，土炕上围坐一堆，唱小曲，讲故事，说笑话，唠荤嗑，你一句，我一句，笑一会儿，闹一会儿。不为别的，只为了宣泄憋闷的情绪，打发无聊的岁月。东北冬季严酷的自然环境催生了特有的习俗，形成了极具风格的东北语言。东北话成了东北人的娱乐工具，闲扯神聊，白话忽悠，三吹六哨，云山雾罩。说的人不嫌累，听的人不当真，图的就是嘴上快活，心里舒服。这些语言习俗蕴藏了生动形象、鲜活幽默的种子，在二人转中生成了调节气氛，制造笑料，一串又一串的即兴说口，一套又一套的民间笑话，为丑角艺术打下深厚的根基。

早期的二人转汲取了多种民间艺术的养分，而真正将它发展壮大的是东北人。东北原本是多民族聚居的地区，历史上曾有多个部族在这里繁衍生息，也曾盛极一时。直到清朝入主中原，东北来到了历史的一个节点。

清初，关内人口稠密的长江流域已经形成了多种戏曲形式。而只有十几万人的大东北，远没有为戏曲的生成准备好必要的土壤。直到清代中叶，闯关东的浪潮卷来了一批又一批的中原流民。以吉林省为例。从乾隆到嘉庆这八九十年间，吉林人口猛增五倍，从五万多人增长到三十多万；而到了清朝末年，吉林人口更是骤增到五百五十四万。一百多年增长了一百多倍。正是这一二百年的人口迁徙，构成了东北人的主体形态，也为二人转的形成与发展提供了厚实

松花江传(下)

的土壤。

二人转一路走来,步步都踩在了闯关东移民的脚印上。这不仅是由于移民数量的增加,为二人转准备了一拨儿又一拨儿的观众,更重要的是移民对东北进行开发,开垦出一片又一片良田,建起了一个又一个村屯,开通了一条又一条商道粮道,为二人转的蓬勃发展提供了广阔的天地。更有意味的是,闯关东的主体是山东、河北、山西的农民。从辽到金,从金到元,大约五百年的时间,黄河流域这些地区的汉人是与契丹、女真、蒙古这些东北少数民族共同生活在一起的。比邻而居,通婚结亲,族群融合,使来自东北的民族与中原汉民在异化与同化中你中有我、我中有你,完全成了血脉一家。五百年的杂居混血,使山东、山西、河北及燕山南北、长城内外的族群具有了更多的来自塞外草原及关东大地的新鲜血液,他们与东北有着天然的亲缘关系。这些闯关东的流民,带着中原的习俗和乡音,带着对家乡的眷恋,直接影响着二人转的表演风格。二人转的音乐有很多源自中原的民歌和戏曲,二人转的许多剧目也都是这些移民在家乡就熟悉的。

二人转从嫩芽初生,到漫山遍野,无论在民间受到多么热烈的欢迎,历史上都难入主流文化的法眼。除了对二人转的查禁和贬斥,我们几乎很难在典籍中查找到有关二人转的记载。有关早期二人转的状况,大都是后来艺人们通过回忆传下来的。在这些艺人的传说中,他们的师傅,或者师傅的师傅,很多是中原流浪过来的艺人。这也可以从二人转早期兴起的地区看出端倪。辽宁的锦州、黑山一线,正是闯关东的流民集中经过的辽西走廊;辽南的盖州、营口、海城正是山东半岛的移民跨海到辽东半岛的落脚点;吉林的梨树、德惠、榆树,黑龙江的双城、绥化,是通往东北腹地的大通道。这三条线路,最终成了二人转早期勃兴和后期发展最盛的地区。闯关东的另一条陆路,是越长城喜峰口,经热河进入内蒙古东部草原,而这也就为二人转在东北

第十五章　相忘江湖

三省行政区以外，在河北承德一带，在内蒙古东部草原上留下了一脉香火。

二人转在东北的荒野上磕磕绊绊、一路走来的时候，京剧和河北梆子，还有后来的评剧也先后进入了东北。它们进了大都市，占了大舞台，演着大戏。二人转走的是乡间小路，演的是民间小戏，服务的是百姓小民。一两百年过去了，二人转像风一样吹遍了东北的原野，成了东北人最钟爱的选择。

在苦寒的关东大地上，二人转如同东北人心头拢起的一堆篝火。它暖得乡野喜气洋洋，它烫得人心热血沸腾。它以燎原之势，火了三百多年，一直火到了今天。

‖ 沃里欢歌

自20世纪80年代以来，东北省、市、县所属的公办二人转表演团体陆续从"文革"的灾难中恢复元气，其最初的活跃，便是一头扎向了田野乡村，急不可待地从农民的眼神中获得信心和养分。因为他们知道，只有乡村，才能使停滞了十余年的二人转从奄奄一息中恢复过来。这样的下乡演出，每个团体每年都有几十次，而且一直没断过。没有断过的不仅仅是这种演出形式，还有农村观众对二人转的热情。"宁舍一顿饭，不舍二人转。"在东北农民心中，二人转这种精神食粮，其分量之重，远高于一日三餐。这就不能不说到二人转与农民之间的关系。

早期的二人转雏形是东北底层人群的行乞说唱，是年节时农村的欢庆秧歌，是生产生活之余农民的自娱自乐。演员是农民，观众是农民，自己人演给自己看。早期的很多二人转艺人都是实实在在的庄稼人，他们用自

松花江传（下）

己的亲身经历来描述二人转最初的形态。黑龙江省绥化老艺人苗永秀说："二人转是庄稼人劳动间歇的时候，有好唱两口的、好闹笑话的，就敲打着锄杠扭扭唱唱，自己编词唱农民自己的事儿，逗乐子图热闹。后来每到正月就凑到一起唱起来，人们管这种形式叫蹦蹦儿。二人转就是庄稼人自己的玩意儿。"

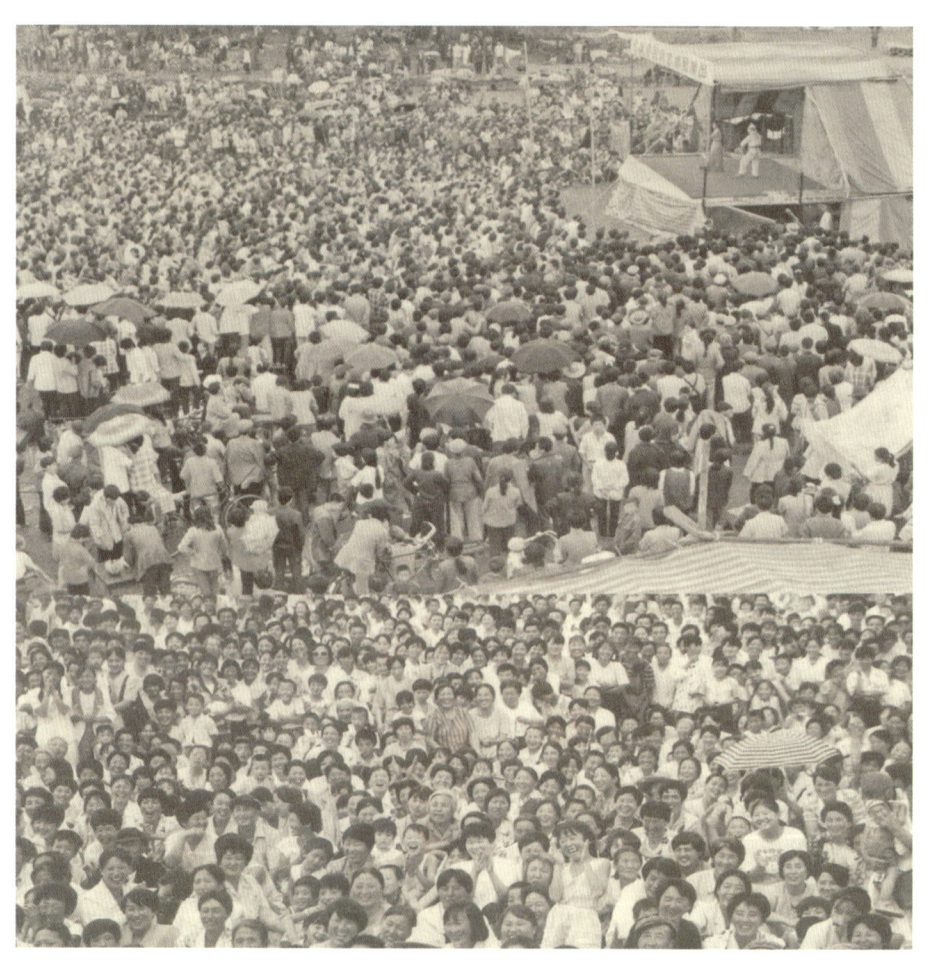

宁舍一顿饭，不舍二人转

老艺人们说，二人转这朵花是生在农村、长在农村，在农村的田地里

第十五章 相忘江湖

绽放结果的民间艺术，是东北农民在炕头、地头、村头上创作出来的。唱的是东北调，说的是庄稼话，跳的是秧歌舞，演的是乡下人愿意听、乐意看的故事。一句话，二人转吃的是农家饭菜，喝的是乡村井水，唱出的是田野味道。对于二人转来说，东北的黑土地和农民，就是它赖以生存的衣食父母。这就不能不说到广袤的大东北，何以在那个年代就有了创作欲望如此强烈，非要给这苦寒的大地添点儿热闹的农民群体。

杨宏伟、尹维民演唱二人转（《猪八戒拱地》）

自1911年清朝覆亡，到1931年日本侵占东北，这二十年间是二人转在东北铺展蔓延最快也最有规模的一个时期。而正是在这个时期，东北的农业开发出现了爆炸式的增长。土地面积净增一亿多亩，粮食年产净增一千多万吨。在净增的人口中，百分之七十七是由关内迁徙而来的农民。这些原本生活在山东、河北、山西的农民，带着老婆、挑着孩子，还有种子和农具，一个心眼儿地奔着土地而来，奔着那插双筷子都能发芽的黑土地而来。正是在

松花江传（下）

他们的手上，原本的北大荒，垦出了一片又一片的良田，建起了成千上万的村屯。也正是在他们的手上，东北成了中国重要的商品粮基地。1911年，吉林和黑龙江两省的粮食产量已达一百零一亿斤，人均粮食一千七百多斤。1929年，东北向日本、欧洲、美洲出口大豆四百二十五万吨。这就意味着，当时世界市场上的大豆，百分之八十是中国东北农民种出来的。

就是这些双手粗糙、满面风霜的农民，在种出了黄澄澄的玉米、大豆的同时，也种出了红红火火的二人转。

在辽阔的东北大地上，到处是一望无际的农田。那长长的垄沟一直延伸到天边，衣衫褴褛、挥汗如雨的农民们弯腰弓背、匍匐在地，时不时地总要挺起身来，仰天吼一嗓子唱一曲，吼的是心中的憋闷，唱的是家乡的小调。这一吼一唱，就成了二人转最早的心曲。

说二人转是田野里长出来的，既是一种形象的比喻，也是一种真实的写照。农民们耕作之余，常常在大田地里唱几曲二人转。唱得好的，大家都愿意听。他铲的地，别人替他铲，他只需沿着垄沟边走边唱就行。那时的东北农民，把高粱地变成了唱二人转的俱乐部。

二人转早期的艺人大致来自三个方面：一是破产农民变成说唱乞食的艺人；二是节庆跳大秧歌的农民演化来的二人转唱手；第三种人就是农忙时干农活，农闲时出来唱二人转的农民，人们把这第三种艺人叫作高粱红唱手，意思是说，高粱红了，秋收完了，这些好唱两口、会唱两口的农民便走出田地，靠演二人转来贴补家用。后来人们借用高粱红唱手这种比喻，把那些常年专职演唱二人转的农民称作四季青唱手，意思是说，一年四季，他们都是以二人转为谋生职业的。

高粱红唱手的叫法如今已经听不到了，但这种农闲的演出方式却流传了下来，只不过不再是为了贴补家用，而是纯粹的自娱自乐。

第十五章　相忘江湖

二人转的演出是随着季节走的。无论是高粱红唱手，还是四季青唱手，打正月十五跳完秧歌开始，唱到三月中旬种地，这是春耕前的第一季，东北话叫第一悠；而后到了六月六，农村挂锄，田里的农活不多了，就又开始唱，一直唱到八月初一，这是第二悠；九月九，大撒手，东北的农活过了秋收就算忙到头了，从这时候开始，一气唱到腊月二十九，这是第三悠。前后加起来，一年能唱八个月。东北把村庄叫屯子，这八个月，就叫唱屯场。

二人转能在乡下屯子里唱这么长时间，一是由于农民愿意看，再就是由于对演出场地不挑剔。艺人们常说："能放下俩鸡蛋，就能演二人转。"二人转的舞台可以随处安放。夏天在村头的大树底下，冬天就在老乡的家里；可以在秋收后的场院里唱，也可以在牛棚马圈里唱；可以在房顶上唱，也可以在粪堆上唱。

东北的村屯大都是随着移民的聚集自然形成的。屯子里除了生产生活必需的房屋粮仓、马棚牛圈和收晒粮食的场院外，一般少有宗庙、祠堂等公共空间。中原和江南的民间艺人可以在村子里的关公庙或者土地庙台上演出的时候，东北的二人转艺人却很少有这样的条件。也许正是这样的条件限制，倒逼出了二人转特有的表演形态。

东北的农家房舍里一般是南北大炕，炕是火炕，既是吃饭睡觉的地方，也是室内取暖的热源。

南北大炕之间，也就是两个人刚刚能转过身儿的地方，就成了二人转表演的场地。

锣鼓一响，唢呐一吹，这屋里就像开了锅了。炕上有人，地下有人，梁上有人，窗外有人，满屋子热气腾腾。这一唱，能唱一宿。

室外飘着雪花，室内血脉偾张，二人转暖着东北农民的心。

松花江传（下）

在中国几百种民间小戏中，也许只有二人转，才能创造出这种独有的表演形态。直到今天，这种表演形态仍然延续着，而且还有个专门的名字，叫唱炕沿梆。给老人过生日啦，给孩子过百天了，农民还是把二人转艺人请到家里来，还是在炕头演，还是在炕上看，那热闹场面才真的叫爆棚。

辽西和辽南是早期二人转最为活跃的地区。这里距离中原近，农业开发较早，无论是粮食生产还是商贸流通，无论是村屯规模还是人口数量，都是东北最先发展起来的地区，二人转在这里遇到了最合适的土壤。

老艺人们说，早年的二人转艺人都自称江湖人。为什么叫江湖人？艺人们自嘲地说，江湖江湖，就是勉强糊口的意思。除了二人转艺人之外，卖艺的，变戏法的，清唱的，打板算卦的，理发的，出家的和尚、道士、尼姑，等等，都被人们统称为江湖人，意思是主流社会秩序之外的边缘人。

戏班是二人转艺人生活和演出的组织形式，一个个小班就是江湖人的家。

清末民初，辽宁黑山县有两个最有名的小班，一个是艺名叫庞傻子的小班，一个是艺名叫瞎苞米的小班。从现有的资料看，这两个小班活跃的时间相对较长，进出流动的演员前后有五六十人。其余的小班，多则十几个人，少则三五个人。当时的小班归江湖会管，所谓江湖会，就是民间自发形成的行业帮会组织。艺人们若要组建小班，或者准备开业演出，必须到江湖会获得许可。

二人转流浪演出的形式使得对从业人员的统计很难得出一个准确的数字。从清末到新中国成立前，黑山县留下姓名的二人转艺人有九十四名，从后来各地整理的资料看，这个数字是相当可观的。加之已经出现了专门的民间管理组织，黑山县可以说是早期二人转极为活跃的地区之一，用东北话来说，这里是二人转的老窝子。

第十五章　相忘江湖

二人转老戏班

民间的二人转小班有的由艺人们自由组合而成，有的则是由有经济实力的财主或者有地方背景的乡绅组建的带有商业经营性质的戏班。辽南、辽西是相对富裕的地区，中小地主多，民间的文化娱乐活动也多。二人转艺人穿行其间，自然有了很大的生存空间。无论是红白喜事还是逢年过节，大户人家都愿意招来二人转艺人演上几场。有的干脆自己家办起了二人转戏班，既满足了家族娱乐的需求，同时演出也能创造一定的利润。所以有的专家说，当年辽宁的二人转，大半是靠财主养活的。

吉林、黑龙江土地开发较晚，中小地主少，大地主多。而大地主又不养二人转小班。所以，吉林、黑龙江的二人转小班，绝大多数是艺人们自己组织的。

"年年难唱年年唱，处处无家处处家"，这是旧中国民间戏曲艺人常说的一句话。对于二人转艺人来说，边走边唱、流浪演出是基本的生存方

松花江传（下）

式。他们像寒来暑往、春秋迁徙的候鸟，多年来踏出了自己的谋生之路，农闲的时候奔粮多的地方，农忙的时候奔钱多的地方。商路即戏路，二人转小班知道在什么时候、到什么地方去唱。而这经常走的线路和区域，就成了二人转艺术最火热的地区。

山势高耸、峰谷参差的燕山山脉，横亘在东北与中原之间。出入南北，只能通过渤海湾与燕山之间的辽西走廊。清朝康熙、乾隆两个皇帝在巡视东北时，走的就是这条路，所以老百姓把它称为"大御道"。这条大御道与后来的南满铁路、京奉铁路交叉重合，刺激了线路两旁农业和城镇的发展。这些城镇既交通方便，同时又是东北主要的产粮区和人口密集区，自然也就成了二人转艺人流浪演出的主要路径和落脚点。这些区域也就成了二人转小班最多、名艺人出得最多的地方。像黑山一样，这些地方也被人们习惯地称为二人转的"老窝子"。

东北在地理位置上处于地球的西风带上，酷烈的西风，常年在大地上奔突横扫。二人转也如同这万古长风一般，由西向东，刮出了一条大通道。从辽河平原、松嫩平原再到三江平原，一直刮到了黑龙江边。这条大通道所行经的，正是大东北的平原腹地，是漫山遍野的大豆和高粱的产区。

水往低处流，戏往热闹的地方走。二人转在东北还有个小名，叫"热闹"。演二人转的，叫唱"热闹"的；看二人转的，叫看"热闹"的。

松花江边的吉林市及其周边地区，就是二人转艺人眼中最热闹的一个好去处。

吉林市位于松辽平原与长白山区之间的过渡地带，松花江穿行而过，左挽肥沃富饶的平原粮仓，右挽物华天宝的长白林海，是财富和梦想的聚集地。明代在这里设厂造船，清代又将宁古塔将军衙署迁到这里，吉林由

第十五章 相忘江湖

此成为"扼关东要冲"的东北重镇。清代文人杨宾在《柳边纪略》中写道：吉林城内"西关百货凑集，旗亭戏馆无一不有，亦边外一都会也"。

清中叶以来，关内涌来的大批移民聚集在长白山下、松花江畔，在这里采金、挖参、伐木、垦殖、养鹿、打鱼。独特的地理位置，使山环水绕的吉林市成为商贾云集、百业兴盛的大都会。不要说二人转这种民间小戏，就是河北梆子、山东吕剧、京剧、评剧这类行当齐全的大剧种，也纷纷来到这里登台献艺。由此，不仅戏迷们大饱眼福，艺人们也赚得盆满钵满。

牛子厚靠盐业百货和金融票号在吉林市富甲一方。中国戏曲史上著名的京剧科班"喜连成"就是牛子厚出资创办的，他以自己的财力，先后培养了梅兰芳、周信芳、马连良、谭富英、叶盛兰、袁世海等一大批京剧大师。这些后来的名角，当年都曾在吉林的旗亭戏馆里一展才艺。

永升店（1904年摄）。原址位于吉林市北大街路西，为牛子厚的产业。于光绪元年（1875）开业，是城内的大型货栈，主营烟麻，兼营大车店

如此显财露富、熙熙攘攘的大都会，自然也吸引了二人转艺人的目光。京剧大戏占据了都会的大舞台，二人转则把触角伸向了周边的乡镇。

山重水复的吉林像是一个大大的聚宝盆，吸引了冒险家的目光。清道光年间，山东流民韩宪宗闯关东进入长白山区，经过四代经营，建起了以吉林桦甸金矿为主业，兼营狩猎、挖参、采药、航运、酿酒、采珠等行业的黄金王国。因为其产业兴盛的地区在清朝设卡的柳条边墙之外，所以人们就给他起了个绰号——"韩边外"。

松花江传（下）

韩边外以金矿起家，有金场二十多处，采金工五万多人。仅夹皮沟一个金场，日产黄金就达八百两。所辖全部金矿，年产黄金达六万两之多，韩边外成了名副其实的"关东金王"。

为了留住数万名淘金工人，消解他们年复一年的思乡之苦，韩边外不断地招引各地的二人转小班和艺人。在矿工聚集的地方，他还建起了三个专门演出戏曲的场所，分别叫作上戏台、下戏台、宝戏台。

为了拴住矿工们的心，韩边外自己还专门养了一个二人转小班。江东第一丑刘大头就一直在他的班里演出。据说，刘大头的丑角表演令人叫绝，他的演出给整个矿区带来了欢乐，麻醉了矿工们因劳作而疲惫的神经。就因为这一点，刘大头死后，韩边外在矿区的祠庙里专门给他立了个牌位，摆放上一个香炉。

刘大头号称江东第一丑，这里说的江东，是指以吉林市为中心，南到梅河口，东到桦甸、蛟河、敦化，北到舒兰，西到榆树的区域，大体是顺着松花江的流向，由长白山麓的半山区延伸到松嫩平原的粮食主产区。这里的山上有土匪，山下有兵营，路上有过往的商贩，城里有住宿的大车店。说到底，江东百业兴盛、人气云集，是二人转艺人最喜欢的热闹之地。于是就有了"天下蹦蹦数江东""好唱手，江东走，江东养活好唱手"的说法。根据老艺人的回忆，在二人转历史上颇有名气的一些唱手，无不在江东留下了足迹。赵小玲子、刘大头、张相臣、彩云霞、谷长海、王兴亚、程喜凤、李青山、王云鹏、谷振铎、徐文臣、谷柏林……这些在二人转表演艺术上别有特色的艺人，有的是在江东闯出了名声，有的是在这里丰富了表演技艺。也正是因为有了他们，江东二人转在表演上独具风格，后来江东竟成了艺人们检验自己表演水平的一方水土。

二人转有句艺谚说："有没有，往东走。"意思是有没有真本事，往

第十五章　相忘江湖

吉林江东走一走就知道了。

艺名叫"小骆驼"的二人转唱手,是名震关东的丑角儿。人们说他唱的二人转,快唱如刀切白菜,慢唱似云绕晴空。唱喜的,乐你个倒仰;唱悲的,哭肿你的眼睛。可就是这个大红大紫的小骆驼,在江东却栽了。

"小骆驼"心雄、骨鲠、脾气大,有人总想扳倒他。有名唱手"小黑翠",追星赶月来会"小骆驼"。艺人称其为"打对光",也就是对手打擂。这一夜,天高月小,点燃松树明子当灯。两位高手对唱全本《盘道》,这可是吓人打人折磨人的大唱。一问一答一两千句,人情世态,天文地理,鸟兽虫鱼,无所不问,有问必答,答不上就下不来台。这二位开唱之前先斗口。

"小黑翠:你访听访听,江东河西,谁瞄着我不头晕!"

"小骆驼:你扫听扫听,南城北荒,谁闻着我不打喷嚏!"

"小黑翠:你盘倒我,另投师。"

"小骆驼:你盘栽我,师娘教的。"

说僵了,叼着唱;一不逗,二不浪;一个叉腰,一个抱膀;你盘一篇,我对一篇,一盘一对一个多时辰。班里艺人大气不出,台下观众眼珠不转,仿佛看公鸡叨架。叨来叨去,"小黑翠"淌了汗,领班的解了围,气得"小骆驼"撅了烟袋杆儿。他明知台上压倒同行叫"外掰鸡儿",有违"江湖道"。

但是秉性难改呢,宁把满兜银钱掏给你,身上新衣扒给你,台上决不输给你。平时你贬他、咒他、耍笑他,眼皮不撩,小觑他的艺眼珠要冒。

江东有人传话给"小骆驼":"夹皮沟,摆擂台,不是高手你别来!"

"小骆驼"偏要来,开场锣鼓敲得响。台下看,一出冷,二出凉,

松花江传（下）

三出更平常。四出，"小骆驼"亮出百发百中的《大西厢》，谁料拿手戏没拿住当地老乡，稀稀拉拉拍了几巴掌。这轻轻几巴掌，重重拍在"小骆驼"的脸上、心上。回到住处，头蒙大被。第二日清晨，把不离手的大茶缸摔碎，破门出走。

门外大雪横空，众弟兄留不住，撕巴掉他一只棉鞋依然拔腿跑。他边跑边喊道："我小骆驼眼皮浅，寻师访友再来孝敬江东父老。"说完甩掉另一只棉鞋，穿着破棉袜冲进风雪里、冲进铺天盖地的北风烟雪。

上述这段故事，是王肯先生记录下来的。

随着岁月的流逝，江东的概念已经湮没在历史的尘埃中。但二人转的一段段唱腔，依然在吉林市的大街小巷中回响。1995年，东北第一家灯光、音响效果俱佳，座席舒适的现代化二人转剧场在吉林市落成了。剧场有自己的演员，演员有自己的宿舍，现代化的舞台美术设计，时尚化的音乐伴舞形式，二人转以全新的剧场方式展开了商业化的经营模式。一时间，散在各地的二人转名演员闻风而至，争相在这里寻求自己的发展机会。公办的文化机构，民营的演艺团体，从二人转走出去的明星大腕，研究二人转的专家学者，纷纷慕名而来。吉林，这个曾经让二人转艺人提起来就心头一热的江东之地，在经过近百年的岁月洗礼之后，再一次成为领风气之先的一方宝地。此后在长春、沈阳、哈尔滨、大连、唐山、北京，一个个更加现代化的二人转剧场接连拉开了大幕。在全国各地方小戏普遍偃旗息鼓、一片萧条的时候，二人转却显示出越来越强的生命力。而这一步就是从吉林，从当年对二人转艺人最有挑战性的江东迈出去的。不到一百年的岁月，二人转的脚步在东北的黑土地上宿命般地走了一个轮回。

投班如投胎。二人转小班大都是以师傅带徒弟的方式组成的。在流

第十五章 相忘江湖

浪演出中，常有艺人来投师，也有贫苦人家的孩子跟着小班走，时间长了就被师傅收为徒弟了。小班的管理很灵活，徒弟学成了，可以离开小班另投别处，也可以自己再组成一个小班。在很长一个历史阶段，二人转的小班就像东北天空上的一朵朵云彩，飘来飘去，时聚时散。艺人们背着简单的行囊，带着简单的乐器，三五成群地游荡在城镇乡村。小班所到之处，锣鼓一响，人们就聚了过来。他们知道，这是"热闹"来了。

二人转是走到哪儿唱到哪儿。但什么时候到什么地方、什么地方唱什么内容、什么唱法给什么人听，二人转艺人都会在心里掂量掂量。

大车店，是二人转小班常去演出的地方。

根据1933年的资料记载，在关内农民平均一年生产八百斤粮食的时候，东北农民年均生产粮食已近两千斤。这两千斤粮食中的一大半，要作为商品粮销往关内和国外。而运粮就是用马车将粮食运往铁路沿线的中心城市。1923年12月，正是秋粮上市外销的季节。吉林市周边的下九台和桦皮厂两个镇，每日运粮的车辆多达一千辆。1928年，黑龙江省的拜泉县有粮商八百家，每天入市的粮车少则五百辆，多则八百辆。

东北话管驾车运粮的马车夫叫车老板，这些车老板运粮途中落脚的客栈就叫大车店。

大车店密密麻麻地分布在大小城镇和过往的道路上，成了二人转小班经常落脚演出的地方。

农历八月十五到腊月中旬，是唱大车店的黄金季节。这段时间，农村正忙着卖粮，白天大路上车马不断，夜晚大车店里熙熙攘攘。冬天日短夜长，在路上奔波了一天的车老板闲来无事，就想听一曲二人转解解乏。

大车店也愿意招二人转艺人。车老板只要听说哪个大车店有二人转小班，就是多赶几十里路，也一定要往那儿奔。

755

松花江传（下）

唱大车店场景。大车店，即东北平原地区的传统民间旅舍，主要设置于交通要道和城关附近，为过往行贩提供简单食宿，因行贩常用的交通工具大车而得名。

大车店里，中间是烧得通红的火炉，两边是能睡下几十人的大炕。二人转的唢呐一吹，车老板的脸被映红了，眼睛瞪得锃亮。一曲接着一曲，听到悲的时候跟着流泪，被逗乐的时候笑个没完。直到外边的公鸡打鸣，车老板才裹上厚厚的皮袄，一闪身，又湮没在外边的风雪中。

二人转艺人愿意唱大车店，因为车老板出手大方，他们愿意听二人转，也捧着二人转。

从长白山到大小兴安岭，茫茫林海也是二人转小班经常出没的地方。

给挖参的人唱，叫唱棒槌营。

给伐木的人唱，叫唱木帮。

给挖煤的人唱，叫唱煤窑。

给放排的人唱，叫唱木排。

江边上有渡口，河边上有打鱼人，深山里有种大烟的，林子里有土匪的山寨。二人转走到哪儿唱到哪儿，撞到谁就给谁唱。本是为了谋一条生

第十五章　相忘江湖

路,却也为这茫茫林海添了许多欢乐。

演出的地点不固定,小班的聚散不固定,演出的形式不固定,挣钱的多少不固定。一句话,二人转艺人就像是风中滚动的蓬草,随命运在漂泊中起起落落。

关于二人转艺人的演出收入,没有准确的史料记载,但通过老艺人们的回忆,仍可以比较出他们的生存境况。

黑山县老艺人王福臣回忆说,他小的时候给地主家放猪,一年工钱是六元钱。后来拜师学艺,跟着师傅"庞傻子"演二人转,一年就挣二十元钱。这还仅仅是学徒挣的钱。

同样是拜庞傻子为师的艺人王殿卿,艺名"小钢炮"。跟着庞傻子小班在辽西一带演出,他一个月挣了十五元。而他给地主当长工铲地时,两个月才给四元五角钱。

同样在辽西演出的老艺人张景瀛说,当时铲一天地,财主给一毛钱;而唱一天二人转,能挣三毛钱。如果唱得好,还能有额外的赏钱。有一次他一天就挣了三元五角钱,能买五百斤高粱。而这五百斤高粱,够他一个人吃一年。

二人转老艺人王福臣(前排左)为王肯演唱二人转传统剧目

当时的辽南和辽西是东北比较富裕的地区,二人转小班的经营性演出

松花江传（下）

比较活跃。人们愿意看，也舍得花钱。相对比来看，艺人们的生活要好于底层的农民。

无论是奉系军阀时期还是日伪时期，东北市面上流通的货币都非常混乱。从现有的资料看，二人转艺人的演出收入，更是五花八门。

在金矿里唱，人家给金砂。

在粉坊里唱，人家给粉条。

有的地方给得多，有的地方给得少，饥一顿，饱一顿。赚着钱的，回家盖大房子；没赚着钱的，就一直走下去，甚至饿死在路边。

二人转艺人和那些唱京剧、梆子、评剧的艺人不同，在不停地流浪中，他们必须学会应对各种局面。老艺人们都有过类似的经历：有戏唱的时候，用嘴赚钱；没戏唱的时候，用手赚钱，挖棒槌（人参），砍木头，放排，种地，下煤窑挖煤。他们本来是靠艺来赚钱的，当艺不养人的时候，他们也得找辙活下去。

老艺人们说，那个年代是三大压人：财大压人，官大压人，势大压人。二人转艺人，就是被压在最底层的人。

二人转艺人本是卖艺为生，但在那个年代，他们就是流落在街头的人。常常有这样的情形，实在搭不上小班，有的艺人就找个宽敞地方，掏出竹板打一通，招来人就唱。艺人们管这叫唱阳沟板子，而那情形，也就与打板要饭的相差无几了。

许多老艺人都有过和要饭花子吃在一起、住在一起的经历。于是，也就有了"十个唱唱的，有九个要饭的"的说法。

街死街葬，路死路埋，死了阳沟当棺材。这是历史上二人转艺人命运的真实写照。

然而，贫困还并不是二人转艺人最悲惨的一面。

第十五章　相忘江湖

旧时东北社会有上九流和下九流之分。

上九流：一流佛祖二流仙，三流皇帝四流官，五流员外六流客，七烧八当九庄田。

下九流：一修脚，二剃头，三把四班五抹油，六从七娼八戏九吹手。

这下九流中的八戏，就是指二人转一类的民间艺人，他们的社会地位要排在娼妓之后。

当时，在主流社会的观念里，二人转艺人属于有伤风化、鸡鸣狗盗之辈；而在世俗的观念里，二人转艺人又是轻浮不规矩的人。

二人转艺人的来源大体有两个方面：一是家族传承，一代一代接下来从事了这个行当；再一个就是破产农民或者极贫苦的底层人。而那些家境不错的艺人，都曾有过家人拼死也不让他们学二人转的经历。如果真的干了二人转这行，死了不被允许归葬祖坟。

艺人们自己知道，在所有的目光中，投向他们的，是轻蔑，是小看。

这种轻蔑小看，甚至来自同行。当时在东北演出的大剧种戏班里的艺人，同样将轻蔑的眼光投向二人转艺人。

二人转的艺路走得磕磕绊绊，二人转的艺人活得悲悲切切。直到岁月的长风把这一切都吹落到历史的深处，二人转最终用顽强的生命力，为自己赢得了尊严。

‖ 野火春风

二人转第一次进入大学课堂，是在七十多年前的1951年。而将二人转引入课堂的，是青年教师王肯。

松花江传（下）

王肯先后就读于东北大学和北京大学，回到东北后，任教于东北师范大学音乐系。由于儿时深受东北民间文化的濡染，在接受了现代高等教育之后，王肯仍执拗地把二人转这种民间小戏作为自己的研究方向。他向学校提出，想请二人转艺人来给大学生们上课。在当时的政治环境下，仅仅是这个提议，就可谓石破天惊。

在二人转近三百年的历史中，20世纪50年代出现了一次全面的颠覆性的改变。这次改变源自时局政治，也随着时局政治的动荡而起起伏伏。

起伏最大的，就是对二人转艺人身份的认定。

艺人金蝴蝶后来回忆说："旧社会艺人不算人。土改时对咱还真不错，贫雇农戴红布条，中农戴黄布条，地主戴白布条。江湖人戴哪个也不合适，后来扯个花布条戴上，总算给了个布条，给了点儿颜色。"

二人转艺人戴花布条，多少有点儿令人啼笑皆非。然而，毕竟是给了一个身份。自打二人转行走在东北大地上，艺人们从来没有过名正言顺的身份。虽说自称是江湖人，但在外界看来，是和沿街要饭的乞丐一样卑贱的下九流。在日伪统治的十四年中，二人转艺人是领不到身份证明的，和要饭花子一样，被称为"浮浪"，意思是没有职业和正当身份的人。

在刚刚解放的东北，花布条成了二人转艺人无奈的尴尬。

王肯以大学教师的身份到吉林省榆树县搜集二人转资料。县文化科的领导说，政府不许二人转艺人在县里演出，已经把他们撵到乡下去了。王肯追到了乡下，乡里的干部说，必须有县里领导的指示，否则也不能让他们演。理由很简单，二人转演出的东西，不符合新中国的精神气象。

也就是在这个时候，沈阳市政府发布通令，二人转一律停演。二人转艺人如果改唱评剧，仍然可以演出。

在高压之下，二人转艺人纷纷表示："我们知道二人转长远不了，早

第十五章　相忘江湖

就想改唱评剧了。"

在现存的文献资料中，很难找到二人转的踪迹。在有限的文字记载中，二人转只在两个方面被提及。一个是贬斥二人转的卑劣低俗、有伤风化；另一个就是官府禁演二人转的通告。

清光绪十一年（1885），奉化县，也就是今天的吉林省梨树县，在编修的县志中写道：蹦蹦之戏，"淫亵之甚，男女纵观，实为伤教，亦经知县钱（钱开震）先后查拿"。

1913年8月10日，奉天行政公署以戒恶惩淫为由，下令对沈阳小河沿、西门外演出的二人转，"从严禁止，勿稍容纵"。

1917年10月18日《盛京日报》刊载一条消息：长春"新市场落子园演唱落子中带有蹦蹦一戏，过于淫荡，经警厅取缔，该园昨日倒闭"。

如果将二人转的历史划分出段落，那么新中国成立无疑是一道分水岭。"新天新地新国家"的欣喜之情，萦绕在解放区那明朗朗的天上。随之而来的，是打碎旧的国家机器，打碎旧的社会制度，打碎旧的生产关系，打碎旧的文化观念。在几乎一切都被翻过来调过去重新认识的时候，二人转又一次遭遇了尴尬。当然，尴尬的不仅仅是二人转，还有以梅兰芳为代表的京剧及其他地方戏曲形式。

1949年，新社会发出了对旧艺人旧戏剧进行改造的号召，梅兰芳提出可以"移步不换形"，意思是改造的同时，应保留传统中优秀的东西。这一观点当即被批判为抵制旧戏改造。仅仅是因为个人的影响力，梅兰芳才在做了检讨之后勉强过关。

正是在这样的大背景下，王肯提出将二人转引入东北师范大学音乐系的课堂，而且，他真的做到了。

1951年，王肯专程去沈阳请来了二人转老艺人程喜发，请他站在大学

松花江传（下）

的课堂上讲授东北民歌和二人转唱腔。

程喜发，艺名程喜凤、程傻子。他有句很有名的话："江湖怕走。"意思是说，二人转艺人要想提高自己的表演水平，就必须遍访名师高手，拓宽视野，学习借鉴。他唱遍了辽宁、热河、吉林的大部分地区，拜会过众多的二人转名艺人，最终为自己磨砺出厚实的表演功底，成为同时代艺人中会表演的剧目最多、表演技艺最丰富的艺人之一。

将程喜发这样的流浪艺人请进大学讲堂，这本身就体现了全新的艺术态度和独到的学术眼光。1957年4月，《光明日报》和《人民日报》共同发起了一场大讨论，话题就是"高等学校要不要设置'人民口头创作'课"。王肯没有参与这次讨论，因为他在六年前已经这样做了。

旧时代被视为下九流的民间艺人，居然成了大学教师。王肯执拗的步伐并没有到此为止。他相信二人转、相信自己的选择，他不仅要让二人转走进课堂，还策划了一场演出，在大学的礼堂，他要让民间艺人为大学的教授和学生们演一场满是泥土味的二人转。

这一次，他失败了。

东北师范大学能容纳一千人的礼堂里，黑压压坐满了观众。谁料想，锣鼓一敲，喇叭一响，艺人们正唱得热火朝天的时候，大礼堂的折叠椅就发出了"噼噼啪啪"的响声。节目演到一半，椅子不响了。王肯忐忑不安地回头看了一眼，人已走了一大半。

让王肯更没有想到的，是那些没有走的人。他们是大学里功底深厚的教授和校园里的木工、水暖工、清洁工。

教授里有与老舍、萧红、萧军同时代的著名作家蒋锡金，有中国人民解放军军歌词作者公木，有中国古代文学史教授杨公骥。这些在学术界卓有成就，在象牙塔的顶端令人敬仰的教授，对土而又土的二人转艺术给予

第十五章　相忘江湖

了正面的积极的评价。这是学者对民族传统艺术的尊重，是把二人转视为人民艺术的一种真诚的态度。王肯一直以为二人转只属于民间百姓，这次演出让他明白了，高端的大雅之人，恰能从这底层的俗文化中看到艺术的本源。

第一次走进大学校园的二人转表演，功败垂成，王肯却由此更加坚定了自己的选择。在二人转创作和研究的路上，王肯整整走了一生，直至2011年去世。新中国成立后的六十多年里，在二人转跌宕起伏、盘桓蹉跎的历程中，关键的几步，总会闪现王肯的身影。他的创作与学术成就，被整个东北二人转界认定为最具权威的贡献。

在筚路蓝缕的路上，王肯并不孤独。一批刚刚进入东北的新文艺工作者，也把目光投向了二人转。1948年，来自鲁迅艺术学院的音乐家寄明出版了二人转第一部专著《东北蹦蹦音乐》。1951年，同样来自延安的王铁夫出版了《东北二人转研究》。

就在沈阳市政府发布禁演二人转的通令后不久，刚刚创刊的《戏曲新报》就组织了一次有关"蹦蹦问题"的大讨论，讨论的主题是二人转该不该禁，二人转还有没有出路。

与此同时，身在长春的王兆一发表了《要管，不要撵》的文章，对驱赶二人转艺人的做法提出了自己的见解。

1951年5月5日，周恩来总理签发了政务院"关于戏曲改革的指示"，明确了戏曲改革工作"改戏、改人、改制"的三大任务。在政策推动下，沈阳成立了群众地方戏剧团，长春组建了东北地方戏队。一直以来无名无分到处流浪的二人转艺人，第一次在主流社会秩序中拥有了属于自己的位置。

蔡兴林是黑龙江省绥化人，新中国成立前曾是哈尔滨一带有名的二人转旦角儿艺人。由于表演清新亮丽、舞姿优美，他被人们称为二人转里的

松花江传（下）

梅兰芳。1953年，蔡兴林被调到中央人民广播电台说唱团，成为将二人转带进北京的第一人。

距此六十多年前，也就是清光绪十七年（1891），辽宁锦州的蹦蹦艺人王大脑袋（本名王荣）经山海关进入北京、天津一带演出，对当时正处于初创时期的评剧艺术产生了影响。艺人们说："王大脑袋进关，蹦蹦来了。"这句话也成了二人转艺术走进中原并对评剧的形成做出贡献的证据。

蔡兴林进北京，是让东北二人转艺术界很兴奋的一件事。他没有像六十多年前的王大脑袋那样影响了一个剧种的形成，却通过当时的主流媒体中央人民广播电台，让全国人民都听到了二人转，让首都人民看到了二人转。

蔡兴林是以正式编制调入中央人民广播电台的，没名没分的二人转艺人成了公家人，这是20世纪50年代一个历史性的变化。一部分二人转艺人被国有剧团吸收为专业演员，吃上了皇粮，拿上了工资，成了国家干部。他们既演老戏也拍新戏，更多的是用二人转的形式，为一拨儿又一拨儿的社会风潮服务。这种二人转被称为"专业二人转"。而非专业二人转也有了个名字，叫业余二人转，也就是纯粹的民间二人转。这两股道上跑的车，走的不是一条路。在随后的几十年里，时而井水不犯河水，时而恩恩怨怨纠缠不清。这种骨血相连的纠结，势将一直持续下去。

二人转就是二人转，无论是专业的还是业余的，都是以两个人为主体的民间小戏。对比占据京城遍及全国的京剧，以及河南河北的各路梆子、川剧、越剧、黄梅戏、评剧等大剧种，二人转显得太小了。这不能不给人一种大东北缺少大剧种的感觉。20世纪50年代末60年代初，这种感觉越发转变为一种压力。没有大剧种意味着没有大影响，没有大影响意味着没有大繁荣。

第十五章　相忘江湖

东北着急了。确切地说，是对东北文化艺术发展负有推动责任的决策者着急了。这一急，就急出两个剧种：龙江剧和吉剧。

龙江剧和吉剧都是在二人转唱腔的基础上，在行政意志的组合推动下，在宣传文化工作需要大发展的背景下催生出来的新剧种。二人转是母体，龙江剧和吉剧是由二人转脱胎而来的。两者本是血脉相连的关系，但新剧种一旦形成，便有了自己的目标，它们是冲着京剧、豫剧、评剧、越剧这样的大剧种来的。无论是剧团体制还是行当设置，无论是演出方式还是剧场规模，一切都按照大剧的样式照搬照拿。

二人转中"旦"与"丑"的形象（左为二人转知名艺人蔡兴林，右为其师徐生）

一切都仿佛带有那个时期的印记。从1959年1月23日组建吉剧创作班底，到1960年4月20日推出第一部吉剧在剧场演出，一年多的时间，一个新剧种诞生了。相对于已有近三百年历史的二人转，吉剧更像是石头缝里蹦出来的孙悟空。

要钱给钱，要人给人，排大戏，拿大奖，舞台上阵容强大，舞台下风风光光。在吉剧一个又一个的光环下，二人转只好知趣地闪躲在了角落里。

王肯参与了吉剧的创建，他提出："搞吉剧，不能离开二人转，不

松花江传（下）

能子嫌母丑，何况母并不丑。""民间文艺是母奶，是鲜奶，吃了会更壮实。民间这口奶不吃是不行的，二人转这口奶断不得。"

在文化政策的鼓舞和推动下，龙江剧和吉剧很快成熟为拿得出手的大剧种。一路走下来，新剧种与二人转似乎形成了某种默契。一方在殿堂上展示繁荣，另一方则以百变的形态寻找着自己的生机。耐人寻味的是，新剧种一旦长大就不再长高了，倒是它的母体二人转，却一直新鲜得活蹦乱跳。

中国的戏曲创作自元代杂剧到明代的传奇，曲目和剧本的创作一直是以文人为主体的。从剧情结构到人物角色，从故事情节到唱词道白，都是由文人创作并控制的。艺人只是剧本在舞台上的表演者，唱什么，说什么，演什么，都必须按照本子和曲谱来。直到清朝乾隆时期，也就是二人转尚在萌芽的时候，中国戏曲已经走入了艺人主导的阶段。也就是说，文人已逐渐淡出剧目创作，在多数情况下，直接性的舞台创作完全由艺人自主发挥了。

二人转自打诞生之日起，便走在了自编自导自演的创作路上。艺人们师徒相承，口耳相传，从民间故事和传说，从其他说唱形式的曲目中汲取养料，添加上自己的理解和东北的地方色彩，最终形成了一个个久演不衰的经典曲目。

《大西厢》《蓝桥》《大清律》《大纲鉴》《浔阳楼》等二三百种曲目，大都是二人转艺人们在二三百年的流浪演出中，一边演一边传，一边改造一边丰富而成的。相同的曲目会有完全不同的唱词，完全不同的唱腔，甚至人物角色、故事情节都有很大的不同。

也许正是因为艺人们主导了创作，才有了二人转千姿百态的魅力和艺人们独特的表演个性。

这一切，到20世纪五六十年代，发生了根本性的改变。

第十五章　相忘江湖

　　文人再次进入戏曲创作领域，又一次掌握了演什么唱什么的控制权。从某种意义上说，这一改变极大地提高了二人转曲目的文学性。

　　新社会、新时代对二人转提出了新要求，配合时事政治成为二人转新编曲目的主导方向。

　　《送郎参军》《送鸡还鸡》《人民大桥》《给军属拜年》《王二嫂拥军》《雷锋参军》《计划生育好》……这一时期，涌现出一批应时应景、与时代同步的任务性作品。因为时代步伐快，主题变化多，所以创作的剧目也就紧赶慢赶地跟着走，形成了追主题、赶任务，一个接一个，随唱随扔的创作方式。

　　1965年，长春电影制片厂将《送鸡还鸡》等三个二人转曲目拍摄制作成一部彩色舞台艺术片《白山新歌》。

　　新创作的二人转曲目打上了深深的时代烙印。

　　而比这更深层的改变，是二人转艺人的表演形态。

　　艺人们失去了创作上的主导地位，"说唱靠作家写本子，唱腔靠音乐家打谱子，舞台行动靠导演摆位子"。艺人们的嘴被编剧控制了，手脚被导演控制了，情绪被剧本控制了，传统的表演形态已被扬弃得支离破碎，专业二人转变成了规规矩矩懂事听话的好孩子。

　　观众们不干了。

　　1975年9月，吉林省二人转工作者于永江曾在梨树县农村做过一次调查，征求社员、业余剧团演员和基层干部对二人转的意见。他们最不满意的有两点：第一，二人转太"素淡"了，好的说口不让说了，二人转不热闹了；第二，二人转里听不着东北民歌了。

　　东北的田地里长着一种可以喂牲畜的野草，这种野草生命力极其顽强，无论是大旱还是大涝，无论是牛马吃还是野火烧，它都能在一转眼儿的工夫再长

松花江传（下）

民国时期的梨树县二人转团体

出来。老百姓给它起了个名，叫"死不了"。

民间二人转就像"死不了"这种野草。

在"万花纷谢一时稀"的年代里，二人转匍匐在乡村的地垄沟里，悄然绽放在农民的心里。

生产队里晚上开会，前半夜批"四旧"搞社教，后半夜剩下的人不多了，关严了门，放好了哨儿，一旦一丑就唱上了二人转。

二人转老艺人是被批判的重点对象。各生产队都抢着批，为了批得深批得透，先让他们演上几出戏，常常是演的时候满屋子人，批的时候社员们都回家吃饭去了。

这还不算，对于被批判的老艺人，生产队天天给记工分。

社员们有自己的说法：看不见《大救驾》，心里放不下；看不见《蓝桥》《大西厢》，猪肉粉条子吃不香。

《大救驾》《蓝桥》《大西厢》这些二人转传统曲目，像"死不了"一样，把根深深地扎在了农民心里。

在那个特殊的年代，二人转仿佛是一条地下暗河，在沉重的地壳下涌动着、奔突着、挣扎着。直到20世纪70年代末80年代初，时代的脚步踏碎了坚硬的地壳，二人转如洪水般冲决了一切堤坝，在干涸的黑土地上一泻汪洋。

人们在精神上太干渴了。

1980年，吉林省民间艺术团重整旗鼓，像是冲出了笼子的小鸟，撒着

第十五章　相忘江湖

欢儿地在田野、在林海、在草原上歌唱。

1980年10月14日，吉林省民间艺术团成立

　　1983年，该艺术团制作了一台流动车，用拖拉机的大拖车当舞台，到全省巡回演出。艺术团总共二十八名演职员，日夜不息地活动在松辽大平原上，历时三个月，行程三千里，穿行七个县二十多个乡镇，演出一百六十多场，观众达八十多万人次。每到一地，演出的日子都是农民盛大的节日，每场演出，都是万人围着二人转。

　　二人转的大篷车把乡亲们的魂儿都带走了，有的农民赶着大车，追着撵着去看二人转。

　　当时的吉林省民间艺术团，被公认为东北演员阵容最强、创作实力最硬、表演水平最高的二人转专业团队。他们知道东北人有十多年没有亮亮堂堂地看过二人转了，老乡们憋坏了，演员们也憋坏了。他们挖掘整理、改编恢复了一批传统二人转曲目——《回杯记》《马前泼水》《猪八戒拱地》《包公断后》《西厢听琴》。这些老二人转曲目就像是一把火，把大东北烧得天地通红。

松花江传（下）

"风刮不散，雨浇不散，戏散人不散，万人围着二人转，二人转给万人看。"这种场景，至今说起来仍让人兴奋不已。

当年的亲历者郑淑云说："那时候我们下乡演出，各个乡镇都排队预约。乡镇来接我们，用解放卡车，道具一车，人一车。车厢没有顶棚，下雨我们就自己打伞、顶着雨布。台上顶着雨唱，台下冒着雨看。我们还卖过票呢。记得一次在榆树乡，一天就卖了一万多张票，票很便宜，三角钱一张。没有舞台，大板车打开就当舞台，用现在建筑工地用的那种纤维做成的帷子围个场子，往里放人，看到场子里人差不多了，赶紧关门。不然太挤了，踩坏了人咋办？"

二人转剧团送戏下乡

二人转正红火的时候，也恰好是电视机刚刚进入城乡家庭的时候。在同一个时间里，室内在演电视剧《霍元甲》，剧场在演二人转《回杯记》，人们宁可不看电视剧里的霍元甲，也要跑到剧场去看《回杯记》里的张廷秀。

第十五章　相忘江湖

十多年的时间，吉林省民间艺术团下乡演出三千多场，观众达两千多万人次。

盛况空前的演出场面着实把人吓了一跳，人们仿佛一下子就醒了过来。原来二人转活在农民心里，原来二人转应该到乡下去。尽管当时标举出的口号是送戏下乡，是为农民服务，但创作者们心里都明白，农民需要二人转，二人转更需要农民，农村才是二人转最广阔的天地。

1997年12月20日，《人民日报》在头版以《一辆大篷车下乡十六年》为题，全面记述了吉林省民间艺术团坚持为农民服务的方向和精神。同版刊发的评论员文章《为农民服务大有可为》中写道："为农民创作演出，既丰富了农村业余文化生活，又为剧团自身的生存和发展闯出了一条充满生机活力的道路。"

走过了二三百年的二人转，在吉林省民间艺术团的坚持下，走上了一个空前繁荣的高点。

二人围着万人转，也带动着上上下下的领导围着二人转。东北各地出现了"二人转部长""二人转厅长""二人转局长"，也出现了无论什么剧团都要学二人转的空前场面。

这也是农民观众的要求。有的评剧团下乡，观众不让他们唱评剧，宁可多花钱，逼着他们唱二人转。吉剧团到农村演出，必须在大戏后面加演几场二人转，否则农民就不干了。

也就是在这样的背景下，吉林省涌现出一批优秀的二人转演员：关长荣、董孝芳、郑淑云、李晓霞、秦志平、郑桂芸、韩子平、董玮、高秀敏等。

乡亲们捧红了二人转，二人转捧红了韩子平。田野乡村出现了"韩子平热""回杯记热"。这两个热实际上是一个，就是韩子平以极富个性化的演

松花江传（下）

唱方式，将二人转传统曲目《回杯记》演绎得惟妙惟肖、妙趣天成。韩子平以圆润的嗓音将自己的名字唱到了老乡的心里。一时间，"人人喜看回杯记，城乡争夸韩子平"，一出《回杯记》让韩子平成了田野乡村家喻户晓的明星。

专业二人转时运来了，演员春风得意，剧团呼风唤雨。天时地利人和，二人转占全了。

就在专业二人转风风光光的时候，天时、地利、人和却在悄然地发生着改变。

农民喜欢二人转，农村是

20世纪80年代梨树县地方戏团演出的二人转《穆桂英指路》，表演者：郑亚文、董孝芳

二人转最大的舞台，但组织二人转演出的费用要从农民手中收取。随着政府出台了一系列规定，不许以各种名义向农民摊派费用，专业二人转剧团失去了经营性演出的基本条件。无论是村委会还是乡镇政府，都不愿意承接演出了。

这天时说变就变了。乡镇干部一听说专业二人转剧团要来演出就愁得皱起了眉头，愁的是钱从哪儿出，愁的是接待不起，愁的是"来了个大客车，拉了一个大剧团，搭了个大舞台，还得杀只大肥猪"。

大篷车开不动了，专业二人转一时六神无主，不知所向。

二人转本是东北荒原上长出的野花，专业剧团就像是野花被移栽到温

第十五章　相忘江湖

室里，有适宜的温度，有充足的水分，有精心的呵护。枝叶被修剪得精致整齐，花朵被侍弄得娇艳漂亮，一旦没有了体制遮风挡雨，专业二人转竟成了无处摆放的盆景。

一直不被人们注意的野花——民间二人转，却在乡村的地垄沟里栉风沐雨，横生疯长。

新中国成立初期的三百多种民间戏曲，在经过多次非艺术动因的改造之后，表演艺人绝大多数被收编为体制内的专业表演团体。散落民间的艺人要么成了专业演员，要么无声无息、自生自灭了。唯有东北的二人转，虽然也经历过无数次的碾压、踩踏，民间艺人却从来没有销声匿迹。这不能不说是一个奇迹，而这个奇迹又不能不说是源于二人转的根性。

二三百年的流浪演出，在东北的乡村大地上培养了民众对二人转的喜爱，也一路播撒下无数的二人转艺人的种子。这些种子不但自己能发芽开花，而且有极强的繁殖蔓延能力。它们在土壤下面串根，根须窜到哪里，哪里就长出一簇簇野草。

就在专业二人转剧团以大篷车的方式走向农村的时候，民间二人转的根须已经从农村伸向了城乡接合部。

在市场经济出现之前，民间二人转已经开始寻找属于自己的市场了，他们在城市边缘安营扎寨，创立了自己的"根据地"。

在主流文化尚没有留意的时候，忽然在中小城市零零散散地出现了一些小剧场。说是小剧场，实际上非常简陋，一间空房子，几排长条凳，舞台上没有帷幕，更没有什么音响、灯光、扩音设备；大一点儿的能容纳几百人观看，小一点儿的只能容纳几十个人；有的是在城市的郊区，有的是在火车站附近。

有位作家曾经这样描写过二人转小剧场：

松花江畔（下）

我们踩着麻布似的水泥地，还没抹第二遍。剧场容四五十人。……开演前剧场一片胡琴的"吱嘎"之音，对弦，52 52（Sol Re Sol Re），像英国人在说"对不起"。琴师左手一紧弦轴，如骑手挽缰，琴声尖到了嗓子眼，而板胡尖得像锥子，放出金属的光芒。烟卷儿叼在琴师嘴角，他坐在台侧明晃晃的大汽灯下对弦，背倚的柱子有对联"看古人看今人……"，我也记不住，字写得特难看，句子像绕口令似的。琴师被嘴角的烟雾呛得眯起一只眼，很有一点二流子式的沧桑感。①

二人转是黑土地上盛开的艺术之花，是农村大舞台上的一种不可替代的"家常菜"

就是这样的小剧场，就是这样的演出，从城市的边缘，一直蔓延到城市的中心。

直到今天，小剧场还"活"着呢。

---

① 鲍尔吉·原野：《在西瓦窑看二人转》，载《作家》，1998年，第5期，第79页。

第十五章　相忘江湖

在小剧场演出的艺人流动性极大，他们继承了老艺人流浪演出的方式，在一个城市里的几个剧场，或者在几个城市的几个剧场之间来回赶场子。人们把这种由一对儿或几对儿二人转艺人组成的小班叫滚地包。也正是他们的这种滚动方式，让民间二人转迅速打开了市场。

艺术上的粗糙和内容上的低俗，让主流文化再也不能对他们睁一只眼闭一只眼了，他们很快就被贴上了封建糟粕的标签。虽然没有法律上的明文规定，但作为现代文明体现者的城市还是不想接纳他们。他们被撵得东躲西藏，上气不接下气。但结果却是滚地包越滚越大，小剧场越开越多，老百姓越看越爱看。

冰火两重天，小剧场越来越火的时候，专业二人转已跌到了冰点。2006年，吉林省国营二人转剧团举步维艰，总计演出一千四百零六场，仅为1995年一万四千四百一十四场的十分之一，演职人员工资的国拨部分早已减至百分之五十，扣除各种补贴，实际发薪只有百分之三十八点二。

越往后就越难了，专业二人转剧团一年演出不了几场戏。而民间二人转艺人，一年三百六十五天，只能休息大年三十这一天。

专业团体由政府包着、保着、抱着，国家一年投入几百万上千万元，收不回来；民间二人转团队国家一分钱不投入，却每年收入几千万元。

滚地包的民间艺人继承了前辈艺人的流浪，继承了靠艺谋生的本能。毕竟时代变了，在城市最终接纳他们之后，他们成了先富起来的一批人，买住宅楼，买小汽车，出入高档酒店。他们不再是穷艺人了。

民间二人转艺人主导了这门乡土艺术，他们的演出内容和表演方式左右了人们对二人转的印象。二人转，再一次变脸了。

松花江传（下）

‖ 二人万象

一个小舞台，

两人唱起来，

唱的是二人转咿呼呀呼嘿，

唱的是千军万马就看咱们俩。

"二人转是两个人的活儿"，这是艺人们常说的一句话。在中国民间戏曲发展史上，最初的地方戏大都经历过两个人一台戏的过程，人们称之为"两小戏"，比如秧歌戏、道情戏、花鼓戏、花灯戏、采茶戏，等等。后来，由于剧情和表演上的需要，两小戏逐渐发展成三小戏。从原来的一旦一丑，发展成生旦丑三个角色的三小戏。再后来，角色越来越多，戏越演越大，两小戏、三小戏就一步步地扩展成行当齐全、文武不挡的大戏种。而且，一旦变成了大戏，当初两小戏的形式便淹没在大戏的繁华之中。

吉林市艺术研究所按清末民初演出形式恢复拉场戏《狠毒计》，并展示"雪旗"表演

第十五章　相忘江湖

全国三百多种地方小戏，几乎全都走过了这样一段路程。唯独东北的二人转，偏偏就没走这条路。

二人转在东北的老话里也叫"双玩意儿""双条""对口戏"，老百姓直接用"双"和"对儿"来认定这种民间小戏。在实际表演形态中，二人转还有单出头和拉场戏两种样式。单出头是一个人演，拉场戏是三个或五个人演，但不管几个人演，都是二人转的唱腔，都是二人转的演员，都是二人转的风格。所以，人们说二人转是一树三枝，三位一体。而演出形式最多、演出剧目最多的还是"两个人的活儿"。

莲花落作为一种更古老的民间戏曲艺术，直接影响了二人转和评剧的诞生。所不同的是，"橘生淮南则为橘，生于淮北则为枳"。同是以莲花落为母体，评剧在华北长成了枝叶繁茂的大戏，而二人转在东北则长成了二人独当一面的小戏。一粒种子，两种土壤，黑土地选择了二人转。

这就不能不说到东北的人口环境、经济环境和演出环境。

近代东北的人口密度和村镇规模与关内相差很大，经济实力相对较弱。养一个大戏班，请演一场大戏，对当时的东北农村来说还是一件很奢侈的事情。而对艺人来说，无论是就地谋生还是流浪演出，小戏班总比大戏班有更大的灵活性。说走就走了，说散就散了，两三个人一打招呼，就成了一个表演单位。无论是进林海，还是走平原；无论是跑矿山，还是去草原。七块竹板一个彩棒，街头上能唱，院子里能唱，炕头上也能唱。唱着唱着，二人转就把自己的这点玩意儿唱到了东北人的心上。

河北梆子、评剧、京剧、吕剧也在东北唱，它们多半是从关内而来，在大城市大舞台上演大戏。也许是因为关内还有更大的市场，这些演出阵容强大的戏班总是只在东北演一段时间之后就走了。

二人转不走，它知道自己的根在哪里。

松花江传（下）

东北人也喜欢京剧、评剧这样的大戏，但由于地理条件和演出环境的限制，二人转比京评大戏有了更大的发展空间和更充足的时间。人们总是选择自己最熟悉的艺术方式来愉悦自己。二人转不是东北大地上唯一的戏曲，却是东北人看得最多、听得最多，因而也最喜欢的戏曲。东北人捧着二人转、养着二人转，把二人转当成自己的孩子，怎么看怎么爱看。

两个人要把一台戏撑下来，要把千古兴亡、宫廷争斗、战场厮杀、家族恩怨等一波三折的故事演出来，要把故事中众多的人物角色担负起来，就必须找到一种更自由、更灵活的表演形式，以完成所有角色的演绎。

虚拟性的表演方式是中国戏曲在表演上的一大特色，一张桌子两把椅子，可以是一个普通家庭，也可以是皇家宫殿。一根挥舞的马鞭就代表骑马奔驰，一个摆动的船桨就表示水上行舟。这种虚拟的表演方式经过千百年的传承，已经约定俗成为一种审美习惯。二人转将这种虚拟性的表演方式推向了极致。虚拟性已不仅仅是道具和动作上的象征，更发展成为一种角色扮演上的自由。

行当齐全的大戏用不着这种自由，小生老生、小旦老旦、武旦青衣、铜锤花脸、文丑武丑，戏里面有什么样的人物，就有相应的行当来演绎。二人转就俩人儿，一女一男，一旦一丑。故事里不管有多少人物，都得由这两个人来演。其他的戏曲剧种不存在这样的问题，因而也无须去想如何处理这样的问题。但对二人转来说，这不是问题。二人转对中国戏曲的虚拟化表演有着更透彻的理解，于是有了一种更灵活、更自由的角色虚拟。一旦一丑，一女一男，不按戏中的人物装扮，只穿有表演意味的彩色服装，一个人可以演多个角色，两个人可以演一个角色；一转身可以是张三，再一转身就变成了李四；人物少的时候可以相对分工，人物多的时候就俩人儿一起来。二人转艺人把这种表演方式称为分包赶角、跳进跳出。

第十五章　相忘江湖

　　二人转表演上的自由还不仅仅表现在角色扮演上。在演出中，这一男一女时而是一丑一旦，时而是剧中人物，时而是演员自己，时而又变成了旁观者。该唱的时候就唱一段，该演的时候就演一段，需要的时候还可以不唱不演把故事说上一段。二人转把中国戏曲的虚拟性发挥得淋漓尽致。两个人演千军万马本来就是最大的虚拟，二人转索性放开了手脚，完全打破了故事的悬念和情节上的神秘，把一切要演的、要唱的都向观众先说得明明白白。

　　这种坦率直白体现了二人转的一种自信，也是二人转艺人的一种智慧。无论剧情多么复杂，也不管故事多么深奥，什么勾心斗角疑案重重，什么曲折离奇前因后果，二人转是打开天窗说亮话，把复杂的人物关系和环环相扣的情节都直接说明白了。这样一来，许多麻烦事端可以省略，许多过程性的篇幅便能割去。于是，腾出的笔墨就可用来浓浓地描画真正的艺术关节了。而且，在把一切都交代清楚之后，演员就有了更大的自由度，可以将观众的目光拉到自己最擅长的表演细节上。同时，与观众的心理交流、剧场中的当场反馈都变得更密切、更自然了。

　　这看上去是太直白，太缺少艺术技巧了，而实际上却是扬长避短，为自己留下了更大的表演空间。

　　二人转艺人深谙戏曲表演的关键，是要少动观众的脑，多动观众的心。

　　二人转艺术上的自由与表演上的多样化，为艺人的演出和观众的接受带来了很大的方便，但同时给专家们带来了很大的困扰。在很长一段时间内，人们无法确定该把它归到曲艺，还是归到戏曲。

　　1958年8月15日，在北京举办的全国第一届曲艺汇演上，时任中国作家协会副主席的老舍先生，在看过二人转的演出后非常兴奋。针对二人转

松花江传（下）

到底是戏曲还是曲艺的问题，老舍先生发表了自己的看法："拿二人转说吧，我很喜爱它。演员化了妆（装），有歌、有舞，我想它应归到戏曲里边去。这不是什么结论，不过是我个人的意见。它已经具有戏曲的形式，假如往那边发展，有利于二人转。二人转往往由一个人演唱三四个人的事，这很好。假若两个人出来能唱五六个人的事，那也很好。这是我们最精练的一个剧种。我想它的发展，不是变成多少场的大戏，而是要保存这一个人能唱三个人、三个人能唱九个人的传统。……使它算曲艺显然有不太合适的地方。算作曲艺，它吃了亏。"[1]

老舍先生写过京剧，写过大鼓、相声、数来宝和坠子，对戏曲和曲艺都非常精通。他的意见影响很大，但并没有平息人们对二人转的属性争议，仍旧有人说是戏曲，有人说是曲艺，在归类上有不同意见。

归戏曲难，归曲艺也难，在两难之中，王肯做出了自己的选择。他提出，如果用戏曲框框或者曲艺框框都框不了二人转的时候，就更应该想到它特殊的地方。王肯更赞同老艺人们的说法，二人转是既沾古书性，又沾秧歌性，还沾戏性。"咱俩"一上场，哪里是让你仅仅听了一段唱。大凡民间歌舞、说唱、戏曲、滑稽、杂技在"咱俩"身上都能体现。如同看一场秧歌，听一次说书，看一场戏，小曲小调、相声小品也都时不时露头露脸。观众看二人转是在一种无拘无束的场合里，欣赏一种无拘无束的艺术，也可说是在一种似是而非的剧场内，欣赏一种似是而非的戏剧。它是"不全是曲艺的曲艺，不全是戏曲的戏曲，不全是歌舞的歌舞，不全是小品的小品"。

这就是二人转，难以定性正表明了它的独特性。

---

[1] 老舍著：《老舍曲艺文选》，中国曲艺出版社，1982年，第145页。

第十五章　相忘江湖

简约而不简单，二人转以少胜多，被誉为中国最精练的地方戏。这一点，同样受到了戏剧家吴祖光的肯定。他在首都长安剧院看了二人转以后激动地说："二人转像一块磁石，把我深深吸住了。"说完，挥笔题了一副对联："删繁就简二人转，以少胜多单出头。"

民间戏曲经过艺人的雕琢和观众的选择，逐渐形成了鲜明的地域色彩和美学风格。京剧的仪态万方，黄梅戏的清丽温婉，川剧的鬼魅荒诞，越剧的悠扬典丽，秦腔的激情豪放，各有一方水土的滋润，也形成了相应的艺术特色。东北的二人转本来就是从自娱自乐的大秧歌脱胎而来的，因此在表演上形成了喜庆、狂浪、逗乐、热闹的基本风格。

早年的东北有句老话——一个江湖小班，顶得上一打江湖郎中。看一场二人转演出，从头笑到尾，有病也笑好了。

江东第一丑刘大头以独具风格的滑稽表演，走一路，洒下一路笑声。看了刘大头，愁事也不愁。在旧时战乱纷起、苦难深重的大东北，二人转的笑声成了贫苦人聊以慰藉的一缕念想。

据老艺人们回忆，20世纪初，刘大头曾到长白山下的延吉演出。当地官员听说后，特意提出要见识见识这位名震江东的第一丑。没承想演出只进行到一半，官员们就喊停了。他们受不了了，笑得嘴合不上、气喘不上了，只好让刘大头先停一会儿。如果一直演下去，他们怕把自己笑死了。

类似的故事在今天依然上演着。在一次自然科学年会上，主办方为了让科学家们能在会议期间放松一下，特意安排了一次二人转演出，并且对二人转演员说："这些科学家都是国家的宝贝，每天搞科研很辛苦。（我们）请你们演一场二人转，只有一个要求，让他们放松开怀地笑起来。"演员们说："让他们笑没问题，就怕笑出事儿来我们负不起责任。"结果是演员们没敢放开了演，一边演一边用眼瞄着已经笑得前仰后合的专家

松花江传（下）

们。据说这笑声，一直持续到第二天。

喜、浪、逗、闹为黑土地平添了无尽的欢笑，也让二人转形成了戏谑性的表演风格。这种戏谑性源自对苦难人生的豁达，源自对贫穷岁月的冲刷。艺人们在表演中戏谑自己、戏谑生活、戏谑观众、戏谑社会中一切貌似庄重的现象。其基本的形态就是在表演中放浪自己的情怀，以底层人不能再低的目光去挑战一切正统秩序。

东北的大秧歌扭得狂、扭得浪。二人转的舞蹈既从大秧歌中借来了形体动作和节奏形式，更吸收了狂浪的个性。艺人们将自己表演的舞蹈叫"浪"，舞跳得好看，人们就说他会"浪"。艺人下台的时候，也常对人说："我又浪了一把。"

这个"浪"早已不是对舞蹈的一种理解，舞蹈的狂放恣肆已经把这个"浪"字带入整个表演的情绪中。

"浪"在二人转里是一种痴迷的状态，是一种忘我的沉醉，是二人转为自己选择的一种美。

二人转里的"浪"实际上是黑土地渴望挣脱束缚，渴望痛痛快快释放自己的一种心态。

在东北流传很广的歌曲《大姑娘美》借用了二人转的曲调旋律，也借用了二人转的意象风格，表现了一个东北大姑娘的率真活泼。歌曲在东北唱得欢天喜地，却在准备拿到关内的大舞台演出时遇到了麻烦。导演对词作者说，大姑娘美没问题，怎么能说大姑娘浪呢？无论词作者怎样解释，导演就是理解不了，最后还是逼着现场改词。

和"浪"一样，"闹"也是二人转的一种喜剧色彩。

二人转有句很有名的艺谚："宁演欢了，不演蔫了。"意思是演员只要一上台，必须让整个舞台喧闹起来，让整个剧场欢腾起来，让每个人的

第十五章　相忘江湖

心燃烧起来。

演员们不光自己和自己闹，还要变着法儿地和观众一起闹。在满堂的欢闹声中，二人转不管不顾地改变着戏曲演出的规则，彻底打乱了我演你看的观演关系。

如果要说二人转在表演上最有特色的地方，那就是它经过二三百年的演艺实践，创造出了一种只属于它自己的表演态度和剧场关系。

许多二人转演员在台上都愿意对观众调侃说："看我的节目，得有过日子心。"意思是把心放平常了，别着急，既然进了剧场，你和我就像平常过日子一样找点乐呵。在演出的过程中，二人转演员也愿意有话没话地跟观众聊上几句，既是为了活跃气氛，但更多的是要破一破我演你看的观演关系。艺人们心里清楚，台上演戏，台下看戏，但台上台下应该是一场戏，是演员的我和观众的你合作完成的一次剧场大联欢。

二人转老艺人有句口头禅，叫"台下摸四摸，台上摸四摸"。所谓"台下摸四摸"，意思是每到一地演出，先要了解当地的民风民情、奇闻趣事，在演出的时候，随口便说出，为观众增加一分亲切感；所谓"台上摸四摸"，是指演员在台上演出的时候，要不断地试探观众的口味，以便投其所好，顺水行舟，发现观众对唱听腻了，就来几句说口，说口不响了，就再舞一阵，始终使观众保持一种兴奋的状态。

二人转演员把观众当合作者，整个演出过程，是演员与观众十分默契共同创造的过程。

这种默契，是二人转与东北人经过多年的欢乐共享、同喜同乐建立起来的，它最大的特点就是表演空间上的近距离和心理空间上的零距离。

就俩人儿的二人转，演员就在观众的眼皮底下，唱的是熟悉的腔调，说的是村里的笑话，还时不时地把观众直接演到戏里。一来二去，观众的

松花江传（下）

心就被融化在现场的笑声中。

艺人们不把自己当外人，观众也不把自己当外人，艺人们是带着热闹来的，乡亲们是凑热闹来的。如果说二人转的表演现场如同一堆越烧越旺的篝火，那艺人就是点火的人，观众就是你一把我一把往火里添柴的人。

二人转艺人在表演的过程中，很多时候与其说是舞台上的演员，不如说是联欢会的组织者，是现场气氛的调节者。经过多年的演艺实践，许多二人转演员对表演现场的控制力已经到了炉火纯青的地步。

中国戏曲在千百年的历程中，红火的时候威风八面，铺天盖地，从宫廷到市井，从都市到乡间，大戏连台，梆子震天，热热闹闹了几百年。进入20世纪后半程，时代的浪潮却把它拍在了沙滩上。20世纪90年代后，在振兴京剧口号的鼓舞下，相关活动一个接着一个举办——1990年的徽班进京200周年纪念，1995年的梅兰芳、周信芳百年诞辰纪念，1997年的中国第一届京剧节。人们都希望拉国粹一把，希望以京剧为代表的中国戏曲艺术能够再度振兴繁荣。然而，时代毕竟变了，观众自发走进剧场的脚步越来越踟蹰。

戏曲成了中老年观众心中残存的留恋。缺少后续的观众队伍，成了戏曲繁荣最大的死结，观众不买账成了一道迈不过去的坎儿。

二人转恰恰是从根儿上解决了观众问题。

演戏看戏，围绕着的是一个"戏"字。什么是戏？二人转艺人说"留住观众就是戏"。把观众留住的学问没有那么高深，老艺人程喜凤留下一句话，说"二人转要跟观众走一条道"。这句话，道出了二人转独有的观众学。沿着这条道，二人转走了二三百年，虽然经历了沟沟坎坎，但这条道却还在脚下。

改革开放之后，有人提出"跟观众走一条道"，这里面还有个是领着

第十五章 相忘江湖

观众走还是顺着观众走的问题。在二人转艺人眼中，这不是问题。因为每次演出都是时而顺着观众，时而领着观众。二人转艺人一上场，个个都是眼观六路、耳听八方，发现观众觉得这出戏有些长，就删一段；发现观众没听够，就加一段。时调时换，随增随减，戏是演员演，但导演是坐在下面的观众。

这种基于现场的合作靠的是艺人与观众的默契，也是二人转艺术的一种平民态度。二人转艺人们常说，要和观众"不隔语、不隔音，最重要的是不隔心"。这种"不隔"正体现了二人转最强烈的民间性。

在民间的二人转演出中，演员有着极大的自主性。演出时，演员可以不拘泥于表演程序，而是根据观众的情绪和反馈，随时调整自己的表演。这就形成了二人转表演中一种特别的方式，叫"扔着唱"。一大段唱腔，演员可以扔出去几段不唱；一出长戏，演员可以扔几个段落不演。在早期的表演中，二人转是按每出戏来收钱的。如果一出戏太长，整场演出挣的钱就少。比如，完整的曲目《大西厢》有三千六百句，要唱完整的一出戏，得一天一宿，这么长的戏如果只按一出收钱显然不合适。于是艺人们学会了偷着扔，专拣那观众不留神的时候或不在意的段落扔了不唱。后来发现有些段落观众们本来就不感兴趣，艺人们索性就明着扔。唱着唱着就不唱了，来一段说口笑话或者把情节叙述一遍。接下来再唱时，已经扔了一大段了。

现场演出的随意性看起来是对曲目的一种肢解破坏，却保证了现场气氛的热烈和演出效果的整体性。老艺人们都熟知一句话，叫"破西厢，乱盘道，没底的蓝桥"。《西厢》《盘道》《蓝桥》都是二人转常演的曲目，由于艺人们不断地加内容减段落，这三出戏已经失去了曲目的统一性和完整性。故事还是原来的故事，人物还是原来的人物，但怎么唱、唱哪一段，都由现场的艺人自己说了算。

松花江传（下）

谷振铎（右一）、杨福生进京演出《西厢》剧照

表演上的随意性，成了二人转对戏曲艺术规则最尖锐的冲撞。而这一撞就撞开了一扇大门，二人转进到了门里，随意发挥着自己的应变能力。

二人转表演方式为此有了两个特有的概念，叫谱子戏和梁子戏。所谓谱子戏，就是按剧本来演，并且事先要排练好，一招一式，一板一眼，都不能乱。所谓梁子戏，是指既没有本子，也没有排练，甚至一男一女两个演员根本就不认识，或者从来没有合演过，只要一上台，演什么唱什么说什么都根据现场情况来定。这种随意性在其他戏曲中几乎是不可能存在的，但二人转艺人却可以在演出中得心应手，滴水不漏。直到现在，民间的二人转艺人仍然愿意演梁子戏，因为自由度大，演起来更能发挥自己的特长。

但凡是在底层摔打过的二人转艺人，大都磨炼出了这种超强的应变能力。当今拍摄的部分电视剧起用了一些二人转演员，当导演追求自然的表

第十五章　相忘江湖

演风格和生活化的时候，二人转演员总能应付自如，表演常常精彩到令人叫绝，但同时这也给合作的专业影视演员带来了麻烦。专业影视演员习惯按本子来，一句接一句，前后不能乱。二人转演员一旦即兴发挥，常常随意加词改词，而且加的、改的比剧本台词还精彩，这时专业演员就不会接了。专业演员常有不愿意和动物、孩子合作的感受，因为再高的演技在动物和孩子面前也会显得苍白。二人转艺人恰恰有一种超越了演技的本色。

二人转在早期形成的过程中，就具备了一种包罗万象的气度。在五行八作、色彩纷呈的各种民间艺术之间，二人转养成了一种兼容并包、吞吐自如的习惯。评书也好，鼓词也好，相声也好，杂技也好，甚至耍猴的，打把式卖艺的，只要能赢得观众，二人转都不客气地拿到自己的表演中，这就形成了二人转表演中的一种拼盘式表演风格。一场二人转演出，可以听到民歌，可以听到京戏，可以欣赏一段相声，可以看到杂技表演。二人转不按套路出牌，完全打破了戏曲表演的规定性。在有限的表演时间里，将歌舞、说唱、戏曲、杂耍融为一体，为观众捧出了一场新鲜出炉、色香味俱佳、任取任选的欢乐大餐。

二人转表演上的随意性并非一种艺术上的自觉，而是艺人们在与观众的交流互动中做出的一种实用性的选择。唱什么演什么，怎么唱怎么演，二人转艺人一直是在和观众商量着来。在曲目和剧目的选择上，同样可以看出东北观众对二人转艺术的塑造之功。

二人转留下来的曲目、剧目有几百种。其中，表现婚姻爱情和家庭伦理内容的节目演得最多，老百姓也最愿意看，像《大西厢》《蓝桥会》《小姑贤》《一枝花捎书》《马寡妇开店》，等等。这些题材既契合了民间百姓的生活，也表达了底层人最朴素的生活愿望；既宣泄了苦难中压抑的情感，也满足了单纯而粗糙的审美情趣。

松花江传（下）

传统二人转的剧目中有很大一部分是从其他戏曲或鼓词评书中移植改编过来的，改编的过程也就成了地方化的过程。无论故事发生在江南还是中原，无论人物是天子还是百姓，只要进到二人转的戏里，全都染上了东北味儿。

二人转传统剧目《拉君》表现的是梁山伯与祝英台的故事，这一对儿江南的才子佳人在二人转里被唱成了东北的傻小伙和野丫头。梁祝下山一段戏，越剧唱得既含蓄又传情，京剧唱得既妙趣横生又张弛有度。到了二人转的戏里，梁祝下山就变成了实实惠惠的大姑娘戏逗傻小子。

走一洼来又一洼，洼洼长些好庄稼——

有心摘个打瓜给傻哥用，怕你吃完了不回家——

《西厢记》是中国传统戏曲中表现青年男女追求美好爱情的经典剧目。剧中有一场莺莺思念张生的戏，在元杂剧作家王实甫的笔下，莺莺的内心世界被描写成"这忧愁诉与谁？相思只自知，老天不管人憔悴，泪添九曲黄河溢"。可在二人转里，这段内心独白，就唱出了十足的东北大姑娘性格——

伤心埋怨那位月下老，这老头做事不应当。

等多咱我若遇见月下老你，

薅住你的胡须给你几巴掌。

打你骂你我都不能解恨，

我若是一急眼，胡子给你都薅光，办得什么臭勾当！

像《梁祝》和《西厢记》这样的传统剧目，在中国戏曲发展史上被一致誉为女性大胆追求爱情的经典名篇，祝英台和崔莺莺因反抗封建礼教而成了千古传诵的人物。但无论是在元杂剧或者昆曲，还是在其他地方戏曲中，祝英台和崔莺莺的反抗性格都没有像在二人转中塑造得那么尖锐鲜明、畅快淋漓。在二人转表现的女性中，很少有扭扭捏捏、羞羞答答、欲言又止、逆来顺受的形象，多半是敢恨敢爱、泼辣直率、野性纯真、风风火火的大姑娘。

《王二姐思夫》中的王翠娥本是一位苏州女子，但在表现她思念进京赶考的丈夫张廷秀时，二人转却把她唱成了一个亦娇、亦憨、亦泼、亦痴的东北媳妇。在思念丈夫的时候，她时而逗疯耍蛮，时而又爱又恨，直想得疯疯张张、魔魔怔怔。东北的男人女人们爱的就是她这种劲儿，想看的就是这种为了爱情不管不顾、恨天骂地的女人——

镜子里边照不见这张廷秀，我要你无用的东西做什么！

当啷啷摔了这菱花镜，回手扒拉倒这梳妆的桌。

肥皂胰子掉满了地，针线笸箩楼下泼。

叫丫鬟，撕被窝；

慢着撕，二哥回来盖什么？

二哥回来都冻着。

急忙撕坏了鸳鸯枕；

慢着撕，二哥回来枕什么？

二哥回来枕毛窝；

毛窝矮，枕铁锅。

正是二姐疯魔闹，巧嘴的丫鬟把话说。

报报报，喜来到，花园来了廷秀张二哥。

二姐闻听心欢喜，嗯哎嗬，哎哟嗬，嗯哎嗯哎哎哟嗬，

乐得二姐了不得，十三磴台阶顾不得下，

这个猫跟斗咕咚咕咚往下折。

据说20世纪五六十年代的广播里，只要一播这出戏，就是王二姐扯着

松花江传（下）

嗓门想自己的男人。这一想就想遍了村里村外，想到了男人女人的心里。

传统二人转剧目的一个突出特色，就是强烈的反抗精神和不畏强权、追求正义的豪气。包公系列、水浒系列、杨家将系列，都是二人转久演不衰的剧目。这些惩恶扬善、除暴安良、报仇雪恨、为民申冤的剧目，底层百姓看了解气，绿林好汉看了长精神。

《杨八姐游春》讲的是杨家将的故事。宋仁宗要强娶杨八姐，佘太君不答应。在皇权至上的背景下，佘太君用要彩礼的方式，巧妙地给了宋仁宗一个教训。这一段要彩礼的唱段深受百姓欢迎，也显示出二人转艺人的民间智慧——

我要你一两星星二两月，三两清风四两云。

雪花晒干要二斗，三搂粗牛毛要九根。

二人转还有许多表现民间苦难的悲情戏，许多故事既可能是生活中的真人真事，也可能源自二人转艺人们自己的生活经历。《一枝花捎书》《闯关东》两出戏，表现了当年中原流民为谋生而闯关东的悲苦辛酸。这两出戏只要一演起来，总能勾起人们对家乡的思念、对现实苦难的哀怨，常常是台上流着泪唱，台下抹着泪看，直唱得台上台下哭声一片。

《冯奎卖妻》也是一出苦戏。冯奎的妻子李金莲为了全家人能活命，情愿让丈夫把自己卖给他人为妻。剧中的唱段悲苦凄惨，直透人心。老百姓说看这样的戏，扎心——

拉住女儿小桂姐，

葫芦头里有一碗小米，炕席底下还有三个大钱。

农村妇女爱看这样的戏，常常是一边看一边哭，完了还说："这扯不扯，花钱看戏，买了一顿哭。"转过年，二人转小班来了，她还点这出戏。

第十五章　相忘江湖

笑对苍生

二人转表演的整体风格是喜剧性的，即便是一些苦戏或正戏，也少不了穿插或捎带上一些喜剧色彩。无论是传统的表演方式还是现代的表演形态，几乎没有一场不带笑声的二人转演出。

喜剧性是许多地方小戏的表演风格。所不同的是，在其他地方戏曲形式中，喜剧性只是一种点缀；而在二人转的表演中，则是最彻底也最突出的特色。就像曲艺中的相声一样，二人转是天生的笑脸。

说相声的两个人，一个叫逗哏，一个叫捧哏。二人转的两个人也有自己的分工，一个叫上装，一个叫下装。上装是女，下装是男。早年的二人转，上装的女性都是男人演的，用一块头巾包上头，装成女人的模样，所以上装也叫包头。后来二人转借用了戏曲表演中通行的叫法，女的叫旦，男的叫丑。

二人转有句艺谚：一尺包头的，一丈唱丑的。这句话说出了丑在二人转表演中的作用和分量。丑角统领和调制着整场演出，人们在一场欢笑之后，也许记不住剧情和唱腔，记不住故事和角色，但一定会记住那个浑身上下都是戏的丑。二人转也由此被人称为丑角的艺术。

丑角在舞台表演体系中是最具世界性的一种角色。无论什么样的表演形式，无论在哪个国家，丑角都会被观众一眼认出来，并用笑声来表达对他的喜爱。二人转中的丑既与这种世界性的表演有角色上的相通之处，也有自己独到的特色。

生旦净末丑，在中国戏曲表演行当中，丑排在最后。然而在中国戏曲发展史上，丑角的出现与形成恰恰早于其他的行当。从唐代的参军戏到宋杂剧，丑角在戏曲表演中几乎起到了支撑的作用。在推动戏曲走向成熟

松花江传（下）

的同时，丑角自由灵活、亦庄亦谐、嬉笑怒骂、滑稽戏谑的表演，成为戏曲中风格化最早成熟起来的行当。虽然后来其他行当都有了超越丑行的光彩，但丑在中国戏曲中的位置却是无人可比的。多少年来，中国戏曲一直沿袭着"百行丑为先""丑为戏曲祖师爷"的传统，这绝非只是一个虚名。在许多传统的戏曲表演习俗中，丑是戏班子里被高看一眼的人。在剧场的后台，各种行当分坐各种衣箱，丑行可以不分，任何衣箱都可以坐。每次演出前，必须等丑角到了，才敢打开衣箱、道具箱。而且，要等丑角化完了装，其他行当才能开始化妆。这是戏俗，丑在传统的戏班里，俨然是别人有规矩、自己可以不讲规矩的老大。

二人转没有这些讲究，因为二人转中的丑和其他戏曲中的丑，在行当定位和表演方式上有着极大的不同。

戏曲中的丑，尤其是京剧、评剧、梆子、越剧等大戏中的丑，基本上是角色化了的一种行当。这些丑在剧中有自己的角色，扮演着某一个特定的人物。他们的服装、化妆、道具，甚至念白唱腔都有着自己的程式。在剧情中，他们可能是心地善良、地位卑微的小人物，也可能是奸诈刁恶、悭吝卑鄙的坏人。其共同的特点是人物的一举一动都必须符合故事情境，表演中的滑稽和言语中的可笑也必须符合人物的身份。一句话，他可笑，是因为他是故事中的可笑之人。

二人转中的丑与其他戏曲相比，最大的不同就在于他不被限定在故事中，他不是一直在扮演着一个角色，而是在跳出跳入的表演中，时而是那个人物，时而又不是那个人物。在不扮演人物的时候，他仍然可以说笑戏闹，仍然可以抓哏逗趣，仍然可以采用丑的表演方式来表演。这样一来，二人转的丑就更自由了、更灵活了。他把丑的表演从故事中析离出来，弥漫在整个演出现场。

第十五章　相忘江湖

其他戏曲中的丑只能按人物的规定表演，就像其他行当一样，演谁就得是谁。二人转的丑突破了这个规定。在演滑稽的人物时，他可以滑稽；在跳出这个人物的时候，他还可以滑稽。如果整出戏里根本就没有滑稽的人物，丑仍然是丑，仍然是以滑稽的方式在表演。而且，丑在二人转艺术中已经被放大成一种表演风格。就像相声中的逗哏与捧哏一样，两个人围绕的是哏，是制造笑声。民间的二人转也是如此，围绕着现场的笑声，旦也可以有丑的表演方式。二人转出现过许多深受观众欢迎的女丑，在二人转对笑声的执着追求中，即便是中规中矩的旦角，在表演方式上也重重地抹上了丑的表演色彩。

中国戏曲中丑的一个突出标志是在鼻梁上抹一小块白粉，无论是善良还是邪恶，无论是小人物还是大奸臣，只要是丑，这块标志性的白粉是少不了的。二人转的丑在化妆上没有特别的规定，民间艺人常常是随着自己的想法，选择一些夸张怪异的服装，脸上化妆成稀奇古怪的模样，一出场就带着滑稽可笑的样子。这种随意性的打扮，意味着二人转的丑属于整场演出，而不仅仅属于剧中的人物。丑本身成了一种功夫，是二人转表演中的一种"活儿"。"丑活儿"不是丑角儿，不是丑扮，而是贯穿在整个表演中的一门艺术。

丑活儿是丑角的立身之本，也是现场演出效果的一种保证。民间艺人程喜发既唱过包头也唱过下装，他说二人转有句艺谚：一年学成一个包头的，三年学不成一个唱丑的。意思是唱丑的难度更大，对丑的要求更高。

历史上的二人转小班里，新来的学徒多半是从旦角学起，经过多年的演出实践之后，年龄大了，形象变了，经验多了，有些旦就改唱了丑。而这时候，也多半摔打出一身的功夫，有了演丑的本钱。

丑角丑角，浑身是宝。演丑的必须有丰富的演出经验，有精湛的表演

松花江传（下）

技能，会多种不同的唱腔和剧目曲目。老艺人们常说的一句艺谚是："旦角好与坏，全得丑角带"。在一场演出中，唱丑的总比唱旦的任务重。丑不但要自己演，还必须把包头的带起来、捧出去、兜得严、接得紧，给包头镶边、溜缝、堵窟窿。

二人转表演中的"舞功"以东北大秧歌为主，同时吸收民间舞蹈和武打动作

民间的二人转演出许多都不按剧本套路来，有很大的随意性和发挥空间。为了保证整场演出的效果，丑不但要把旦的情绪带起来，还要在旦有闪失差错的时候能把戏接住。同时，丑还要捧着旦，引导观众去欣赏旦最美的唱腔、最美的舞蹈、最美的身段。旦角好和赖，全凭唱丑的卖。一个活儿好的丑，既能把整场演出调制得天衣无缝、水乳交融，也能把旦捧得光芒四射、满堂喝彩。

丑角是创造笑情的能手，笑有千斤重，丑担八百斤。无论是正戏还是苦戏，无论是宫廷争斗剧还是家庭伦理剧，都可以在丑的调剂下成为一道五味杂陈、口感丰富的大餐。正戏可以变得充满情趣，悲剧可以不那么压

第十五章　相忘江湖

抑，大人物可以滑稽可笑，小人物可以装腔作势。丑把大千世界装在了笑声里，这笑声是他碗里的饭，是可以让观众迷醉的酒。

艺谚说："包头的一条线，唱丑的一大片。"老艺人们说："二人转没有'丑'说说笑笑，帮喜帮悲，就死了一半。""'丑'欢，二人转就欢；'丑'蔫，二人转就蔫。"还有人说，一场二人转晚会，就是一个"小丑的夜晚"。

唱、说、扮、舞是二人转表演的四种基本功。其中的"说"，是指"说口"，类似于戏曲唱念做打中的念白。京剧中的念白已经成为一种独特的艺术表现方式，有"千斤话白四两唱"的说法，意思是说，唱出韵味固然不容易，但要说出韵味更难。这里讲的韵味是一种音律上的美。二人转的"说"也追求一种味道，但这种味道不是一种音乐上的甜美醇厚，而是内容上的风趣戏谑。它可以是酸溜溜的，也可以是滚烫滚烫的，可以是入口即化的，也可以是辛辣痛快的。

"说口"在传统二人转丑角艺术中占有突出的地位。有艺人说："唱丑唱丑，就得说口，要不说口，肚子里没有。"说口以丑角为主，旦角为辅，丑逗旦捧。

"说口"有的是唱词的组成部分，有的是游离在戏外的、演员直接面对观众说的话。"说口"，有戏内的，也有戏外的；有现成的，也有随机发挥的；有说的唱的，也有半白半唱的；有成串成套的，也有三言两语的。

在一般的戏曲表演中，旦角演唱时，丑角是不能随意加词念白的。二人转没有这些规矩，丑角可以在任何时候，以任何方式"说口"。自由的空间大了，对"说口"的要求也就高了。什么时候说什么样的"口"，是否说得合适妥帖，是否有助于提升现场效果，意味着"说口"的功夫到不到家。

松花江传（下）

唱丑唱丑，全仗"说口"。"说口"经过几代艺人的锤炼，已经成为二人转极具特色的表演形式。"说口"大多是说笑话，要有哏有包袱，要语言喜兴俏皮、风趣幽默、通俗质朴、自然流畅。一段好的"说口"，常常可以让现场沸腾起来。

二人转讲究"抓个口，卖个俏，不说不笑不热闹"。把现场说热闹，就是"说口"的追求。

"说口"在二人转表演中是最灵活的一种元素。长说短说，多说少说，完全由艺人根据现场情景自由选择。这种自由选择考验着艺人的表演功力，"说口"要说到点子上，说的是时候、是地方。观众坐不住的时候，场子乱了的时候，艺人得会用"说口"来收拢气氛；旦角唱累了，两个人跳累了，"说口"可以帮助艺人们歇歇脚缓口气；有时候演错了、唱丢了、接不上了，"说口"可以打个岔，再圆回来。

"说口"在形式上是一种语言艺术，但在实质上，是丑角精神自由的一种象征。丑角可以用"说口"调侃观众，嘲讽世人；可以用"说口"贬低自我，取悦他人；还可以用"说口"针砭时弊，笑骂丑恶，宣泄不满，伸张正义。丑角在表演中将自己的身份设定在低得不能再低的位置，以此获得了笑骂由我的自由。小丑在"说口"的时候排除了任何压力，抱着一种超越宠辱、贵贱、好恶、是非的态度，以嬉笑怒骂、打情骂俏、装傻充愣、一脸无辜的神态调笑着自己的演出，也调笑着这个世界。

历史上的二人转民间演出是底层百姓为自己创造出的一个可以自由宣泄的场所。只要进入演出现场，人们就仿佛获得了一种可以蔑视权贵，嘲笑道貌岸然，拿各种正统人物开心的权利。丑可以在表演中肆意挥洒自己的智慧，大声地说出人生禁忌，畅快淋漓地抖搂出藏在人们心底的真相。中国的戏曲中有"无丑不成戏，丑是戏中胆"的说法。丑的大胆和无所顾

第十五章　相忘江湖

忌，是丑的力量所在，也是丑的魅力所在。

传统二人转的丑离不开"说口"，"说口"是丑的看家本事。新中国推行戏曲改革之后，二人转要按照剧本规定的情景和台词来演出，剧本之外的"说口"空间被挤掉了，演员们自由发挥的权利被剥夺了。时间一长，演员们"说口"的能力严重退化，甚至完全丧失。那段时间，戏越演越正，喜剧性的风格越来越少，二人转的丑角艺术被排除在正规的表演之外。与此相反的是，改革开放后，民间二人转再度兴起，丑角的"说口"又被无限放大了。一场小剧场的民间演出，大部分时间是以说为主的小品表演，几乎听不到几段完整的唱腔。如果说专业二人转是对丑角拦腰给了一刀，那么民间二人转则是给了整个二人转拦腰一刀。

专业二人转丢掉了丑，丢掉了说；民间二人转丢掉了旦，丢掉了唱。二人转讲究"说是骨头唱是肉"，民间二人转丢的是肉，专业二人转则把骨头都丢了，所以站不起来了。

二人转老艺人对旦和丑有自己的理解。艺谚说："旦攻美和浪，丑攻口和相。"这个"相"，也是二人转丑角一种特别的表演方法。

相一般指二人转丑角脸上的功夫和肢体动作。老艺人们常说："演戏，要一方面进入人物相，一方面又跳出人物出怪相。""演谁有谁的相，口说到哪儿，相就随着来了。"老艺人程喜发说："唱丑的要唱啥会啥、用啥来啥，脸要像翻花似的。"如果说"说口"是一种语言上的滑稽，那么"使相"则是形体表情上的滑稽。

二人转的"相"十分丰富，千姿百态，有傻相、憨相、呆相、蔫相、疯相、瞎相、美相、娃娃相、老太太相、大姑娘相、小媳妇相、寒酸相、富贵相、猴相、猪相、猫相、鼠相……这些相，并非普通的扮相，而是高度夸张了的滑稽相。

松花江传（下）

在其他戏曲形式中，同样有一些面部或形体的夸张式表演，像走矮子步、卖傻相、抖动胡须、咧动嘴角，等等。这些相大都属于塑造人物的一种手段。二人转的相则既可以用来表现人物性格，也可以完全游离于人物和剧情之外，甚至可以单独作为一种表演内容。这时候的相就完全成为艺人展示自身模仿能力、博取观众一笑的表演。

二人转极其强烈的喜剧性风格和无所不能的丑角表演，源自东北黑土地的选择。老艺人们回忆说，当年唱屯场，唱木帮，唱矿山，唱兵营，唱大车店，唱网房子（打鱼窝棚），不论唱到哪儿，都牢记紧睁眼、慢张口。见台下有皱眉的、咧嘴儿的，就赶紧说几段口，出几个相，为的是让这些底层百姓能在欢笑中短暂地忘却苦难。艺人们的体会是，越苦的地方，越喜欢喜剧性的表演。朴实的穷苦人对艺人们说："唱吧，我们听着心里亮堂。"

中国大地上的戏曲剧种，普遍是能让穷人获得欢乐和安慰的艺术形式。穷，使得旧时中国民众获得了一种独特的娱乐方式。在很长一段时间内，演戏是种"穷欢乐"的民间行为。

历史上的二人转深深地染上了这种穷欢乐的色彩。二人转的笑，也多半源自东北人在苦难中的挣扎。

近代东北是中原移民求生逃荒的目的地。山林里是成群的野兽，草原上是成团的蚊蝇，农田中是一眼望不到头的垄沟，矿洞内是不见天日的苦难。土豪恶霸的横行，殖民统治者的欺压，使贫苦百姓如同漂泊在无边的苦海中。百般的离愁，千般的孤寂，更需要苦中作乐，以熬过无边无沿的艰难岁月。

苦中求乐，与其说是一种无奈的选择，不如说是一种求生的本能。

为了打发漫长的冬季，也为了熬过无聊的寂寞，东北话成了东北乡亲

第十五章　相忘江湖

的一种娱乐工具。说呀，谈呀，聊呀，唠呀，没踪没影的胡诌八咧，没边没沿的瞎吹乱扯，玄天玄地，白话忽悠，只要说得有意思，没人听了不高兴。

一个人可以"扯"，就像是单口相声。扯淡，扯闲白，扯犊子，扯大彪，荤的素的，天上地下，啥都能扯。

两个人可以"哨"，就像南方人对歌，东北人有对哨。比谁哨得俏皮、哨得有劲、哨得老乡咧嘴笑。

连扯带哨，东北话的魅力就在这扯和哨中，形成了词汇丰富、风格朴拙、效果强烈、"落地砸坑"的语言特色。

以前人们形容东北人时常用"傻大黑粗"四个字。东北的民风中真就特别喜欢傻，二人转中的傻相也特别多。

在纯朴的乡下人看来，傻意味着实在、意味着可信、意味着肯卖力气，所以东北乡亲喜欢傻，厌恶奸。东北民间故事中的傻女婿、傻大姐是可爱的人物。二人转的丑以傻见长，有些艺人的艺名就直接叫某傻子或某某傻子。在实际的民间生活中，没心眼儿的人常常是最有人缘、最得人心的。东北人印象中的傻，是一种可爱。二人转把这种傻得可爱形象化，用傻来讥讽奸诈狡猾，用傻来指桑骂槐。这时候的傻恰恰折射出二人转艺人的人生智慧。

二人转在东北人的苦中求乐中一路走来，旅途中充满了笑声。而这种笑声，始终浸泡在苦水里。早年的二人转艺人都是苦了自己，乐了众人。他们挨尽打骂、受尽白眼，连家人亲友都因家里出了个唱二人转的而感到羞耻，有的甚至不许其再进家门。许多丑角演员带着未擦净的泪痕上场，为同样泪在腹中流的观众添一点儿乐趣，使他们暂时忘掉一些难忍的痛苦。多少年来，从农村到市镇，不知出现过多少使观众见面就乐、离开又想的二人转名丑。刘大头、徐大国、刘士德、小骆驼——他们出身低贱、地位卑微,却为苦难中的乡亲们带来了一场场的欢笑。这笑声可能是短暂的自我麻痹,可能是无奈的解脱,但在冬季漫长的黑夜中,这笑声就是天边的一线曙光。

二人转的丑角艺术,展现的是东北乡亲的乐观精神。东北人好乐,这乐是从心里涌出来的浇不冷的情,是从胸中喷出来的扑不灭的火。

‖ 山情水韵

闫淑平是新时期以来二人转卓有成就的演员,也是新时期以来专业化二人转中的代表性人物。她在2000年、2008年两度获得曲艺界最高奖——"牡丹奖",全国再无旁例。

闫淑平1979年进入黑龙江省龙江县民间艺术团,1984年调入吉林省民间艺术团。四十多年来,她以专业化的表演和甜美的嗓音,成为东北二人转演员中的佼佼者。

闫淑平的唱腔好比大草原上的小溪,既广阔奔放,又轻柔细腻,清脆圆润,饱满充实,音符中跳跃着一种纯净甘甜的美。

唱腔还是原来的唱腔,曲调还是原来的曲调,经过半个多世纪专业化的整理改造,二人转的唱法已经别有一番格调。闫淑平现在长春师范大学从事教学工作,联想起半个多世纪前二人转老艺人程喜发第一次走进高等院校的课堂,两代艺人在教学中唱出的二人转,味道已是各有千秋。

中国的戏曲剧种,最根本的区别就在于歌唱的曲调、旋律和音韵,不同的地方戏曲都带着本地语言音韵方面的特点。一方水土一方人,方言土

第十五章　相忘江湖

语成乡音。秦腔的高亢荒凉，透着陕西方言中黄土高原的千沟万壑；豫剧唱腔的开阔激荡，仿佛是黄河冲入中原后的一泻千里；越剧唱腔的甜美绮靡，如同吴侬软语般的小桥流水；川剧唱腔的响遏行云，有如川江号子在巫山云雨中飘荡；二人转的唱腔在东北大地上随风嘹亮了三百年，每个曲调、每个音阶里都浸透着黑土的泥香和荒野的苍凉。

二人转的音乐唱腔素有九腔十八调七十二嗨嗨的说法。究竟是哪九腔，哪十八调，哪七十二嗨嗨，民间的老艺人们说不清楚，后来的专家们也没有明确一致的说法。其他地方的戏曲中也有九腔十八调的说法，这表明了地方戏曲唱腔的丰富性，并不一定代表确实有九个腔和十八个调。

二人转音乐成分复杂，有东北民歌、东北秧歌、东北大鼓的曲调，有莲花落、十不闲的曲调，有源于河北梆子的十三嗨，源于喇叭戏的打枣、喇叭牌子，源于单鼓的神调，寺庙音乐佛调。而且，像《茉莉花》《凤阳歌》《拣棉花》《孟姜女》等许多民间小调，也都是关内关外许多地区共有的。在杂曲杂调中甚至连二黄、拨子、影调等也曾被吸收到二人转的音乐唱腔中。而在这之中，离东北最近的中原民歌戏曲对二人转的影响非常大。

辽南海城古镇牛庄在明清时期是东北最为活跃的贸易口岸。1858年6月26日，正处于第二次鸦片战争中的清政府与英国签订了《天津条约》，条约规定，中国须开放牛庄为通商口岸。随后，又由牛庄转为营口，这里由此成为东北第一个对外开放的商埠。中原内地与东北的商品贸易要经过这里，大量闯关东的流民也要经过这里。资料显示，经由辽南水路进入东北的移民，远远超过其他陆路通道。随着络绎不绝的商贾流民进入，关内的民间音乐和戏曲杂艺也伴随着移民杂沓的脚步声涌入东北，如安徽的凤阳花鼓、江苏的扬州清曲、山东的柳腔，等等。这些民歌戏曲不是随风飘来的，而是中原移民满怀着对家乡的思恋揣在心里带来的。他们忘不了这

松花江传（下）

些家乡的曲子，听艺人们唱，自己也唱。在很长一段时间里，二人转艺人经常能在流动的演出中，碰到唱莲花落和《凤阳歌》的艺人。他们甚至吃在一起住在一起，相互熏染影响，相互借鉴吸收，以同是天涯沦落人的感受，将各种俗曲小调糅合成黑土地的味道。在这一过程中，东北本土的各民族音乐也以自己鲜明的个性融入二人转唱腔中。

清中叶至清末，中国民间戏曲出现了一种遍地开花、随地生长的态势。戏曲以其表演上的综合性，迅速成为各地民间百姓娱乐生活的主要形式。其他表演艺术虽然仍在延续，但在戏曲强大的吸附影响下，已然形成一种面向戏曲的向心力。最典型的便是乡间的节庆歌舞和曲艺说唱，同时成为地方小戏音乐和舞蹈的主要来源。东北大秧歌中的音乐和民歌，东北大鼓和子弟书等说唱音乐，在二人转自由而开放的音乐结构中，展现着自己的魅力。

20世纪30年代前后，二人转作为一种民间戏曲已经逐渐走向成熟。其标志之一，便是主体的音乐唱腔基本形成。其形成的过程，完全是散漫无序、自然天成的，既没有哪个艺人名家发挥关键性的作用，也没有专业的音乐创作者参与整理，更说不准哪出剧目有代表性的意义。艺人们在流浪演出中师徒相传，相互学习，不执着于固定的曲谱，不受套曲形式的束缚，一任方言土语、土腔俗调自由组合。对艺人们来讲，上辈人传下来的唱腔就是规矩，到了不同的地方听到不同的唱法就把它学过来。其标准只有一个：乡亲们听着入耳、听着动情。

二人转艺人们常说："小曲小帽，成堆成套，七拼八凑，你说我唠。"这成堆成套的小曲小帽，其基本的音乐素材原本就大量地存在于东北民间的百姓生活中。"你说我唠"的意思是说普通的东北乡亲几乎人人都能唱两口、哼两句。古城辽阳有句民谚："辽阳城九座门，满汉都供一

第十五章　相忘江湖

个神；辽阳城九道街，满汉都唱呼呀嗨。"这全城人都会唱的曲子，就成了二人转音乐的老底子。老艺人闫永富说："东北民歌小调是二人转最早的母体，是白山黑水、林海雪原开荒占草时大豆高粱的成色。无论是点种扶犁、打场赶车、哄孩子做饭，都能在嘴边哼哼几句，什么五更里、瞧情郎、放风筝、小烧香、乡云肩、九反朝阳，等等，赶车的小伙能唱，喂牲口的老汉能唱，妇女哭坟的时候能唱，小媳妇哄孩子睡觉的时候也能唱。"

二人转的声腔曲调质朴流畅，节奏富于变化，虽然有许多咿呼嘿呀呼嘿等衬字虚词，但板式明快，腔格灵活。即便是抒情风格的旋律，也很少有江南戏曲那种不绝如缕的唱法。

被称为百戏之母的昆曲，自诞生之初，就形成了迤逦之声绕梁三日的演唱风格。艺人的演唱功力和戏曲的味道就蕴藏在这绵长的咿咿呀呀声中。这种充满文人书卷气的唱法，在18世纪前期就已经遇到了民间的抵制。资料记载："长安之梨园，所好惟秦声、罗、弋，厌听吴骚，闻歌昆曲，辄哄然散去。"

平民百姓受不了昆曲那没完没了的咿咿呀呀。记载中所说的秦声、罗、弋，就是以山陕梆子、罗罗腔、弋阳腔为代表的各地方戏曲。这些流传于民间的戏曲声腔，在当时统称"花部""乱弹"，与昆腔的"雅部""正音"相对。

历史上的东北被称为大荒之地，像昆曲这样的雅部正音很难在这里找到自己的知音。二人转作为东北的花部乱弹，自打形成之初，便把自己的根扎在了广阔而丰腴的土地上。它不追求精巧，也不怕变形杂乱，就地谋生，随风随俗，心甘情愿地与没有多少文化修养的平民百姓为伍。由此，二人转更显得粗糙而强健，散乱而灵动，卑下而有活力。

松花江传（下）

节奏慢、故事老、演出方式陈旧是中国大多数戏曲的通病，也是其逐渐失去观众的致命因素。吉林省二人转音乐家那炳晨说，他在20世纪60年代曾到长江流域拜访一位当地的戏曲艺人，当时后者正在录音棚里灌制唱片。唱片的一面是三分半钟，而要录制的一句唱词只有十个字："走一山又一山，山山不断。"由于是慢板唱腔，因此唱完了"走一山又一山"就已经用完了三分半钟的正面，要想录"山山不断"，就得将唱片翻过来再录。那炳晨说，一个没完没了的拖腔，对东北的乡亲来说，简直是一种折磨。

千言万语，以唱当先。传统的二人转表演是以唱功来撑起一台戏的。艺谚说："旦角一条线，丑角一大片。"旦角的这一条线，就特指旦角在表演中要唱得美、舞得美。丑角的一大片，要求丑角在说口出相之外，也要在唱功方面与旦角珠联璧合。无论是一出戏，还是整整一场演出，丑角掌控着演出风格，调剂着现场气氛，用一只眼睛盯着观众，而另一只眼睛则要始终瞄着旦角。丑角转来转去，是以旦角为轴的。所以有的老艺人说，二人转是"以旦为主，旦领丑随"。这里所说的以旦为主，实质上就是以唱为先，唱得好是二人转艺术的第一美。

唱在中国戏曲中始终居于首要地位。过去演员叫唱戏的，人们到戏园子里，是去听戏的。有民俗学资料显示，当年京城的戏园子里，人们是围着茶桌听戏的，很多人甚至是背对着舞台，只在特别的关节处才回头看上一眼。大部分时间，就是在听那一口唱。剧目是反复上演的剧目，剧情人人都耳熟能详，戏迷们还能一往情深地进戏园子，为的就是听那有滋有味的唱腔。一段令人叫绝的唱腔，能赢得一片叫好声，也能让一些老戏迷唖摸哼唱一辈子。

唱腔的音韵和味道，往往体现了戏曲艺术的最高境界。可以说戏曲首

第十五章　相忘江湖

先是一种唱腔艺术，各剧种之间的区别首先是唱腔上的区别，一些大剧种内部的流派之分，也是基于唱腔之别。能不能听出门道、能不能欣赏唱腔之美，也成了懂不懂戏、会不会品戏的首要标准。

韩子平以唱功扎实，音质纯正，吐字真、韵味甜、板头准而成为二人转专业化发展以来以唱著称的演员。

二人转演员董玮、韩子平演出二人转《丰收桥》

20世纪80年代以来，韩子平的唱已经在东北百姓心中形成了一种品牌式的风格。很多民间二人转艺人在小剧场演出的时候，都会来上一段韩子平的模仿秀。

一段时期以来，二人转进入都市剧场之后，说得多了，唱得少了，而且影响到整个二人转的演出形式。每当看到这种情况，人们总不免有些接受不了。许多老二人转迷都说，现在的二人转变味了，没有韩子平的唱了。

20世纪六七十年代，也曾出现过听不到二人转，让东北的乡亲们百思不得其解的现象。当时，曾有一个芭蕾舞剧团到乡下去演样板戏《红色娘子军》，乡亲们看完之后很奇怪，说："怎么都不唱呢？他们都是聋哑学校的演员吗？"后来村里又来了一个话剧团，演出结束后乡亲们都没走，还奇怪地说："怎么没听到唱，戏就结束了呢？"

805

在老乡们的心中，是戏就得有唱，没唱就不叫戏。

是二人转培养了东北乡亲的戏剧观。就像春节不放鞭炮、不吃饺子就没有年味一样。如果没有嘹亮的唢呐，没有火爆的唱腔，老百姓就说没有戏味。

民间老艺人都十分重视唱功的培养。艺谚说："六年胳膊十年腿，二十年练会一张嘴。"早年间师傅收徒弟，先要看嗓子条件好不好，是不是吃唱饭的料。

京剧每一个特定的行当，都有自己的发声方法和演唱方法。比如老旦和青衣，前者以真声为主，后者则以假声为主。二人转在演唱中也形成了自己的发声方法和声腔技巧，在真声本嗓、质朴自然的演唱中，追求的是韵味浓郁、吐字清晰、句头整齐、有板有眼、腔调好听、嗓子担活。

艺人们喜欢用板头瓷实、板头硬来形容在演唱中节奏和韵味把握得好的演员。二人转的唱腔节奏变化多，板眼的起落非常有讲究。艺人们常说唱二人转要有心板，意思是要用心体会唱段，让板头活起来，用板头找韵味。

老艺人李青山说："满腔满调是一绝，唱腔美、味道足也是一绝，句头整齐、字眼清楚还是一绝。在这几绝中，味道足不足，是考量一个艺人唱功到不到家的标准。"

韵味一直是中国戏曲唱腔追求的最高境界。京剧的须生之所以在早期引领着人们的欣赏趣味，后来的四大名旦之所以领一代风骚，花脸行当之所以十净九裘，都在于出现了一些有才华的艺人，以独到的唱腔韵味征服了观众，引导了戏曲的欣赏方向。秦腔、评剧、越剧、黄梅戏，同样涌现出一些将演唱技巧升华为审美韵味的名角，使咿咿呀呀的唱腔萦绕在戏迷的脑海里。

第十五章　相忘江湖

唱好唱，味难拿。在老艺人看来，二人转追求的韵味就是黑土地上的乡音乡情。虽然许多声腔曲调都是从别的戏曲形式中借鉴吸收来的，甚至是中原的曲牌，是江南的民歌，但只要进到二人转的戏里，就像是浸泡过松花江的水，吹过长白林海的风，一张嘴就带出了浓浓的松辽平原的味道。

二人转在演唱风格上大体可分为两类：一类明亮高亢，如同皓月当空，听着畅快圆润，甜美甘醇；另一类如浮云遮月，余音袅袅，天生挂着味儿。艺人们把后一种唱法叫云遮月，乍一听好像不透亮，听着听着就给人一种被吸引、被包围的感觉。身在其中，那浓浓的味道能让人醉了。

二人转的味道并非仅仅如关内戏曲追求的那般绵远悠长。在二人转艺人看来，大情大爱是一种味道，大悲大苦也是一种味道，唱得俏皮和风趣同样是一种味道。味道足不足，关键在于合不合情。这个情，是演员用自己的心去碰观众的心，用自己的情去合观众的情。这也就是老艺人李青山说的："唱唱全凭一腔血，不要光用舌头。"

中国许多大的剧种经过多年的演出实践，在历史的不同阶段涌现出了许多独具特色的唱腔流派。京剧就先后出现了三十多个以姓氏为名的流派，各有各的味道，也各有各的戏迷。各流派的代表性人物在舞台上竞争，各流派的戏迷在舞台下较劲，台上台下，你呼我应，推动了戏剧唱腔艺术的百花齐放。

二人转在近三百年的历史中，没有在演唱风格上形成可以独树一帜的流派。早年间有一种说法：南靠浪，北靠唱，西讲板头，东耍棒。说的是辽南一带的二人转擅长舞蹈，松嫩平原以北的地区讲究唱功，辽西的风格是板头瓷实，江东的表演多了一些武术功夫。这种说法只是描述了一种片段性的印象，并非公认的艺术流派特征。比如有艺谚说："好唱手，往东

807

走，东边养活好唱手。"意思是说，松花江以东地区是二人转艺人高手云集的地方，并非说在二人转艺术中有一个江东派。

二人转特殊的演出环境也制约了艺人们对唱腔的雕琢，无论是在村屯的场院，还是在城镇的街头，无论是在林海雪原，还是在草原荒野，每一声唱都在风中飘来荡去，只有大扔大撂地放开嗓子，才能穿透空旷的天地，唱进乡亲们的心里。许多民间二人转艺人的嗓子都有一种沙哑的感觉，那是因为他们是在卖力动情的演唱中，用一腔热血把嗓子唱劈了。

二人转始终追求的是唱声心有情，唱情声见人。二人转艺人们没有自创流派的冲动，如果说有，那就是要把每一声唱，送到乡亲们的耳里，唱到老百姓的心里。

铅华春秋

张兰阁，吉林省艺术研究院研究员，多年来，一直以中外戏剧的比较研究为自己的学术方向。从古希腊到欧洲的文艺复兴，从莎士比亚、莫里哀到关汉卿、汤显祖，从歌德、席勒到李渔、王国维，宏阔的学术视野让他对身边的二人转投入了不一样的目光。他主持的"二人转文化白皮书"项目就是以田野调查的方式，对活在当下的二人转进行全景式地寻访摸底。在理论研究之前，张兰阁决心下点儿"笨"功夫，找到现实中的二人转最真实的存在方式。

"二人转与文化论争"是张兰阁"二人转文化白皮书"中设定的一个调查话题。这个调查范围，既包括专家学者，也包括文化政策的制定者和管理者；既包括二人转的从业者，也包括媒体和观众。在张兰阁看来，中

第十五章　相忘江湖

国戏曲尽管也曾有过表演形式与剧目曲目的讨论，但都没像今天的二人转这样，引来那么多人的围观，引来那么多层面的议论纷纷，而且讨论的聚焦点又多半不在艺术层面，而在二人转的文化品位上。

直到新中国成立之前，二人转一直以一种适者生存的民间艺术形态自主选择自己的表演方式，它是艺人们的饭碗，也是底层人的乐趣。至于表演的内容和方式，艺人们一直秉承着"百货迎百客"的原则。在艺人心里，卖艺是为了谋生。这个艺，在当时来看，与其说是艺术，不如说是手艺，是伺候人一笑一乐的本事。手艺有高有低，本事有大有小，这标准与其说是艺术的，不如说是民俗的。这民俗，就是乡亲们的口味。由此形成了二人转最基本的特色：老百姓的感情，老百姓的愿望，老百姓的趣味，老百姓的喜好。

世俗性成了二人转抹不掉的胎记。然而也恰恰是这个俗字，成了缠绕二人转前世今生的一个躲不开的话题。

早年间的二人转不存在俗和雅的争议，二人转本来就活在民间，本来就是为世俗大众服务的。主流的社会秩序有自己的规则，用不着和那些最底层的艺人们讨论俗和雅的问题。从清朝到民国，几乎历朝官府都禁止过二人转表演，理由无非是伤风败俗、粗野淫邪。这用不着讨论，一纸通告、一道禁令，就把场所关闭，把艺人撵走。艺人们也没有精神上的压力，这边禁了，我到那边演；这时候禁了，我换个时候再来。文化人不喜欢，我给没文化的人演；都市人不喜欢，我给乡下人演。人家不讨论不争论，你走你的天桥，我走我的下水道。二人转就这样带着浑然不觉的泥土味、灶坑味、农家院里的柴草味，风一样地飘荡在乡野山村。

直到改革开放初期，民间二人转再度兴起，雅和俗也一直不是二人转的主要争议。对于代表主流文化的管理者来说，二人转作为传统的民间艺

松花江传（下）

术，是由精华和糟粕两部分构成的，只需继承精华、扬弃糟粕就可以完成对二人转的改造。

历史上的二人转无论是内容还是形式，都沾染了太多旧时代的痕迹，如骂人的脏口、性暗示的双关语、色情的挑逗、美丑的颠倒、鬼怪迷信，等等。对于文化管理者来说，这不是俗，而是糟粕；而对于民间艺人来说，这就是那个时代的东西，是五行八作的底层百姓习以为常的生活，它本来就不高尚，本来就是一种流行在民间的趣味。

许多二人转老艺人在自己的回忆中都讲述过相似的情节。如果演出的场所是单身男性比较多的地方，比如大车店、土匪山寨、煤矿、兵营等，你就得说荤口，唱低俗曲目。你要是不说不唱，非但挣不到钱，很可能还会挨揍。艺谚说："不怕不卖钱，就怕货不全。"

自打有了二人转，艺人们脚下的这条路一直是被观众领着走的。艺人们卖艺为生，每一步都得踩到观众的点儿上。表面上看，一些剧目和唱腔来自其他民间艺术形式，但唱什么、怎么唱，说了算的是观众。二人转艺人从来没有自顾自地陶醉在自己的表演技艺里，也不是单向地给予观众精神馈赠，二人转的最终形态是在观众目光的选择下完成的。是凛冽干冷的东北风将二人转吹成了这副模样，就像东北平原上的白杨树，全都斜歪着朝向东南，因为常年刮的是西北风，它得顺着风长。

清代文人杨宾在《柳边纪略》中对闯关东曾有过这样的描述："凡走山者，山东山西人居多，大率皆偷采者也，每岁三四月间，趋之若鹜。至九十月间，乃尽归。其死于饥寒不得归者，盖不知凡几矣。而走山者日益多，岁不下万余人。"

这些闯关东的走山者，大多是因为灾荒和战乱被迫远离家乡。他们的血液里，流淌着浓重的绝望与铤而走险的不得已。他们既要躲避官府的欺压，

第十五章　相忘江湖

又要忍受恶劣的自然环境。有些人被逼无奈，成了啸聚山林的土匪。

1931年前后，整个东北有一千六百多股大大小小的土匪团伙，总数达到七万多人，数量和密度远远高于关内。从土匪的构成来讲，又是以关内的流民居多。他们有占山为王的，有独霸一方的。有的本来就是贫苦的农民，农忙时在家种地，农闲时进山为匪。尽管也有一些杀富济贫的义匪，但绝大多数是品性低劣、坑害百姓的邪恶势力。

许多老艺人在流浪演出时，都有过遭遇土匪的经历：他们给土匪唱二人转，只能按照他们的口味唱。土匪们喜欢听绿林好汉的故事，喜欢听粉的、荤的，艺人们只得满足他们的要求，而且要留神别戗着他们。

"在闯关东的人流中，大多数是敢冒险、能吃苦、身体强壮而又没有家庭拖累的单身男性。大量的光棍汉涌入东北，遂使东北地区人口性别比例严重失衡。男多女少，正值青壮年的光棍汉们多为性饥渴所困扰。在寻找宣泄排遣的出口时，他们自然就把目光投向了容易就能看到的二人转上。"

《西厢记》是中国传统戏曲中的经典剧目，在各地方戏曲中，都有不同的取舍改编。二人转演唱的《大西厢》就有一段《荼蘼架下》，描写莺莺和张生在荼蘼架下野合，其中有大量的性描写内容。二人转艺人在演唱时，如果看到现场正经人多，就可以把这段扔了不唱；如果是在大车店、匪窝、兵营，艺人们就会现场发挥，直到把这些光棍汉唱得心里直痒痒，才能挣到更多的钱。聪明不过艺人，伶俐不过江湖。卖艺就得随行就市，就不能不沾上荤腥膻气。这样的场面多了，二人转也就刻上了抹不掉的黄色、淫秽的斑痕。

二人转的表演其实就是在这样漫涣无序又彼此包容的精神空间中百无禁忌，撒欢儿尥蹶子的。它敢于肆无忌惮地拿君臣父子开玩笑，敢于指天

松花江传（下）

骂地大爆粗口，敢于口无遮拦地拿人体和性来闹着玩，就是因为这些赤裸裸的表演在底层民间是通行无阻的，是有着相应的精神土壤的。

早年间的二人转艺人常年浸润在东北最底层的习俗中，他们本身又是社会地位最低、生活最困顿的一个群体。不要说主流社会对他们歧视，就是普通百姓也常常用轻蔑的目光来看待他们。在很长的一个历史阶段，二人转艺人是抬不起头来的。农民喜欢二人转，但要是自己的家人去演二人转，却是万万不行的。在一些地方，唱二人转就意味着不正经。

从一些老艺人的回忆中可以看出，二人转艺人中，有一部分是父一辈、子一辈的从业者，有一部分是逃荒要饭的赤贫农民，还有一部分则是干不了农活又无正当职业的游民。艺人成分的复杂，加上表演中常有低俗的内容，使人们对这个群体有了很深的负面印象。不止一个老艺人回忆说，曾有过村子里丢了东西，二人转艺人被人误抓误打的情形。只要村子里出了什么不好的事，人们首先就会将怀疑的目光投向那些流浪来的艺人。在农民眼里，唱二人转的都不是正经庄稼人，把他们和二流子、妓女一起列为下九流是民间通行的态度。对于作为主体的大多数有良知的二人转艺人来说，这是既令他们愤怒又让他们无奈的一种民间误解。

是旧时代的民俗土壤让二人转这根野草长出了许多杂乱的枝叶。打嘴巴子是二人转沿袭下来的一种表演片段，"丑角"在用"说口"骂人，或者用动作去捡旦角的便宜时，旦就会打丑的嘴巴子。丑这时候的"说口"常常是连环的，说一句打一句，越打口越俏，越俏越挨嘴巴子。有的观众给计过数，一个连环口说完，丑挨了七十多个嘴巴子。打是真打，在噼噼啪啪的嘴巴子声中，是观众一阵接一阵的笑声。这样的表演直到今天仍可以在一些民间二人转的表演中看到。这些横生斜长的枝叶，就这样簇拥着二人转这根野草。也许在以往的年代里人们不会在乎，可是随着时代的变

第十五章 相忘江湖

迁,这种非艺术的表演片段已经成了人们诟病二人转低俗的例证。

新中国成立后对戏曲的改造,让二人转有了脱胎换骨的新面貌,特别是专业二人转团体成为表演主体之后,封建迷信、淫秽下流的表演形式被彻底清除。虽然少了丑角的滑稽和"说口"的灵活,但浓浓的乡土气息仍然让二人转在乡亲们心中保有无穷的魅力。二人转的世俗性表演为它赢得了观众,也赢得了主流文化的一致肯定。人们相信,世俗性、通俗性正是二人转的生命力所在。

在各种民间戏曲样式中,很少有像二人转这样在感情的好恶方面造成如此强烈的反差。喜爱者,百看不厌;厌恶者,不屑一顾。喜欢的人在二人转的世俗性中看到了顽强的生命力;厌恶的人抓住它的恶俗不放,断言它气数已尽。

崔凯是新时期以来二人转创作的领军人物,他创作的《摔三弦》等作品,既带火了二人转市场,也带火了二人转演员。他一生都泡在二人转这个行当里,他了解二人转,了解艺人,了解观众,也了解市场。在他看来,二人转说到底就是东北的一种地方小戏。它不是什么京腔大戏,也不同于评书、相声那些有源流、有门派的正宗艺术。它就像一个没爹没妈的弃儿,只要你高兴,夸它两句,或者看它不顺眼,踹它一脚,都行,没有人不答应。

20世纪80年代梨树县地方戏团排演的拉场戏《摔三弦》 表演者(由左至右):董孝芳、陈树新、郭秀杰

王肯是二人转创作和理

松花江传（下）

论研究领域公认的权威，他提出对二人转既不要俯视，也不要仰视，而要用一种客观的态度来正视它。他从自己的创作实践中体会到，民间有民间的趣味，民间有民间的审美。二人转是民间艺术，要想看清楚二人转，就应该将自己的身段调整到民间的角度。特别是在创作和审美品位方面，民间视角和文人视角是不同的，表现方式也不一样。文人感觉多余的，民间感觉不多余；文人感觉合理的，民间感觉不合理；文人感觉接受不了的，民间却认为很有意思。

美学家王朝闻在与王肯讨论二人转创作时，曾对他说过这样一段话：二人转"好像一个天真、活泼、淘气、灵巧、泼辣甚至带点野性的姑娘，既很优美，又很自重，也可以说是带刺儿的玫瑰花"[1]。

在各种议论声中，王肯多次表达自己的忧虑："我担心，二人转这根顶花带刺的黄瓜，被一些人给摆弄蔫巴了。"

在王肯看来，通俗是二人转的长处，如果二人转离开了民间基础，一味向一些高雅的古老剧种看齐，丢掉自己那些通俗自然、生动活泼的东西，必将丢掉自己浓厚的乡土特色和旺盛的生命力。不但会把观众推出去，连戏剧博物馆也不收容你，可谓"大庙不收，小庙不留。俗不爱，雅也不赏，大雅之堂更进不去"。二人转要汲取历史上一些剧种兴于民间、衰于庙堂的教训，保持二人转本体的清香、鲜嫩、活脱脱的光泽和气息，保持二人转的那一片天真，这也许正是人们在雅和俗之间寻找的二人转的希望。

---

[1] 吴文科著：《曲艺综论》，北京时代华文书局，2015年，第172页。

第十五章　相忘江湖

‖ 活态传承

二人转在20世纪后期的都市化是一次带有方向性的转折。原本属于东北民间的地方小戏，原本是黑土地上舒卷自如的长风，竟挟着一股不管不顾的气势，冲进了都市文明的大本营。而最初掀起这次风暴的那只蝴蝶，是一个叫林越的人。

1986年，林越在吉林市火车站前经营起一座二人转小剧场。在当时的东北，像这样的小剧场有很多。虽说进了都市，但终究不过位于城乡接合部，不过是为市井百姓提供消遣娱乐的小场所，还没入主流文化的法眼，还没有人意识到它能卷起多大的风浪。

直到十多年后，关东林越艺术团成立，林越以民间文化经营者的身份，在吉林市开办了东北第一家灯光、音响效果俱佳，座席舒适的现代化二人转剧场，曾经灰头土脸的民间二人转才算是真正跨过了都市的门槛，堂而皇之站在了光鲜亮丽、自命不凡的都市人面前。

2001年2月，中央电视台"梦想剧场"在长春录制了一期二人转专辑，合作方是长春市二人转民营实体中的佼佼者和平大戏院。录制现场是最能代表东北特色的冰天雪地，二人转最大的特色又是火爆热闹，冰火两重天，冷和热撞到一起，把好冷的东北和好热的二人转送到了全国观众的眼前。

这是二人转第一次走进国家级媒体的前台，也标志性地意味着二人转都市化的进程获得了主流文化的认同。参加演出的和平大戏院的演员后来陆续在荧屏上走红，成了名角。而在此前，或者在更早的一段时间里，他们都还是在小剧场里卖艺为生的民间艺人。

张涛是在长春东北风剧场演出时间最长的演员，多年来一直唱大轴

松花江传（下）

儿，是东北二人转演员中无可争议的"腕儿"，有"东北三省第一丑"之称。

2010年7月13日，张涛所在的长春东北风二人转艺术团参加了首届全国民营艺术院团优秀剧目展演表彰大会。在北京钓鱼台国宾馆，东北风艺术团以最高的票房成绩获文化部大奖。

新中国成立后，东北的二人转也曾多次在北京的大剧场演出，也曾获得过多项荣誉。这次所不同的是，东北风艺术团以民间二人转的姿态，昂首站立在国家级的艺术殿堂。这似乎是一个信号，民间二人转在走向都市的路上，有两只手在推着它，一个是市场的，一个是政府的。政府虽然出手晚了点儿，但这只手很宽厚、很温暖。

世纪之交的前后十年，中国社会正处于计划经济向社会主义市场经济全面转型的过程中，这仿佛是一个巨人沉重而又坚定的大转身。善于寻找生存缝隙的民间二人转，不失时机地将自己的影子挂在了巨人的身后，踏着市场化的节拍，面对代表现代文明的都市，破门而入。

都市敞开了大门，二人转水到渠成。而真正使二人转在都市的上空风云际会的，是有着民间曲艺深厚积淀又得风气之先的辽宁艺人。

"黑土地是爹，二人转是妈。"辽宁民间艺人是经由电视小品艺术走红娱乐市场的，但难得的是，他们挟着小品表演打造出的名气，回过头来去感谢黑土地这个爹和二人转这个妈。他们一直没有忘记自己的农民出身，也一直没有忘记自己是喝二人转的"奶"长大的。

2000年前后，一批有市场头脑的二人转艺人纷纷把目光投向了都市化的娱乐表演。他们从吉林市的林越身上，看到了二人转跻身时尚都市的前景。在时代的推动下，二人转的都市化几乎成为一种不约而同的统一行动。在整个东北，甚至整个北方的大中城市，以民营二人转为主体的现代剧场和表演

第十五章　相忘江湖

院团如雨后春笋般涌现，如沈阳的辽宁大戏院、长春的和平大戏院、东北风剧团、关东剧院，吉林的林越艺术团，哈尔滨的东北大舞台，大连的工人剧场，等等。中小城市更是一窝蜂地为民间二人转搭起了舞台。

民营的二人转文化实体不仅经营都市剧场，还组织艺人们到全国各地巡回演出。据称，仅流动在京津一带的零散艺人，就不下二百副架。

随之而来的，二人转风靡大江南北："《东北二人转'转'红京城》《'金茂之夜'东北二人转昨晚首演　全场笑得花枝乱颤》《'东北二人转'转到长沙城　首次登台掌声火爆》《'东北二人转'在南京火了》《东北二人转逗乐深圳人》。"[1]

像做梦一样，二人转一夜之间成了中国戏曲舞台上最红的名角。

在北京的二人转剧场，黄牛党曾将票价炒到几千元一张。人们在涌入剧场去看二人转的时候，不能不感叹这个中国国粹京剧、这个曾经有无数京剧名伶叱咤风云的舞台，这个"国家兴亡谁管得，满城争说叫天儿"的京畿之地，如今将戏台让给了两个人蹦蹦跳跳。

于是有人大而言之地将二人转在北京开剧场比喻为二百年前的徽班进京，也有专家借着这个话题来讨论中国文化版图发生的变化。

二人转膨胀了。在市井百姓的大惊小怪声中，在专家煞有介事的评论声中，二人转成了"朝中新贵"。

本来名不见经传，本来只是乡野间的二人小戏，一转身却在中国戏曲的殿堂前排就座，这不能不引来八方议论，说长道短。

这也难怪，二人转像一股旋风，在都市的上空鼓荡着、盘旋着、搅动着。风从沃野来，带着泥土的新鲜，也带着沙尘的味道。五花八门的演出

---

[1] 王木箫编选：《吉林二人转集成　论文卷2》，时代文艺出版社，2014年，第240页。

松花江传（下）

形态，时而让人捧腹大笑，时而让人目瞪口呆。

二人转是靠笑声打开市场的，是靠笑声赢得票房的。为了笑声，二人转艺人们使尽浑身解数。

走进市场的二人转颠覆了优良的传统，不唱或者很少唱正戏了。一场二人转演出，就像是男女合作的豪华相声和喜剧小品，为"赶时髦，图刺激，快节奏"，演员们将传统二人转的"唱说扮舞绝"变成了"说学逗浪唱"。一会儿是歌曲模仿秀，一会儿是情景笑话，一会儿来一段杂耍，一会儿讲一个情节暧昧的黄段子，包袱抖得特别快，不间断地说笑话，让台下观众笑个不停。

观众需要快乐，二人转就制造快乐。二人转把欢乐制造得如此纯粹，恨不得把所有的"意义"抽干。

对比曾经几十年间的精神压抑，对比寓教于乐的文艺传统，对比时刻想着为快乐寻找内涵的审美习惯，二人转以快乐无罪、快乐就是理由、快乐可以超越意义的姿态，为大众重新找回了享受单纯快乐的权利。

在制造快乐的路上，二人转越走越"远"。就是在唱苦戏的时候，就是在最悲情的时候，艺人们也在搞笑。舞台上到处是穿得不伦不类、说话娘娘腔的艺人，到处是挤眉弄眼、装疯卖傻，走下台来和观众闹一闹的表演。

快乐何止是不载道了？简直已经是在取笑一切严肃，调侃一切神圣，嘲弄一切规则，抛弃一切深度，甚至把人性最基本的尊严都踩在了脚下。

在市场的指挥棒下，剧场的经营者和演员们挖空心思地投观众所好，迎合大众趣味成了唯一的导向。为了要掌声，有的演员不光是说脏口，甚至骂乐队、骂自己、磕头、下跪、打嘴巴。早年间曾经有过的令人不堪的一些表演习俗，都在市场的召唤下"借尸还魂"了。

第十五章　相忘江湖

善于变化吸收，原本就是二人转的传统。在都市这个特殊的市场环境下，二人转也变了，不是变脸，是变了滋味。

市场二人转一边在赢得票房，一边也招来了各种非议，在赢得掌声的同时，也将自己撕成了碎片。

进入都市的二人转已经刹不住车了。借二人转出了名的演员四面出击，八面风光，演电影，演电视剧，演小品，演综艺，就是不唱二人转。

二人转名人多了，二人转剧目没了。

这已经不仅仅是一种演艺现象，而是成了一种令人担忧甚至招来斥责的社会文化现象。二人转是这种娱乐无底线的制造者和受益者，在社会各种目光的逼视下，一路下行的二人转脱不了干系。

市场二人转被笑声牵引着、刺激着，也丰富了各种"说口"的创作，其中不乏讽刺世相、针砭时弊，在说笑中让观众开心解气的作品。二人转演员将各种刚刚发生或正在发生的事件编成段子，以平民百姓的视角给予调侃解读，举凡是明星大腕的绯闻、股票物价的涨跌，甚至公众人物的一言一行，都可以随时编到"说口"里，给观众一种敢说真话、敢讲真相、敢于表达自己真实观点的畅快之感。观众的掌声常常是在鼓励演员胆子再大一点，说得再狠一点。

二人转特殊的表演形态要求演员们必须具有多种本领，嗓子要好，模仿能力要强，要会几种绝活儿，要有现场调动观众情绪的能力。这就使许多二人转演员练出了一身的本事，常常是一个丑角唱独角戏，在台上二三十分钟的表演中，不间断地甩出一个接一个的包袱，让观众从头笑到尾。这样的演出不是一天两天，而是年复一年。一场演出有几对儿演员上场，既要保证表演不重复，又要超越昨天的自己，拿出更新鲜、更刺激的节目。这对常年忙于表演的艺人来说，真是太难了。这就带来了一个根本

松花江传(下)

性问题，总是那么几个演员，总是那么几个节目，鲜活的二人转逐渐僵化为一种无奈的套路。不同的城市、不同的剧场，演出的节目样式和风格几乎完全一样。大家说一样的口，唱一样的戏，扮一样的傻子，学一样的大猩猩，吹一样的葫芦丝。你在北京看的二人转节目，其实已在沈阳、长春演了一年多了。对比二人转表演中各种低级恶俗带来的危机，创新能力的匮乏正在从根本上危及二人转的生存。

每天表演结束后，二人转艺人最愁的就是，明天演什么？

创作乏力导致了严重的互相抄袭。这个剧场有了新节目，第二天就会在别的剧场上演；这个艺人有了新段子，第二天别的艺人就会学了去。没有作家愿意给艺人们写本子，因为绞尽脑汁写出来的东西，一旦上演，就会变成所有人的作品。

都市剧场中的二人转票价高了，演出的节目却始终是老一套，时间一长，人们就不愿意再进剧场了。毕竟，现今剧场中的二人转不是让人细细品味的艺术。它追求的是现场即时的快感，一个段子，一个小品表演，第一次看是新鲜的，第二次就勉强了。有时过了几个月甚至一年去看，发现还是这个段子，还是那个小品。

都市中的二人转，已经成了游客和流动人口的消费项目。就像是风景区的一个旅游品牌，用来接待外地客人，如同品尝一次地方小吃，观赏一次异域风情。

2006年6月10日，东北二人转被国务院公布为中国第一批非物质文化遗产。与其他同时或稍后列入遗产名录的项目相比，二人转显得有点儿另类。作为非物质文化遗产，大多数项目已经或者正在走向休眠状态，二人转却恰恰相反，在外观上似乎看不出垂垂老矣的神态。专家们指出，也许这正是二人转亟待保护传承的原因。因为现今活跃着的二人转，并非可以作为文化遗产来保护的那个二人转。于是有了两个概念，一个是非遗的二人转，一个是市场的二人转。

乌丙安先生是我国著名的民俗学专家、国家非物质文化遗产保护工作专家委员会副主任。乌丙安先生是蒙古族人，而内蒙古的东部地区在位置上属于大东北，历史上一直是二人转艺人演出非常活跃的地方。人们印象中的东北二人转，实际上就包括河北历史上的热河地区和内蒙古东部，那里不仅盛行二人转演出，而且曾有过许多叫得响的二人转艺人。

乌丙安先生在家中

乌丙安先生对二人转非常熟悉，他曾描述过儿时看二人转的情形。"刚化着妆的时候我们就跑去看，南炕北炕都站满了，窗户上都是人，根本挤不进去。怎么办？有的人就趴在房顶上，从窗户眼儿往里看。如果这一个礼拜六七天在我们家唱，那这一个村子什么活儿都不干了，着火了都没人管！"

正是因为对二人转的熟悉，同时又担负着国家非物质文化遗产保护工作专家的责任，乌丙安先生提出，二人转需要列为国家非物质文化遗产保护项目，但保护的对象不应是都市剧场上演的这种二人转。非物质文化遗产的发掘、保护与传承，有着严格的界定和要求，包括其形式、内容、表现手法乃至传统技艺，都必须尽量原汁原味。在乌丙安先生看来，走入都市的市场二人转，是二人转为了今天的生存而变化了的一种结果。你可以赚钱，可以存在，但传承与开发是两个概念。遗产就是遗产，遗产不能面目全非。

吉林省东北二人转博物馆是全国首家以二人转为主题的省级博物馆，馆内设有"东北二人转文化展厅"和"活态传承小剧场"两大部分。这里定期举办二人转活态展演，演员们要使用传统唱腔，表演特定的传统剧目，还要用最简单、最原始的乐队伴奏方式，用当年形式的"戏单"，由参观者"点戏"。而且，不光演戏，这里还要成为传统二人转的一个传习所。老一辈二人转艺术家要经常来坐镇，传授技艺，研讨二人转艺术。无论是历史文物还是现场演出，追求的是货真价实、原汁原味。这里是非物质文化遗产保护的一个重要阵地。

二人转作为非物质文化遗产的项目得到保护，既有政府的强力推动，也有民间的自发行为。许多地区都有以传统二人转为表演内容的传习所，这里既演传统戏又教传统戏，既是对传统二人转的一种经营，也是爱好二人转的人的一种自娱自乐。在这里，人们总能看到最质朴、最带有泥土味的二人转。经营者赚不了多少钱，赚的是因为喜爱带来的享受。

二人转《杨八姐游春》剧照

第十五章　相忘江湖

1981年6月初，作为二人转专家的王肯在长春接待了美国哈佛大学教授赵茹兰女士，她是专程到东北来考察二人转的。在看完《回杯记》《猪八戒拱地》《杨八姐游春》后，赵茹兰女士对王肯说，美国人只知道中国有京剧，不知道中国还有这么迷人的民间小戏。离开长春时，她向王肯要了《杨八姐游春》的曲谱剧本。

回到美国后不久，赵茹兰教授就告诉王肯，她已经在哈佛大学的课堂上讲述了中国东北二人转这种民间艺术形式，学生们反响很热烈。随后，赵茹兰又将她在课堂上讲授二人转的英文讲稿寄给了王肯，一起寄来的，还有《赵元任歌曲集》。赵元任是赵茹兰教授的父亲，是20世纪初任教于清华大学的国学大师，曾创作《教我如何不想她》这首脍炙人口百余年的经典歌曲。赵元任的女儿如此钟情二人转并把它搬到了哈佛大学的讲堂，这让王肯想起了当年他将二人转艺人请到东北师范大学时的情景。

1986年，王肯又接待了来自我国台湾地区的戏剧家马玉兰。马玉兰在长春看了二人转演出后说："你们搞的《摔镜架》好前卫呵，一个人又演媒婆，又描写娶亲的情景，这出戏可能是受西方前卫戏剧的影响吧？"王肯说："二人转艺人的《摔镜架》，已经摔了二三百年了。"

同来的英国戏剧家马登山对王肯说："我们正在费力搞的前卫派戏剧，你们的民间艺人早就搞了。"

王肯知道，二人转艺人们不懂得什么前卫艺术、后现代艺术，西方人绞尽脑汁要打破的是自己千百年来形成的戏剧规则。二人转从诞生之初就没有这些规则，它就是在不规矩中形成了自己的表演风格。

2003年春天，在美国亚洲研究协会一年一度的年会上，"中国东北文化"是年会的主题之一。

松花江传（下）

美国伊利诺伊州大学的人类学教授肯尼·克里科博士在演讲中说，以秧歌和二人转为代表的中国东北民间文化是块长期被忽视的美玉。它们的历史发展和艺术表现形式，是研究东北历史、社会和民俗极为丰富的资源。因此，研究东北民间文化，深入理解不断变化的中国大众价值观和审美品位显得越发重要。

最土的二人转，在研讨会上沾上了洋气。

20世纪初，也就是二人转在东北走向成熟的时期，陈独秀以新文化运动倡导者的身份发表了一篇《论戏曲》的论文，文中说："戏园者，实普天下人之大学堂也；优伶者，实普天下人之大教师也。"

中国戏曲不光是贫苦人穷欢乐的艺术，还是穷人们的课堂，是底层人的百科全书。

20世纪60年代，曾任吉林省委宣传部部长的宋振庭概括说："二人转艺术最接近水源、接近土壤、接近生活、接近群众。它是东北农民语言的宝库，是东北民间音乐曲调的宝库，是东北民间舞蹈语汇的宝库，是东北民间表演艺术的宝库。"

东北的乡亲们对此表达得更为朴素直接。他们说，二人转把人这一辈子的事儿都唱全了。

走过了二三百年，二人转有过太多的面孔，有过太多的波折，有过太多的光环，也有过太多的疤痕。

乡亲们依然喜爱它。他们最相信的是王肯对二人转的评价——

二人转，神！夏天看它，像喝瓢井拔凉水，解渴！冬天看它，像睡一宿热炕，解乏！

第十六章

冰雪激情

  松花江流域位于中纬度的西风带上,冬季盛行西北风。长白山、大小兴安岭等中低山脉森林覆盖率高,有利于降雪和贮雪。茂密的森林延长了积雪期,形成冬季漫长、白雪皑皑的景象。

  大地成冰,人心如火。东北人的豪情,就体现在玩冰斗雪的快乐上。当冬天降临大地的时候,溜冰滑雪,乘着轻快的马爬犁,奔驰在冰雪晶明的河床上,享受着飞在冰雪上面的感觉。

  冰天雪地也是金山银山,冰雪成了东北的旅游资源。热气球、雪地摩托、雪上赛马、雪上跳伞、滑冰、打冰壶、滑雪胎、雪地自行车、马爬犁、狗爬犁、鹿爬犁、冰陀螺、堆雪人等冰雪项目会把游客带入一个童话般的冰雪世界,使他们体会到无穷的乐趣。

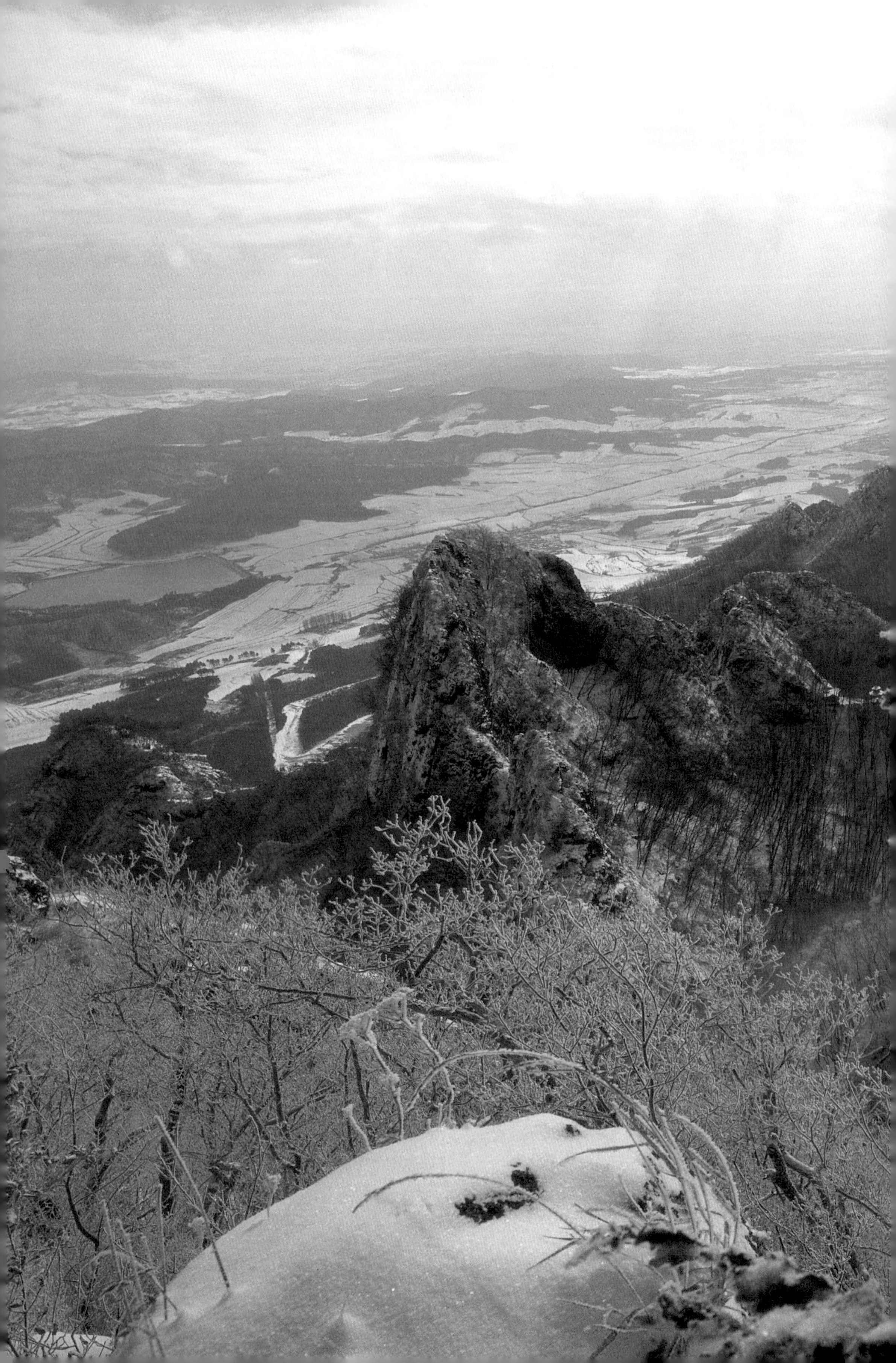

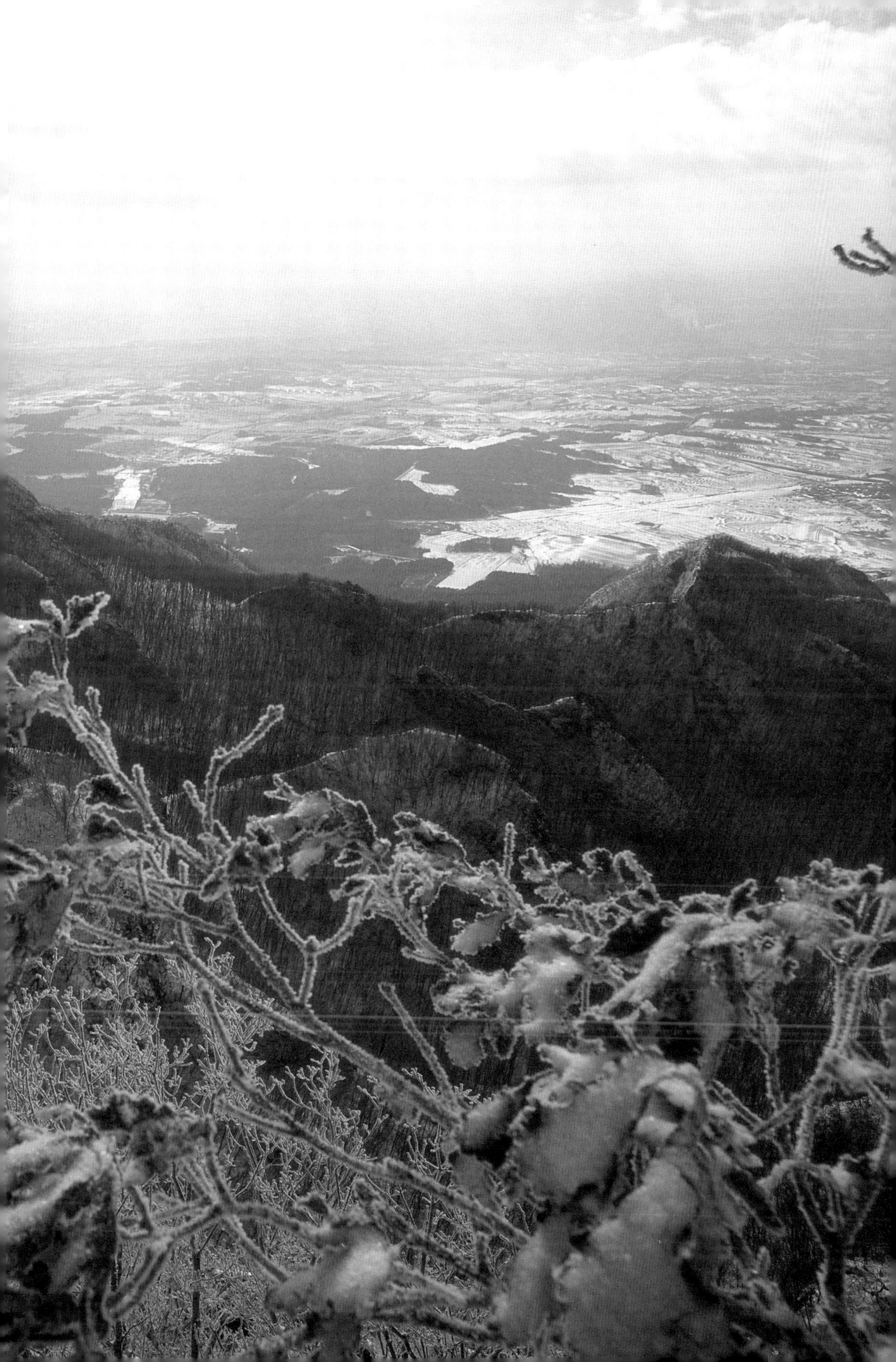

松花江传（下）

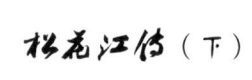

‖ 快乐冰雪

进了十冬腊月，东北的冬天没有最冷，只有一天比一天更冷。

一拨儿接一拨儿的寒潮把天空变成了巨大的冰幕，与松花江灰白色的冰面对映着，像是要把天地间的一切都冻成冰雕一般。

沉重的呼吸变成了瑟瑟发抖的白雾，杂沓的脚步声夹杂着嘎嘎的冰裂。一个巨大的十字架被从哈尔滨的教堂搬到冰封的松花江上，凿开冰面，将圣像浸入水中，江水就变成了圣水。人们纷纷跳入水中，以仰圣之心沐浴灵魂。这是1922年1月，哈尔滨早期外来移民在冰冻的松花江上，搞的一次当地人从未见过的宗教活动。仪式凝重，现场肃穆，场面震撼，气氛刺激。那纷纷跳入松花江的圣徒，竟在刺骨的冰水中获得巨大的精神满足。他们畅快地浸入涌出、划水漂浮，那神情似乎与信仰同在。这样的活动持续数年后，冰水中灵魂飞升的快感演化成激发体魄的健康信念，并最终感染了更多愿意在数九寒天跳冰窟窿的人。据说，哈尔滨冬泳运动的最初形成，与这一时期的移民活动有关。

据有关学者整理的资料记载，1907年冬天，哈尔滨第一次举行滑冰比赛。1909年，哈尔滨网球与冰上运动协会成立。也就是说，冰雪运动，包括休闲的冬泳运动，可能有更早的起源。当然，这与当时的历史背景有关。20世纪初，沙俄在中国东北修筑的中东铁路开通，大批移民进入哈尔滨。在多种文化的交流融合中，体育成为最鲜活、最有感染力，也最易开展的项目。

1921年，移居哈尔滨的犹太人成立了体育协会"马卡比"，这是当时中国东北地区最完善的体育组织之一。它具有管理健身、训练、竞赛的功能，有专职的管理人员、教练员、运动员。作为社区体育的推动者，客

第十六章　冰雪激情

居中国的犹太人倡导休闲体育活动，把哈尔滨的太阳岛和松花江作为他们进行户外运动的乐园，以专业竞赛和家庭娱乐的方式推动陆上、水上、雪上、冰上各种休闲体育活动。他们在松花江南北修建高高的冰道，开展了划冰车、打爬犁等很受年轻人欢迎的运动项目。在长长的冰道上，这些年轻人一口气便可横过江面到对岸。

2023年1月14日，游客在哈尔滨松花江冰雪嘉年华园区内体验冰雪娱乐项目

时至今日，项目增多了，玩法增多了，游人增多了，但地点没变，快乐依旧。

哈尔滨的冰雪运动凭着天时、地利以及历史继承下来的习俗情缘，成了中国冰雪运动的成绩高地和人才摇篮。

冰雪运动英雄是哈尔滨的骄傲。

20世纪50年代到80年代，哈尔滨冰雪运动创造了一个又一个的好成

松花江传（下）

绩。罗致焕、王金玉、杨云成和刘凤荣等速滑选手在国际赛场创造了一批好成绩，令国人刮目相看。其后以哈尔滨球员为主力组建的中国男子冰球队，曾在1979年、1981年和1986年三度打入世界冰球B组锦标赛，在亚冬会两次力克强敌日本队获得冠军。

20世纪90年代以来，哈尔滨冰雪运动跃上了一个新的台阶。

在黑龙江亚布力体育训练基地，一位滑雪运动员在进行训练

冰雪运动·冰帆

第十六章 冰雪激情

曾任国家花样滑冰队总教练的姚滨曾和栾波合作，五次蝉联全国双人滑冠军。2002年，姚滨担任国家队总教练后又取得了惊人的突破——申雪/赵宏博蝉联世界双人滑冠军，三对弟子同时进入世界锦标赛前六名并包揽了四大洲锦标赛的全部奖牌。这不仅创造了中国花样滑冰的历史最好成绩，也创造了世界花样滑冰史上的奇迹。

1990年2月11日，哈尔滨速滑名将王秀丽在加拿大卡尔加里举行的女子速滑锦标赛1500米比赛中，战胜了民主德国的博尔纳、日本的桥本圣子等世界名将，以2分3秒34夺得冠军。这是中国女子速滑选手第一次站上世界大赛最高领奖台。

2002年2月16日，毕业于哈尔滨体育运动学校的杨扬在美国盐湖城举办的第十九届冬奥会短道速滑女子500米决赛中，以44秒187的成绩问鼎冠军，实现了中国冬奥金牌零的突破。此后，她又与队友一起获得了女子3000米接力的银牌，并在女子1000米比赛中以1分36秒391的成绩再获一枚金牌。

在黑龙江省冬季运动项目后备人才训练中心进行训练的运动员

松花江传（下）

黑龙江省冬季运动项目后备人才训练中心组建30多年来，为国家队培养输送的杨扬、王濛、孙琳琳、任慧、于凤桐、范可欣、高亭宇、金博洋、闫涵等优秀运动员，在世界各级大赛中共获世界冠军100多次。

在松花江哈尔滨段一冬泳池，冬泳爱好者在水中畅游

在松花江哈尔滨段一冬泳池，冬泳爱好者跃入水中

如今，哈尔滨的冬泳爱好者已超过500人，他们自发地把这个群体分为道里、道外、太阳岛等队，有200多人坚持每天下水。在上游的吉林市、下游的佳木斯市，同样有一大批冬泳爱好者。每到隆冬季节，这些冬泳爱好者在一边蜷缩进羽绒服、皮大衣里，一边目瞪口呆的围观者面前，一跃而入冰水，激情溅起浪花，及至出水上岸，浑身通红，体气蒸腾，一声嘶吼，激情四射。

第十六章　冰雪激情

冬泳爱好者以中老年居多，而且多半是坚持了十数年"上瘾"的人。他们在冬泳中锻炼了身体，获得了快乐，一天不游，便浑身乏力，食不甘味。

冰水彻骨，非亲历者难以体会。下水的一刹那，周身如遭电击，瞬间生命亢奋。一阵寒风拂水，划过的水面立时结成薄冰。如此寒透，冬泳者的心中却生出一种超越凡俗的自信与优越感。他们相信，寒冷是大自然赐予生命的礼物，是以极限的考验选择更优秀的体魄。冬泳是勇敢者的运动，更是一个身心健康者的灵魂修炼。跃入冰冷的松花江，不是敢不敢的问题，而是你是否有足够的底气和福气来享受大自然给予生命的特殊礼物。

松花江流域位于中纬度的西风带上，冬季盛行西北风。长白山、大小兴安岭等中低山脉森林覆盖率高，有利于降雪和贮雪。茂密的森林延长了积雪期，形成冬季漫长、白雪皑皑的景象。

方拱乾撰写的《绚域纪略》有载："四时皆入冬，七月霜露冷而白，如汁流露之，数日即霜。霜则百卉皆萎，八月雪其常也。一月即地冻。至来年三月方释。"吴振臣撰写的《宁古塔纪略》有载："其地寒苦，自春初至三月终日夜大风，八月中有白鹅飞下，便不能复飞起，不数日即有浓霜。八月中即下大雪。九月中河中尽冻，十月地裂盈尺。雪才到地，即成坚冰。"

大地成冰，人心如火。东北人的豪情，就体现在玩冰斗雪的快乐上。

当冬天降临大地的时候，溜冰滑雪，乘着轻快的马爬犁，奔驰在冰雪晶明的河面上，享受着飞在冰雪上面的感觉。乘着小小的冰车，从高高的河堤上一冲而下。所有冰封冻结的河流都成为通衢，人车熙攘。

冰天雪地也是金山银山，冰雪成了东北的旅游资源。

2022年北京冬奥会的成功申办，以及"3亿人参与冰雪运动"目标的提出，一方面促进了冰雪赛事以及冰雪旅游产业的飞速发展，另一方面使得冰雪赛事走进人们的视野，群众开始接受滑雪这一曾被誉为"贵族运动"的体育活动。

滑雪是冬季人类最为亲近大自然的一种运动方式。镶嵌在大雪覆盖的山野中的滑雪场，空气清新，银装素裹。置身高高的雪道，纵身一跃，有天之骄子的畅快。滑雪是当今世界上最为流行的冬季运动项目，它与台球、马术、高尔夫并称为四大"绅士运动"。

滑雪是一项挑战自我、超越自我、回归自然、娱乐休闲、健体强身和陶冶性情的运动，是集刺激性、趣味性、参与性、健身性于一体的体育休闲方式，是满足人们冬季的物质和精神需求的高层次消费活动，是能让人们体验冰雪文化的体育旅游项目。

"冰雪是资源，寒冷是优势。"利用丰富的冰雪资源，东北吸引着八方游客到此游览、观光、探险、猎奇，开展冬季旅游活动。

长春净月潭滑雪场是东北地区大型旅游滑雪场之一，被誉为"城市中的旅游滑雪场"。

长春市地处东北地区东部山地湿润气候向西部平原半干旱气候的过渡带上，一月份平均气温-17.2℃，初雪日为10月22日，终雪日为4月20日，积雪期近半年，积雪平均厚20厘米，具有发展冰雪旅游、冰雪体育的最佳气候条件和生态环境优良的优势。

2003年，瑞典瓦萨国际总部的官员被请到了中国东北，在考察期间，他们被长春净月潭森林得天独厚的生态环境和自然景观所吸引。专家认为这里的气候、环境与北欧极其相似，是开展越野滑雪运动的极佳场所。此次考察之后，瑞典瓦萨国际总部与长春市人民政府签订合作协议，确定在长春净月潭举办瓦萨国际越野滑雪运动。

第十六章　冰雪激情

自2003年以来，长春净月潭瓦萨国际滑雪节每年都会吸引众多游客。中国成为继瑞典、美国和日本之后第四个举办瓦萨越野滑雪赛的国家，标志着越野滑雪开始进入国内冰雪旅游爱好者的视线，开启了中国滑雪旅游大众参与的时代。越来越多的消费者通过参与这一国际冰雪赛事旅游项目，一方面欣赏了精彩的国际大赛，另一方面亲身体验了冰雪运动，达到了健身、娱乐和放松的目的。

长春净月潭瓦萨国际滑雪节作为目前世界上最大规模的越野滑雪赛事之一，入选首批国家体育旅游精品赛事、中国十大最具影响力冰雪旅游节事

净月潭滑雪场区位条件优越，拥有4.3平方公里的宽敞冰域，可开展的冰雪项目丰富多彩，是冰雪旅游的理想去处。热气球、雪地摩托、雪上赛马、雪上跳伞、滑冰、打冰壶、滑雪胎、雪地自行车、马爬犁、狗爬犁、鹿爬犁、冰陀螺、堆雪人等冰雪项目会把游客带入一个童话般的冰雪世界，使他们体会到无穷的乐趣。

冰雪资源成就了大东北的冰雪豪情。

松花江's（下）

冬天的长白山是松枝上托起的皑皑白雪，是雪花飘落时对生命的收藏。银装素裹的长白林海，仿佛是天地浑然中的守望，守望着对生命的承诺，守望着那漫长之后的再度辉煌。白茫茫的雪山雪岭、雪域雪原，透着一份纯净、一份大气、一份古往今来的凛然。

游长白山最酷的季节应该是在冬天，大雪纷飞，银装素裹。山是雪山，树是雪树，连音乐里都飘着雪花。穿上鲜艳的滑雪服，像风一样掠过林海，像箭一样穿越雪原，让风雪在耳边呼啸，让豪情在胸中升起。

恰到好处的山水关系，恰到好处的纬度温度，恰到好处的海拔，形成了长白山区众多的雾凇景区。

吉林雾凇同黄山云海、泰山日出、钱塘潮涌并称中国四大气象奇观。雾凇的美，美在壮观，美在奇绝。人们把观赏雾凇的过程形容为三个阶段，即"夜看雾，晨看挂，待到近午赏落花"。吉林市现已建成以百里松花江为核心、以雾凇岛为代表的九大雾凇景观带

第十六章　冰雪激情

长白山东麓老爷岭的雪凇、雾凇带堪称中国之最，每到雾凇形成的季节，在长达半年的时间里，都可以在这里看到漫山遍野的玉树琼花，将山山岭岭打扮成须发皆白的霭霭长者。

松花江上游的雾凇群从白山湖一直绵延至吉林市。由于特殊的人文环境和气候条件，每到千里冰封的隆冬季节，吉林市江边的十里长堤便会玉树摇曳，雪柳依依。松花江水雾气升腾，岸边杨柳银装素裹，挂满枝头的雾凇随风摇曳，飘落的霜花拂面而来。游人沿江而走，宛若置身于琼楼玉宇的仙家境界。

‖ 得天独厚

森林、海洋、山地、草原、河流、冰雪是生态旅游的主要目的地。作为一种精神消费，生态旅游在广阔的白山黑水之间找到了最契合的资源。

拂晓的第一缕阳光总是最先抚摸这一片林海，像母亲吻过来的气息，带着芬芳，带着温暖，带着勃勃生机。最是一年春好处，长白林海，恰好伫立在太平洋西岸，恰好在欧亚大陆生物链条的最东端，恰好占据东北亚最高的位置，恰好具备生命勃发种群繁衍所需的多种要素。如此得天独厚，如此天作之合，成就了白山松水的风华正茂，气运正盛，景色正好！

长白山是东北亚最高的标志性山脉，这里有欧亚大陆同纬度地区原始状态保存最好、生物物种最丰富的森林生态系统。

云海浩瀚，群山苍茫。在这浩瀚苍茫之间，长白山天池宛如一枚温润的玉片，镶嵌在海之侧、山之巅。

长白山是圣山，天池是圣者的王冠。因为有了天池，长白山的日出云

松花江传（下）

蒸霞蔚，瑰丽万端。人们仰望它、朝拜它，只为那红日喷薄时的天象和那瞬间的感动。人与自然仿佛共赴一个约会，游者感天地之情，天地还游者之愿。

长白山火山周边散布着形态各异的小火山口湖，其中银环湖距天池最近，仿佛与天池相伴而生，于是人们习惯上把它称作小天池。

以大小天池为代表的众多火山口湖，是长白山火山地质遗迹的重要表征。与其遥相对应的是龙湾火山口湖，大小七个龙湾，仿佛是凝望星空的心灵之眼。上揽九天风云，下拥火山玄机。时而天蓝水碧，宛若仙境；时而烟雨蒙蒙，云雾翻卷。高入云端的火山口仿佛是天地感应的通道，蕴藏着大自然玄妙的天机。

大龙湾景区。通化山水风光旖旎，文化旅游资源得天独厚。全国最大的火山口湖群——吉林龙湾群国家森林公园就位于通化辉南县。龙湾群国家森林公园是国家AAAA级旅游风景区，全国科普基地，由"七湾、一瀑、两顶"十大景区组成，即三角龙湾、大龙湾、二龙湾、小龙湾、东龙湾、南龙湾、旱龙湾、吊水壶瀑布、金龙顶子山和四方顶子山。 其中，大龙湾景区群山环抱，呈阔秀之美

第十六章　冰雪激情

纵横八方、千沟万壑的大峡谷是长白山极具特色的火山景观。火山灰浮岩经过岁月的风化和流水的侵蚀，形成了奇异的深沟险壑地貌景观，这是国内目前发现的规模最大的火山成因的峡谷地貌。

有峡谷必有溪流，有溪流必有瀑布。鸭绿江畔的瀑布群位于群山沟壑之间。春风吹过，映山红伴着悬崖飞瀑，一团团、一簇簇，傲然绽放于蓝天、绿树、碧水之间。阳光直射时，彩虹随波涛飞舞，瀑布似银练当空。

一道道山梁峭壁，一条条峡谷沟壑，仿佛是长白山的脊梁筋骨。它们撑起了长白林海的浩瀚，也环抱着二百多条河流。山泉溪水，涓涓细流，跌宕蜿蜒，穿石裂岸，最终发育成三江之源。

水随山走，山高水长。图们江将长白山的溪流汇聚成涌向大海的波涛，在入海口处形成了众多的湖泊沼泽。在海洋性气候的作用下，敬信湿地成为多种迁徙鸟类的停歇地。淡水湖泊与海洋滩涂相连，为丹顶鹤、白尾海雕、中华秋沙鸭等准备了充足的食物。

如果说长白山是一颗冠上明珠，那么松花湖就是一串项上玉佩。白山湖、红石湖、松花湖珠玑相连，水脉相通，形成了五百多平方公里的秀水碧波。湖岸随山形蜿蜒，湖水映青山如黛，岛屿似海市蜃楼，游船如百舸争流。松花湖绮丽的湖光山色，鲜美的野生鱼虾，让游人大饱眼福口福。

松花湖以水为秀。百里湖区，碧波荡漾，白帆点点，烟波浩渺，风生水起，云蒸霞蔚，宛如一幅恬静的水墨画。

松花湖以山为奇。湖区群山环抱，层峦叠嶂，壁立千仞，风情万种，山水相依，相映成趣，既有北方山势之雄浑，又似江南水乡之妩媚。

松花湖以情为美。山水间鸟鸣幽谷，湖岸边雁飞鹤唳，丛林中獐跑鹿跳，碧波下游鱼如梭。湖上泛舟，听一曲渔歌悠扬；夕阳晚归，披一身红霞回家。天地人和之情，醉了山，醉了水，醉了心。

松花江传（下）

有水才有松花美，松花湖水是半个东北的生命之水、生态之水。松花湖之游，理应在欣赏时多一份珍爱，在流连时多一份感激。

松花江流经丰满水电站后，水温升高。无论冬季多冷，经过市区的三四十公里的江面从不封冻。每年冬季，大批候鸟在这不冻的江段觅食歇息，补充能量后继续南飞。近几年，由于江水水质改善，鱼类增加，大批候鸟乐不思蜀，反而成了"留鸟"。在零下二十多摄氏度的寒冬时节，成群结队的野鸭在水中自由觅食。江水漫流，江雾蒸腾，鱼翔浅底，野鸭嬉戏，寒江水禽已成为吉林市冬季旅游的一大景观。据专家们观察，约有三四百只水禽已常年栖息生活在这里。

吉林市长白岛湿地公园是吉林市著名的城市景点，位于松江大桥与清源大桥之间，是吉林市重要的越冬水禽栖息地及雾凇最佳观赏点

在北纬43°的河流中，松花江吉林市段是冬季唯一不封冻的河段。吉林

第十六章 冰雪激情

市依托这一自然特点,每年都要举办一次中国吉林国际冬季龙舟赛。来自世界各地的龙舟队在零下三十多摄氏度的低温下一显身手,实现了中国传统体育运动项目划龙舟从南到北、由夏至冬的历史性跨越。

中国吉林国际冬季龙舟赛

江面上流冰漂浮,烟雾蒸腾;龙舟上鼓声阵阵,气势如虹。全身披挂的运动员好似冲进了硝烟弥漫的战场,中流击水,豪气冲天。

鸭绿江发源于长白山主峰,水量充沛,流势汹涌,曾是长白山伐木放排的水道。由鸭绿江顺江而下,可一直到入海口。鸭绿江漂流已成为形式新颖、感受奇特的旅游项目。一叶竹排破浪行,两岸景色相对开。顺山顺水,仿佛听得到当年放排人激情昂扬的号子声。漂流江上,如诗如画。放眼望去,尽是两岸的山水风光、民风民情。鸭绿江漂流为游人创造了一个踏浪而行、激流放歌的自然境界。

长久以来,牡丹江一直是一条很温顺的河流,一万年前的火山爆发,改写了牡丹江的生命流程。第四纪玄武岩流在吊水楼附近形成了天然堰塞

841

松花江传（下）

堤，拦截了牡丹江出口，提高水位形成了面积九十多平方公里的镜泊湖。

镜泊湖瀑布是让人震撼的。每当夏季洪水到来之时，镜泊湖水从四面八方漫来聚集在潭口，然后蓦然跌下，像无数白马奔腾，十分壮观。呼啸奔腾的湖水漫过平滑的熔岩床面，从断层峭壁上飞泻而下，在丰水期时形成宽达二三百米、落差二十多米的大瀑布，浮云堆雪的奇景让人看了就激动。拥抱洁白瀑布的是黑石潭，赭红色的熔岩将一条河流的急切烘托得无比惊心。那是水与火的妥协，那是冰冷与炽热的生命融合。

五大连池是我国著名的火山游览胜地。公元1719—1721年，火山爆发堵塞了当年的河道，五个互相连通的熔岩堰塞湖就此形成。这里有景色奇特的火山风光、丰富完整的火山地貌和疗效显著的矿泉"圣水"，是一个具有游览观光、疗养休息、科学考察多种功能的综合性天然风景名胜区。五大连池除五个堰塞湖外，还有许多古代和近代的火山。其中，老黑山和火烧山年龄最小，但体态庞大，景色尤佳，是五大连池中的最佳景区。老黑山山势高耸，植被葱郁，相对高差达166米，是14座火山中最高的一座。

小兴安岭环抱的五营国家森林公园，红松原始森林郁郁葱葱。公园位于小兴安岭南麓腹部五营区境内，占地面积141平方公里。林中红松"树王"高30米，胸径1.5米。这里是中国红松的集中保护区，红松的数量居世界第一，伊春被称为红松故乡也是由此而来。这里最古老的红松已有500多年树龄，高达36米，仰头也望不到树梢；胸径1米左右，两人才可合抱。这里还生长着茂密的云杉、胡桃楸、黄菠萝等针阔叶树种170多种，始终保持着原始森林的自然状态。

北极村位于大兴安岭地区漠河市漠河乡，是国家AAAAA级旅游景区。这里就像是大自然表演魔术的地方，原始森林随着季节幻化出不同的颜色，蜿蜒的河流仿佛将林海的颜色收进一个万花筒，天地之间成了光影流

第十六章　冰雪激情

淌的大屏幕，一旦北极光炫目魅惑，瞬间便有面圣朝拜此生无憾的感动。

春来早一个节气，秋去晚一个节气。两千年前，中国北方的少数民族部落在几番迁徙后，将都城迁到了这个背靠老岭山脉、面向鸭绿江水的地方。他们在这里延续了四百多年，留下了大量的遗迹遗物。与其对应的是柳河的罗通山，据史料记载当时这里是一个部落所建的城堡，原本是依山势而成险峻，据要隘而成铁壁，如今则成了现代人考证历史、追思远古、感天地之悠悠的旅游胜地。

从长白山到大小兴安岭，苍茫的林海是东北原住民最早的家园。今人走进森林，便如同走进了一个古老的梦想。水是山泉凝露，气是沁心润怀，风是胸中意气，林是满目聪明。倡导森林旅游，就是把身心投入自然，让自然陶冶情操。多一点徒步攀登，多一点餐风饮露，多一点探险精神，多一点对自然的感恩情怀。生态旅游在精神上提升品位，在身心上增进健康。

库尔滨雾凇是小兴安岭冬季的一处奇景

松花江情（下）

当人们将回归森林的冲动变成融入森林的喜悦，森林完全可以成为人们精神家园的一抹绿色。

秋色是大小兴安岭和长白山区的盛装，是漫山遍野的一片片火红，是成熟对大自然的礼赞。枫叶招展如晚霞满天，映红了山，映红了水，映红了游人的笑脸。

松花江、鸭绿江、图们江、嫩江、额尔古纳河、黑龙江将山林秋色的美穿成了一道道彩练。每到秋天，江畔河谷总是色彩斑斓，美不胜收。这里的秋色不忸怩，不做作，不拘一格，不落俗套。纵横交错的红叶长廊，疏密有致，韵律十足，装点出一幅绚丽多姿的风光画卷。

走进秋天的五花山，迎面而来的是秋风拂着秋水，秋水映着秋叶，秋叶掩着秋实，秋实透着甘甜。一切仿佛都熟透了，那醉人的芳香，沁心润怀，隽永绵长。

中国朝鲜族民俗风情游是松花江畔重要的旅游品牌。依托长白山的自然风光和东北亚的区位联系，长白山东麓的朝鲜族聚居区已发展成为著名的民俗旅游线路。这条线路仿佛一道彩虹，吸引着世界各地，特别是东北亚、东南亚游人的目光。

朝鲜族民风淳朴，性格爽朗，天性中充满着对生活、对劳动、对大自然的热爱。无论是节日庆典，还是亲友聚会，无论是祝寿迎亲，还是踏青秋游，都可以听到他们纵情的歌声，看到男女老少的舞姿。

朝鲜族的饮食以独特的配料和制作方法，形成了独特的风味。水用井水泉水，料用野菜野果，一餐一饭，仿佛天地之气，滋养仙风道骨。热爱自然，歌颂自然，享受自然。朝鲜族歌舞和民俗体育活动表现出强烈的自然情怀，那风中的秋千，落日斜晖下的跳板，沙土地上的摔跤，是先民与天地同乐的身影。朝鲜族的民俗风情是人与人和谐、人与自然和谐的典

第十六章　冰雪激情

范，在他们的生活中，天地同在，共生共享。

如果说巍峨的长白山、大小兴安岭是东北亚的生态屏障，那么，苍茫的科尔沁草原、呼伦贝尔草原及相邻的湿地就是东北平原的生态门户。

草原是一种梦境，湿地是一种情怀，这梦境宽阔辽远，这情怀细密绵长。莫莫格湿地就是敞开了情怀的梦境。走进莫莫格，便是走进了寥廓的天象。远天一线，落日苍茫，晚霞飘逸，倦鸟晚归。在中华秋沙鸭迁徙到长白山峡谷溪流的时候，白鹤也从鄱阳湖迁徙到莫莫格，这里有它们期待的食物，有可以依赖的湿地沼泽，有可以集群的同伴，有祖辈传下来的记忆。

与莫莫格相邻的嫩江湾湿地，是松嫩平原与三江平原气脉相通、血脉相连的重要节点。这里分布着大大小小700多个自然泡泽，一串连着一串，一片连着一片。自然形成的泡沼密布、林草丛生、蒲苇繁茂的资源条件，为水鸟纷飞、鱼虾成群提供了优良的环境。

鸟类迁徙选择停歇地是千万年进化的结果，大兴安岭与内蒙古高原脚下的扎龙、向海两大湿地以其特殊的区位分布和自然禀赋，成为白鹤、丹顶鹤、白头鹤、白琵鹭、大天鹅南北迁徙的停歇地。每到春秋迁徙季节，往来于俄罗斯、澳大利亚、伊朗、日本的候鸟成群结队地来到这里。鹤鹳鹭鹈，遮天蔽日，雁鸭天鹅，引吭高歌。一飞一落如雷霆滚过，翩跹起舞似天仙婆娑。

22℃的夏天是白山松水给予人类的自然享受。盛夏季节，无论是在山区河谷还是在草原湿地，都可以畅快地感受到清凉朗润的惬意。

两侧隆起的高山台地，江河交织的湖泊水系，纵贯东北平原的黄金玉米带，欧亚大陆最东端的草原湿地，松花江畔汇聚了太多的机缘巧合，凝结了太多的天人合一。春天在这里依次绽放，正好配合踏春的脚步；夏天这里平均22℃，正好避暑消夏随意凉爽；秋天的满山红叶与芦荡苇花，正好带着诗

松花江传（下）

情画意；冬天的冰雪既晶莹又温润，正好吐纳胸中意绪，偾张满怀豪情。

清爽的延边朝鲜族自治州·22℃的夏天

不那么远，不那么近，不那么热，不那么冷，高度正好，距离正好，时间正好，景色正好。更难得的是，一切都准备得正好。凛然的高山，无边的绿色，辽阔的草原，浩瀚的湿地，醉人的秋红，洁白的冰雪，便利的交通，完善的设施，周到的服务，温暖的呵护——正是好去处，正是好时候。天遂人愿，一切正好！

人们常把中国版图形象地比喻为一只报晓的雄鸡，东北地区就处于这雄鸡昂起的首部。

中国历史上最后一个封建王朝——清朝崛起于白山黑水的东北。在满族入关之前，东北的民族如汉晋时期的鲜卑、唐宋时期的契丹、宋元时期的女真等，皆曾南下逐鹿争霸。有关东北及北方诸民族在中华文明史上的这种特殊地位和作用，中国考古学会理事长苏秉琦教授在论述燕山南北长城地带考古时，做过这样的概括："我国统一多民族国家形成的一连串问题，似乎最集中地反映在这里。不仅秦以前如此，就是以后，从'五胡乱

第十六章　冰雪激情

华'，到辽、金、元、明、清，许多重头戏都是在这个舞台上演出的"[1]。

以大小兴安岭、长白诸山脉做屏障的松辽大平原，是中国最大的平原，是世界三大黑色土壤带之一，有黑龙江、松花江、辽河、鸭绿江等大江大河贯穿其间。在这样的大环境下，农耕自然是主要的谋生手段，因此东北地区较早开辟成东亚农业中心之一。同时，黑土地边缘交错分布着广阔的草原以及茂密的山林地带。因此，从一开始，农耕就经常与畜牧业以及渔猎诸业并存。历代活动于东北地区的民族，经济形态都不单一。农耕与游牧两种文化之间的关系始终是世界历史上文化交汇的主流，农耕的稳定性和游牧的流动性相互补充，为群体间的吸引和融合、文化的创造和再创造提供了多方面的条件。

千年万载都化为逝波，今天，在东北地区的现实生活中，仍然可以追寻到遥远的过去。匈奴、东胡、乌桓、鲜卑、高句丽、靺鞨、契丹、女真——这些先后在东北地区出现又消失的民族，他们的文化习俗在历史长河中被后来的民族所吸收、转化而推陈出新了。今天的东北仍然是多民族聚居区，汉族、满族、蒙古族、回族、达斡尔族、赫哲族、鄂伦春族、朝鲜族、锡伯族——从各民族今日的生活中，仍然可以找到悠久的东北文化余风。

东北的原住民有东方崇拜的习俗。他们对于太阳升起的东方无比崇拜，建庙、建塔时往往采取坐西朝东的方位。在他们的心中，冬季严寒时，东方有太阳，不刮风，是给人温暖和希望的方向。

由于冬季漫长，东北人最盼望的节令就是春节。

上联：一夜连双岁，下联：五更分二年。横批：春回大地。

这是东北民家最常见的春联。

---

[1] 苏秉琦著：《苏秉琦考古学论述选集》，文物出版社，1984年，第272页。

参考文献

［1］李孝聪. 中国区域历史地理［M］. 北京：北京大学出版社，2004.

［2］王肯. 王肯文选·关东笔记［M］. 长春：吉林人民出版社，2005.

［3］范立君. 近代关内移民与中国东北社会变迁［M］. 北京：人民出版社，2007.

［4］赵英兰. 清代东北人口社会研究［M］. 北京：社会科学文献出版社，2011.

［5］徐秉琨，孙守道. 东北文化白山黑水中的农牧文明［M］. 上海：上海远东出版社，1998.

［6］佟冬. 中国东北史［M］. 长春：吉林文史出版社，2006.

［7］吉林省戏曲研究室. 二人转史料：第1集［M］. 长春：吉林人民出版社，1962.

［8］王铁夫. 东北二人转研究［M］. 沈阳：辽宁人民出版社，1956.

［9］金俨. 东北大鼓艺术论辑［M］. 沈阳：春风文艺出版社，2008.

[10] 耿瑛. 东北大鼓漫谈[M]. 沈阳：春风文艺出版社，2007.

[11] 王兆一. 美在关东[M]. 长春：长春文史资料，1995.

[12] 曹保明. 最后的渔猎部落[M]. 上海：上海文化出版社，2004.

[13] 吉林省档案馆. 影像中国70年：吉林卷[M]. 长春：吉林人民出版社，2019.

[14] 陈耀辉. 中国改革开放全景录：吉林卷[M]. 长春：吉林人民出版社，2018.

[15] 汪玢玲. 汪玢玲民俗文化论集[M]. 长春：吉林人民出版社，2000.

[16] 李继锋. 中国抗日战争全记录[M]. 南昌：二十一世纪出版集团，2015.

[17] 岳南. 南渡北归[M]. 长沙：湖南文艺出版社，2011.

[18] 水利部松辽水利委员会. 松花江志[M]. 长春：吉林人民出版社，2004.

[19] 赵正阶. 长白山鸟类志[M]. 长春：吉林科学技术出版社，1985.

[20] 尼·巴伊科夫. 大王（一只东北虎）[M]. 重庆：重庆出版社，2021.

[21] 周毓方. 群星璀璨[M]. 长春：东北师范大学出版社，2008.

[22] 阿汝汗. 松原文化述略[M]. 长春：吉林文史出版社，2009.

[23] 傅乐焕. 辽史丛考[M]. 北京：中华书局，1984.

[24] 金毓黻. 静晤室日记[M]. 沈阳：辽沈书社，1993.

[25] 阎崇年. 明亡清兴六十年[M]. 北京：华文出版社，2022.

［26］史景迁．追寻现代中国［M］．成都：四川人民出版社，2019.

［27］衣保中．东北农业近代化研究［M］．长春：吉林文史出版社，1990.

［28］谢国桢．清初流人开发东北史［M］．太原：山西人民出版社，2014.

［29］托托．张氏父子与苏俄之谜［M］．呼和浩特：远方出版社，2008.

［30］刘建封．长白山江冈志略［M］．长春：吉林文史出版社，2021.

［31］高玮，盛连喜．中国长白山动物［M］．延吉：延边人民出版社，2002.

［32］王芸生．六十年来中国与日本［M］．北京：生活·读书·新知三联书店，2005.

［33］刘颖．东北抗联女兵［M］．哈尔滨：黑龙江人民出版社，2015.

后　　记

　　2001年7月，为了拍摄长白山天池日出，我带领摄制组露宿在长白山西坡。早晨三点多钟起来架好摄像机，静待旭日东升。只可惜，天池上天气多变，雨多雾多，连续几天没等到那瑰丽万方、赤焰欲滴的红日。没拍到日出又不甘心下山，这一天天就只能空耗着。除了在天池边上拍摄一些高山鼠兔和红景天，就是在天池里游泳。水很凉，很清澈，却黑黝黝见不到底。我游的时候，摄像师在岸上拍摄。待我上得岸来，摄像师对我说，他拍我游泳的时候发现，在我的旁边，还有个动物在游。通过画面回放，可以清楚地看到在我身边的不远处，确实有一个动物在回旋着游来游去。

　　回到长春后，请教了东北师范大学生物学教授高玮先生。他看后，断定这是一种水生生物，但具体是什么却不能认定。他说长白山天池有怪兽的传说，也许就是因为人们遇到过或者见到过却不能断定是什么，才假说为怪兽。这个消息由此被媒体放大了，中央电视台先后做了两档节目，都来向我要画面，要讲述。

　　长白山天池经瀑布而成松花江的正源。我在天池中游泳，可算是与松花江最偶然的遇合，也是最清晰深切的一种缘分。

　　写作《松花江传》，既是偶然的机缘，也是作为电视人常年跋涉在山

松花江传（下）

水故土、流连于古道风尘后的一种夙愿。

电视人讲究用脚拍片，就是走到、见到，用镜头摸到。也许就是基于这个缘故，我这个原本做文字编辑的读书人偏得了邵雍"道在是矣"的感受。

刚入电视行的1993年，为纪念毛泽东同志诞辰100周年，我们拍摄了纪录片《我与毛泽东》，拍摄期间走遍了大江南北。那一次，我见证了几代人的红色激情，也接触到了湖湘文化、岭南文化和松辽文化。1999年，为庆祝新中国成立50周年，我参与了中央电视台《可爱的中国》的拍摄，每个省一集，我负责吉林篇《长白山魂》的拍摄制作。为此，从东到西，顺长白山，沿松花江，穿松辽沃野，走西部草原，使我第一次对松花江流域有了一个框架性的认知。这期间，我还参与了东北风情浓郁的电视剧《大雪小雪又一年》的工作，又为编写20集电视剧《刘三姐》剧本而在广西采风写作一年。这些工作使我对区域人文与流域风情产生了兴趣。

2001年，在吉林省委省政府的支持下，我作为总编导启动了为时三年的大型纪录片《生态吉林》的拍摄。全片20集，每集30分钟，全长10小时。为此，我带摄制组走遍了吉林省的山山水水，用600小时的磁带，1000多个工作日，数以万公里计的行程，记录了松花江流域在世纪之交的生态现状和资源本底。

由此，我把注意力集中在了环境治理与生态保护这一主题，先后拍摄了《虎殇》《鸟儿带我回家》《在水一方》《东北虎豹保护实录》《长白山国家地质公园》等纪录片。其中，2020年拍摄的七集纪录片《向海故事》获得了迈阿密美洲电视周纪录片金奖。

生态纪录片的拍摄让我真正进入区域文明进程中自然生境与国计民生、动物保护与经济发展等世界性前沿性的课题。在拍摄中我学会了汲取，几乎每一个珍贵的画面，每一个难得的镜头，都来自哪怕是最普通百

后　记

姓的指导。无论是在珲春拍摄野生东北虎，还是在长白林海中潜伏拍摄黑熊，无论是在密林深处追踪野猪，还是在地下森林里寻找马鹿，无论是踏察鸭绿江源头，还是拍摄老白山湿地，我都得到了当地老猎手、赶山人、放排人、守林人的指导和帮助，由此我结交了许多最基层的民间朋友。在我拍摄西部湿地鸟类生态时，是他们为我寻找鸟巢，为我搭建荫蔽帐篷。没有草原牧民的帮助，我拍不到上千只东方白鹳的迁徙觅食；没有湿地渔民的帮助，我拍摄不到数十种水禽的产卵孵化。

是拍摄让我成为一个山里人、草原人。多少年过去了，这些猎人和牧民，手里仍保留着我当年留给他们的名片。

借助各个拍摄项目，我一遍遍地在白山松水间徜徉，几乎跑遍了松辽大地的每一个角落。我的拍摄日记详细记录了每天的调查、走访、寻找、追踪、涉水、潜伏、守候，住江边的打鱼窝棚、宿林海深处的地窨子、跟牧民骑马放牧、听老猎人讲当年的故事，等等。

这部《松花江传》中的许多章节，可说那时候便有了底稿。

这期间，我还接受了一些表现区域经济社会发展的专题片拍摄任务。2004年，我编导创作了电视专题片《邓小平在吉林》，循着当年邓小平同志多次视察吉林的足迹，触摸感知到了东北政治经济、社会文化发展的脉动节点。同年，吉林省委宣传部立项拍摄展示全面建设小康社会的六集电视专题片《走出地平线》。我作为编导再次踏遍白山松水的城市乡村，对位于东北亚腹地的松花江流域的社会经济发展和人民的生产生活做了全方位的记录和再现。翌年，受吉林省委组织部的委托，我拍摄了五集电视专题片《风从沃野来》，从历史和现实两个方面，梳理了吉林大地钟灵毓秀、精英辈出、代有人才、芳华满园的景象。

2009年，国家新闻出版总署为新中国成立60周年献礼统一组织出版重

松花江传（下）

点音像电子出版选题"魅力中国"，我接受了四集专题片《魅力中国·吉林篇》的编导任务。其后，我又拍摄了五集专题片《崛起的黑土地》，对松花江岸边的黄金玉米带在历史与当代的嬗变做了画卷式的描述。

时政类的专题片使我对松辽大地的认识多了一份经世致用的目光，由此形成了《松花江传》的结构坐标。

2010年，我接受了长篇历史人文纪录片《长白山》的策划筹备工作，与吉林省社科院的专家确立了全景式纪录长白山地理历史文化的结构，提出要拍摄一部"大长白山"。虽然最终并未参与拍摄，但主持前期论证并参与创作了八集脚本，这成为我将目光投向区域历史人文的转捩点。在这前后，我连续策划了《嫩江再造》和《东北亚丝绸之路》两部系列纪录片，提出了"走辽东大地，越塞外草原，涉白山黑水，穿风雪海疆，重走东北亚丝绸之路，见证东北亚文明之光"的定位语。

巧合的是，正当我关注江河流域文明兴衰演替的时候，受江苏电视台的邀请，我参加了纪录片《大运河》的拍摄，对水文化和流域文化有了更深切的体会。

这之后，由于二人转被国务院列为中国第一批非物质文化遗产，吉林省筹划拍摄《二人转》纪录片，八集脚本的创作任务交给了我，我由此了解到关东曲艺一枝独秀的二人转是东北民间文化艺术的集大成者。二人转深深地浸润在黑土地，浸润在东北民众的血液中。可以说，黑土地培育了二人转，二人转塑造了东北人。我在八集脚本中，从历史的、文化的、当代的层面上，多侧面展示二人转与黑土地、二人转与东北文化、二人转与东北人、二人转的发展脉络与未来走向、二人转的艺术特色与生命力。虽然该纪录片由于各种原因最终没有投入拍摄，但这次脚本创作让我对东北民俗与民间曲艺有了深入的了解。

有了《二人转》脚本创作的底子，我自信满满地投入十八集纪录片

后　记

《东北大鼓》的创作中。从前期策划到现场编导，从脚本写作到后期编辑，三年多的时间里，摄制组沿着中原曲艺闯关东的脚步，从河南开封到辽西走廊，从山海关"御道"到营口的河海码头，从沈阳的小河沿到榆树东北大鼓的老窝子，从哈尔滨松花江边曾红火的说唱大棚，到伊春林区的民间艺人，对东北大鼓的前世今生做了一次扎扎实实的田野调查，由此也对东北移民的历史进程与松花江流域的开发有了更为深入的了解。

在此之前，我曾做了两年《关东密码》栏目的策划。这是一档挖掘东北历史人文、旧档秘闻、传奇轶事的节目。为此我涉猎并查找了大量史料，接触到了关东土匪、历史考古、东北湿地生态、东北野生动物、康熙东巡、老把头孙良、韩边外、牛子厚、张作霖、张学良、李兆麟、赵尚志、赵一曼、杨靖宇、长春解放、东北易帜、中东铁路、白俄移民、哈尔滨历史上的犹太人、抗美援朝等。

所有这些创作与工作，实际上都成了《松花江传》的铺垫。更有许多文字，直接成了《松花江传》部分章节的草稿。从这个角度上说，《松花江传》的写作可上溯一二十年为肇端。

顾炎武认为，不能认为书只包括纸质的印刷品，山川大地是书，江河湖海是书，百姓日用是书，家国经济亦是书。由此，走进世事民生，才真能读好书，得好书。

《松花江传》之所以能成书，是因为得到了多方面的指导与帮助。而多年的纪录片创作带动着我的双脚，在松花江岸边奔波辗转，最终转益多师，落笔成书。说到底，是读了松花江这部融天地人文、历史长风于一体的大书，才有了这些类似读后感的文字。可以说，它是读书笔记和拍摄日记构成的一段学习心得。为此，要感谢这片土地，感谢这条亘古至今"流经苦难"仍不舍昼夜、生生不息滋润着一方水土走向未来的东北母亲河——松花江。

出 品 人：常　宏
选题策划：吴文阁
　　　　　陆　雨
责任编辑：赵梁爽
封面设计：周　源

图书在版编目（CIP）数据

松花江传：全二册 / 李北川著 . -- 长春：吉林人民出版社，2024.12
　ISBN 978-7-206-21030-3

　Ⅰ.①松… Ⅱ.①李… Ⅲ.①报告文学－中国－当代 Ⅳ.①I25

中国国家版本馆 CIP 数据核字（2024）第 108214 号

松花江传（全二册）
SONGHUA JIANG ZHUAN (QUAN ER CE)

著　　　者：李北川
出版发行：吉林人民出版社
　　　　　（长春市人民大街7548号 邮政编码：130022）
印　　　刷：吉林省吉广国际广告股份有限公司
开　　　本：720mm×1000mm　1/16
印　　　张：55.25
字　　　数：760千字
标准书号：ISBN 978-7-206-21030-3
版　　　次：2024年12月第1版
印　　　次：2024年12月第1次印刷
定　　　价：288.00元

如发现印装质量问题，影响阅读，请与出版社联系调换。

国家区块链+版权创新应用
·可信数字版权生态示范项目·

·读者须知·

本书已接入可信版权链正版图书查证溯源交易平台,"一本一码、一码一证"。扫描上方二维码,您将可以:

1. 查验此书是否为正版图书,完成图书记名,领取正版图书证书。

2. 领取吉林人民出版社赠送的购书券,可用于在版权链书城购买吉林人民出版社其他书籍。

3. 领取数字会员卡,成为吉林人民出版社读者俱乐部会员。

4. 加入本书读者社群,有机会和本书作者、责任编辑进行交流。还有机会受邀参加本社举办的读书活动,以书会友。

5. 享受吉林人民出版社赠予的其他权益(通过读者俱乐部进行公示)。